ZHONGHUA CIPU

中华词谱

王永振　编著

中国书籍出版社
China Book Press

图书在版编目（CIP）数据

中华词谱/王永振编著. -- 北京：中国书籍出版社,2024.2

ISBN 978-7-5068-9790-7

Ⅰ.①中… Ⅱ.①王… Ⅲ.①词谱—中国 Ⅳ.①I207.23

中国国家版本馆CIP数据核字(2024)第037005号

中华词谱

王永振　编著

责任编辑	宋　然　盛　洁
责任印制	孙马飞　马　芝
封面设计	东方美迪
出版发行	中国书籍出版社
地　　址	北京市丰台区三路居路97号（邮编：100073）
电　　话	（010）52257143（总编室）　（010）52257140（发行部）
电子邮箱	eo@chinabp.com.cn
经　　销	全国新华书店
印　　刷	河北盛世彩捷印刷有限公司
开　　本	787毫米×1092毫米　1/16
字　　数	495千字
印　　张	31.25
版　　次	2024年2月第1版
印　　次	2024年2月第1次印刷
书　　号	ISBN 978-7-5068-9790-7
定　　价	89.00元

版权所有　翻印必究

绪 论

　　泛泛著文风雅颂，吟哦平仄华章。奈何简残册蒙霜。附庸无格调，文笔愧宫商。　　不着规矩涂抹甚，瓜瓢聊抵壶觞。本源失却悔衷肠。编修辑调谱，补缀唱沧桑。——调寄临江仙

　　编纂此类，衷为诗余爱好者拓一便捷。

　　词，滥觞于隋唐，挚衍于五代，极盛于赵宋。然唐、宋两代皆无成谱可依。揣知当日之词调，犹今日之里巷歌谣，为歌者或皆解其音律，腔亦自制，无须于谱。其或新声独造，为世所传，只一曲一调之谱，终无纠合众体而勒类成编。然大明以降，词学失传，独《啸余》为准绳，别无章法可循。殆玄烨盛世，文华粉彩，有陈廷敬之流，受命辑录，整合凡八百调有余，是为钦定。自此，鸿儒学子，翰林黉门，无不依其格调，至今尚未异也。自红友万树，厘《啸余》之舛，浩册《词律》，居钦定之先，影响不凡。今纂词谱，类列查证，蔚为大观。

　　国法家规，风清气和；文章有度，张弛分明；诗余亦然。同理可证，诗循格律，词倚调谱。值国学复兴，文化经国，故纸堆中研适用，新歌声里憾无依。老调新声，谱子徒有其名，时人乖学，附庸空怀雅兴。时空变迁，谱调依旧，新声不似，仿模一味其表，不得要领；纵有个儒，象牙塔尖，独善其身，教化难以普及，徒叹无功。尚鉴于此，突萌辑缀词谱奇想，继而冒昧向导筑模。

　　当今为词，形标类格。附庸风雅者，循字句数目相等，声韵平仄不拘，涂鸦一篇谓之词，实贻大方之诮。君不见，无知者自命不凡，任意挥洒成自度，践踏宫商标新异；无畏者招摇过市，巍巍乎大道之作，吁吁兮缠绵之制。独鲜见彰国学传承为己任，徒怅惘弃国粹珠玉如敝履。知否？《调笑令》调式为"二，二，六。六，六。二，二，六"之范，不讲韵，更无律，唯字数

而已。乱象频仍，恕不一一类列。唯此为悲，宵衣旰食，艰辛发奋，积累五载，数易其稿，方有此编，吾不悔也。

词之为词，格调皆有其规，虽不甘墨守，却也雷池之限犹在。千百年来，赵宋以外，几欲亡矣，纵有仿作，多为效颦，终未出其右者。迄之于今，调存音亡，徒有其名，山寨伪宪，放失滋甚，殊不自觉。殆知今之词，乃古之乐、曲，然有乐、曲，必有调谱，犹班门之绳墨也。无本之木，无源之流，自无茂盛长远可言，词亦然。万红友云："慨自曲调既兴，诗余遂废。纵览草堂之遗帙，谁知大晟之母音。然而时届金元，人工声律，迹其编著，尚有典型。明兴之初，余风未泯，青邱之体裁幽秀，文成之丰格高华，矩矱犹存，风流可想。"红友又云："旧拍不复可考，而声响犹有可推。乃今帆帆之流，别有超超之论，谓词以琢辞见妙，炼句称工，但求选艳而披华，可使惊新而赏异，奚必斤斤于句读之末，琐琐于平仄之微。"由此而知，曲之遂成，诗余渐微；旧拍难究，余响犹在。纵《啸余》《图谱》之所列，实金科舛误不可讳。方今披阅《词律》《钦定词谱》，参校《唐宋词格律》《词牌释例》等，撷其要而列之，并附句格，祈比猫画虎而已。新世进化，音韵迥异，古调洋洋，不可追也。原调原味，照列于此，俾众品读；觉悟真谛，而后有意，期可捉笔。至若又一体别格之云云者，恕不类列。当然，个别平仄格并存及特例者，姑妄备之。

句格者，句子之模式也。品从大家，句式各异，兹一四、二三、三七等所如，行间节、顿挫、舒急之变换，不滞不俗，彰古哲成谱之心，昭时贤倚声之意，事半而功倍矣。一字句至十一字句不等，各有其制，无论多寡，增增减减，穿靴戴帽，掐头去尾，实乃律句之变种，本质未变。至于领字者，非一几诸格，实为提挈之用，故此俱以"挈"字相说，毋以为相通也。又如《鹧鸪天》类折腰式，更非三字逗，乃七字句折断一律节矣。一四结构，乃上一下四，一非为领字句法，实架构使然也；寻常句式，众家倚声，多有运用，是为常态。故不厌其烦，逐一标列，期能体味其妙，以成顿挫抑扬之势也。

南朝刘勰《文心雕龙·丽辞》开篇即云："造化赋形，支体必双，神理为用，事不孤立。夫心生文辞，运裁百虑，高下相须，自然成对。"宋沈义父与子侄们论及词之作法时也说："遇两句可作对，便须对。短句须剪裁齐整。遇长句须放婉曲，不可生硬。"因此而知，对仗（修辞学上谓之对偶，诗中又严于对偶）于词调，非可有可无，用好可收"丽句与深采并流，偶意共逸韵俱发"（刘勰语）之奇效。调式百千，句式种种，方位各异，相邻句字等则皆可对，宜对之处多而可偶焉。对与非对，不求统一，依调、依境、依情；能对则对，不必拘泥，活便、活络、活用。有一字逗相挈而对者，有三字逗相挈而对者，皆宜审慎。本谱局限，不求多证，虽择其一格，均取原始调，故而每格必检出对仗云云。无意规矩，实为方便，蹈辙者不取，意胜者优先。

古有四声，平上去入。万红友《词律·发凡》中说："平仄固有定律矣，然平止一途，仄兼上去入三种，不可遇仄而以三声概填。盖一调之中可概者十之六七，不可概者十之三四，须斟酌而后下字，方得无疵，此其故当于口中熟吟，自得其理。夫一调有一调之风度声响，若上去互易，则调不振起，便成落腔，尾句尤为吃紧。"而今四声，平上去也。唯其入声，已派为三。今欲效颦，却无入声，遇之奈何？此古今新旧声之所异，习其旧声可也。

至于沈伯时之"腔律岂必人人皆能按箫填谱，但看句中用去声字最为紧要。然后更将古知音人曲，一腔三两只参订，如都用去声，亦必用去声。其次如平声，却用得入声字替。上声字最不可用去声字替。不可以上、去、入尽道是侧声，便用得，更须调停参订用之。古曲亦有拗音，盖被句法中字面所拘牵，今歌者亦以为碍。"时日已新，拘泥成规不可取，舍本趋末亦偏颇；灵活之术，传承发扬为务，与时俱进为用。老调重弹，应有新意；附庸风雅，岂敢失格！唐宋始创格调，迄今已逾一千三百年矣，后水非前水，新人非旧人，宫商有调，雅俗别韵，面目何似以往？难怪吴瞿安先生说："今虽音理失传，而字格具在。学者但宜依仿旧作，字字恪遵，庶不失此中矩矱。凡古人成作，读之格格不上口，拗涩不顺者，皆音律最妙处。"宫商角徵羽，哆来咪发唆拉西，自是不同，更何况旧腔新声哉！须详品原调，参悟风格，以新时之韵味，唱旧谱之声腔。古声平上去入不可串，今韵阴阳上去有其别。后来填词，不可不慎。

世纪之新，乙酉庚辰，中华诗词学会颁《中华新韵》，自此掀开新韵诗词新页。一时间，旧韵旧声，新韵新声，新声旧韵，相互斑斓。新声韵之方便无可非议，旧声韵之传承莫断脉流。仅就诗余而言，盖平仄把握而已，不再酌上斟去，不再平入互替，方便之门大开，倚声趋之若鹜。一己拙见，入声宜应持之，他声固守尚议，前人恪守入声，自有道理。譬如《雨霖铃》《满江红》之类原始入声者，若换新韵或他声韵，自是别扭不妥，韵味殆尽矣。夫宫调管色者，古之音律概念也。宫、商、角、徵、羽、变宫、变徵之七音，黄钟、大吕、太簇、夹钟、姑洗、中吕、蕤宾、林钟、夷则、南吕、无射、应钟之十二律。以七音交十二律，则得八十四音。此八十四音，今人不必孜孜以求。旧声徒自已远，音律而今异样，守株待兔者何？刻舟求剑者何？新旧衔接，尚不成规模；调谱旧瓶，暂装新药。方家亦应研陈出新，好者也须践行悟道。以今人足适古人履，断行不远；用新飞船访老姮娥，定可遨游。个见之言也。

自度，仅词而言，乃自谱之意。其意有二：一为仿，二为创。古之大家，白石、梦窗、清真、耆卿者流，谙熟音律，多有自制，妙趣横生，皆为创也；其后复蹈者，多为仿体也。黄钟大吕者有之，无射太簇者有之，而仿者独无一也。新时自度，更宜创新，保其传统韵味，仿不仿之间也。不妨按新声歌韵，生发开去，既留古味，又泛新声，既循格律，又合时尚。既可顶层设计，又宜实践独创。效法古谱，倚声新调，发扬传统优势，探索新时路子，冀望于后来者之大作为也。

书名"中华词谱"，实为传承中华之精髓也。新世纪十年（庚寅）始编，数易其稿，凡八百一十七调，附九十二调，共九百又九体，至十四年（甲午）终于编就，如所愿也。所选例词，皆原始调，别格不收，个别为常用调式。谱识标记，悉遵张仲衡先生之意，"—"平，"｜"仄，"⊤"本平可仄，"⊥"本仄可平，泾渭分明，不易混淆，更易判断，其他谱识，循常而标。

五年辛苦，个人劳碌，独犁独耙，颇深感触。以一阕《彩云归》，聊志安慰：
痴迷格调几春秋，恨荒时、岁月抛丢。看自诩满纸荒唐说，风雅韵、乱点胡诌。附庸那、仕途名利，使书生愧羞。始发奋、土几泥案，狠读狂修。　　优游。闲云野鹤，赋情怀、笑傲沧州。补知进退，缘韵而写，意逐神求。辑谱牌、洋洋洒洒，八百奇数丰收。回眸处，留取人生一段风流。

坊间好事者草千里甲午仲夏

凡　例

此据清康熙廿六年（1687年）之万树《词律》和五十四年（1715年）御定之《钦定词谱》为蓝本，并参照嘉庆年间舒梦兰所编《白香词谱》及今人龙榆生《唐宋词格律》和严建文《词牌释例》等，且与可校之谱类比，增添"题解"、"句格"。每调仅附一例，除异韵格式外，别体不采。其或添字、减字、摊破、变格为又一体者，恕不类列，具以"此调有不同诸格体"示意。明白有五：

一、词中句读不可不辨，有四字句而上一下一中两字相连者，有五字句而上一下四者，句法广泛，有六字句而上三下三者，有七字句而上三下四者，有八字句而上一下七或上五下三、上三下五者，有九字句而上四下五或上六下三、上三下六者，此等句法，不胜枚举，谱内以整句为句，半句为读；直截者为句，连绵不断者为读。至词有拗句，尤关音律，如温庭筠之"断肠潇湘春鹰飞""万枝香雪开已偏"皆是；又有一句五字皆平声者，如史达祖《寿楼春》词之"夭桃花清晨"句；一句五字皆仄者者，如周邦彦《浣溪沙慢》之"水竹旧院落"句，俱一定不可易，随注出。

二、韵有三声协者，有间入仄韵于平韵中者，有换韵者，有叠韵者，有短韵藏于句中者，逐一注明。至宋人填词，间遵古韵，不外通转之法，或有从中原雅音者，也原本采录。

三、每调一例，俱选原始，若异韵正格，方附异格。所选例词，皆正格正体。至于词中句法，如诗中五言、七言者，其第一字、第三字类多可平可仄，似不必拘谱。又可平可仄，中遇去声字，最为紧要，平声可以入声替，上声不可以去声替。谱中凡用去声字不可易者，一一标出。句格之"对"指对仗或对偶，领字具谓语之状。初学宜慎品原词，仔细斟酌。

四、宋人集中，如柳永、姜夔词，间存宫调，悉录以备载。象四声二十八调，或为鬲指之声，或为三犯、四犯之曲，以至按律谐声，所以被诸管弦者，按宋人张炎所说："旧谱零落姑置勿论。"

五、词谱标识：以"—"标平声，以"丨"标仄声；以"⊥"标本仄可平，以"⊤"标本平可仄；以△标平韵，以▲标仄韵；以▽标协平韵，以▼标协仄韵。

目 录

绪论 / 1
凡例 / 5

一、平韵格 / 1

1. 竹枝词 …………… 1
2. 归字谣 …………… 1
3. 渔父引 …………… 2
4. 闲中好 …………… 2
5. 纥那曲 …………… 2
6. 啰唝曲 …………… 3
7. 南歌子 …………… 3
8. 回波乐 …………… 4
9. 舞马词 …………… 4
10. 三台 …………… 4
11. 柘枝引 …………… 5
12. 凭栏人 …………… 5
13. 摘得新 …………… 5
14. 渔歌子 …………… 6
15. 忆江南 …………… 6
16. 潇湘神 …………… 7
17. 解红 …………… 7
18. 赤枣子 …………… 7
19. 捣练子 …………… 8
20. 桂殿秋 …………… 8
21. 阳关曲 …………… 8
22. 欸乃曲 …………… 9
23. 采莲子 …………… 9
24. 浪淘沙 …………… 9
25. 杨柳枝 …………… 10
26. 八拍蛮 …………… 10
27. 字字双 …………… 11
28. 甘州曲 …………… 11
29. 踏歌词 …………… 11
30. 秋风清 …………… 12
31. 抛球乐 …………… 12
32. 法驾导引 …………… 13
33. 忆王孙 …………… 14
34. 遐方怨 …………… 14
35. 后庭花破子 …………… 15
36. 江城子 …………… 15
37. 长相思 …………… 16
38. 思帝乡 …………… 16
39. 河满子 …………… 16
40. 误桃源 …………… 17

41. 醉太平 …… 17	70. 山花子 …… 29
42. 春光好 …… 18	71. 庆金枝 …… 30
43. 怨回纥 …… 18	72. 朝中措 …… 30
44. 蝴蝶儿 …… 19	73. 庆春时 …… 30
45. 玉蝴蝶 …… 19	74. 眼儿媚 …… 31
46. 赞浦子 …… 20	75. 人月圆 …… 31
47. 浣溪沙 …… 20	76. 喜团圆 …… 32
48. 雪花飞 …… 21	77. 武陵春 …… 32
49. 沙塞子 …… 21	78. 高溪梅令 …… 32
50. 采桑子 …… 21	79. 伊州三台 …… 33
51. 诉衷情令 …… 22	80. 双头莲令 …… 33
52. 好时光 …… 22	81. 月宫春 …… 34
53. 杏园芳 …… 23	82. 极相思 …… 34
54. 华清引 …… 23	83. 柳梢青 …… 34
55. 好女儿 …… 23	84. 太常引 …… 35
56. 彩鸾归令 …… 24	85. 少年游 …… 35
57. 望仙门 …… 24	86. 惜春令 …… 36
58. 占春芳 …… 25	87. 孤馆深沉 …… 36
59. 相思引 …… 25	88. 促拍采桑子 …… 36
60. 落梅风 …… 26	89. 怨三三 …… 37
61. 乌夜啼 …… 26	90. 导引 …… 37
62. 相思儿令 …… 26	91. 燕归梁 …… 38
63. 阮郎归 …… 27	92. 醉红妆 …… 38
64. 珠帘卷 …… 27	93. 入塞 …… 38
65. 画堂春 …… 28	94. 双雁儿 …… 39
66. 喜长新 …… 28	95. 恨来迟 …… 39
67. 金盏子令 …… 28	96. 献天寿令 …… 40
68. 献天寿 …… 29	97. 红罗袄 …… 40
69. 三字令 …… 29	98. 荔子丹 …… 40

99. 临江仙 …… 41	128. 甘州遍 …… 56
100. 浪淘沙令 …… 42	129. 别怨 …… 56
101. 金错刀 …… 43	130. 献衷心 …… 57
102. 恋绣衾 …… 43	131. 黄钟乐 …… 57
103. 江月晃重山 …… 44	132. 缑山月 …… 58
104. 南乡一剪梅 …… 44	133. 喝火令 …… 58
105. 一七令 …… 44	134. 行香子 …… 59
106. 望远行 …… 45	135. 胜胜令 …… 59
107. 鹧鸪天 …… 45	136. 钿带长中腔 …… 60
108. 瑞鹧鸪 …… 46	137. 三奠子 …… 60
109. 翻香令 …… 46	138. 看花回 …… 61
110. 厅前柳 …… 47	139. 西施 …… 62
111. 荷叶铺水面 …… 47	140. 于飞乐 …… 62
112. 家山好 …… 48	141. 临江仙引 …… 63
113. 步虚子令 …… 48	142. 风入松 …… 63
114. 小重山 …… 48	143. 越溪春 …… 64
115. 花上月令 …… 49	144. 长生乐 …… 64
116. 接贤宾 …… 49	145. 婆罗门引 …… 65
117. 恨春迟 …… 50	146. 韵令 …… 66
118. 寿山曲 …… 51	147. 凤楼春 …… 66
119. 朝玉阶 …… 51	148. 一丛花 …… 67
120. 散天花 …… 52	149. 山亭柳 …… 67
121. 一剪梅 …… 52	150. 红林檎近 …… 68
122. 唐多令 …… 53	151. 金人捧露盘 …… 68
123. 摊破采桑子 …… 53	152. 拂霓裳 …… 69
124. 系裙腰 …… 54	153. 新荷叶 …… 69
125. 赞成功 …… 54	154. 南州春色 …… 70
126. 破阵子 …… 55	155. 促拍满路花 …… 70
127. 摊破南乡子 …… 55	156. 五福降中天 …… 71

157. 江城梅花引 …… 72	186. 庆清朝 …… 89
158. 寰海清 …… 72	187. 瑶台第一层 …… 89
159. 醉思仙 …… 73	188. 松梢月 …… 90
160. 八六子 …… 73	189. 四槛花 …… 90
161. 采桑子慢 …… 74	190. 玉簟凉 …… 91
162. 遥天奉翠华引 …… 74	191. 雨中花慢 …… 91
163. 夏云峰 …… 75	192. 万年欢 …… 92
164. 醉翁操 …… 75	193. 燕春台 …… 94
165. 金盏倒垂莲 …… 76	194. 八节长欢 …… 94
166. 塞翁吟 …… 77	195. 芰荷香 …… 95
167. 意难忘 …… 77	196. 扬州慢 …… 95
168. 东风齐着力 …… 78	197. 舞杨花 …… 96
169. 恋香衾 …… 78	198. 云仙引 …… 96
170. 临江仙慢 …… 79	199. 玲珑玉 …… 97
171. 驻马听 …… 79	200. 夏日燕黉堂 …… 97
172. 雪梅香 …… 80	201. 梦扬州 …… 98
173. 如鱼水 …… 80	202. 声声慢 …… 98
174. 水调歌头 …… 81	203. 紫玉箫 …… 100
175. 满庭芳 …… 82	204. 金菊对芙蓉 …… 100
176. 白雪 …… 83	205. 十月桃 …… 101
177. 汉宫春 …… 83	206. 蜀溪春 …… 101
178. 秋兰香 …… 84	207. 凤池吟 …… 102
179. 行香子慢 …… 85	208. 新雁过妆楼 …… 102
180. 庆千秋 …… 85	209. 国香 …… 103
181. 望云间 …… 86	210. 芳草 …… 103
182. 步月 …… 86	211. 高阳台 …… 104
183. 八声甘州 …… 87	212. 凤归云 …… 104
184. 凤凰台上忆吹箫 …… 88	213. 木兰花慢 …… 106
185. 夜合花 …… 88	214. 彩云归 …… 106

215. 锦堂春慢 …… 107	244. 过秦楼 …… 123
216. 喜朝天 …… 107	245. 高山流水 …… 123
217. 月当厅 …… 108	246. 五彩结同心 …… 124
218. 寿楼春 …… 108	247. 透碧霄 …… 125
219. 秋色横空 …… 109	248. 沁园春 …… 126
220. 庆春宫 …… 109	249. 紫萸香慢 …… 127
221. 忆旧游 …… 110	250. 送征衣 …… 128
222. 昼锦堂 …… 111	251. 春风袅娜 …… 129
223. 恋芳春慢 …… 112	252. 春雪间早梅 …… 129
224. 湘春夜月 …… 112	253. 翠羽吟 …… 130
225. 长相思慢 …… 113	254. 六州 …… 130
226. 安平乐慢 …… 113	255. 多丽 …… 131
227. 望南云慢 …… 114	
228. 升平乐 …… 114	二、仄韵格 / 133
229. 双声子 …… 115	256. 拜新月 …… 133
230. 潇湘逢故人慢 …… 115	257. 梧桐影 …… 133
231. 绮寮怨 …… 116	258. 醉妆词 …… 134
232. 送入我门来 …… 116	259. 塞姑 …… 134
233. 绕池游慢 …… 117	260. 偏晴好 …… 134
234. 霜花腴 …… 117	261. 花非花 …… 134
235. 春从天上来 …… 118	262. 章台柳 …… 135
236. 爱月夜眠迟慢 …… 118	263. 春晓曲 …… 135
237. 合欢带 …… 119	264. 十样花 …… 135
238. 赏南枝 …… 119	265. 醉吟商 …… 136
239. 夜飞鹊慢 …… 120	266. 一叶落 …… 136
240. 望海潮 …… 120	267. 如梦令 …… 136
241. 飞雪满群山 …… 121	268. 天仙子 …… 137
242. 泛清苕 …… 121	269. 风流子 …… 138
243. 一萼红 …… 122	270. 归自谣 …… 138

271. 饮马歌 …………… 139	300. 秋蕊香 …………… 150
272. 望江怨 …………… 139	301. 胡捣练 …………… 150
273. 望梅花 …………… 139	302. 桃源忆故人 ……… 151
274. 长命女 …………… 140	303. 撼庭秋 …………… 151
275. 生查子 …………… 140	304. 烛影摇红 ………… 152
276. 醉花间 …………… 141	305. 洞天春 …………… 152
277. 点绛唇 …………… 141	306. 海棠春 …………… 152
278. 归国遥 …………… 142	307. 东坡引 …………… 153
279. 霜天晓角 ………… 142	308. 双鸂鶒 …………… 153
280. 清商怨 …………… 142	309. 梅弄影 …………… 154
281. 伤春怨 …………… 143	310. 茅山逢故人 ……… 154
282. 后庭花 …………… 143	311. 阳台梦 …………… 154
283. 卜算子 …………… 143	312. 归去来 …………… 155
284. 一落索 …………… 144	313. 惜春郎 …………… 156
285. 谒金门 …………… 144	314. 双韵子 …………… 156
286. 好事近 …………… 145	315. 凤孤飞 …………… 156
287. 天门谣 …………… 145	316. 醉乡春 …………… 157
288. 忆闷令 …………… 145	317. 应天长 …………… 157
289. 散余霞 …………… 146	318. 满宫花 …………… 158
290. 万里春 …………… 146	319. 滴滴金 …………… 159
291. 锦园春 …………… 146	320. 忆汉月 …………… 159
292. 太平年 …………… 147	321. 留春令 …………… 159
293. 忆秦娥 …………… 147	322. 梁州令 …………… 160
294. 朝天子 …………… 148	323. 盐角儿 …………… 160
295. 忆少年 …………… 148	324. 归田乐 …………… 160
296. 西地锦 …………… 149	325. 惜分飞 …………… 161
297. 江亭怨 …………… 149	326. 使牛子 …………… 161
298. 贺圣朝 …………… 149	327. 折丹桂 …………… 161
299. 甘草子 …………… 150	328. 竹香子 …………… 162

329. 城头月 …… 162	358. 红窗迥 …… 173
330. 四犯令 …… 162	359. 端正好 …… 174
331. 黄鹤洞仙 …… 163	360. 杏花天 …… 174
332. 破字令 …… 163	361. 天下乐 …… 174
333. 花前饮 …… 163	362. 鬓边华 …… 175
334. 探春令 …… 164	363. 玉楼人 …… 175
335. 越江吟 …… 164	364. 鹦鹉曲 …… 175
336. 雨中花令 …… 165	365. 木兰花令 …… 176
337. 凤来朝 …… 165	366. 金莲绕凤楼 …… 176
338. 秋夜雨 …… 165	367. 撷芳词（钗头凤）…… 177
339. 伊州令 …… 166	368. 睿恩新 …… 178
340. 木笪 …… 166	369. 夜行船 …… 179
341. 迎春乐 …… 166	370. 金凤钩 …… 179
342. 青门引 …… 167	371. 鼓笛令 …… 180
343. 菊花新 …… 167	372. 征召调中腔 …… 180
344. 思远人 …… 167	373. 玉楼春 …… 181
345. 醉花阴 …… 168	374. 凤衔杯 …… 181
346. 望江东 …… 168	375. 鹊桥仙 …… 182
347. 品令 …… 168	376. 玉栏杆 …… 183
348. 引驾行 …… 169	377. 思归乐 …… 184
349. 玉团儿 …… 170	378. 遍地锦 …… 184
350. 倾杯令 …… 170	379. 茶瓶儿 …… 185
351. 锯解令 …… 171	380. 柳摇金 …… 185
352. 寻芳草 …… 171	381. 卓牌子 …… 186
353. 珍珠令 …… 171	382. 二色宫桃 …… 187
354. 寿延长破字令 …… 172	383. 市桥柳 …… 187
355. 折花令 …… 172	384. 一斛珠 …… 188
356. 红窗听 …… 172	385. 夜游宫 …… 188
357. 上林春令 …… 173	386. 踏莎行 …… 189

387. 宜男草 …… 189	416. 庆春泽 …… 204
388. 倚西楼 …… 190	417. 酷相思 …… 205
389. 扫地舞 …… 190	418. 解佩令 …… 205
390. 步蟾宫 …… 190	419. 垂丝钓 …… 206
391. 冉冉云 …… 191	420. 谢池春 …… 206
392. 蝶恋花 …… 191	421. 玉梅令 …… 207
393. 秋蕊香引 …… 192	422. 青玉案 …… 207
394. 惜琼花 …… 193	423. 感皇恩 …… 208
395. 荷华媚 …… 193	424. 梦行云 …… 208
396. 七娘子 …… 194	425. 凤凰阁 …… 209
397. 寻梅 …… 194	426. 婥人娇 …… 209
398. 锦帐春 …… 195	427. 两同心 …… 210
399. 后庭宴 …… 195	428. 拾翠羽 …… 211
400. 绽红 …… 196	429. 连理枝 …… 211
401. 贺熙朝 …… 196	430. 月上海棠 …… 212
402. 拨棹子 …… 197	431. 惜黄花 …… 213
403. 金蕉叶 …… 197	432. 且坐令 …… 213
404. 渔家傲 …… 198	433. 佳人醉 …… 214
405. 苏幕遮 …… 198	434. 小镇西犯 …… 214
406. 明月逐人来 …… 199	435. 千秋岁 …… 215
407. 麦秀两岐 …… 199	436. 惜奴娇 …… 216
408. 醉春风 …… 200	437. 卓牌子近 …… 216
409. 握金钗 …… 200	438. 三登乐 …… 217
410. 侍香金童 …… 201	439. 檐前铁 …… 217
411. 芭蕉雨 …… 201	440. 忆帝京 …… 218
412. 淡黄柳 …… 202	441. 粉蝶儿 …… 218
413. 滚绣球 …… 202	442. 绕池游 …… 219
414. 锦缠道 …… 203	443. 师师令 …… 219
415. 厌金杯 …… 203	444. 隔浦莲近拍 …… 220

445. 郭郎儿近拍 …… 220	474. 应景乐 …… 236
446. 碧牡丹 …… 221	475. 柳初新 …… 236
447. 百媚娘 …… 221	476. 斗百花 …… 237
448. 传言玉女 …… 222	477. 皂罗特髻 …… 237
449. 枕屏儿 …… 222	478. 倒垂柳 …… 238
450. 剔银灯 …… 223	479. 彩凤飞 …… 238
451. 隔帘听 …… 223	480. 有有令 …… 239
452. 诉衷情近 …… 224	481. 柳腰轻 …… 239
453. 下水船 …… 225	482. 爪茉莉 …… 240
454. 解蹀躞 …… 225	483. 蓦山溪 …… 240
455. 扑蝴蝶 …… 226	484. 千秋岁引 …… 241
456. 千年调 …… 226	485. 早梅芳 …… 241
457. 蕊珠闲 …… 227	486. 长寿乐 …… 242
458. 瑞云浓 …… 227	487. 迷仙引 …… 242
459. 番枪子 …… 228	488. 黄鹤引 …… 243
460. 荔枝香 …… 228	489. 洞仙歌 …… 243
461. 御街行 …… 229	490. 望云涯引 …… 244
462. 春声碎 …… 229	491. 泛兰舟 …… 245
463. 祝英台近 …… 230	492. 踏歌 …… 245
464. 侧犯 …… 231	493. 秋夜月 …… 246
465. 离亭宴 …… 231	494. 祭天神 …… 246
466. 阳关引 …… 232	495. 鹤冲天 …… 247
467. 甘州令 …… 232	496. 少年游慢 …… 247
468. 梦还京 …… 233	497. 兀令 …… 248
469. 忆黄梅 …… 233	498. 踏青游 …… 248
470. 快活年近拍 …… 234	499. 梦玉人引 …… 249
471. 过涧歇 …… 234	500. 蕙兰芳引 …… 250
472. 瑶阶草 …… 235	501. 倾杯近 …… 250
473. 安公子 …… 235	502. 清波引 …… 251

503. 簇水 …… 251	532. 芙蓉月 …… 267
504. 受恩深 …… 252	533. 一枝春 …… 268
505. 婆罗门令 …… 252	534. 梅子黄时雨 …… 268
506. 华胥引 …… 253	535. 赏松菊 …… 269
507. 劝金船 …… 253	536. 二色莲 …… 269
508. 玉人歌 …… 254	537. 塞孤 …… 270
509. 惜红衣 …… 254	538. 扫地游 …… 270
510. 鱼游春水 …… 255	539. 徵招 …… 271
511. 卜算子慢 …… 255	540. 双瑞莲 …… 271
512. 雪狮儿 …… 256	541. 玉京秋 …… 272
513. 石湖仙 …… 256	542. 玉女迎春慢 …… 272
514. 谢池春慢 …… 257	543. 玉梅香慢 …… 273
515. 探芳信 …… 257	544. 金浮图 …… 273
516. 采莲令 …… 258	545. 阳台路 …… 274
517. 红芍药 …… 258	546. 黄莺儿 …… 274
518. 法曲献仙音 …… 259	547. 天香 …… 275
519. 远朝归 …… 259	548. 倦寻芳 …… 275
520. 露华 …… 260	549. 剑器近 …… 276
521. 满江红 …… 261	550. 凤鸾双舞 …… 276
522. 凄凉犯 …… 262	551. 塞垣春 …… 277
523. 浣溪沙慢 …… 262	552. 早梅香 …… 277
524. 四犯剪梅花 …… 263	553. 迷神引 …… 278
525. 雪明鸦鹊夜 …… 264	554. 醉蓬莱 …… 278
526. 玉漏迟 …… 264	555. 采明珠 …… 279
527. 尾犯 …… 265	556. 黄鹂绕碧树 …… 279
528. 六幺令 …… 265	557. 帝台春 …… 280
529. 保寿乐 …… 266	558. 暗香 …… 280
530. 惜秋华 …… 266	559. 梦芙蓉 …… 281
531. 古香慢 …… 267	560. 西子妆慢 …… 281

561. 玉京谣 …… 282	590. 秋宵吟 …… 297
562. 被花恼 …… 282	591. 三姝媚 …… 297
563. 绿盖舞风轻 …… 283	592. 月华清 …… 298
564. 月边娇 …… 283	593. 飞龙宴 …… 298
565. 长亭怨慢 …… 284	594. 御带花 …… 299
566. 留客住 …… 284	595. 定风波慢 …… 299
567. 昼夜乐 …… 285	596. 念奴娇 …… 300
568. 逍遥乐 …… 285	597. 解语花 …… 301
569. 忆东坡 …… 286	598. 绕佛阁 …… 302
570. 粉蝶儿慢 …… 286	599. 腊梅香 …… 302
571. 并蒂芙蓉 …… 287	600. 大椿 …… 303
572. 黄河清慢 …… 287	601. 八音谐 …… 304
573. 春草碧 …… 288	602. 绛都春 …… 304
574. 绣停针 …… 288	603. 琵琶仙 …… 305
575. 双双燕 …… 289	604. 东风第一枝 …… 306
576. 孤鸾 …… 289	605. 春夏两相期 …… 306
577. 陌上花 …… 290	606. 垂杨 …… 307
578. 福寿千春 …… 290	607. 雪夜渔舟 …… 307
579. 水晶帘 …… 291	608. 惜寒梅 …… 308
580. 三部乐 …… 291	609. 惜花春起早慢 …… 308
581. 无闷 …… 292	610. 满朝欢 …… 309
582. 月下笛 …… 292	611. 桂枝香 …… 309
583. 玲珑四犯 …… 293	612. 剪牡丹 …… 310
584. 丁香结 …… 294	613. 马家春慢 …… 310
585. 琐寒窗 …… 294	614. 梅香慢 …… 311
586. 大有 …… 295	615. 玉烛新 …… 311
587. 燕山亭 …… 295	616. 六花飞 …… 312
588. 聒龙谣 …… 296	617. 清风满桂楼 …… 312
589. 催雪 …… 296	618. 映山红慢 …… 313

619. 真珠帘 ……………… 313	648. 探春慢 ……………… 330
620. 曲江秋 ……………… 314	649. 眉妩 ………………… 330
621. 翠楼吟 ……………… 314	650. 湘江静 ……………… 331
622. 霓裳中序第一 ……… 315	651. 金盏子 ……………… 331
623. 舜韶新 ……………… 315	652. 龙山会 ……………… 332
624. 西平乐 ……………… 316	653. 春云怨 ……………… 333
625. 山亭宴 ……………… 317	654. 迎新春 ……………… 333
626. 望春回 ……………… 317	655. 归朝欢 ……………… 334
627. 水龙吟 ……………… 318	656. 永遇乐 ……………… 334
628. 斗百草 ……………… 319	657. 二郎神 ……………… 335
629. 石州慢 ……………… 319	658. 倾杯乐 ……………… 336
630. 上林春慢 …………… 320	659. 百宜娇 ……………… 336
631. 宴清都 ……………… 320	660. 月中桂 ……………… 337
632. 花犯 ………………… 321	661. 澡兰香 ……………… 337
633. 倒犯 ………………… 321	662. 宴琼林 ……………… 338
634. 瑞鹤仙 ……………… 322	663. 惜余欢 ……………… 338
635. 齐天乐 ……………… 322	664. 拜星月慢 …………… 339
636. 氐州第一 …………… 323	665. 花心动 ……………… 339
637. 花发狀元红慢 ……… 323	666. 向湖边 ……………… 340
638. 瑶华 ………………… 324	667. 阳春 ………………… 340
639. 曲游春 ……………… 324	668. 索酒 ………………… 341
640. 竹马儿 ……………… 325	669. 瑞云浓慢 …………… 341
641. 雨霖铃 ……………… 325	670. 绮罗香 ……………… 342
642. 还京乐 ……………… 326	671. 玉连环 ……………… 342
643. 双头莲 ……………… 327	672. 西湖月 ……………… 343
644. 忆瑶姬 ……………… 327	673. 早梅芳慢 …………… 343
645. 情久长 ……………… 328	674. 尉迟杯 ……………… 344
646. 西江月慢 …………… 329	675. 花发沁园春 ………… 345
647. 杏花天慢 …………… 329	676. 南浦 ………………… 346

677. 西河 …… 347	706. 胃马索 …… 363
678. 梦横塘 …… 347	707. 八宝妆 …… 364
679. 西吴曲 …… 348	708. 疏影 …… 365
680. 秋霁 …… 348	709. 慢卷䌷 …… 365
681. 清风八咏楼 …… 349	710. 选冠子 …… 366
682. 暗香疏影 …… 349	711. 霜叶飞 …… 367
683. 真珠髻 …… 350	712. 玉山枕 …… 367
684. 征部乐 …… 350	713. 期夜月 …… 368
685. 解连环 …… 351	714. 轮台子 …… 369
686. 内家娇 …… 352	715. 丹凤引 …… 369
687. 泛清波摘遍 …… 352	716. 瑶台月 …… 370
688. 望明河 …… 353	717. 宣清 …… 370
689. 楚宫春慢 …… 353	718. 八归 …… 371
690. 望湘人 …… 354	719. 摸鱼儿 …… 372
691. 青门饮 …… 354	720. 贺新郎 …… 373
692. 落梅 …… 355	721. 子夜歌 …… 374
693. 角招 …… 355	722. 吊严陵 …… 374
694. 一寸金 …… 356	723. 金明池 …… 375
695. 击梧桐 …… 356	724. 笛家 …… 376
696. 折红梅 …… 357	725. 秋思耗 …… 376
697. 薄幸 …… 358	726. 白苎 …… 377
698. 倚栏人 …… 358	727. 十二时慢 …… 378
699. 惜黄花慢 …… 359	728. 兰陵王 …… 379
700. 夺锦标 …… 360	729. 大酺 …… 380
701. 菩萨蛮慢 …… 360	730. 破阵乐 …… 381
702. 杜韦娘 …… 361	731. 瑞龙吟 …… 381
703. 无愁可解 …… 362	732. 浪淘沙慢 …… 382
704. 江城子慢 …… 362	733. 歌头 …… 382
705. 江南春慢 …… 363	734. 玉女摇仙佩 …… 383

735. 六丑 ……… 384
736. 玉抱肚 ……… 384
737. 夜半乐 ……… 385
738. 宝鼎现 ……… 386
739. 个侬 ……… 386
740. 三台 ……… 387
741. 胜州令 ……… 388
742. 莺啼序 ……… 389

三、平仄韵转换格 / 391

743. 荷叶杯 ……… 391
744. 南乡子 ……… 391
745. 蕃女怨 ……… 392
746. 定西番 ……… 392
747. 相见欢 ……… 393
748. 风光好 ……… 393
749. 上行杯 ……… 393
750. 感恩多 ……… 394
751. 添声杨柳枝 ……… 394
752. 女冠子 ……… 395
753. 中兴乐 ……… 396
754. 纱窗恨 ……… 396
755. 恋情深 ……… 396
756. 柳含烟 ……… 397
757. 清平乐 ……… 397
758. 河渎神 ……… 398
759. 思越人 ……… 398
760. 河传 ……… 398
761. 芳草渡 ……… 399

762. 清江曲 ……… 400
763. 玉堂春 ……… 400
764. 最高楼 ……… 400

四、平仄韵互协格（同部韵互协）/ 403

765. 庆宣和 ……… 403
766. 梧叶儿 ……… 403
767. 寿阳曲 ……… 403
768. 天净沙 ……… 404
769. 干荷叶 ……… 404
770. 喜春来 ……… 405
771. 金字经 ……… 405
772. 平湖乐 ……… 405
773. 殿前欢 ……… 406
774. 水仙子 ……… 406
775. 西江月 ……… 407
776. 醉高歌 ……… 407
777. 折桂令 ……… 407
778. 少年心 ……… 408
779. 撼庭竹 ……… 409
780. 四园竹 ……… 410
781. 薄媚摘遍 ……… 410
782. 高平探芳新 ……… 411
783. 小圣乐 ……… 411
784. 熙州慢 ……… 412
785. 甘露滴乔松 ……… 412
786. 渡江云 ……… 413
787. 换巢鸾凤 ……… 414
788. 采绿吟 ……… 415

789. 长寿仙 ……… 415	810. 偷声木兰花 ……… 429
790. 曲玉管 ……… 416	811. 梦仙郎 ……… 429
791. 大圣乐 ……… 416	812. 定风波 ……… 429
792. 六州歌头 ……… 417	813. 虞美人 ……… 430
793. 解红慢 ……… 418	814. 楼上曲 ……… 431
794. 穆护砂 ……… 419	815. 梅花引 ……… 431
795. 哨遍 ……… 420	816. 甘露歌 ……… 432
796. 戚氏 ……… 421	817. 离别难 ……… 432

五、平仄韵错协格 / 422

附录一 / 434

797. 古调笑 ……… 422	一、调笑令（十首）……… 434
798. 诉衷情 ……… 422	二、九张机（十一首）……… 441
799. 西溪子 ……… 423	三、梅花曲（三首）……… 445
800. 酒泉子 ……… 423	四、薄媚 ……… 446
801. 醉公子 ……… 424	五、清平调辞（三首）……… 449
802. 昭君怨 ……… 424	六、水调歌（十一首）……… 450
803. 醉垂鞭 ……… 425	七、凉州歌（五首）……… 451
804. 菩萨蛮 ……… 425	八、伊州歌（十首）……… 452
805. 减字木兰花 ……… 426	九、陆州歌（七首）……… 453
806. 更漏子 ……… 426	
807. 巫山一段云 ……… 427	**附录二：《词林正韵》** / 455
808. 喜迁莺 ……… 427	**附录三：《中华新韵》** / 469
809. 忆余杭 ……… 428	

一、平韵格

1. 竹枝词

【题解】唐教坊曲名。元郭茂倩《乐府诗集》云：竹枝本出于巴渝，唐贞元中，刘禹锡在沅、湘，以里歌鄙陋，乃依骚人九歌，作竹枝新调九章，教里中儿歌之。由是盛于贞元、元和之间。按《刘禹锡集》，与白居易唱和竹枝甚多，其自叙云：竹枝，巴歈也。巴儿联歌，吹短笛击鼓以赴节，歌者扬袂睢舞。其音协黄钟羽，但刘白词俱无和声，今以皇甫松、孙光宪词作谱，以有和声（略）也。

【句格】单调十四字，两句两平韵。此调有不同诸格体。

皇甫松

芙蓉并蒂一心连，花侵隔子眼应穿。

――｜｜｜－△　――｜｜｜－△

附别格：单调二十八字，四句三平韵。

孙光宪

门前春水白蘋花。岸上无人小艇斜。商女经过江欲暮。散抛残食饲神鸦。

―――｜｜－△　｜｜――｜｜△　－｜―――｜｜　｜――｜｜－△

2. 归字谣

【题解】蔡伸词名《苍梧谣》，一作《归国谣》，《词谱》引《乐府雅词》入"道调宫"。周玉晨词名《十六字令》。袁去华词亦名《归字谣》。有刻《归梧谣》者，误。

【句格】单调十六字，四句三平韵。

张孝祥

归，猎猎熏风卷绣旗。拦教住，重举送行杯。

△　⊥｜——⊥｜△　——｜　⊤｜｜—△

注：张孝祥有词三首，皆以归字起韵。

3. 渔父引

【题解】唐教坊曲名。

【句格】单调十八字，三句三平韵；三句皆可对。

顾况

新妇矶边月明，女儿浦口潮平，沙头鹭宿鱼惊。

—｜——｜△　｜—｜｜—△　——｜｜—△

4. 闲中好

【题解】调见段成式《酉阳杂俎》，有平韵、仄韵二体，即以首句三字为调名也。

【句格】单调十八字，四句两平韵。

段成式

闲中好，尘务不萦心。坐对当窗木，看移三面阴。

——｜　—｜｜—△　｜｜——｜　———｜△

附仄格：单调十八字，四句两仄韵。

郑符

闲中好，尽日松为侣。此趣人不知，轻风度僧语。

——｜　｜｜——▲　｜｜—｜—　——｜—▲

5. 纥那曲

【题解】明杨慎《词品》："刘禹锡《竹枝词》云：'楚水巴山烟雨多，巴人能唱本乡歌。今朝北客思归去，回入纥岁披线萝。'阿那、纥那，皆当时名曲。李郢诗言变梵呗为艳歌，刘禹锡诗言翻南调为北调也。阿那皆押上声，纥那皆押平声。"胡震亨《唐音癸签》："纥那者，或曲之和声也。"考唐天宝中，为唐人于舟中唱歌之和声也。

【句格】单调二十字，四句三平韵。此即唐平韵五言绝句。

刘禹锡
杨柳郁青青，竹枝无恨情。同郎一回顾，听唱纥那声。
⊤｜｜—△　｜——｜△　⊤—⊥⊤｜　—｜｜—△

6. 啰唝曲

【题解】唐范摅《云溪友议》云："金陵有啰唝楼，乃陈后主所建。啰唝曲，刘采春所唱，皆当代才子所作五六七言绝句。一名《望夫歌》。"元稹诗所谓"更有恼人肠断处，选词能唱望夫歌"也。

【句格】单调二十字，四句两平韵。此调有不同诸格体，俱为单调。

刘采春
不喜秦淮水，生憎江上船。载儿夫婿去，经岁又经年。
｜⊥⊤⊤｜　⊤⊤⊤⊥△　⊥——｜　⊤｜｜—△

7. 南歌子

【题解】唐教坊曲名，《金奁集》入"仙吕宫"。此词有单调、双调。单调者，始自温庭筠词。词有"恨春宵"句，名《春宵曲》；张泌词，本此添字，因词有"高卷水晶帘额"句，名《水晶帘》，又有"惊破碧窗残梦"句，名《碧窗梦》；郑子聃有《我爱沂阳好》词十首，更名《十爱词》。周邦彦词，名《南柯子》；程垓词，名《望秦川》；田不伐词，有"帘风不动蝶交飞"句，名《风蝶令》。

【句格】单调二十三字，五句三平韵；一、二句对。此调有平仄两体。

温庭筠
手里金鹦鹉，胸前绣凤凰。偷眼暗形相，不如从嫁与，作鸳鸯。
｜｜——｜　——｜｜△　—｜｜—△　｜——｜｜　｜—△

注：温庭筠词共七首，平仄如一，填者宜遵之。

附双调：双调五十二字，前后段各四句三仄韵。上下片首二句对。

石孝友
春浅梅红小，山寒岚翠薄。斜风吹雨入帘幕，梦觉西楼、呜咽数声角。
—⊥—⊤｜　——⊤｜▲　———｜｜—▲　｜｜——　—｜｜—▲

歌酒工夫懒，别离情绪恶。舞衫宽尽不堪着，若比那回、相见更消削。
　—｜—⊤⊥　　｜—⊤｜▲　⊥——｜｜—▲　｜｜⊥—　—｜｜—▲

8. 回波乐

【题解】又名《回波词》，原唐教坊曲名，后作词调名。唐刘肃《大唐新话》："景龙中，中宗尝游兴庆池，侍宴者递起鼓舞，并唱回波词。给事中李景伯亦起舞，歌词云云。"《乐府诗集》：回波，商调曲，唐中宗时造，盖出于曲水引流泛觞也。后亦为舞曲，教坊记，谓之软舞。

【句格】单调二十四字，四句三平韵。此即唐六言绝句，但第一句俱用"回波尔时"四字起。此调有不同诸格体，俱为单调。

李景伯

回波尔时酒卮，微臣职在箴规。侍宴既过三爵，喧哗窃恐非仪。
　——｜—⊥△　—⊤｜｜—△　⊥⊥｜—⊤｜　—⊤｜｜—△

9. 舞马词

【题解】《唐书·礼乐志》："明皇尝命教舞马四百蹄，各为左右分部目，衣以文绣，络以金珠，每千秋节舞于勤政楼下。赐宴设酺，其曲数十叠，马闻声奋首鼓尾，纵横应节。又施三层板床，乘马而上，抃转如飞。或命壮士举榻，马舞其上，岁以为常。"

【句格】单调二十四字，四句三平韵，两对句。此亦唐人六古绝句，其平仄不拘。此调有不同诸格体，俱为单调。

张说

彩旄八佾成行，时龙五色因方。屈膝衔杯赴节，倾心献寿无疆。
　｜—｜｜—△　——｜｜—△　｜｜——｜｜　——｜｜—△

10. 三台

【题解】原唐教坊曲名，后用作词调名。宋李济翁《资暇录》："三台，今之啐酒三十拍促曲。啐，送酒声也。"宋张表臣《珊瑚钩诗话》："乐部中有促拍催酒，谓之三台。"沈括词，名《开元乐》，因其结有"翠华满陌东风"句，又名《翠华引》。

【句格】单调二十四字，四句两平韵；一、二句对。此亦六言绝句，平仄不拘。此调有不同诸格体，俱为单调。

王建

池北池南草绿，殿前殿后花红。天子千秋万岁，未央明月清风。

－｜－－｜｜　｜－｜｜－△　－｜－－｜｜　｜－－｜－△

注：王建集有宫中三台、江南三台之分，大约如竹枝词，有蜀中、江南、渔父之目，各随其所咏之事而名之。

11. 柘枝引

【题解】唐教坊曲名。《乐府杂录》：健舞曲。《乐苑》：羽调曲。按，此舞因曲为名，用二女童，帽施金铃，抃转有声。其来也，藏二莲花中，花坼而后见，对舞相占，实舞中雅妙者也。沈括《梦溪笔谈》：柘枝旧曲，遍数极多。今已不传，存此以志其乐。

【句格】单调二十四字，四句三平韵，见《乐府诗集》。仅此一体。

无名氏

将军奉命即须行，塞外领强兵。闻道烽烟动，腰间宝剑匣中鸣。

－－｜｜｜－△　｜｜｜－△　－｜－－｜　－－｜｜｜－△

12. 凭栏人

【题解】《太平乐府》注越调。越调，即黄钟之商声也。

【句格】单调二十四字，四句四平。此调有不同诸格体。此亦元人小令，可平可仄。

邵亨贞

谁写江南一段秋，妆点钱塘苏小楼。楼中多少愁，楚山无尽头。

⊤｜－－⊥｜△　－｜－－－｜△　－－⊤｜△　｜－－｜△

13. 摘得新

【题解】唐教坊曲名，取皇甫松词句中"摘得新"为词调名。

【句格】单调二十六字，六句四平韵。

皇甫松
摘得新，枝枝叶叶春。管弦兼美酒，最关人。平生都得几十度，展香茵。
｜｜△　——｜｜△　｜——｜｜　｜－△　——⊤｜⊥⊥｜　｜－△

14. 渔歌子

【题解】唐教坊曲名，《金奁集》入黄钟宫。按，《唐书·张志和》传：志和居江湖，自称"江波钓徒"，每垂钓不设饵，志不在鱼也；《渔歌子》一词，极能道渔家之事。宪宗图真求其人不能致，尝撰《渔歌》，即此词也。和凝词更名《渔父》，徐积词名《渔父乐》。

【句格】单调二十七字，五句四平韵；中间三言两句，宜用对偶。此调有不同诸格体。

张志和
西塞山前白鹭飞，桃花流水鳜鱼肥。青箬笠，绿蓑衣，斜风细雨不须归。
⊤⊥⊤⊤｜⊥△　⊤⊤－｜⊥｜△　⊤⊥｜　｜－△　⊤⊤⊥⊥｜⊤△

15. 忆江南

【题解】宋王灼《碧鸡漫志》：此曲自唐至今，皆南吕宫，字句皆同，止是今曲两段，盖近世曲子，无单遍者。按，唐段安节《乐府杂录》，此词乃李德裕为谢秋娘作，故名《谢秋娘》；因白居易词更今名，又名《江南好》；又因刘禹锡词有"春去也，多谢洛城人"句，名《春去也》；温庭筠词有"梳洗罢，独倚望江楼"句，名《望江楼》；皇甫松词有"闲梦江南梅熟日"句，名《梦江南》，又名《梦江口》；李煜词名《望江梅》。此皆唐词单调，至宋词始为双调并注大石调。

【句格】单调二十七字，五句三平韵；三、四句对。此调有不同诸格体。

白居易
江南好，风景旧曾谙。日出江花红胜火，春来江水绿如蓝。能不忆江南？
－⊤｜　⊤⊤｜－△　⊥｜⊤——｜｜　⊤——｜｜－△　－｜｜－△

附双调：五十四字，前后段各五句三平韵。上下片三、四句对。

欧阳修

江南蝶，斜日一双双。身似何郎曾傅粉，心如韩寿爱偷香，天赋与轻狂。
— — | 　 — | | — △ 　 — | | — — | | 　 — — — | | — △ 　 — | | — △

微雨过，薄翅腻烟光。才伴游蜂来小苑，又随飞絮过东墙，长是为花忙。
— | | 　 | | | — △ 　 — | — — — | | 　 | — — | | — △ 　 — | | — △

16. 潇湘神

【题解】调始自唐刘禹锡咏湘妃词。所谓赋题本意也。唐代潇湘间祭祀湘妃神曲，刘禹锡为填两词，见《刘梦得文集》卷八，又名《潇湘曲》。

【句格】单调二十七字，三平韵，叠一韵。此词前三字叠句叠韵。

刘禹锡

斑竹枝，斑竹枝，泪痕点点寄相思。楚客欲听瑶瑟怨，潇湘深夜月明时。
— | △ 　 — | △叠 | — ⊥ | | — △ 　 | | | — — | | 　 — — — | | — △

17. 解红

【题解】《宋史·乐志》："小儿舞队有解红。其曲失传。"陈旸《乐书》："解红，优童名。"所载和凝作，乃唐词也，若《鸣鹤余音》。有《解红儿慢》，系元人所制，与此不同。

【句格】单调二十七字，五句三平韵；首二句对仗。此与《赤枣子》《捣练子》《桂殿秋》诸词字句悉同，所辨在每句平仄之间，为昔人音律所寓，填者宜悉遵之。

和凝

百戏罢，五音清，解红一曲新教成。两个瑶池小仙子，此时夺却柘枝名。
| | | 　 | — △ 　 | — | | — △ 　 | | — — | — | 　 | — | | | — △

18. 赤枣子

【题解】原唐教坊曲名，后用作词调名。"子"有小之意，是词调名称常用字之一，所指大体属于小曲范畴。

【句格】单调二十七字，五句三平韵；一、二句对，四、五句对。

欧阳炯

夜悄悄,烛荧荧,金炉香尽酒初醒。春睡起来回雪面,含羞不语倚云屏。
⊥ | |　| — △　⊤ — —　| | — △　⊤ | | — —　| |　⊤ — ⊥ | | — △

19. 捣练子

【题解】《太和正音谱》注:双调。又名《捣练子令》《夜如年》《杵声齐》。因冯延巳词,起结有"深院静"及"数声和月到帘栊"句,更名《深院月》。明杨慎《词品》云:"辞名《捣练子》,即《咏捣练》,乃唐辞本体也。"多写怀念征夫之情。

【句格】单调二十七字,五句三平韵;一、二句对。此调有不同诸格体。

冯延巳

深院静,小庭空,断续寒砧断续风。无奈夜长人不寐,数声和月到帘栊。
⊤ | |　| — △　⊥ | — — ⊥ | △　⊤ | ⊥ — — | |　| — ⊤ | | — △

20. 桂殿秋

【题解】本唐李德裕送神、迎神曲。有"桂殿夜凉吹玉笙"句,取为调名。

【句格】单调二十七字,五句三平韵;一、二句对,四、五句对。

向子諲

秋色里,月明中,红旌翠节下蓬宫。蟠桃已结瑶池露,桂子初开玉殿风。
— | |　| ⊤ △　⊤ ⊤ | ⊥ ⊥ ⊤ △　— — | | — — |　| | — — | △

21. 阳关曲

【题解】本名《渭城曲》。宋秦观云:《渭城曲》绝句,近世又歌入《小秦王》,更名《阳关曲》。属双调,又属大石调。按,唐《教坊记》,有《小秦王曲》,即《秦王小破阵乐》也,属坐部伎。

【句格】单调二十八字,四句三平韵。

王维

渭城朝雨浥轻尘,客舍青青柳色新。劝君更进一杯酒,西出阳关无故人。
| — — | | — △　⊥ | — — | | △　| — | | | — |　— | — — — | △

注：查元《阳春白雪集》，有大石调《阳关三叠》词云："渭城朝雨，一霎挹轻尘。更洒遍客舍青青，弄柔凝，千缕柳色新。更洒遍客舍青青，千缕柳色新。休烦恼，劝君更尽一杯酒，人生会少，自古富贵功名有定分。莫遣容仪瘦损。休烦恼，劝君更尽一杯酒，只恐怕西出阳关，旧游如梦，眼前无故人。"

22. 欸乃曲

【题解】唐元结诗自序："大历初，结为道州刺史，以军事诣都。使还州，逢春水，舟行不进，作《欸乃曲》，令舟子唱之，以取适于道路。"宋程大昌《演繁露》云："元次山《欸乃曲》五章，全是绝句，如《竹枝》之类。其谓'欸乃'者，殆舟人于歌声之外，别出一声，以互相其歌也。"《柳枝》《竹枝》，尚有存者，其语度与绝句无异，但于句末，随加"竹枝"或"柳枝"等语，遂即其语以名其歌。《欸乃》，亦其例也。欸乃之声，或如唐人唱歌和声，所谓号头者，盖逆流而上，棹船劝力之声也。黄山谷题跋、洪驹父诗话，皆音作袄蔼者，误。

【句格】单调二十八字，四句三平韵。

元结

千里枫林烟雨深，无朝无暮有猿吟。停桡静听曲中意，好似云山韶濩音。
－｜－－－｜△　－－－｜｜－△　－－｜｜｜－｜　｜｜－－－｜△

23. 采莲子

【题解】唐教坊曲名。此亦七言绝句式，与《竹枝》体同。

【句格】单调二十八字，四句三平韵。

皇甫松

菡萏香连十里陂，小姑贪戏采莲迟。晚来弄水船头湿，更脱红裙裹鸭儿。
｜｜－－｜｜△　｜－－｜｜－△　｜－｜｜－－｜　｜｜｜－－｜△

24. 浪淘沙

【题解】原唐教坊曲，后用作词调，传说创自刘禹锡和白居易，事实并非如此。二人只是《浪淘沙》的模仿者。唐玄宗开元年间的敦煌曲就有了《浪淘沙》的曲调名,这个曲调是流传于丽江纳西族民间的洞经古乐。洞经古乐是中原道教音乐融合纳西族民间音乐的音乐,是古蜀氏羌巫觋祭祀音乐形成的青城洞经古乐。后人考究这个洞经古乐就是晚唐《浪淘沙》的音乐原型。敦煌曲虽有《浪淘沙》的曲调名,但有目无辞,根据《乐府诗集》刘禹锡和白居易的诗猜测,敦煌曲里面的《浪淘沙》应该是七言绝句体。

【句格】单调二十八字,四句三平韵;一、二句可对。

皇甫松

蛮歌豆蔻北人愁,蒲雨杉风野艇秋。浪起鸧鹒眠不得,寒沙细细入江流。
——｜｜｜－△　－｜——｜｜△　｜｜———｜｜　——｜｜｜－△

25. 杨柳枝

【题解】隋唐间杂曲名。唐韩翃作《章台柳》词赠姬柳氏,柳氏答词亦以起句名《杨柳枝》寄韩翃。白居易诗注:"《杨柳枝》,洛下新声,其诗有'听唱新翻杨柳枝'。"薛能诗序:"令部伎作杨柳枝健舞,复度新声。其诗云'试踏吹声作唱声'是也。盖乐府横吹曲,有《折杨柳》名。此则借旧曲名,另创新声。后遂入教坊耳。"此本唐人七言绝句,与顾夐词四十字体、朱敦儒词四十四字体,添声者不同。

【句格】单调二十八字,四句三平韵。

温庭筠

金缕毵毵碧瓦沟,六宫眉黛惹香愁。晚来更带龙池雨,半拂栏杆半入楼。
－｜——｜｜△　｜——｜｜－△　｜－｜｜——｜　｜｜——｜｜△

26. 八拍蛮

【题解】唐教坊曲名。按,孙光宪词,所咏俱越中事,或即八拍之蛮歌。

【句格】单调二十八字,四句三平韵。此调有不同诸格体。

孙光宪

孔雀尾拖金线长,怕人飞起入丁香。越女沙头争拾翠,相呼归去背斜阳。
⊥｜｜——｜△　⊥——｜｜－△　⊥｜⊤——｜｜　——⊤｜｜－△

27. 字字双

【题解】见《才鬼记》。因每句有叠字，故名《字字双》。

【句格】单调二十八字，四句四平韵。

王丽贞

床头锦衾斑复斑，架上朱衣殷复殷。空庭明月闲复闲，夜长路远山复山。
－－｜－－｜△　｜｜－－－｜△　－－－｜－｜△　｜－｜｜－｜△

28. 甘州曲

【题解】唐教坊曲名。《十国春秋》云："蜀王衍奉其太后太妃，祷青城山，宫人皆衣云霞之衣，后主（王衍）自制《甘州曲》，令宫人唱之。"《唐书·礼乐志》："天宝间乐曲。皆以边地为名，甘州其一也。"词调名盖由此。顾敻词名为《甘州子》。

【句格】单调二十九字，六句五平韵。此调有不同诸格体。

王衍

画罗裙，能结束，称腰身，柳眉桃脸不胜春。薄媚足精神，可惜许、沦
｜－△　－｜｜　｜－△　｜－－｜｜－△　｜｜｜－△　｜｜｜　－
落在风尘。
｜｜－△

29. 踏歌词

【题解】唐《辇下岁时记》："先天初，上御安福门观灯，令朝士能文者，为《踏歌》。"陈旸《乐书》云："《踏歌》，队舞曲也。"词调名本此。

【句格】单调三十字，六句四平韵；一、二句对，三、四句对。

崔液

彩女迎金屋，仙姬出画堂。鸳鸯裁锦袖，翡翠贴花黄。歌响舞分行，艳
⊥｜－－｜　－－｜｜△　－－－｜｜　⊥｜｜－△　－｜｜－△　｜
色动流光。
｜｜－△

注：此调五字六句，崔词二首皆然。有断句此词，第五句作七字，第六句作三字者，谬。

30. 秋风清

【题解】一名《秋风引》。宋寇准词名《江南春》，因其词中有"江南春尽离肠断"，因以为名。刘长卿仄韵词名《新安路》。

【句格】单调三十字，六句四平韵；一、二句对，三、四句对。此调有不同诸格体。

李白

秋风清，秋月明。落叶聚还散，寒鸦栖复惊。相思相见知何日，此时此
－－△　－｜△　｜｜｜－｜　－－－｜△　－－－｜－－｜　｜－｜
夜难为情。
｜－－△

31. 抛球乐

【题解】唐教坊曲名。《唐音癸签》云：《抛球乐》，酒筵中抛球为令，其所唱之词也。《宋史·乐志》：女弟子舞队，三日抛球乐。按，此调三十字者，始于刘禹锡词，皇甫松本此填，多一和声。三十三字者，始于冯延巳词，因词有"且莫思归去"句，或名《莫思归》。皆五七言小律诗体。至宋柳永，则借旧曲名，别倚新声，始有两段一百八十七字体。《乐章集》注：林钟商调。与唐词小令体制，迥然各别。以同一调名，故类列之。此本唐人小律，后入教坊，被之管弦，遂相沿为词。

【句格】单调三十字，六句四平韵；三、四句对。此调有不同诸格体。

刘禹锡

五色绣团圆，登君垝垣筵。最宜红烛下，偏称落花前。上客如先起，应
⊥｜⊥－△　－－｜｜△　｜－－｜｜　⊤｜｜－△　｜｜－－｜　⊤
须赠一船。
－⊥｜△

附别体：双调一百八十七字，前段十九句七仄韵，后段十七句七仄韵。

上片第三句折腰后与第四句对，六、七句三字逗对，"是处"挈八、九句对，"戏"挈十一、十二句对，结二句对；下片三、四句对。

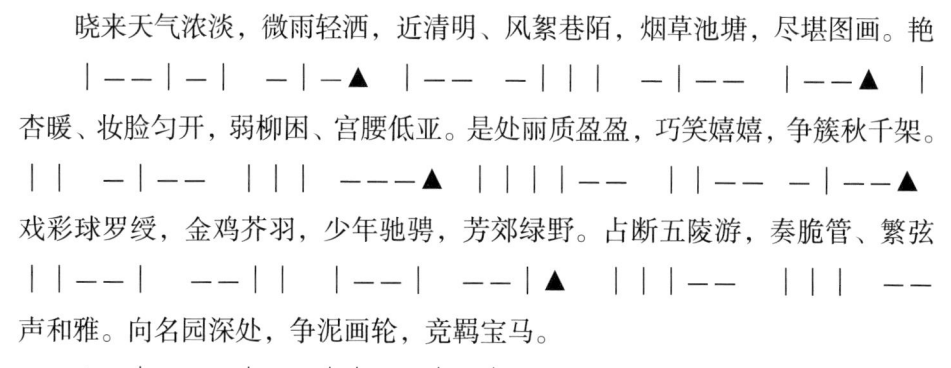

柳永

晓来天气浓淡，微雨轻洒，近清明、风絮巷陌，烟草池塘，尽堪图画。艳
｜——｜—　—｜—▲　｜——　—｜｜　｜—— 　｜——▲　｜
杏暖、妆脸匀开，弱柳困、宫腰低亚。是处丽质盈盈，巧笑嬉嬉，争簇秋千架。
｜｜　—｜｜—　｜｜｜　———▲　｜｜｜｜——　｜｜｜｜　——｜——▲
戏彩球罗绶，金鸡芥羽，少年驰骋，芳郊绿野。占断五陵游，奏脆管、繁弦
｜｜——｜　——｜｜　｜——｜　——｜▲　｜｜｜——　｜｜｜　——
声和雅。向名园深处，争泥画轮，竞羁宝马。
——▲　｜｜——｜　—｜——　｜—｜▲

取次罗列杯盘，就芳树、绿影红阴下。舞婆娑，歌宛转，彷佛莺娇燕妊。
｜｜—｜——　｜—｜　｜｜——▲　｜——　—｜｜　｜｜——｜▲
寸珠片玉，争似浓欢无价。任他美酒，十千一斗，饮竭仍解金貂贯。恣幕天
｜—｜｜　—｜———▲　｜—｜｜　｜—｜　｜｜｜——▲　｜｜—
席地。陶陶尽醉太平，且乐唐虞景化。须信艳阳天，看未足、已觉莺花谢。
｜｜　——｜｜｜—　｜｜———▲　—｜——　｜｜｜　｜｜——▲
对绿蚁翠蛾，怎生轻舍。
｜｜｜｜—　｜——▲

32. 法驾导引

【题解】 宋陈与义词序云：世传顷年都下市肆中，有道人携乌衣椎髻女子，买斗酒独饮，女子歌词以侑。凡九阕，皆非人世语。或记之，以问一道士。道士惊曰：此赤城韩夫人所制水府蔡真人《法驾导引》也，乌衣女子疑龙云。

【句格】 单调三十字，六句三平韵。

陈与义

朝元路，朝元路，同驾玉华君。千乘载花红一色，人间遥指是祥云，回
—⊤｜　—⊤｜叠⊤｜｜—△　⊤｜⊥——｜｜　⊤——｜｜—△　—

望海光新。
｜｜—△

33. 忆王孙

【题解】此词单调三十一字者，创自秦观，宋、元人照此填。《太平乐府》注：黄钟宫。《太和正音谱》注：仙吕宫。《梅苑》词名《独脚令》；谢克家词名《忆君王》；吕渭老词名《豆叶黄》；陆游词，有"画得蛾眉胜旧时"句，名《画蛾眉》；张辑词，有"几曲栏杆万里心"句，名《栏杆万里心》。双调五十四字者，见《复雅歌词》，或名《怨王孙》，与单调绝不同。

【句格】单调三十一字，五句五平韵。此调有不同诸格体。

秦观

萋萋芳草忆王孙，柳外楼高空断魂。杜宇声声不忍闻，欲黄昏，雨打梨
⊤—⊤｜｜—△　⊥｜——⊤｜△　⊥｜——⊥｜△　｜—△　⊥｜—
花深闭门。
—⊤｜△

附双调：五十四字，前后段各四句三仄韵，见《复雅歌辞》。

李清照

湖上风来波浩渺，秋已暮、红稀香少。水光山色与人亲，说不尽、无穷好。
—｜———｜▲　—｜｜、⊤——▲　｜——｜｜——　｜｜｜、——▲
莲子已成荷叶老，清露洗、蘋花汀草。眠沙鸥鹭不回头，似应恨、人归早。
—⊥⊥⊤—⊥▲　—｜｜、⊤—⊤▲　⊤—⊤｜｜——　｜⊤｜、——▲

34. 遐方怨

【题解】唐教坊曲名。此调有两体。单调者始于温庭筠，双调者始于顾敻、孙光宪。惟《花间集》有之，宋人无填此者。

【句格】单调三十二字，七句四平韵；一、二句对。此调有不同诸格体。

温庭筠

凭绣栏，解罗帏。未得君书，断肠潇湘春雁飞，不知征马几时归。海棠
—｜｜　｜—△　｜｜——　｜——⊤｜△　｜——｜｜—△　｜—

花尽也，雨霏霏。
－｜｜　｜－△

附双调：六十字，前后段各六句四平韵。上下片首二句对。

孙光宪

红绶带，锦香囊。为表花前意，殷勤赠玉郎。此时更自役心肠，转添秋
－｜｜　｜－△　｜⊥－⊤｜　⊤－⊥｜△　｜－⊥｜｜－△　｜－－

夜梦魂长。
｜｜－△

思艳质，想娇妆。愿早传金盏，同欢卧醉乡。任人猜妒尽提防，到头须
⊤⊥｜　｜－△　⊥｜－－｜　⊤－⊥｜△　｜－－｜｜－△　⊥－－

使是鸳鸯。
｜｜－△

35. 后庭花破子

【题解】《太平乐府》注：仙吕调。《唐书·礼乐志》：夷则羽，俗呼仙吕调。此金元小令，与唐词《后庭花》、宋词《玉树后庭花》异。所谓破子者，以其繁声入破也。

【句格】单调三十二字，七句五平韵；一、二句对。此调有不同诸格体。

王恽

绿树远连洲，青山压树头。落日高城望，烟霏翠满楼。木兰舟，彼汾一
⊥｜⊥⊤△　⊤⊤｜｜△　｜⊥－⊤｜　－－⊥｜△　｜－△　⊥－⊥

曲，春风佳可游。
｜　⊤－⊤｜△

36. 江城子

【题解】唐词单调，以韦庄词为主，多照韦词添字，至宋人始作双调。晁补之改名《江神子》，韩淲词有"腊后春前村意远"句，名《村意远》。宋人多依原曲重增一片。

【句格】单调三十五字，七句五平韵；二、三句对。此调有不同诸格体。

韦庄

鬈鬟狼藉黛眉长，出兰房，别檀郎。角声呜咽、星斗渐微茫，露冷月残
⊥⊤—⊥⊥⊤△　　｜—△　⊥⊤△　⊥⊤⊤｜　⊤｜｜—△　⊥｜⊥—
人未起，留不住，泪千行。
⊤｜｜　⊤⊥｜　｜—△

37. 长相思

【题解】唐教坊曲名。林逋词有"吴山青"句，名《吴山青》；张辑词有"江南山渐青"句，名《山渐青》；王行词名《青山相送迎》；《乐府雅词》名《长相思令》，又名《相思令》。

【句格】双调三十六字，前后段各四句三平韵、一叠韵。前后阕起二句，俱用叠韵且对仗，此为定格，不可悖者。此调有不同诸格体。

白居易

汴水流，泗水流。流到瓜州古渡头，吴山点点愁。
⊥⊥△　⊥⊥△叠　—｜——｜△　——｜｜△
思悠悠，恨悠悠。恨到归时方始休，月明人倚楼。
｜—△　⊥—△叠　｜｜———｜△　｜——｜△

38. 思帝乡

【题解】唐教坊曲名。此调创自温庭筠。

【句格】单调三十六字，七句五平韵。此调有不同诸格体。

温庭筠

花花，满枝红似霞。罗袖画屏肠断，卓金车。回面共人闲语，战篦金凤
—△　｜——｜△　⊤｜｜——｜　｜—△　⊤｜⊥—⊤　⊥—⊤｜
斜。惟有阮郎春尽、不还家。
△　⊤｜｜——｜　｜—△

39. 河满子

【题解】唐教坊曲名。一名《何满子》。据白居易诗注，开元中，沧州

歌者何满子临就刑时进此曲以赎死，竟不免，而后世传其曲，故有诗曰："世传满子是人名，临就刑时曲始成。"元稹也有诗云："便将何满为曲名，御府新题乐府纂"，是也。又《卢氏杂说》：唐文宗命宫人沈翘翘，舞河满子词。又属舞曲。

【句格】单调三十六字，六句三平韵。此调有不同诸格体。

和凝

写得鱼笺无限，其如花锁春辉。目断巫山云雨，空教残梦依依。却爱熏
⊥｜⊤—⊤｜　⊤—⊤｜—△　⊥｜———｜　⊤——｜—△　⊥｜⊤
香小鸭，羡他长在屏帏。
—⊥｜　⊥—⊤｜—△

40. 误桃源

【题解】宋张耒《明道杂志》云，掌禹锡学士，考试太学生，出"砥柱勒铭赋"题，此铭今俱在，乃唐太宗铭禹功，而掌公误记为太宗自铭其功。宋溴中第一，其赋悉是太宗自铭，有无名子作此嘲之。

【句格】双调三十六字，前段四句三平韵，后段四句两平韵。

无名氏

砥柱勒铭赋，本赞禹功勋。试官亲处分，赞唐文。
｜｜｜—｜　｜｜｜—△　｜——｜—　｜—△
秀才冥子里，銮驾幸并汾。恰似郑州去，出曹门。
｜—｜｜　—｜｜—△　｜｜｜—｜　｜—△

注：冥字上声，冥子里，俗谓昏也。

41. 醉太平

【题解】一名《凌波曲》。孙惟信词，名《醉思凡》；周密词，名《四字令》。《太平乐府》注：南吕宫。《太和正音谱》注：正宫，又入仙吕宫、中吕宫。

【句格】双调三十八字，前后段各四句四平韵；上片首二句对，上下歇拍为上一下四结构。上下片第二句第三字须去声。此调有不同诸格体。

刘过

情高意真，眉长鬓青。小楼明月调筝，写春风数声。
——｜△　——｜△　⊥—⊤｜—△　｜——｜△
思君忆君，魂牵梦萦。翠绡香暖银屏，更那堪酒醒。
⊤—｜△　⊤—｜△　⊥—⊤｜—△　｜⊥—｜△

42. 春光好

【题解】唐教坊曲名。《碧鸡漫志·羯鼓录》云：明皇尤爱羯鼓玉笛，为八音之领袖。时春雨始晴，景色明丽，帝曰："对此岂可不为判断。"命取羯鼓，临轩纵击，曲名《春光好》。回顾柳杏，皆已微坼。上曰："此一事不唤我作天工乎？"今夹钟宫《春光好》，唐以来多有此曲，或曰：夹钟宫，属二月之律，明皇依月用律，故能判断如神。予曰：二月柳杏坼久矣，此必正月用二月律催之也。按，《羯鼓录》载《春光好》曲，入太簇宫，本正月律也，岂明皇所作，乃太簇宫，而和凝等词，入夹钟宫耶？今明皇词已不传，所传只《花间》《樽前》集中词也。因晏几道词有"拼却一襟怀远泪，倚栏看"句，改名《愁倚栏令》，或名《愁倚栏》，或《倚栏令》。

【句格】双调四十字，前段五句三平韵，后段四句两平韵；上下片一、二句对。此调有不同诸格体。

和凝

纱窗暖，画屏闲，䯼云鬟。睡起四肢无力，半春间。
——｜　｜—△　｜—△　｜｜｜——｜　｜—△
玉指剪裁罗胜，金盘点缀酥山。窥宋深心无限事，小眉弯。
｜｜｜——｜　——｜｜—△　—｜———｜｜　｜—△

43. 怨回纥

【题解】此调本五言律诗，见《樽前集》。皇甫词第一首云："白首南朝女，悉听异域歌。收兵颉利国，饮马胡卢河。"结二句云："雕窠城上宿，吹笛泪滂沱。"盖戍妇之怨词也。

【句格】双调四十字，前后段各四句两平韵；上片一、二句对，二、三句对；下片一、二句对。此调有不同诸格体。

皇甫松

祖席驻征棹，开帆候信潮。隔筵桃叶泣，吹管杏花飘。
｜｜⊥－｜　－－｜｜△　⊥－⊤｜｜　⊤｜⊥－△
船去鸥飞阁，人归尘上桥。别离惆怅泪，江路湿红蕉。
－｜－－｜　－－⊤｜△　⊥－－｜｜　－｜｜－△

44. 蝴蝶儿

【题解】调见《花间集》。取词中起句为名。

【句格】双调四十字，前段四句四平韵，后段四句三平韵。

张泌

蝴蝶儿，晚春时。阿娇初着淡黄衣，倚窗学画伊。
－｜△　｜－△　｜－－｜｜－△　｜－｜｜△
还似花间见，双双对对飞。无端和泪拭胭脂，惹教双翅垂。
－｜－－｜　－－｜｜△　－－－｜｜－△　｜－－｜△

45. 玉蝴蝶

【题解】小令始于温庭筠，长调始于柳永。《乐章集》注：仙吕调。一名《玉蝴蝶慢》。

【句格】双调四十一字，前段四句四平韵，后段四句三平韵；上片三、四句对，下片一、二句对。此调有不同诸格体。

温庭筠

秋风凄切伤离，行客未归时。塞外草先衰，江南雁到迟。
－－－｜－△　⊤⊥⊥⊤△　｜｜｜－△　－－｜｜△
芙蓉凋嫩脸，杨柳堕新眉。摇落使人悲，断肠谁得知。
－－－｜｜　－｜｜－△　－｜｜－△　｜－－｜△

附别体：双调九十九字，前段十句五平韵，后段十一句六平韵。上片六、七句三字逗对。

柳永

望处雨收云断，凭栏悄悄，目送秋光。晚景萧疏，堪动宋玉悲凉。水风
⊥｜⊥－⊤｜　⊤⊤⊥｜　⊥｜－△　⊥｜－－　⊤｜⊥｜－△　⊥－

清、蘋花渐老，月露冷、梧叶飘黄。遣情伤，故人何在，烟水茫茫。
⊤　⊤－⊥｜　⊥⊥｜　⊤｜－△　｜－△　⊥－⊤｜　⊤｜－△

难忘。文期酒会，几辜风月，屡变星霜。海阔山遥，未知何处是潇湘。念
⊤△　⊤－⊥｜　⊥－⊤｜　⊥｜－△　｜｜－－　⊥－⊤｜｜－△　｜

双燕、难凭远信，指暮天、空识归航。黯相望，断鸿声里，立尽斜阳。
⊤⊥　⊤－⊥｜　⊥⊥⊤　⊤｜－△　｜－△　⊥－⊤｜　⊥｜－△

46. 赞浦子

【题解】唐教坊曲名。一名《赞普子》。

【句格】双调四十二字，前后段各四句，两平韵；上片两对句，下片一、二句宜对。

毛文锡

锦帐添香睡，金炉换夕熏。懒结芙蓉带，慵拖翡翠裙。
｜｜－－｜　－－｜｜△　｜｜－－｜　－－｜｜△

正是桃夭柳媚，那堪暮雨朝云。宋玉高唐意，裁琼欲赠君。
｜｜－－｜｜　｜－｜｜－△　｜｜－－｜　－－｜｜△

47. 浣溪沙

【题解】唐教坊曲名。张泌词，有"露浓香泛小庭花"句，名《小庭花》；贺铸名《减字浣溪沙》；韩淲词，有"芍药酴醿满院春"句，名《满院春》；有"东风拂槛露犹寒"句，名《东风寒》；有"一曲西风醉木犀"句，名《醉木犀》；有"霜后黄花菊自开"句，名《霜菊黄》；有"广寒曾折最高枝"句，名《广寒枝》；有"春风初试薄罗衫"句，名《试香罗》；有"清和风里绿荫初"句，名《清和风》；有"一番春事怨啼鹃"句，名《怨啼鹃》。

【句格】双调四十二字，前段三句三平韵，后段三句两平韵；下片首二句对。此调有不同诸格体。

韩偓

宿醉离愁慢髻鬟，六铢衣薄惹轻寒。慵红闷翠掩青鸾。
⊥｜⊤－⊥｜△　⊥－⊤｜｜－△　⊤－⊥｜｜－△

罗袜况兼金菡萏，雪肌仍是玉琅玕。骨香腰细更沉檀。
⊤｜⊥－－｜｜　⊥－⊤｜｜－△　⊥－⊤｜｜－△

48. 雪花飞

【题解】《宋史·乐志》：高角调。按，高角乃大吕之角声也。

【句格】双调四十二字，前后段各四句，两平韵。

黄庭坚

携手青云路稳，天声迤逦传呼。袍笏恩章乍赐，春满皇都。
－｜－－｜｜　－－｜｜－△　－｜－－｜｜　－｜－△

何处难忘酒，琼花照玉壶。归橐丝鞘竞醉，雪舞街衢。
－｜－－｜　－－｜｜△　－｜－－｜｜　｜｜－△

49. 沙塞子

【题解】唐教坊曲名。一名《沙碛子》。

【句格】双调四十二字，前后段各五句，两平韵；疑前段"越""阙"入声相叶；后段"远""晚"去上相叶；上下片二、三句对。此调有不同诸格体。

朱敦儒

万里飘零南越，山引泪，酒催愁。不见凤楼龙阙，又经秋。
｜｜－－－｜　－｜｜　｜－△　｜｜｜－－｜　｜－△

九日江亭闲望，蛮树远，瘴烟浮。肠断红蕉花晚，水西流。
｜｜⊤－－｜　－⊥｜　｜－△　－｜－－－｜　｜－△

50. 采桑子

【题解】唐教坊曲，有《杨下采桑》，调名本此。《樽前集》注：羽调。《乐府雅词》注：中吕宫。南唐李煜词名《丑奴儿令》，冯延巳词名《罗敷媚歌》，贺铸词名《丑奴儿》，陈师道词名《罗敷媚》。

【句格】双调四十四字，前后段各四句，三平韵。此调有不同诸格体。

和凝

蜻蜓领上词梨子，绣带双垂。椒户闲时，竞学拎蒲赌荔枝。
⊤—⊥｜——｜　⊥｜—△　⊤｜—△　⊥｜——⊥｜△

丛头鞋子红编细，裙窣金丝。无事颦眉，春思翻教阿母疑。
⊤—⊤｜——｜　⊤｜—△　⊤｜—△　⊤｜——⊥｜△

51. 诉衷情令

【题解】《乐章集》注：林钟商。晚唐温庭筠取《离骚》"众不可悦兮，孰云察余之中情"句创制；张元幹以黄庭坚词"曾咏渔父家风"，改名《渔父家风》；张辑词有"一钓丝风"句，名《一丝风》。

【句格】双调四十四字，前段四句三平韵，后段六句三平韵；下片一、二、三句对。此调有不同诸格体。

晏殊

青梅煮酒斗时新，天气欲残春。东城南陌花下，逢着意中人。
⊤—⊥｜｜—△　⊤⊥｜⊤△　⊥—⊤｜⊤｜　⊤｜｜—△

回绣袂，展香茵，叙情亲。此时拚作，千尺游丝，惹住朝云。
—｜｜　｜—△　｜—△　⊥—⊥｜　⊤｜⊤⊤　⊤｜—△

52. 好时光

【题解】词见《樽前集》，唐明皇制（疑非明皇之笔），取结句三字为调名。

【句格】双调四十五字，前后段各四句，两平韵。

唐明皇

宝髻偏宜宫样，莲脸嫩、体红香。眉黛不须张敞画，天教入鬓长。
｜｜——｜　—｜｜　｜—△　—｜｜——｜　——｜｜△

莫倚倾国貌，嫁取个，有情郎。彼此当年少，莫负好时光。
｜｜—｜｜　｜｜｜　｜—△　｜｜——｜　｜｜｜—△

53. 杏园芳

【题解】调见《花间集》。

【句格】双调四十五字，前段四句四平韵，后段四句三平韵。

尹鹗

严妆嫩脸花明，教人见了关情。含羞举步越罗轻，称娉婷。
——｜｜－△　——｜｜－△　——｜｜｜－△　｜－△

终朝咫尺窥香阁，迢遥似隔层城。何时休遣梦相萦，入云屏。
——｜｜——｜　——｜｜－△　———｜｜－△　｜－△

54. 华清引

【题解】词赋华清旧事，因以名调。

【句格】双调四十五字，前后段各四句，三平韵；下片三、四句宜对。

苏轼

平时十月幸莲汤，玉甃琼梁。五家车马如水，珠玑满路旁。
——｜｜｜－△　｜｜－△　｜——｜－｜　——｜｜△

翠华一去掩方床，独留烟树苍苍。至今清夜月，依旧过缭墙。
｜－｜｜｜－△　｜——｜－△　｜——｜｜　－｜｜－△

55. 好女儿

【题解】此调有两体。四十五字者，起于黄庭坚，因词有"懒系酥胸罗带，羞见绣鸳鸯"句，名《绣带儿》，《花草粹编》一作《绣带子》。另有六十二字者起于晏几道，与黄词迥别。

【句格】双调四十五字，前段四句三平韵，后段五句三平韵。此调有不同诸格体。

黄庭坚

小院一枝梅，冲破晓寒开。偶到芳园游戏，满袖带香回。
⊥｜｜——　⊤⊥｜－△　⊥｜———｜　⊥｜｜－△

玉酒覆银杯，尽醉去、犹待重来。东邻何事，惊吹怨笛，雪片成堆。

⊥||—— |⊥⊥ ⊤|－△ ⊤——| ——|| ||－△

附别体：双调六十二字，前段六句三平韵，后段六句两平韵。上下片结二句对。

晏几道

绿遍西池，梅子青时。尽无端、尽日东风恶，更霏微细雨，恼人离恨，满
⊥|－△ ⊤|－△ |⊤－ ||——| |——|| ⊥—⊤| ⊥
路春泥。
|－△

应是行云归路，有闲泪、洒相思。想旗亭、望断黄昏月，又依前误了，
⊤|⊤——| ⊥—| |－△ |—— ||——| |⊤－⊥|
红笺香信，翠袖欢期。
⊤—⊤| ⊥|－△

56. 彩鸾归令

【题解】袁去华词，名《青山远》。

【句格】双调四十五字，前段四句四平韵，后段四句三平韵；下片首二句对。

张元幹

珠履争围，小立春风趁拍低。态闲不管乐催伊，整朱衣。
—|－△ ||——||△ |—|||－△ |－△

粉融香润随人劝，玉困花娇越样宜。凤城灯夜旧家时，数他谁。
|——|—| ||——||△ |——||－△ |－△

57. 望仙门

【题解】调见《珠玉词》，取词中结句为名。

【句格】双调四十六字，前段四句四平韵，后段五句三平韵、一叠韵。

晏殊

玉池波浪碧如鳞，露莲新。清歌一曲翠眉颦，舞华茵。
|——||－△ |－△ ⊤—⊥||－△ |－△

满酌兰英酒,须知献寿千春,太平无事荷君恩。荷君恩,齐唱望仙门。
⊥|——| ——||—△ |——||—△ |—△叠—|||—△

58. 占春芳

【题解】苏轼咏梨花制此调,取词中第三句为名。

【句格】双调四十六字,前段五句两平韵,后段四句三平韵;上片首二句对。

苏轼

红杏了,夭桃尽,独自占春芳。不比人间兰麝,自然透骨生香。
—|| ——| |||—△ |||——| |—|||—△

对酒莫相忘,似佳人、兼合明光。只忧长笛吹花落,除是宁王。
|||—△ |—— —|—△ |——||—— —|—△

59. 相思引

【题解】此调有两体,四十六字者,押平声韵,房舜卿词名《玉交枝》,周紫芝词名《定风波令》,赵彦端词名《琴调相思引》;四十九字者,押仄声韵,《古今词话》无名氏词名《镜中人》。

【句格】双调四十六字,前段四句三平韵,后段四句两平韵;下片首二句对。此调有不同诸格体。

袁去华

晓鉴胭脂拂紫绵,未忺梳掠髻云偏。日高人静,沉水袅残烟。
⊥|——⊥|△ ⊥—⊤||—△ ⊥—⊤| ⊤||—△

春老菖蒲花未着,路长鱼雁信难传。无端风絮,飞到绣床边。
⊤|⊤——|| ⊥—⊤||—△ ⊤—⊤| ⊤||—△

附仄格:双调四十八字,前段五句四仄韵,后段四句四仄韵。上片首二句对。

无名氏

柳烟浓,梅雨润,芳草绵绵离恨。花坞风来几阵,罗袖沾香粉。
|—— —|▲ —|——▲ —|——|| —|——▲

独上小楼迷远近，不见浣溪人信。何处笛声飘隐隐，吹断相思引。
｜｜｜——｜▲　｜｜｜——▲　—｜｜——｜▲　—｜——▲

60. 落梅风

【题解】调见《梅苑》。按，《梅苑》别有《落梅风》长调二首，俱一百六字，因《花草粹编》名《落梅》，亦名《落梅慢》，另体，不列。

【句格】双调四十六字，前段四句四平韵，后段四句三平韵。

无名氏

宫烟如水湿芳辰，寒梅似雪相亲。玉楼侧畔数枝春，惹香尘。
———｜｜—△　——｜｜—△　｜—｜｜｜—△　｜—△
寿阳娇面偏怜惜，妆成一面花新。镜中重把玉纤匀，酒初醺。
｜————｜　——｜｜—△　｜——｜｜—△　｜—△

61. 乌夜啼

【题解】唐教坊曲名。《太和正音谱》注：南吕宫，又大石调。宋欧阳修词名《圣无忧》，赵令畤词名《锦堂春》。按，郭茂倩《乐府诗集》有清商曲《乌夜啼》，又名《相见欢》，乃六朝及唐人古今诗体，与此不同，此盖借旧曲名，另翻新声也。

【句格】双调四十七字，前后段各四句，两平韵。此调有不同诸格体。

李煜

昨夜风兼雨，帘帏飒飒秋声。烛残漏断频敧枕，起坐不能平。
｜｜——｜　⊤—｜｜—△　⊥—｜｜——｜　⊥｜｜—△
世事漫随流水，算来一梦浮生。醉乡路稳宜频到，此外不堪行。
⊥｜⊥—⊤　⊥—⊥｜—△　⊥—⊥｜——｜　⊥｜｜—△

62. 相思儿令

【题解】《花草粹编》名《相思令》。

【句格】双调四十七字，前后段各四句两平韵。

晏殊

昨日探春消息，湖上绿波平。无奈绕堤芳草，还向旧痕生。
｜｜｜——｜　—｜｜—△　—｜｜——｜　—｜｜—△

有酒且醉瑶觞，更何妨、檀板新声。谁教杨柳千丝，就中牵系人情。
｜｜｜｜——　｜——　—｜—△　———｜——　———｜—△

63. 阮郎归

【题解】宋丁持正词，有"碧桃春昼长"句，名《碧桃春》；李祁词名《醉桃源》；曹冠词名《宴桃源》；韩淲词，有"濯缨一曲可流行"句，名《濯缨曲》。

【句格】双调四十七字，前段四句四平韵，后段五句四平韵；下片一、二句对。此调有不同诸格体。

李煜

东风吹水日衔山，春来长自闲。落花狼藉酒阑珊，笙歌醉梦间。
⊤—⊤｜｜—△　⊤—⊤｜△　⊥—⊤｜｜—△　⊤—⊥｜△

春睡觉，晚妆残，无人整翠鬟。留连光景惜朱颜，黄昏独倚栏。
⊤⊥｜　｜—△　⊤—⊥｜△　⊤—⊤｜｜—△　⊤—⊥｜△

64. 珠帘卷

【题解】调见欧阳修词，因词有"珠帘卷"句，取以为名。

【句格】双调四十七字，前段五句三平韵，后段五句两平韵；上下片首二句对，下片歇拍句对。

欧阳修

珠帘卷，暮云愁，垂杨暗锁青楼。烟雨蒙蒙如画，轻风吹旋收。
——｜　｜—△　——｜｜—△　—｜———｜　———｜△

香断锦屏新别，人间玉簟初秋。多少旧欢新恨，书杳杳，梦悠悠。
—｜｜——｜　——｜｜—△　—｜｜——｜　—｜｜　｜—△

65. 画堂春

【题解】调见《淮海集》。即咏画堂春色，取以为名。

【句格】双调四十七字，前段四句四平韵，后段四句三平韵。此调有不同诸格体。

秦观

落红铺径水平池，弄晴小雨霏霏。杏花憔悴杜鹃啼，无奈春归。
⊥－⊤｜｜－△　⊥－⊥｜－△　｜－－｜｜－△　⊤｜－△
柳外画楼独上，凭栏手捻花枝。放花无语对斜晖，此恨谁知。
⊥｜⊥－⊥｜　⊤－⊥｜－△　⊥－⊤｜｜－△　⊥｜－△

66. 喜长新

【题解】唐教坊曲名，后作词调。

【句格】双调四十七字，前段四句四平韵，后段四句三平韵。

王胜之

秋风朔吹晓徘徊，雪照楼台。梁王宴召有邹枚，相如独逞英才。
－－｜｜｜－△　｜｜－△　－－｜｜｜－△　－－｜｜－△
明烛熏炉香暖，深劝金杯。庭前艳粉有寒梅，一枝昨夜先开。
－｜－－－｜　－｜－△　－－｜｜｜－△　｜－｜｜－△

67. 金盏子令

【题解】见《高丽史·乐志》。

【句格】双调四十七字，前后段各五句，两平韵；上片第四句为一四结构。

无名氏

东风报暖。到头嘉气渐融怡。巍峨凤阙，起鳌山万仞，争耸云涯。
－－｜｜　｜－－｜｜－△　－－｜｜　－－－｜｜　－｜－△
梨园子弟，齐奏新曲，半是埙篪。见满筵、簪绅醉饱，颂鹿鸣诗。
－－｜｜　－｜－｜　｜｜－△　｜｜－　－－｜｜　｜｜－△

68. 献天寿

【题解】见《高丽史·乐志》。

【句格】双调四十七字，前段四句四平韵，后段五句三平韵；上下片第二句均为一三结构。

无名氏

日暖风和春更迟，是太平时。我从蓬岛整容姿，来降贺丹墀。
｜｜－－－｜△　｜｜－△　｜－－｜｜－△　－｜｜－△

幸逢灯夕真佳会，喜近天威。神仙寿算永无期，献君寿，万年斯。
｜－－｜－－｜　｜｜－△　－－｜｜｜－△　｜－｜　｜－△

69. 三字令

【题解】调见《花间集》。前后段俱三字句，故名。

【句格】双调四十八字，前后段各八句，四平韵；注意三字句宜对处。此调有不同诸格体。

欧阳炯

春欲尽，日迟迟，牡丹时。罗帐卷，翠帘垂，彩笺书。红粉泪，两心知。
－｜｜　｜－△　｜－△　－｜｜　｜－△　｜－－　｜｜｜　｜｜－△

人不在，燕空归，负佳期。香烬落，枕函敧。月分明，花淡薄，惹相思。
－｜｜　｜－△　｜－△　－｜｜　｜－△　｜－－　－｜｜　｜｜－△

70. 山花子

【题解】唐教坊曲名。一名《南唐浣溪沙》，《梅苑》名《添字浣溪沙》，《乐府雅词》名《摊破浣溪沙》，《高丽史·乐志》名《感恩多令》。此词即《浣溪沙》之别体，不过两结句多三字，移其韵于结句耳，此所以有"添字""摊破"之名，然在《花间集》，至和凝已名《山花子》。

【句格】双调四十八字，前段四句三平韵，后段四句两平韵；上下片首二句宜对。

李璟

菡萏香销翠叶残，西风愁起绿波间。还与韶光共憔悴，不堪看。
⊥｜——｜｜△　⊤—⊤｜｜—△　⊤｜⊤—⊥⊤｜　｜—△

细雨梦回鸡塞远，小楼吹彻玉笙寒。多少泪珠何限恨，倚栏杆。
⊥｜⊥——｜｜　⊥—⊤｜｜—△　⊤｜⊥——｜｜　｜—△

71. 庆金枝

【题解】《高丽史·乐志》，名《庆金枝令》。

【句格】双调四十八字，前后段各四句，三平韵。此调有不同诸格体。

无名氏

莫惜金缕衣，劝君惜、少年时。花开堪折直须折，莫待折空枝。
⊥⊥⊤｜△　｜—｜　｜—△　———｜｜—｜　｜｜｜—△

一朝杜宇才鸣后，便从此、歇芳菲。有花有酒且开眉，莫待满头丝。
⊥—｜｜——｜　⊥⊤｜　｜—△　⊥—⊤｜｜—△　｜｜｜—△

72. 朝中措

【题解】《宋史·乐志》，属黄钟宫。李祁词有"初见照江梅"句，名《照江梅》；韩淲词名《芙蓉曲》，又有"香动梅梢圆月"句，名《梅月圆》。

【句格】双调四十八字，前段四句三平韵，后段五句两平韵；下片二、三句对。此调有不同诸格体。

欧阳修

平山栏槛倚晴空，山色有无中。手种堂前垂柳，别来几度春风。
⊤—⊤｜｜—△　⊤｜｜—△　⊥｜⊤—⊤　⊥—⊥｜—△

文章太守，挥毫万字，一饮千钟。行乐直须年少，樽前看取衰翁。
⊤—⊥｜　⊤—⊥｜　⊥｜｜—△　⊤｜⊥—⊤｜　⊤—⊥｜—△

73. 庆春时

【题解】调见《小山乐府》，凡二首，俱庆赏春时宴乐之词。

【句格】双调四十八字，前段六句两平韵，后段五句两平韵；下片三、四句对。

晏几道

倚天楼殿，升平风月，彩仗春移。鸾丝凤竹，长生调里，迎得翠舆归。
⊥ー⊤｜　ーーー｜　⊥｜ー△　ーー｜｜　ーー｜｜　ー｜｜ー△
雕鞍游罢，何处还有心期。浓熏翠被，深停画烛，人约月西时。
ーーー｜　ー｜ー｜ー△　ーー｜｜　ーー｜｜　ー｜｜ー△

74. 眼儿媚

【题解】左誉词，有"斜月小栏杆"句，名《小栏杆》；韩淲词，有"东风拂槛露犹寒"句，名《东风寒》；陆游词名《秋波媚》。

【句格】双调四十八字，前段五句三平韵，后段五句两平韵；上片三、四句对，下片歇拍句对。此调有不同诸格体。

左誉

楼上黄昏杏花寒，斜月小栏杆。一双燕子，两行归雁，画角声残。
ー｜ーー｜ー△　⊤｜｜ー△　⊥ー⊥｜　⊥ー⊤｜　⊥｜ー△
绮窗人在东风里，洒泪对春闲。也应似旧，盈盈秋水，淡淡青山。
⊥ー⊤｜ーー｜　⊥｜｜ー△　⊥ー⊥｜　⊤ーー｜　⊥｜ー△

附贺铸体：双调四十八字，前段五句三平韵，后段五句两平韵。
萧萧江上荻花秋，做弄许多愁。半竿落日，两行新雁，一叶扁舟。
⊤ー⊤｜｜ー△　｜｜｜ー△　｜ー｜｜　｜ーー｜　｜｜ー△
惜分长怕君先去，且待醉时休。今宵眼底，明朝心上，后日眉头。
｜ーー｜ーー｜　｜｜｜ー△　ーー｜｜　ーーー｜　｜｜ー△

75. 人月圆

【题解】《中原音韵》注：黄钟宫。此调始于王诜，因词中"人月圆时"句，取以为名。吴激词，有"青衫泪湿"句，又名《青衫湿》。

【句格】双调四十八字，前段五句两平韵，后段六句两平韵；上片歇拍句对。此调有不同诸格体。

王诜

小桃枝上春来早，初试薄罗衣。年年此夜，华灯竞处，人月圆时。
⊥—⊤｜——｜　⊤｜｜—△　⊤—⊥｜　——⊥｜　⊤｜—△
禁街箫鼓，寒轻夜永，纤手同携。夜阑人静，千门笑语，声在帘帏。
⊥—⊤｜　⊤—⊥｜　⊤｜—△　⊥—⊤｜　——⊥｜　⊤｜—△

76. 喜团圆

【题解】调见《小山乐府》。《花草粹编》无名氏词，有"与个团圆"句，更名《与团圆》。

【句格】双调四十八字，前段五句两平韵，后段六句两平韵。上片二、三句对，歇拍句为一四结构；下片歇拍句对。此调有不同诸格体。

晏几道

危楼静锁，窗中远岫，门外垂杨。珠帘不禁春风度，解偷送余香。
——｜｜　——｜｜　⊤｜—△　——｜｜——｜　｜—｜—△
眠思梦想，不如双燕，得到兰房。别来只是，凭高泪眼，感旧离肠。
⊤⊤⊥⊥　⊥—⊤｜　⊥｜—△　⊥—｜｜　——⊥｜　｜｜—△

77. 武陵春

【题解】《梅苑》名《武林春》，又《花想容》。清毛先舒《填词名解》云：唐诗"为是仙才登望处，风光便似武陵春"以为词调名。

【句格】双调四十八字，前后段各四句，三平韵。此调有不同诸格体。

毛滂

风过冰檐环佩响，宿雾在华茵。剩落瑶花衬月明，嫌怕有纤尘。
⊤｜⊤——｜｜　｜｜｜—△　⊥｜——⊥｜△　⊤｜｜—△
风口衔灯金炫转，人醉觉寒轻。但得清光解照人，不负五更春。
⊥⊥⊤⊤⊤｜　⊤｜｜—△　⊥｜——｜｜△　⊥｜｜—△

78. 鬲溪梅令

【题解】姜夔自度曲，原注：仙吕调。一作《高溪梅令》。

【句格】双调四十八字，前后段各四句，四平韵。

姜夔

好花不与殢香人，浪粼粼。又恐春风归去、绿成阴，玉钿何处寻。

｜－｜｜｜－△　｜－△　｜｜－－－｜　｜－△　｜－－｜△

木兰双桨梦中云，水横陈。漫向孤山山下、觅盈盈，翠禽啼一春。

｜－－｜｜－△　｜－△　｜｜－－－｜　｜－△　｜－－｜△

79. 伊州三台

【题解】唐有《宫中三台》《江南三台》等曲，此云伊州者，亦本唐曲，取边地为名也。《三台》皆用六字成句，观赵师侠词，前后起两句，亦作六言，犹沿唐人旧体。若两结摊破六字二句，为五字一句、七字一句，则新声矣，故为另一体。

【句格】双调四十八字，前后段各四句，四平韵。

赵师侠

桂花移自云岩。更被灵砂染丹。清露湿酡颜，醉乘风、下临世间。

｜－－｜－△　｜｜－－｜△　－｜｜－△　｜－－　｜－｜△

素娥襟韵萧闲。不与群芳并看。蔌蔌绛绡单，觉身轻、梦回广寒。

－－－｜－△　｜｜－－｜△　｜｜｜－△　｜－－　｜－｜△

80. 双头莲令

【题解】调见赵师侠《坦庵集》，咏信丰双莲，故制此词。

【句格】双调四十八字，前后段各四句，四平韵。

赵师侠

太平和气兆嘉祥，草木总成双。红苞翠盖出横塘，两两斗芬芳。

｜－－｜｜－△　｜｜｜－△　－－｜｜｜－－　｜｜｜｜－△

杆摇碧玉并青房，仙髻拥新妆。连枝不解引鸾凰，留取映鸳鸯。

｜－｜｜｜－△　－｜｜－△　－－｜｜｜－△　－｜｜｜－△

81. 月宫春

【题解】调见《花间集》毛文锡词。周邦彦更名《月中行》。《宋史·乐志》属小石角。

【句格】双调四十九字，前段四句四平韵，后段四句两平韵，下片首二句对。此调有不同诸格体。

毛文锡
水晶宫里桂花开，神仙探几回。红芳金蕊绣重台，低倾玛瑙杯。
｜－－｜｜－△　⊤－⊥｜△　⊤－－｜｜－△　⊤－⊥｜△
玉兔银蟾争守护，姮娥妊女戏相偎。遥听钧天九奏，玉皇亲看来。
⊥｜⊤－－｜｜　－－⊥｜｜－△　⊤｜－－｜｜　｜－－｜△

82. 极相思

【题解】宋彭乘《墨客挥犀》云：仁庙时，皇族中太尉夫人，一日入内，再拜告帝曰，妾有夫，不幸为婢妾所惑，帝怒，流婢于千里，夫人亦得罪，居瑶华宫，太尉罚俸而不得朝。经岁，方春暮，夫人为词曲，名《极相思》，或加"令"字。

【句格】双调四十九字，前段五句三平韵，后段五句两平韵。

无名氏
柳烟霁色方晴，花露逼金茎。秋千院落，海棠渐老，才过清明。
⊥－⊥｜－△　⊤｜｜－△　－－⊥｜　⊥－｜｜　⊤｜－△
嫩玉腕托香脂脸，相傅粉、更与谁情。秋波绽处，相思泪迸，天阻深诚。
⊥｜⊥⊥－⊤｜　⊤⊥｜　⊥｜－△　⊤－⊥｜　－－⊥｜　⊤｜－△

83. 柳梢青

【题解】此调两体，或押平韵，或押仄韵，字句悉同。押平韵者，宋韩淲词有"云淡秋空"句等。押仄韵者，《古今词话》无名氏词，有"陇头残月"句等。

【句格】双调四十九字，前段六句三平韵，后段五句三平韵；上片四、五句对,下片三、四句对。此调有不同诸格体。

秦观

岸草平沙,吴王故苑,柳袅烟斜。雨后寒轻,风前香细,春在梨花。
⊥|—△ ⊤—⊥| ⊥|—△ ⊥|—— ⊤—⊤| ⊤|—△

行人一棹天涯,酒醒处、残阳乱鸦。门外秋千,墙头红粉,深院谁家。
⊤—⊥|—△ ⊥⊥| ——|△ ⊥⊤|—— ⊤|—— ⊤—⊤| ⊤|—△

附仄格:双调四十九字,前段六句三仄韵,后段五句两仄韵。上片五、六句对。

贺铸

子规啼血,可怜又是,春归时节。满院东风,海棠铺绣,梨花飞雪。
——⊤▲ ⊥⊤|⊥ ⊤⊤⊤▲ ⊥|⊤— ⊥—⊤| ⊤——▲

丁香露泣残枝,算未比、愁肠寸结。自是休文,多情多感,不干风月。
⊤—⊥|—— ⊥⊥| ⊤—⊥▲ ⊥|⊤— ⊤—⊤| ⊥——▲

84. 太常引

【题解】《太和正音谱》注:仙吕宫。一名《太清引》。韩淲词有"小春时候腊前梅"句,名《腊前梅》。

【句格】双调四十九字,前段四句四平韵,后段五句三平韵。此调有不同诸格体。

辛弃疾

仙机似欲织纤罗,仿佛度金梭。无奈玉纤何,却弹作、清商恨多。
⊤—⊥||—△ ⊥||—△ ⊤||—△ |⊤| ——|△

珠帘影里,如花半面,绝胜隔帘歌。世路苦风波,且痛饮、公无渡河。
⊤—⊥| ⊤—⊥| ⊥||—△ ⊥||—△ ⊥⊥| ——|△

85. 少年游

【题解】调见《珠玉集》,因词有"长似少年时"句,取以为名。又名《玉腊梅枝》。

【句格】双调五十字,前段五句三平韵,后段五句两平韵;上片三、四句对。此调有不同诸格体。

晏殊

芙蓉花发去年枝，双燕欲归飞。兰堂风软，金炉香暖，新曲动帘帷。
⊤－⊤｜｜－△　⊤｜｜－△　⊤⊤⊤⊥　⊤－⊤｜　－｜｜－△
家人并上千春寿，深意满琼卮。绿鬓朱颜，道家装束，长似少年时。
⊤⊤⊥⊥－⊤｜　⊤｜｜－△　⊥⊤⊤　｜－⊤｜　⊤｜｜－△

86. 惜春令

【题解】宋周密《天基圣节乐次》，有"方响独打，正宫《惜春》"。

【句格】双调五十字，前后段各四句，三平韵。此调有不同诸格体。

杜安世

今日重阳秋意深，篱边散、嫩菊开金。万里霜天林叶坠，萧索动离心。
－｜－－－｜△　－－｜　｜｜－△　｜｜－－－｜｜　－｜｜－△
臂上茱萸新，似前岁、堪赏光阴。一盏香醪聊寄兴，牛岭会难寻。
｜｜－－△　｜－｜　－｜－△　｜－－－｜｜　－｜｜－△

87. 孤馆深沉

【题解】调见宋黄大舆《梅苑》词。

【句格】双调五十字，前段五句三平韵，后段五句两平韵；上片第三句、下片第二句均上一下四结构。

权无染

琼英雪艳岭梅芳，天付与清香。向腊后春前，解压万花，先占东阳。
－－｜｜｜－△　－｜｜－△　｜｜｜－－　｜｜｜－　－｜－△
拟待折、一枝相赠，奈水远天长。对妆面，忍听羌笛，又还空断人肠。
｜｜｜　｜－－　｜｜｜－△　｜－｜　｜－－｜　｜－－｜－△

88. 促拍采桑子

【题解】调见朱希真《太平樵唱词》，一名《促拍丑奴儿》。促拍者，即促节繁声之意，《中原音韵》所谓"急曲子"也，字句与《采桑子》《添字采桑子》迥别。

【句格】双调五十字，前段五句三平韵，后段五句两平韵；下片三、四句对。

朱敦儒

清露湿幽香，想瑶台、无语凄凉。飘然欲去，依然似梦，云渡银潢。
－｜｜－△　｜－－　－｜－△　－－｜｜　－－｜｜　－｜－△

又是天风吹澹月，佩丁东、携手西厢。泠泠玉磬，沉沉素瑟，舞遍霓裳。
｜｜－－－｜｜　｜－－　－｜－△　－－｜｜　－－｜｜　｜｜－△

89. 怨三三

【题解】调见李之仪《姑溪词》，取词中前段结句意为名。

【句格】双调五十字，前段四句四平韵，后段五句四平韵；下片第三句为一四结构。

李之仪

清溪一派泻楼蓝，岸草毵毵。记得黄鹂语画檐，唤狂里、醉重三。
－－｜｜｜－△　｜｜－△　｜｜－－｜｜△　｜－｜　｜－△

春风不动垂帘，似三五、初圆素蟾。镇泪眼廉纤，何时歌舞，再和池南。
－－｜｜－△　｜－｜　－－｜△　｜｜｜－△　－－－｜　｜｜－△

90. 导引

【题解】宋鼓吹四曲，悉用教坊新声，车驾出入奏《导引》，此调是也。《宋史·乐志》，《正宫》《道调宫》《黄钟宫》《大石调》《黄钟羽调》《正平调》《仙吕调》，凡七曲，或五十字，或加一叠一百字。《金史·乐志》，五十字者属无射宫（即黄钟宫）。

【句格】双调五十字，前段五句三平韵，后段四句三平韵。此调有不同诸格体。

无名氏

皇家盛事，三殿庆重重，圣主极推崇。瑶编宝列相辉映，归美意何穷。
⊤－⊥｜　⊤｜｜－△　⊥｜｜－△　⊤－｜｜－－｜　⊤｜｜－△

钧韶九奏度春风，彩仗焕仪容。欢声和气弥寰宇，皇寿与天同。
⊤—⊥|⊥—△　⊥||—△　⊤—⊤|——|　⊤||—△

91. 燕归梁

【题解】调见《珠玉词》，因词有"双燕归飞绕画堂，似留恋虹梁"句，取以为名。柳永"织锦裁篇"词，注正平调；"轻蹑罗鞋"词，注中吕调。

【句格】双调五十一字，前段四句四平韵，后段五句三平韵。此调有不同诸格体。

晏殊

双燕归飞绕画堂，似留恋虹梁。清风明月好时光，更何况、绮筵张。
⊤|——||△　⊥⊤|—△　⊤—⊤||—△　⊥⊤|　|—△

云衫侍女，频倾桂醑，加意动笙簧。人人心在玉炉香，逢佳会、祝延长。
⊤—⊥|　——⊥|　⊤||—△　⊤—⊤||—△　⊤⊤|　|—△

92. 醉红妆

【题解】调见张先词集，因词中有"一般妆样百般娇"及"郎未醉，有金貂"句，取以为名。

【句格】双调五十二字，前段六句四平韵，后段六句三平韵；上片二、三句对。

张先

琼林玉树不相饶，薄云衣，细柳腰。一般妆样百般娇，眉儿秀，总如描。
——|||—△　|——　||△　|——|—△　——|　|—△

东风摇草杂花飘，恨无计，上青条。更起双歌郎且饮，郎未醉，有金貂。
———||—△　|—|　|—△　||———||　—||　|—△

93. 入塞

【题解】古乐府横吹曲有《入塞辞》，调名本此。

【句格】双调五十二字，前段六句四平韵、一叠韵，后段五句四平韵、一叠韵；叠韵均属对句。

程垓

好思量,正秋风、半夜长。奈银釭一点,耿耿背西窗,衾又凉,枕又凉。
｜－△　｜－－　｜｜△　｜－－｜｜　｜｜｜－△　－｜△　｜｜△叠

露华凄凄月半床,照得人、真个断肠。窗前谁浸木犀黄,花也香,梦
｜－－－｜｜△　｜｜｜△　－｜｜△　－－－｜｜－△　－｜△　｜

也香。
｜△叠

94. 双雁儿

【题解】一名《双燕子》,《中原音韵》入商调。此调微近《醉红妆》,但《醉红妆》后段第三句不用韵,此则前后俱用韵也;注意折腰句式。

【句格】双调五十二字,前后段各四句,四平韵。

杨无咎

穷阴急景暗推迁,减绿鬓、损朱颜。利名牵后几时闲,又还惊、一岁圆。
－－｜｜｜－△　｜｜｜　｜－△　｜－－｜｜－△　｜－－　｜｜△

劝君今夕不须眠,且慢慢、泛觥船。大家沉醉对芳筵,愿新年、胜旧年。
｜－－｜｜－△　｜｜｜　｜－△　｜｜－－｜－△　｜－－　｜｜△

95. 恨来迟

【题解】《梅苑》词名《恨欢迟》。

【句格】双调五十二字,前段六句两平韵,后段五句三平韵;下片"正"挈后三句。此调有不同诸格体。

王灼

柳暗汀洲,最春深处,小宴初开。似泛宅浮家,水平风软,咫尺蓬莱。
｜｜－－　｜⊤－｜　｜｜－△　｜｜｜－－　｜－－｜　｜｜－△

更劝君、吸尽紫霞杯,醉看鸾凤徘徊。正洞里桃花,盈盈一笑,依旧怜才。
｜｜⊤　⊥｜｜－△　｜⊤－｜－△　｜｜｜－－　⊤－⊥｜　⊤｜－△

96. 献天寿令

【题解】调见《高丽史·乐志》。此高丽献仙桃舞队曲，其杂用唐乐。

【句格】双调五十二字，前后段各四句，三平韵。

无名氏

阆苑人间虽隔，遥闻圣德弥高。西离仙境下云霄，来献千岁灵桃。
｜｜－－－｜　－－｜｜－△　－－－｜｜－△　－｜－｜－△
上祝皇龄齐天久，犹舞蹈、贺贺圣朝。梯航交辏四方遥，端拱永保宗祧。
｜｜－－－－｜　－｜｜　｜｜｜△　－－－｜｜－△　－｜｜｜－△

97. 红罗袄

【题解】唐教坊曲名。

【句格】双调五十三字，前段六句两平韵，后段四句四平韵；上片一、二句对，第三句为一四结构。

周邦彦

画烛寻欢去，羸马载愁归。念取酒东垆，樽罍虽近，采花南浦，蜂蝶须知。
｜⊥－⊤｜　－｜｜－△　｜｜｜－－　－－－｜　｜－－｜　－｜－△
自分袂、天阔红稀，空怀梦约心期。楚客忆江蓠，算宋玉、未必为秋悲。
｜－｜　－｜－△　－－｜｜－△　｜｜｜－△　｜－｜　｜｜｜－△

98. 荔子丹

【题解】调见《高丽史·乐志》。

【句格】双调五十三字，前后段各四句，三平韵。

无名氏

斗巧宫妆扫翠眉，相唤折花枝。晓来深入艳芳里，红香散、露浥在罗衣。
｜｜－－｜｜△　｜｜｜－△　｜－－｜｜－｜　－－｜　｜｜｜－△
盈盈巧笑咏新词，舞态画娇姿。袅娜文回迎宴处，簇神仙、会赴瑶池。
－－｜｜｜－△　｜｜｜－△　｜｜－－－｜｜　｜－－　｜｜－△

99. 临江仙

【题解】唐教坊曲名。《花庵词选》云：唐词多缘题所赋，《临江仙》之言水仙，亦其一也。宋柳永词注：仙吕调；元高拭词注：南吕调。李煜词名《谢新恩》；贺铸词，有"人归落雁后"句，名《雁后归》；韩淲词，有"罗帐画屏新梦悄"句，名《画屏春》；李清照词，有"庭院深深深几许"句，名《庭院深深》。

【句格】双调五十四字，前后段各四句，三平韵。此调有不同诸格体，特附三体。

和凝

海棠香老春江晚，小楼雾縠空蒙。翠鬟初出绣帘中，麝烟鸾佩惹苹风。
⊥｜⊤——｜　｜⊤⊤｜—△　｜——｜｜—△　｜——｜｜—△

碾玉钗摇鸂鶒战，雪肌云鬓将融。含情遥指碧波东，越王台殿蓼花红。
⊥｜⊤——｜｜　｜——｜—△　——⊤｜｜｜△　⊥——｜｜—△

附张泌体：双调五十八字，前后段各五句，三平韵。

烟消湘渚秋江静，蕉花露泣愁红。五云双鹤去无踪，几回魂断，凝望向
⊤⊤—⊥—⊤｜　⊤—⊥｜—△　⊥—⊤｜｜—△　⊥—⊤｜　⊥—⊤｜

长空。
—△

翠竹暗流烛泪怨，闲调宝瑟波中。花鬟月鬓绿云重，古祠深处，香冷雨
⊥⊥｜⊤—⊥｜　⊤—｜｜—△　⊤—⊥｜｜—△　⊥—⊤｜　⊤｜｜

和风。
—△

附徐昌图体：双调五十八字，前后段各五句，三平韵。

饮散离亭西去，浮生长恨飘蓬。回头烟柳渐重重，淡云孤雁远，寒日暮
⊥｜——⊤｜　⊤—⊤—△　———｜｜—△　｜——｜｜　⊤｜｜

天红。
—△

今夜画船何处，潮平淮月朦胧。酒醒人静奈愁浓，残灯孤枕梦，轻浪五
⊤｜⊥—⊤｜　——⊤｜－△　⊥——｜｜－△　——⊤｜｜　⊤｜
更风。
—△

注：此词前后段第一、二句，俱六字两句，校张泌词减一字；两结俱五字两句，校张词添一字。宋晏几道、陈师道、陆游、史达祖、高观国、赵长卿、元詹正诸词，俱本此填。

附贺铸体：双调六十字，前后段各五句，三平韵。

巧剪合欢罗胜子，钗头春意翩翩。艳歌浅笑拜嫣然，愿郎宜此酒，行乐
⊥⊥⊥⊤—⊥｜　——⊤｜－△　⊥—⊥—｜－△　｜—⊤｜｜　⊤｜
驻华年。
｜—△

未至文园多病客，幽襟凄断堪怜。旧游梦挂碧云天，人归落雁后，思发
⊥⊥⊤—⊥｜　⊤——｜－△　⊥—⊥｜｜－△　⊤—⊥｜｜　⊥｜
在花前。
｜—△

注：此词前后段第四句，校张泌词各添一字，宋、元词俱照此填，惟秦观词，前段起句"千里潇湘接蓝浦"，蓝字平声；葛胜仲词，后段起句"今夜那愁煞风景"，今字平声，那字仄声，风字平声，间作拗句。

100. 浪淘沙令

【题解】唐教坊曲名，后作词调。又名《浪淘沙》《过龙门》《卖花声》《曲人冥》《炼丹砂》。唐人所作本为七言绝句体，平仄不拘。刘禹锡、白居易有《浪淘沙》，其内容都是咏浪淘沙，如"濯锦江边两岸花，春风吹浪正淘沙"。词调名由此而来。

【句格】双调五十四字，前后段各五句，四平韵。此调有不同诸格体。

李煜
帘外雨潺潺，春意阑珊。罗衾不耐五更寒，梦里不知身是客，一晌贪欢。
⊤｜｜—△　⊤｜—△　⊤—⊥｜｜—△　⊥｜⊥——｜｜　⊥｜—△

独自莫凭栏，无限江山。别时容易见时难，流水落花春去也，天上人间。
⊥丨丨－△ ⊤丨－△ ⊥－⊤丨丨－△ ⊤丨⊥－－丨丨 ⊤丨－△

101. 金错刀

【题解】汉张衡诗："美人赠我金错刀"，调名本此；又名《醉瑶瑟》《君来路》，见《花草粹编》。

【句格】双调五十四字，前后段各五句，三平韵；上下片一、二句，四、五句宜对。此调有不同诸格体。

冯延巳

双玉斗，百琼壶，佳人欢饮笑喧呼。麒麟欲画时难偶，鸥鹭何猜兴不孤。
⊤⊥⊥ 丨－△ －－－丨⊥－△ ⊤－丨丨－－丨 －丨－－丨丨△

歌婉转，醉模糊，高烧银烛卧流苏。只销几觉懵腾睡，身外功名任有无。
－丨丨 丨－△ －－⊤丨⊥－△ ⊥－⊥丨－－丨 ⊤丨－－丨丨△

102. 恋绣衾

【题解】韩淲词，有"泪珠弹，犹带粉香"句，又名《泪珠弹》。

【句格】双调五十四字，前段四句三平韵，后段四句两平韵。此调有不同诸格体。

朱敦儒

木落江南感未平，雨潇潇、衰鬓到今。甚处是、长安路，水连空、山锁暮云。
⊥⊥－⊤⊥⊥△ 丨⊤⊤ －⊥丨△ ⊥⊥丨 －－丨 丨⊤－ －丨
△

老人对酒今如此，一番新、残梦暗惊。又是洒、黄花泪，问明年、此会怎生。
⊥－⊥丨－－丨 丨⊤－ ⊤丨丨△ 丨丨⊥ －－丨 丨－⊤ ⊥丨
△

103. 江月晃重山

【题解】调见杨慎《词林万选》，每段上三句《西江月》体，下二句《小重山》体。

【句格】双调五十四字，前后段各五句，三平韵；上下片一、二句对。

陆游

芳草洲前道路，夕阳楼上栏杆，碧云何处问归鞍。从军客，耽乐不思还。
—|——|| |——|—△ |——||—△ ——| —|||—△

洞里神仙种玉，江边骚客滋兰，鸳鸯沙暖鹳鸰寒。菱花晚，不奈鬓毛斑。
||——|| ———|—△ ———||—△ ——| |||—△

104. 南乡一剪梅

【题解】每段上三句《南乡子》体，下二句《一剪梅》体。

【句格】双调五十四字，前后段各五句，三平韵、一叠韵。

虞集

南阜小亭台，薄有山花取次开。寄语多情熊少府，晴也须来，雨也须来。
—||—△ ||——||△ ||———|| —|—△ ||—△叠

随意且衔杯，莫惜春衣坐绿苔。若待明朝风雨过，人在天涯，春在天涯。
—||—△ ||——||△ ||———|| —|—△ —|—△叠

105. 一七令

【题解】计敏夫《唐诗纪事》：白乐天分司东洛，朝贤悉会兴化池亭送别，酒酣，各请一字至七字诗，以题为韵，后遂沿为词调。

【句格】单调五十五字，十三句，七平韵；自二字句至七字句皆对也。此调有不同诸格体。

白居易

诗，绮美，瑰奇。明月夜，落花时。能助欢笑，亦伤别离。调清金石怨，
△ ⊥| —△ —⊥| |—△ —⊥⊤| ⊥⊤|△ ⊥——||

吟苦鬼神悲。天下只应我爱，世间惟有君知。自从都尉别苏句，便到司空送
⊤｜｜－△　⊤｜｜－⊥｜　⊥－⊤｜－△　⊥⊤⊤⊥⊥⊤｜　⊥⊥⊤⊤｜
白辞。
⊥△

106. 望远行

【题解】唐教坊曲名。令词始自韦庄，《中原音韵》注商调，《太和正音谱》亦注商调；慢词始自柳永，"绣帏睡起"词注中吕调，"长空降瑞"词注仙吕调。

【句格】双调五十五字，前段四句四平韵，后段五句四平韵；上下片首二句对。此调有不同诸格体。

李璟

碧砌花光照眼明，朱扉长日镇长扃。余寒欲去梦难成，炉香烟冷自亭亭。
｜｜－－｜｜△　－－－－｜－△　－－｜｜｜－△　－－－－｜｜－△
辽阳月，秣陵砧，不传消息但传情。黄金台下忽然惊，征人归日二毛生。
－－｜　｜－△　｜－－｜｜－△　－－－｜｜－△　－－－－｜｜－△

107. 鹧鸪天

【题解】《乐章集》注：正平调；《太和正音谱》注：大石调；蒋孝《九宫谱目》入仙吕引子。赵令畤词名《思越人》；李元膺词名《思佳客》；贺铸词，有"剪刻朝霞钉露盘"句，名《剪朝霞》；韩淲词，有"只唱骊歌一叠休"句，名《骊歌一叠》；卢祖皋词，有"人醉梅花卧未醒"句，名《醉梅花》。

【句格】双调五十五字，前段四句三平韵，后段五句三平韵；上片三、四句对。

晏几道

彩袖殷勤捧玉钟，当年拚却醉颜红。舞低杨柳楼心月，歌尽桃花扇影风。
⊥⊥⊤⊤｜｜△　⊤－⊤｜｜－△　⊥－⊤｜－⊤｜　⊤｜－－｜⊥△
从别后，忆相逢，几回魂梦与君同。今宵剩把银釭照，犹恐相逢是梦中。
⊤⊥｜　｜－△　⊥－⊤｜｜－△　⊤－⊤｜－－｜　⊤｜－－｜⊥△

108. 瑞鹧鸪

【题解】《宋史·乐志》：中吕调。元高拭词注：仙吕调。《苕溪词话》云：唐初歌词，多五言诗，或七言诗，今存者止《瑞鹧鸪》七言八句诗，犹依字易歌也。按，《瑞鹧鸪》，原本七言律诗，因唐人歌之，遂成词调。冯延巳词，名《舞春风》；陈彭年词，名《桃花落》；尤袤词，名《鹧鸪词》；元丘长春词，名《拾菜娘》；《乐府纪闻》，名《天下乐》；《梁溪漫录》词，有"行听新声太平乐"句，名《太平乐》，有"犹传五拍到人间"句，名《五拍》。此皆七言八句也。至柳永有添字体，自注般涉调，有慢词体，自注南吕宫，皆与七言八句者不同。

【句格】双调五十六字，前段四句三平韵，后段四句两平韵；上片结二句、下片首二句对。此调有不同诸格体。

冯延巳

才罢严妆怨晓风，粉墙画壁宋家东。蕙兰有恨枝犹绿，桃李无言花自红。
－｜－－｜｜△　｜－｜｜｜－△　｜－｜｜－－｜　－｜－－－｜△

燕燕巢时罗幕卷，莺莺啼处凤楼空。少年薄幸知何处，每夜归来春梦中。
｜｜－－－｜｜　－－｜｜｜－△　｜－｜｜－－｜　｜｜－－－｜△

109. 翻香令

【题解】此调始自苏轼，取词中第二句"惜香爱把宝钗翻"句为名。

【句格】双调五十六字，前后段各五句，三平韵；上片首二句宜对。

苏轼

金炉犹暖麝煤残，惜香爱把宝钗翻。重匀处、余熏在，这一般、气味胜
－－－｜｜－△　｜－｜｜｜－△　－－｜　－－｜　｜｜－

从前。
－△

背人偷盖小重山，更拈沉水与同然。且图得、氲氲久，为情深、嫌怕断
｜－－｜｜－△　｜－－｜｜－△　｜－｜　－－｜　｜－－　－｜｜

头烟。
－△

110. 厅前柳

【题解】朱雍词名《亭前柳》，《金词》注：越调。

【句格】双调五十六字，前段八句四平韵，后段六句三平韵；上片前四句宜分别对，第五句为一五结构；下片第三句为一六结构。此调有不同诸格体。

赵师侠

晚秋天，过暮雨，云容敛，月澄鲜。正风露凄清处，砌蛩喧。更黄叶，
｜－△　｜｜｜　－－｜　｜－△　｜－｜－－｜　｜－△　｜⊤｜
舞翩翩。
｜－△

念故里、千山云水隔，被名缰利锁萦牵。莫作悲秋意，对樽前。且同乐，
｜｜｜　－－－｜｜　｜－－｜｜－△　｜｜－－｜　｜－△　｜－｜
太平年。
｜－△

111. 荷叶铺水面

【题解】调见《花草粹编》。

【句格】双调五十七字，前段五句三平韵，后段六句四平韵。

康与之

春光艳冶，游人踏绿苔，千红万紫竞香开。暖风拂鼻籁，蓦地暗香透
－－｜｜　－－｜｜△　－－｜｜｜－△　｜－｜｜｜　｜｜｜｜－
满怀。
｜△

荼蘼似锦裁，娇红间绿白，只怕迅速春回，误落在尘埃。折向鬓云间，
－－｜｜△　－－｜｜｜　｜｜｜｜－△　｜｜｜－△　｜｜｜－－
金凤钗。
－｜△

112. 家山好

【题解】调见《湘山野录》，因词中有"水晶宫里家山好"句，取为调名。

【句格】双调五十七字，前段七句四平韵，后段五句三平韵；上片二、三句，六、七句宜对。

无名氏

挂冠归去旧烟萝，闲身健，养天和。功名富贵非由我，莫贪他。者歧路，
｜——｜｜－△　——｜　｜－△　——｜｜——｜　｜－△　｜－｜

足风波。
｜－△

水晶宫里家山好，物外胜游多。晴溪短棹，时时醉唱捏梭罗，天公奈我何。
｜——｜——｜　｜｜｜－△　——｜｜　——｜｜｜－△　——｜｜△

113. 步虚子令

【题解】调见《高丽史·乐志》，此宋赐高丽乐中，五羊仙舞队曲。

【句格】双调五十七字，前段六句四平韵，后段七句三平韵；下片二、三句宜对。

无名氏

碧云笼晓海波闲，江上数峰寒。佩环声里，异香飘落人间。弭绛节，五
　｜——｜｜－△　－｜｜－△　｜——｜　｜——－△　｜｜｜　｜

云端。
－△

宛然共指嘉禾瑞，开一笑，破朱颜。九重晓阙，望中三祝高天。万万载，
　｜－｜｜——｜　－｜｜　｜－△　｜－｜｜　｜——｜－△　｜｜｜

对南山。
｜－△

114. 小重山

【题解】《宋史·乐志》：双调；李邴词，名《小冲山》；姜夔词，名《小

重山令》；韩淲词，有"点染烟浓柳色新"句，名《柳色新》。

【句格】双调五十八字，前后段各四句，四平韵。此调有不同诸格体。

薛昭蕴

春到长门春草青，玉阶华露滴、月胧明。东风吹断玉箫声，宫漏促、帘
⊤｜——⊤｜ △　⊥——｜｜　｜—△　⊤—⊤｜｜—△　⊤⊥｜　⊤
外晓啼莺。
｜｜—△

愁起梦难成，红妆流宿泪、不胜情。手挼裙带绕花行，思君切、罗幌暗
⊤｜｜—△　⊤——｜｜　｜—△　⊥—⊤｜｜—△　⊤⊤｜　⊤｜｜
尘生。
—△

115. 花上月令

【题解】宋吴文英自度曲。

【句格】双调五十八字，前段七句四平韵，后段七句三平韵；上片六、七句，下片二、三句对。

吴文英

文园消渴爱江清，酒肠怯，怕深觥。玉舟曾洗芙蓉水，泻清冰。秋梦浅，
———｜｜—△　｜—｜　｜—△　｜——｜——｜　｜—△　—｜｜
醉霞轻。
｜—△

庭竹不收帘影去，人睡起，月空明。瓦瓶汲水和秋叶，荐吟醒。夜深里，
—｜｜——｜｜　—｜｜　｜—△　｜——｜——｜　｜—△　｜—｜
怨遥更。
｜—△

116. 接贤宾

【题解】此调有两体，五十九字者始于毛文锡词，一百十七字者始于柳永词。《乐章集》注：林钟商调，一名《集贤宾》。

【句格】双调五十九字，前段四句三平韵，后段七句三平韵；上片第二句为一四结构，下片五、六句对。此调有不同诸格体。

毛文锡

香鞯镂襜五花骢，值春景初融。流珠喷沫跿躞，汗血流红。
——｜｜－△　｜－｜－△　———｜｜　｜｜－△
少年公子能乘驭，金镳玉辔珑璁。为惜珊瑚鞭不下，骄生百步千踪。信
｜——｜——｜　——｜｜－△　｜｜———｜｜　——｜｜－△　｜
穿花，从拂柳，向九陌追风。
——　－｜｜　｜｜｜－△

附别体：双调一百十七字，前段十句五平韵，后段十句六平韵。上下片五、六句对。

柳永

小楼深巷狂游遍，罗绮成丛。就中堪人属意，最是虫虫。有画难描雅态，
｜——｜——｜　－｜－△　｜———｜｜　｜｜－△　｜｜——｜｜
无花可比芳容。几回饮散良宵永，鸳衾暖、凤枕香浓。算得人间天上，惟有
——｜｜－△　｜－｜｜——｜　——｜｜－△　｜｜———｜　－｜
两心同。
｜－△
近来云雨每西东，诮恼损情悰。纵然偷期暗会，长是匆匆。争似和鸣偕老，
｜——｜｜－△　｜｜｜－△　｜———｜｜　－｜－△　－｜———
免教敛翠啼红。眼前时暂疏欢宴，盟言在、更莫忡忡。待作真个宅院，方信
｜｜｜｜－△　｜——｜——｜　——｜｜　｜｜－△　｜｜———　－｜
有初终。
｜－△

117. 恨春迟

【题解】调见张先词集。坊本，此词前段起句，或作"好梦才成又断"，第二句，或作"晚起云朵梳鬟"，今从本集及《花草粹编》订正。

【句格】双调五十九字，前后段各五句，两平韵；下片"不忿"领对句。

张先
好梦才成成又断，因晚起、云朵梳鬟。秀脸拂轻红，滴入娇眉眼，薄衣
｜｜－－－｜｜　－｜｜　－｜－△　｜｜｜－－　｜｜－－｜　｜－
减春寒。
｜－△

红柱溪桥波平岸，画阁外、落日西山。不忿闲花并蒂，秋藕连根，何时
－｜－－－－｜　｜｜｜　｜｜－△　｜｜－－｜　－｜－－　－－
重得双莲。
－｜－△

118. 寿山曲

【题解】调见赵德麟《侯鲭录》，南唐冯延巳作，因词中有"圣寿南山永同"句，故名。

【句格】单调六十字，十句五平韵；六言句，均对仗。

冯延巳
铜壶滴漏初尽，高阁鸡鸣半空。催启五门金锁，犹垂三殿帘栊。阶前御
－－｜｜－｜　－｜－－｜△　－｜｜－－｜　－－－｜－△　－－｜
柳摇绿，仗下宫花散红。鸳瓦数行晓日，鸾旗百尺春风。侍臣舞蹈重拜，圣
｜－｜　｜｜－－｜△　－｜｜－｜｜　－－｜｜－△　｜－｜｜－｜　｜
寿南山永同。
｜－－｜△

119. 朝玉阶

【题解】见杜安世《寿域词》。其调近《散天花》，然换头句平仄自不同也。

【句格】双调六十字，前后段各五句，四平韵。

杜安世
帘卷春寒小雨天，牡丹花落尽，悄庭轩。高空双燕舞翩翩，无风轻絮坠、
－｜－－｜｜△　｜－－｜｜　｜－△　－－－｜｜－△　－－－｜｜

暗苔钱。
｜－△

拟将幽怨写香笺，中心多少事，语难传。思量真个恶姻缘，那堪长梦见、
｜——｜｜－△　———｜｜　｜－△　———｜｜－△　｜——｜｜
在伊边。
｜－△

120. 散天花

【题解】唐教坊曲名。

【句格】双调六十字，前后段各五句，四平韵。

舒亶

云淡长空落叶秋，寒江烟浪尽，月随舟。西风偏解送离愁，声声南去雁、
—｜——｜｜△　———｜｜　｜－△　———｜｜－△　———｜｜
下汀洲。
｜－△

无奈多情去复留，骊歌齐唱罢，泪争流。悠悠别恨几时休，不堪残酒醒、
—｜——｜｜△　———｜｜　｜－△　——｜｜｜－△　｜——｜｜
凭危楼。
｜－△

121. 一剪梅

【题解】元高拭词注：南吕宫；周邦彦词，起句有"一剪梅花万样娇"句，取以为名；韩淲词，有"一朵梅花百和香"句，名《腊梅香》；李清照词，有"红藕香残玉簟秋"句，名《玉簟秋》。

【句格】双调六十字，前后段各六句，三平韵；上下片二、三句对。此调有不同诸格体。

周邦彦

一剪梅花万样娇，斜插疏枝，略点梅梢。轻盈微笑舞低回，何事樽前，
⊥｜——⊥｜△　⊤｜⊤⊤　⊥｜－△　⊤—⊤｜｜——　⊤｜——

拍手相招。
⊥｜－△

夜渐寒深酒渐消，袖里时闻，玉钏轻敲。城头谁恁促残更，银漏何如，
⊥｜⊤－⊥｜△　⊥⊥－⊤　⊥｜－△　⊤－⊤｜｜－－　⊤｜－－
且慢明朝。
⊥｜－△

122. 唐多令

【题解】《太和正音谱》：越调，亦入高平调。一作《糖多令》；周密因刘过词有"二十年重过南楼"句，名《南楼令》；张翥词，有"花下钿筜筷"句，名《筜筷曲》。

【句格】双调六十字，前后段各五句，四平韵；上片首二句对。此调有不同诸格体。

刘过

芦叶满汀洲，寒沙带浅流，二十年、重过南楼。柳下系船犹未稳，能几日、
⊤｜｜－△　⊤｜⊥｜△　｜⊥－　⊤｜－△　⊥｜⊥－－｜｜　⊤⊥｜
又中秋。
｜－△

黄鹤断矶头，故人曾到不，旧江山、浑是新愁。欲买桂花同载酒，终不似、
⊤｜｜－△　⊥－⊤｜△　｜⊤－　⊤｜－△　⊥｜⊥－－｜｜　⊤⊥｜
少年游。
｜－△

123. 摊破采桑子

【题解】调见《惜香乐府》，即《采桑子令》也，因前后段俱添入和声，自成一体。楚词押韵句，或用助语词，汉赋亦多如此，故此词第四句，当于"也"字点句，坊本或于"妆"字点句，及"也、啰"二字相连点句者非。按，《金词》高平调《唐多令》，两结句俱有"也"字、"啰"字，南北曲《水红花》，结句亦有"也"字、"啰"字。又按，《广韵》"七歌"：啰，歌词也。此

词两结"香"字重押，其为歌时之和声无疑。

【句格】双调六十字，前段六句四平韵，后段六句三平韵、一重韵。

赵长卿

树头红叶飞都尽，景物凄凉，秀出群芳。又见江梅浅淡妆，也，啰，真个是、
｜――｜――　｜｜－△　｜｜－△　｜｜――｜｜△　｜　－　－｜｜

可人香。
｜－△

兰魂蕙魄应羞死，独占风光，梦断高唐。月送疏枝过女墙，也，啰，真个是、
――｜｜――｜　｜｜－△　｜｜－△　｜｜――｜｜△　｜　－　－｜｜

可人香。
｜－△重

124. 系裙腰

【题解】调见张先词集。宋媛魏氏词，名《芳草渡》。

【句格】双调六十一字，前段六句四平韵，后段六句三平韵；下片"问"领对句。此调有不同诸格体。

张先

清霜蟾照夜云天，朦胧影、画勾栏。人情纵似长情月，算一年年。又能得，
――⊤｜｜－△　－⊤｜　｜－△　－－⊥｜⊤－⊥　｜⊥⊤△　｜⊤｜

几番圆。
｜－△

欲寄西江题叶字，流不到、五亭前。东池始有荷新绿，尚小如钱。问何
｜⊥⊤⊤⊤⊥⊥　－⊥｜　｜－△　⊤－⊥｜⊤－⊥　｜⊤△　｜⊤

日藕，几时莲。
｜｜　｜－△

125. 赞成功

【题解】调见《花间集》。

【句格】双调六十二字，前后段各七句四平韵。

毛文锡

海棠未坼，万点深红，香苞缄结一重重。似含羞态，邀勒春风。蜂来蝶
｜－｜｜　｜｜－△　－－－｜｜－△　｜－－｜　－｜－△　－－｜
去，任绕芳丛。
｜　｜｜－△

昨夜微雨，飘洒庭中，忽闻声滴井边桐。美人惊起，坐听晨钟。快教折
｜｜－｜　－｜－△　｜－－｜｜－△　｜－－｜　｜｜－△　｜－｜
取，戴珑璁。
｜　｜－△

126. 破阵子

【题解】唐教坊曲名，一名《十拍子》。陈旸《乐书》云：唐破阵子乐，属龟兹部，秦王所制，舞用二千人，皆画衣甲，执旗旆，外藩镇春衣犒军设乐，亦舞此曲，兼马军引入场，尤壮观也。按，唐《破阵乐》，乃七言绝句，此盖因旧曲名，另度新声。元高拭词注：正宫。

【句格】双调六十二字，前后段各五句，三平韵；上下片首二句对。此调有不同诸格体。

晏殊

海上蟠桃易熟，人间秋月长圆。惟有擘钗分钿侣，离别常多会面难，此
⊥｜⊤－⊥｜　⊤－⊤｜－△　⊤｜⊥－－｜｜　⊤｜－－⊥｜△　⊥
情须问天。
－⊤｜△

蜡烛到明垂泪，熏炉尽日生烟。一点凄凉愁绝意，漫道秦筝有剩弦，何
⊥｜⊥－⊤｜　⊤－⊤｜－△　⊥｜⊤－－｜｜　⊥｜－－⊥｜△　⊤
曾为细传。
－⊥｜△

127. 摊破南乡子

【题解】《太平乐府》《中原音韵》，俱注大石调；高拭词，注南吕宫；

《太和正音谱》，注小石调，亦入仙吕宫。赵长卿词，名《青杏儿》，又名《似娘儿》；《翰墨全书》黄右曹词，有"寿堂已庆灵椿老"句，名《庆灵椿》；《中州乐府》赵秉文词，有"但教有酒身无事"句，名《闲闲令》。

【句格】双调六十二字，前后段各六句，三平韵。此调有不同诸格体。

程垓

休赋惜春诗，留春住、说与人知。一年已负东风瘦，说愁说恨，数期数刻，
⊤｜｜－△　⊤⊤｜　⊥｜－△　｜⊤⊥｜⊥－⊤｜　⊥－⊥｜　⊥－⊥｜
只望归时。
⊥｜－△

莫怪杜鹃啼，真个也、唤得人归。归来休恨花开了，梁间燕子，且教知道，
⊥｜｜－△　⊤⊥⊥　⊥｜－△　⊤－⊤｜－－｜　⊤－｜｜　⊥－⊤｜
人也双飞。
⊤｜－△

128. 甘州遍

【题解】按，唐教坊大曲有《甘州》，凡大曲多遍，此则《甘州曲》之一遍也。

【句格】双调六十三字，前段六句三平韵，后段八句五平韵；上片四、五句，下片首二句对。

毛文锡

春光好，公子爱闲游，足风流。金鞍白马，雕弓宝剑，红缨锦襜出长楸。
－－｜　－｜｜－△　｜－△　－－｜｜　⊤－⊤｜　－－｜｜｜－△
花蔽膝，玉衔头。寻芳逐胜欢宴，丝竹不曾休。美人唱、揭调是甘州，
－｜｜　｜－△　－－｜｜－　⊤｜｜－△　｜－｜　｜｜｜－△
醉红楼。尧年舜日，乐圣永无忧。
｜－△　⊤－｜｜　｜｜｜－△

129. 别怨

【题解】调见《惜香乐府》，因词有"翻成别怨不胜悲"句，取以为名。

【句格】双调六十三字，前段五句四平韵，后段六句三平韵。

赵长卿

骄马频嘶，晓霜浓、寒色侵衣。凤帏私语处，翻成别怨不胜悲。更与叮
－｜－△　｜－－　－｜－△　｜－－｜｜　－－｜｜｜－△　｜｜－
咛嘱后期。
－｜｜△

素约谐心事，重来了、比看相思。如何见得，明年春事浓时。稳乘金騕褭，
｜｜－－｜　－－｜　｜｜－△　－－｜｜　－－－｜－△　｜－－｜
来烂醉、玉东西。
－｜｜　｜－△

130. 献衷心

【题解】唐教坊曲名。

【句格】双调六十四字，前段九句四平韵，后段八句四平韵；上片第五句为一四结构，下片首尾二句对。此调有不同诸格体。

欧阳炯

见好花颜色，争笑东风。双脸上，晚妆同。闭小楼深阁，春景重重。三
｜⊥－⊤｜　－｜－△　－｜｜　｜－△　｜｜－－｜　－｜－△　－
五夜，偏有恨，月明中。
⊥｜　－｜｜　｜－△

情未已，信曾通，满衣犹自染檀红。恨不如双燕，飞舞帘栊。春欲暮，残
－｜｜　｜－△　｜－－｜｜－△　｜⊥－－　－｜－△　－｜｜　－
絮尽，柳条空。
｜｜　｜－△

131. 黄钟乐

【题解】唐教坊曲名。

【句格】双调六十四字，前后段各五句，三平韵。

魏承班

池塘烟暖草萋萋，惆怅闲宵含恨，愁坐思堪迷。遥想玉人情事远，音容
－－－｜｜－△　－｜－－－｜　－｜｜－△　－｜｜－－｜｜　－－
浑是隔桃溪。
－｜｜－△

偏记同欢秋月低，帘外论心花畔，和醉暗相携。何事春来君不见，梦魂
－｜－－－｜△　－｜－－－｜　－｜｜－△　－｜－－－｜｜　｜－
长在锦江西。
－｜｜－△

132. 猴山月

【题解】蒋孝《九宫谱目》，入正宫引子。

【句格】双调六十四字，前段七句四平韵，后段七句三平韵；上片首二句对，"纵""看"皆领字。

梁寅

急雨响岩阿，阴晴暗薜萝，山中春去更寒多。纵柴门不闭，花满径，苍
｜｜｜－△　－－｜｜△　－－－｜｜－△　｜－－｜｜　－｜｜　－
苔润，少人过。
－｜　－｜△

兰舟曾记兰汀宿，牵恨是烟波，而今林下和樵歌。看风风雨雨，从造物，
－－－｜－－｜　－｜｜－△　－－－｜｜－△　｜－－｜｜　－｜｜
时时变。总心和。
－－｜　｜－△

133. 喝火令

【题解】调见《琴趣外篇》。三叠用"晓也"字，摊作三句，当是体例应然，填者须遵之。

【句格】双调六十五字，前段五句三平韵，后段七句四平韵；上片一、二句为一四结构对句。

黄庭坚

见晚情如旧，交疏分已深，舞时歌处动人心。烟水数年魂梦，无处可追寻。
｜｜——｜　——｜｜△　｜——｜｜－△　－｜｜——｜　－｜｜－△

昨夜灯前见，重题汉上襟，便愁云雨又难禁。晓也星稀，晓也月西沉，
｜｜——｜　——｜｜△　｜——｜｜－△　｜｜——　｜｜｜－△

晓也雁行低度，不会寄芳音。
｜｜｜——｜　｜｜｜－△

134. 行香子

【题解】《中原音韵》《太平乐府》俱注双调，蒋孝《九宫谱目》入中吕引子。

【句格】双调六十六字，前段八句四平韵，后段八句三平韵。上片首二句，四、五句对；下片四、五句对。"对""但"各领以下三对句。此调有不同诸格体。

晁补之

前岁栽桃，今岁成蹊，更黄鹂久住相知。微行清露，细履斜晖。对林中
⊤｜——　⊤｜－△　⊥⊤⊤⊥｜－△　⊤－⊤｜　⊥｜－△　｜⊤－

侣，闲中我，醉中谁？
⊥　⊤⊤｜　｜－△

何妨到老，常闲常醉，任功名生事俱非。衰颜难强，拙语多迟。但醉同
⊤－⊥｜　——⊤｜　｜⊤－⊤｜－△　⊤－⊤｜　⊥｜－△　｜⊥－

行，月同坐，影同归。
⊤　⊥⊤｜　｜－△

135. 胜胜令

【题解】俞克成词，名《声声令》。

【句格】双调六十六字，前段七句四平韵，后段八句四平韵；上片首二句对。

曹勋

梅风吹粉，柳影摇金，渐看春意入芳林。波明草嫩，据征鞍，晚烟沉，
— — ⊤ |　⊥ | — △　| — — | | — △　— — | |　| — ⊤　| — △

向野馆、愁绪怎禁。
| | ⊥　— | | △

过了烧灯，醉别院，阻同寻，琐窗还是冷瑶琴。灯花谢也，拥春寒，掩
⊥ | — —　⊥ | |　| — △　| — — | | — △　— — | |　| — —　|

闲衾，念翠屏、应倚夜深。
— △　| | —　⊤ | | △

136. 钿带长中腔

【题解】调见《大声集》，即咏钿带香囊本意。

【句格】双调六十七字，前段八句六平韵，后段六句四平韵。

万俟咏

钿带长，簇真香，似风前、拆麝囊。嫩紫轻红，间斗异芳。风流富贵，
| | △　| — △　| — —　| | △　| | — —　| | | △　— — | |

自觉兰蕙荒，独占蕊珠春光。
| | — | △　| | | — — △

绣结流苏密致，魂梦悠扬，气融液、散满洞房。朝寒料峭，殢娇不易当，
| | — — | |　— | — △　| — |　| | | △　— — | |　| — | | △

着意要得韩郎。
| | | | — △

137. 三奠子

【题解】调见元好问《锦机集》。按，崔令钦《教坊记》，有《奠璧子》小曲，此或即奠酒、奠声、奠璧为三奠，取以名词也。

【句格】双调六十七字，前后段各九句，四平韵。上片首句为一四结构，三、四句对，五、六句对，八、九句对；下片一、二，三、四，五、六句对，七、八、九句排对。

王恽

怅神光奕奕,天上良宵。花露湿,翠钗翘。风回鸾扇影,愁满紫云轺。
⊤—⊥｜ —｜—△ —｜ ｜—△ ⊤——｜｜ ⊤｜｜—△

恨相望,虽一水,隔三桥。
⊥—｜ —⊥｜ ｜—△

朱弦寂寂,心思迢迢。人未老,鬓先凋。翻腾惊世故,机巧到鲛绡。凉
⊤—｜｜ —｜—△ —｜｜ ｜—△ ⊤——｜｜ ⊤｜｜—△ ⊤

夜永,箫声咽,篆烟飘。
⊥｜ ——｜ ｜—△

138. 看花回

【题解】琴曲有《看花回》,调名本此。此调有两体,六十八字者,始自柳永,《乐章集》注大石调,《中原音韵》注越调,无别首宋词可校。

【句格】双调六十八字,前后段各六句,四平韵。此调有不同诸格体。

柳永

玉城金阶舞舜干,朝野多欢。九衢三市风光丽,正万家、急管繁弦。凤
｜｜——｜｜△ —｜—△ ｜——｜——｜ ｜｜— ｜｜—△ ⊥

楼临绮陌,佳气非烟。
——｜｜ ⊤｜—△

雅俗熙熙物态妍,忍负芳年。笑筵歌席连昏昼,任旗亭、斗酒十千。赏
⊥｜——｜｜△ ｜｜—△ ｜——｜—— ｜ ｜—— ｜｜｜｜

心何处好,惟有樽前。
——｜｜ —｜—△

附反体:双调一百一字,前段九句四仄韵,后段九句五仄韵。上下片"是""似"应为领字。

黄庭坚

夜永兰堂,醺饮半倚颓玉。烂漫坠钿堕履,是醉时风景,花暗残烛。欢
｜｜—— —⊥｜⊥—▲ ｜⊥⊥—｜｜ ｜⊥⊤—⊥ ⊤⊥—▲ —

意未阑，舞燕歌珠成断续。催茗饮、旋煮寒泉，露井瓶窦响飞瀑。
⊥⊥⊤　⊥│⊤——│▲　—││　⊥│——　│⊥⊤⊥│⊤▲

纤指缓、连环动触，渐泛起、满瓯银粟。香引春风在手，似闽岭越溪，
⊤⊥│　——│▲　│⊥⊥　⊥——▲　—│——││　│⊤│⊥⊤

初采盈掬。暗想当时，探春连云寻篁竹。怎归得、鬓将老，付与杯中绿。
⊤⊥—▲　⊥⊥⊤⊤　⊥⊤——⊤⊤▲　│—⊤　│—│　│⊤—⊤▲

139. 西施

【题解】《乐章集》注：仙吕调。

【句格】双调七十一字，前段七句四平韵，后段七句三平韵。此调有不同诸格体。

柳永

柳街灯市好花多，尽让美琼娥。万娇千媚，的的在层波。取次妆梳，自
│——││—△　│││—△　│——│　⊥││—△　││——　│

有天然态。爱浅画双蛾。
│——│　│⊥│—△

断肠最是金闺客，空怜爱、奈伊何。洞房咫尺，无计枉朝珂。有意怜才，
│—│││——　│⊤—│　│—△　│—││　⊤││—△　││——

每遇行云处，幸时凭相过。
││——│　│⊤│—△

140. 于飞乐

【题解】《金词》注：高平调；《元词》注：南吕调。史达祖词，名《鸳鸯怨曲》。

【句格】双调七十二字，前段八句四平韵，后段八句三平韵；上片二、三句，四、五句对。此调有不同诸格体。

晏几道

晓日当帘，睡痕犹占香腮，轻盈笑倚鸾台。晕残红，匀宿翠，满镜花开。
││——　│——│—△　——││—△　│——　—││　⊥│—△

娇蝉鬓畔，插一枝、淡蕊疏梅。
⊤—⊥｜　⊥｜⊤　⊥｜—△

每到春深，多愁饶恨，妆成懒下香阶。意中人，从别后，萦系情怀。良
　｜｜——　———｜　——｜｜—△　｜——　—｜｜　⊤｜—△ ⊤
辰好景，相思字、唤不归来。
—⊥｜　⊤—⊥　⊥｜—△

141. 临江仙引

【题解】调见《乐章集》，注南吕调，与《临江仙令》《临江仙慢》不同。

【句格】双调七十四字，前段十句四平韵，后段六句三平韵。上片三、四句对，六、七句一四句法对；下片五、六句对。此调有不同诸格体。

柳永

渡口，向晚，乘瘦马，陟崇冈，西郊又送秋光。对暮山横翠，衬残叶飘黄。
　｜｜　｜｜　—⊥｜　｜—△　——｜｜—△　｜｜——｜　｜—｜—△
凭高念远，素景楚天，无处不凄凉。
⊤—⊥｜　｜｜｜⊤　—｜｜—△

香闺别来无信息，云愁雨恨难忘。指帝城归路，但烟水茫茫。凝情望断
⊤⊤⊥——｜｜　——｜｜—△　｜｜——｜　｜—｜—△　——｜｜
泪眼，尽日独立斜阳。
｜｜　｜⊥｜｜—△

142. 风入松

【题解】古琴曲有《风入松》，唐僧皎然有《风入松》歌，见《乐府诗集》，调名本此。《宋史·乐志》注：林钟商；元高拭词，注仙吕调，又双调；蒋孝十三调注：双调。亦名《风入松慢》，韩淲词，有"小楼春映远山横"句，名《远山横》。

【句格】双调七十四字，前后段各六句，四平韵；上下片结二句对。此调有不同诸格体。

晏几道

柳阴庭院杏梢墙，依旧巫阳。凤箫已远青楼在。水沉烟、复暖前香。临
⊥－⊤｜ ｜－△ ⊤｜－△ ⊥－⊥｜－－｜ ⊥｜⊤⊤ ⊥｜－△ ⊤

镜舞鸾离照，倚筝飞雁辞行。
｜⊥－⊤｜ ⊥－⊤｜－△

坠鞭人意自凄凉，泪眼回肠。断云残雨当年事，到如今、几度难忘。两
⊥－－｜｜－△ ｜｜－△ ⊥－⊤｜－－｜ ⊥－⊤ ⊥｜－△ ⊥

袖晓风花陌，一帘夜月兰堂。
｜⊥－⊤｜ ⊥－－｜－△

143. 越溪春

【题解】调见《六一居士词》，因词中有"春色遍天涯，越溪阆苑繁华地"句，取以为名，盖赋越溪春色也。

【句格】双调七十五字，前段七句三平韵，后段六句四平韵；上片歇拍三句排对。

欧阳修

三月十三寒食日，春色遍天涯。越溪阆苑繁华地，傍禁垣、珠翠烟霞。
－｜｜－－｜｜ －｜｜－△ ｜－｜｜－－｜ ｜｜－ －｜－△

红粉墙头，秋千影里，临水人家。
－｜－－ －－｜｜ －｜－△

归来晚驻香车，银箭透窗纱。有时三点两点雨霁，朱门柳细风斜。沉麝
－－｜｜－△ －｜｜－△ ｜－－｜｜｜｜ －－｜｜－△ －｜

不烧金鸭冷，笼月照梨花。
｜－－｜｜ －｜｜－△

144. 长生乐

【题解】调见《珠玉集》。

【句格】双调七十五字，前段八句五平韵，后段六句四平韵；下片首二句对。此调有不同诸格体。

晏殊

玉露金风月正圆，台榭早凉天。画堂佳会，组绣列芳筵。洞府星辰龟鹤，
｜｜－－｜｜△　⊤｜｜－△　｜－－｜　｜｜｜－△　｜｜－－｜
福寿来添。欢声喜色，同入金炉泛浓烟。
⊤｜－△　－－⊥｜　⊤｜－－｜－△

清歌妙舞，急管繁弦。榴花满酌觥船，人尽祝、富贵又长年。莫教红日
－－｜｜　｜｜－△　－－｜｜－△　－｜｜　｜｜｜－△　｜－－
西晚，留着醉神仙。
－｜　⊤⊥｜－△

145. 婆罗门引

【题解】《梅苑》词，名《婆罗门》；段克己词，名《望月婆罗门引》。按，唐《教坊记》有《婆罗门》小曲，《宋史·乐志》有婆罗门舞队。《乐苑》曰：《婆罗门》，商调曲也，开元中，西凉节度杨敬述进。《理道要诀》云：天宝十三载（754年），改《婆罗门》为《霓裳羽衣》，属黄钟宫。宋词调名，疑出于此。

【句格】双调七十六字，前段七句四平韵，后段七句五平韵；上片"正"领歇拍句对。此调有不同诸格体。

曹组

涨云暮卷，漏声不到小帘栊，银河淡扫澄空。皓月当轩高挂，秋入广寒
⊥－⊥｜　⊥－⊥｜｜－△　⊤－｜－△　⊥｜⊤－｜　⊤｜－
宫。正金波不动，桂影朦胧。
△　｜⊤－⊥｜　⊥｜－△

佳人未逢，叹此夕、与谁同。望远伤怀对景，霜满秋红。南楼何处，想
⊤－｜△　｜｜⊥　｜－△　⊥｜⊤－｜　⊤｜－△　⊤－－⊥　⊥
人在、长笛一声中，凝泪眼、立尽西风。
⊤⊥　⊤⊥⊥⊤△　⊤⊥｜　⊥｜－△

146. 韵令

【题解】唐《教坊记》有"上韵""中韵""下韵"三小韵,《韵令》调令,疑出于此。宋周辉《清波杂志》云:宣和间,衣着曰韵襭,果实曰韵梅,词曲曰韵令。张世南《游宦纪闻》云:宣和间,市井竞唱韵令。

【句格】双调七十六字,前后段各九句,五平韵,上片六、七句对。

程大昌

是男是女,都有官称,儿孙仕也登。时时衣着,不待经营。寒时火柜,
｜－｜｜　－｜－△　－－｜｜△　－－－｜　｜｜－△　－－｜｜
春里花亭。星辰上履,我只唤卿卿。
－｜－△　－－｜｜　｜｜｜－△

寿开八秩,两鬓全青,红颜步武轻。定知前面,大有年龄。芝兰玉树,
｜－｜｜　｜｜－△　－－｜｜△　｜－－｜　｜｜－△　－－｜｜
更愿充庭。为询王母,桃颗几时赪。
｜｜－△　｜－－｜　－｜｜－△

147. 凤楼春

【题解】唐教坊曲名。

【句格】双调七十七字,前段八句六平韵,后段九句五平韵;上片结句为一二二结构;下片结二句宜对。

欧阳炯

凤髻绿云丛,深掩房栊,锦书通。梦中相见觉来慵,匀面泪,脸珠融。
｜｜｜－△　－｜－△　｜－△　｜－－｜｜－△　－｜｜　｜－△
因想玉郎何处去,对淑景谁同。
－｜｜－－｜｜　｜｜｜－△

小楼中,春思无穷。倚栏凝望,暗牵愁绪,柳花飞起东风。斜日照帘,
｜－△　－｜－△　｜－－｜　｜－－｜　｜－－｜－△　－｜｜△
罗幌香冷粉屏空。海棠零落,莺语残红。
－｜－｜｜－△　｜－－｜　－｜－△

148. 一丛花

【题解】调见《东坡词》，可参欧阳修、晁补之、秦观、程垓词相校。

【句格】双调七十八字，前后段各七句，四平韵；上下片五、六句对。

苏轼

今年春浅腊侵年，冰雪破春妍。东风有信无人见，露微意、柳际花边。
⊤一⊤｜｜一△　一｜｜一△　一一｜｜一一｜　｜⊤⊥　⊥｜一△
寒夜纵长，孤衾易暖，钟鼓渐清圆。
⊤⊥⊥⊤　⊤一⊥｜　一｜｜一△

朝来初日半含山，楼阁淡疏烟。游人便作寻芳计，小桃杏、应已争先。
⊤一⊤｜｜一△　⊤｜｜一△　⊤一⊥｜一一｜　｜⊤⊥　⊤｜一△
衰病少情，疏慵自放，惟爱日高眠。
⊤⊥⊥⊤　⊤一⊥｜　⊤｜｜一△

149. 山亭柳

【题解】此调有平韵、仄韵两体，平韵者始自晏殊，仄韵者始自杜安世。

【句格】双调七十九字，前段八句五平韵，后段八句四平韵；上片五、六句宜对。

晏殊

家住西秦，赌博艺随身。花柳上，斗尖新。偶学念奴声调，有时高遏行
一｜一△　｜｜｜一△　一｜｜　｜一△　｜｜｜一一｜　｜一一一｜
云。蜀锦缠头无数，不负辛勤。
△　｜｜一一一｜　｜｜一△

数年来往咸京道，残杯冷炙漫消魂。衷肠事，托何人。若有知音见采，
｜一一｜一一｜　一一｜｜｜一△　一一｜　｜一△　｜｜一一｜｜
不辞遍唱阳春。一曲当筵落泪，重掩罗巾。
｜一｜｜一△　｜｜一一｜｜　一｜一△

附仄格：双调七十九字，前段七句四仄韵，后段八句五仄韵。下片首二句宜对、三、四句对。

杜安世

晓来风雨，万花飘落，叹韶光、虚过却。芳草萋萋，映楼台、淡烟漠漠。
　|——|　　|——▲　　|——　—|▲　—|——　|——　|—|▲

纷纷絮飞院宇，燕子过朱阁。
——|—||　　|||——▲

玉容淡妆添寂寞，檀郎孤愿太情薄。数归期，绝信约。暗恨春宵，向平康、
|—|——|▲　———||—▲　|——　||▲　||——　|——

恣迷欢乐。时时闷饮绿醑，甚转转、思量著。
|——▲　——||||　　|||　——▲

150. 红林檎近

【题解】蒋孝十三调注：双调。

【句格】双调七十九字，前段八句五平韵，后段七句三平韵。上片首二句、三、四句，五、六句对；下片首二句对。下片"望"挈对句。

周邦彦

高柳春才软，冻梅寒更香。暮雪助清峭，玉尘散林塘。那堪飘风递冷，
⊤|⊤—|　　⊥——△　　⊥|⊥⊤|　　⊥—|—△　　⊥⊤⊤—||

故遣度幕穿窗。似欲料理新妆，呵手弄丝簧。
⊥⊥⊥|—△　　⊥⊥⊥|—△　　—⊥|—△

冷落词赋客，萧索水云乡。援毫授简，风流犹忆东梁。望虚檐徐转，回
⊥⊥—||　　⊤|—△　　⊤—||　　——⊤|—△　　|—⊤⊤|　　—

廊未扫，夜长莫惜空酒觞。
—⊥|　　|—⊥|—|△

151. 金人捧露盘

【题解】一名《铜人捧露盘》；程垓词，名《上平西》；张元幹词，名《上西平》，又名《西平曲》；刘昂词，名《上平南》。《金词》注：越调。

【句格】双调七十九字，前段八句五平韵，后段九句四平韵；上片一、二、三句排对，下片一、二、三、四句排对；注意"瑶""痕"处用法。此调有

不同诸格体。

高观国

念瑶姬，翻瑶佩，下瑶池，冷香梦、吹上南枝。罗浮梦杳，忆曾清晓见
｜－△　－⊤｜　｜－△　｜⊤⊥　⊤｜－△　⊤－｜｜　｜－⊤｜｜
仙姿。天寒翠袖，可怜是、倚竹依依。
－△　⊤－⊥｜　｜－⊥　｜｜－△

溪痕浅，雪痕冻，月痕淡，粉痕微，江楼怨、一笛休吹。芳音待寄，玉
⊤⊤－⊥　⊥⊤｜　⊥⊤｜　｜－△　⊤⊤｜　⊥｜－△　⊤－｜｜　⊥
堂烟驿两凄迷。新愁万斛，为春瘦、却怕春知。
－－｜｜－△　⊤－⊥｜　｜⊤⊥　⊥｜－△

152. 拂霓裳

【题解】唐教坊曲名。《碧鸡漫志》：拂霓裳，般涉调。《宋史·乐志》，女弟子舞队第五，有拂霓裳队。

【句格】双调八十二字，前段八句六平韵，后段八句五平韵；上下片五、六句对。此调有不同诸格体。

晏殊

乐秋天，晚荷花缀露珠圆。风日好，数行新雁贴寒烟。银簧调脆管，琼
｜－△　｜－－｜｜－△　－⊥｜　｜－－｜｜－△　⊤⊤－⊥｜　⊤
柱拨清弦。捧觥船，一声声、齐唱太平年。
⊥｜⊤△　｜－△　｜⊤－　－｜｜－△

人生百岁，离别易、会逢难。无事日，剩呼宾友启芳筵。星霜催绿鬓，
－－｜｜　⊤⊤｜｜　｜－△　－｜｜　｜－－｜｜－△　⊤－－｜｜
风露损朱颜。惜清欢，又何妨、沉醉玉樽前。
⊤｜｜－△　｜－△　｜－－　－｜｜－△

153. 新荷叶

【题解】蒋孝《九宫谱目》，作正宫引子；赵抃词，名《折新荷引》，又因词中有"画桡稳，泛兰舟"句，或名《泛兰舟》，然与仄韵《泛兰舟》

调迥别。

【句格】双调八十二字，前后段各八句，四平韵。此调有不同诸格体。

黄裳

落日衔山，行云载雨俄鸣。一顷新荷，坐间总是秋声。烟波醉客，见快
⊥｜——　⊤—⊥｜—△　⊥｜——　⊥—⊥｜—△　⊤—｜｜　⊥⊥

哉、风恼娉婷。香和清点，为人吹在衣襟。
⊤　⊤⊤｜—△　⊤——｜　⊥—⊤｜—△

珠佩欢言，放船且向前汀。绿伞红幢，自从天汉相迎。飞鸿独落，芦边
⊤｜——　⊥—⊥｜—△　⊥｜——　⊥—⊤｜—△　⊤—⊥｜　⊤⊤

对、几朵繁英。侑觞人唱，乍闻应似湘灵。
⊥　⊥⊥｜—△　⊥—⊤｜　⊥——｜—△

154. 南州春色

【题解】调见元陶宗仪《辍耕录》，因词中有"管取南州春色"句，取以为名。

【句格】双调八十二字，前段九句四平韵，后段八句三平韵；下片四、五句宜对。

汪梅溪

清溪曲，一株梅。无人僦采，独立古墙隈。莫恨东风吹不到，着意挽春
——｜　｜—△　———｜　｜｜｜—△　｜｜———｜｜　｜｜｜—

回。一任天寒地冻，南枝香动，花傍一阳开。
△　｜｜——｜｜　———｜　—｜｜—△

更待明年首夏，酸心结子，天自栽培。金鼎调羹，仁心犹在，还种取、
｜｜——｜｜　——｜｜　—｜—△　—｜——　———｜　—｜｜

无限根荄。管取南州春色，都自此中来。
—｜—△　｜｜———｜　—｜｜—△

155. 促拍满路花

【题解】此调有平韵、仄韵二体。平韵者，始自柳永，《乐章集》注仙吕调。

仄韵者,始自秦观,或名《满路花》,无"促拍"二字,秦观词,一名《满园花》;周邦彦词,名《归去难》;袁去华词,名《一枝花》;牛真人词,名《喝马一枝花》;《太平乐府》注南吕调。

【句格】双调八十三字,前后段各八句,四平韵;上片首二句对,"只恁"挈歇拍句对。此调有不同诸格体。

柳永

香靥融春雪,翠鬓軃秋烟,楚腰纤细正笄年。凤帏夜短,偏爱日高眠。
⊤⊥—⊤｜　⊥｜｜—△　⊥——｜｜—△　⊥—⊤｜　⊤｜｜—△
起来贪颠耍,只恁残却黛眉,不整花钿。
⊥⊤—⊤｜　⊥｜—⊥｜⊤　⊥｜—△

有时携手闲坐,伛倚绿窗前,温柔情态尽人怜。画堂春过,悄悄落花天。
｜——｜｜　⊤｜｜—△　⊤——｜｜—△　⊥—⊤｜　⊥｜｜—△
长是娇痴处,尤殢檀郎,未教拆了秋千。
⊤｜——｜　⊤⊥—⊤　｜—⊥｜—△

附仄格:双调八十三字,前后段各八句,六仄韵。上片首二句对。

秦观

露颗添花色,月彩投窗隙。春思如中酒、恨无力,洞房咫尺,曾寄青鸾翼。
⊥｜——▲　｜｜——▲　—⊥—⊤｜　⊥—▲　｜⊤⊥　⊤｜——▲
云散无踪迹,罗帐春残,梦回无处寻觅。
⊤｜——▲　⊤｜——　｜⊤—⊥—▲

轻红腻白,步步熏兰泽。约腕金环重、宜装饰,未知安否,一向无消息。
——｜▲　｜｜——▲　⊥⊥—⊤｜　⊤—▲　｜⊤—⊥　｜｜——▲
不似寻常忆,忆后教人,片时存济不得。
｜｜——▲　｜｜——　｜——｜｜▲

156. 五福降中天

【题解】调见《花草粹编》,一作《五福降中天慢》。

【句格】双调八十六字,前后段各八句,四平韵;上片五、六句对。

江致和

喜元宵三五，纵马御柳沟东。斜日映珠帘，瞥见芳容。秋水娇横俊眼，
　｜——｜　｜｜｜｜－△　－｜｜——　｜｜－△　－｜——｜｜

腻雪轻铺素胸。爱把菱花，笑匀粉面露春葱。
｜｜——｜△　｜｜——　｜－｜｜｜－△

徘徊步懒，奈一点、露犀未通。怅望七香车去，慢辗春风。云情雨态，
——｜｜　｜｜｜　——｜△　｜｜｜｜——｜　｜｜－△　——｜｜

愿暂入阳台梦中。路隔烟霞，甚时还许到蓬宫。
｜｜｜——｜△　｜｜——　｜——｜｜－△

157. 江城梅花引

【题解】万俟咏《梅花引》，句读与《江城子》相近，故可合为一调；程垓词，换头句藏短韵者，名《摊破江城子》；江皓词，三声协者四首，每首有一"笑"字，名《四笑江梅引》；周密词，三声协韵者，名《梅花引》，全押平韵者，名《明月引》；陈允平词，名《西湖明月引》。

【句格】双调八十七字，前段八句四平韵、一叠韵，后段十句六平韵、两叠韵；下片四、五句对。此调有不同诸格体。

程垓

娟娟霜月冷侵门，怕黄昏，又黄昏。手捻一枝，独自对芳樽。酒又不禁
⊤－⊤｜｜－△　｜－△　｜－△叠⊥｜⊥－　⊥｜｜－△　⊥｜⊥－

花又恼，漏声远，一更更、总断魂。
－｜｜　⊥⊤｜　｜——　⊥｜△

断魂，断魂，不堪闻。被半温，香半熏。睡也睡也，睡不稳、谁与温存。
⊥△叠｜△叠⊥⊤△　⊥｜⊥△　⊤｜△　｜｜｜｜　｜｜｜　⊤｜－△

惟有床前，银烛照啼痕。一夜为花憔悴损，人瘦也，比梅花、瘦几分。
⊤｜——　⊤｜｜－△　⊥｜⊥——｜　－｜△　｜——　｜｜△

158. 寰海清

【题解】《宋史·乐志》：琵琶曲名，大石调。

【句格】双调八十七字,前段八句四平韵,后段八句五平韵;上片首二句对。

王庭珪

画鼓轰天,暗尘随马,人似神仙。天恁不教昼短,明月长圆。天应未知道,
｜｜－△　｜－－｜　－｜－△　－｜｜－｜｜　－｜－△　－－｜－｜
天知道,须肯放、三夜如年。
－－｜　－｜｜　－｜－△

流酥拥上香钘,为个甚、晚妆特地鲜妍。花下清阴,乍合曲水桥边。高
－－｜｜－△　｜｜｜　｜－｜｜－△　－｜－－　｜｜｜｜－△　－
人到此也乘兴,任横街一一须穿。莫言无国艳,有朱门、锁婵娟。
－｜｜｜－｜　｜－－｜｜－△　｜－－｜｜　｜－－　｜－△

159. 醉思仙

【题解】调见吕渭老词,因词有"怎惯不思量"及"当时醉倒残缸"句,取以为名。

【句格】双调八十八字,前段十一句五平韵,后段十句四平韵;上片六、七句,下片五、六句对,上下片第三句均为一四结构。此调有不同诸格体。

吕渭老

断人肠,正西楼独上,愁倚斜阳。称鸳鸯鸂鶒,两两池塘。春又老,人何处,
｜－△　｜⊤－｜｜　⊤－△　｜－－⊤　⊥｜－△　－⊥｜　⊤⊤⊥
怎惯不思量。到如今,瘦损我,又还无计禁当。
｜｜｜－△　｜－－　｜｜｜　｜－－｜－△

小院呼卢夜,当时醉倒残缸。被天风吹散,凤翼难双。南窗雨,西楼月,
⊥｜－⊤｜　⊤－⊥｜－△　｜⊤－⊤　⊥｜－△　⊤⊤｜　⊤－⊥
尚未散、拂天香。听莺声,悄记得,那时舞板歌梁。
｜｜｜　｜－△　｜－－　｜⊥｜　｜－⊥｜－△

160. 八六子

【题解】秦观词有"黄鹂又啼数声"句,又名《感黄鹂》。

【句格】双调九十字,前段九句四平韵,后段八句三平韵;上片第四句为上一下六结构、歇拍二句对,下片三、四句对。此调有不同诸格体。

杜牧

洞房深,画屏灯照,山色凝翠沉沉。听夜雨冷滴芭蕉,惊断红窗好梦,
　|—△　|——　|—|—△　||||　|——　—|——||
龙烟细飘绣衾。辞恩久归长信,凤帐萧疏,椒殿闲扃。
——|—|△　——|——|　||——　—|—△

辇路苔侵。绣帘垂、迟迟漏传丹禁,蕣华偷悴,翠鬟羞整,愁坐、望处
　||—△　|——　——|——|　|——|　|——|　—|　||
金舆渐远,何时彩仗重临。正消魂,梧桐又移翠阴。
——||　——||—△　|——　——|—|△

161. 采桑子慢

【题解】一名《丑奴儿慢》。潘元质词,有"春未醒",亦名《愁春未醒》;辛弃疾词名《丑奴儿近》;《花草粹编》无名氏词名《叠青钱》。

【句格】双调九十字,前后段各九句,五平韵;上下片第三句折腰后与下句对,下片歇拍句对。此调有不同诸格体。

吴礼之

金风颤叶,那更钱别江楼。听凄切、阳关声断,楚馆云收。去也难留,
　——||　|||—△　|—|　———|　||—△　||—△
万重烟水一扁舟。锦屏罗幌,多应换得,蓼岸蘋洲。
|——||—△　|——|　——||　||—△

凝想恁时欢笑,伤今萍梗悠悠。漫回首、妖娆何处,眷恋无由。先自悲秋,
　—||——|　———|—△　|—|　———|　||—△　—|—△
眼前景物只供愁。寂寥情绪,也恨分浅,也悔风流。
|—||—△　|——|　|||—　||—△

162. 遥天奉翠华引

【题解】调见《懒窟词》。

【句格】双调九十字，前后段各八句，五平韵。

侯寘

雪消楼外山，正秦淮、翠溢回澜。香梢豆蔻，红轻犹怕春寒。晓光浮画
｜——｜△　｜——　｜｜—△　——｜｜　———｜—△　｜——｜
载，卷绣帘、风暖玉钩闲。紫府仙人，花围羽帔星冠。
｜　｜｜—　—｜｜—△　｜｜——　——｜｜—△

蓬莱阆苑，意倦游、常戏世间。佩麟旧都，江左襦袴声欢。只恐催归觐，
——｜｜　｜｜—　—｜｜△　｜—｜—　—｜—｜—△　｜｜——｜
宴清都、休诉酒杯宽。明岁应看，盛钧容、舞袖歌鬟。
｜——　—｜｜—△　—｜—△　｜——　｜｜—△

163. 夏云峰

【题解】《乐章集》注：歇指调。

【句格】双调九十一字，前后段各八句，五平韵。此调有不同诸格体。

柳永

宴堂深，轩楹雨、轻压暑气低沉。花洞彩舟泛斝，坐绕清浔。楚台风快，
⊥⊤△　⊤⊤｜　⊤⊥⊥—△　—｜｜—⊥　｜｜—△　｜——｜
湘簟冷、永日披襟。坐久觉、疏弦脆管，时换新音。
⊤｜｜　｜｜—△　⊥｜｜　——｜｜　⊤｜—△

越娥蕙态兰心，逞妖艳、昵欢邀宠难禁。筵上笑歌间发，舄履交侵。醉
⊥—⊥⊤△　｜——　｜⊤—｜—△　—｜｜—｜｜　｜｜—△　⊥
乡深处，须尽兴、满酌高吟。向此免、名缰利锁，虚费光阴。
——｜　—｜｜　⊥｜—△　⊥｜｜　⊤—｜｜　⊤｜—△

164. 醉翁操

【题解】琴曲，属正宫。苏轼自序：琅琊幽谷，山川奇丽，泉鸣空涧，若中音会，醉翁喜之，把酒临听，辄欣然忘归。既去十余年，好奇之士沈遵闻之，往游，以琴写其声，曰《醉翁操》，然有声而无词，好事者倚其声制曲，粗合拍度，而琴声为词所绳约，非天成也。后三十年，翁既捐馆舍，遵亦殁，

有庐山玉涧道人崔闲，妙于琴，恨此曲之无词，乃谱其声，而请东坡居士补之。

【句格】双调九十一字，前段十句十平韵，后段十句八平韵；上片歇拍为一六结构，下片五、六句对。

苏轼

琅然，清圆，谁弹？响空山，无言。惟翁醉中和其天，月明风露娟娟。
—△　—△　—△　｜—△　——｜　——｜——△　｜⊤—｜—△

人未眠，荷蕢过山前，曰有心也哉此贤。
⊤｜△　⊥｜｜—△　｜⊥—⊥—｜△

醉翁啸咏，声和流泉；醉翁去后，空有朝吟夜怨。山有时而童巅，水有
｜—｜｜　—｜—△　｜—｜｜　⊤——｜△　⊤｜———△　｜｜

时而回川；思翁无岁年，翁今为飞仙。此意在人间，试听徽外三两弦。
———△　⊤——｜△　———△　⊥｜｜—△　｜—⊤｜—｜△

165. 金盏倒垂莲

【题解】此调有平韵、仄韵两体。平韵者，见晁无咎《琴趣外篇》及《梅苑》词；仄韵者，见《松隐词》。

【句格】双调九十二字，前后段各九句，四平韵；上片第二句为一四结构，下片"寄"为领字。此调有不同诸格体。

晁补之

休说将军，解弯弓掠地，昆岭河源。彩笔题诗，绿水映红莲。算总是、
—｜——　｜——⊥　⊤｜—△　⊥｜——　⊥｜｜—△　｜｜｜

风流余事，会须行乐年年。只有一部，随轩脆管繁弦。
———｜　｜——｜—△　｜｜｜｜　——⊥｜—△

多情旧游尚忆，寄秋风万里，鸿雁天边。未学元龙，豪气笑求田。也莫
——⊥—⊥｜　｜⊤—｜｜　⊤｜—△　｜｜——　—｜｜—△　｜｜

为、庭槐兴叹，便伤摇落凄然。后会一笑，犹堪醉倒花前。
｜　———｜　｜——｜—△　｜｜｜｜　——｜｜—△

附仄格：双调九十二字，前段九句四仄韵，后段八句六仄韵。

曹勋

谷炎雨初晴，对镜霞乍敛，暖风凝露。翠云低映，捧花王留住。满栏嫩红
⊥⊥——　⊥⊥—⊥⊥　⊥——▲　⊥——⊥　⊥———▲　⊥—⊥—
贵紫，道尽得、韶光分付。禁御浩荡，天香巧随天步。
⊥⊥　⊥⊥⊥　———▲　⊥⊥⊥⊥　——⊥——▲

群仙倚春似语，遮丽日、更著轻罗深护。半开微吐，隐非烟非雾。正宜
——⊥—⊥▲　—⊥⊥　⊥⊥——▲　⊥—⊥▲　⊥———▲
夜阑秉烛，况更有、姚黄娇妒。徘徊纵赏，任放蒙蒙柳絮。
⊥—⊥⊥　⊥⊥⊥　———▲　——⊥⊥　⊥⊥——▲

166. 塞翁吟

【题解】调见《清真乐府》，取《淮南子》塞上叟事为调名。

【句格】双调九十二字，前段十句六平韵，后段九句四平韵；上片第五、歇拍句为一四结构，下片二、三句，四、五句宜三字逗对。

周邦彦

暗叶啼风雨，窗外晓色珑璁。散水麝，小池东，乱一岸芙蓉。蕲州簟展
⊥⊥——⊥　⊤⊥⊥—△　⊥⊥⊥　⊥—△　⊥⊥⊥—△　——⊥⊥
双纹浪，轻帐翠缕如空。梦远别，泪痕重，淡铅脸斜红。
——⊥　⊤⊥⊥⊥—△　⊥⊥⊥　⊥—△　⊥⊤⊥—△

忡忡。嗟憔悴、新宽带结，羞艳冶、都销镜中。有蜀纸、堪凭寄恨，等
—△　⊤⊤⊥　——⊥⊥　⊥—⊥　——⊥　⊥⊥⊥　——⊥
今夜、洒血书词，剪烛亲封。菖蒲渐老，早晚成花，教见熏风。
—⊥　⊥⊥——　⊥⊥—△　⊤—⊥⊥　⊥⊥——　⊤⊥—△

167. 意难忘

【题解】元高拭词注：南吕调。

【句格】双调九十二字，前后段各九句，六平韵。上片"记"挈二、三句对，四、五句对，第八句折腰后与结句对；下片"似"挈领二、三句对，四、五句对。

苏轼

花拥鸳房，记弹肩髻小，约鬟眉长。轻身翻燕舞，低语啭莺簧。相见处、
⊤｜－△　｜⊥－⊥｜　⊥｜－△　－－－｜｜　⊤｜｜－△　－｜｜
便难忘，肯亲度瑶觞。向夜阑、歌翻郢曲，带换韩香。
｜－△　⊥⊤｜－△　｜⊥⊤　－－⊥｜　⊥｜－△

别来音信难将，似云收楚峡，雨散巫阳。相逢情有在，不语意难量。些
⊥－⊤｜－△　｜⊤｜－⊥　⊥｜－△　⊤－－｜｜　⊥｜｜－△
个事、断人肠，怎禁得凄惶。待与伊、移根换叶，试又何妨。
｜｜　｜－△　⊥⊤｜－△　｜⊥⊤　⊤－｜｜　⊥｜－△

168. 东风齐着力

【题解】调见《草堂诗余》，胡浩然除夕词也。按，《礼记·月令》：
孟春之月，东风解冻。又，唐人曹松《除夜》诗："残腊即又尽，东风应渐闻。"
故云《东风齐着力》。

【句格】双调九十二字，前段十句四平韵，后段九句五平韵。上下片结
句对。

胡浩然

残腊收寒，三阳初转，已换年华。东君律管，迤逦到山家。处处笙簧鼎沸，
－｜－－　－－－｜　｜｜－△　－－｜｜　｜｜｜－△　｜｜－－｜｜
排佳宴、坐列仙娃。花丛里，金炉满爇，龙麝烟斜。
－－｜　｜｜－△　－－｜　｜－｜｜　－｜－△

此景转堪夸，深意祝、寿山福海增加。玉觥满泛，且莫厌流霞。幸有迎
｜｜｜－△　－｜｜　｜－｜－△　｜－｜｜　｜｜｜－△　｜｜－
春绿醑，银瓶浸、几朵梅花。休辞醉，园林秀色，百草萌芽。
－｜｜　－－｜　｜｜－△　－－｜　｜｜－△

169. 恋香衾

【题解】此乃谑词，调僻，仅列此以备。金词注：仙吕调。

【句格】双调九十二字，前后段各八句，四平韵。

吕渭老

记得花阴同携手，指定日、许我同欢。唤做真成，耳热心安。打叠从来
｜｜－－－｜　　｜｜｜　｜｜－△　｜｜－－　｜｜－△　｜｜－－
不成器，待做个、平地神仙。又却不成些事，蓦地惊残。
｜－｜　｜｜｜　－｜－△　｜｜｜－－｜　｜｜－△

据我如今没投奔，见着你、泪早偷弹。对月临风，一味埋冤。笑则人前
｜｜－－｜｜－　｜｜｜　｜｜－△　｜｜－－　｜｜－△　｜｜－－
不妨笑，行笑里、斗觉心烦。怎生分得烦恼，两处匀摊。
｜－｜　－｜｜　｜｜－△　｜－－｜－｜　｜｜－△

170. 临江仙慢

【题解】《乐章集》注：仙吕调。

【句格】双调九十三字，前段十一句五平韵，后段十一句六平韵；上片二、三句对，"奈"挈六、七句对，上下片"是""问"分别挈歇拍两句。

柳永

梦觉小庭院，冷风淅淅，疏雨萧萧。绮窗外、秋声败叶狂飘，心摇。奈
｜｜｜－｜　｜｜｜　－｜－△　｜｜｜　－－｜｜－△　－△　｜
寒漏永，孤帏悄，泪烛空烧。无端处，是绣衾鸳枕，闲过清宵。
－｜｜　－－｜　｜｜－△　－－｜　｜｜－－｜　－｜－△

萧条。牵情系恨，争向年少偏饶。觉新来、憔悴旧日风标。魂消。念欢
－△　－－｜｜　－｜－｜－△　｜－－　－｜｜｜－－　－△　｜－
娱事，烟波阻，后约方遥。还经岁，问怎生禁得，如许无聊。
－｜　－－｜　｜｜－△　－－｜　｜｜－－｜　－｜－△

171. 驻马听

【题解】《乐章集》注：林钟商。

【句格】双调九十四字，前段十句六平韵，后段九句四平韵；上片三、四句对，下片五、六句对。

柳永

凤枕鸳帏，二三载、如鱼似水相知。良天好景，深怜多爱，无非尽意依
｜｜－△　｜－｜　－－｜｜－△　－－｜｜　－－－｜　－－｜｜－
随。奈何伊，恣性灵、忒杀些儿。无事孜煎，万回千度，怎忍分离。
△　｜－△　｜｜－　｜｜－△　－｜－－　｜－－｜　｜｜－△
而今渐行渐远，渐觉虽悔难追。漫恁寄消传息，终久奚为。也拟重论缱
－－｜－｜｜　｜｜－｜－△　｜｜｜－－｜　－｜－△　｜｜－－－
绻，争奈翻覆思惟。纵再会，只恐恩情，难似当时。
｜　－｜－｜－△　｜｜｜　｜｜－－　－｜－△

172. 雪梅香

【题解】《乐章集》注：正宫。

【句格】双调九十四字，前段九句四平韵，后段十一句五平韵。上片第三句为一四结构，五、六句对；下片三、四句宜对，七、八句对。此调有不同诸格体。

柳永

景萧索，危楼独立面晴空。动悲秋情绪，当时宋玉应同。渔市孤烟袅寒
｜－｜　－－｜｜｜－△　｜－－－｜　⊤－｜｜－△　－｜⊤－｜－
碧，水村残叶舞愁红。楚天阔，浪浸斜阳，千里溶溶。
｜　｜－－｜｜－△　⊥－｜　｜｜－－　⊤－△
临风。想佳丽，别后愁颜，镇敛眉峰。可惜当年，顿乖雨迹云踪。雅态
－△　｜－｜　｜｜－－　｜｜－△　｜｜－－　｜｜｜｜－△　⊥｜
妍姿正欢洽，落花流水忽西东。无慑意，尽把相思，分付征鸿。
－－｜－｜　｜－－｜｜－△　－－｜　｜｜－－　⊤－△

173. 如鱼水

【题解】《乐章集》注：仙吕调。

【句格】双调九十四字，前段九句六平韵，后段九句七平韵；上下片首二句对。

柳永

轻霭浮空，乱峰倒影，潋滟十里银塘。绕岸垂杨，红楼朱阁相望。芰荷
　—｜——　　｜—｜｜　　｜｜｜｜—△　　｜｜—△　　———｜—△　　｜—
香，双双戏、䴔䴘鸳鸯。乍雨过、兰芷汀洲，望中依约似潇湘。
△　　——｜　—｜—△　　｜｜｜　—｜——　　｜——｜｜—△

风淡淡，水茫茫，摇动一片晴光。画舫相将，盈盈红粉清商。紫薇郎，
—｜｜　　｜—△　　—｜｜｜—△　　｜｜—△　　———｜—△　　｜｜—△
修禊饮、且乐仙乡。便归去、遍历銮坡凤沼，此景也难忘。
—｜｜　｜｜—△　　｜—｜　｜｜｜——｜｜　　｜｜｜—△

174. 水调歌头

【题解】《碧鸡漫志》属中吕调；毛滂词，名《元会曲》；张矩词，名《凯歌》。相传隋炀帝在开凿大运河时，曾制《水调歌》。按，《水调》，乃唐人大曲，凡大曲有歌头，此必裁截其歌头，另倚新声也，"歌头"就是开头一段。大曲都由几个乐章组成。

【句格】双调九十五字，前段九句四平韵，后段十句四平韵。上片首二句，八、九句对；下片首三句宜排对，六、七句对。此调有不同诸格体。

毛滂

九金增宋重，八玉变秦余。千年清浸，先净河洛出图书。一段升平光景，
⊥┬┬⊥｜　　⊥｜｜—△　　┬——｜　　┬⊥—｜｜—△　　⊥｜┬—｜
不但五星循轨，万点共连珠。垂衣本神圣，补衮妙工夫。
⊥｜⊥—┬｜　　⊥｜｜—△　　┬┬⊥—｜　　⊥｜｜—△

朝元去，锵环佩，冷云衢。芝房雅奏，仪凤矫首听笙竽。天近黄麾仗晓，
┬——　┬┬｜　　｜┬△　　┬—⊥｜　　┬—｜｜｜—△　　┬｜┬—｜
春早红鸾扇暖，迟日上金铺。万岁南山色，不老对唐虞。
┬｜┬—⊥　　┬｜｜—△　　⊥｜┬—｜　　⊥｜｜—△

附别体：双调九十五字，前段九句四平韵、两仄韵，后段十句四平韵、两仄韵。下片前三句宜对，六、七句对。

苏轼

明月几时有，把酒问青天。不知天上宫阙，今夕是何年。我欲乘风归去，
⊥||—|　|||—△　|——|—　—||—△　||————▲

又恐琼楼玉宇，高处不胜寒（前平韵），起舞弄清影，何似在人间。
||——▲　—||—△　　　|||—|　—||—△

转朱阁，低绮户，照无眠。不应有恨，何事长向别时圆？人有悲欢离合
|—|　—||　|—△　—||—|　—|—||—△　—|————▲

（换仄韵），月有阴晴圆缺，此事古难全（前平韵），但愿人长久，千里共婵娟。
　　　　　||——▲　|||—△　　　||——|　—||—△

175. 满庭芳

【题解】此调有平韵、仄韵两体。平韵者，周邦彦词，名《锁阳台》；葛立方词，有"要看黄昏庭院，横斜映霜月朦胧"句，名《满庭霜》；晁补之词，有"堪与潇湘暮雨，图上画扁舟"句，名《潇湘夜雨》；韩淲词，有"甘棠遗爱，留与话桐乡"句，名《话桐乡》；吴文英词，因苏轼词有"江南好，千钟美酒，一曲满庭芳"句，名《江南好》；张埜词，名《满庭花》；《太平乐府》注中吕宫，高拭词，注中吕调。仄韵者，《古今词话》无名氏词，《乐府雅词》名《转调满庭芳》。

【句格】双调九十五字，前后段各十句，四平韵；上片首二句，下片二、三句对。此调有不同诸格体。

晏几道

南苑吹花，西楼题叶，故园欢事重重。凭栏秋思，闲记旧相逢。几处歌
⊤|——　⊤—⊤|　⊥—⊤|—△　⊤—⊤|　⊤||—△　⊥|⊤

云梦雨，可怜便、流水西东。别来久，浅情未有，锦字系征鸿。
—⊥|　⊥⊤|　⊤—|—△　⊥—|　⊥—⊥|　⊥||—△

年光还少味，开残槛菊，落尽溪桐。漫留得，樽前淡月西风。此恨谁堪
⊤——||　⊤—⊥|　⊥|—△　|⊤|　⊤—⊤|—△　⊥||⊤

共说，清愁付、绿酒杯中。佳期在，归时待把，香袖看啼红。
⊥|　⊤—⊤|　⊥|—△　——|　⊤—⊤|　⊤||—△

附仄格：双调九十六字，前段十句四仄韵，后段九句四仄韵。上片首二句对。

无名氏

风急霜浓，天低云淡，过来孤雁声切。雁儿且住，略听自家说。你为离
　—｜——　———｜　｜——｜—▲　｜—｜｜　｜｜｜—▲　｜｜—
群到此，我共个、人人才别。松江岸，黄芦丛里，天更待飞雪。
—｜｜　———▲　——｜　———｜　—｜—▲

声声肠欲断，和我也、点点珠泪成血。这一江流水，流也呜咽。告你高
———｜｜　—｜｜　｜｜—｜—▲　｜｜——｜　—｜—▲　｜｜—
飞远举，前程事、永无磨折。休烦恼，飘零聚散，终有见时节。
—｜｜　——｜　｜——▲　——｜　———｜｜　｜｜｜—▲

176. 白雪

【题解】调见《逃禅集》，杨无咎自制曲，题本赋雪，故即以《白雪》名调。

【句格】双调九十五字，前段九句五平韵，后段九句四平韵；上片三、四句对，下片首二句"长爱"挈偶句。

杨无咎

檐收雨脚，云乍敛、依然又满长空。纹蜡焰低，熏炉烬冷，寒衾拥尽重
——｜｜　—｜｜　——｜｜—△　｜｜｜—　——｜｜　——｜｜—
重。隔帘栊，听撩乱、扑漉青虫。晓来见、玉楼珠殿，恍若在蟾宫。
△　｜—△　｜—｜　｜｜—△　｜—｜　｜——｜　｜｜｜—△

长爱越水泛舟，蓝关立马，画图中。怅望几多诗思，无句可形容。谁与
—｜｜｜—　——｜｜　｜—△　｜｜——｜　—｜｜—∧　—｜
问、已经三白，或是报年丰。未应真个，情多老却天公。
｜　｜——｜　｜｜｜—△　｜——｜　——｜｜—△

177. 汉宫春

【题解】《高丽史·乐志》名《汉宫春慢》。此调有平韵、仄韵两体，平韵词八首，仄韵词两首，皆以前后段起句是否用韵辨体。

【句格】双调九十六字，前后段各九句，四平韵。上片"向"领二、三偶句，

"熏风"领五、六偶句；下片"记"领二、三偶句，"无端"领五、六偶句。此调有不同诸格体。（上下片歇拍前一句似应协仄韵。）

晁冲之

黯黯离怀，向东门系马，南浦移舟。熏风乱飞燕子，时下轻鸥。无情渭
⊥｜－－　｜⊤－⊥｜　⊤｜－△　－－⊥⊤⊥｜　⊤｜－△　－－⊥
水，问谁教、日日东流。常是送、行人去后，烟波一向离愁。
｜　｜⊤⊤　⊥｜－△　⊤｜｜　⊤－⊥｜　⊤－⊥｜－△

回首旧游如梦，记踏青嫔饮，拾翠狂游。无端彩云易散，覆水难收。风
⊤｜⊥－⊤　｜⊥－｜｜　｜｜－△　⊤－⊥⊤｜　⊥｜－△　－
流未老，拚千金、重入扬州。应又似、当年载酒，依前名占青楼。
－⊥｜　⊤⊤⊤　⊤｜－△　－｜｜　⊤－⊤｜　⊤－⊤｜－△

附仄格：双调九十六字，前段九句四仄韵，后段九句五仄韵。下片第二句为一四结构。

康与之

云海沉沉，峭寒收建章，雪残鸫鹊。华灯照夜，万井禁城行乐。春随鬓
－｜－－　｜－－｜⊤　⊥⊤－▲　－－｜｜　｜｜｜－－▲　－－｜
影，映参差、柳丝梅萼。丹禁杳，鳌峰对耸，三山上通寥廓。
｜　｜⊤⊤　⊥－－▲　－｜｜　－－⊥｜　－⊤｜－－▲

春衫绣罗香薄，步金莲影下，三千绰约。冰轮桂满，皓色冷浸楼阁。霓
－－｜－－▲　｜－－｜｜　⊤－⊥▲　－－｜｜　｜｜｜－－▲　－
裳帝乐，奏升平、天风吹落。留凤辇、通宵宴赏，莫放漏声闲却。
－｜｜　｜⊤⊤　－－－▲　－｜｜　－－｜｜　｜｜｜－－▲

178. 秋兰香

【题解】调见《全芳备祖》。

【句格】双调九十六字，前后段各九句，五平韵；上片首二句，四、五句对。

陈亮

未老金茎，些子正气，东篱淡伫齐芳。分头添样白，同局几般黄。向闲
｜｜－－　－｜｜｜　－－｜｜－△　－－－｜｜　－｜｜－△　｜－

处、须一一排行，浅深饶间新妆。那陶令、漉他谁酒，趁醒消详。
｜－｜｜－△　｜－－｜－△　｜－｜　｜｜｜－△

况是此花开后，便蝶乱无花，管甚蜂忙。你从今、采却蜜成房，秋英试
｜｜｜－－｜　｜｜｜－－　｜｜－△　｜－－　｜｜｜－△　－－｜

商量。多少为谁，甜得清凉。待说破、长生真诀，要饱风霜。
－△　－｜｜－　－｜－－　｜｜｜　－－－｜　｜｜｜－△

179. 行香子慢

【题解】调见《高丽史·乐志》，此《行香子》慢词，与《行香子》小令不同。

【句格】双调九十六字，前段十句五平韵，后段十一句六平韵；上片"焕"挈二、三句，下片"正"挈三、四句对，结似三句排对。

无名氏

瑞景光融，焕中天霁烟，佳气葱葱。皇居崇壮丽，金碧辉空。彤霄外、
｜｜－△　｜－－｜－　－｜－△　－－－｜｜　－｜－△　－－｜

瑶殿深处，帘卷花影重重。迎步辇，几簇真仙，贺庆寿新宫。
－｜－｜　－｜－｜－△　－｜｜　｜｜－－　｜｜｜－△

方逢，圣主飞龙。正休盛大宁，朝野欢同。何妨宴赏，奉宸意慈容。韶
－△　｜｜－△　｜｜｜－　－｜－△　－－｜｜　｜｜｜－△　－

音按、露觞将进，蕙炉飘馥香浓。长愿承颜，千秋万岁，明月清风。
－｜　｜－－｜　｜－－｜－△　－｜－－　－－｜｜　－｜－△

180. 庆千秋

【题解】调见《翰墨全书》，周密《天基圣节乐次》云：第十盏，笛独吹高平调《庆千秋》。

【句格】双调九十六字，前后段各九句，四平韵；上片"自"挈二、三句对，下片第六句三字逗后与七句对。

无名氏

点检尧赏，自元宵过了，两荚初飞。葱葱郁郁，佳气喜溢庭闱。谁知降、
｜｜－－　｜－－｜｜　｜｜－△　－－｜｜　－｜｜｜－△　－－｜

月里姮娥，欣对良时。但见婺星腾瑞彩，年年辉映南箕。
｜｜－－　－｜－△　｜｜｜－－｜｜　－－－｜－△

好是庭阶兰玉，伴一枝丹桂，戏舞莱衣。椒觞迭将捧献，歌曲吟诗。如
｜｜－－－｜　｜｜－－｜　｜｜－△　－－｜－｜｜　－｜－△　－

王母、对款群仙，同宴瑶池。萱草茂、长春不老，百千祝寿无期。
－｜　｜｜－－　－｜－△　－｜｜　－－｜｜　｜－｜｜－△

181. 望云间

【题解】调见《翰墨全书》，赵可登代州南楼，自度此腔。

【句格】双调九十六字，前后段各十句，四平韵。上片"有"挈四、五句对，六、七句对，"吊"挈歇拍三句；下片六、七句对。

赵可

云朔南陲，全赵宝符，河山襟带名藩。有朱楼缥缈，千雉回旋。云度飞
－｜－－　－｜｜－　－－－｜－△　｜－－｜｜　－｜－△　－｜－

孤绝险，天围紫塞高寒。吊兴亡遗迹，咫尺西陵，烟树苍然。
－｜｜　－－｜｜－△　｜－－－｜　｜｜－－　－｜－△

时移事改，极目春心，不堪独倚危栏。惟是年年飞雁，霜雪知还。楼上
－－｜｜　｜｜－－　｜－｜｜－△　－｜－－－｜　－｜－△　－｜

四时长好，人生一世谁闲。故人有酒，一樽高兴，不减东山。
｜－－｜　－－｜｜－△　｜－｜｜　｜－－△ （按原符号行：｜－－｜　－－｜｜－△　｜－｜｜　｜－－｜　｜｜－△）

182. 步月

【题解】此调有平韵、仄韵两体。平韵者，见史达祖《梅溪词》；仄韵者，见施岳《梅川词》。

【句格】双调九十六字，前段九句四平韵，后段十句五平韵。上片首二句对，六、七句宜折腰对；下片七、八句折腰对。此调有不同诸格体。

史达祖

剪柳章台，问梅东阁，醉中携手初归。逗香帘下，璀璨缕金衣。正依约、
｜｜－－　｜－－｜　｜－－｜－△　｜－－｜　－｜｜－△　－｜

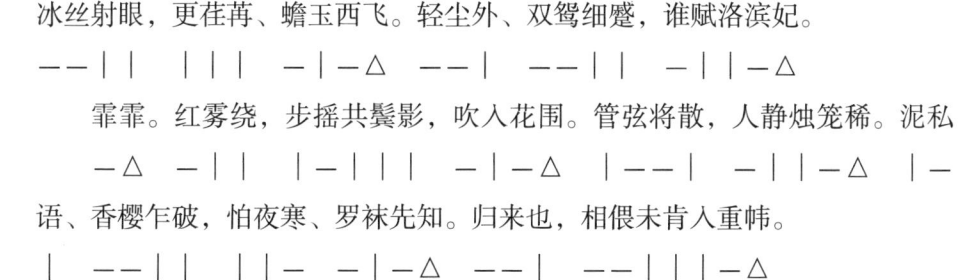

冰丝射眼，更荏苒、蟾玉西飞。轻尘外、双鸳细蹙，谁赋洛滨妃。
——｜｜　｜｜｜　－｜－△　——｜　—｜｜｜　－｜｜－△

霏霏。红雾绕，步摇共鬓影，吹入花围。管弦将散，人静烛笼稀。泥私
－△　－｜｜　｜－｜｜｜　－｜－△　｜——｜　－｜｜－△　｜－

语、香樱乍破，怕夜寒、罗袜先知。归来也，相偎未肯入重帏。
｜　——｜｜　－｜－△　——｜　——｜｜｜－△

附仄格：双调九十四字，前后段各九句，五仄韵。上片首二句对，六、七句三字逗对；下片六、七句三字逗对。

施岳

玉宇薰风，宝阶明月，翠丛万点晴雪。炼霜不就，散广寒霙屑。采珠蓓、
｜｜——　｜——｜　｜－｜｜－▲　｜－｜｜　｜｜——▲　｜－｜

绿萼露滋，喷银艳、小莲冰洁。花魂在、纤指嫩痕，素英重结。
｜｜｜－　——｜　｜——▲　——｜　－｜｜－　｜——▲

枝头香未绝，还是过中秋，丹桂时节。醉乡冷境，怕翻成消歇。玩芳味、
———｜▲　－｜｜——　－｜－▲　｜｜｜｜　｜———▲　｜－｜

春焙旋熏，贮秾韵、水沉频爇。堪怜处，输与夜凉睡蝶。
－｜——　｜——｜　｜——▲　——｜　－｜｜－｜▲

183. 八声甘州

【题解】《碧鸡漫志·甘州》，仙吕调，有曲破，有八声，有慢，有令。按，此调前后段八韵，故名《八声》，乃慢词也，与《甘州遍》之曲破，《甘州子》之令词不同。《乐章集》亦注仙吕调。周密词名《甘州》；张炎词因柳词有"对萧萧暮雨洒江天"句，更名《萧萧雨》；白朴词，名《宴瑶池》。

【句格】双调九十七字，前后段各九句，四平韵。上片首句为上一下七结构，"渐"领以下三句；注意下片"望""叹"句结构。此调有不同诸格体。

柳永

对潇潇暮雨洒江天，一番洗清秋。渐霜风凄紧，关河冷落，残照当楼。
｜⊤－⊥｜｜——　⊥⊤｜－△　｜⊤－⊤｜　⊤－⊥｜　⊤｜－△

是处红衰翠减，苒苒物华休。惟有长江水，无语东流。
⊥│⊤－⊥│　│⊥│－△　⊤│⊤－│　⊤│－△

不忍登高临远，望故乡渺渺，归思难收。叹年来踪迹，何事苦淹留。想
⊥│⊤－⊤│　│⊥－⊥│　⊤│－△　│⊤－⊤│　⊤││－△　│

佳人、妆楼颙望，误几回、天际识归舟。争知我、倚栏杆处，正恁凝愁。
⊤⊤　⊤│⊤│　│⊥－⊥│　⊤││－△　－－│　⊥－⊤│　⊥│－△

184. 凤凰台上忆吹箫

【题解】《列仙传拾遗》云：萧史善吹箫，作鸾凤之声，秦穆公有女弄玉，善吹箫，公以妻之，遂教弄玉作凤鸣，居十数年，凤凰来止，公为作凤台，夫妇止其上，数年，弄玉乘凤，萧史乘龙去。调名取此。《高丽史·乐志》一名《忆吹箫》。

【句格】双调九十七字，前段十句四平韵，后段九句四平韵；上下片四、五句皆折腰挈偶句。此调有不同诸格体。

晁补之

千里相思，况无百里，何妨暮往朝还。又正是、梅初淡伫，莺未绵蛮。
⊤│－－　⊥－⊥│　⊤－⊥│－△　⊥││　－－││　⊤│－△

陌上相逢缓辔，风细细、云日斑斑。新晴好，得意未妨，行尽青山。
⊥⊥⊤－⊥│　⊤││　⊤│－△　⊤－│　⊥⊥│⊤　⊤│－△

应携后房小妓，来为我，盈盈对舞花间。便拚却、松醪翠满，蜜炬红残。
－⊤⊥⊥│　－⊥│　⊤－⊥│－△　│⊤│　－－││　⊥│－△

谁信轻鞍射虎，清世里、曾有人闲。都休说，帘外夜久春寒。
⊤│⊤－⊥│　⊤││　⊤│－△　⊤－│　⊤│││－△

185. 夜合花

【题解】调见《琴趣外篇》。按，夜合花，合欢树也，唐韦应物诗："夜合花开香满庭"，调名取此。

【句格】双调九十七字，前段十句五平韵，后段十句六平韵。此调有不同诸格体。

晁补之

百紫千红，占春多少，共推绝世花王。西都万户，擅名不为姚黄。漫肠
｜｜－－　｜－－｜　｜－｜｜－△　－－｜｜　｜－｜｜－△　｜－
断巫阳，对沉香亭北新妆。记清平调，词成进了，一梦仙乡。
｜－△　｜－－－｜－△　｜－－　－－｜｜　｜｜｜－△

天葩秀出无双。倚朝晖，半如酣醉成狂。无言自省，檀心一点偷芳。念
－－｜｜－△　｜－－　｜－｜｜－△　－－｜｜　－－｜｜－－
往事情伤，又新艳曾说滁阳。纵归来晚，君王殿后，别是风光。
｜｜－△　｜－｜｜－△　｜－－｜　－－｜｜　｜｜｜－△

186. 庆清朝

【题解】一作《庆清朝慢》。

【句格】双调九十七字，前后段各十句，四平韵；上片首二句、下片结二句对。此调有不同诸格体。

王观

调雨为酥，催冰做水，东君分付春还。何人便将轻暖，点破残寒。结伴
－｜－－　－－｜｜　－－｜｜－△　－－｜｜－｜　｜｜｜－△　｜｜
踏青去好，平头鞋子小双鸾。烟郊外，望中秀色，如有无间。
｜－｜｜　－－－｜｜－△　－－｜　｜－｜｜　－｜－△

晴则个、阴则个，饷饤得天气，有许多般。须教撩花拨柳，争要先看。
－｜｜　－｜｜　｜－｜－｜　｜－－△　－－－－｜｜　－｜－△
不道吴绫绣袜，香泥斜沁几行斑。东风巧，尽收翠绿，吹上眉山。
｜｜－－｜｜　－－－｜｜－△　－－｜　｜－｜｜　－｜－△

187. 瑶台第一层

【题解】宋陈师道《后山诗话》：武才人出庆寿宫，裕陵得之，会教坊献新声，为作词，号《瑶台第一层》。

【句格】双调九十七字，前段十句四平韵，后段十一句六平韵。上片三、四句对，"正"挈歇拍对句；下片五、六句对，"看"领歇拍偶句，第三句

为一六结构。此调有不同诸格体。

张元幹

宝历祥开,飞练上、青冥万里光。石城形胜,秦淮风景,威凤来翔。腊
⊥｜——　—｜｜　——｜｜△　｜——｜　——⊤　⊤｜-△　｜
余春色早,兆钧璜、贤佐兴王。对熙旦,正格天同德,全魏分疆。
——｜｜　｜｜⊤　⊤｜-△　⊥-｜　｜⊥——｜　⊤｜-△

荧煌。五云深处,化钧独运斗魁旁。绣裳龙尾,千官师表,万事平章。
-△　⊥-⊤｜　｜-⊥｜｜-△　｜——｜　⊤-⊤｜　⊥｜-△
景钟文瑞世,醉尚方、难老天浆。庆垂裳,看云屏间坐,象笏堆床。
｜——｜｜　｜｜⊤　⊤｜-△　｜-△　｜———｜　｜｜-△

188. 松梢月

【题解】调见曹勋《松隐集》,因词有"喜挹蟾华当松顶"句,取以为名。

【句格】双调九十七字,前段十句五平韵,后段十句四平韵;上片歇拍为一四句法,下片第二句"漾"领偶句。

曹勋

院静无声,天边正皓月,初上重城。群木摇落,松路径暖风轻。喜挹蟾
｜｜-△　——｜｜｜　-｜-△　-｜-　-｜｜｜-△　｜｜-
华当松顶,照谢阁、细影纵横。杖策徐步,空明里,但襟袖皆清。
———｜　｜｜｜　｜｜-△　｜｜-　——｜　｜-｜-△

恍如临异境,漾凤沿岸阔,波净鱼惊。气入层汉,疑有素鹤飞鸣。夜色
｜——｜｜　｜｜——｜　-｜-△　｜｜-　-｜｜｜-△　｜｜
徘徊迟宫漏,渐坐久、露湿金茎。未忍归去,闻何处,更吹笙。
————｜　｜｜｜　｜｜-△　｜｜-　——｜　｜-△

189. 四槛花

【题解】调见曹勋《松隐集》。

【句格】双调九十七字,前段十二句六平韵,后段十一句五平韵;上片首二句对,四、五句对,歇拍"先记"领偶句。

曹勋

鸳瓦霜凝,兽炉烟冷,琐窗渐明。芙蓉红晕减,疏篁晓风清。睡觉犹眠,
－｜－△　｜－－｜　｜－｜△　－－－｜｜　－－｜－△　｜｜－－

怯新寒,仍宿酒,尚有余醒。拥闲衾,先记早梅糁糁,流水泠泠。
｜－－　－｜｜　｜｜－△　｜－△　－｜｜－｜　－｜－△

须记岁月堪惊,最难管、霜华满镜生。心地还自乐,谁能问枯荣。一味
－－｜｜－△　｜－｜　－－｜｜△　－｜｜－｜　－－｜－△　｜｜

情尘,指麈尽,人间世,更没亏成。惟萧散,眠食外,且乐升平。
－－　｜－｜　－－｜　｜｜－△　－－｜　－｜｜　｜｜－△

190. 玉簟凉

【题解】调见《梅溪词》。

【句格】双调九十七字,前后段各十句,五平韵;上片第二、五句与下片第六句皆上一下四结构,非五言句;上片歇拍"但"领偶句,下片二、三句对。

史达祖

秋是愁乡,自锦瑟断弦,有泪如江。平生花里活,奈旧梦难忘。蓝桥云
－｜－△　｜｜｜｜－　｜｜－△　－－－｜｜　｜｜｜－△　－－－

树正绿,料抱月、几夜眠香。河汉阻,但凤音传恨,阑影敲凉。
｜｜｜　｜｜｜　｜｜－△　－｜｜　｜｜－－　－｜－△

新妆。莲娇试晓,梅瘦破春,因甚却扇临窗。红巾衔翠翼,早弱水茫茫。
－△　－－｜｜　－｜｜－　－｜｜｜－△　－－－｜｜　｜｜｜－

柔情各自未剪,问此去、莫负王昌。芳信准,更敢寻、红杏西厢。
－－｜｜｜｜　｜｜｜　｜｜－△　－｜｜　｜｜－　－｜－△

191. 雨中花慢

【题解】此词有平韵、仄韵两体。平韵者,始自苏轼;仄韵者,始自秦观。柳永平韵词,《乐章集》注林钟商。

【句格】双调九十八字,前段十一句四平韵,后段十句四平韵。上片"但有"

挈领偶句，七、八句对，"有"领九、十偶句；下片首二句宜对，六、七句对。
此调有不同诸格体。

苏轼

今岁花时深院，尽日东风，荡飏茶烟。但有绿苔芳草，柳絮榆钱；闻道
－｜－－－｜　｜｜－－　｜｜－△　｜｜｜－－｜　｜｜－△　－｜
城西，长林古寺，甲第名园。有国艳带酒，天香染袂，为我留连。
－－　－－｜｜　｜｜－△　｜｜｜｜　－－｜｜　｜｜－△

清明过了，残红无处，对此泪洒樽前。秋向晚、一枝何事，向我依然。
－－｜｜　－－－｜　｜｜｜｜－△　－｜｜　｜－－｜　｜｜－△

高会聊追短景，清商不假余妍。不如留取，十分春态，付与明年。
－｜－－｜｜　－－｜｜－△　｜－－｜　｜－－｜　｜｜－△

附仄格：双调九十八字，前后段各十句，四仄韵。上片二、三句对，"见"
为领字，"正"挈八、九句对。

秦观

指点虚无征路，醉乘斑虬，远访西极。见天风吹落，满空寒白。玉女明
｜｜⊤－－｜　｜⊤－－　｜⊥－▲　｜－－－｜　｜⊤－▲　｜｜－
星迎笑，何苦自淹尘域。正火轮飞上，雾卷烟开，洞观金碧。
－－｜　－｜｜－－▲　｜｜｜－｜　⊥⊥－⊤　｜⊤－▲

重重观阁，横枕鳌峰，水面倒衔苍石。随处有、奇香幽火，杳然难测。
－－⊥｜　⊤⊥⊤⊤　｜｜｜－－▲　－⊥｜　－－⊥｜　｜－－▲

好是蟠桃熟后，阿环偷报消息。在青天碧海，一枝难遇，占取春色。
｜｜⊤－⊥｜　⊥－⊤｜－▲　｜－－｜｜　⊥－－｜　｜⊥－▲

192. 万年欢

【题解】唐教坊曲名。《宋史·乐志》：中吕宫；《高丽史·乐志》，
名《万年欢慢》；《元史·乐志》：舞队曲。此调有三体，平韵者始自王安礼，
仄韵者始自晁补之，平仄韵互协者始自元赵孟頫。

【句格】双调九十八字，前段九句五平韵，后段九句四平韵。"占"领偶句；
下片第二句为一四结构，"愁听"挈四、五句对。此调有不同诸格体。

王安礼

雅出群芳，占春前资讯，腊后风光。野岸邮亭，繁似万点轻霜。清浅溪
⊥|−△　|⊤−⊥　||−△　⊥|−−　−⊥⊥|−△　⊤|−
流倒影，更黯淡、月色笼香。浑疑是、姑射冰姿，寿阳粉面初妆。
−||　⊥⊥⊥　⊥|−△　−−|　⊤|−−　|−||−△

多情对景易感，况淮天庾岭，迢递相望。愁听龙吟凄绝，画角悲凉。念
−−⊥||⊥　|⊤⊤|　⊤|−⊤　⊤|−−|　|−△　|
昔因谁醉赏，向此际、空恼回肠。终须待、结实恁时，佳味堪尝。
|−−||　|⊥⊥　⊤|−△　−−|　⊥|⊥−　−|−△

附仄格：双调一百字，前段九句四仄韵，后段九句五仄韵。上片"记"为领字。

晁补之

十里环溪，记当年并游，依旧风景。彩舫红妆，重泛九秋清镜。莫叹歌
⊥|−−　|⊤⊥⊤−　⊤|⊤⊤▲　⊥|−−　⊤|⊥−−▲　⊥|⊤
台蔓草，喜相逢、欢情犹胜。频洲畔、横玉惊鸾，半天云正愁凝。
−⊥|　⊥⊤⊤　⊤−⊤▲　⊤⊤⊥　⊤|−−　⊥⊤−⊥−▲

中秋醉魂未醒，又佳辰授衣，良会堪更。早岁功名，豪气尚凌汝颖。能
⊤−|⊤⊥▲　|⊤−⊤　⊤|⊤⊤▲　⊥|−−　豪气尚凌汝颖▲
致黄金百镒，也莫负、鸱夷高兴。别有个、潇洒田园，醉乡天地同永。
|⊤−⊥|　|⊥⊥　⊤−⊤▲　⊥⊥|　⊤|−−　⊥⊤⊤⊥−▲

附互协格：双调一百字，前段九句四平韵、一叶韵，后段九句两平韵、三叶韵。上片"正"挈二、三句宜对，下片"望"挈二、三句对。

赵孟頫

天上春来，正阳和布泽，斗柄初回。一朵祥云捧日，万象生辉。帝德光
−|−△　|−−||　||−△　||−−||　||−△　||−
昭四表，玉帛尽、梯航来会（叶韵），彤庭敞、花覆千官，紫霄鸳鹭徘徊。
−||　|||　−−−▲　−−|　|−−−　|−−|−△

仁风遍满九垓，望霓旌缓引，宝扇齐开。喜动龙颜，和气蔼然交泰（叶
−−|||△　|−−||　||−△　||−−　−||−−▲

韵），九奏箫韶舜乐，兽尊举、麒麟香霭（叶韵），从今数、亿万斯年，圣主
　　　　｜｜——｜｜　｜｜｜　———▲　　　　——｜　｜｜——　｜｜
福如天大（叶韵）。
｜——▲

193. 燕春台

【题解】此调始自张先，盖春宴词也，因黄裳有夏宴词，刘泾改名《夏初临》，旧谱或以《燕春台》与《夏初临》两列者误。

【句格】双调九十八字，前段十句五平韵，后段十一句五平韵。上片首二句对；下片一、二句，三、四句对。此调有不同诸格体。

张先

丽日千门，紫烟双阙，琼林又报春回。殿阁风微，当时去燕还来。五侯
⊥｜——　⊥—⊤｜　⊤—⊥｜—△　⊥｜——　⊤—⊥｜—△　⊥—
池馆屏开，探芳菲、走马天街。重帘人语，辚辚车幰，远近轻雷。
⊤｜—△　｜——　⊥｜—△　⊤——｜　⊤—⊤｜　⊥｜—△

雕甍霞滟，翠幕云飞；楚腰舞柳，宫面妆梅。金猊夜暖，罗衣暗裹香煤。
⊤—⊤｜　⊥｜——　｜—⊥｜　⊤｜—△　——｜｜　⊤—｜｜—△
洞府人归，拥笙歌、灯火楼台。下蓬莱，犹有花上月，清影徘徊。
⊥｜——　｜⊤—　⊤｜—△　｜—△　—｜—⊥　⊤｜—△

194. 八节长欢

【题解】调见《东堂词》。

【句格】双调九十八字，前段九句五平韵，后段八句五平韵；上片四、五句对。此调有不同诸格体。

毛滂

名满人间，记黄金殿，旧试清闲。才高鹦鹉赋，风凛惠文冠。波涛何处
⊤｜—△　｜——　｜｜—△　——⊤｜　—｜｜—△　———｜
试蛟鳄，到白头、犹守溪山。且做龚黄样度，留与人看。
｜—⊥　｜⊥—　⊤｜—△　｜｜——｜｜　⊤｜—△

桃溪柳曲阴圆，离唱断、旌旗却卷春还。襦袴寄余温，双石畔、惟闻吏
——｜｜－△　－｜｜　——｜－△　——｜　——　⊤－｜
胆长寒。诗翁去，谁细绕、屈曲栏杆。从今后、南来幽梦，应随月度云端。
｜－△　－⊤｜　⊤｜⊥　｜｜－△　——｜　———｜　－⊤｜｜－△

195. 芰荷香

【题解】调见《大声集》。金词注双调。

【句格】双调九十八字，前段十句六平韵，后段十句五平韵。上片"正"领二、三句对，歇拍对；下片"有"领字。此调有不同诸格体。

万俟咏

小潇湘，正天影倒碧，波面容光。水仙朝罢，间列绿盖红幢；风吹细雨，
｜－△　｜－⊥｜　⊤｜－△　｜——｜　｜⊥｜－△　⊤－⊥
荡十顷、浥浥清香。人在水晶中央，霜绡雾縠，襟袂收凉。
｜⊥⊥　⊥｜－△　⊤⊥⊥⊤－△　⊤－｜｜　⊤｜－△

　　款放轻舟闹红里，有蜻蜓点水，交颈鸳鸯。翠阴密处，曾觅相并青房。
⊥｜——｜⊤｜　｜⊤－⊥　－｜－△　⊥－⊥｜　⊤⊥⊤｜－△
晚霞散绮，泛远净、一叶鸣榔。拟去尽促雕舫，歌云未断，月上飞梁。
⊤－⊥｜　｜｜⊥　⊥｜－△　⊥｜｜－△　——｜｜　｜｜－△

196. 扬州慢

【题解】宋姜夔自度中吕宫曲。

【句格】双调九十八字，前段十句四平韵，后段九句四平韵。上片首二句对；下片"纵"领偶句，第八句为一四结构。此调有不同诸格体。

姜夔

淮左名都，竹西佳处，解鞍少驻初程。过春风十里，尽荠麦青青。自戍
⊤｜——　⊥－⊤｜　⊥－⊥｜－△　｜——｜　⊥⊥｜－△　｜⊤
马、窥江去后，废池乔木，犹厌言兵。渐黄昏、清角吹寒，都在空城。
｜　——⊥｜　⊥－⊤｜　⊤｜－△　｜——　⊤⊥－⊤　－｜－△

杜郎俊赏，算而今、重到须惊。纵豆蔻词工，青楼梦好，难赋深情。
⊥—⊥｜　｜——　⊤｜—△　｜⊥　｜——　⊤—⊥｜　⊤｜—△
二十四桥仍在，波心荡、冷月无声。念桥边红药，年年知为谁生。
｜｜⊥——｜　——｜　⊥｜—△　｜⊤——｜　⊤—⊤｜—△

197. 舞杨花

【题解】宋张端义《贵耳集》云：慈宁殿赏牡丹，时椒房受册，三殿极欢，上洞达音律，自制曲，赐名《舞杨花》，停觞命小臣赋词，俾贵人歌以侑玉卮为寿，左右皆呼万岁。按，此词载康与之乐府，或与之应制拟作也。

【句格】双调九十八字，前段八句五平韵，后段九句五平韵；上片第四句、下片第五句，作上一下四结构，上片第五句、下片第六句第五字，须用仄声字，方成拗体，填时慎辨；下片"正"领偶句。

康与之

牡丹半坼初经雨，雕槛翠幕朝阳。困倚东风，羞谢了群芳。洗烟凝露向
｜—｜｜——｜　—｜｜｜—△　｜｜——　—｜｜—△　｜——｜｜
清晓，步瑶台、月底霓裳。轻笑淡拂宫黄，浅拟飞燕新妆。
—｜　｜——　｜｜—△　—｜｜｜—△　｜｜—｜—△

杨柳啼鸦昼永，正秋千庭馆，风絮池塘。三十六宫，簪艳粉浓香。慈宁
—｜——｜｜　｜———｜　—｜—△　—｜｜—　—｜｜—△　——
玉殿庆清赏，占东君、谁比君王。良夜万烛荧煌，影里留住年光。
｜｜—｜　｜——　—｜—△　—｜｜｜—△　｜｜—｜—△

198. 云仙引

【题解】冯伟寿自度曲，原注夹钟商。

【句格】双调九十八字，前段十句四平韵，后段十一句五平韵。上片首二句，四、五句对，结三句排对；下片九、十句为一三结构对。

冯伟寿

紫凤台旁，红鸾镜里，酾酾几度秋馨。黄金重，绿云轻。丹砂鬓边滴粟，
｜｜——　——｜｜　——｜｜—△　——｜　｜—△　——｜｜｜

翠叶玲珑烟剪成。含笑出帘，月香满袖，天雾萦身。
|||－－－|△　－||－　|－||　－|－△
　　年时花下逢迎，有游女、翩翩如五云。乱掷芳英，为簪斜朵，事事关心。
　　－－－|－△　|－|　－－－|△　|||－－　|－－|　||－△
长向金风，一枝在手，嗅蕊悲歌双黛颦。绕临溪树，对初弦月，露下更深。
－|－－　|－||　||－－－|△　|－－|　|－－|　||－△

199. 玲珑玉

【题解】调见凤林书院元词，姚云文自度曲。

【句格】双调九十八字，前段九句五平韵，后段十句四平韵。上片"任"挈六、七偶句；下片第二句为上一下四结构，"怕"为领字。

姚云文

　　开岁春迟，早赢得、一白萧萧。风窗淅簌，梦惊鸳帐春娇。是处貂裘透暖，
　　－|－－　|－|　||－△　－－||　|－－|－△　||－－||
任樽前回舞，红倦柔腰。今朝，亏陶家、茶鼎寂寥。
|－－－|　－|－△　－△　－－－　－||△
　　料得东皇戏剧，怕蛾儿街柳，先斗元宵。宇宙低迷，倩谁分、浅凸深凹。
　　||－－||　|－－|　－|－△　||－－　||－　||－△
休嗟空花无据，便真个、琼雕玉琢，总是虚飘。且沉醉，趁楼头、零片未消。
－－－－|　|－|　－－||　||－△　|－|　－－－　||△

200. 夏日燕黉堂

【题解】调见《乐府雅词》。

【句格】双调九十八字，前后段各十句，五平韵。上片"正"挈二、三句对，五句为一四结构，歇拍"被"领八、九、十句；下片二、三句对由"趁"挈领，"任"挈歇拍三句。此调有不同诸格体。

无名氏

　　日初长，正园林换叶，瓜李飘香。帘外雨过，送一霎微凉。萍芜径曲凝
　　|－△　|⊤－||　⊤|－△　－|||　|||－△　－－⊥|－

珠颗，衬汀沙、细簇蜂房。被晚风轻飐，圆荷翻水，泼觉鸳鸯。
　—｜　｜｜——　｜｜—△　｜⊥—⊤｜　——⊤｜　⊥｜—△

　　此景最难忘，趁芳樽泛蚁，筠簟铺湘。兰舟棹稳，倚何处垂杨。岂能文
　　⊥｜｜——　⊥——｜｜　—｜—△　⊤—｜｜　⊥⊤｜—△　⊥—⊤

字成狂饮，更红裙、间也何妨。任醉归明月，虾须帘卷，几线余霜。
｜——｜　｜⊤—　—｜—△　｜｜—⊤｜　⊤——｜　｜｜—△

201. 梦扬州

【题解】宋秦观自制曲，取词中结句为名。

【句格】双调九十九字，前后段各十句，五平韵；上下片"正""酬"为领字，所领宜对。

秦观

　　晚云收，正柳塘花坞，烟雨初休。燕子未归，恻恻轻寒如秋。小栏杆外
　　｜—△　｜｜——｜　—｜—△　｜｜｜—　｜｜———△　｜——｜

东风软，透绣帏、阴密香稠。江南远，人今何处，鹧鸪啼破春愁。
——｜　｜｜—　—｜—△　——｜　———｜　｜——｜—△

　　长记曾陪燕游，酬妙舞清歌，丽锦缠头。殢酒困花，十载因谁淹留。醉
　　 —｜——｜△　｜｜｜——　｜｜—△　｜｜｜—　｜———△　｜

鞭拂面归来晚，望翠楼、帘卷金钩。佳会阻，离情正乱，频梦扬州。
—｜｜——｜　｜｜—　—｜—△　—｜｜　——｜｜　—｜—△

202. 声声慢

【题解】蒋孝《九宫谱目》注：仙吕调。晁补之词，名《胜胜慢》；吴文英词，有"人在小楼"句，名《人在楼上》。此调有平韵、仄韵两体，平韵者，以晁补之、吴文英、王沂孙词为正体；仄韵者，以高观国词为正体。

【句格】双调九十九字，前段九句四平韵，后段八句四平韵。

晁补之

　　朱门深掩，摆荡春风，无情镇欲轻飞。断肠如雪撩乱，去点人衣。朝来
　　⊤⊤⊤⊥　⊥⊤⊤⊤　⊤⊤⊤｜—△　｜⊤—⊥—｜　｜｜—△　⊤⊤

半和细雨,向谁家、东馆西池。算未肯、似桃含红蕊,留待郎归。
⊥ー⊥｜　｜⊤ー　⊤｜ー△　｜｜｜　｜ーーー｜　⊤｜ー△

　　还记章台往事,别后纵、青青似旧时垂。灞岸行人多少,竟折柔枝。而
　　⊤⊥⊤ー⊥｜　⊥⊥｜　ー⊤⊥｜ー△　｜｜⊤ーー　｜｜ー△　⊤
今恨啼露叶,镇香街、抛掷因谁。又争可、妒郎夸春草,步步相随。
⊤⊥ー｜｜　｜ーー　⊤｜ー△　｜ー｜　｜ーーー｜　｜｜ー△

　　附吴文英体:双调九十七字,前段十句四平韵,后段八句四平韵。上片首二句对。

　　檀栾金碧,婀娜蓬莱,游云不蘸芳洲。露柳霜莲,十分点缀残秋。新弯
　　ーーー｜　｜｜ーー　ーー｜｜ー△　｜｜ーー　｜ー｜｜ー△　ーー
画眉未稳,似含羞、低度墙头。愁送远,驻西台车马,共惜临流。
｜ー｜｜　｜ーー　ー｜ー△　｜｜　ーーー｜　｜｜ー△

　　知道池亭多宴,掩庭花、长是惊落秦讴。腻粉阑干,犹闻凭袖香留。输
　　ー｜ーーー｜　｜ーー　ー｜ー｜ー△　｜｜ーー　ーーー｜ー△　ー
他翠涟拍甃,瞰新妆、终日凝眸。帘半卷,带黄花、人在小楼。
ー｜ー｜｜　｜ーー　ー｜ー△　ー｜｜　｜ーー　ー｜｜△

　　附王沂孙体:双调九十七字,前段十句四平韵,后段九句四平韵。上片首二句对,下片"想"挈二、三句对。

　　啼螀门静,落叶阶深,秋声又入吾庐。一枕新凉,西窗晚雨疏疏。旧香
　　ーーー｜　｜｜ーー　ーー｜｜ー△　｜｜ーー　ーー｜｜ー△　｜ー
旧色换却,但满川、残柳荒蒲。茂陵远,任岁华苒苒,老尽相如。
｜｜｜｜　｜ー　ー｜ー△　｜ー｜　｜ー｜ー△　｜｜ー△

　　昨夜西风初起,想莼边呼棹,橘后思书。短景凄然,残歌空扣铜壶。当
　　｜｜ーーー｜　｜ーーー｜　｜｜ー△　｜｜ーー　ーー｜｜ー△　ー
时送行共约,雁归时、人赋归与。雁归也,问人归、如雁归无。
ー｜ー｜｜　｜ーー　ー｜ー△　｜ー｜　｜ーー　ー｜ー△

　　附仄格:双调九十七字,前段十句四仄韵,后段八句四仄韵。上片首二句对。

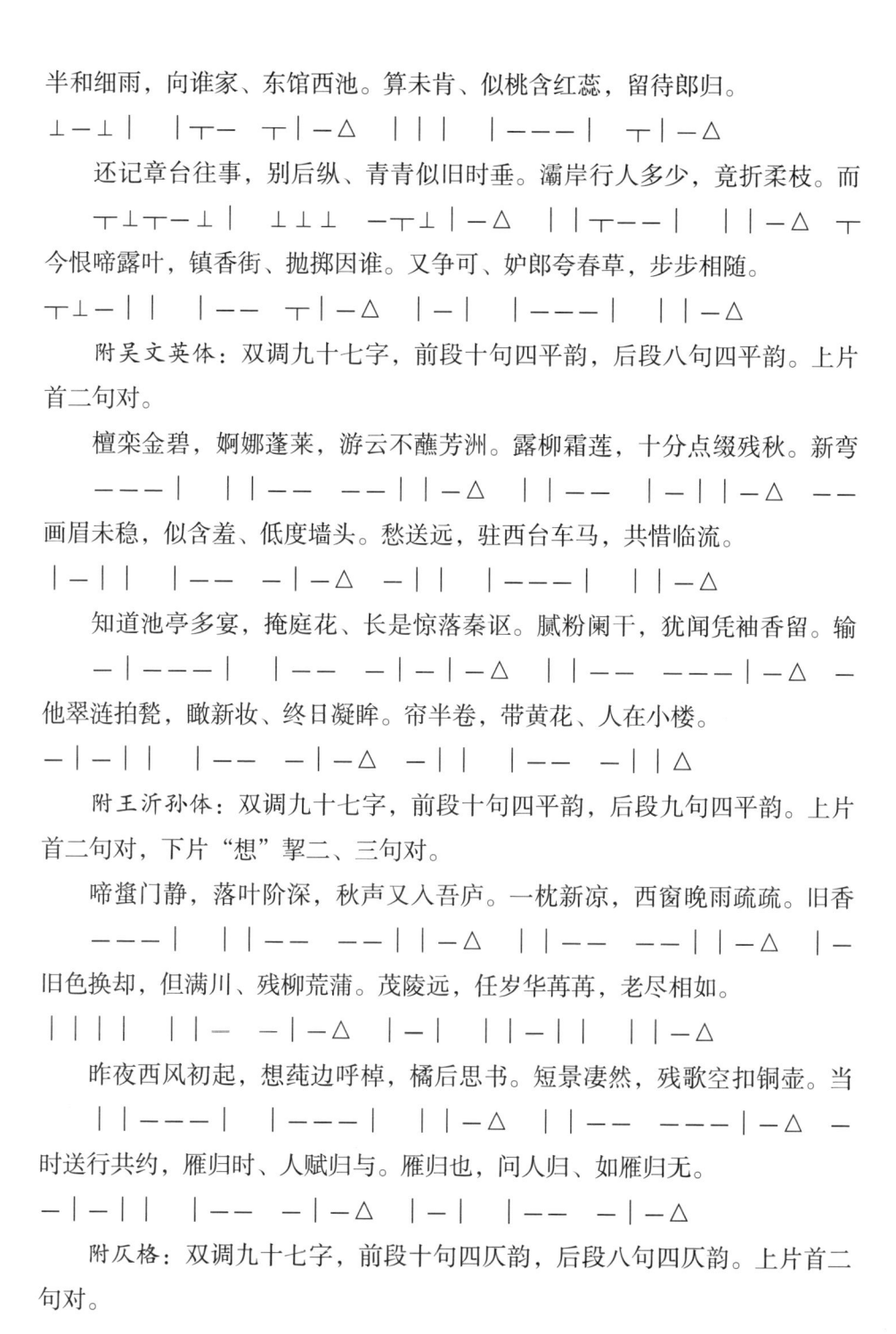

高观国

壶天不夜，宝炬生香，光风荡摇金碧。月滟水痕，花外峭寒无力。歌传
——⊤｜　⊥｜——　⊤—⊤⊤⊤▲　⊥｜⊥—　⊤｜⊥——▲　⊤—
翠帘尽卷，误惊回、瑶台仙迹。禁漏促，拚千金一刻，未酬佳夕。
｜—⊥｜　｜⊤—　⊤⊤—▲　⊥⊥｜　⊤⊤—⊥｜　｜⊤⊤▲

卷地香尘不断，最得意、输他五陵狂客。楚柳吴梅，无限眼边春色。鲛
⊥｜⊤—⊥　⊥⊥｜　—⊤｜——▲　⊥｜——　⊤｜｜——▲　—
绡暗中寄与，待重寻、行云消息。乍醉醒，怕南楼、吹断晓笛。
—⊥—｜｜　｜—⊤　⊤⊤⊤▲　⊥⊥｜　｜⊤⊤　⊤⊥⊥▲

203. 紫玉箫

【题解】《宋史·乐志》：歇指调。

【句格】双调九十九字，前段十一句四平韵，后段十句四平韵；上片首二句对，下片第六句为一三结构，上下片"似""休"皆领字。

晁补之

罗绮围中，笙歌丛里，眼狂初认轻盈。无花解比，似一钩新月，云际初
—｜——　———｜　—｜——△　——｜｜　｜｜——｜　—｜—
生。算不虚得，郎占与、第一佳名。轻归去，那知有人，别后牵情。
△　｜｜—｜　—｜｜　｜｜—△　——｜　——｜—　｜｜—△

襄王自是春梦，休漫说东墙，事更难凭。谁教慕宋，要题诗、曾倚宝柱
——｜｜——　—｜｜——　｜｜—△　——｜｜　｜——　—｜｜｜
低声。似瑶台晓，空暗想、众里飞琼。余香冷，犹在小窗，一到魂惊。
—△　｜——｜　—｜｜　｜｜—△　——｜　｜｜——　｜｜—△

204. 金菊对芙蓉

【题解】蒋孝《九宫谱目》：中吕引子。

【句格】双调九十九字，前段十句四平韵，后段十句五平韵。上片首二句对，"正"领四、五偶句；下片八、九句宜对。

康与之

梧叶飘黄，万山空翠，断霞流水争辉。正金风西起，海燕东归。凭栏不
⊤｜－－　⊥－⊤｜　｜－－｜－△　｜－－⊤｜　｜｜－△　⊤－⊥
见南来雁，望故人、消息迟迟。木樨开后，不应误我，好景良时。
｜－－｜　⊥｜⊤　⊤｜－△　⊥－－｜　⊥－⊥｜　⊥｜－△

只念独守孤帏。把枕前嘱付，一旦分飞。上秦楼游赏，酒殢花迷。谁知
｜⊥｜｜－△　｜⊥－⊥｜　｜｜－△　｜⊤－－　⊥｜－△　⊤－
别后相思苦，悄为伊、瘦损香肌。花前月下，黄昏院落，珠泪偷垂。
⊥｜－－｜　｜｜⊥⊤　⊥｜－△　⊤－⊥｜　－－⊥｜　⊤｜－△

205. 十月桃

【题解】调见《乐府雅词》，赋十月桃，即以为名。《梅苑》无名氏词，咏十月梅，即名《十月梅》。

【句格】双调九十九字，前段十句四平韵，后段十句五平韵；下片首句为一六结构，第二句"向"领对句，八、九句宜对。此调有不同诸格体。

张元幹

年华催晚，听樽前偏唱，冲暖欺寒。乐府谁知，分付点化金丹。中原旧
－－⊤｜　｜－－⊤｜　⊤｜－△　｜｜－－　⊤⊥⊥｜－△　－－｜
游何在，频入梦、老眼空潸。撩人冷蕊，浑似当时，无语低鬟。
⊤－｜　－｜｜　⊥｜－△　－－｜｜　⊤｜－－　⊤｜－△

有多情多病文园。向雪后寻春，醉里凭栏。独步群芳，此花风度天然。
⊥⊤－－｜－△　｜｜｜－－　｜｜－△　｜｜－－　⊥－－｜－△
罗浮淡妆素质，呼翠凤、飞舞斓斑。参横月落，留恨醒来，满地香残。
－－｜⊤⊥　－｜｜　⊤｜－△　－－｜｜　⊤⊥－⊤　⊥｜－△

206. 蜀溪春

【题解】调见《松隐集》，咏黄蔷薇花。因词有"蜀景风迟，浣花溪边""占上苑，留住春"句，取以为名。

【句格】双调九十九字，前后段各十一句，四平韵；下片歇拍三句排对。

曹勋

蜀景风迟，浣花溪边，谁种芬芳。天与蔷薇，露华匀脸，繁蕊竞拂娇黄。
｜｜——　｜———　—｜—△　—｜——　｜——｜　—｜｜｜—△
枝上标韵别，浑不染、铅粉红妆。念杜陵，曾见时，也为赋篇章。
—｜—｜｜　—｜—△　｜—　—｜—　｜｜｜—△
如今盛开禁掖，千万朵莺羽，先借朝阳。待得君王，看花明艳，都道赭
——｜—｜｜　—｜｜｜—　—｜—△　｜｜——　｜——｜　—｜｜
袍同光。须趁为幕席，偏宜带、疏雨笼香。占上苑，留住春，奉玉觞。
——△　—｜—｜｜　——｜　—｜—△　｜｜｜　—｜—　｜｜△

207. 凤池吟

【题解】调见《梦窗词》。

【句格】双调九十九字，前段十一句四平韵，后段十句四平韵。上片第二句为一二一结构，五、六句对；下片"又"领四、五、六句对。

吴文英

万丈巍台，碧罘罳外，衮衮野马游尘。旧文书几阁，昏朝醉暮，覆雨翻
｜｜——　｜——｜　｜｜｜｜—△　｜——｜｜　——｜｜　｜｜—
云。忽变清明，紫垣敕使下星辰。经年事静，公门如水，帝甸阳春。
△　｜｜——　｜—｜｜｜—△　——｜｜　———｜　｜｜—△
长安父老相语，几百年见此，独驾冰轮。又凤鸣黄幕，玉霄平溯，鹊锦
——｜｜——　｜｜—｜｜　｜｜—△　｜｜——｜　｜｜——　｜｜
新恩。画省中书，半红梅子荐盐新。归来晚，待赓吟、殿阁南熏。
—△　｜｜——　｜——｜｜—△　——｜　｜——　｜｜—△

208. 新雁过妆楼

【题解】一名《雁过妆楼》；张炎词，名《瑶台聚八仙》；陈允平词，名《八宝妆》；《高丽史·乐志》，名《百宝妆》。

【句格】双调九十九字，前段九句六平韵，后段十句四平韵。上片五、六句对，下片"正"领偶句，"恨"挈歇拍二句。此调有不同诸格体。

吴文英

阆苑高寒，金枢动、冰宫桂树年年。剸秋一半，难破万户连环。织锦相
⊥|−△　−⊤|　⊤⊤||−△　|⊤|⊥⊥　⊤|||−△　||−
思楼影下，钿钗暗约小帘间。共无眠，素娥惯得，西坠栏杆。
−−||　⊤−|||−△　|−△　|−||　⊤|−△

谁知壶中自乐，正醉围夜玉，浅斗婵娟。雁风自劲，云气不上凉天。红
⊤⊤−⊤||　|⊥−||　⊥|−△　|⊤⊤⊥　−⊥||−△
牙润沾素手，听一曲清歌双雾鬟。徐郎老，恨断肠声在，离镜孤鸾。
−⊥⊤||　|⊥|−−⊤|△　−−|　|⊥−−|　⊤⊥−△

209. 国香

【题解】周密词，名《国香慢》，自注夷则商。

【句格】双调九十九字，前段十句五平韵，后段十句四平韵，上片"曳"挈二、三句。此调有不同诸格体。

张炎

空谷幽人，曳冰簪雾带，古意生春。结根倦随萧艾，独抱孤贞。自分生
⊤|−△　|⊤−⊥|　⊥|−△　|−⊤−|　||−△　||−
涯淡薄，隐蓬蒿、甘老山林。风烟共憔悴，冷落吴宫，草暗花深。
−⊥|　|−⊤　⊤|−△　−−|⊤|　||−−　⊥|−△

霁痕消冻雪，向崖阴饮露，应是知心。所思何处，愁满楚水湘云。肯信
⊥−−||　|⊥−||　⊥|−△　⊤|−−　⊤|⊥|−△　||−
遗芳千古，尚依依、泽畔行吟。香魂已成梦，短操谁弹，月冷瑶琴。
−−⊤|　|⊤−　⊥|−△　−−|⊤|　||−−　⊥|−△

210. 芳草

【题解】晁补之词，名《凤箫吟》。

【句格】双调一百字，前段十句四平韵，后段十句五平韵。此调有不同诸格体。

韩缜

锁离愁，连绵无际，来时陌上初熏。绣闱人念远，暗垂珠露泣，送征轮。
　|ーー　ーー⊤|　ー⊤|⊥　|ー△　⊥ーー||　⊥ーー||　|ー△

长行长在眼，更重重、远水孤村。但望极、楼高尽日，目断王孙。
⊤ーー||　|⊤ー　⊥|ー△　⊥|||　ーー||　||ー△

消魂。池塘从别后，曾行处、绿妒轻裙。恁时携素手，乱花飞絮里，缓步香茵。朱颜空自改，向年年、芳意长新。遍绿野、嬉游醉眼，莫负青春。
ー△　ーー|||　|⊤ー⊥　||ー△　|ーー||　⊥ーー||　⊥|ー△　⊤ーー||　⊥|⊤⊤　⊤|ー△　|||　ーー||　⊥|ー△

211. 高阳台

【题解】高拭词注：商调。刘镇词，名《庆春泽慢》；王沂孙词，名《庆春宫》。

【句格】双调一百字，前后段各十句，四平韵；上片首二句对，第五句系与前句对仗附后缀句法。此调有不同诸格体。

刘镇

灯火烘春，楼台浸月，良宵一刻千金。锦步承莲，彩云簇仗难寻。蓬壶影动星球转，映两行、宝珥瑶簪。恣嬉游，玉漏声催，未歇芳心。
　⊤|ー△　⊤ー||　⊤ー⊥|ー△　⊥|ーー　⊥⊤⊥|ー△　⊤⊤⊥|ーー|　|⊥ー　⊥|ーー　|ーー　⊥|ーー　⊥|ー△

笙歌十里夸张地，记年时行乐，憔悴而今。客里情怀，伴人闲笑闲吟。小桃未尽刘郎老，把相思、细写瑶琴。怕归来，红紫欺风，三径成阴。
⊤ー⊥|ーー|　|⊤ー⊤　⊤|ー△　⊥|ーー　⊥⊤⊤|ー△　⊥⊤⊥|ーー|　|⊤ー　⊥|ー△　|ーー　⊤|ーー　⊤|ー△

212. 凤归云

【题解】唐教坊曲名。柳永《乐章集》，平韵一百一字者，注仙吕调；仄韵一百一十八字者，注林钟商调。

【句格】双调一百一字，前段十句四平韵，后段十一句三平韵。上片"又是"挈八、九句对；下片一、二句对，三、四句对，六、七句对，"幸有"挈九、十偶句。此调有不同诸格体。

柳永

向深秋，雨余爽气肃西郊。陌上夜阑，襟袖起凉飙。天末残星，流电未
|——　|—|||—△　|||—　—||—△　—|——　—||
灭，闪闪隔林梢。又是晓鸡声断，阳乌光动，渐分山路迢迢。
|　|||—△　|||——|　———|　|——|—△

驱驱行役，苒苒光阴；蝇头利禄，蜗角功名，毕竟成何事、漫相高。抛
⊤——　||——　⊤—⊥|　—|——　||——|　|—△　—
掷林泉，狎玩尘土，壮节等闲销。幸有五湖烟浪，一船风月，会须归老渔樵。
|——　||⊤|　|||—△　|||——|　|||—|　|—|—△

附仄格：双调一百十八字，前段十句四仄韵，后段十一句五仄韵。上片首句折腰后与第二句对，三、四句对，第六句折腰后"尽"领偶句，"长是"挈歇拍对；下片首句折腰后与第二句对，三、四句对。

柳永

恋帝里、金谷园林，平康巷陌，触处繁华，连日疏狂，未尝轻负、寸心
|||　—|——　——||　|||—　—|——　||—|　|—
双眼。况佳人、尽天外行云，掌上飞燕，向珠筵、一一皆妙选。长是因酒沉
—▲　|——　|—|——　—|—▲　||—　||—|▲　—|—|—
迷，被花萦绊。
—　|——▲

更可惜、淑景亭台，暑天枕簟。霜月夜明，雪霰朝飞，一岁风光，尽堪
|||　||——　|—|▲　—|||　||——　||——　|—
随分、俊游清宴。算浮生事、瞬息光阴，锱铢名宦。正欢笑、试恁暂分散，
—|　|——▲　|——|　||——　———▲　|—|　||||—
即是恨雨秋云，地遥天远。
||||——　|——▲

213. 木兰花慢

【题解】宋柳永《乐章集》注：高平调。

【句格】双调一百一字，前段十句五平韵，后段十句七平韵；上片"正"领三、四、五句排对，歇拍宜对，上下片第八句均为一四三结构。此调有不同诸格体。

柳永

坼桐花烂漫，乍疏雨、洗清明。正艳杏烧林，缃桃绣野，芳景如屏。倾
　｜——⊥　⊥丅｜　｜—△　｜⊥｜——　丅—⊥　丅｜—　—
城，尽寻胜赏，骤雕鞍绀幰出郊坰。风暖繁弦脆管，万家竞奏新声。
△　｜—⊥｜　｜——｜｜—△　丅｜丅—⊥　⊥—⊥｜—△

盈盈。斗草踏青，人艳冶、递逢迎。向路旁、往往遗簪堕珥，珠翠纵横。
—△　⊥｜⊥△　—｜｜　｜—△　｜｜—　｜｜——｜｜　丅｜—△
欢情。对佳丽地，信金罍罄竭玉山倾。拚却明朝永日，画堂一枕春醒。
—△　｜—⊥｜　｜丅—⊥｜｜—△　丅｜丅—⊥　⊥—⊥｜—△

214. 彩云归

【题解】《宋史·乐志》：仙吕调；《乐章集》注：中吕调。

【句格】双调一百一字，前段八句五平韵，后段十句五平韵；上片第三句为一四三结构，第六句为一四结构。

柳永

蘅皋向晚舣轻航，卸云帆、水驿鱼乡。当暮天霁色如晴昼，江练静、皎
——｜｜｜—△　｜——　｜｜—△　—｜—｜｜——｜　—｜｜　｜
月飞光。那堪听、远村羌笛，引离人断肠。此际恨、浪萍风梗，度岁茫茫。
｜—△　｜—｜　｜——　｜——△　｜｜｜　｜——｜　｜｜—△

堪伤。朝欢暮散，被多情、赋与凄凉。别来最苦，襟带依约，尚有余香。
—△　——｜｜　｜——　｜｜—△　｜—｜｜　—｜——　｜｜—△
算得伊、鸳衾凤枕，夜永争不思量。牵情处，惟有临歧一句难忘。
｜｜—　——｜｜　｜｜—｜—△　——｜　—｜——｜｜—△

215. 锦堂春慢

【题解】调见《青箱杂记》,《梅苑》词名《锦堂春》。

【句格】双调一百一字,前后段各十句,四平韵;上片第八句为一四结构,下片"叹"领二、三偶句。此调有不同诸格体。

司马光

红日迟迟,虚廊影转,槐阴迤逦西斜。彩笔工夫难状,晚景烟霞。蝶尚
⊤ | — —　— — | |　— — ⊥ | — △　⊥ | — — ⊤ |　| | — △　⊥ |
不知春去,漫绕幽砌寻花。奈猛风过后,纵有残红,飞向谁家。
— — ⊤ |　⊥ ⊥ ⊤ | — △　| ⊥ — ⊥ |　⊥ | — —　⊤ | — △

始知青春无价,叹飘零宦路,荏苒年华。今日笙歌丛里,特地咨嗟。席
⊥ ⊤ — ⊤ ⊤ |　| — — | |　⊥ | — △　⊤ | ⊤ — ⊤ |　⊥ | — △
上青衫湿透,算感旧、何止琵琶。怎不教人易老,多少离愁,散在天涯。
| — — ⊥ |　| | | ⊥　⊤ | — △　| | — — ⊥ |　⊤ | — —　| | — △

216. 喜朝天

【题解】调见张先词集,送蔡襄还朝作。按,唐教坊有《朝天曲》,《宋史·乐志》有越调《朝天乐》曲,此盖借旧曲名,翻新声也。

【句格】双调一百一字,前段十句五平韵,后段十句四平韵。上片第五句为一二一结构,第八句为一四三结构,结二句三字逗后对仗;下片第二句一四结构,第八句三字逗后为二一二结构。此调有不同诸格体。

张先

晓云开,睨仙馆凌虚,步入蓬莱。玉宇琼甃,对青林近,归鸟徘徊。风
| — △　| — | — —　| | — △　| | — |　| — — |　— | — △　—
月从今清暑,带江山野色助诗才。箫鼓宴、璇题宝字,浮动持杯。
| — — ⊤ |　| — — ⊥ | — △　— | |　⊤ — ⊥ |　— | — △

天多送目无际,识渡舟帆小,时见潮回。故国千里,共十万室,日日春
— — | | — |　| | — —　— | — △　| | — |　| | | |　| | —

台。睢社朝京未远，正和羹、民口渴盐梅。佳景在、吴侬还望，分阃重来。
　△　⊤｜－－｜｜　｜－⊤　－⊥｜－△　－⊥｜　－－－｜　⊤｜－△

217. 月当厅

【题解】调见《梅溪词》，史达祖自度曲也。

【句格】双调一百一字，前段十句四平韵，后段九句四平韵，其句法多作拗体；上片结二句对，下片歇拍句为一四结构。

史达祖

白璧旧带秦城梦，因谁拜下，杨柳楼心。正是夜分，鱼钥不动香深。时
　｜｜｜｜－－｜　－－｜｜　－｜－△　｜｜－　－｜｜｜－△　－
有露萤自照，占凤裳、可喜影欺金。坐来久，都将凉意，尽付沉吟。
　｜｜－｜｜　｜－－　｜｜｜－△　｜－｜　－－－｜　｜｜－△

残云事绪无人拾，恨匆匆、药娥归去难寻。缀取雾窗，曾唱几拍清音。
　－－｜｜－－｜　｜－－　｜－－｜－△　｜｜｜－　－｜｜｜－△
犹有老来印愁处，冷光应念雪翻簪。空独对，西风紧，弄一井桐阴。
　－｜｜－｜－｜　｜－－｜｜－△　－｜｜　－－｜　｜｜｜－△

218. 寿楼春

【题解】调见《梅溪集》，盖自度曲也。

【句格】双调一百一字，前段十句六平韵，后段十一句六平韵；上下片多作拗句，皆连用平声字，系音律所关；上片首二句宜对，"几度""但"挈领偶句，下片首二句对，"有""最恨"挈领偶句，七、八句对。

史达祖

裁春衫寻芳，记金刀素手，同在晴窗。几度因风残絮，照花斜阳。谁念
　－－－－△　｜－－｜｜　－｜－△　｜｜－－－｜　｜－－△　－
我、今无裳，自少年、消磨疏狂。但听雨挑灯，敲床病酒，多梦睡时妆。
｜　－－△　｜｜－　－－－△　｜｜｜－－　－－｜｜　－｜｜－△

飞花去，良宵长。有丝阑旧曲，金谱新腔。最恨湘云人散，楚兰魂伤。
　－－｜　－－△　｜－－｜｜　－｜－△　｜｜－－－｜　｜－－△

身是客，愁为乡。算玉箫、犹逢韦郎，近寒食人家，相思未忘蘋藻香。
—｜｜　——△　｜｜—　———△　｜—｜——　——｜——｜△

219. 秋色横空

【题解】调见《天籁集》。

【句格】双调一百一字，前后段各十句，六平韵。上片"爱"，六、七句对，"肯羡"挈领偶句；下片"向"领偶句。

白朴

摇落秋冬，爱南枝迥绝，暖气潜通。含章睡起宫妆褪，新妆淡淡丰容。
—｜—△　｜——｜｜　｜｜—△　——｜｜——｜　——｜｜—△

冰蕤瘦，蜡蒂融。便自有、翛然林下风，肯羡蜂喧蝶闹，艳紫妖红。
——｜　｜｜△　｜｜｜　———｜△　｜｜——｜｜　｜｜—△

何处对花兴浓。向藏春池馆，透月帘栊。一枝郑重天涯信，肠断驿使相
—｜｜—｜△　｜———｜　｜｜—△　｜—｜｜——｜　—｜｜｜—

逢。关山路，几万重。记昨夜、筠筒和泪封，料马首幽香，先到梦中。
△　——｜　｜｜△　｜｜｜　———｜△　｜｜｜——　—｜｜△

220. 庆春宫

【题解】一名《庆宫春》。此调有平、仄韵两体。平韵体，始自北宋，有周邦彦诸词；仄韵体，始自南宋，有王沂孙诸词。

【句格】双调一百二字，前段十一句四平韵，后段十一句五平韵。上片首二句，四、五句对；下片二、三句对。此调有不同诸格体。

周邦彦

云接平冈，山围寒野，路回渐转孤城。衰柳啼鸦，惊风驱雁，动人一片
⊤｜——　——⊤｜　｜—⊥｜—△　⊤｜——　⊤—⊤｜　⊥｜⊤｜

秋声。倦途休驾，澹烟里、微茫见星。尘埃憔悴，生怕黄昏，离思牵萦。
—△　｜—｜｜　｜⊤｜　⊤——△　｜——｜　——一—　—｜—△

华堂旧日逢迎，花艳参差，香雾飘零。弦管当头，偏怜娇凤，夜深簧暖
⊤—｜｜—△　⊤｜—⊤　⊤｜—△　⊤｜——　⊤——｜　｜⊤⊤⊤

笙清。眼波传意，恨密约、匆匆未成。许多烦恼，只为当时，一晌留情。
—△　⊥——｜　｜⊥｜　——｜△　⊥—⊤｜　⊥｜⊤—　⊥｜—△

附仄格：双调一百二字，前后段各十一句，四仄韵。上片首二句对，四、五句对；下片四、五句对。

王沂孙

明玉擎金，纤罗飘带，为君起舞回雪。柔影参差，幽芳零乱，翠围腰瘦
—｜⊤—　⊤——｜　｜—｜｜—▲　⊤｜——　——⊤｜　｜——
一捻。岁华相误，记前度、湘皋怨别。哀弦重诉，都是凄凉，未须弹彻。
⊥▲　｜——｜　｜⊤｜　——⊥▲　——⊤｜　⊤｜——　⊥⊤—▲

国香到此谁怜，烟冷沙昏，顿成愁绝。花恼难禁，酒消欲尽，门外冰澌
｜—⊥　｜——　⊥｜——　⊥—▲　—⊥⊤　⊤—｜　⊤｜⊤—
欲结。试招仙魄，怕今夜、瑶簪冻折。携盘独出，空想咸阳，故宫落叶。
⊥▲　⊥—⊤｜　｜⊤｜　——⊥▲　⊤—｜　⊤｜——　｜—⊥▲

221. 忆旧游

【题解】调始《清真乐府》，一名《忆旧游慢》。

【句格】双调一百二字，前段十一句四平韵，后段十一句五平韵。上片"记"领首三句排对，"渐"挈九、十句对；下片第三句、第六句均上一下四结构。此调有不同诸格体。

周邦彦

记愁横浅黛，泪洗红铅，门掩秋宵。坠叶惊离思，听寒蛩夜泣，乱雨萧
｜⊤—⊥　⊥｜——　⊤｜—△　⊥⊥——｜　｜⊤—⊥　⊥｜—
萧。凤钗半脱云鬓，窗影烛花摇。渐暗竹敲凉，疏萤照晓，两地魂消。
△　⊥⊤｜⊥—｜　⊤｜｜—△　｜⊥｜——　⊤—⊥｜　⊥｜—△

迢迢。问音信，道径底花阴，时认鸣镳。也拟临朱户，叹因郎憔悴，羞
—△　｜—｜　｜⊥⊥⊤⊤　⊤｜—△　⊥⊥⊥—｜　｜⊤—⊤｜　⊤
见郎招。旧巢更有新燕，杨柳拂河桥。但满目京尘，东风竟日吹露桃。
｜—△　⊥⊤⊥⊥—｜　⊤｜｜—△　｜⊥｜——　⊤—⊥｜—｜△

222. 昼锦堂

【题解】此调有平韵、仄韵两体。平韵者，见周邦彦《片玉集》；仄韵者，见陈允平《日湖渔唱》。

【句格】双调一百二字，前段十句四平韵，后段十一句五平韵。上片首二句对，六、七句对；下片二、三句对，六、七句对。此调有不同诸格体。

周邦彦

雨洗桃花，风飘柳絮，日日飞满雕檐。懊恼一春幽恨，尽属眉尖。愁闻
⊥｜－－　－－｜｜　⊥⊥－｜－△　｜｜⊥－－｜　⊥｜－△　⊤⊤
双飞新燕语，更堪孤枕宿醒欠。云鬟乱，独步画堂，轻风暗触珠帘。
⊤⊤－⊥｜　⊥－⊤｜｜－△　－－｜　⊥｜⊥－　－－｜｜－△

多厌。静昼永，琼户悄，香销金兽慵添。自与萧郎别后，事事俱嫌。短
－△　⊥｜｜　－｜｜　⊤⊤－⊤｜－△　｜｜－－｜｜　｜｜－△　⊥
歌新曲无心理，凤箫龙管不曾拈。空惆怅，长是每年三月，病酒恹恹。
－⊤｜－－｜　⊥－⊤｜｜－△　－－｜　－｜⊥－⊤　⊥｜－△

附仄格：双调一百二字，前段十句六仄韵，后段十一句七仄韵。上片首二句对，六、七句对，下片"嗟"挈三、四句对，七、八句对。注意，此为第八部与第十一部韵混押。

陈允平

上苑寒收，西塍雨散，东风是处花柳。步锦笼纱，依旧五陵台沼。绣帘
｜｜－－　－－｜｜　－－｜｜－▲　｜｜－－　－｜｜－－▲　｜－
珠箔金翠袅，琐窗雕槛青红斗。频回首，茶灶酒垆，前度几番携手。
－｜－｜▲　｜－－｜－－▲　－－▲　－｜｜－　－｜｜｜－▲

知否？人渐老。嗟眼为花狂，肩为诗瘦。唤醒乡心，无奈数声啼鸟。秉
－▲　－｜▲　－｜｜－－　－｜－▲　｜｜－－　－｜｜｜－－▲　｜
烛清游嫌夜短，采香新意输年少。归来好，舣趁故园池阁，绿阴芳草。
｜－－－｜｜　｜－－｜－－▲　－－▲　｜｜｜－－　｜－－▲

223. 恋芳春慢

【题解】调见万俟咏《大声集》。崇宁中，咏充大晟府制撰，依月用律制词，多应制之作。此词自注寒食前进，故以《恋芳春》为名也。

【句格】双调一百二字，前段九句四平韵，后段十句四平韵；上片首二句，下片一、二、三、四句为扇面对。

万俟咏

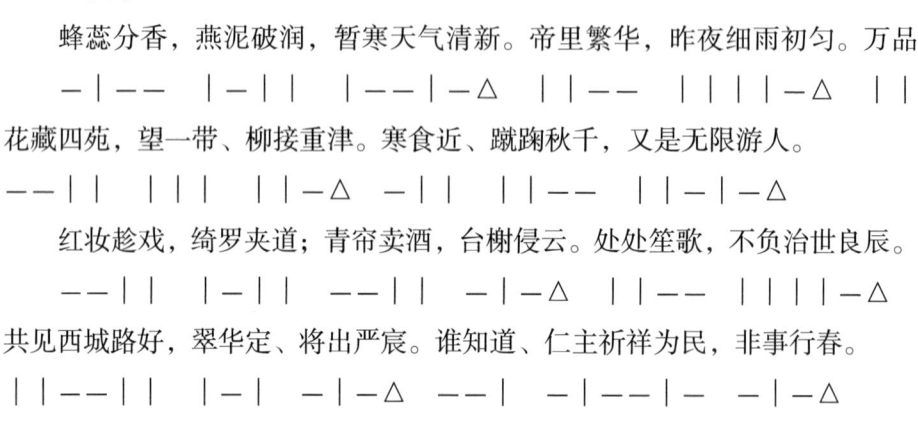

蜂蕊分香，燕泥破润，暂寒天气清新。帝里繁华，昨夜细雨初匀。万品
－｜－－　｜－｜｜　｜－－｜－△　｜｜－－　｜｜｜｜－△　｜｜
花藏四苑，望一带、柳接重津。寒食近、蹴鞠秋千，又是无限游人。
－－｜｜　｜｜｜　｜｜－△　｜－｜｜　｜｜－－　｜｜－｜－△

红妆趁戏，绮罗夹道；青帘卖酒，台榭侵云。处处笙歌，不负治世良辰。
－－｜｜　｜－｜｜　－－｜｜　－｜－△　｜｜－－　｜｜｜｜－△
共见西城路好，翠华定、将出严宸。谁知道、仁主祈祥为民，非事行春。
｜｜－－｜｜　｜－｜　－｜－△　－－｜　－｜－－｜　－｜－△

224. 湘春夜月

【题解】黄孝迈自度曲。

【句格】双调一百二字，前段十句四平韵，后段十一句四平韵。上片"怕"领字，"念"挈八、九句对，下片首三句宜对，"算"为领字。

黄孝迈

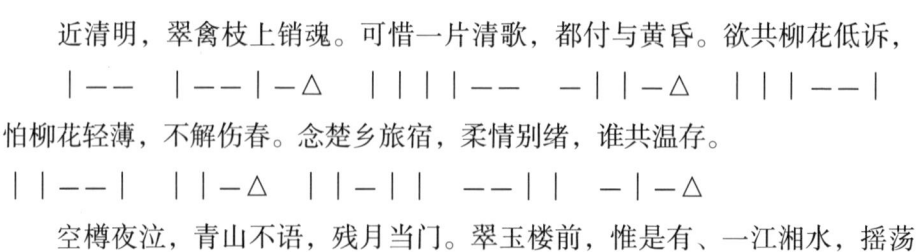

近清明，翠禽枝上销魂。可惜一片清歌，都付与黄昏。欲共柳花低诉，
｜－－　｜－－｜－△　｜｜｜｜－－　－｜｜－△　｜｜｜－－｜
怕柳花轻薄，不解伤春。念楚乡旅宿，柔情别绪，谁共温存。
｜｜－－｜　｜｜－△　｜｜－｜｜　－－｜｜　－｜－△

空樽夜泣，青山不语，残月当门。翠玉楼前，惟是有、一江湘水，摇荡
－－｜｜　－－｜｜　－｜－△　｜｜－－　－｜｜　｜－－｜　－｜
湘云。天长梦短，问甚时、重见桃根。这次第，算人间没个、并刀剪断，心
－△　－－｜｜　｜｜－　－｜－△　｜｜｜　｜－－｜｜　－－｜｜　－

上愁痕。
　　｜－△

225. 长相思慢

【题解】《乐章集》注：商调。

【句格】双调一百三字，前段十一句六平韵，后段十句四平韵。上片首二句对，五、六句对，第八句为一四结构；下片首句为一四结构，四、五句对。此调有不同诸格体。

柳永

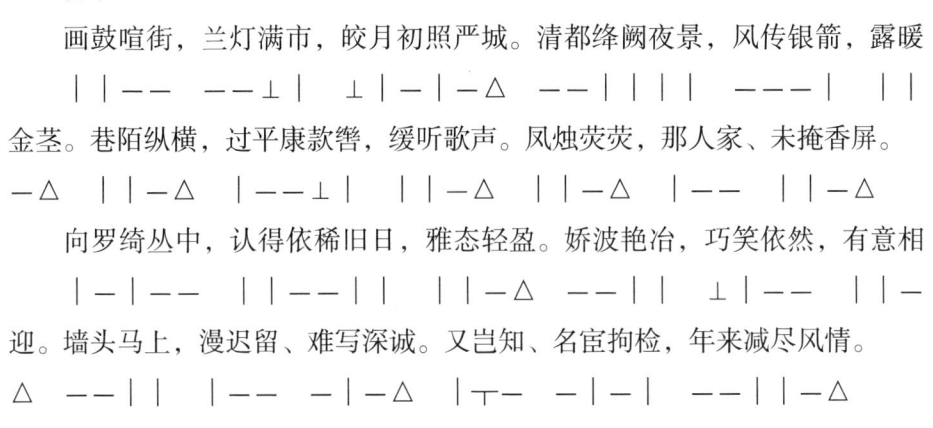

画鼓喧街，兰灯满市，皎月初照严城。清都绛阙夜景，风传银箭，露暖
｜｜－－　－－⊥｜　⊥｜－｜－△　－－｜｜｜｜　－－－｜　｜｜
金茎。巷陌纵横，过平康款辔，缓听歌声。凤烛荧荧，那人家、未掩香屏。
－△　｜｜｜－△　｜－－⊥　｜｜－△　｜｜－△　｜－－　｜｜－△

向罗绮丛中，认得依稀旧日，雅态轻盈。娇波艳冶，巧笑依然，有意相
｜－｜－－　　｜｜－－｜｜　　｜｜－△　－－｜｜　⊥｜－－　｜｜－
迎。墙头马上，漫迟留、难写深诚。又岂知、名宦拘检，年来减尽风情。
△　－－｜｜　｜－－　－｜－△　｜⊤－　－｜－｜　－－｜｜－△

226. 安平乐慢

【题解】调见万俟咏《大声集》。

【句格】双调一百三字，前段十一句五平韵，后段九句四平韵。上片首二句，四、五句对，"看"领偶句；下片"有"领首二句对。此调有不同诸格体。

万俟咏

瑞日初迟，绪风乍暖，千花百草争香；瑶池路稳，阆苑春深，云树水殿
｜｜－－　｜－｜｜　－－｜｜－△　－－｜｜　｜｜－－　－⊥⊥｜
相望。柳曲沙平，看尘随青盖，絮惹红妆。卖酒绿阴傍，无人不醉春光。
－△　｜｜－－　｜－－－｜　｜｜－△　｜｜－－△　－－｜｜－△

有十里笙歌，万家罗绮，身世疑在仙乡。行乐知无禁，五侯半隐少年场。
｜⊥｜－－　｜－－｜　－｜－｜－△　－⊥－－｜　｜｜｜｜－△

舞妙歌妍，空妒得、莺娇燕忙。念芳菲、都来几日，不堪风雨疏狂。
｜｜——　⊤｜｜　——｜△　｜——　⊤—｜｜　⊥——｜—△

227. 望南云慢

【题解】调见《乐府雅词》。

【句格】双调一百三字，前段十一句四平韵，后段十二句五平韵。上片"乍"挈偶句，第七句为一四结构；下片"奈"领偶句，十句、十一句对，第八句为一四结构。

沈公述

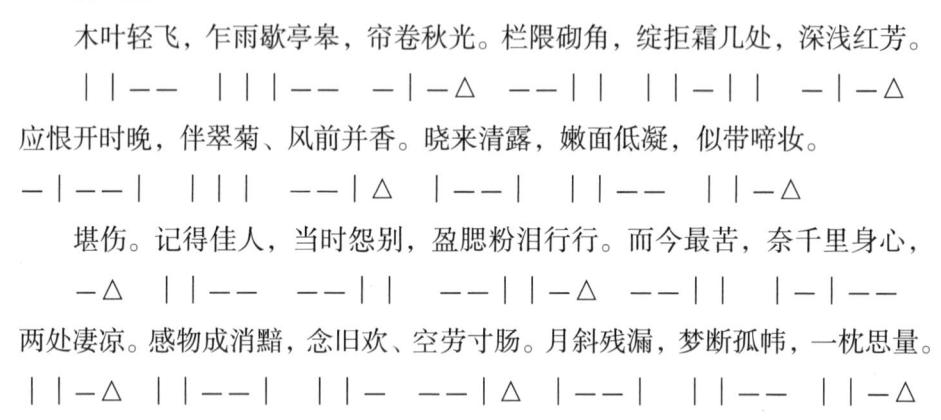

木叶轻飞，乍雨歇亭皋，帘卷秋光。栏隈砌角，绽拒霜几处，深浅红芳。
｜｜——　｜｜｜——　—｜—△　——｜｜　｜｜——｜　—｜—△

应恨开时晚，伴翠菊、风前并香。晓来清露，嫩面低凝，似带啼妆。
—｜——｜　｜｜｜　——｜△　｜——｜　｜｜——　｜｜—△

堪伤。记得佳人，当时怨别，盈腮粉泪行行。而今最苦，奈千里身心，
—△　｜｜——　——｜｜　——｜｜—△　——｜｜　｜—｜——

两处凄凉。感物成消黯，念旧欢、空劳寸肠。月斜残漏，梦断孤帏，一枕思量。
｜｜—△　｜｜｜—△　｜——　—｜—△　｜——｜　｜——　｜｜—△

228. 升平乐

【题解】《宋史·乐志》：教坊都知李德升，作《万岁升平乐》曲。周密《天基节乐次》：乐奏夹钟宫，第三盏，笙起《升平乐慢》。

【句格】双调一百三字，前后段各十一句，四平韵。上片一、二句，四、五句对，"枕"挈歇拍对句；下片"对"挈二、三句对，四、五句对，第十句为一四结构。

吴奕

水阁层台，短亭深院，依稀万木笼阴。飞暑无涯，行云有势，晚来细雨
｜｜——　｜——｜　——｜｜—△　—｜——　——｜｜　——｜｜

回晴。庭槐转影，近纱厨、两两蝉鸣。幽梦断，枕金猊旋热，兰炷微熏。
—△　——｜｜　｜——　｜｜—△　—｜｜　｜——｜｜　—｜—△

堪命俊才俦侣，对华筵坐列，朱履红裙。檀板轻敲，金樽满泛，从教畏
　｜｜｜——｜　　｜——｜｜　　｜｜—△　　—｜｜—　　｜—｜｜　　——｜
日西沉。金丝玉管，间歌喉、时奏清音。唐虞世，尽陶陶沉醉，且乐升平。
｜—△　　——｜｜　　｜——　—｜—△　　——｜　　｜———｜　　｜｜｜—△

229. 双声子

【题解】《乐章集》注：林钟商。

【句格】双调一百四字，前段十一句四平韵，后段十句四平韵。上片首二句对，四、五句宜对，第七句为一四结构；下片第二句、第七句为一四结构，四、五句宜对。

柳永

晚天萧索，断蓬踪迹，乘兴兰棹东游。三吴风景，姑苏台榭，牢落暮霭
　｜——｜　　｜——｜　　—｜—｜—△　　—｜——｜　　—｜——｜　　——｜｜
初收。叹夫差旧国，香径没、徒有荒丘。繁华处，悄无睹，惟闻麋鹿呦呦。
—△　　｜——｜｜　　—｜｜　—｜—△　　——｜　　｜—｜　　———｜—△

想当年，空运筹决战，图王取霸无休。江山如画，云涛烟浪，翻输范蠡
　｜——　　——｜｜｜　　—｜｜｜——　　———｜　　——一|　　———　—｜｜
扁舟。验前经旧史，嗟漫载、当日风流。斜阳暮草茫茫，尽成万古遗愁。
—△　　｜——｜｜　　—｜｜　—｜—△　　——｜｜——　　｜—｜｜—△

230. 潇湘逢故人慢

【题解】调见《花庵词选》。

【句格】双调一百四字，前后段各十句，五平韵。上片"方""试"为领字，二、三句对；下片第四句为一四结构，"况"领五、六句对。此调有不同诸格体。

王安礼

熏风微动，方樱桃弄色，萱草成棻。翠帏敞轻罗，试冰簟初展，几尺湘
　———｜　　—————⊥　　⊤｜—△　　—｜—｜—　　｜—｜—｜　　｜｜—
波。疏檐广厦，称潇湘、一枕南柯。引多少、梦魂归绪，洞庭雨棹烟蓑。
△　　——｜｜　　｜——　｜｜—△　　｜—｜　———｜　⊥—｜｜—△

惊回处，闲昼永，更时时、燕雏莺友相过。正绿影婆娑，况庭有幽花，
ー一｜　ー｜｜　　｜ーー　ーー｜ー△　｜｜｜ー△　｜ー｜ーー
池有新荷。青梅煮酒，幸随分、赢得高歌。功名事、到头终在，岁华忍负清和。
ー｜ー△　ーー｜｜　｜ー｜　ー｜ー△　ーー｜｜　｜ーT｜　｜ー｜｜ー△

231. 绮寮怨

【题解】调见《片玉词》。

【句格】双调一百四字，前段八句四平韵，后段九句七平韵。此调有不同诸格体。

周邦彦

上马人扶残醉，晓风吹未醒。映水曲、翠瓦朱檐，垂杨里、乍见津亭。
｜｜ーーT｜　ーー｜△　⊥⊥｜　⊥｜ーー　T ー｜　⊥｜ー△

当时曾题败壁，蛛丝罩、淡墨苔晕青。念去来、岁月如流，徘徊久，叹息愁思盈。
ーーT ー⊥｜　TT｜　｜｜ー｜△　｜⊥ー　｜｜ーー　ーー｜　⊥｜ー｜△

去去倦寻路程，江陵旧事，何曾再问杨琼。旧曲凄清，敛愁黛、与谁听。
T ー⊥｜⊥△　ーー⊥｜　ー｜｜｜ー△　⊥｜ー△　⊥T｜　｜ー△

樽前故人如在，想念我、最关情。何须渭城，歌声未尽处，先泪零。
ーー⊥ーー｜　⊥｜｜　｜ー△　ーー｜△　T ー｜⊥｜　ー｜△

232. 送入我门来

【题解】调见《草堂诗余》，宋胡浩然除夕词，有"东风尽力，一齐吹送，入此门来"之句，取以为名。

【句格】双调一百四字，前后段各十句，四平韵。此调有不同诸格体；上下片首二句对，调中"须知""似顿觉""更""仗"等句式，填时审慎。

胡浩然

荼垒安扉，灵馗挂户，神傩烈竹轰雷。动念流光，四序式周回。须知今
ー｜ーー　ーー｜｜　ーー｜｜ー△　｜｜ーー　｜｜｜ー△　ーーー

岁今宵尽，似顿觉明年明日催。向今夕，是处迎春送腊，罗绮筵开。
｜ーー｜　｜｜｜ーーー｜△　｜ー｜　｜｜ーー｜｜　ー｜ー△

今古偏同此夜，贤愚共添一岁，贵贱仍偕。互祝遐龄，山海固难摧。石
　—｜——｜｜　——｜—｜｜　｜｜—△　｜｜——　—｜｜—△　｜
崇富贵镁铿寿，更潘岳仪容子建才。仗东风尽力，一齐吹送，入此门来。
—｜｜——｜　｜—｜——｜｜△　｜——｜｜　｜——｜　｜｜—△

233. 绕池游慢

【题解】调见《涧泉词》，韩淲西湖看荷作。

【句格】双调一百四字，前后段各十句，四平韵；上片"是"领二、三句对，下片八、九句对。

韩淲

荷花好处，是红酣落照，翠蔼余凉。绕郭从前无此乐，空浮动、山影林
——｜｜　｜——｜｜　｜｜—△　｜｜——｜｜　——｜　—｜—
篁。几度熏风晚，留望眼、立尽濠梁。谁知好事，初移画舫，特地相将。
△　｜｜——｜　—｜｜　｜｜—△　——｜｜　——｜｜　｜｜—△

惊起双飞属玉，萦小楫冲岸，犹带生香。莫问西湖西畔路，但九里、松
　—｜——｜｜　—｜｜—｜　—｜—△　｜｜———｜｜　｜｜｜—
下侯王。且举觞寄兴，看闲人、来伴吟章。寸折柄枝，蓬分莲实，徒系柔肠。
｜—△　｜｜—｜｜　｜——　—｜—△　｜｜｜—　———｜　—｜—△

234. 霜花腴

【题解】吴文英自度腔，因词有"霜饱花腴"句，取以为名。

【句格】双调一百四字，前后段各十句，五平韵；上下片四、五句对。

吴文英

翠微路窄，醉晚风，凭谁为整敧冠。霜饱花腴，烛销人瘦，秋光作也都
　｜—｜｜　｜｜—　——｜｜—△　—｜——　｜——｜　——｜｜—
难。病怀强宽，恨雁声、偏落歌前。记年时、旧宿凄凉，暮烟秋雨野桥寒。
△　｜—｜△　｜｜—　｜｜—△　｜——　｜｜——　｜——｜｜—△

妆靥鬓英争艳，度清商一曲，暗坠金蝉。芳节多阴，兰情稀会，晴晖称
　—｜————｜　｜——｜｜　｜｜—△　—｜——　———｜　——｜

拂吟笺。更移画船，引佩环、邀下婵娟。算明朝、未了重阳，紫荚应耐看。
　｜—△　｜—｜△　｜｜—　—｜—△　｜——　｜｜——　｜——｜△

235. 春从天上来

【题解】调见《中州乐府》吴激词。

【句格】双调一百四字，前段十一句六平韵，后段十一句五平韵。上片"叹"挈二、三、四、五句扇面对，歇拍"似"领偶句，第七句为一四结构；下片四、五句对，第七句、第十句均一四结构，歇拍宜对。此调有不同诸格体。

吴激

海角飘零，叹汉苑秦宫，坠露飞萤；梦里天上，金屋银屏。歌吹竞举青
⊥｜—△　｜｜——　⊥｜—△　⊥｜—｜　⊤｜—△　⊤｜｜

冥，问当时遗谱，有绝艺、鼓瑟湘灵。促哀弹，似林莺呖呖，山溜泠泠。
△　｜———｜　｜⊥｜　｜｜—△　｜——　｜——｜　⊤｜—△

梨园太平乐府，醉几度春风，鬓发星星。舞彻中原，尘飞沧海，风雪万
——｜—⊥｜　｜｜——　⊥｜—△　⊥｜——　⊤——｜　⊤｜⊥

里龙庭。写秋筇幽怨，人憔悴、不似丹青。酒微醒，对一轩凉月，灯火青荧。
｜—△　｜———｜　—⊤｜　⊥｜—△　｜—△　｜｜——｜　—｜—△

236. 爱月夜眠迟慢

【题解】调见《高丽史·乐志》，宋词也，即赋本意。

【句格】双调一百四字，前后段各十句，四平韵；上下片"觉""把"皆领字，二、三、四、五句宜对。

无名氏

禁鼓初敲，觉六街夜悄，车马人稀；幕天澄淡，云收雾卷，亭亭皎月如
｜｜——　｜｜—｜｜　—｜—△　｜——　——｜｜　——｜｜—

珪。冰轮碾出遥空，照临千里无私。最堪怜、有情风，送得丹桂香微。
△　——｜｜——　｜｜—｜—△　｜｜—　｜—△

唯愿素魄长圆，把流霞对饮，满泛觥觞。醉凭栏处，赏玩不忍，辜负好
—｜｜｜——　｜——｜｜　｜｜—△　｜——　｜｜｜｜　—｜｜

景良时。清歌妙舞连宵，踟蹰懒入罗帏。任佳人、尽嗔我，爱月每夜眠迟。
　|－△　－－||　|－－　－－||　|－△　　|－－　　|－|　　||||－△

237. 合欢带

【题解】《乐章集》注：林钟商。

【句格】双调一百五字，前段九句五平韵，后段十句四平韵。上片六、七句对，歇拍"便觉"领偶句；下片首二句对。此调有不同诸格体。

柳永

身材儿、早是妖娆，算风措、实难描。一个肌肤浑似玉，更都来、占了
－－－　　||－△　　|－|　　|－△　　|||－－||　　|－－　　||
千娇。妍歌艳舞，莺惭巧舌，柳妒纤腰。自相逢、便觉韩娥价减，飞燕声销。
－△　　－－||　　－－||　　||－△　　|－－　　||－－||　　|－－△

桃花零落，溪水潺湲，重寻仙境非遥。莫道千金酬一笑，便明珠、万斛
－－－|　　－|－－　　－－－|－△　　|||－－||　　|－－　　||
须邀。檀郎幸有，凌云词赋，掷果风标。况当年、便好相携，凤楼深处吹箫。
－△　　－－||　　－－⊤|　　⊥|－△　　|－－　　|⊥－－　　|－－|－△

238. 赏南枝

【题解】调见《梅苑》词，曾巩自度曲。

【句格】双调一百五字，前段九句五平韵，后段九句六平韵。上片"正"挈二、三句对；下片注意三、四句，第八句，歇拍句结构。

曾巩

暮冬天地闭，正柔木冻折，瑞雪飘飞。对景见南山，岭梅露、几点清雅
　|－－||　　|－|||　　||－△　　|||－－　　|－|　　|||－
容姿。丹染萼、玉缀枝，又岂是、一阳有私。大抵化工独许，使占却先时。
－△　　－||　　|||　　|－|△　　|||－　　||－－||　　|||－△

霜威莫苦凌持，此花根性，想群卉争知。贵用在和羹，三春里、不管绿
　－－|||－△　　|－－|　　|－|－△　　|||－－　　|－|　　|||

是红非。攀赏处、宜酒卮，醉捻嗅、幽香更奇。倚栏伫何人去，嘱羌管休吹。
｜－△　－｜｜　－｜△　｜｜｜　－－｜△　｜－｜－－　｜－｜－△

239. 夜飞鹊慢

【题解】调见《片玉词》，一名《夜飞鹊》。

【句格】双调一百六字，前段十句五平韵，后段十一句四平韵。"探"挈七、八句对；下片五、六句对，"但"挈九、十句对。此调有不同诸格体。

周邦彦

河桥送人处，凉夜何其，斜月远堕余辉。铜盘烛泪已流尽，霏霏凉露沾
－－｜－｜　⊤｜－△　－⊥｜｜－△　⊤－⊥｜｜⊤｜　⊤－－｜
衣。相将散离会，探风前津鼓，树杪参旗。华骢会意，纵扬鞭、亦自行迟。
△　－－｜－｜　｜－－⊤　⊥｜－△　－－⊥｜　⊥｜－△

迢递路回清野，人语渐无闻，空带愁归。何意重经前地，遗钿不见，斜
－｜｜－－｜　－｜｜－－　⊤｜－△　⊤｜－－⊤　⊤－｜｜　－
迳多迷。兔葵燕麦，向残阳、影与人齐。但徘徊班草，欹觞醑酒，极望天西。
｜－△　⊥－⊥｜　｜－－　⊥｜－△　｜－－－｜　－－｜｜　⊥｜－△

240. 望海潮

【题解】柳永《乐章集》注：仙吕调。

【句格】双调一百七字，前段十一句五平韵，后段十一句六平韵。上片首二句，四、五句，七、八句对；下片"有"挈二、三句对，四、五句对，"乘"挈八、九句对。此调有不同诸格体。

柳永

东南形胜，江湖都会，钱塘自古繁华。烟柳画桥，风帘翠幕，参差十万
⊤－－｜　－－⊤｜　⊤－⊥｜－△　－｜｜－　－－｜｜　⊤－⊥｜
人家。云树绕堤沙，怒涛卷霜雪，天堑无涯。市列珠玑，户盈罗绮竞豪奢。
－△　⊤｜｜－△　⊤⊥｜－｜　⊤｜－△　｜｜－－　⊤－⊤｜｜－△

重湖叠巘清佳，有三秋桂子，十里荷花。羌管弄晴，菱歌泛夜，嬉嬉钓
⊤－｜｜－△　｜⊤－｜｜　⊥｜－△　－｜｜－　－－｜｜　⊤－⊥

叟莲娃。千骑拥高牙，乘醉听箫鼓，吟赏烟霞。异日图将好景，归去凤池夸。
　｜－△　⊤｜｜－△　⊤⊥－⊤｜　⊤｜－△　⊥｜－－⊥｜　⊤｜｜－△

注："江湖都会"多本作"三吴都会"。

241. 飞雪满群山

【题解】调见《友古词》。因词有"长记得、扁舟寻旧约"句，更名《扁舟寻旧约》。张矩词，名《飞雪满堆山》。

【句格】双调一百七字，前段十一句四平韵，后段十句四平韵。上片首二句，四、五句，九、十句对；下片"听"挈二、三句宜对，四、五句对。此调有不同诸格体。

蔡伸

冰结金壶，寒生罗幕，夜阑霜月侵门。翠筠敲韵，疏梅弄影，数声雁过
　⊤｜－－　－－－｜　｜｜⊤｜－△　⊤－⊤｜　－－⊥｜　｜⊤｜⊥

南云。酒醒欹粲枕，怆犹有、残妆泪痕。绣衾孤拥，余香未减，犹是那时熏。
－△　｜－－⊥｜　｜⊤｜　－－｜△　｜－－｜　－⊤⊥⊥　－｜｜－△

长记得、扁舟寻旧约，听小窗风雨，灯火昏昏。锦茵才展，琼签报曙，宝
－｜｜　－－－｜｜　｜｜－－｜　⊤｜－△　⊥－⊤｜　－－⊥｜

钗又是轻分。黯然携手处，倚朱箔、愁凝黛颦。梦回云散，山遥水远空断魂。
－｜｜－△　｜－－｜｜　｜⊥－　－｜｜△　⊥－⊤｜　－－｜｜－△

242. 泛清苕

【题解】调见张先词，吴兴泛舟作，即赋题本意也。一名《感皇恩慢》。

【句格】双调一百八字，前后段各十二句，五平韵；上下片四、五句对。

张先

绿净无痕，过晓霁清苕，镜里游人。红妆巧，彩船稳，当筵主，秘馆词
　｜｜－△　｜｜｜－－　｜｜－△　－－｜　｜－｜　－－｜

臣。吴娃劝饮韩娥唱，竞艳容、左右皆春。学为行雨，傍画桨，从教水溅罗裙。
△　－－｜｜－－｜　｜｜－　｜｜－△　｜｜－△　｜｜｜　－－｜｜－△

烟溪混月黄昏，渐楼台上下，火影星分。飞槛倚，斗牛近，响箫鼓，远破
——｜｜－△　——｜｜　｜｜｜－△　－｜｜　｜－｜　｜－｜　｜｜
重云。归轩未至千家待，掩半妆、翠箔朱门。衣香拂面，扶醉卸簪花，满袖余氲。
－△　——｜｜——　｜｜－　｜｜－△　——｜｜　－｜｜——　｜｜－△

243. 一萼红

【题解】此调有平韵、仄韵两体。平韵者，见《姜夔词》；仄韵者，见《乐府雅词》，因词有"未教一萼，红开鲜蕊"句，取以为名。

【句格】双调一百八字，前段十一句五平韵，后段十句四平韵。上片四、五句，九、十句对；下片第二句为一四结构，四、五句对。此调有不同诸格体。

姜夔

古城阴，有官梅几许，红萼未宜簪。池面冰胶，墙腰雪老，云意还又沉
｜－△　｜⊤－⊥　⊤｜｜－△　⊤｜——　⊤－⊥｜　⊤｜⊤｜－
沉。翠藤共、闲穿径竹，渐笑语、惊起卧沙禽。野老林泉，故王台榭，呼唤
△　｜⊤｜　⊤－⊥　⊥｜⊥　－｜｜－△　⊥｜——　⊥－⊤｜　⊤｜
登临。
－△

南去北来何事，荡湘云楚水，目极伤心。朱户粘鸡，金盘簇燕，空叹时
⊤｜⊥－⊤｜　｜⊤－｜　⊥｜－△　⊤｜——　⊤－⊥｜　⊤｜⊤⊤
序侵寻。记曾共、西楼雅集，想垂柳、还袅万丝金。待得归鞍到时，只怕春深。
｜－△　｜⊤⊥　——⊥　⊥⊤⊥　⊤｜｜－△　⊥｜⊤－⊤　⊥｜－△

附仄格：双调一百八字，前段十一句四仄韵，后段十句五仄韵。上片四、五句对；下片第二句为一四结构，四、五句对。

无名氏

断云漏日，青阳布，渐入融和天气。糁缀夭桃，金妆垂柳，妆点亭台佳
｜－｜｜　——｜　｜｜———▲　｜｜——　———｜　－｜———
致。晓露染、风裁雨晕，是绝艳、偏称化工美。向此际会，未教一萼，红开
▲　｜｜｜　——｜｜　｜｜｜　－｜－▲　｜｜｜｜　｜－｜｜　－—

鲜蕊。
一▲
　　迤逦渐成春意，放妖容秀色，天真难比。香上蜂须，粉沾蝶翅，忍把芳
　　—｜｜——▲　｜——｜｜　———▲　—｜——　｜—｜｜　｜｜—
心萦碎。争似便、移归深院，将绿盖青帏护风里。恁时节，占断与、偎红倚翠。
——▲　—｜｜　———｜　—｜｜——｜—▲　｜—｜　｜｜｜　——｜▲

244. 过秦楼

【题解】调见《乐府雅词》，李甲作，因词有"曾过秦楼"句，取以为名。

【句格】双调一百九字，前段十一句五平韵，后段十一句四平韵。上片首二句对，歇拍"正"挈领结三句；下片四、五句一四结构对。

李甲

　　卖酒垆边，寻芳原上，乱花飞絮悠悠。已蝶稀莺散，便拟把长绳，系日
　　｜｜——　———｜　｜——｜—△　｜｜——｜　｜｜｜——　｜｜
无由。漫道莫忘忧，也徒将、酒解闲愁。正江南春尽，行人千里，蘋满汀洲。
—△　｜｜｜—△　｜——　｜｜—△　｜———｜　———｜　—｜—△
　　有翠红径里、盈盈侣，簇芳茵禊饮，时笑时讴。当暖风迟景，任相将永日，
　　｜｜—｜｜　——｜　｜——｜　——△　｜｜——｜　｜——｜
烂漫狂游。谁信盛狂中，有离情、忽到心头。向樽前拟问，双燕来时，曾过
｜｜—△　—｜｜——　｜——　｜｜—△　｜——｜｜　—｜——　—｜
秦楼。
—△

245. 高山流水

【题解】调见《梦窗词》，吴文英自度曲，赠丁基仲妾作也。妾善琴，故以《高山流水》为调名。

【句格】双调一百十字，前段十句六平韵，后段十一句六平韵，上片第九句为一四结构。

吴文英

素弦一一起秋风，写柔情、多在春葱。徽外断肠声，霜霄暗落惊鸿。低
　｜－｜｜｜－△　｜－－　－｜－△　－｜｜－－　　－－｜｜－△　－
颦处、剪绿裁红，仙郎伴、新制还赓旧曲，映月帘栊。似名花并蒂，日日醉
－｜　　｜｜－△　－－｜　－｜－－｜｜　　｜｜－△　｜－－｜｜　　｜｜｜
春浓。
－△

吴中。空传有西子，应不解、换徵移宫。兰蕙满襟怀，唾碧总喷花茸。
－△　－－｜－｜　－｜｜　｜｜－△　－｜｜－－　　｜｜｜｜－△
后堂深、想费春工，客愁重，时听蕉寒雨碎，泪湿琼钟。恁风流也，称金屋、
｜－－　　｜｜－△　｜－｜　－｜－－｜｜　　｜｜－△　｜－－｜　｜－｜
贮娇慵。
｜－△

246. 五彩结同心

【题解】此调有平韵、仄韵两体。平韵者，见赵彦端《介庵词》；仄韵者，见《乐府雅词》。

【句格】双调一百十一字，前后段各九句，四平韵。此调有不同诸格体；上片首二句对，下片"正"挈领第二、三句。

赵彦端

人间尘断，雨处风回，凉波自泛仙槎。非郭还非野，闲莺燕、时傍笑语
　－－－｜　｜｜－－　－－｜｜－△　－｜－－｜　　－－｜　－｜｜｜
清佳。铜壶花漏长如线，金铺碎、香暖檐牙。谁知道、东园五亩，种成国艳
－△　－－－｜－－｜　－－｜　－｜－△　－－｜　－－｜｜　｜－｜｜
天葩。
－△

主人汉家龙种，正翩翩迥立，雪纥乌纱。歌舞承平旧，围红袖、诗兴自
｜－｜｜－－　｜－－｜｜　｜｜－△　－｜－－｜　－－｜　－｜｜

写春华。未知三斗朝天去，定何似、鸿宝丹砂。且一醉、朱颜相庆，共看玉
|—△　|——|——|　|—|　—|—△　|||　———|　|—|
井浮花。
|—△

附仄格：双调一百十一字，前段九句五仄韵，后段九句六仄韵。上片一、二句对，下片"唯"领二、三句。

无名氏

珠帘垂户，金索悬窗，家接浣纱溪路。相见桐阴下，一钩月、恰在凤凰
———▲　—|——　—||——▲　—|——|　|—|　|||—
栖处。素琼碾就宫腰小，花枝袅、盈盈娇步。新妆浅、满腮红雪，绰约片云
—▲　|—||——|　——|、———▲　——|、|——　||||—
欲度。
|▲

尘寰岂能留住，唯只愁化作，彩云飞去。蝉翼衫儿薄，冰肌莹、轻罩一
——|——▲　—|—||　|——▲　—|——|　——|、—||
团香雾。彩笺巧缀相思苦，脉脉动、怜才心绪。好作个、秦楼活计，要待吹
——▲　|—||——▲　|||、———▲　|||、——|　|||—
箫伴侣。
—|▲

247. 透碧霄

【题解】柳永《乐章集》注：南吕宫。

【句格】双调一百十二字，前段十二句六平韵，后段十二句五平韵。上片三、四、五句，六、七、八句排对，"遍"领歇拍排对；下片"昔"挈首二句宜对，六、七句对，第十句"道"挈偶句。此调有不同诸格体。

柳永

月华边，万年芳树起祥烟。帝居壮丽，皇家熙盛，宝运当千。端门清昼，
　|—△　|——||—△　|—||　———|　|||—△　———|

舤棱照日，双阙中天。太平时、朝野多欢，遍锦街香陌，钧天歌吹，阆苑神仙。
——｜⊥　⊤｜－△　｜——　⊤｜－△　｜⊥——｜　———｜　｜｜－△
　　昔观光得意，狂游风景，再睹更精妍。傍柳阴、寻花径，空恁弹箏垂鞭。
　　｜——｜｜　———｜　⊥｜｜－△　｜｜－　——｜　－｜｜｜－△
乐游雅戏，平康艳质，应也依然。仗何人、多谢婵娟，道宦途踪迹，歌酒情
｜－｜｜　——⊥｜　－｜－△　｜⊤－　－｜－△　｜⊥－⊤｜　－｜－
怀，不似当年。
—　｜｜－△

248. 沁园春

【题解】相传，汉显宗刘庄共有11女。永平三年（60年），封第五女刘致为沁水公主，婚配东汉开国元勋邓禹之孙高密侯邓乾，并为其修建园林一座，名为沁园，后为外戚窦宪所夺，有人作诗咏其事，这个词牌由此得名。《金词》注：般涉调。《蒋氏十三调》注：中吕调。张辑词，结句有"号我东仙"句，名《东仙》；李刘词，名《寿星明》；秦观减字词，名《洞庭春色》。

【句格】双调一百十四字，前段十三句四平韵，后段十二句五平韵。上片首三句排对，"渐"领四、五、六、七句扇面对，八、九句对；下片"有"挈三、四句对，七、八句对，第十一句为上一下四句法。此调有不同诸格体。

苏轼

孤馆灯青，野店鸡号，旅枕梦残。渐月华收练，晨霜耿耿，云山摛锦，
⊤⊥——　⊥｜⊤⊤　⊥｜⊥△　｜⊥－⊤｜　⊤－⊥｜　⊤－⊤｜
朝露漙漙。世路无穷，劳生有限，似此区区长鲜欢。微吟罢，凭征鞍无语，
⊤｜－△　⊥｜－－　⊤－⊥｜　⊥｜——△　⊤－△　⊥｜⊤－⊤
往事千端。
⊥｜－△

当时共客长安，似二陆、初来俱少年。有笔头千字，胸中万卷，致君尧
⊤－⊥｜－△　⊥⊥｜　⊤－⊤｜　｜⊥－⊤　⊤－⊥｜　｜－⊤
舜，此事何难。用舍由时，行藏在我，袖手何妨闲处看。身长健，但优游卒岁，
｜　⊥｜－△　⊥｜－　⊤－⊥｜　｜⊥——⊤△　－｜｜　｜－－⊥｜

且斗樽前。
⊥｜—△

　　附别格：双调一百十四字，前段十三句四平韵，后段十三句六平韵。上片首三句对，"向"掣四、五、六、七句扇面对，八、九句对；下片"念"掣四、五句对及六、七句对，八、九句对，"恨"掣结二句对。

贺铸

宫烛分烟，禁池开钥，凤城暮春。向落花香里，澄波影外，笙歌迟日，
—｜—— ｜——｜ ｜—｜△ ｜｜——｜ ——｜｜ ———｜
罗绮芳尘。载酒追游，联镳归晚，灯火平康寻梦云。逢迎处，最多才自负，
—｜—△ ｜｜—— ———｜ —｜———｜△ ——｜ ｜——｜
巧笑相亲。
｜｜—△

　　离群。客宦漳滨，但惊见、来鸿归燕频。念日边消耗，天涯怅望，楼台
—△ ｜｜—△ ｜—｜ ———｜△ ｜｜—— ——｜｜ ——
清晓，帘幕黄昏。无限悲凉，不胜憔悴，断尽危肠销尽魂。方年少，恨浮名
—｜ —｜—△ —｜—— ｜——｜ ｜｜———｜△ ——｜ ｜——
误我，乐事输人。
｜｜ ｜｜—△

　　注：此与苏词同，惟换头句押短韵异。因苏词下片五、六句未对，南北宋词，填贺词者亦多。

249. 紫萸香慢

【题解】调见凤林书院元词，姚云文自度腔。因词有"紫萸一枝传赐"句，取以为名。

【句格】双调一百十四字，前段十句四平韵，后段十二句七平韵。上片第四句为上一下四结构，第八句"怕"为领字；下片"记"领偶句。

姚云文

近重阳、偏多风雨，绝怜此日暄明。问秋香浓未，待携客，出西城。正
｜—— ———｜ ｜—｜｜—△ ｜—｜｜ ｜｜｜ ｜—△ ｜

自羁怀多感，怕荒台高处，更不胜情。向樽前、又忆漉酒插花人，只座上、
｜———｜　　｜———｜　　｜｜－△　｜——　｜｜｜｜——　｜｜｜
已无老兵。
｜—｜△

　　凄清。浅醉还醒，愁不肯、与诗平。记长楸走马，雕弓笮柳，前事休评。
　　—△　｜｜－△　—｜—　｜—△　｜—— 　——｜｜　—｜－△
紫荚一枝传赐，梦谁到、汉家陵。尽乌纱、便随风去，要天知道，华发如此
｜—｜——｜　｜—｜　｜－△　｜——　｜——　｜——　—｜｜
星星。歌罢涕零。
—△　—｜｜△

250. 送征衣

【题解】柳永《乐章集》注：中吕宫。

【句格】双调一百二十一字，前段十二句七平韵，后段十一句六平韵。上片二、三句对，三字豆掣七、八句对；下片"彤庭"掣三、四句对，六句三字逗后与七句对，上下片歇拍为一四结构。

柳永
过昭阳，璇枢电绕，华渚虹流，运应千载会昌。罄寰宇、荐殊祥，吾皇。
　｜－△　——｜｜　—｜——　｜｜—｜｜△　｜—｜　｜－△　—△
诞弥月、瑶图缵庆，玉叶腾芳。并景贶、三灵眷佑，挺英哲、掩前王。遇年
｜—｜　——｜｜　｜｜—△　｜｜｜　——｜｜　｜—｜　｜－△　｜—
年、嘉节清和，颁率土称觞。
—　—｜——　—｜｜—△

　　无间要荒华夏，尽万里、走梯航。彤庭舜张大乐，禹会群方。鸳行，趋
　　—｜———｜　｜｜｜　｜－△　——｜｜｜｜　｜｜—△　—△　—
上国、山呼鳌抃，遥爇炉香。竞就日瞻云献寿，指南山、等无疆。愿巍巍、
｜｜　———｜　—｜—△　｜｜｜｜——　｜——　｜—△　｜——
宝历鸿基，齐天地遥长。
｜｜——　——｜－△

251. 春风袅娜

【题解】调见《云月词》，冯艾子自度腔，注黄钟羽，即般涉调。

【句格】双调一百二十五字，前段十二句五平韵，后段十五句五平韵。上片三、四句，七、八句，歇拍句对；下片四、五句，八、九句，第十句、十一句对。

冯艾子

被梁间双燕，话尽春愁。朝粉谢，午花柔。倚红栏、故与蝶围蜂绕，柳
|———｜ ｜｜－△ －｜｜ ｜－△ ｜－－ ｜｜｜－－｜
绵无数，飞上梢头。凤管声圆，蚕房香暖，笑揽罗衫须少留。隔院兰馨趁风
——｜ －｜－△ ｜｜－－ －－－｜ ｜｜－－－｜△ ｜｜－－｜－
远，邻墙桃影伴烟收。
｜ －－－｜｜－△

些子风情未减，眉头眼尾，万千事、欲说还休。蔷薇露，牡丹球。殷勤
－｜－－｜｜ －－｜｜ ｜－｜ ｜｜－△ －－｜ ｜－△ ——
记省，前度绸缪。梦里飞红，觉来无觅，望中新绿，别后空稠。相思难偶，
｜｜ －｜－△ ｜｜－－ ｜－－ ｜－－ ｜｜－△ －－－｜
叹无情明月，今年已是，三度如钩。
｜－－－｜ ——｜｜ －｜－△

252. 春雪间早梅

【题解】调见《梅苑》词，隐括韩愈《春雪间早梅》长律诗，即以题为调名。

【句格】双调一百二十五字，前段十句六平韵，后段十一句五平韵。上片三、四句，五、六句，七、八句对；下片四、五句，六、七句对。

无名氏

梅将雪共春，彩艳灼灼不相因。逐吹霏霏能争密，排枝碎碎巧妆新。谁
——｜△ ｜｜｜｜－△ ｜｜－－－｜ ——｜｜｜－△ －
令香生满座，独使净敛无尘。芳意饶呈瑞，寒光助照人。玲珑次第开已遍，
———｜｜ ｜｜｜｜－△ －｜｜－－ －－｜｜△ ——｜｜－｜｜

点缀坐来频。
｜｜｜－△

　　那是俱怀疑似，须知造化，两各逼天真。荧煌清影初乱眼，浩荡逸气忽
　　－｜－－－｜　－－｜｜　｜｜｜－△　－－－｜－｜｜　｜｜｜｜
迷神。未许琼花比并，将从玉树相亲。先期迎戏岁，同歌酒占兹辰。六花腊
－△　｜｜－－｜｜　－－｜｜－△　－－－｜　－－｜｜－△　｜－
蒂相辉映，轻盈敢自珍。
｜－－｜　－－｜｜△

253. 翠羽吟

【题解】调见蒋捷《竹山词》。自序云："王君本示予越调《小梅花引》，俾以飞仙步虚之意为其辞。余谓泛泛言仙，似乎寡味，越调之曲，与梅花宜，罗浮梅花，真仙事也。演以成章，名《翠羽吟》。"

【句格】双调一百二十六字，前段九句六平韵，后段十五句八平韵；下片七、八句宜对，十三、十四句对。

蒋捷

绀露浓，映素空，楼观峭玲珑。粉冻霙英，冷光摇荡古青松。半规黄昏
｜｜△　｜｜△　－｜｜－△　｜｜｜－　｜－－｜｜－△　｜－－
淡月，梅气山影溟蒙。有丽人、步依修竹，翩然态若游龙。
｜｜　－｜－｜－△　｜｜－　｜－－｜　－－｜｜－△

　　绡袂微皱水溶溶，仙茎清瀯，净洗斜红。劝我浮香桂酒，环佩暗解，声
　　－｜－｜｜－△　－－－｜　｜－△　｜｜－－｜｜　－｜｜｜　－
飞芳霭中。弄春弱柳垂丝，慢按翠舞娇童。醉不知何处，惊剪剪、凄紧霜风。
－－｜△　｜－｜｜－－　｜｜｜－△　｜｜－－｜　－｜｜　－｜－△
梦醒寻痕访踪，但留残月挂遥穹。梅花未老，翠羽双吟，一片晓峰。
｜｜－－｜△　｜－－｜｜－△　－－｜｜　｜｜－－　｜｜△

254. 六州

【题解】宋时歌吹，止有四曲，《十二时》《道引》《降仙台》并《六州》

为四。每大礼宿斋，或行幸，遇夜每更三奏，名为"警场"。政和七年（1117年），诏《六州》改名《崇明祀》，然天下仍谓之《六州》，其称谓已熟也。

【句格】双调一百二十九字，前段十四句七平韵，后段十五句八平韵。上片三、四句对；下片三、四句，十三、十四句对，第十一句为一四结构。

无名氏

良夜永，玉漏正迟迟。丹禁肃，周庐列，羽卫绕皇帏。严鼓动、画角声
－｜｜　｜｜｜－△　－｜｜　－－｜　｜｜｜－△　－｜｜　｜｜－
齐，金管飘雅韵，远逐轻飔。荐嘉玉、躬祀神祇，祈福为黔黎。升中盛礼，
△　－｜－｜｜　｜｜－△　｜－｜　－｜－△　－｜｜－△　－－｜｜
增高益厚，登封检玉，时迈合周诗。
－－｜｜　－－｜｜　－｜｜－△

元文锡，庆云五色相随。甘露降，醴泉涌，三秀发灵芝。皇猷播、史册
－－｜　｜－｜｜－△　－｜｜　｜－｜　－｜｜－△　－－｜　｜｜
光辉，受鸿禧，万年永固丕基。吾君德，荡荡巍巍，迈尧舜文思。从今寰宇，
－△　｜－△　｜－｜｜－△　－－｜　｜｜－△　｜－｜－△　－－－｜
休牛放马，耕田凿井，鼓腹乐昌期。
－－｜｜　－－｜｜　｜｜｜－△

255. 多丽

【题解】一名《鸭头绿》，周格非词名《陇头泉》。此调有平韵、仄韵两体。

【句格】双调一百三十九字，前段十四句六平韵，后段十二句五平韵。上片五、六句为三字逗对，七、八句对，下片三、四句为三字逗对。此调有不同诸格体。

晁端礼

晚云收，淡天一片琉璃。烂银盘、来从海底，皓色千里澄辉。莹无尘、
｜－－　｜－⊥｜－△　｜－－　⊤－⊥｜　⊥｜⊤｜－△　｜⊤⊤
素娥淡伫，静可数、丹桂参差。玉露初零，金风未凛，一年无似此佳时。向
⊥－⊥｜　⊥⊥｜　⊤｜－△　⊥－⊥｜　⊤－｜｜　⊥－⊤｜｜－△　｜

坐久、疏星时度，乌鹊正南飞。瑶台冷，栏杆凭暖，欲下迟迟。
⊥⊥ ⊤——｜ ⊤｜｜—△ —⊤｜ ⊤—⊤⊥ ⊥｜—△

念佳人、音尘隔后，对此应解相思。最关情、漏声正永，暗断肠、花阴
｜⊤— ⊤—⊥｜ ｜⊥—｜—△ ｜⊤— ｜—⊤｜ ⊥⊥⊤ ⊤⊥

潜移。料得来宵，清光未减，阴晴天气又争知。共凝恋、如今别后，还是隔
—△ ⊥ ⊤—｜ ⊤—⊤｜ ⊤—⊤｜⊥⊤— ⊤—⊥｜ ⊤｜｜

年期。人总健，清樽素月，长愿相随。
—△ —⊤｜ ⊤⊤⊥⊥ ｜｜—△

附仄格：双调一百四十字，前段十四句六仄韵，后段十二句五仄韵。上片五、六句三字逗对，七、八句对；下片五、六句对。

聂冠卿

想人生，美景良辰堪惜。向其间、赏心乐事，古来难是并得。况东城、
｜—— ｜｜———▲ ｜—— ｜—｜｜ ｜——｜｜▲ ｜——

凤台沁苑，泛清波、残照金碧。露洗华桐，烟菲丝柳，绿阴摇曳，荡春一色。
｜—｜｜ ｜—— —｜—▲ ｜｜—— ———｜ ｜—— ｜—｜▲

画堂迥、玉簪琼佩，高会尽词客。清歌久、重燃绛蜡，别就瑶席。
｜—— ｜——｜ —｜｜—▲ ｜—— ｜——｜ ｜—｜▲

有翩若惊鸿体态，暮为行雨标格。逞朱唇、缓歌妖丽，似听流莺乱花隔。
｜—｜——｜｜ ｜——｜—▲ ｜—— ｜——｜ ｜｜——｜—▲

慢舞萦回，娇鬟低鬋，腰肢纤细困无力。忍分散、彩云归后，何处更寻觅。
｜｜—— ———｜ ———｜｜—▲ ｜—｜ ｜——｜ ——｜｜—▲

休辞醉，明月好花，莫漫轻掷。
——｜ —｜｜— ｜｜—▲

二、仄韵格

256. 拜新月

【题解】唐教坊曲名。

【句格】单调二十字,四句两仄韵。此即唐仄韵五言绝句,而语气微拗。填此词者,平仄当从之。

李端

开帘见新月,便即下阶拜。细语人不闻,北风吹裙带。

－－｜－｜　｜｜｜－▲　｜｜－｜－　｜－－－▲

257. 梧桐影

【题解】宋周紫芝《竹坡诗话》云:"大梁景德寺,峨嵋院道者,戒律甚严,不下席者二十年。一日,有布衣青裘,昂然一伟人,来与语良久,期以明年是日,复相见于此,愿少见待。明年是日,日方午,道者沐浴端坐而逝。至暮,伟人果来,问道者,曰亡矣。伟人叹息良久,忽不见。明日书数语于堂侧壁间绝高处。宣和间,余游京师,犹及见之。"按,《庚溪诗话》亦载此事,与此小异。后人因词中有"明月斜"句,更名《明月斜》。

【句格】单调二十字,四句两仄韵。此调有不同诸格体,具为单调;首二句对。

吕岩

明月斜,秋风冷。今夜故人来不来,教人立尽梧桐影。

－｜－　－－▲　－｜｜－－｜－　－－｜｜－－▲

注:《竹坡诗话》作"落日斜,西风冷,幽人今夜来不来,教人立尽梧桐影",与此小异。

258. 醉妆词

【题解】唐孙光宪《北梦琐言》，蜀王衍尝裹小巾，其尖如锥。宫人皆衣道服，簪莲花冠，施胭脂夹脸，号醉妆，因作《醉妆词》。

【句格】单调二十二字，六句三仄韵、三叠韵。

王衍

这边走，那边走，只是寻花柳。那边走，这边走，莫厌金杯酒。

｜—▲　｜—▲叠　｜｜——▲　｜—▲叠　｜—▲叠　｜｜——▲

259. 塞姑

【题解】见《乐府诗集》，盖唐时边塞闺人之词也。《乐府诗集》仅此一体。

【句格】单调二十四字，四句三仄韵，此亦六言绝句，其平仄不拘。

无名氏

昨日卢梅塞口，整见诸人镇守。都护三年不归，折尽江边杨柳。

｜｜——｜▲　｜｜——｜▲　—｜——｜—　｜｜————▲

260. 偏晴好

【题解】宋李霜崖曾作《晴偏好》词，取词中结句为调名。明陈耀文《花草粹编》云："西湖虽有山泉，而大旱亦尝龟坼。嘉熙庚子水涸，茂草生焉，祈雨无应。李戏作此，逻者廉捕之，不得。"

【句格】单调二十四字，四句四仄韵。

李霜崖

平湖千顷生芳草，芙蓉不照红颠倒。东坡道，波光潋滟晴偏好。

———｜——▲　——｜｜——▲　——▲　——｜｜——▲

261. 花非花

【题解】调见白居易《长庆集》。以首句为调名。例本《长庆集》长短句诗，后人采入词中，其平仄亦不拘。

【句格】单调二十六字，六句三仄韵；六句两两宜对。

白居易

花非花，雾非雾。夜半来，天明去。来如春梦不多时，去似朝云无觅处。
－－－　｜｜▲　｜｜－　－－▲　－－－｜｜－－　｜｜－－－｜▲

262. 章台柳

【题解】唐韩翃制，以首句为调名。

【句格】单调二十七字，五句三仄韵、一叠韵。起二句亦可不用叠句。

韩翃

章台柳，章台柳，昔日青青今在否？纵使长条似旧垂，也应攀折他人手。
－⊤▲　－－▲叠　｜｜－－⊤⊥▲　｜｜－－｜｜－　｜⊤－⊥⊤－▲

263. 春晓曲

【题解】朱敦儒词，有"西楼月落鸡声急"句，又名《西楼月》。

【句格】单调二十七字，四句三仄韵。此调有不同诸格体。

朱敦儒

西楼月落鸡声急，夜浸疏香淅沥。玉人酒渴嚼春冰，晓色入帘横宝瑟。
－－｜｜－－▲　｜｜－－｜▲　｜－⊥｜｜－－　｜｜｜｜－－▲

注：此词见《花草粹编》，第二句本六字，乃旧谱于香字下增一寒字，作七言四句，名《阿那曲》。自明杨慎以唐诗绝句伪托为词，后正之。

264. 十样花

【题解】宋李弥逊词十首，分咏十样花，故名。

【句格】单调二十八字，六句四仄韵；四、五句宜对。此调有不同诸格体。

李弥逊

陌上风光浓处，第一寒梅先吐。待得春来也，香消减，态凝伫，百花休漫妒。
｜｜－－－▲　⊥｜⊤－－▲　｜｜⊤－⊥　－⊤｜　｜－▲　｜－－｜▲

265. 醉吟商

【题解】姜夔自序云:"石湖老人为予言,琵琶有四曲,今不传矣曰:《濩索凉州》《转关绿腰》《醉吟商胡渭州》《历弦薄媚》也。予每念之。辛亥之夏,谒杨廷秀于金陵邸中,遇琵琶工,解作《醉吟商胡渭州》,因求得品弦法,译成《醉吟商小令》,实双调也。"按,《胡渭州》,唐教坊曲名,《醉吟商》,其宫调也。姜夔自度,乃夹钟商曲,盖借旧曲名,另倚新腔耳。

【句格】双调二十九字,前段三句两仄韵,后段三句三仄韵。

姜夔

正是春归,细柳暗黄千缕,暮鸦啼处。
｜｜——　｜｜｜——▲　｜——▲

梦逐金鞍去,一点芳心休诉,琵琶解语。
｜｜——▲　｜｜｜———▲　——｜▲

266. 一叶落

【题解】《五代史》云,后唐庄宗能自度曲,此其一也,取首句为调名。

【句格】单调三十一字,七句五仄韵、一叠韵。第六句,即叠字第五句,亦是和声,须遵之。

后唐庄宗(李存勖)

一叶落,褰珠箔,此时景物正萧索。画楼月影寒,西风吹罗幕。吹罗幕,
｜｜▲　——▲　｜—｜｜｜—▲　｜—｜｜—　——－－▲　——▲叠

往事思量着。
｜｜——▲

267. 如梦令

【题解】宋苏轼词注:此曲本唐庄宗制,名《忆仙姿》,嫌其名不雅,故改为《如梦令》。盖因此词中有"如梦、如梦"叠句也。周邦彦又因此词首句,改名《宴桃源》。沈会宗词有"不见、不见"叠句,名《不见》。张辑词有"比着梅花谁瘦"句,名《比梅》。《梅苑》词,名《古记》。《鸣鹤余音》词,

名《无梦令》。魏泰双调词,名《如意令》。

【句格】单调三十三字,七句五仄韵、一叠韵。此调有不同诸格体。

后唐庄宗(李存勖)

曾宴桃源深洞,一曲舞鸾歌凤。长记别伊时,和泪出门相送。如梦,如
⊤|⊤—⊤▲　⊥|⊥—⊤▲　⊤||——　⊤|⊥—⊤▲　⊤▲　⊤
梦,残月落花烟重。
▲叠⊤|⊥—⊤▲

268. 天仙子

【题解】唐教坊曲名。按,段安节《乐府杂录》:《天仙子》,本名《万斯年》,李德裕进,属龟兹部舞曲。因皇甫松词有"懊恼天仙应有以"句,取以为名。此词有单调、双调两体。单调始于唐人,或押五仄韵,或押四仄韵,或押两仄韵、三平韵,或押五平韵。双调始于宋人,两段俱押五仄韵。

【句格】单调三十四字,六句五仄韵。此调有不同诸格体。

皇甫松

晴野鹭鸶飞一只,水荭花发秋江碧。刘郎此日别天仙,登绮席,泪珠滴,
⊤|⊥—|▲　⊥⊤—⊥—⊤▲　⊤—⊥||——　⊤⊥▲　⊥⊤▲
十二晚峰高历历。
⊥|⊥——|▲

附双调:双调六十八字,前后段各六句五仄韵。

张先

醉笑相逢能几度,为报江头春且住。主人今日是行人,红袖舞,清歌女,
⊥|⊤——|▲　⊥|⊤——|▲　⊥—⊤||——　⊤⊥▲　—⊤▲
凭仗东风交点取。
⊤|⊤——|▲

三月柳枝柔似缕,落叶倦飞还恋树。有情宁不惜西园,莺解语,花无数,
⊤|⊥—|▲　⊥—⊤—|▲　⊥—⊤||——　⊤⊥▲　—⊤▲
应讶使君何处去。
⊤|⊥——|▲

269. 风流子

【题解】唐教坊曲名。单调者，唐词一体；双调者，宋词三体。有前后段两起句不用韵者，有前段起句用韵、后段起句不用韵者，有前后段起句俱用韵者，诸体中有句读异同，各依其体类列。

【句格】单调三十四字，八句六仄韵，三、四句对。此调有不同诸格体。

孙光宪

楼依长衢欲暮，瞥见神仙伴侣。微傅粉，拢梳头，隐映画帘开处。无语，
─│⊤─⊥▲　⊥│⊤─⊥▲　─││　│──　⊥│⊥─⊤▲　─▲

无绪，慢曳罗裙归去。
─▲　⊥│⊤──▲

附双调：双调一百十字，前段十二句四平韵，后段十句四平韵。上片"望"领三、四、五、六句扇面对，第七句折腰后与八句对，九、十、十一、十二句扇面对；下片"何况"挈偶句，"想"挈扇面对。

周邦彦

枫林凋晚叶，关河迥、楚客惨将归。望一川暝霭，雁声哀怨，半规凉月，
⊤⊤⊤⊥│　─⊤│　⊥││─△　│⊥⊤⊥│　│──│　⊥─⊤│

人影参差。酒醒后、泪花销凤蜡，风幕卷金泥。砧杵韵高，唤回残梦，绮罗
⊤⊥⊤△　⊥⊤│　⊥──││　⊤│─△　⊤││─　⊥─⊤│　⊥─

香减，牵起余悲。
⊤│　⊤│─△

亭皋分襟地，难堪处、偏是掩面牵衣。何况怨怀长结，重见无期。想寄
⊤──⊤│　─⊤│　─⊥⊥│─△　⊤│⊥──│　⊤│─△　│⊥

恨书中，银钩空满，断肠声里，玉箸还垂。多少暗愁密意，惟有天知。
⊥⊤⊤　⊤─⊤│　⊥─⊤⊥　⊥│─△　⊤│⊥─⊥│　⊤│─△

270. 归自谣

【题解】《乐府雅词》入"道调宫"。一名《风光子》，赵彦端词名《思佳客》，《词律》编入《归国谣》者误。

【句格】双调三十四字，前后段各三句三仄韵。

欧阳修

春艳艳，江上晚山三四点。柳丝如剪花如染。
－｜▲　⊤－｜⊥－－｜▲　⊥－⊤｜－－▲

香闺寂寞门半掩。愁眉敛，泪珠滴破胭脂脸。
⊤⊤⊤⊥⊥－⊥▲　－⊤▲　⊥－｜｜－－▲

271. 饮马歌

【题解】调见《松隐集》。自序：此曲自金源传至边城，饮牛马，即横笛吹之，不鼓不拍，声甚凄断。

【句格】单调三十四字，八句六仄韵；第五、六句对，"悲""低"疑间叶平韵。

曹勋

边城春未到，雪满交河道。暮沙明残照，塞烽云间小。断鸿悲，陇月低。
－－－｜▲　｜｜－－▲　｜－－－▲　｜－－－▲　｜－－　｜｜－

泪湿征衣悄，岁华老。
｜｜－－▲　｜－▲

272. 望江怨

【题解】调见《花间集》。

【句格】单调三十五字，七句六仄韵。

牛峤

东风急，惜别花时手频执。罗帏愁独入，马嘶残雨春芜湿。倚门立，寄
－－▲　｜｜－－｜－▲　－－－｜｜　｜－－｜－－▲　｜－▲　｜

语薄情郎，粉香和泪泣。
｜｜－－　｜－－｜▲

273. 望梅花

【题解】唐教坊曲名。《梅苑》词作《望梅花令》。

【句格】单调三十八字，六句六仄韵；首二句对。此调有不同诸格体。

和凝

春草全无消息，腊雪犹余踪迹。越岭寒枝香自圻，冷艳奇芳堪惜。何事
－｜－－▲　｜｜－－▲　｜｜－－｜▲　｜｜－－▲　－｜

寿阳无处觅，吹入谁家横笛。
｜－－｜▲　－｜－－▲

274. 长命女

【题解】唐教坊曲名。杜佑《理道要诀》：《长命女》在林钟羽，时号《平词》，今俗呼《高平调》。《碧鸡漫志》：《长命女令》，前七拍，后九拍，属仙吕调。按，仙吕调即夷则羽，皆羽声也。和凝词名《薄命女》。

【句格】双调三十九字，前段三句三仄韵，后段四句三仄韵。

冯延巳

春日宴，绿酒一杯歌一遍，再拜陈三愿。
－｜▲　⊥｜⊥－－｜▲　⊥｜－－▲

一愿郎君千岁，二愿妾身长健。三愿如同梁上燕，岁岁长相见。
｜⊥－－⊤｜　⊥｜⊥－⊤▲　⊤｜⊤－－｜▲　｜｜－－▲

275. 生查子

【题解】唐教坊曲名。《樽前集》注：双调。元高拭词注：南吕宫。朱希真词，有"遥望楚云深"句，名《楚云深》；韩淲词，有"山意入春晴，都是梅和柳"句，名《梅和柳》；又有"晴色入青山"句，名《晴色入青山》。

【句格】双调四十字，前后段各四句，两仄韵，实则五言八句耳。首句前后俱拗，用《长相思》末句句法，风格殊别；首句作仄仄仄平平，余无异，初学者以首句作顺为宜，下片首二句对。此调有不同诸格体。

韩偓

侍女动妆奁，故故惊人睡。那知本未眠，背面偷垂泪。
⊥⊥⊥⊤⊤　⊥｜－－▲　⊥⊤｜⊥－　⊥｜－－▲

懒卸凤头钗,羞入鸳鸯被。时复见残灯,和烟坠金穗。

⊥⊥⊥⊤— ⊤|——▲ ⊤||—— ⊤⊤⊥—▲

276. 醉花间

【题解】唐教坊曲名。《宋史·乐志》：双调。

【句格】双调四十一字，前段五句三仄韵、一叠韵，后段四句三仄韵。此调有不同诸格体。

毛文锡

深相忆，莫相忆，相忆情难极。银汉是红墙，一带遥相隔。

——▲ |—▲叠—| ——▲ —||—— ⊥|——▲

金盘珠露滴，两岸榆花白。风摇玉佩轻，今夕为何夕。

⊤⊤⊤⊥▲ ⊥⊥—⊤▲ —⊤|⊥— ⊤|——▲

《啸余谱》注：《生查子》词，与《醉花间》调相近。不知《生查子》正体，前后段皆五字句起，间有用六字者，变格耳。《醉花间》正体，则前必六字，后必五字也。

277. 点绛唇

【题解】元《太平乐府》注：仙吕宫。高拭词注：黄钟宫。《正音谱》注：仙吕调。宋王禹偁词，名《点樱桃》；王十朋词，名《十八香》；张辑词有"邀月过南浦"句，名《南浦月》；又有"遥隔沙头雨"句，名《沙头雨》；韩淲词有"更约寻瑶草"句，名《寻瑶草》。

【句格】双调四十一字，前段四句三仄韵，后段五句四仄韵。此调有不同诸格体。

冯延巳

荫绿围红，飞琼家在桃源住。画桥当路，临水开朱户。

⊥|—— ⊤—⊤|——▲ ⊥—⊤▲ ⊤|——▲

柳径春深，行到关情处。颦不语，意凭风絮，吹向郎边去。

⊥|⊤— ⊤|——▲ ⊤⊥▲ ⊥—⊤▲ ⊤|——▲

278. 归国遥

【题解】唐教坊曲名。元颜奎词名《归平谣》。

【句格】双调四十二字，前后段各四句，四仄韵。此调有不同诸格体。

温庭筠

双脸，小凤战篦金飐艳。舞衣无力风软，藕丝秋色染。
⊥▲ ｜｜⊥――｜▲ ⊥⊤⊤⊥－▲ ⊥――｜▲

锦帐绣帏斜掩，露珠清晓箪。粉心黄蕊花靥，黛眉山两点。
⊥｜｜――▲ ｜――｜▲ ｜⊤⊤⊥－▲ ｜――｜▲

279. 霜天晓角

【题解】元高拭词注：越调。张辑词有"一片月当窗白"句，名《月当窗》；程垓词有："须共踏月深夜"，名《踏月》；吴体之词，有"长桥月"句，名《长桥月》。

【句格】双调四十三字，前段四句三仄韵，后段五句四仄韵。此调有不同诸格体。

林逋

冰清霜洁，昨夜梅花发。甚处玉龙三弄，声摇动、枝头月。
⊤－⊤▲ ⊥⊥－⊤▲ ⊥｜⊥－⊤｜ ⊤⊤｜ ⊤⊤▲

梦绝，金兽热，晓寒兰烬灭。更卷珠帘清赏，且莫扫、阶前雪。
⊥▲ ⊤｜▲ ⊥⊤⊤⊥▲ ⊥｜⊤－⊤｜ ⊥⊥｜ ⊤⊤▲

280. 清商怨

【题解】古乐府有《清商曲辞》，其音多哀怨，故取以为名。周邦彦以晏殊词有"关河愁思"句，更名《关河令》，又名《伤情怨》。

【句格】双调四十三字，前后段各四句，三仄韵。上片第二句为一四结构。此调有不同诸格体。

晏殊

关河愁思望处满，渐素秋向晚。雁过南云，行人回泪眼。

－－－｜⊥⊥▲　｜⊥－⊥▲　⊥｜－－　丅－丅⊥▲

双鸳衾裯悔展，夜又永、枕孤人远。梦未成归，梅花闻塞管。

丅丅丅丅⊥▲　｜⊥⊥　⊥丅丅▲　｜｜－－　－－－｜▲

281. 伤春怨

【题解】据《能改斋漫录》载，此乃王荆公梦中作也。

【句格】双调四十三字，前后段各四句，三仄韵。

王安石

雨打江南树，一夜花开无数。绿叶渐成阴，下有游人归路。

｜｜－－▲　｜｜－－－▲　｜｜｜－－　｜｜｜－－▲

与君相逢处，不道春将暮。把酒祝东风，且莫恁、匆匆去。

｜－－－▲　｜｜－－▲　｜｜｜－－　｜｜｜　－－▲

282. 后庭花

【题解】唐教坊曲名。张先词名《玉树后庭花》。《碧鸡漫志》云：《玉树后庭花》，陈后主造，其诗皆以配声律，遂取一句为曲名。伪蜀时，孙光宪、毛熙震、李珣有《后庭花》曲，皆赋后主故事，不着宫调，两段各四句，似令也。

【句格】双调四十四字，前后段各四句，四仄韵。此调有不同诸格体。

毛熙震

轻盈舞妓含芳艳，竞妆新脸。步摇珠翠修娥敛，腻鬟云染。

丅－⊥｜－－▲　｜－－▲　⊥丅⊥－丅▲　｜丅－▲

歌声慢发开檀点，绣衫斜掩。时将纤手匀红脸，笑拈金靥。

丅－⊥｜－－▲　｜－－▲　丅丅丅⊥－丅▲　｜丅－▲

283. 卜算子

【题解】元高拭词注：仙吕调。苏轼词，有"缺月挂疏桐"句，名《缺月挂疏桐》；秦湛词，有"极目烟中百尺楼"句，名《百尺楼》；僧皎词，有"目断楚天遥"句,名《楚天遥》;无名氏词,有"蹙破眉峰碧"句,名《眉峰碧》。《词谱》以为此词取义于"卖卜算命之人"。

【句格】双调四十四字,前后两阕,均四句而两韵。上片首二句宜对。此调有不同诸格体。

苏轼

缺月挂疏桐,漏断人初静。时见幽人独往来,缥缈孤鸿影。

⊥⊥⊥⊤— ⊥ | ——▲ ⊤ | ——⊥⊥⊤ ⊥ | ——▲

惊起却回头,有恨无人省。拣尽寒枝不肯栖,寂寞沙洲冷。

⊤⊥⊥⊤— ⊥ | ——▲ ⊥ | ——⊥⊥⊤ | | ——▲

284. 一落索

【题解】欧阳修词名《洛阳春》,张先词名《玉连环》,辛弃疾词名《一络索》。

【句格】双调四十四字,前后段各四句,三仄韵。此调有不同诸格体。

无名氏

腊后东风微透,越梅时候。一枝芳信到江南,来报先春秀。

| | ——▲ | ——▲ ⊥ | | | —— — | ——▲

宿醉频拈轻嗅,堪醒残酒。笛声容易莫相催,留待纤纤手。

| | ——▲ ———▲ | —— | | —— — | ——▲

285. 谒金门

【题解】唐教坊曲名。元高拭词注:商调。宋杨湜《古今词话》,因韦庄词起句,名《空相忆》。张辑词,有"无风花自落"句,名《花自落》;又有"楼外垂杨如此碧"句,名《垂杨碧》。李清照词,有"杨花落"句,名《杨花落》。李石名《出塞》。韩淲词,有"东风吹酒面"句,名《东风吹酒面》;又有"不怕醉,记取吟边滋味"句,名《不怕醉》;又有"人已醉,溪北溪南春意,击鼓吹箫花落未"句,名《醉花春》;又有"春尚早,春入湖山渐好"句,名《春早湖山》。

【句格】双调四十五字,前后段各四句,四仄韵。此调有不同诸格体。

韦庄
空相忆，无计得传消息。天上嫦娥人不识，寄书何处觅。
⊓⊓▲　⊓｜⊥一⊓▲　⊓｜⊓一一｜▲　⊥⊓一⊥▲
新睡觉来无力，不忍看伊书迹。满院落花春寂寂，断肠芳草碧。
⊓｜⊥一⊓▲　⊥｜⊥一⊓▲　⊥｜⊥一一｜▲　⊥⊓一⊥▲

286. 好事近

【题解】张辑词，有"谁谓百年心事，恰钓船横笛"句，名《钓船笛》；韩淲词，有"吟到翠圆枝上"句，名《翠圆枝》。

【句格】双调四十五字，前后段各四句，两仄韵。上下片歇拍为上一下四结构。此调有不同诸格体。

宋祁
睡起玉屏风，吹去乱红犹落。天气骤生轻暖，衬沉香帷箔。
⊥｜｜一一　⊓｜⊥一一▲　⊓｜⊥一⊓｜　｜⊓一⊓▲
珠帘约住海棠风，愁拖两眉角。昨夜一庭明月，冷秋千红索。
⊓一⊥｜⊥一⊓　⊓⊓⊥一▲　⊥｜⊥一⊓｜　｜⊓一⊓▲

287. 天门谣

【题解】贺铸词，有"牛渚天门险"句，因取为调名。李之仪《姑溪词》注：贺方回登采石蛾眉亭作也。

【句格】双调四十五字，前后段各四句，四仄韵。下片首句为三二三结构。

贺铸
牛渚天门险，限南北、七雄豪占。清雾敛，与闲人登览。
一｜一一▲　｜⊓｜　｜一一▲　一｜▲　｜一一一▲
待月上潮平波滟滟，塞管轻吹新阿滥。风满栏，历历数、西州更点。
｜⊥｜一一一｜▲　｜｜一一一一▲　一｜▲　｜｜｜　一一⊓▲

288. 忆闷令

【题解】调见《小山乐府》。

【句格】双调四十五字，前后段各四句，三仄韵。下片第二句为一四结构。

晏几道

取次临鸾匀画浅，酒醒迟来晚。多情爱惹闲愁，长黛眉低敛。
│ │ — — —　▲　│ — — — ▲　— — │ │ — —　— │ — — ▲

月底相逢见，有深深良愿。愿期信、似月如花，须更教长远。
│ │ — — ▲　│ — — — ▲　— — │ │ — —　│ │ — — ▲

289. 散余霞

【题解】谢朓诗："余霞散成绮"，调名本此。

【句格】双调四十五字，前后段各四句，一、二、四句用韵，三仄韵。上下片第二句均一四结构。

毛滂

墙头花口寒犹噤，放绣帘昼静。帘外时有蜂儿，趁杨花不定。
— — — │ — — ▲　│ │ — │ ▲　— │ — │ — —　│ — — │ ▲

栏杆又还独凭，念翠低眉晕。春梦枉恼人肠，更恹恹酒病。
— — │ — ▲　│ │ — — ▲　— │ │ │ — —　│ — — │ ▲

290. 万里春

【题解】调见周邦彦《片玉词》。《清真集》不载。

【句格】双调四十五字，前后段各四句，三仄韵。上下片歇拍均上一下四结构。

周邦彦

千红万翠，簇定清明天气。为怜他、种种清香，好难为不醉。
— — │ ▲　│ │ — — — ▲　│ — —　│ │ — —　│ — — │ ▲

我爱深如你，我心在、个人心里。便相看、老却春风，莫无些欢意。
│ │ — — ▲　│ — │　│ — — ▲　│ — —　│ │ — —　│ — — — ▲

291. 锦园春

【题解】调见《全芳备祖·乐府》。

【句格】双调四十五字，前后段各五句，三仄韵。上片"乘"挈二、三句对，歇拍为一四结构；下片三、四句对。

张孝祥

醉痕潮玉，乘柔英未吐，雾华如簇。绝艳矜春，分流芳金谷。
｜－－▲　－－－｜｜　｜－－▲　｜｜－－　｜－－－▲
风梳雨沐，耿空抱、夜阑清淑。杜老情疏，黄州赋冷，谁怜幽独。
－－｜▲　｜－｜　｜－－▲　｜｜－－　－－｜｜　－－－▲

292. 太平年

【题解】见《高丽史·乐志》。

【句格】双调四十五字，前后段各四句，四仄韵；上片歇拍为一四结构。

无名氏

皇州春满群芳丽，散异香旖旎。鳌宫开宴赏佳致，举笙歌鼎沸。
－－－｜－－▲　｜｜－－▲　－－－｜｜－▲　｜－－｜▲
永日迟迟和风媚，柳色烟凝翠。惟恐日西坠，且乐欢醉。
｜｜－－－－▲　｜｜－－▲　－｜｜－▲　｜｜－▲

293. 忆秦娥

【题解】元高拭词注：商调。按，此词昉自李白，自唐迄元，体各不一。要其源，皆从李词出也。因词有"秦娥梦断秦楼月"句，故名《忆秦娥》，更名《秦楼月》。苏轼词有"清光偏照双荷叶"句，名《双荷叶》。无名氏词，有"水天摇荡蓬莱阁"句，名《蓬莱阁》。至贺铸始易仄韵为平韵。张辑词，有"碧云暮合"句，名《碧云深》。宋媛孙道绚词，有"花深深"句，名《花深深》。"秦娥"本指的是古代秦国的女子弄玉。传说她是秦穆公嬴任好的女儿，爱吹箫，嫁给仙人萧史。

【句格】双调四十六字，前后段各五句，三仄韵、一叠韵，宜入声韵，下片歇拍句对。此调有不同诸格体。

李白

箫声咽，秦娥梦断秦楼月。秦楼月，年年柳色，灞陵伤别。

⊤⊤▲　⊤ー⊥|ーー▲　ーー▲叠⊤⊤⊥|　⊥⊤ー▲

乐游原上清秋节，咸阳古道音尘绝。音尘绝，西风残照，汉家陵阙。

⊥ー⊤|⊤ー▲　⊤ー⊥|ーー▲　ーー▲叠⊤ー⊤|　⊥⊤ー▲

附平格：双调四十六字，前后段各五句，三平韵、一叠韵。上片歇拍句对。

贺铸

晓朦胧，前溪百鸟啼匆匆。啼匆匆，凌波人去，拜月楼空。

⊥ー△　⊤ー⊥|⊤ー△　⊤ー△叠⊤⊤⊤|　⊥|ー△

去年今日东门东，鲜妆辉影桃花红。桃花红，吹开吹落，一任东风。

⊥ー⊤|⊤ー△　⊤ー⊤|ーー△　ーー△叠⊤ー⊤|　⊥|ー△

294. 朝天子

【题解】唐教坊曲名。《阳春集》名《思越人》。

【句格】双调四十六字，前后段各四句，四仄韵；上片歇拍为一四结构。

晁补之

酒醒情怀恶，金缕褪、玉肌如雪。寒食过却，早海棠零落。

||ー ー▲　⊤⊥|　⊥ー ー▲　ー⊥|▲　|⊥ー ー▲

渐日照、栏杆烟淡薄，绣额珠帘笼画阁。春睡着，觉来失、秋千期约。

|||　ーーー|▲　||ーーー|▲　ー|▲　|⊤|　ーーー▲

295. 忆少年

【题解】万俟咏词，有"上陇首、凝眸天四阔"句，名《陇首山》；朱敦儒词，名《十二时》；元刘秉忠词，有"恨桃花流水"句，更名《桃花曲》。

【句格】双调四十六字，前段五句两仄韵，后段四句三仄韵；上片首三句排对，上下片歇拍均一四结构。此调有不同诸格体。

晁补之

无穷官柳，无情画舸，无根行客。南山尚相送，只高城人隔。

⊤ー⊤|　⊤ー⊥|　⊤ーー▲　ーー|⊤|　|⊤ーー▲

罨画园林溪绀碧，算重来、尽成陈迹。刘郎鬓如此，况桃花颜色。
｜｜－－－｜▲　⊥⊤⊤　｜⊤－▲　⊤－｜⊤｜　｜⊤－⊤▲

296. 西地锦

【题解】元高拭词，第三句七字者，注黄钟宫。

【句格】双调四十六字，前后段各五句，三仄韵；上下片末三句宜排对。此调有不同诸格体。

蔡伸

寂寞悲秋怀抱，掩重门悄悄。清风皓月，朱栏画阁，双鸳池沼。
⊥｜⊤－⊤▲　｜⊤－⊥▲　－－｜｜　⊤－｜｜　⊤－－▲

不忍今宵重到，惹离愁多少。蓬山路杳，蓝桥信阻，黄花空老。
⊥｜⊤－⊤▲　⊥⊤－－▲　⊤－｜｜　－－｜｜　－－－▲

297. 江亭怨

【题解】《花庵词选》名《清平乐令》。按，《冷斋夜话》云：黄鲁直登荆州亭，见亭柱间有此词，夜梦一女子云"有感而作"，鲁直惊悟曰：此必吴城小龙女也。因又名《荆州亭》。

【句格】双调四十六字，前后段各四句，三仄韵；上下片首二句宜对。

无名氏

帘卷曲栏独倚，江展暮云无际。泪眼不曾晴，家在吴头楚尾。
－｜｜－｜▲　－｜｜｜－－▲　｜｜｜－－　－｜－－｜▲

数点落花乱委，扑洒沙鸥惊起。诗句欲成时，没入苍烟丛里。
｜｜｜－｜▲　｜｜－－▲　－｜｜－－　｜｜－－－▲

298. 贺圣朝

【题解】唐教坊曲名。《花间集》有欧阳炯词，本名《贺明朝》，《词律》混入《贺圣朝》，误。

【句格】双调四十七字，前段五句三仄韵，后段六句两仄韵；下片四、五句宜对。此调有不同诸格体。

冯延巳

金丝帐暖牙床稳，怀香方寸。轻颦轻笑，汗珠微透，柳沾花润。

⊤—⊥｜——▲　——⊤▲　⊤——｜　｜——｜　｜——▲

云鬟斜坠，春应未已，不胜娇困。半敲犀枕，乱缠珠被，转羞人问。

⊤—⊤｜　⊤—｜｜　｜——▲　｜——｜　⊥—⊤｜　⊤⊤—▲

299. 甘草子

【题解】《乐章集》注：正宫。

【句格】双调四十七字，前段五句四仄韵，后段四句四仄韵；下片歇拍句一四结构。此调有不同诸格体。

寇准

春早，柳丝无力，低拂青门道。暖日笼啼鸟，初坼桃花小。

—▲　｜——｜　—｜——▲　｜｜——▲　—｜——▲

遥望碧天净如扫，曳一缕、轻烟缥缈。堪惜流年谢芳草，任玉壶倾倒。

—｜｜—｜—▲　｜｜｜　——｜▲　—｜——｜—▲　｜｜——▲

300. 秋蕊香

【题解】此调有两体，四十八字者始于晏殊，九十七字者始于赵以夫，两词迥别，仅名同，不类列。若柳永六十字《秋蕊香引》者，不入编。

【句格】双调四十八字，前后段各四句，四仄韵；上片首二句宜对。此调有不同诸格体。

晏殊

梅蕊雪残香瘦，罗幕轻寒微透。多情只是春杨柳，占断可怜时候。

⊤｜⊥—▲　⊤｜⊤—▲　⊤—⊥｜——▲　⊥｜⊥—▲

萧娘劝我杯中酒，翻红袖。金乌玉兔长飞走，争得朱颜依旧。

⊤—⊥｜——▲　⊤—▲　⊤—⊥｜——▲　⊤｜⊤—▲

301. 胡捣练

【题解】此调与《捣练子》异，或云似《桃源忆故人》，但前后段起句，有押韵不押韵之分。惟《望仙楼》调本此减字,观《梅苑》刻《望仙楼》仍名《胡捣练》,可知矣。

【句格】双调四十八字,前后段各四句,三仄韵。此调有不同诸格体。

晏殊

夜来江上见寒梅,自逞芳妍标格。为甚东风先坼,分付春消息。
｜—⊤｜｜——　｜｜———▲　⊥｜⊤——▲　⊤｜——▲

佳人钗上玉樽前,朵朵浓香堪惜。谁把彩毫描得,免恁轻抛掷。
⊤—⊤｜｜——　｜｜——⊤▲　⊤｜⊤——▲　⊥｜——▲

302. 桃源忆故人

【题解】一名《虞美人影》;张先词,或名《胡捣练》;陆游词名《桃源忆故人》;赵鼎词名《醉桃园》;韩淲词,有"杏花风里东风峭",名《杏花风》。

【句格】双调四十八字,前后段各四句,四仄韵。此调有不同诸格体。

欧阳修

梅梢弄粉香犹嫩,欲寄江南春信。别后愁肠萦损,说与伊争稳。
⊤—⊥｜——▲　⊥｜⊤—⊤▲　⊥｜⊤—⊤▲　⊥｜——▲

小炉独守寒灰烬,忍泪低头画尽。眉上万重新恨,竟日无人问。
⊥—⊥｜——▲　⊥｜⊤—⊥▲　⊤｜⊥—⊤▲　⊥｜——▲

303. 撼庭秋

【题解】唐教坊曲名。一作《感庭秋》。

【句格】双调四十八字,前段五句三仄韵,后段六句两仄韵。上片三、四句对,第二句为一四结构;下片首二句对,"念"为领字。

晏殊

别来音信千里,恨此情难寄。碧纱秋月,梧桐夜雨,几回无寐。
｜——｜—▲　｜｜——▲　｜——｜　——｜｜　｜——▲

高楼目断,天涯云黯,只堪憔悴。念兰堂红烛,心长焰短,向人垂泪。
——｜｜　———｜　｜｜——▲　｜——｜　——｜｜　｜——▲

304. 烛影摇红

【题解】宋吴曾《能改斋漫录》：王都尉（诜）有《忆故人》词，徽宗喜其词意，犹以不丰容婉转为恨，乃令大晟乐府，别撰腔，周邦彦增益其词，而以首句为名，谓之《烛影摇红》。按，王诜词本小令，原名《忆故人》，或名《归去曲》，以毛滂词有"送君归去添凄断"句也。若周邦彦词，则合毛、王二体为一阕。元赵雍词更名《玉珥坠金环》，元好问词更名《秋色横空》。

【句格】双调四十八字，前段四句两仄韵，后段五句三仄韵；下片三、四句宜对。此调有不同诸格体。

毛滂

老景萧条，送君归去添凄断。赠君明月满前溪，直到西湖畔。
⊥｜－－　｜－⊤｜－－▲　⊥－⊤｜｜－－　⊥｜－－▲
门掩绿苔应遍，为黄花、频开醉眼。橘奴无恙，蝶子相迎，寒窗日短。
⊤｜⊥－⊤▲　｜⊤⊤　⊤－｜▲　⊥－⊤｜　｜⊥⊤⊤　⊤－⊥▲

305. 洞天春

【题解】调见《六一词》，盖赋院落之春景如洞天也。

【句格】双调四十八字，前段四句四仄韵，后段五句三仄韵。下片三、四句对。

欧阳修

莺啼绿树声早，槛外残红未扫。露点真珠遍芳草，正帘帏清晓。
－－｜｜－▲　｜｜－－｜▲　｜｜－－｜－▲　｜－－－▲
秋千宅院悄悄，又是清明过了。燕蝶轻狂，柳丝撩乱，春心多少。
－－｜｜▲　｜｜－－｜▲　｜｜－－　｜－－｜　－－－▲

306. 海棠春

【题解】此调始自秦观，因词中有"试问海棠花，昨夜开多少"句，故名。马庄父词名《海棠花》，史达祖词名《海棠春令》。

【句格】双调四十八字，前后段各四句，三仄韵；上片歇拍二句对。此调有不同诸格体。

秦观

流莺窗外啼声巧，睡未足、把人惊觉。翠被晓寒轻，宝篆沉烟袅。
⊤—⊤｜——▲　⊥⊥｜　⊥—⊤▲　⊥｜｜——　⊥｜——▲

宿醒未解宫娥报，道别院、笙歌宴早。试问海棠花，昨夜开多少。
｜—⊥｜——▲　｜⊥｜　——｜▲　｜｜｜——　｜｜——▲

307. 东坡引

【题解】此调前后段两结，宋人类用叠句，惟曹冠、袁去华词独无，旧谱遗之，今从。

【句格】双调四十八字，前段四句四仄韵，后段五句四仄韵；上下片首二句对。此调有不同诸格体。

曹冠

凉飙生玉宇，黄花晓凝露。汀蘋岸蓼秋将暮，登高开宴俎。
⊤——｜▲　—⊤⊥—▲　——｜｜——▲　⊤——｜▲

传杯兴逸，分咏得句，思戏马、常怀古。东篱候酒人何处，芳樽须送与。
——｜｜　⊤⊥⊤▲　⊤⊥｜　——▲　⊤—｜｜——▲　———｜▲

308. 双㶉𪄠

【题解】调见朱敦儒《樵歌词》，因词有"一对双飞㶉𪄠"句，故名。元高拭词注正宫。

【句格】双调四十八字，前后段各四句，四仄韵。

朱敦儒

拂破秋江烟碧，一对双飞㶉𪄠。应是远来无力，相偎梢下沙碛。
｜｜———▲　｜｜———▲　—｜｜——▲　———｜—▲

小艇谁吹横笛，惊起不知消息。悔不当时描得，如今何处寻觅。
｜｜———▲　—｜｜——▲　｜｜———▲　————｜▲

309. 梅弄影

【题解】调见《丘崈集》咏梅词,因结句有"巡池看弄影"名,取以为名。

【句格】双调四十八字,前后段各五句,四仄韵。

丘崈

雨晴风定,一任春寒逞,要勒群芳未醒。不废梅花,晚来妆面靓。
| — — ▲　| | — — ▲　— | | — ▲　| | — —　| — — ▲

曲栏斜凭,水槛临清镜,翠竹箫骚相映。付与幽人,巡池看弄影。
| — — ▲　| | — — ▲　| | — — — ▲　| | — —　— — — | ▲

310. 茅山逢故人

【题解】调见元人《叶儿乐府》,张雨句曲道中送友,自制词也。

【句格】双调四十八字,前段五句三仄韵,后段五句两仄韵;上下片首二句、歇拍句均对,注意两歇拍格式。

张雨

山下寒林平楚,山外云帆烟渚。不饮如何,吾生如梦,鬓毛如许。
— | — — — ▲　— | — — — ▲　| | — —　— — — |　| — — ▲

能消几度相逢,遮莫而今归去。壮士黄金,仙人黄鹤,美人黄土。
— — | | — —　— | — — — ▲　| | — —　— — — |　| — — ▲

311. 阳台梦

【题解】此调有两体,四十九字者,调见《樽前集》,唐庄宗制,因词有"又入阳台梦"句,取以为名;五十七字者,调见《花草粹编》,宋解昉制,即赋阳台梦题。两体截然不同。

【句格】双调四十九字,前段四句三仄韵,后段四句两仄韵;上片首二句对,歇拍句为一四结构。此调有不同诸格体。

唐庄宗

薄罗衫子金泥缝,困纤腰怯铢衣重。笑迎移步小兰丛,弹金翘玉凤。
| — —　| — — ▲　| — — | — — ▲　| — — | | — —　| — | — ▲

娇多情脉脉，羞把同心捻弄。梦天云雨却相和，又入阳台梦。
———｜｜　—｜——｜▲　｜——｜｜——　｜｜——▲

附别体：双调五十七字，前段五句三仄韵、两平韵，后段五句两仄韵、两平韵。

解昉

仙姿本寓，十二峰前住，千里行云行雨。偶因鹤驭过巫阳，邂逅他、楚
——｜▲　｜｜——▲　—｜———▲　｜—｜｜｜—△　｜｜—　｜

襄王。
—△

无端宋玉夸才赋，诬诞人心素。至今狂客到阳台，也有痴心，望妾入、
——｜｜——▲　—｜—｜▲　｜——｜｜—△　｜｜——　｜｜｜

梦中来。
｜—△

312. 归去来

【题解】调见《乐章集》，词二首，因词有"歌筵舞、且归去""休惆怅、好归去"句，取以为名。四十九字者自注正平调，五十二字者自注中吕宫。按，《唐书·乐志》，仲吕羽为正平调，夹钟羽为中吕调，燕乐七羽之二也。

【句格】双调四十九字，前后段各四句，四仄韵。此调有不同诸格体。

柳永

初过元宵三五，慵困春情绪。灯月阑珊嬉游处，游人尽、厌欢聚。
—｜———▲　—｜——▲　—｜————▲　——｜　｜—▲

凭仗如花女，持杯谢、酒朋诗侣。余醒更不禁香醑，歌筵舞、且归去。
—｜——▲　——｜　｜——▲　——｜｜——▲　——｜　｜—▲

附别体：双调五十二字，前后段各四句，四仄韵。

柳永

一夜狂风雨，花阴坠、碎红无数。垂杨漫结黄金缕，尽春残、紫不住。
｜｜——▲　——｜　｜——▲　——｜｜——▲　｜——　—｜▲

蝶稀蜂散知何处，弶尊酒、转添愁绪。多情不惯相思苦，休惆怅、好归去。
|——|——▲　|—|　|——▲　——||——▲　——|　|—▲

313. 惜春郎

【题解】调见《花草粹编》柳永词，因《乐章集》不载，故宫调无考。

【句格】双调四十九字，前段五句三仄韵，后段四句三仄韵；上片三、四句对。

柳永

玉肌琼艳新妆饰，好壮观歌席。潘妃宝钏，阿娇金屋，应也消得。
|——|——▲　||——▲　——||　|——|　—|—▲

属和新词多俊格。敢共我剗敌。恨少年、枉费疏狂。不早与伊相识。
||———|▲　|||—▲　||—　|||—　|||——▲

314. 双韵子

【题解】调见张先词集。按，金、元曲子有双声叠韵，调名疑出于此。

【句格】双调四十九字，前段五句两仄韵，后段五句四仄韵；上片首三句排对，下片首二句对。

张先

鸣鞘电过，晓闱静敛，龙旗风定。凤楼远出霏烟，闻笑语、中天迥。
——||　|—||　———▲　|—||——　—||　——▲

清光近，欢声竞，鸳鸯集、仙花斗影。更闻度曲瑶山，升瑞日、春宫永。
——▲　——▲　—||　|——▲　|—||——　—||　——▲

315. 凤孤飞

【题解】调见《小山乐府》。

【句格】双调四十九字，前段四句三仄韵，后段四句四仄韵。

晏几道

一曲画楼钟动，宛转歌声缓。绮席飞尘座满，更小待、金蕉暖。
|||——|　||——▲　||—|▲　|||　——▲

细雨轻寒今夜短,依前是、粉墙别馆。端的欢期应未晚,奈归云难管。
｜｜——｜▲　——｜　｜—｜▲　—｜—｜—｜▲　｜———▲

316. 醉乡春

【题解】宋惠洪《冷斋夜话》云：少游在黄州，饮于海棠桥，桥南北多海棠，有书生家于海棠丛间。少游醉宿于此，题词壁间。按，此则知此调创自秦观，因后结有"醉乡广大人间小"句，故名《醉乡春》；又因前结有"春色又添多少"句，一名《添春色》。

【句格】双调四十九字，前后段各五句，三仄韵；上片三、四句对。

秦观

唤起一声人悄，衾冷梦寒窗晓。瘴雨过，海棠开，春色又添多少。
｜｜｜——▲　—｜｜——▲　｜｜｜　｜——　—｜｜——▲

社瓮酿成微笑，半块椰瓢共舀。觉颠倒，急投床，醉乡广大人间小。
｜｜｜——▲　｜｜——｜▲　｜—｜　｜——　｜—｜｜——▲

317. 应天长

【题解】此调有令词、慢词。令词始于韦庄，又有顾敻、毛文锡两体，宋毛滂词名《应天长令》；慢词始于柳永，《乐章集》注：林钟商调，又有周邦彦一体，名《应天长慢》。

【句格】双调五十字，前后段各五句，四仄韵。上片三、四句对。此调有不同诸格体。

韦庄

绿槐阴里黄鹂语，深院无人春昼午。画帘垂，金凤舞，寂寞绣屏香一炷。
⊥⊤⊤⊥—⊤▲　⊤｜⊤——｜▲　⊥—⊤　⊤—▲　⊥｜——｜▲

碧天云，无定处，空有梦魂来去。夜夜绿窗风雨，断肠君信否。
｜——　—｜▲　⊤｜⊥——▲　⊥｜⊥—⊤▲　⊥⊤⊤⊥▲

附柳永体：双调九十四字，前段十句六仄韵，后段十句七仄韵。下片第二句为一四结构。

残蝉声断绝，傍碧砌修梧，败叶微脱。风露凄清，正是登高时节，东篱
－－－｜▲　｜｜｜⊤－　｜⊥－▲　⊤｜⊤⊤　⊥｜⊤－－▲　⊤－
霜乍结。绽金蕊、嫩香堪折。聚宴处，落帽风流，未饶前哲。
－｜▲　｜⊤｜　⊥－－▲　⊥｜｜　⊥｜－－　｜⊤－▲

把酒与君说，恁好景良辰，怎忍虚设。休效牛山，空对江天凝咽，尘劳
⊥⊥⊤▲　｜｜⊥－－　｜⊥⊤▲　－｜－－　⊤｜⊤－－▲　－－
无暂歇。遇良会、剩偷欢悦。歌未阙，杯兴方浓，莫便中辍。
－｜▲　｜⊤｜　｜－－▲　⊤｜▲　－｜－－　⊥⊥－▲

附周邦彦体：双调九十八字，前后段各十一句，五仄韵。上片首二句，六、七句，结二句对。

条风布暖，霏雾弄晴，池塘遍满春色。正是夜台无月，沉沉暗寒食。梁
⊤－｜｜　－｜－－　⊥⊥－▲　｜｜｜－－　－－｜－▲　－
间燕，社前客，似笑我、闭门愁寂。乱花过，隔院芸香，满地狼藉。
－｜　⊥⊤▲　⊥｜｜　⊥－－▲　｜－⊥　⊥｜⊤－　⊥⊥－▲

长记那回时，邂逅相逢，郊外驻油壁。又见汉宫传烛，飞烟五侯宅。青
－｜｜－－　⊥｜－－　－｜｜－▲　｜｜｜⊥－－　－－｜－▲　⊤
青草，迷路陌，强载酒、细寻前迹。市桥远，柳下人家，犹自相识。
－｜　－｜▲　｜⊤｜　｜－－▲　｜⊤｜　⊥｜－－　⊤⊥－▲

318. 满宫花

【题解】调见《花间集》，尹鹗赋宫怨词，有"满地禁花慵扫"句，取以为名。

【句格】双调五十字，前后段各五句，三仄韵。上下片首二句对。此调有不同诸格体。

尹鹗

月沉沉，人悄悄，一炷后庭香袅。草深辇路不归来，满地禁花慵扫。
⊥⊤－　－｜▲　⊥｜⊥－－▲　⊥－⊥｜｜－－　⊥｜｜－－▲

离恨多，相见少，何处醉迷三岛。漏清宫树子规啼，愁锁碧窗春晓。
⊤⊥－　－｜▲　⊤｜⊥－－▲　⊥－－｜｜－－　⊤｜⊥－－▲

319. 滴滴金

【题解】蒋孝《九宫谱目》，入黄钟宫。

【句格】双调五十字，前后段各四句，三仄韵；上下片歇拍均一四结构。此调有不同诸格体。

李遵勖

帝城五夜宴游歇，残灯外、看残月。都来犹在醉乡中，听更漏初彻。
⊥一⊥｜⊥一▲　┬┬⊥｜一▲　┬┬一⊥｜┬一　｜一⊥一▲

行乐已成闲话说，如春梦、觉时节。大家同约探春行，问甚花先发。
┬⊥⊥┬一⊥▲　┬一⊥｜一▲　⊥┬一⊥｜一一　｜⊥一一▲

320. 忆汉月

【题解】唐教坊曲名。柳永词名《望汉月》，《乐章集》注：正平调。

【句格】双调五十字，前段四句三仄韵，后段四句两仄韵。此调有不同诸格体。

欧阳修

红艳几枝轻袅，早被东风开了。倚烟啼露为谁娇，故惹蝶恋蜂恼。
一｜｜一一▲　｜｜一一一▲　一一一｜｜一一　｜｜｜一一▲

多情游赏处，留恋向、绿丛千绕。酒阑欢罢不成归，肠断月斜人老。
一一一｜｜　一｜｜　｜一一▲　｜一一｜｜一一　一｜｜一一▲

321. 留春令

【题解】调见《小山乐府》。

【句格】双调五十字，前段五句两仄韵，后段四句三仄韵，下片第二句为一四结构。此调有不同诸格体。

晏几道

画屏天畔，梦回依约，十洲云水。手捻红笺寄人书，写无限、伤春事。
｜一一｜　｜一┬｜　⊥一一▲　｜｜一一｜一一　｜┬｜　一一▲

别浦高楼曾漫倚，对江南千里。楼下分流水声中，有当日、凭高泪。
｜｜－－－⊥▲　｜⊤－－▲　－｜－－｜－－　｜⊤｜　－－▲

322. 梁州令

【题解】唐教坊曲名，一名《凉州令》。晁补之词名《梁州令叠韵》，盖合两首为一首也。《碧鸡漫志》云：凉州即梁州，有七宫曲。按，柳永《乐章集》注：中吕宫。

【句格】双调五十字，前段四句三仄韵，后段四句四仄韵。此调有不同诸格体。

晏几道

莫唱阳关曲，泪湿当年金缕。离歌自古最销魂，于今更在魂销处。
｜｜－－▲　｜｜－－－▲　－－｜｜｜－－　－－｜｜－－▲

南桥杨柳多情绪，不系行人住。人情却似飞絮，悠扬便逐春风去。
－－－｜－－▲　｜｜－－▲　－－｜｜－▲　－－｜｜－－▲

323. 盐角儿

【题解】《碧鸡漫志》云：始教坊家人市盐，于纸角中得以曲谱翻之，遂以为名，今双调《盐角儿令》是也。

【句格】双调五十字，前段六句三仄韵、一叠韵，首二句，四、五句对，填时慎酌；后段五句三仄韵，首二句对。

晁补之

开时似雪，谢时似雪，花中奇绝。香非在蕊，香非在萼，骨中香彻。
－－｜▲　｜－｜▲叠－－－▲　－－｜｜　－－｜｜　｜－－▲

占溪风，留溪月，堪羞损山桃如血。直饶更、疏疏淡淡，终有一般情别。
｜－－　－－▲　－－｜－－▲　｜－｜　－－｜｜　－｜｜－－▲

324. 归田乐

【题解】黄庭坚有词，名《归田乐引》，据考无引字。

【句格】双调五十字，前段六句三仄韵，后段四句两仄韵。此调有不同诸格体。

晁补之

春又去，似别佳人幽恨积。闲庭院，翠阴满、添昼寂。一枝梅最好，至
—｜｜　｜｜———｜▲　——｜　｜—｜　—｜▲　｜——｜｜　｜
今忆。
—▲

正梦断、炉烟袅，参差疏帘隔。为何事、年年春恨，问花应会得。
｜｜｜　——｜　————▲　｜—｜　———｜　｜——｜▲

325. 惜分飞

【题解】贺铸词名《惜双双》，刘弇词名《惜双双令》，曹冠词名《惜芳菲》。
【句格】双调五十字，前后段各四句，四仄韵。此调有不同诸格体。

毛滂

泪湿栏杆花着露，愁到眉峰碧聚。此恨平分取，更无言语空相觑。
⊥｜⊤——⊥▲　⊤｜⊤—⊥▲　⊥｜——▲　｜—⊤｜——▲
断雨残云无意绪，寂寞朝朝暮暮。今夜山深处，断魂分付潮回去。
⊥⊥⊤⊤—⊥▲　⊥｜⊤—⊥▲　⊤｜——▲　｜—⊤｜——▲

326. 使牛子

【题解】调见曹冠《燕喜词》。
【句格】双调五十字，前后段各四句，三仄韵。

曹冠

晚天雨霁横雌霓，帘卷一轩月色。纹簟坐苔茵，乘兴高歌饮琼液。
｜—｜｜——▲　—｜｜—｜▲　—｜｜——　——｜——▲
翠瓜冷浸冰壶碧，茶罢风生两腋。四座沸欢声，喜我投壶全中的。
｜—｜｜——▲　—｜——｜▲　｜｜｜——　｜｜———▲

327. 折丹桂

【题解】调见《相山词》，送人应举之作，取词中"仙籍桂香浮"句意为名，

与《步蟾宫》别名《折丹桂》者不同。

【句格】双调五十字，前后段各四句，三仄韵。

王之道

风漪欲皱春江碧，我寄江城北。子今东去赴春官，挽不住、抟风翼。
——｜｜——▲　｜｜——▲　⊥—⊤｜｜——　｜｜｜　——▲

修程好近天池息，何处堪留客。预知仙籍桂香浮，语祝史、休占墨。
⊤—⊥｜——▲　⊤——｜▲　⊥——｜｜——　｜｜｜　——▲

328. 竹香子

【题解】调见刘过《龙洲集》。

【句格】双调五十字，前后段各四句，三仄韵。

刘过

一桁窗儿明快，料想那人不在。熏笼脱下旧衣裳，件件香难赛。
｜｜——▲　｜｜｜—｜▲　——｜｜｜——　｜｜——▲

匆匆去得忒繆，这镜儿、也不曾盖。千朝百日不曾来，没这些儿个采。
——｜｜▲　｜｜—　｜｜—▲　——｜｜｜——　｜｜——｜▲

329. 城头月

【题解】调见李昂英《文溪词》，和广帅马天骥韵，赠道士梁青霞作。此词盖马天骥所倡也，取词中起句为名。

【句格】双调五十字，前后段各五句，三仄韵；上片三、四句对。

马天骥

城头月色明如昼，总是青霞有。酒醉茶醒，饥餐困睡，不把双眉皱。
——｜｜——▲　｜｜——▲　⊥｜——　——｜｜　｜｜——▲

坎离龙虎勤交媾，炼得丹将就。借问罗浮，苏耽鹤侣，还似先生否。
｜—⊤｜——▲　｜｜—▲　｜｜——　——｜｜　｜｜——▲

330. 四犯令

【题解】调见侯寘《懒窟词》，李处全词更名《四和香》，关注词又名《桂华明》。

【句格】双调五十字，前后段各四句，四仄韵。

侯寘

月破轻云天淡注，夜悄花无语。莫听阳关牵离绪，拚酩酊、花深处。

｜｜－－－｜▲　｜｜－－▲　⊥｜－－－⊤▲　－｜｜　－－▲

明日江郊芳草路，春逐行人去。不是酴醾开独步，能着意、留春住。

⊤｜－－－｜▲　⊤｜－－▲　⊥｜⊤－－⊥▲　－｜｜　－－▲

331. 黄鹤洞仙

【题解】调见元彭致中《鸣鹤余音》词。

【句格】双调五十字，前段五句三仄韵，后段五句一仄韵、两重韵。

马钰

终日驾盐车，鞭棒时时打。自数精神久屈沉，如病马，怎得优游也。

－｜｜－－　－｜－－▲　－－－－｜｜－　－｜▲　｜｜－－▲

伯乐祖师来。见后频嗟讶。巧计多方赎了身。得志马。须报恩师也。

｜｜｜－－　｜｜－－▲　｜｜－－｜｜－　｜｜▲重－｜－－▲重

332. 破字令

【题解】调见《高丽史·乐志》。

【句格】双调五十字，前段四句三仄韵，后段五句三仄韵；下片三、四句对。

无名氏

缥缈三山岛，十万岁、方分昏晓。春风开遍碧桃花，为东君一笑。

｜｜－－▲　｜｜－　－－－▲　－－－｜｜－－　｜－－｜▲

祥飙暂引香尘到，祝嵩龄、后天难老。瑞烟散碧，归云弄暖，一声长啸。

－－｜｜－－▲　｜－－　｜－－▲　｜｜｜｜　－－｜｜　｜－－▲

333. 花前饮

【题解】调见宋杨湜《古今词话》，取词中前段结句为名。

【句格】双调五十字，前后段各四句，三仄韵。

无名氏

雨余天色渐寒渗，海棠绽、胭脂如锦。告你休看书，且共我、花前饮。
｜ — — ｜ ｜ — ▲　　｜ — ｜　— — — ▲　　｜ ｜ ｜ — ｜　　｜ ｜ ｜　— — ▲

皓月穿帘未成寝，篆香透、鸳鸯双枕。似恁天色时，你道是、好做甚。
｜ ｜ — — ｜ — ▲　　｜ — ｜　— — — ▲　　｜ ｜ — ｜ —　　｜ ｜ ｜　｜ — ▲

334. 探春令

【题解】此调宋人俱咏初春风景，或咏梅花，故名《探春》。韩淲词，有"景龙灯火升平世"句，名《景龙灯》。

【句格】双调五十一字，前段五句三仄韵，后段四句三仄韵；下片第二句为一四结构。此调有不同诸格体。

宋徽宗（赵佶）

帘旌微动，峭寒天气，龙池冰泮。杏花笑吐香红浅，又还是、春将半。
⊤ — ⊤ ｜　｜ — — ｜　⊤ — — ▲　　｜ — ｜ ｜ — — ｜　　｜ ⊤ ｜　— — ▲

清歌妙舞从头按，等芳时开宴。记去年、对着东风，曾许不负莺花愿。
⊤ — ⊥ ｜ — ⊤ ▲　　｜ — — ⊤ ▲　　｜ ｜ —　｜ ｜ — —　— ｜ — — ▲

335. 越江吟

【题解】宋释文莹《续湘山野录》云：太宗酷爱琴曲十小词，命近臣十人，各探一调，撰一词，苏翰林易简，探得《越江吟》，遂赋此词。后贺铸词，因苏词起句有"瑶池宴"字，更名《宴瑶池》；《乐府雅词》名《瑶池宴令》。

【句格】双调五十一字，前后段各六句，六仄韵。此调有不同诸格体。

苏易简

非烟非雾瑶池宴，片片，碧桃冷落谁见。黄金殿，虾须半卷，天香散。
— — — ｜ — — ▲　｜ ▲　｜ — ⊥ ｜ — ▲　— — ▲　— — ｜ ▲　— — ▲

春云和、孤竹清婉，入霄汉。红颜醉态烂漫，金舆转，霓旌影乱，箫声远。
⊤ — —　— ⊥ — ▲　⊥ — ▲　— — ｜ ⊥ ▲　— ｜ ▲　— — ｜ ▲　— — ▲

336. 雨中花令

【题解】王观词，名《送将归》。按，《雨中花》调，与《夜行船》调最易相混，宋人集中，每多误刻。此依《花草粹编》所编，以两结句五字者，为《雨中花》；两结句六字、七字者，为《夜行船》。

【句格】双调五十一字，前后段各四句，三仄韵。此调有不同诸格体。

晏殊

剪翠妆红欲就，折得清香满袖。一对鸳鸯眠未足，叶下长相守。
⊥｜⊤－⊥▲　⊥⊥⊤－⊥▲　⊥｜－－－｜｜　⊥｜－－▲

莫傍细条寻嫩藕，怕绿刺、罥衣伤手。可惜许、月明风露好，恰在人归后。
⊥｜⊥－－｜▲　｜⊥　｜－－▲　｜－－｜｜　⊥｜－－▲

337. 凤来朝

【题解】调见周邦彦《清真词》。

【句格】双调五十一字，前后段各四句，四仄韵；上片第三句"爱"挈四字逗。

周邦彦

逗晓看娇面，小窗深、弄明未辨。爱残朱宿粉、云鬟乱，最好是、帐中见。
｜｜－－▲　｜－－　｜－｜▲　｜－－｜｜　－－▲　｜⊥｜　｜－▲

说梦双娥微敛，锦衾温、酒香未断。待起又、如何拚，任日炙、画楼暖。
｜｜－－⊤▲　｜－－　－－｜▲　｜｜｜　－－｜　｜｜｜　｜－▲

338. 秋夜雨

【题解】调见蒋捷《竹山乐府》，题咏秋雨。

【句格】双调五十一字，前后段各四句，三仄韵。

蒋捷

黄云水驿秋笳咽，吹人双鬓如雪。愁多无奈处，漫碎把、寒花轻绝。
－－｜｜－－▲　－－⊤｜－▲　⊤－－｜｜　｜｜｜　－－－▲

红云转入香心里，夜渐深、人语初歇。此际愁更别，雁落影、西窗残月。
——｜｜——｜　｜｜—　—｜—▲　⊥｜—｜▲　｜｜｜———▲

339. 伊州令

【题解】唐教坊曲名，一作《伊川令》。《碧鸡漫志》云：伊州有七商曲。
【句格】双调五十一字，前后段各四句，三仄韵。

《花草粹编》无名氏
西风昨夜穿帘幕，闺院添萧索。才是梧桐零落时，又迤逦、秋光过却。
——｜｜——▲　—｜——▲　—｜———｜—　｜｜｜　——｜▲
人情音信难托，鱼雁成耽阁。教奴独自守空房，泪珠与、灯花共落。
———｜—▲　—｜——▲　——｜｜｜——　｜—｜　——｜▲

340. 木笪

【题解】唐《教坊记》有《木笪》大曲，宋修内司所刊《乐府浑成集》亦有《木笪》曲名，周密《齐东野语》以为此音世人罕知。今《太平乐府》有白朴《乔木笪》词一套，疑其遗制。因《太和正音谱》采其首作，亦录以备一体，或名《乔木查》者误。

【句格】双调五十一字，前后段各五句，四仄韵；上片首二句对。

白朴
海棠初雨歇，杨柳轻烟惹。碧草茸茸铺四野，俄然回首处，乱红堆雪。
｜——｜▲　—｜——▲　｜｜———｜▲　———｜｜　｜——▲
恰春光也，梅子黄时节。映日榴花红似血，胡葵开满院，碎剪宫缬。
｜——▲　—｜——▲　｜｜——｜▲　———｜｜　｜｜—▲

341. 迎春乐

【题解】宋柳永词注：林钟商。元王行词注：夹钟商。
【句格】双调五十二字，前段四句四仄韵，后段四句三仄韵。此调有不同诸格体。

柳永

近来憔悴人惊怪，为别后、相思煞。我前生、负你愁烦债，便苦恁、难开解。
⊥一丁｜——▲　⊥｜⊥　丁—▲　｜——　｜｜——▲　⊥｜｜　——▲

良夜永、牵情无奈，锦被里、余香犹在。怎得依前灯下，恣意怜娇态。
丁｜｜　丁—丁▲　⊥｜⊥　丁——▲　｜｜——丁　｜｜——▲

342. 青门引

【题解】调见《乐府雅词》及《天机余锦》词，张先本集未载。

【句格】双调五十二字，前段五句三仄韵，后段四句三仄韵。

张先

乍暖还轻冷，风雨晚来方定。庭轩寂寞近清明，残花中酒，又是去年病。
｜｜——▲　—｜｜——▲　——｜｜——　丁—⊥｜　｜｜｜—▲

楼头画角风吹醒，入夜重门静。那堪更被明月，隔墙送过秋千影。
——｜｜——▲　｜｜——▲　｜—｜｜—｜　｜—｜｜——▲

343. 菊花新

【题解】《乐章集》注：中吕调。《齐东野语》云：《菊花新》谱，教坊都管王公谨作也。

【句格】双调五十二字，前后段各四句，三仄韵。此调有不同诸格体。

张先

堕髻慵妆来日暮，家在柳桥堤下住。衣缓绛绡垂，琼树袅、一枝红雾。
｜｜———｜▲　丁｜⊥—丁⊥▲　—｜｜——　—⊥｜　⊥丁—▲

院深池静花相妒，粉墙低、乐声时度。长恐舞筵空，轻化作、彩云飞去。
⊥—丁⊥—丁▲　⊥丁—　⊥——▲　丁｜——　丁⊥｜　｜丁—▲

344. 思远人

【题解】调见《小山乐府》，因词有"千里念行客"句，取其意以为名。

【句格】双调五十二字，前段五句两仄韵，后段五句三仄韵；上片"看"掣三、四句对。据万红友《词律》，前后段"念""寄""旋""为"四字处，皆用去声。

晏几道

红叶黄花秋意晚，千里念行客。看飞云过尽，归鸿无信，何处寄书得。
－｜－－｜｜　－｜｜－▲　｜－－｜　｜－－｜　－｜｜－▲

泪弹不尽临窗滴，就枕旋研墨。渐写到别来，此情深处，红笺为无色。
－－｜｜－－▲　｜｜｜－▲　｜｜｜｜－　｜－－｜　－－｜－▲

345. 醉花阴

【题解】《中原音韵》注：黄钟宫；《太平乐府》注：中吕宫。

【句格】双调五十二字，前后段各五句，三仄韵。

毛滂

檀板一声莺起速，山影穿疏木。人在翠阴中，欲觅残春，春在屏风曲。
⊤⊥⊥⊤－⊥▲　⊤⊥－⊤▲　⊤｜｜－－　⊥｜－－　⊤｜－－▲

劝君对客杯须覆，灯照瀛洲绿。西去玉堂深，魄冷魂清，独引金莲烛。
｜－｜｜－－▲　⊤｜－－▲　⊤｜｜－－　⊥｜－－　⊥｜－－▲

346. 望江东

【题解】调见《山谷集》，因词有"望不见、江东路"句，取以为名。

【句格】双调五十二字，前后段各四句，四仄韵。

黄庭坚

江水西头隔烟树，望不见、江东路。思量只有梦来去，更不怕、江拦住。
－｜－－｜－▲　｜｜｜　－－▲　－－｜｜｜－▲　｜｜｜　－－▲

灯前写了书无数，算没个、人传与。直教寻得雁分付，又还是、秋将暮。
－－｜｜－－▲　｜｜｜　－－▲　｜－－｜｜－▲　｜－｜　－－▲

347. 品令

【题解】王行词注：夷则商。

【句格】双调五十二字，前段四句三仄韵，后段四句两仄韵。此调有不同诸格体。

曹组

乍寂寞，帘栊静、夜久寒生罗幕。窗儿外、有个梧桐树，早一叶、两叶落。
｜⊥▲ ⊤⊤｜ ｜⊥｜——⊤▲ ⊤—⊥ ｜⊤⊤｜ ｜⊥⊥ ⊥｜▲

独倚屏山欲寐，月转惊飞乌鹊。促织儿、声响虽不大，敢教贤、睡不着。
⊥｜⊤—⊥ ｜｜—⊤—▲ ⊥⊥⊤ ⊤｜—⊥ ⊥⊤⊤ ⊥⊥▲

348. 引驾行

【题解】此调有五十二字者，有一百字者，有一百二十五字者。五十二字词，即一百字词前段，一百二十五字词，亦就一百字词多五句也。晁补之一百字词名《长春》。柳永一百字词，注：中吕调，一百二十五字词，注：仙吕调。

【句格】双调五十二字，前段四句两仄韵，后段六句四仄韵。此调有不同诸格体。

晁补之

梅梢琼绽，东风次第开桃李。痛年年、好风景，无事对花垂泪。
———｜ ——｜｜——▲ ｜—— ｜—｜ —｜｜——▲

园里，旧赏处幽葩，柔条一一动芳意。恨心事、春来间阻，忆年时、把罗袂，雅戏。
—▲ ｜｜｜—— ——｜｜｜—▲ ｜—｜ ——｜｜ ｜—— ｜—▲ ｜▲

附柳永体：双调一百字，前段十句六仄韵，后段十句五仄韵。后段结句，作上一下一中二字相连句法。

虹收残雨，蝉嘶败柳长堤暮。背都门、动销黯，西风片帆轻举。愁睹，
———｜ ——｜｜——▲ ｜—— ｜—｜ —⊤｜——▲ —▲

泛画鹢翩翩，灵鼍隐隐下前浦。忍回首、佳人渐远，想高城、隔烟树，几许。
｜｜｜—— ——⊥｜｜—▲ ｜⊤｜ ——｜｜ ｜—— ｜⊤▲ ⊥▲

秦楼昼永，谢阁连宵奇遇。算赠笑千金，酬歌百琲，尽成轻负。南顾，
——｜｜ ｜｜——▲ ｜｜｜—— ——｜｜ ｜——▲ ⊤▲

念吴邦越国，风烟萧索在何处。独自个、千山万水，指天涯去。
｜——⊥｜ ———｜｜—▲ ｜｜｜ ——｜｜ ｜——▲

附柳永体：双调一百二十五字，前段十五句七平韵，后段十句五平韵。
红尘紫陌，斜阳暮草长安道，是谁人、断魂处，迢迢匹马西征。新晴，
——｜｜　——｜｜——｜　｜——　｜—｜　——｜｜-△　—△
韶光明媚，轻烟淡薄和气暖，望花村、路隐映，摇鞭时过长亭。愁生，伤凤
———｜　——｜｜——｜　｜——　———｜-△　—△　—｜
城仙子，别来千里重行行。又记得临歧，泪眼湿，莲脸盈盈，销凝。
——｜　｜——｜｜-△　｜｜｜——　｜｜｜　—｜-△　—△
花朝月夕，最苦冷落银屏。想媚容耿耿，无眠屈指，已算回程。相萦，
——｜｜　｜｜｜|-△　｜—｜｜　——｜｜　｜|-△　—△
空万般思忆，争如归去睹倾城。向绣帏、深处并枕，说如此牵情。
—｜—｜　———｜｜-△　｜｜—　—｜｜｜　｜—｜-△

349. 玉团儿

【题解】调见周邦彦《片玉词》，因《清真集》不载，故方千里、杨泽民、陈允平俱无和词，宋惟卢炳、袁去华两词可校。

【句格】双调五十二字，前后段各五句，三仄韵。此调有不同诸格体。

周邦彦

铅华淡泞新妆束，好风韵、天然异俗。彼此知名，虽然初见，情分先熟。
——｜｜——▲　｜⊤｜　——｜▲　｜｜——　——⊤｜　—｜—▲
炉烟淡淡云屏曲，睡半醒、生香透肉。赖得相逢，若还虚过，生世不足。
⊤——｜—-▲　｜｜｜　—｜｜▲　｜｜——　⊥——｜　—｜｜▲

350. 倾杯令

【题解】唐教坊曲有《倾杯乐》，调名本此。但此令词，与慢词名《倾杯乐》者不同。

【句格】双调五十二字，前段五句三仄韵，后段四句三仄韵。上片一、二句，四、五句对；下片歇拍宜对。

吕渭老

枫叶飘红,莲房浥露,枕席嫩凉先到。帘外蟾华如扫,枝上啼鸦催晓。
⊤｜——　——｜｜　｜｜｜——▲　—｜⊤——▲　—｜⊤——▲

秋风又送潘郎老,小窗明、疏红残照。登高送远惆怅,白发新愁未了。
——⊥｜——▲　｜——　——｜▲　——｜｜—｜　｜｜——｜▲

351. 锯解令

【题解】调见《逃禅词》。

【句格】双调五十二字,前段四句两仄韵,后段四句三仄韵。

杨无咎

送人归后酒醒时,睡不稳、衾翻翠缕。应将别泪洒西风,尽化作、断肠
｜——｜｜——　｜｜｜　——｜▲　——｜｜｜——　｜｜｜　｜—

夜雨。
｜▲

卸帆浦溆,一种凄惶两处。寻思却是我无情,便不解、寄将梦去。
｜—｜▲　｜｜——｜▲　——｜｜｜——　｜｜｜　｜—｜▲

352. 寻芳草

【题解】调见《稼轩词》,辛注一名《王孙信》。

【句格】双调五十二字,前段四句四仄韵,后段四句三仄韵。

辛弃疾

有得许多泪,更闲却、许多鸳被。枕头儿、放处都不是,旧家时、怎生睡。
｜｜｜—▲　｜—｜　｜——▲　｜——　｜｜｜—▲　｜——　｜—▲

更也没书来,那堪被、雁儿调戏。道无书、却有书中意,排几个、人人字。
｜｜｜——　｜—｜　｜——▲　｜——　｜——▲　—｜｜　——▲

353. 珍珠令

【题解】调见张炎《山中白云词》。

【句格】双调五十二字,前段五句四仄韵,后段五句三仄韵、一叠韵;

上片歇拍为一四结构。

张炎

桃花扇底歌声杳，愁多少，便觉道、花阴开了。因甚不归来，甚归来不早。
——｜｜——▲　——▲　｜｜｜　———▲　—｜｜——　｜——｜▲

满院飞花休要扫，待留与、薄情知道，知道。怕一似飞花，和春都老。
｜｜———｜▲　｜—｜　｜——▲　—▲叠　｜｜｜——　———▲

354. 寿延长破字令

【题解】调见《高丽史·乐志》。此高丽寿延长舞队曲，其杂用唐乐。
【句格】双调五十二字，前后段各四句，四仄韵。

无名氏

青春玉殿和风细，奏箫韶络绎。韵绕行云飘飘曳，泛金樽、流霞滟溢。
——｜｜——▲　｜——｜▲　｜｜————▲　｜——　——｜▲

瑞日晖晖临丹宸，布仁慈德意。遐迩愿听歌声缀，万万年、仰瞻宴启。
｜｜————▲　｜——｜▲　—｜｜——▲　｜—　｜—｜▲

355. 折花令

【题解】调见《高丽史·乐志》。此高丽抛球乐舞队曲，其杂用唐乐。
【句格】双调五十二字，前后段各五句，三仄韵。

无名氏

翠幕华筵，相将正是多欢宴，举舞袖、回旋遍。罗绮簇宫商，共歌清羡。
｜｜——　——｜｜——▲　｜｜｜　——▲　—｜｜——　｜——▲

莫惜沉醉，琼浆泛泛金樽满，当永日、长游衍。愿燕乐嘉宾，嘉宾式燕。
｜｜—｜　——｜｜——▲　—｜｜　——▲　｜｜｜——　——｜▲

356. 红窗听

【题解】柳永词注：仙吕调。一名《红窗睡》。
【句格】双调五十三字，前段四句三仄韵，后段五句三仄韵。

晏殊

淡薄梳妆轻结束，天付与、脸红眉绿。连环书素传情久，许双飞同宿。
⊥｜－－－｜▲　⊤｜｜　｜－－▲　⊤－－｜－－｜　｜－－－▲

一晌无端分比目，谁知道、风前月底，相看未足。此心终拟，觅鸾弦
｜｜－－－｜▲　－－｜　－－｜｜　－－｜▲　｜－－｜　｜－－

重续。
⊤▲

357. 上林春令

【题解】《宋史·乐志》属中吕宫。

【句格】双调五十三字，前后段各四句，三仄韵。

毛滂

蝴蝶初翻帘绣，万玉女、齐回舞袖。落花飞絮蒙蒙，长忆着、灞桥别后。
－｜－－－▲　｜｜｜　－－⊥▲　⊥－⊤｜－－　⊤｜｜　｜－｜▲

浓香斗帐自永漏，任满地、月深云厚。夜寒不近流苏，只怜他、后庭
⊤－｜｜｜⊥▲　｜⊥｜　⊥－－▲　⊥－｜｜－－　⊥－⊤　｜－

梅瘦。
－▲

358. 红窗迥

【题解】调见周邦彦《片玉词》。

【句格】双调五十三字，前段六句四仄韵，后段五句三仄韵。此调有不同诸格体。

周邦彦

几日来，真个醉。早窗外乱红，已深半指。花影被风摇碎，拥春醒未起。
－｜－　⊤｜▲　｜⊤｜⊥⊤　｜－⊥▲　－｜｜－⊤▲　｜⊤－｜▲

有个人人生济楚，向耳边问道，今朝醒未？情性漫腾腾地，恼得人越醉。
⊥｜⊤－－｜｜　｜｜－｜｜　－－｜▲　⊤｜⊥－－▲　｜｜－｜▲

359. 端正好

【题解】杨无咎词，名《于中好》。《中原音韵》注：正宫。例词似仿晏叔同《蝶恋花》意。

【句格】双调五十四字，前后段各四句，四仄韵。此调有不同诸格体。

杜安世
槛菊愁烟沾秋露，天微冷、双燕辞去。月明空照别离苦，透素光、穿朱户。
｜｜－－－－▲　－－｜　－｜－▲　｜－－｜｜－▲　｜｜－　－－▲
夜来西风雕寒树，凭栏望、迢遥长路。花笺写就此情绪，待寄传、知何处。
｜－－－－－▲　－－｜　－－－▲　－－｜｜｜－▲　｜｜－　｜－▲

360. 杏花天

【题解】蒋孝《九宫谱目》入越调，辛弃疾词《杏花风》。此调微近《端正好》，坊本多误。

【句格】双调五十四字，前后段各四句，四仄韵。此调有不同诸格体。

朱敦儒
浅春庭院东风晓，细雨打、鸳鸯寒悄。花尖望见秋千了，无路踏青斗草。
⊥⊤⊤⊥－⊤▲　⊥⊥⊥　⊤－⊤▲　⊤－⊥｜－－▲　－｜⊥－⊥▲
人别后、碧云信杳，对好景、愁多欢少。等他燕子传音耗，红杏开还未到。
⊤⊥｜　⊥－⊥▲　⊥⊥⊥　⊤－⊤▲　⊥⊤⊥⊥－⊤▲　⊤｜⊤－
⊥▲

361. 天下乐

【题解】此见《逃禅词》，唐教坊曲名。

【句格】双调五十四字，前后段各四句，四仄韵。

杨无咎
雪后雨儿雨后雪，镇日价、长不歇。今番为寒忒太切，和天地、也来厮别。
｜｜｜－｜｜▲　｜｜｜　－｜▲　－－－－｜｜▲　－－｜　｜－－▲

睡不着、身心自暗撦，这况味、凭谁说。枕衾冷得浑似铁，只心头、些
｜｜｜　——｜｜▲　｜｜｜　——▲　｜—｜｜—｜▲　｜——　—
个热。
｜▲

362. 鬓边华

【题解】调见《梅苑》词，因词中有"映青鬓、开人醉眼"句，取以为名。
【句格】双调五十四字，前段四句三仄韵，后段四句两仄韵。

无名氏
小梅香细艳浅，过梦岸、樽前偶见。爱闲谈、天与精神，映青鬓、开人
｜——｜｜▲　—｜｜　——｜▲　｜——　—｜——　｜—｜　——
醉眼。
｜▲

如今抛掷经春，恨不见、芳枝寄远。向心上、谁解相思，赖长对、妆楼
———｜——　｜｜｜　——｜▲　｜—｜　—｜——　｜—｜　——
粉面。
｜▲

363. 玉楼人

【题解】调见《梅苑》词选本。
【句格】双调五十四字，前后段各四句，三仄韵。

无名氏
去年寻处曾持酒，还是向、南枝见后。宜霜宜雪精神，没些儿、风味减旧。
｜——｜——▲　—｜｜　——｜▲　———｜——　｜——　—｜｜▲
先春似与群芳斗，暗度香、不待频嗅。有人笑折归来，玉纤长、尽露衫袖。
——｜｜——▲　｜｜—　｜｜—▲　｜—｜｜——　｜——　｜｜—▲

364. 鹦鹉曲

【题解】此亦元人小令，一名《黑漆弩》，又名《学士吟》。白无咎词，

有"侬家鹦鹉洲边住"句，故名《鹦鹉曲》。《太平乐府》注：正宫。

【句格】双调五十四字，前段四句三仄韵，后段四句两仄韵。

白无咎

侬家鹦鹉洲边住，是个不识字渔父。浪花中、一叶扁舟，睡煞江南烟雨。
——丁｜——▲　⊥⊥｜⊥｜—▲　｜——　⊥｜——　｜｜———▲

觉来时、满眼青山，抖擞绿蓑归去。算从前、错怨天公，甚也有、安排我处。
｜丁—　⊥｜——　｜｜｜——▲　｜——　⊥｜——　｜｜｜　——｜▲

365. 木兰花令

【题解】唐教坊曲名。《太和正音谱》注：高平调。按，《花间集》载《木兰花》《玉楼春》两调，其七字八句者，为《玉楼春》体，《木兰花》则韦词、毛词、魏词共三体，从无与《玉楼春》同者。自《樽前集》误刻以后，宋词相沿，率多混填。此依《花间集》本分列。

【句格】双调五十五字，前段五句三仄韵，后段四句三仄韵。此调有不同诸格体。

韦庄

独上小楼春欲暮，愁望玉关芳草路。消息断，不逢人，却敛细眉归绣户。
｜｜｜——｜▲　丁｜⊥——｜▲　—｜｜　｜——　｜⊥⊥丁—⊥▲

坐看落花空叹息，罗袂湿斑红泪滴。千山万水不曾行，魂梦欲教何处觅。
⊥⊥｜丁—⊥▲换丁｜⊥—｜▲　——⊥｜——　丁⊥⊥丁—▲

366. 金莲绕凤楼

【题解】调见《花草粹编》，此宋徽宗观灯词也，故名《金莲绕凤楼》。

【句格】双调五十五字，前后段各四句，四仄韵。

赵佶

绛烛朱笼相随映，驰绣毂、尘清香衬。万金光射龙轩莹，绕端门、瑞雷
｜｜————▲　—｜｜　———▲　｜——　｜——▲　｜——　｜

轻振。
─▲

元宵为开盛景，严黼座、观灯锡庆。帝家华燕乘春兴，褰珠帘、望尧
──│─│▲ ─││ ──│▲ │──│──▲ ───│─
瞻舜。
─▲

367. 撷芳词（钗头凤）

【题解】《古今词话》云：宋政和间，京师妓之姥，曾嫁伶官，常入内教舞，传禁中《撷芳词》以教其妓，人皆爱其声，又爱其词，类唐人所作。张尚书帅成都，蜀中传此词，竞唱之，却于前段下添"忆忆忆"三字，后段下添"得得得"三字，又名《摘红英》，殊失其义。不知禁中有"撷芳园"，故名《撷芳词》也。按，程垓词名《折红英》，曾觌词名《清商怨》，吕渭老词名《惜分钗》，陆游因词中有"可怜孤似钗头凤"句，改名《钗头凤》，《能改斋漫录》无名氏词名《玉珑璁》。

【句格】双调五十四字，前后段各七句，六仄韵；每片六仄韵，上三句一韵，下四句又换一韵，后段即同前段押法，但上三韵用上、去声，下三韵必用入声。如此词上三韵，前段用上声之一董、二肿，后段即用去声之一送、二宋，下三韵则用入声之十一陌、十三职；上下片一、二句，四、五句对。此调有不同诸格体。

无名氏

风摇动，雨蒙茸，翠条柔弱花头重。春衫窄，香肌湿，记得年时，共伊
──▲ ⊥⊤▲ │─⊤│──▲ ─⊤▲换⊤─▲ ││─⊤ │─
曾摘。
─▲

都如梦，何曾共，可怜孤似钗头凤。关山隔，晚云碧，燕儿来也，又无
──▲ ⊤─▲ ⊥─⊤│⊤─▲ ──▲换⊥─▲ ⊥⊤⊤⊥ │─
消息。
⊤▲

附陆游体：双调六十字，前后段各十句，八仄韵，前三句一韵，四、五句换韵，两叠韵。

红酥手，黄縢酒，满城春色宫墙柳。东风恶，欢情薄，一怀愁绪，几年
｜—▲　——▲　｜——｜——▲　——▲换——▲　｜——｜　｜—
离索。错，错，错。
—｜　▲　▲叠▲叠

春如旧，人空瘦，泪痕红浥鲛绡透。桃花落，闲池阁，山盟虽在，锦书
｜—▲　——▲　｜——｜——▲　——▲换——▲　———｜　｜—
难托。莫，莫，莫。
—｜　▲　▲叠▲叠

附唐婉体：双调六十字，前后段各十句，三仄韵、四平韵、两叠韵。

世情薄，人情恶，雨送黄昏花易落。晓风干，泪痕残，欲笺心事，独语
｜—▲　——▲　｜｜——｜——▲　｜—△　｜—△　｜｜
斜栏。难，难，难。
—△　△　△叠△叠

人成各，今非昨，病魂常似秋千索。角声寒，夜阑珊，怕人寻问，咽泪
——▲　——▲　｜——｜——▲　｜—△　｜—△　｜——　｜｜
妆欢。瞒，瞒，瞒。
—△　△　△叠△叠

368. 睿恩新

【题解】调见《珠玉词》。此调近《金莲绕凤楼》，但前后段第三句，亦用上三下四句法，不押韵。

【句格】双调五十五字，前后段各四句，三仄韵；上下片三、四句均上三下四结构对。

晏殊

芙蓉一朵霜秋色，迎晓露、依依先坼。似佳人、独立倾城，傍朱槛、暗
——｜｜⊤—▲　—｜｜　⊤——▲　｜——　｜｜——　⊥⊤｜　｜

传消息。
——▲

静对西风脉脉，金蕊绽、粉红如滴。向兰堂、莫厌重新，免清夜、微寒
||——⊥▲ ⊤|| |——▲ |—— ||—— |⊤| ——
渐逼。
|▲

369. 夜行船

【题解】《太平乐府》《中原音韵》、元高拭词，俱注双调。黄公绍词，名《明月棹孤舟》，《词律》以《夜行船》混入《雨中花》，此依《花草粹编》分列。

【句格】双调五十五字，前后段各四句，三仄韵。此调有不同诸格体。

欧阳修
忆昔西都欢纵，自别后、有谁能共。伊川山水洛川花，细寻思、旧游如梦。
⊥|⊤——▲ |⊥⊥ |——▲ ⊤——||—— ⊥|⊤⊤ |—⊤▲
今日相逢情愈重，愁闻唱、画楼钟动。白发天涯逢此景，倒金樽、殢谁
—|———|▲ ——| |—⊤▲ ⊥|⊤⊤⊤|⊥ |⊤⊤ |—
相送。
⊤▲

370. 金凤钩

【题解】见晁补之《琴趣外篇》。此调微近《夜行船》，其实不同。

【句格】双调五十五字，前段六句三仄韵，后段五句四仄韵。此调有不同诸格体。

晁补之
春醉我，向何处，怪草草、夜来风雨。一簪华发，少欢饶恨，无计殢春
——| |—▲ ||| |——▲ |——| |——| —||—
且住。
|▲

春回常恨寻无路，试向我、小园徐步。一栏红药，倚风含露，春自未曾
－－－｜－－▲　｜｜｜　｜－－▲　｜－－　｜－－▲　－｜｜－
归去。
－▲

371. 鼓笛令

【题解】调见《黄山谷集》。按，宋词有《鼓笛慢》，乃《水龙吟》别体，与此无涉。

【句格】双调五十五字，前后段各四句，四仄韵。

黄庭坚

宝犀未解心先透，恼杀人、远山微皱。意淡言疏情最厚，枉教作、着行
｜－｜｜－－▲　｜－－　｜－－▲　｜｜－－－▲　｜－｜　｜－
官柳。
－▲

小雨勒花时候，抱琵琶、为谁消瘦。翡翠金笼思珍偶，忽拚与、山鸡
｜｜｜－－▲　｜－－　｜－－▲　｜｜－－－▲　｜－｜　－－
僝僽。
｜▲

372. 征召调中腔

【题解】唐段安节《乐府杂录》云：征音，有其声而无其字。宋大晟乐府始补《征招调》，凡曲有歌头，有中腔，此《征招调》之中腔也。

【句格】双调五十五字，前段五句三仄韵，后段四句三仄韵。

王安中

红云蓓雾笼金阙，圣运叶、星虹佳节。紫禁晓风馥天香，奏九韶，帝心悦。
－－｜｜－－▲　｜｜｜　－－－▲　｜｜｜－｜－－　｜｜－　｜－▲

瑶阶万岁蟠桃结，睿算永、壶天风月。日观几时六龙来，金镂玉牒告功业。
－－｜｜－－▲　｜｜｜　－－－▲　｜｜｜－｜－－　－｜｜｜｜－▲

373. 玉楼春

【题解】《花间集》顾敻词起句，有"月照玉楼春漏促"句，又有"柳映玉楼春日晚"句；《樽前集》欧阳炯词，起句有"春早玉楼烟雨夜"句，又有"日照玉楼花似锦，楼上醉和春色寝"句，取为调名。李煜词，名《惜春容》；朱希真词，名《西湖曲》；康与之词，名《玉楼春令》；《高丽史·乐志》，词名《归朝欢令》。《樽前集》注：大石调，又双调；《乐章集》注：大石调，又林钟商。皆李煜词体也。《乐章集》又有仙吕调词，与各家平仄不同。又，此调与《木兰花》皆双调五十六字，上下片各二十八字，四句，三仄韵，且易相混淆，多名实不符者，颇费考究。今从任半塘先生《唐声诗》说，仄起为《玉楼春》，平起为《木兰花》定之。

【句格】双调五十六字，前后段各四句，三仄韵。此调有不同诸格体。

顾敻

拂水双飞来去燕，曲槛小屏山六扇。春愁凝思结眉心，绿绮懒调红锦荐。
⊥｜⊤——｜▲　⊥｜⊥——｜▲　⊥——｜｜——　⊥｜⊥——｜▲

话别多情声欲战，玉箸痕留红粉面。镇长独立到黄昏，却怕良宵频梦见。
⊥｜⊥——｜▲　⊥｜⊤——｜▲　⊥｜⊥——｜——　⊥｜——｜｜▲

附李煜体：双调五十六字，前后段各四句，三仄韵。

晚妆初了明肌雪，春殿嫔娥鱼贯列。凤箫声断水云间，重按霓裳歌遍彻。
⊥—⊤｜——▲　——｜——｜▲　｜——｜｜——　—｜———｜▲

临风谁更飘香屑。醉拍阑干情未切。归时休放烛花红，待踏马蹄清夜月。
⊤—⊤｜——▲　｜｜———｜▲　———｜｜——　｜｜｜——｜▲

注：此即顾敻"拂水双飞"词体，惟前后段两起句，平仄全异，宋、元词俱如此填，实应为《木兰花》无疑，故为分列。

374. 凤衔杯

【题解】此调有平韵、仄韵两体，仄韵者，《乐章集》注：大石调。

【句格】双调五十六字，前段四句四仄韵，后段五句四仄韵；下片首二句对；前段第三句、后段第四句，俱九字蝉联不断，即平韵体亦然，填时亦遵之。

此调有不同诸格体。

晏殊

青蘋昨夜秋风起，无限个、露莲相倚。独凭朱栏、愁放晴天际，空目断、
－－｜｜－－▲　－｜｜　｜－－▲　｜｜－－　－｜－－▲　－｜｜
遥山翠。
－－▲

彩笺长，锦书细，谁通道、两情难寄。可惜良辰好景、欢娱地，只恁空
｜－－　｜－▲　－｜｜　｜－－▲　｜｜－－｜｜　－－▲　｜｜－
憔悴。
－▲

附平格：双调五十六字，前段四句四平韵，后段五句四平韵；下片首二句对。

晏殊

柳条花颣恼青春，更那堪、飞绿纷纷。一曲细丝清脆、倚朱唇，斟绿酒、
｜－－｜｜－△　｜｜｜　－｜－△　｜｜｜－－　｜－△　－｜｜
掩红巾。
｜－△

追往事，惜芳辰，暂时间、留住行云。端的自家心下、眼中人，到处觉
－｜｜　｜－△　｜－－　－｜－△　－｜｜－－　｜－△　｜｜｜
尖新。
－△

375. 鹊桥仙

【题解】此调有两体，五十六字者始自欧阳修，因词中有"鹊迎桥路接天津"句，取为调名。周邦彦词名《鹊桥仙令》，《梅苑》词名《忆人人》，韩淲词，取秦观词句，名《金风玉露相逢曲》，张辑词，有"天风吹送广寒秋"句，名《广寒秋》。元高拭词注：仙吕调。八十八字者始自柳永，《乐章集》注云：歇指调。

【句格】双调五十六字，前后段各五句，两仄韵；上下片首二句对。此调有不同诸格体。

欧阳修

月波清霁，烟容明淡，灵汉旧期还至。鹊迎桥路接天津，映夹岸、星榆
⊥－⊥｜　⊥－⊥｜　⊥｜⊥－⊥▲　⊥－⊤｜｜－－　⊥⊥｜　⊤－

点缀。
⊤▲

云屏未卷，仙鸡催晓，肠断去年情味。多应天意不教长，恁恐把、欢娱
⊤－⊥｜　⊤－⊤｜　⊤｜⊥－⊤▲　⊤－⊤｜｜－－　⊥⊥｜　⊤－

容易。
⊤▲

附柳永体：双调八十八字，前段十句四仄韵，后段八句七仄韵。上片首二句对，第五句为一六结构，"算"系领字；下片第五、七句皆上一下四结构。

届征途，携书剑，迢迢匹马东归去。惨离怀，嗟少年易分难聚。佳人方
｜－－　－－｜　－－｜｜－－▲　｜－－　－｜｜｜－－▲　－－－

恁缱绻，便忍分鸳侣。当媚景，算密意幽欢，尽成轻负。
｜｜｜　｜｜｜－－▲　－｜－　｜｜｜－－　｜－－▲

此际寸肠万绪，惨愁颜、断魂无语。和泪眼、片时几番回顾，伤心脉脉
｜｜｜｜－｜▲　｜－－　｜－－▲　－｜｜　｜－｜－－｜　－－｜｜

谁诉。但黯然凝伫，暮烟寒雨，望秦楼何处。
－▲　｜｜－－▲　｜－－▲　｜－－－▲

注：此词句韵，与《鹊桥仙令》不同，盖慢词体也。因调名同，故为类列，亦无宋词别首可校。

376. 玉栏杆

【题解】调见《寿域词》。

【句格】双调五十六字，前后段各四句，三仄韵。

杜安世

珠帘怕卷春残景，小雨牡丹零欲尽。庭轩悄悄燕高空，风飘絮、绿苔
－－｜｜－－▲　｜｜｜－－｜▲　－－｜｜｜－－　－－｜　｜－

侵径。
—▲

　　欲将幽恨传愁信，想后期、无个凭定。几回独睡不思量，还悠悠、梦里
　　｜——｜——▲　｜｜—　—｜—▲　｜—｜｜——　｜——　｜｜
寻趁。
—▲

377. 思归乐

　　【题解】《乐章集》注：林钟商。
　　【句格】双调五十六字，前后段各四句，四仄韵。

柳永

　　天幕清和堪宴聚，相得尽、高阳俦侣。皓齿善歌长袖舞，渐引入、醉乡
　　—｜———▲　—｜｜　———▲　｜｜｜——▲　｜｜｜　｜—
深处。
—▲

　　晚岁光阴能几许，这巧宦、不须多取。把酒共君听杜宇，解再三、劝人
　　｜｜———▲　｜｜｜　———▲　｜｜｜——▲　｜｜—　｜—
归去。
—▲

378. 遍地锦

　　【题解】调见毛滂《东堂词》，孙守席上咏牡丹花作也。《花草粹编》注：小石调。
　　【句格】双调五十六字，前段四句三仄韵，后段四句两仄韵，下片三、四句折腰对。

毛滂

　　白玉栏边自凝伫，满枝头、彩云雕雾。甚芳菲、绣得成团，砌合出、韶
　　｜｜——｜—▲　｜——　———▲　｜——　｜｜——　｜｜｜　—

华好处。
－｜▲

　　暖风前、一笑盈盈，吐檀心、向谁分付。莫与他、西子精神，不枉了、
　　｜－－　｜｜－－　　｜－－　　｜－－▲　｜｜－　－｜－－
东君雨露。
－－｜▲

379. 茶瓶儿

【题解】调见《花庵词选》，始自北宋李元膺，至南宋赵彦端、石孝友二家，又摊破两结句法，减去两起句字，自成新声。

【句格】双调五十六字，前段五句四仄韵，后段五句五仄韵；下片第二句为一四二结构。此调有不同诸格体。

李元膺

　　去年相逢深院宇，海棠下、曾歌金缕。歌罢花如雨，翠罗衫上，点点红
　　｜－－－｜▲　｜－｜　－－－▲　－｜－－▲　｜－－｜　｜｜－
无数。
－▲

　　今岁重寻携手处，空物是人非春暮。回首青云路，乱英飞絮，相逐东风去。
　　－｜－－－｜▲　－｜｜－－－▲　－｜－－▲　｜－－▲　－｜－－▲

380. 柳摇金

【题解】调见《梅苑》。

【句格】双调五十六字，前段四句四仄韵，后段四句三仄韵。

沈会宗

　　相将初下蕊珠殿，似醉粉、生香未遍。爱惜娇心春不管，被东风、赚开
　　－－－｜｜－▲　｜｜｜　－－｜▲　｜｜－－－｜▲　｜－－　｜－
一半。
｜▲

中黄宫里赐仙衣，斗浅深、妆成笑面。放出妖娆难系绾，笑东风、自家
———｜｜——　｜—　——｜▲　｜｜———｜▲　｜——　｜—
肠断。
—▲

381. 卓牌子

【题解】此调有两体，五十六字者始自杨无咎，一名《卓牌子令》；九十七字者始自万俟咏，一名《卓牌子慢》。

【句格】双调五十六字，前后段各五句，三仄韵。此调有不同诸格体。

杨无咎
西楼天将晚，流素月、寒光正满。楼上笑揖姮娥，似看罗袜尘生，鬓云
————▲　—｜｜　——｜▲　—｜——　｜—｜——　｜—
风乱。
—▲

珠帘终夕卷，判不寐、栏杆凭暖。好在影落清樽，冷侵香幄，欢余未教
———｜▲　—｜｜　——｜▲　｜｜｜——　｜——｜　——｜—
人散。
—▲

附万俟咏体：双调九十七字，前段十一句四仄韵，后段八句七仄韵；上片三、四、五、六句为扇面对。

东风绿杨天，如画出、清明院宇。玉艳淡薄，梨花带月，胭脂零落，海
——｜——　—｜｜　——｜▲　◎｜｜　——｜◎　———｜　｜
棠经雨。单衣怯黄昏，人正在、珠帘笑语。相并戏蹴秋千，共携手、同倚阑
——▲　—｜——　—｜◎　——｜▲　—｜｜——　｜——　—｜—
干，暗香时度。
—　｜——▲

翠窗绣户，路缭绕、潜通幽处。断魂凝伫，嗟不似飞絮。闲闷闲愁难消
｜—｜▲　｜⊤｜　——▲　｜—▲　—◎｜—▲　⊤——

遣，此日年年意绪。无据，奈酒醒春去。
｜　｜｜—— ｜▲　—▲　｜｜——▲

382. 二色宫桃

【题解】调见《梅苑》，其句读近《玉栏杆》，而平仄不同。
【句格】双调五十六字，前后段各四句，三仄韵。

无名氏

镂玉香葩酥点萼，正万木、园林萧索。惟有一枝雪里开，江南信、更凭
｜｜———｜▲　｜｜｜　———▲　—｜｜—｜｜—　——｜　｜—
谁托。
—▲

前年记赏登高阁，叹年来、旧欢如昨。听取乐天一句云，花开处、且须
——｜｜——▲　｜——　——｜▲　｜｜｜—｜｜—　——｜　｜—
行乐。
—▲

383. 市桥柳

【题解】调见《齐东野语》，因第二句有"折尽市桥官柳"句，取以为名。
【句格】双调五十六字，前后段各四句，三仄韵。

蜀妓

欲寄意、浑无所有，折尽市桥官柳。看君着上征衫，又相将、放船楚
｜｜｜　——｜▲　｜｜｜——▲　——｜｜——　｜——　｜｜
江口。
—▲

后会不知何日又，是男儿、休要镇长相守。苟富贵，无相忘，若相忘、
｜｜｜——｜▲　｜——　—｜｜——▲　｜｜｜　———　｜——
有如此酒。
｜—｜▲

384. 一斛珠

【题解】《宋史·乐志》，名《一斛夜明珠》，属中吕调；《樽前集》注：商调；《金词》注：仙吕调；蒋氏《九宫谱目》，入仙吕引子；晏几道词，名《醉落魄》；张先词，名《怨春风》；黄庭坚词，名《醉落拓》。

【句格】双调五十七字，前后段各五句，四仄韵。此调有不同诸格体。

李煜

晚妆初过，沈檀轻注些儿个。向人微露丁香颗，一曲清歌，暂引樱桃破。
⊥一丅▲　丅一丅｜一一▲　⊥一丅｜一一▲　｜｜一一　⊥｜一一▲

罗袖裛残殷色可，杯深旋被香醪涴。绣床斜凭娇无那，烂嚼红茸，笑向檀郎唾。
丅｜⊥一一｜▲　一一⊥｜一一▲　｜一丅｜一一▲　｜｜一一　｜｜一一▲

385. 夜游宫

【题解】《金词》注：般涉调。贺铸词，有"江北江南新念别"句，更名《新念别》。

【句格】双调五十七字，前后段各六句，四仄韵；上片歇拍二句对。此调有不同诸格体。

毛滂

长记劳君送远，柳烟重、桃花波暖。花外溪城望不见，古槐边，故人稀，秋鬓晚。
丅｜一一▲　⊥丅｜　丅一丅▲　丅｜一一｜⊥▲　⊥丅丅　｜一丅　丅⊥▲

我有凌霄伴，在何处、山寒云乱。何不随君弄清浅，见伊时，话阳春，山数点。
⊥｜一一▲　｜丅⊥　丅一一▲　丅｜一一⊥丅▲　⊥丅丅　｜丅丅　丅⊥▲

386. 踏莎行

【题解】《金词》注：中吕调；曹冠词，名《喜朝天》；赵长卿词，名《柳长春》；《鸣鹤余音》词，名《踏雪行》；曾觌、陈亮词添字者，名《转调踏莎行》。

【句格】双调五十八字，前后段各五句，三仄韵；上下片首二句对。此调有不同诸格体。

晏殊

细草愁烟，幽花怯露，凭栏总是消魂处。日高深院静无人，时时海燕双
⊥｜－－　丁－⊥▲　丁－⊥｜－－▲　⊥－丁｜｜－－　丁－⊥｜－

飞去。
－▲

带缓罗衣，香残蕙炷，天长不禁迢迢路。垂杨只解惹春风，何曾系得行
⊥｜－－　丁－⊥▲　丁－⊥｜－－▲　丁－⊥｜｜－－　丁－⊥｜－

人住。
－▲

387. 宜男草

【题解】调见范成大《石湖词》。

【句格】双调五十八字，前后段各四句，三仄韵。此调有不同诸格体。

范成大

舍北烟霏舍南浪，雨倾盆、滩流微涨。问小桥、别后谁过，惟有迷鸟羁
⊥｜－－｜－▲　｜－－　丁－－▲　⊥⊥丁　｜｜－－　－｜丁｜

雌来往。
－丁▲

重寻山水问无恙，扫柴荆、土花尘网。留小桃、先试光风，从此芝草琅
丁－－｜｜－▲　｜－－　｜－－▲　－｜丁　｜｜－－　－｜丁｜

玕日长。
－｜▲

388. 倚西楼

【题解】调见《茗溪诗话》，因词有"西楼萧瑟有谁知"句，取以为名。

【句格】双调五十八字，前段四句三仄韵，后段四句两仄韵。上片歇拍句对；下片首二句对，歇拍句为二四三结构。

韦彦温

禁鼓初传时下打，虚过清明风月夜。眼如鱼目几曾干，心似酒旗终日挂。
｜｜－－－｜▲　－｜－－－｜▲　｜－－｜｜－－　－｜｜－｜▲

银汉低垂星斗斜，院宇空寥银烛卸。西楼萧瑟有谁知，教我独自上来独
－｜－－－｜－　｜｜－－－｜▲　－－－｜｜－－　－｜｜｜｜｜－

自下。
｜▲

389. 扫地舞

【题解】唐教坊曲名，一名《扫市舞》。

【句格】双调五十八字，前后段各七句，六仄韵、一叠韵；上下片首二句对。

无名氏

酥点萼，玉碾萼，点时碾时香雪薄。才折得，春力弱。半掩朱扉垂绣幕，
－｜▲　｜｜▲叠｜－｜－－｜▲　－｜▲　－｜▲　｜｜－－－｜▲

怕吹落。
｜－▲

捻一晌，嗅一晌，捻时嗅时宿酒忘。春笋上，不忍放。待对菱花斜插向，
｜｜▲换｜｜▲叠｜－｜－｜｜▲　－｜▲　｜｜▲　｜｜－－－｜▲

宝钗上。
｜－▲

390. 步蟾宫

【题解】蒋孝《九宫谱目》，入南吕引子；韩淲词，名《钓台词》；刘拟词，名《折丹桂》。

【句格】双调五十九字，前段四句三仄韵，后段六句三仄韵；下片三、四、五句排对。此调有不同诸格体。

黄庭坚

虫儿真个恶灵利，恼乱得、道人眠起。醉归来、恰似出桃源，但目断、
———｜⊥—▲　　｜⊥｜　⊥——▲　　｜——　⊥｜｜——　｜｜｜

落花流水。
⊥——▲

不如随我归云际，共作个、住山活计。照清溪，匀粉面，插山花，算终
⊥——｜——▲　　｜⊥｜　｜—⊥▲　　｜——　—｜｜　｜——　｜⊤

胜、风尘滋味。
｜　———▲

391. 冉冉云

【题解】韩淲词，有"倚遍栏杆弄花雨"句，更名《弄花雨》。

【句格】双调五十九字，前后段各四句，四仄韵。此调有不同诸格体。

卢炳

雨洗千红又春晓，留牡丹、倚栏初绽。娇娅姹、偏赋精神君看，算费尽、
｜｜——｜—▲　⊤⊥｜　｜——▲　　—｜｜　⊤｜———▲　｜｜｜

工夫点染。
——｜▲

带露天香最清远，太真妃、晓妆体段。拼对花、满把流霞频劝，怕逐东
｜⊥—⊤⊥▲　　｜——　｜—⊥▲　—｜⊤　｜｜———▲　⊥｜—

风零乱。
—⊤▲

392. 蝶恋花

【题解】唐教坊曲，本名《鹊踏枝》，宋晏殊词改今名。《乐章集》注：小石调；赵令畤词注：商调；《太平乐府》注：双调。冯延巳词，有"杨柳风轻，展尽黄金缕"句，名《黄金缕》；赵令畤词，有"不卷珠帘，人在深深院"

句,名《卷珠帘》;司马槱词,有"夜凉明月生南浦"句,名《明月生南浦》;韩淲词,有"细雨吹池沼"句,名《细雨吹池沼》;贺铸词,名《凤栖梧》;李石词,名《一箩金》;衷元吉词,名《鱼水同欢》;沈会宗词,名《转调蝶恋花》。

【句格】双调六十字,前后段各五句,四仄韵。此调有不同诸格体。

冯延巳

六曲栏杆偎碧树,杨柳风轻,展尽黄金缕。谁把钿筝移玉柱,穿帘海燕
⊥|⊤－－|▲　⊤|－－　⊥|－－▲　⊤|⊥－－|▲　⊤－⊥|
双飞去。
－－▲

满眼游丝兼落絮,红杏开时,一霎清明雨。浓睡觉来莺乱语,惊残好梦
⊥|⊤－－|▲　⊤|－－　⊥|－－▲　⊤|⊥－－|▲　⊤－⊥|
无寻处。
－－▲

附毛润之体:双调六十字,前后段各四句四仄韵,下片换韵。

我失骄杨君失柳,杨柳轻飏直上重霄九。问讯吴刚何所有,吴刚捧出桂
||－－－|▲　－－－－||－－▲　||－－－|▲　－－|||
花酒。
－▲

寂寞嫦娥舒广袖,万里长空且为忠魂舞。忽报人间曾伏虎,泪飞顿作倾
||－－－|▲　||－－||－－▲　||－－－|▲　|－||－
盆雨。
－▲

393. 秋蕊香引

【题解】《乐章集》注:小石调。

【句格】双调六十字,前段七句三仄韵,后段八句四仄韵;下片六、七句对。

柳永

留不得,光阴催促,有芳兰歇,好花谢,惟顷刻。彩云易散琉璃脆,验
—｜▲　———｜　｜——｜　｜｜｜　—｜▲　—｜｜——｜　｜
前事端的。
—｜—▲

风月夜,几处前踪旧迹。忍思忆,这回望断,永作蓬山隔。向仙岛,归
—｜｜　｜｜——▲　｜—▲　｜—｜｜　｜——▲　｜—｜　—
云路,两无消息。
—｜　｜——▲

394. 惜琼花

【题解】调见张先词集,为吴兴守时所赋也。据该集校后段第三、四句"任轻似叶,计归得",脱"身""何"二字。

【句格】双调六十字,前段七句五仄韵,后段七句四仄韵;上片首二句对。

张先

汀蘋白,苕水碧。每逢花驻乐,随处欢席。别时携手看春色,萤火而今,
——▲　—｜▲　｜——｜　｜—▲　｜——｜——▲　—｜——
飞破秋夕。
—｜—▲

汴河流,如带窄。任身轻似叶,何计归得。断云孤鹜青山极,楼上徘徊,
｜——　—｜▲　｜——｜｜　—｜—▲　｜——｜——▲　—｜——
无尽相忆。
—｜—▲

395. 荷华媚

【题解】调见东坡词集,即赋题本意也。

【句格】双调六十字,前段五句三仄韵,后段六句两仄韵;上片歇拍为上一下四结构,填者宜遵之;下片"甚"领三、四句对。

苏轼

霞苞露荷碧，天然地、别是风流标格。重重青盖下，千娇照水，好红红
ー ー ｜ ー ▲　ー ー ｜　｜ ｜ ー ー ー ▲　ー ー ー ｜ ｜　ー ー ｜ ｜　｜ ー ー

白白。
｜ ▲

每怅望、明月清风夜，甚低迷不语，夭邪无力。终须放、船儿去，清香
｜ ｜ ｜　ー ｜ ー ー ｜　｜ ー ー ｜ ｜　ー ー ー ▲　ー ー ｜　ー ー ｜　ー ー

深处，任看伊颜色。
ー ｜　｜ ｜ ー ｜ ▲

396. 七娘子

【题解】蒋孝《九宫谱目》，入正宫引子。

【句格】双调六十字，前后段各五句，四仄韵。此调有不同诸格体。

毛滂

山屏雾帐玲珑碧，更绮窗、临水新凉入。雨短烟长，柳桥萧瑟，这番一
⊤ ー ⊥ ｜ ー ー ▲　｜ ｜ ー　ー ｜ ー ー ▲　⊥ ｜ ー ⊤　⊥ ー ⊤ ▲　⊥ ー ⊥

日凉一日。
｜ ー ⊥ ▲

离多绿鬓年时白，这离情、不似而今惜。云外长安，斜晖脉脉，西风吹
⊤ ー ⊥ ｜ ー ー ▲　｜ ⊤ ー　⊥ ｜ ー ー ▲　⊤ ⊥ ⊤ ⊤　⊤ ー ⊥ ▲　⊤ ー ⊤

梦来无迹。
｜ ー ー ▲

397. 寻梅

【题解】调见《乐府雅词》及《梅苑》，盖咏梅花也，因词中有"朝来寻见"句。取以为名。

【句格】双调六十字，前后段各五句，四仄韵；上下片"始""是"均领字。此调有不同诸格体。

沈会宗

今年早觉花信蹉，想芳心、未应误我。一月花信几回过，始朝来寻见，
ーー｜｜丅｜▲　　｜丅丅　⊥ー｜▲　｜⊥丅｜⊥ー▲　｜ーーー｜

雪痕微破。
｜ーー▲

眼前大抵情无那，好景色、只消些个。春风烂漫都且可，是而今枝上，
⊥ー｜｜ーー▲　｜⊥⊥　⊥ーー▲　丅ー｜｜ー｜▲　｜ーーー｜

三朵两朵。
ー｜｜▲

398. 锦帐春

【题解】调见《稼轩集》，因词有"春色难留"及"重帘不卷，翠屏天远"句，故名。

【句格】双调六十字，前段七句四仄韵，后段七句五仄韵。上下片首二句及四、五句对；下片第三句为一六结构，四、五句对，"恨"挈歇拍句对。此调有不同诸格体。

辛弃疾

春色难留，酒杯常浅，把旧恨新愁相间。五更风，千里梦，看飞红几片，
丅｜ーー　⊥ー丅▲　｜⊥｜ーー丅▲　｜ーー　ー｜｜　｜丅ー⊥▲

这般庭院。
⊥ーー▲

几许风流，几般娇懒，问相见何如不见。燕飞忙，莺语乱，恨重帘不卷，
｜｜ーー　｜ーー▲　｜丅｜丅ー⊥▲　｜ーー　ー｜▲　｜丅ー⊥▲

翠屏天远。
⊥ー丅▲

399. 后庭宴

【题解】《庚溪诗话》云：宋宣和中，掘地得石刻唐词，调名《后庭宴》。

【句格】双调六十字，前段五句三仄韵，后段六句四仄韵；上片首二句

及下片尾二句对。

　　无名氏

　　千里故乡，十年华屋，乱红飞过屏山簌。眼重眉褪不胜春，菱花知我销
－｜｜－　｜——▲　｜——｜——▲　｜——｜｜——　———｜—
香玉。
—▲

　　双双燕子归来，应解笑人幽独，断歌零舞。遗恨清江曲，万树绿低迷。
——｜｜——　—｜｜——▲　｜——▲　—｜——▲　｜｜｜——
一庭红扑簌。
｜——｜▲

400. 绽红

　　【题解】调见《梅苑》。
　　【句格】双调六十字，前后段各六句，四仄韵；上下片首二句对。

　　无名氏

　　粉香犹嫩，衾寒可惯，怎奈向、春心已转。玉容别是，一般闲婉，悄不
｜——｜　——｜▲　　——｜▲　｜—｜｜　｜——▲　｜｜
管、桃红杏浅。
—　——｜▲

　　月影帘栊，金堤波面，渐细细、香风满院。一枝折寄，故人虽远，莫辄
｜｜——　———▲　｜｜｜　——｜▲　｜—｜｜　｜——▲　｜｜
使、江南信断。
—　——｜▲

401. 贺熙朝

　　【题解】调见《花间集》。
　　【句格】双调六十一字，前段七句五仄韵，后段六句四仄韵；下片第二、
五句均为一四结构。此调有不同诸格体。

欧阳炯

忆昔花间相见后，只凭纤手，暗抛红豆。人前不解，巧传心事，别来依
｜｜－－－｜▲　｜－－▲　⊥－－▲　⊤－⊤｜　｜－－⊥　｜⊤－
旧，辜负春昼。
▲　－｜－▲

碧罗衣上蹙金绣，睹对对鸳鸯，空裹泪痕透。想韶颜非久，终是为伊，
｜－－｜⊥－▲　⊥｜｜⊤－　－｜⊥⊤▲　｜－－－▲　－｜｜－
只恁偷瘦。
⊥｜－▲

402. 拨棹子

【题解】唐教坊曲名。

【句格】双调六十一字，前段五句五仄韵，后段四句四仄韵。此调有不同诸格体。

尹鹗

风切切，深秋月，十朵芙蓉繁艳歇。凭小槛、细腰无力，空赢得、目断
－｜▲　－⊤▲　⊥｜⊤－－｜▲　－｜⊤－－▲　－－｜　⊥｜
魂飞何处说。
－－－｜▲

寸心恰似丁香结，看看瘦尽胸前雪。偏挂恨、少年抛掷，羞睹见、绣被
⊥－｜｜⊤－▲　⊤⊤｜⊥－⊤▲　－｜｜　｜－－▲　⊤｜｜
堆红闲不彻。
－－⊤｜▲

403. 金蕉叶

【题解】此调始自柳永，因词中有"金蕉叶泛金波霁"句，取以为名。袁去华、蒋捷词，皆从柳词减字。《乐章集》注：大石调；元高拭词注：越调。

【句格】双调六十二字，前后段各五句，四仄韵。此调有不同诸格体。

柳永

厌厌夜饮平阳第，添银烛、旋呼佳丽。巧笑难禁，艳歌无间声相继，准
－－｜｜－－▲　－－｜　｜－－▲　｜｜－－　｜－－｜－－▲　｜

拟幕天席地。
｜｜－｜▲

金蕉叶泛金波霁，未更阑、已尽狂醉。就中有个，风流暗向灯光底，恼
－－｜｜－－▲　｜－－　｜｜－－▲　｜－｜｜　－－｜｜－－▲　｜

遍两行珠翠。
｜｜－－▲

404. 渔家傲

【题解】明蒋孝《九宫谱目》，入中吕引子。此调始自晏殊，因词有"神仙一曲渔家傲"句，取以为名。

【句格】双调六十二字，前后段各五句，五仄韵。此调有不同诸格体。

晏殊

画鼓声中昏又晓，时光只解催人老。求得浅欢风日好。齐揭调，神仙一
⊥⊥⊤⊤－⊥▲　⊤－⊥｜⊤－▲　⊤｜⊥－－｜▲　－⊥▲　⊤⊤⊥

曲渔家傲。
⊥－－▲

绿水悠悠天杳杳，浮生岂得长年少。莫惜醉来开口笑。须信道，人间万
⊥｜⊤－－｜▲　⊤－⊥｜－－▲　⊥｜⊥－－｜▲　⊤－▲　⊤－⊥

事何时了。
｜－－▲

405. 苏幕遮

【题解】唐教坊曲名。按，《唐书·宋务光传》，此见都邑坊市，相率为浑脱队，骏马戎服，名苏幕遮。又按，张说集有《苏幕遮》七言绝句，宋词盖因旧曲名，另度新声也。周邦彦词，有"鬓云松"句，更名《鬓云松令》。《金词》注：般涉调。

【句格】双调六十二字，前后段各七句，四仄韵；入声，上下片首二句对。

范仲淹

碧云天，黄叶地。秋色连波，波上含烟翠。山映斜阳天接水。芳草无情，
｜——　—｜▲　 ⊤｜——　⊤｜——▲　⊤｜⊤——｜▲　⊤｜——

更在斜阳外。
⊥｜——▲

黯乡魂，追旅思。夜夜除非，好梦留人睡。明月楼高休独倚。酒入愁肠，
｜——　—｜▲　⊥｜——　⊥｜——▲　⊤｜⊤——｜▲　⊥｜⊤—

化作相思泪。
⊥｜——▲

406. 明月逐人来

【题解】按，《能改斋漫录》云：李持正自撰谱，盖因词有"皓月随人近远"句，故名。

【句格】双调六十二字，前段六句五仄韵，后段六句四仄韵。

李持正

星河明澹，春来深浅，红莲正、满城开遍。禁街行乐，暗尘香拂面。皓
———▲　———▲　——｜　｜——▲　｜—⊤｜　⊥⊤—⊥▲　｜

月随人近远。
｜——｜▲

天半鳌山，光动凤楼西观，东风静、珠帘不卷。玉辇待归，云外闻弦管。
—｜——　⊤｜⊥—⊤▲　——｜　——｜▲　｜⊥｜⊤　—｜——▲

认得宫花影转。
｜｜——⊥▲

407. 麦秀两岐

【题解】唐教坊曲名。《碧鸡漫志》云：属黄钟宫。

【句格】双调六十四字，前后段各七句，六仄韵。上片首二句，三、四句对；下片三、四句对。

和凝

凉簟铺斑竹，鸳枕并红玉。脸莲红，眉柳绿，胸雪宜新浴。淡黄衫子裁
－｜－－▲　－｜｜－▲　｜－－　－｜▲　－｜－－▲　｜－－｜－
春縠，异香芬馥。
－▲　－｜－▲

羞道交回烛，未惯双双宿。树连枝，鱼比目，掌上腰如束。娇娆不禁人
－｜－－▲　｜｜－－▲　｜－－　－｜▲　｜｜－－▲　－－｜｜－
拳局，黛眉微蹙。
－▲　｜－－▲

408. 醉春风

【题解】赵鼎词，名《怨东风》。《太平乐府》《中原音韵》俱入中吕类；《太和正音谱》，注中吕宫，亦入正宫，又入双调；蒋孝十三调注：中吕调。

【句格】双调六十四字，前后段各七句，四仄韵、两叠韵；上片五、六句对。

赵德仁

陌上清明近，行人难借问。风流何处不归来，闷，闷，闷。回雁峰前，
｜｜－－▲　－－－｜▲　－－⊤｜｜－－　▲　▲叠▲叠⊤｜－－
戏鱼波上，试寻芳信。
｜－－｜　｜－－▲

夜永兰膏烬，春睡何曾稳。枕边珠泪几时干，恨，恨，恨。惟有窗前，
｜｜－－▲　－⊥－⊤▲　｜－⊤｜｜－－　▲　▲叠▲叠－｜－－
过来明月，照人方寸。
｜－⊤｜　｜－－▲

409. 握金钗

【题解】《梅苑》无名氏词，名《戛金钗》。

【句格】双调六十四字，前后段各七句，四仄韵；上片尾三句排对。此调有不同诸格体。

吕渭老

风日困花枝,晴峰自相趁。晚来红浅香尽,整顿腰肢晕残粉。弦上语,
⊤||—— ——|—▲ |——|—▲ ⊥|——|—▲ —||
梦中人,天外信。
|—— —|▲

青杏已成双,新樽荐樱笋。为谁一和销损,数着佳期又不稳。春去也,
—||—— ——|—▲ |—⊥|—▲ ⊥|——|▲ —||
怎当他,清昼永。
|—— —|▲

410. 侍香金童

【题解】《金词》注:黄钟宫,又黄钟调。按,《开天遗事》:王元宝常于寝帐床前,雕矮童二人,捧一宝博山炉,自暝焚香彻晓,调名取此。无名氏词,即咏其事也。

【句格】双调六十四字,前后段各六句,四仄韵;下片首句为一四结构。此调有不同诸格体。

无名氏

宝台蒙绣,瑞兽高三尺。玉殿无风烟自直,迤逦傍怀盈绮席。苒苒菲菲,
|⊤—⊥ ||——▲ ||———|▲ ⊤|⊥——|▲ ⊥|——
断处凝碧。
|⊥—▲

是龙涎凤髓,恼人情意极。想韩寿、风流应暗识,去似彩云无处觅。惟
|⊤—|| ⊥——|▲ |⊤| ———|▲ ||⊥——|▲ ⊤
有多情,袖中留得。
|—— |——▲

411. 芭蕉雨

【题解】调见程垓《书舟词》。

【句格】双调六十五字,前段五句四仄韵,后段六句四仄韵。

程垓

雨过凉生藕叶，晚庭消尽暑、浑无热。枕簟不胜香滑，怎奈宝帐情生，
｜｜－－▲　｜－－｜｜　－－▲　｜｜｜－－▲　｜｜｜｜－－
金樽意惬。
－－｜▲

玉人何处梦蝶，思一见冰雪。须写个帖儿、叮咛说，试问道、肯来么，
｜－－｜▲　－｜｜－▲　－｜｜｜－　－－▲　｜｜｜　｜－－
今夜小院无人，重楼有月。
－｜｜｜－－　－－｜▲

412. 淡黄柳

【题解】姜夔自度曲，《白石集》注：正平调。

【句格】双调六十五字，前段五句五仄韵，后段七句五仄韵。此调有不同诸格体。

姜夔

空城画角，吹入垂杨陌，马上单衣寒恻恻。看尽鹅黄嫩绿，都是江南旧
⊤－｜▲　－｜－－▲　｜｜－－－｜▲　｜｜－－⊥▲　－｜－－｜
相识。
－▲

正岑寂，明朝又寒食。强携酒、小桥宅，怕梨花、落尽成秋色。燕燕飞
｜－▲　－－｜－▲　⊥⊤｜　｜－▲　｜－－　｜｜－－▲　｜｜－
来，问春何在？唯有池塘自碧。
－　｜－－｜　－｜－－｜▲

413. 滚绣球

【题解】调见《惜香乐府》。

【句格】双调六十五字，前段七句两仄韵，后段七句三仄韵；上片三、四句，下片五、六句对。

赵长卿

流水奏鸣琴，风月净、天无星斗。翠岚堆里，苍岩深处；满林霜腻，暗
　—｜｜——　—｜｜　———▲　｜——｜　———｜　｜——｜　｜
香冻了，那禁频嗅。
——｜｜　｜——▲

马上再三回首，还记省、去年时候。十分全似，那人风韵。柔腰弄影，
　｜｜｜——▲　—｜｜　｜——▲　｜——｜　｜——｜　——｜｜
冰腮褪粉，做成清瘦。
——｜｜　｜——▲

414. 锦缠道

【题解】《全芳备祖·乐府》名《锦缠头》，江衍词名《锦缠绊》，原注黄钟宫。

【句格】双调六十六字，前段六句四仄韵，后段六句三仄韵；下片"向"掣首二句对。此调有不同诸格体。

宋祁

燕子呢喃，景色乍长春昼。睹园林、万花如绣，海棠经雨胭脂透。柳展
　｜｜——　｜｜｜——▲　｜—丁　⊥——▲　⊥—丁｜——▲　｜｜
宫眉，翠拂行人首。
——　｜｜｜——▲

向郊原踏青，恣歌携手，醉醺醺、尚寻芳酒。问牧童、遥指孤村道，杏
｜——｜—　｜——▲　｜——　｜——▲　｜｜—　丁｜丁丁⊥　⊥
花深处，那里人家有。
—丁｜　｜｜｜——▲

415. 厌金杯

【题解】调见《东山乐府》，一名《献金杯》。

【句格】双调六十六字，前后段各七句，四仄韵；上下片首二句对。

贺铸

风软香迟，花深漏短，可怜宵、画堂春半。碧纱窗影，卷帐烛灯红，鸳
⊥｜——　——｜▲　｜——　｜——▲　｜——｜　｜｜｜——　—

枕畔，写密乌丝一段。
｜▲　｜｜——｜▲

拾翠沙空，采蘋溪晚，尽愁倚、梦云飞观。木兰艇子，几日渡江来，心
｜｜——　｜—｜▲　｜—　｜——▲　｜——｜　｜｜｜——　—

目断，桃叶青山隔岸。
｜▲　—｜——｜▲

416. 庆春泽

【题解】此调有两体，六十六字者见张先词，九十八字者见《梅苑》词。

【句格】双调六十六字，前后段各七句，四仄韵；上下片"人""方"分掌二、三句对。此调有不同诸格体。

张先

飞阁危桥相倚，人独立东风，满衣轻絮。还记忆江南，如今天气。正白
⊤｜⊤—▲　—｜｜——　｜—｜▲　—｜｜——　⊤——▲　｜｜

蘋花，绕堤涨流水。
——　｜—｜—▲

寒梅落尽谁寄，方春意无穷，青空千里。愁草树依依，关城初闭。对月
——｜｜—▲　—⊤——　⊤——▲　—｜——　——｜▲　｜｜

黄昏，角声傍烟起。
—⊤　⊥—｜—▲

附别体：双调九十八字，前后段各十句，四仄韵；上下片第二句为一四结构。

无名氏

晓风严，正萧然兔园，薄雾微罩。梅渐弄白，耸危苞匀小。胭脂半点琼
｜——　｜——｜—　｜｜—▲　—｜｜｜　｜——｜▲　——｜｜—

瑰胜，望江南、信息何杳。纵寿阳妍姿，学就新妆，暗香须少。
—｜　｜——　｜｜—▲　｜｜———　｜｜——　｜——▲

幽艳满寒梢，更游蜂舞蝶，浑无飞绕。天赋品格，借东皇施巧。孤根占
⊥｜｜——　｜——｜｜　———▲　—｜｜｜　｜———▲　——｜
得春前后，笑雪霜、漫欺容貌。况此花高强，终待和羹，肯饶芳草。
｜——｜　｜｜—　｜——▲　｜｜———　—｜——　｜——▲

417. 酷相思

【题解】调见《书舟雅词》。

【句格】双调六十六字，前后段各五句，四仄韵、一叠韵；上下片歇拍折腰叠对。

程垓

月挂霜林寒欲坠，正门外、催人起。奈离别、如今真个是，欲住也、留
｜｜———｜▲　｜—｜　——▲　｜—｜　———｜▲　｜｜｜　—
无计，欲去也、来无计。
—▲　｜｜｜　——▲叠

马上离情衣上泪，各自个、供憔悴。问江路、梅花开也未，春到也、须
｜｜———｜▲　｜｜｜　——▲　｜—｜　———｜▲　—｜｜　—
频寄，人到也、须频寄。
—▲　—｜｜　——▲叠

418. 解佩令

【题解】调见《小山乐府》。按，《楚辞》"捐予佩兮澧浦"，《韩诗外传》"郑交甫遇汉皋神女解佩"，调名取此。

【句格】双调六十六字，前段六句四仄韵，后段六句三仄韵；上下片首二句对。此调有不同诸格体。

晏几道

玉阶秋感，年华暗去，掩深宫、团扇无绪。记得当时，自剪下、机中轻
⊥—⊤｜　⊤⊤⊥▲　⊤⊥⊥　—⊥⊤▲　⊥｜——　⊥｜⊥　⊤——
素，点丹青、尽成秦女。
▲　⊥—⊤　⊥—⊤▲

凉襟犹在，朱弦未改，忍霜纨、飘零何处。自古悲凉，是情事、轻如云
⊥－－┊　┬－⊥┊　｜－－　┬┬┬▲　⊥｜－－　｜┬⊥　－－┬
雨，倚幺弦、恨长难诉。
▲　｜－－　｜┬┬▲

419. 垂丝钓

【题解】《中原音韵》注：商角调；《太平乐府》注：商调。

【句格】双调六十六字，前段八句七仄韵，后段七句六仄韵；上片三、四句对。此调有不同诸格体。

周邦彦

镂金翠羽，妆成才见眉妩。倦倚绣帘，看舞风絮。愁几许，寄凤丝雁柱。
⊥－⊥▲　┬－－｜－▲　｜｜⊥－　┬｜－▲　－⊥▲　｜｜⊥▲
春将暮，向层城苑路。
┬－▲　｜┬－｜▲

钿车似水，时时花径相遇，旧游伴侣。还到曾来处，门掩风和雨。梁燕
⊥－⊥｜　－－┬｜－▲　⊥－｜▲　┬｜－－▲　┬｜－－▲　－｜
语，问那人在否？
▲　｜｜－⊥▲

420. 谢池春

【题解】李石词，名《风中柳》；《高丽史》无名氏词，名《风中柳令》；孙道绚词，名《玉莲花》；黄澄词，名《卖花声》。

【句格】双调六十六字，前后段各六句四仄韵；上下片第五句俱为一四结构。此调有不同诸格体。

陆游

贺监湖边，初系放翁归棹，小园林、时时醉倒。春眠惊起，听啼莺催晓，
⊥｜－－　┬｜｜－－▲　｜－－　┬－｜▲　┬－－｜　｜－－▲
叹功名、误人堪笑。
｜┬－　｜－－▲

朱桥翠径，不许京尘飞到，挂朝衣、东归欠早。连宵风雨，卷残红如扫，
——｜｜　｜｜｜⊤——▲　｜——　——｜▲　——⊤｜　｜———▲
恨樽前、送春人老。
｜—⊤　｜——▲

421. 玉梅令

【题解】姜夔自度高平调曲，因词中有"玉梅几树"句，取以为名。

【句格】双调六十六字，前段七句四仄韵，后段六句三仄韵。

姜夔

疏疏雪片，散入溪南苑，春寒锁、旧家亭馆。有玉梅几树，背立怨东风，
——｜▲　｜｜——▲　——｜　｜——▲　｜｜—｜｜　｜｜｜——
花未吐，暗香已远。
—｜｜　｜—｜▲

公来领客，梅下花能劝，花长好、愿公更健。便揉春为酒，剪雪作新诗，
——｜｜　—｜——▲　——｜　｜——▲　｜｜——｜　｜｜｜——
拚一日、绕花千转。
—｜｜　｜——▲

422. 青玉案

【题解】汉张衡诗："何以报之青玉案"，调名取此。《中原音韵》注：双调；《太和正音谱》注：高平调；蒋孝《九宫谱目》，入中吕引子；韩淲词，有"苏公堤上西湖路"句，名《西湖路》。

【句格】双调六十七字，前后段各六句，五仄韵；上下片四、五句对。此调有不同诸格体。

贺铸

凌波不过横塘路，但目送、芳尘去。锦瑟年华谁与度。月楼花院，绮窗
⊤—⊥｜——▲　｜⊥　——▲　⊥｜⊤——▲　⊥—⊤｜　⊥—
朱户，惟有春知处。
⊤▲　⊤｜——▲

碧云冉冉蘅皋暮，彩笔空题断肠句。试问闲愁知几许。一川烟草，满城
⊥—⊥｜——▲　⊥｜——｜—▲　⊥｜⊤——｜▲　⊥—⊤｜　⊥—
风絮，梅子黄时雨。
⊤▲　⊤｜——▲

423. 感皇恩

【题解】唐教坊曲名。陈旸《乐书》：宋祥符中，诸工请增龟兹部如教坊，其曲有双调《感皇恩》。《金词》注：大石调；《中原音韵》注：南吕宫。党怀英词，名《叠萝花》。

【句格】双调六十七字，前后段各七句，四仄韵；下片首二句对，上下片第三句俱作拗体。此调有不同诸格体。

毛滂

绿水小河亭，朱栏碧甃。江月娟娟上高柳。画楼缥缈，尽挂窗纱帘绣。
⊥｜——　⊤—⊥▲　⊤｜——｜—▲　⊥—⊥｜　⊥｜⊤——▲
月明知我意，来相就。
⊥——｜｜　——▲

银字吹笙，金貂取酒。小小微风弄襟袖。宝熏浓炷，人共博山烟瘦。露
⊤｜⊤—　⊤—⊥▲　⊥｜——｜—▲　｜—⊤｜　⊤｜⊥——▲　⊥
凉钗燕冷，更深后。
—⊤｜⊥　⊤⊤▲

424. 梦行云

【题解】调见《梦窗词稿》，自注：一名《六幺花十八》。《碧鸡漫志》云：六幺曲内一叠，名《花十八》，前后十八拍。

【句格】双调六十七字，前段七句五仄韵，后段八句三仄韵；下片首二句对。

吴文英

箪波皱纤縠，朝炊熟，眠未足。青奴细腻，未拌真珠斛。素莲幽怨风前
｜—｜—▲　——▲　—｜▲　——｜｜　｜———▲　｜——｜——

影，搔头斜坠玉。
｜ －－－｜▲

画栏枕水，垂杨梳雨，青丝乱，如乍沐。娇笙微韵，晚蝉乱秋曲。翠阴
｜－｜｜　－－－｜　－－｜　－｜▲　－－－｜　｜－｜－▲　｜－
明月胜花夜，那愁春去速。
－｜－－｜　｜－－｜▲

425. 凤凰阁

【题解】高拭词注：商调；张炎词，有"渐数花风第一"句，名《数花风》。

【句格】双调六十八字，前后段各六句，四仄韵。此调有不同诸格体。

柳永

匆匆相见，懊恼恩情太薄，霎时云雨人抛却。教我行思坐想，肌肤如削，
⊤－－｜　⊥｜－－｜▲　⊥－⊤｜⊤－▲　⊤｜－－⊥｜　⊤⊤－▲

恨只恨、相违旧约。
｜⊥｜　－－｜▲

相思成病，那更潇潇雨落，断肠人在栏杆角。山远水远人远，音信难托，
⊤－－｜　⊥｜－－｜▲　⊥－－｜⊤－▲　－｜｜⊥－｜　⊤｜－▲

这滋味、黄昏更恶。
｜⊤｜　－－｜▲

426. 殢人娇

【题解】《乐章集》注：林钟商。

【句格】双调六十八字，前后段各六句，四仄韵；上片第五句为一四结构，下片首二句对。此调有不同诸格体。

晏殊

二月春风，正是杨花满路，那堪更、别离情绪。罗巾掩泪，任粉痕沾污，
⊥｜⊤－　⊥｜⊤－⊥｜▲　⊥⊤｜　⊥⊤⊤▲　⊤－⊥｜　｜⊥－⊤▲

争奈向、千留万留不住。
⊤｜｜　⊤⊤｜－⊥▲

玉酒频倾，宿眉愁聚，空肠断、宝筝弦柱。人间后会，又不知何处，魂
⊥｜⊤— ⊥—⊤▲ ⊤⊤⊥ ⊥—⊤▲ ⊤—⊥｜ ｜⊥——▲ ⊤
梦里、也须时时飞去。
⊥｜ ⊥⊤⊤⊤⊤▲

427. 两同心

【题解】此调有三体，仄韵者创自柳永，《乐章集》注：大石调；平韵者创自晏几道。

【句格】双调六十八字，前段七句三仄韵，后段七句四仄韵；上片首二句对，上下片三、四句折腰对。此调有不同诸格体。

柳永

伫立东风，断魂南国。花光媚、春醉琼楼，蟾彩迥、夜游香陌。忆当时，
⊥｜—— ｜——▲ ⊤⊤⊥ ⊤｜⊤— ⊤⊤⊥ ⊥—⊤▲ ｜——
酒恋花迷，役损词客。
⊥｜—— ⊥⊥⊤▲

别有眼长腰搦，痛怜深惜。鸳鸯阻、夕雨朝飞，锦书断、暮云凝碧。想
⊥⊥⊥—⊤▲ ⊥⊤⊤▲ ⊤⊤｜ ⊥｜—— ⊥⊤｜ ⊥—⊤▲ ｜
别来，景好良时，也应相忆。
⊥— ｜⊥—— ⊥—⊤▲

附平格：双调六十八字，前段七句三平韵，后段七句四平韵；上下片歇拍二句对，下片二、三句折腰对。

晏几道

楚乡春晚，似入仙源。拾翠处、漫随流水，踏青路、暗惹香尘。心心在，
⊥——｜ ⊥｜—△ ⊥｜⊥ ⊥—— ⊥⊤｜ ⊥｜—△ ⊤—⊥
柳外青帘，花下朱门。
⊥｜—— ⊤｜—△

对景且醉芳樽，莫话消魂。好意思、曾同明月，恶滋味、最是黄昏。相
｜⊥⊥｜—△ ⊥｜—△ ｜｜⊥ ⊤—⊤ ｜⊥｜ ⊥｜—△ ⊤

思处，一纸红笺，无限啼痕。
－⊥　⊥｜－－　⊤｜－△

附平仄互叶格：双调七十二字，前段七句四平韵，后段七句三平韵、两叶韵。

杜安世

巍巍剑外，寒霜覆林枝。望衰柳、尚色依依，暮天静、雁阵高飞。入碧
－－｜｜　－－－－△　－－－　｜｜－△　－－－　｜｜－△　｜｜
云际，江山秋色，遣客心悲。
－－　－－－－　｜｜－△

蜀道巇崄行迟，瞻京都迢递（叶韵）。听巴峡、数声猿啼，惟独个、未
｜｜－－－△　－－－－▲　－－－　－－－△　－｜｜　｜
有归计（叶韵）。谩空怅望，每每无言，独对斜晖。
｜－▲　　－－｜｜　｜｜－－　｜｜－△

428. 拾翠羽

【题解】《洛神赋》："或拾翠羽"，调名取此。

【句格】双调六十八字，前后段各七句，四仄韵；上下片四、五句对。

张孝祥

春入园林，花信总随迟速，听鸣禽、稍迁乔木。夭桃弄色，海棠芬馥。
－｜－－　－｜｜－－▲　｜－－　｜－－▲　－－｜｜　｜－－▲
风雨霁，芳径草心频绿。
－｜｜　－｜｜－－▲

禊事才过，相次禁烟追逐，想千年、楚人遗俗。青旗沽酒，各家炊熟。
｜｜－－　－｜｜－－▲　｜－－　｜－－▲　－－｜｜　｜－－▲
良夜游，明月胜烧花烛。
－｜－　－｜｜－－▲

429. 连理枝

【题解】《樽前集》注：黄钟宫；《宋史·乐志》：琵琶曲，蕤宾调。程垓词，名《红娘子》；刘过词，名《小桃红》，又名《灼灼花》。

【句格】双调七十字，前后段各七句，四仄韵；上下片首二句，三、四、五句宜对。此调有不同诸格体。

李白

雪盖宫楼闭，罗幕昏金翠。斗压栏杆，香心淡薄，梅梢轻倚。喷宝猊香
⊥｜——▲　⊤｜——▲　⊥⊥⊤⊤　⊤—⊥｜　⊤—⊤▲　｜⊥—⊤
烬、麝烟浓，馥红绡翠被。
｜　｜——　｜——⊥▲

浅画云垂帔，点滴昭阳泪。咫尺宸居，君恩断绝，似遥千里。望水晶帘
⊥｜——▲　⊥｜——▲　⊥｜——　⊤—⊤｜　⊥—⊤▲　｜⊥—⊤
外、竹枝寒，守羊车未至。
｜　｜——　｜——⊥▲

430. 月上海棠

【题解】此调有两体，七十字者，见《梅苑》无名氏词，《金词》注：双调，陆游词有"几曾传玉关遥信"句，更名《玉关遥》；九十一字者，见姜夔《白石词》，注夹钟商，曹勋词名《月上海棠慢》。

【句格】双调七十字，前后段各六句，四仄韵。此调有不同诸格体。

无名氏

南枝昨夜先回暖，便凌寒、开花暗香远。化工忒煞，把琼瑶、恣情裁剪。
⊤—⊥｜——▲　｜⊤⊤　—⊤｜—▲　｜⊤⊥⊥　｜⊤⊤　｜—⊤▲
皑皑的，点缀梢头又遍。
—⊤｜　｜｜——｜▲

横斜影蘸清溪浅，似玉人、临鸾照粉面。大家休折，且迟留、对花开宴。
⊤—⊥｜——▲　｜⊤⊤　⊤⊤｜▲　⊥⊤—⊥　｜⊤⊤　⊥——▲
祝东风，吹作和羹未晚。
⊥—⊤　⊤⊥——｜▲

附姜夔体：双调九十一字，前段十句四仄韵，后段十一句五仄韵；上片第四句为上一下四结构。

红妆艳色，照浣花溪影，绝代姝丽。弄轻风摇荡，满林罗绮。自然富贵
ーー｜｜　｜｜ーー｜　｜｜ー▲　｜ーーー｜　｜ーー▲　｜ー｜
天姿，都不比、等闲桃李。帘栊静，悄悄月上，正贪春睡。
ーー　ー｜｜　｜ーー▲　ーー｜　｜｜｜｜　｜ーー▲

长记，初开日，逞妖艳，如与人面争媚。遇韶光一瞬，便成流水。对此
ー▲　ーー｜　｜ーー　ー｜ーー｜▲　｜ーーー｜　｜ーー▲　｜｜
自叹浮华，惜芳菲，易成憔悴。留无计，惟有花边尽醉。
｜｜ーー　｜ーー　｜ーー▲　ーー｜　ー｜ーー｜▲

431. 惜黄花

【题解】调见《梅溪词》，《金词》注：仙吕调。

【句格】双调七十字，前后段各七句，五仄韵；上下片首二句对，五、六句对。此调有不同诸格体。

史达祖

涵秋寒渚，染霜丹树。尚依稀，是来时、梦中行路。时节正思家，远道
⊤ー⊤▲　⊥ーー▲　｜ーー　｜ーー　｜ーー▲　ー｜⊥ー⊤　⊥｜
仍怀古，更对着、满城风雨。
ーー▲　｜⊥｜　｜ーー▲

黄花无数，碧云欲暮。美人兮，美人兮、未知何处。独自卷帘栊，谁为
ーーー▲　⊥ー⊥▲　｜ーー　｜ーー　｜ーー▲　｜｜⊥ー⊤　⊤｜
开樽俎，恨不得、驭风归去。
ーー▲　｜⊥｜　｜ーー▲

432. 且坐令

【题解】调见《东浦词》。

【句格】双调七十字，前段七句五仄韵，后段六句六仄韵；上片五、六、七句宜对。

韩玉

闲院落，误了清明约。杏花雨过胭脂绰，紧了秋千索。斗草人归，朱门
—｜▲　｜｜——▲　｜—｜｜——▲　｜｜——▲　｜｜——　——

悄掩，梨花寂寞。
｜｜　——｜▲

书万纸、恨凭谁托，才封了、又揉却。冤家何处贪欢乐，引得我、心儿
—｜｜　｜——▲　——｜　｜—▲　————｜——▲　｜｜｜　——

恶。怎生全不思量着，那人人情薄。
▲　｜——｜——▲　｜————▲

433. 佳人醉

【题解】《乐章集》注：双调。

【句格】双调七十一字，前段七句五仄韵，后段八句六仄韵；上片"正"为领字。

柳永

暮景萧萧雨霁，云淡天高风细。正月华如水，金波银汉，潋滟无际。冷
｜｜——｜▲　｜—｜—｜▲　｜｜——｜　———｜　｜｜—▲　｜

浸书帷梦断，却披衣重起。
｜——｜｜　｜————▲

临轩砌，素光遥指。因念素娥宵隔，音尘何处，相望同千里。尽凝睇，
——▲　｜——▲　—｜｜—｜｜　———｜　—｜——▲　｜—▲

厌厌无寐，渐晓雕栏独倚。
———▲　｜｜——｜▲

434. 小镇西犯

【题解】唐教坊曲有《镇西子》，唐乐府亦有《镇西》七言绝句诗，此盖以旧曲名，另创新声也。《乐章集》有两调，七十一字者，名《小镇西犯》，七十九字者，名《小镇西》，或名《镇西》，俱注仙吕调。

【句格】双调七十一字，前段七句五仄韵，后段八句六仄韵。此调有不

同诸格体。

柳永

水乡初禁火,青春未老,芳菲满、柳汀烟岛。波际红帏缥缈,尽杯盘小。
｜——｜｜　——｜▲　——｜　｜——▲　—｜——｜▲　｜——▲

歌袯禊,声声谐楚调。
—｜｜　———｜▲

路缭绕,野桥新市里,花浓妓好。引游人、竞来欢笑,酩酊谁家年少。
｜—▲　｜——｜｜　——｜▲　——｜　——｜▲　｜｜———▲

信玉山倒,家何处,落日眠芳草。
｜｜—▲　——｜　｜｜——▲

附《小镇西》：双调七十九字,前段八句四仄韵,后段九句五仄韵；上片结二句宜对。

柳永

意中有个人,芳颜二八,天然俏、自来奸黠。最奇绝,是笑时、媚靥深
｜—｜｜—　——｜▲　——｜　｜——▲　｜—▲　｜｜—　｜｜—

深,百态千娇,再三偎著,再三香滑。
—　｜｜——　｜——｜　｜——▲

久离缺,夜来魂梦里,尤花殢雪,分明似、旧家时节。正欢悦,被鸡声
｜—▲　｜——｜｜　——｜▲　——｜　｜——▲　｜—▲　｜——

唤起,一场寂寥,无眠向晓,空有半窗残月。
｜｜　｜—｜｜　——｜｜　—｜｜——▲

435. 千秋岁

【题解】《宋史·乐志》：歇指调；《金词》注：中吕调,一名《千秋节》。

【句格】双调七十一字,前后段各八句,五仄韵,注意两部错叶；上下片三、四句宜对,五、六句对,注意上下片换韵处。此调有不同诸格体。

秦观

柳边沙外,城郭轻寒退。花影乱,莺声碎。飘零疏酒盏,离别宽衣带。
⊥—⊤▲　⊤｜——▲　⊤⊥｜　——▲　⊤——｜｜　｜—⊥—▲

人不见，碧云暮合空相对。

　—⊥｜　⊥—⊥｜——▲

　　忆昔西池会，鸳鹭同飞盖。携手处，今谁在。日边清梦断，镜里朱颜改。

　⊥｜——▲　⊤｜——▲　⊤⊥｜　——▲　⊥——｜｜　⊥｜——▲

春去也、落红万点愁如海。

　—⊥｜　⊥—⊥｜——▲

436. 惜奴娇

【题解】元高拭词注：双调。按，《高丽史·乐志》，宋赐大晟乐内有《惜奴娇曲破》，择其雅者，亦为类列。

【句格】双调七十一字，前段七句五仄韵、一叠韵，后段七句四仄韵、一叠韵。此调有不同诸格体。

晁补之

　　歌阕琼筵，暗失金貂侣，说衷肠、叮咛嘱付。棹举帆开，黯行色、秋将暮。欲去，待却回、高城已暮。

　—｜——　｜｜——▲　｜——　——｜▲　｜｜——　｜—｜　——▲　▲　—▲　｜｜—　——｜▲叠

　　渔火烟村，但触目、伤离绪，此情向、阿谁分诉。那里思量，争知我、思量苦。最苦，睡不着、西风夜雨。

　—｜——　｜｜｜　——▲　｜—｜　｜——▲　｜｜——　——｜　——▲　——▲　｜▲叠｜｜　——｜▲

437. 卓牌子近

【题解】宋人填词，有犯、近、促拍、近拍，近者，其腔调微近也。此调见《袁宣卿集》，名《卓牌子近》，因字句与《卓牌子》不同。

【句格】双调七十一字，前段八句五仄韵，后段六句四仄韵；上片歇拍句宜对。

袁去华

曲沼朱栏，缭墙翠竹晴昼，金万缕、摇摇风柳。还是燕子归时，花信来
｜｜——　　—｜｜｜—▲　　—｜｜　摇摇——▲　—｜｜——　—｜｜

后。看淡净洗妆态，梅样瘦，春初透。
▲　—｜｜｜—｜　—｜▲　——▲

尽日明窗相守，闲共我焚香，伴伊刺绣。睡眼莺腾，今朝早是病酒，那
｜｜———▲　—｜｜——　｜—｜▲　｜｜——　——｜｜｜▲　｜

堪更、困人时候。
—｜　｜——▲

438. 三登乐

【题解】调见《石湖词》。按，《汉书·食货志》：三考黜陟，余三年食，进业曰登，再登曰平，余六年食三登曰泰平，二十七岁，遗九年食，然后王德流洽，礼乐成焉。《三登乐》之调名取此。

【句格】双调七十一字，前后段各七句，四仄韵；下片"正"挈首二句。此调有不同诸格体。

范成大

一碧鳞鳞，横万里、天垂吴楚，四无人、橹声自语。向浮云、西下处，
⊥｜⊤—　—｜｜　⊤——▲　⊥—⊤　｜—⊥▲　｜——　⊤⊥｜

水村烟树。何处系船，暮涛涨浦。
⊥——▲　⊤⊥｜⊤　｜—⊥▲

正江南摇落后，好山无数。尽乘流、兴来便去，对青灯、独自叹，一生
｜———｜　⊥—⊤▲　｜——　｜—▲　｜⊤—　⊥｜｜　⊥—

羁旅。敲枕梦寒，又还夜雨。
—▲　⊤⊥⊥⊤　｜—｜▲

439. 檐前铁

【题解】调见《古今词话》，因词中有"听檐前、铁马戛叮当"句，故名。

【句格】双调七十一字，前段八句三仄韵，后段六句三仄韵；上片六、

七句宜对。

无名氏

悄无人，宿雨厌厌，空庭乍歇。听檐前、铁马戛叮当，敲破梦魂残结。
｜——　｜｜——　——｜▲　｜——　｜｜｜——　—｜｜——▲

丁年事，天涯恨，又早在、心头咽。
——｜　——｜　｜｜｜　——▲

谁怜我、绮帘前，镇日鞋儿双跌，今番也、石人应下千行血。拟展青天，
——｜　｜｜—　｜｜｜｜▲　——｜　｜——｜——▲　｜｜——

写作断肠文，难尽说。
｜｜｜——　—｜▲

440. 忆帝京

【题解】《乐章集》注：南吕调。

【句格】双调七十二字，前段六句四仄韵，后段七句四仄韵。上片三、四句对；下片首二句，三、四句，六、七句对。此调有不同诸格体。

柳永

薄衾小枕凉天气，乍觉别离滋味。辗转数寒更，起了还重睡。毕竟不成
⊥⊤⊥⊥——▲　｜｜｜——▲　⊥｜｜——　｜｜——▲　｜｜｜—

眠，一夜长如岁。
—　｜｜——▲

也拟把、却回征辔，又争奈、已成行计。万种思量，多方开解，只恁寂
⊥｜｜　⊥——▲　｜⊤｜　⊥⊤⊤▲　｜｜——　——⊤｜　｜｜⊥

寞厌厌地。系我一生心，负你千行泪。
｜——▲　｜｜｜——　｜｜——▲

441. 粉蝶儿

【题解】调见毛滂《东堂词》，因词有"粉蝶儿，这回共花同活"句，取以为名。《金词》注：中吕调；《太和正音谱》：中吕宫。

【句格】双调七十二字，前后段各八句，四仄韵。此调有不同诸格体。

毛滂

雪遍梅花，素光都共奇绝，到窗前、认君时节。下重帏，香篆冷，兰膏
⊥｜－－　⊥⊤⊤⊥⊤▲　｜－－　｜－－▲　｜－－　⊤｜｜　⊤－
明灭。梦悠扬，空绕断云残月。
－▲　｜－－　－⊥｜－－▲

沈郎带宽，同心放开重结。褪罗衣、楚腰一捻，正春风，新着摸，花花
⊥⊤⊥⊤　⊤⊤｜－－▲　｜－－　｜－－▲　｜－－　｜｜｜　⊤－
叶叶。粉蝶儿，这回共花同活。
⊥▲　｜⊥－　⊥⊤｜－－▲

442. 绕池游

【题解】调见《乐府雅词》。蒋孝《九宫谱目》注：双调。

【句格】双调七十二字，前段八句五仄韵，后段八句六仄韵。

无名氏

渐春工巧，玉漏花深寒浅。韶景变，融晴蕙风暖。都门十二，三五银蟾
｜－－　｜｜－－－▲　－｜▲　－－｜－▲　－－｜｜　－｜－－
光满。烟瑞葱蒨，禁城阆苑。
－▲　｜－－｜　｜－｜▲

棚山雉扇，绛蜡交辉星汉。神仙籍，梨园奏弦管。都人游玩，万井山呼
－－｜▲　｜｜－－－▲　－－｜　－－｜－▲　－－－▲　｜｜－－
欢忭。岁岁天仗，愿瞻凤辇。
－▲　｜｜－｜　｜－｜▲

443. 师师令

【题解】杨慎《词品》：李师师，汴京名妓，张先为制新词，名《师师令》。

【句格】双调七十三字，前后段各六句五仄韵；上下片第二句、歇拍句俱作一四结构，不可泛作五言。

张先

香钿宝珥，拂菱花如水。学妆皆道称时宜，粉色有、天然春意。蜀彩衣
－－｜▲　｜－－－▲　｜－－｜｜－－　｜｜｜　－－－▲　｜｜－
长胜未起，纵乱云垂地。
－－｜▲　｜｜－－▲

都城池苑夸桃李，问东风何似。不须回扇障清歌，唇一点、小于珠蕊。
－－－｜－－▲　｜－－－▲　｜－－｜｜－－　－｜｜　｜－－▲
正值残英和月坠，寄此情千里。
｜｜－－｜▲　｜｜－－▲

444. 隔浦莲近拍

【题解】唐《白居易集》，有《隔浦莲》曲，调名本此，一名《隔浦莲》，又名《隔浦莲近》。

【句格】双调七十三字，前后段各八句六仄韵。此调有不同诸格体。

周邦彦

新篁摇动翠葆，曲径通深窈。夏果收新脆，金丸落，惊飞鸟。浓霭迷岸
⊤－⊤｜｜▲　⊥－－▲　⊤－｜　－－⊥　⊤⊤▲　⊤⊤｜－
草，蛙声闹，骤雨鸣池沼。
▲　－－▲　⊥｜－－▲

水亭小，浮萍破处，檐花帘影颠倒。纶巾羽扇，困卧北窗清晓。屏里吴
⊥－▲　－－｜｜　⊤－⊤｜－▲　⊤－⊥　⊥｜⊥－－▲　⊤｜
山梦自到，惊觉，依然身在江表。
－｜｜▲　⊤▲　⊤－⊤｜－▲

445. 郭郎儿近拍

【题解】调见《乐章集》，注仙吕调。按，《乐府雅录》：傀儡子戏，其引歌舞，有郭郎者，善优笑，闾里呼为郭郎，凡戏场必在俳儿之首。柳词调名，或取诸此。

【句格】双调七十三字，前段七句五仄韵，后段八句四仄韵。

柳永

帝里。闲居小曲深坊,庭院沉沉朱户闭。新霁,畏景天气。熏风帘幕无
│▲　──││──　─│───│▲　─▲　││─▲　───│─
人,永昼厌厌如度岁。
─　││───│▲

愁悴。枕簟微凉,睡久辗转慵起。砚席尘生,新诗小阕,等闲都尽废。
─▲　││──　││─│▲　││──　──││　│──│▲
这些儿、寂寞情怀,何事新来常恁地。
│──　││──　─│───│▲

446. 碧牡丹

【题解】《金词》注:中吕调。

【句格】双调七十四字,前段七句五仄韵,后段八句六仄韵;上片首二句对,上片第六句、下片第七句为一四结构。此调有不同诸格体。

晏几道

翠袖疏纨扇,凉叶催归燕。一夜西风,几处伤高怀远。细菊枝头,开嫩
││──▲　─│──▲　││──　││───▲　││──　─│
香还遍,月痕依旧庭院。
──▲　│──│─▲

事何限,怅望秋色晚。离人鬓华将换,静忆天涯,路比此情还短。试约
│─▲　││─│▲　──│──▲　││──　│││──▲　││
鸾笺,传素期良愿,南云应有新雁。
──　─│──▲　───│─▲

447. 百媚娘

【题解】调见张先词集,取词中"百媚等应天乞与"句为名。

【句格】双调七十四字,前后段各六句五仄韵。

张先

珠阁五云仙子，未省有谁能似。百媚等应天乞与，净饰艳妆俱美。取次
　—｜｜——▲　｜｜｜——▲　｜｜｜——｜｜　｜｜｜——▲　｜｜
芳华皆可意，何处无桃李。
———｜▲　—｜｜——▲

蜀被锦文铺水，不放彩鸾双戏。乐事也知存后会，争奈眼前心里。绿皱
｜｜｜——▲　｜｜｜——▲　｜｜｜——｜｜　｜｜｜—｜—▲　｜｜
小池红叠砌，花外东风起。
｜——｜｜　—｜——▲

448. 传言玉女

【题解】高拭词注：黄钟宫。按，《汉武内传》：帝闲居承华殿，忽见一女子曰：我墉宫玉女王子登也，至七月七日，王母暂来，言讫，不知所在，世所谓传言玉女也。调名取此。

【句格】双调七十四字，前后段各八句四仄韵；上片结二句对，上下片第四句俱为一四结构。此调有不同诸格体。

晁冲之

一夜东风，不见柳梢残雪。御楼烟暖，对鳌山彩结。箫鼓向晚，凤辇初
⊥｜——　⊥｜｜——▲　⊥⊤⊤⊥　｜——⊥▲　—⊥｜｜　⊥｜⊤
回宫阙。千门灯火，九衢风月。
——▲　⊤—⊤｜　⊥——▲

绣阁人人，乍嬉游、困又歇。艳妆初试，把朱帘半揭。娇羞向人，手捻
⊥｜——　｜⊤—、｜｜▲　⊥—⊤｜　｜⊤—▲　⊤⊤—｜　⊤｜
玉梅低说。相逢长是，上元时节。
⊥——▲　⊤—⊤｜　｜——▲

449. 枕屏儿

【题解】调见《梅苑》。

【句格】双调七十四字，前后段各九句四仄韵。上片三、四句，六、七

句对；下片六、七句对。

无名氏

江国春来，留得素英肯住。月笼香，风弄粉，诗人尽许。酥蕊嫩，檀心
－｜－－　－｜｜－｜▲　｜－－　－｜｜　－－｜▲　－｜｜　－－
小，不禁风雨，须东君、与他做主。
｜　｜－－▲　－－－　｜－｜▲

繁杏夭桃，颜色浅深难驻。奈芳容，全不称，冰姿伴侣。水亭边，山驿
－｜－－　－｜｜－－▲　｜－－　－｜｜　－－｜▲　｜－－　－｜
畔，一枝风措，十分似、那人淡泞。
｜　｜－－▲　｜－｜　｜－｜▲

450. 剔银灯

【题解】《乐章集》注：仙吕调；《金词》亦注；仙吕调；元高拭词注：中吕宫；蒋孝《九宫谱目》，属中吕调，名《剔银灯引》。

【句格】双调七十五字，前后段各七句五仄韵；上下片三、四句对。此调有不同诸格体。

柳永

何事春工用意，绣画出、万红千翠。艳杏夭桃，垂杨芳草，各斗雨膏烟
⊤｜⊤－｜▲　｜⊥｜　⊥－－▲　⊥｜⊤－　⊤－⊤｜　⊥｜⊥－－
腻。如斯佳致，早晚是、读书天气。
▲　⊤－⊤▲　⊥⊥｜　⊥－⊤▲

渐渐园林明媚，便好安排欢计。论篮买花，盈车载酒，百琲千金邀妓。
⊥｜⊤－⊤▲　⊥｜⊤－⊤▲　⊥⊤⊥－　⊤－⊥｜　｜｜⊤－－▲
何妨沉醉，有人伴、日高春睡。
⊤－⊤▲　｜⊤｜　⊥－⊤▲

451. 隔帘听

【题解】唐教坊曲名，《乐章集》注：林钟商。

【句格】双调七十五字，前段七句五仄韵，后段八句七仄韵；上片"认"

为领字，下片第五句为一四结构。

柳永

咫尺凤衾鸳帐，欲去无因到，虾须窣地重门悄。认绣履频移，洞房窅窅。
｜｜｜——｜　｜｜——▲　——｜｜——▲　｜｜｜——　｜－｜▲
强语笑，逞如簧、再三轻巧。
｜｜▲　｜——　｜——▲

梳妆早，琵琶闲抱。爱品相思调，声声似把相思告。但隔帘赢得，断肠
——▲　———▲　｜｜——▲　————｜｜▲　｜———　｜—
多少。恁烦恼，除非是、共伊知道。
—▲　｜—▲　——｜　｜——▲

452. 诉衷情近

【题解】此调只有柳词二首及晁词一首，故此词可平可仄。柳永、晁补之，皆精于审音，故三词参校，其可平可仄处，不过三四字。据《词律》："雨晴气爽"句是上平去上，"暮云过了"句是去平去上，"耸翠静倚"皆上去，亦细。按，"近"有亲昵、浅显之意，可能与令、引等一样与曲调有关，系一种篇幅较"令"长而又不如"慢"曲那么典雅庄重的曲调。从字数上讲，"近"属于"中调"范围。

【句格】双调七十五字，前段七句三仄韵，后段九句六仄韵；上片三、四句对，下片六、七、八句宜排对。此调有不同诸格体。

柳永

雨晴气爽，伫立江楼望处。澄明远水生光，重叠暮山耸翠。遥想断桥幽
｜—｜｜　｜｜——▲　——⊥｜——　—｜｜—｜▲　—｜｜——
径，隐隐渔村，向晚孤烟起。
｜　⊥｜——　｜｜——▲

残阳里，脉脉朱栏静倚。黯然情绪，未饮先如醉，愁无际。暮云过了，
—⊤—▲　｜｜——▲　｜｜——　｜｜——▲　———▲　｜—｜｜
秋风老尽，故人千里，竟日空凝睇。
——｜｜　｜—⊤▲　｜｜——▲

453. 下水船

【题解】唐教坊曲名。按，唐王保定《摭言》：裴庭裕，乾宁中在内庭，文书敏捷，号"下水船"，调名取此。

【句格】双调七十五字，前段七句五仄韵，后段八句六仄韵。此调有不同诸格体。

黄庭坚

总领神仙侣，齐到青云歧路。丹禁风微，咫尺谛闻天语，尽荣遇。看即
⊥｜——▲　—｜——丁▲　丁｜——　⊥⊥｜丁丁▲　⊥丁▲　⊥｜
如龙变化，一掷灵梭风雨。
——⊥｜　⊥⊥丁丁—▲

真游处，上苑寻春去，芳草芊芊迎步。几曲笙歌，樱桃艳里欢聚。瑶觞
丁—▲　⊥｜——▲　丁｜——丁▲　⊥｜——　⊥⊥｜⊥—▲　丁丁
举，回祝尧龄万万，端的君恩难负。
▲　丁｜——⊥｜　—｜——丁▲

454. 解蹀躞

【题解】曹勋词，名《玉蹀躞》。

【句格】双调七十五字，前段六句三仄韵，后段七句五仄韵。此调有不同诸格体。

周邦彦

候馆丹枫吹尽，回旋随风舞，夜寒霜月、飞来伴孤旅。还是独拥秋衾，
⊥｜———｜　丁｜——▲　｜——｜—▲　丁｜｜｜｜——
梦余酒困都醒，满怀离苦。
｜—⊥｜——　｜——▲

甚情绪，深念凌波微步。幽房暗相遇，泪珠都作、秋宵枕前雨。此恨音
｜—▲　丁｜———▲　——｜—▲　⊥——｜　——｜—▲　⊥｜—
驿难通，待凭征雁归时，寄将愁去。
｜——　｜—丁｜——　｜——▲

455. 扑蝴蝶

【题解】周密《癸辛杂志》云：吴有小妓，善舞扑蝴蝶，疑是舞曲。邵叔齐词，名《扑蝴蝶近》。

【句格】双调七十五字，前段七句三仄韵，后段八句四仄韵。上片一、二句与三、四句扇面对，五、六、七句排对；下片六、七句对。此调有不同诸格体。

曹组

人生一世，思量争甚底；花开十日，已随尘逐水。且看欲尽花枝，未厌
－－⊥｜　－－－｜▲　－－⊥｜　⊥－┬｜▲　⊥－⊥｜－－　⊥｜
伤多酒盏，何须细推物理。
－－｜｜　－－｜－⊥▲

幸容易，有人争奈，只知名与利。朝朝日日，忙忙劫劫地。待得一晌闲
｜－▲　⊥－┬｜　｜－－｜▲　┬－｜｜　┬－⊥｜▲　｜⊥⊥｜－
时，又却三春过了，何如对花沉醉。
－　⊥｜┬－⊥｜　－－｜－┬▲

456. 千年调

【题解】曹组词，名《相思会》，因词有"刚作千年调"句，辛弃疾改名《千年调》。此调源似出于曹组词，但曹词句读参差，又添衬字，故以辛词为谱。

【句格】双调七十五字，前后段各九句四仄韵；上片首二句宜对。

辛弃疾

卮酒向人时，和气先倾倒。最要然然可可，万事称好。滑稽坐上，更对
┬⊥｜－－　┬｜┬－▲　⊥｜－－⊥｜　｜⊥┬▲　⊥－｜｜　｜｜
鸱夷笑。寒与热，总随人，甘国老。
－－▲　┬⊥｜　｜┬－　┬｜▲

少年使酒，出口人嫌拗。此个和合道理，近日方晓。学人言语，未会十
⊥－｜｜　⊥｜－⊥▲　｜｜－⊥｜　｜｜－▲　⊥－┬｜　｜｜⊥

457. 蕊珠闲

【题解】调见《介庵词》。

【句格】双调七十五字，前段八句四仄韵，后段八句六仄韵。上片首二句对，第四句为一二三结构；下片六、七句对。

赵彦端

浦云融，梅风断，碧水无情轻度。有娇黄上林梢，向春欲舞。绿烟迷昼，
｜——　——｜　｜｜———▲　｜——｜——　｜—｜▲　｜——｜
浅寒欺暮，不胜小楼凝伫。
｜——▲　｜—｜——▲

倦游处，故人相见易阻，花事从今堪数。片帆无恙，好在一篙春雨。醉
｜—▲　｜——｜｜▲　—｜———▲　｜——｜　｜｜｜——▲　｜
袍宫锦，画罗金缕，莫教恨传幽句。
——｜　｜——▲　｜—｜｜——▲

458. 瑞云浓

【题解】调见《逃禅集》，蒋孝《九宫谱目》，入黄钟宫。

【句格】双调七十五字，前后段各七句，四仄韵；上片歇拍句为一四结构。

杨无咎

睽离漫久，年华谁信曾换，依旧当时似花面。幽欢小会，记永夜、杯行
——｜｜　———｜—▲　—｜——｜—▲　——｜｜　｜｜｜　——
无算。醉里屡忘归，任虚檐月转。
—▲　｜｜｜——　｜——｜▲

能变新声，随语意、悲欢感怨，可更余音寄羌管。倦游江浙，问似伊、
｜—｜——　—｜｜　——｜▲　｜｜——｜—▲　｜——｜　｜｜—
阿谁曾见。度已无肠，为伊可断。
｜——▲　｜｜——　｜—｜▲

459. 番枪子

【题解】调见金韩玉《东浦词》。李献能因此词后段结句，有"春草碧"句，更名《春草碧》。

【句格】双调七十五字，前段五句四仄韵，后段六句四仄韵。

韩玉

莫把团扇双鸾隔，要看玉溪头、春风客。妙处风骨萧闲，翠罗金缕瘦宜
｜⊥—｜——▲　⊥｜｜——　——▲　｜｜⊤——　⊥⊤—⊥｜—
窄，转面两眉攒、青山色。
▲　⊥｜｜——　——▲

到此月想精神，花似秀质，待与不清狂、如何得。奈何难驻朝云，易成
⊥⊥｜　——｜　—⊥｜▲　⊥⊥｜　——▲　⊥—⊤　｜——　⊥⊤
春梦恨又积，送上七香车、春草碧。
⊤⊥⊥⊥▲　｜｜｜·——　—⊥▲

460. 荔枝香

【题解】《唐史·乐志》：帝幸骊山，贵妃生日，命小部张乐长生殿，奏新曲，未有名，会南方进荔枝，因名《荔枝香》。《碧鸡漫志》：今歇指调、大石调，皆有近拍，不知何者为本曲。按，《荔枝香》有两体，七十六字者，始自柳永，《乐章集》注：歇指调；七十五字者始自周邦彦。一名《荔枝香近》。

【句格】双调七十六字，前后段各七句，四仄韵。此调有不同诸格体。

柳永

甚处寻芳赏翠，归去晚。缓步罗袜生尘，来绕琼筵看。金缕霞衣轻褪，
｜｜⊤—⊥　——｜▲　｜｜⊤　——　⊤——▲　⊤⊥⊤⊤—⊥
似觉春游倦，遥认、众里盈盈好身段。
⊥｜——▲　—｜　｜｜——｜—▲

拟回首，又伫立、帘帏畔。素脸翠眉，时揭盖头微见。笑整金翘，一点
⊥⊤｜　｜⊥｜　——▲　｜｜——　⊤｜——▲　⊥——　｜｜

芳心在娇眼，王孙空恁肠断。
－－｜－▲　⊤⊤－⊥⊤▲

　　附周邦彦体：双调七十五字，前后段各七句四仄韵。

　　照水残红零乱，风唤去。尽日恻恻轻寒，帘底吹香雾。黄昏客枕无憀，
　　｜｜－－－｜　－｜▲　｜｜｜－－　－｜－－▲　－－｜｜－－

细响当窗雨。看两两相依燕新乳。
｜｜－－▲　｜｜｜－－｜－▲

　　楼下水，渐绿遍、行舟浦。暮往朝来，心逐片帆轻举。何日迎门，小槛
　　－｜｜　｜｜｜　－－▲　｜｜－－　－｜｜－－▲　－｜－－　｜｜

朱笼报鹦鹉。共剪西窗蜜炬。
－－｜－▲　｜｜－－｜▲

461. 御街行

【题解】柳永《乐章集》注：夹钟宫。《古今词话》无名氏词，有"听孤雁声嘹唳"句，更名《孤雁儿》。

【句格】双调七十六字，前后段各七句四仄韵。下片五、六句对。

柳永

　　燔柴烟断星河曙，宝辇回天步。端门羽卫簇雕栏，六乐舜韶先举。鸡竿
　　⊤－⊤｜－－▲　⊥｜－－▲　⊤－⊥｜｜－－　⊥｜⊥－⊤▲　⊤－

高耸，恩露均寰宇。
⊤｜　⊤｜－－▲

　　赤霜袍烂飘香雾，喜色成春煦。九仪三事仰天颜，八彩旋生眉宇。椿龄
　　⊥－⊤｜－－▲　⊥｜－－▲　⊥－⊤｜｜－－　⊥｜⊥－⊤▲　⊤－

无尽，萝图有庆，常作乾坤主。
⊤｜　⊤－⊥｜　⊥｜－－▲

462. 春声碎

【题解】调见《翰墨全书》，取词前段结句三字为名。

【句格】双调七十六字，前段八句三仄韵，后段七句五仄韵；上片三、

四句对，第五句、第七句俱为一四结构。

张先

津馆贮轻寒，脉脉离情如水。东风不管，垂杨无力，总雨鞻烟腻。栏杆
－｜｜－－　｜｜－－－▲　－－｜｜　－－－｜　｜｜－－▲　－－
外，怕春燕掠天，疏鼓叠、春声碎。
｜　｜－｜｜－　－｜｜　－－▲

刘郎易憔悴，况是恹恹病起。花笺漫展，便写就新词、倩谁寄。当此际，
－－｜－▲　｜｜－－｜▲　－－｜｜　｜｜｜－－　｜－▲　－｜▲
浑似梦峡啼湘，搅一寸、相思意。
－｜｜－－　｜｜｜　－－▲

463. 祝英台近

【题解】 元高拭词注：越调。辛弃疾词，有"宝钗分，桃叶渡"句，名《宝钗分》；张辑词，有"趁月底重箫谱"句，名《月底修箫谱》；韩淲词，有"燕莺语，溪岸点点飞锦"句，名《燕莺语》，又有"却又在他乡寒食"句，名《寒食词》。

【句格】 双调七十七字，前段八句三仄韵，后段八句四仄韵；上片首二句对。此调有不同诸格体。

程垓

坠红轻，浓绿润，深院又春晚。睡起恹恹，无语小妆懒。可堪三月风光，
｜－－　⊤⊥｜　⊤｜⊥－▲　⊥｜－－　⊤⊥⊥⊤▲　⊤⊤⊤｜－－
五更魂梦，又都被、杜鹃催趱。
⊥－⊤｜　⊥⊤｜　⊥－⊤▲

怎消遣，人道愁与春归，春归愁未断。闲倚银屏，羞怕泪痕满。断肠沉
｜⊤▲　⊤⊥⊤｜－－　⊤⊤⊤⊥⊤▲　⊤｜－－　⊤⊥⊥－▲　｜⊤⊤
水重熏，瑶琴闲理，奈依旧、夜寒人远。
｜－－　⊤－⊤｜　⊥⊤⊥　⊥－⊤▲

464. 侧犯

【题解】陈旸《乐书》云：唐自天后末年，剑气入浑脱，始为犯声，明皇时，乐人孙处秀，善吹笛，好作犯声，时人因为新意而效之，因有犯调。姜夔词注：唐人《乐书》，以宫犯羽者为侧犯。此调创自周邦彦，调名或本于此。

【句格】双调七十七字，前段九句六仄韵，后段九句五仄韵；上片五、六句对。此调有不同诸格体。

周邦彦

暮霞霁雨，小莲出水红妆靓。风定，看步袜江妃、照明镜。飞萤度暗草，
｜－⊥｜　｜－⊥｜－－▲　－▲　｜｜｜－－　｜－▲　－－｜｜⊥
秉烛游花径。人静，携艳质，追凉就槐影。
⊥｜－－▲　－▲　－｜｜　－－｜－▲

金环皓腕，雪藕清泉莹。谁念省，满身香，犹是旧荀令。见说胡姬，酒
－－｜｜　⊥｜－－▲　－｜▲　｜－⊤　－｜｜－▲　｜｜－－　｜
垆深迥。烟锁漠漠，藻池苔井。
－⊤▲　⊤｜⊥⊥　｜－－▲

465. 离亭宴

【题解】调始张先，因词中有"随处是离亭别宴"句，取以为名。

【句格】双调七十七字，前后段各六句五仄韵。此调有不同诸格体。上片首句为上一下四结构。

张先

捧黄封诏卷，随处是、离亭别宴。红翠成轮歌未遍，早已恨、野桥风便。
｜－－｜▲　－｜｜　－－｜▲　－｜－－－｜▲　｜｜｜　｜－－▲
此去济南非久，惟有凤池鸾殿。
｜｜｜－－｜　－｜｜－－▲

三月花飞几片，又减却、芳菲过半。千里恩深云海浅，民爱比、春流不
－｜－－｜▲　｜｜｜　－－｜▲　－｜－－－｜▲　－｜｜　－－｜

断。更上玉楼西望，雁与征帆俱远。
▲　｜｜｜－－｜　｜｜－－－▲

466. 阳关引

【题解】此调始自宋寇准词，本檃栝王维《阳关曲》而作，故名。晁补之词名《古阳关》。

【句格】双调七十八字，前段八句五仄韵，后段八句四仄韵。上片首二句，四、五句对；下片四、五句对。

寇准

塞草烟光阔，渭水波声咽。春朝雨霁，轻尘敛，征鞍发。指青青杨柳，
｜｜－－▲　｜｜－－▲　－－｜｜　－－｜　－－▲　｜－－⊤｜

又是轻攀折，动黯然、知有后会甚时节。
｜｜－－▲　｜｜－　－⊤｜｜｜－▲

更尽一杯酒，歌一阕。叹人生里，难欢聚，易离别。且莫辞沉醉，听取
⊥｜⊥－｜　－｜▲　｜－－｜　－－｜　｜－▲　｜｜－⊤｜　｜｜

阳关彻，念故人、千里自此共明月。
－－▲　｜｜－　－⊤｜｜｜－▲

467. 甘州令

【题解】《碧鸡漫志》，仙吕调有《甘州令》；《乐章集》甘州令注，亦仙吕调，字句与《甘州子》《甘州遍》《八声甘州》不同。

【句格】双调七十八字，前段十句四仄韵，后段九句四仄韵；上片一、二句，八、九句对；下片首二句，四、五句，七、八句对。

柳永

冻云深，淑气浅，寒欺绿野，轻雪伴、早梅飘谢。艳阳天，正明媚，却
｜－－　｜｜｜　－－｜▲　－｜｜　－－－▲　｜－－　｜－｜　｜

成潇洒。玉人歌，画楼酒，对此早、骤增高价。
－－▲　｜－－　｜－－　｜｜｜　－－－▲

卖花巷陌，放灯台榭，好时代、怎生轻舍。赖和风，荡霁霭，廓清良夜。
　｜－｜｜　　｜－－▲　｜－｜　　｜－－▲　｜－－　｜｜｜　｜－－▲
玉尘铺，桂茎满，素光里、更堪游冶。
　｜－－　｜－｜　　｜－｜　　｜－－▲

468. 梦还京

【题解】《乐章集》注：大石调。

【句格】三段七十九字，前段六句两仄韵，中段四句三仄韵，后段六句四仄韵；上片三、四句对。

柳永

夜来匆匆饮散，欹枕背灯睡。酒力全轻，醉魂易醒，风揭帘栊，梦断披
｜－－－｜｜　－｜｜－▲　｜｜－－　｜－｜｜　－－－－　｜｜－
衣重起。
－－▲

悄无寐，追悔当初，绣阁话别太容易，日许时、犹阻归计。
｜－▲　－｜－－　｜｜｜｜｜－▲　｜｜－　－｜－▲
甚况味。旅馆虚度残岁，想娇媚。那里独守鸳帏静，永漏迢迢，也应暗
｜｜▲　｜｜－｜－▲　｜－▲　｜｜｜｜－－　｜｜｜－－　｜－
同此意。
－｜▲

469. 忆黄梅

【题解】调见《梅苑》。

【句格】双调七十九字，前段七句五仄韵，后段八句六仄韵；下片二、三句对。

王观

枝上叶儿未展，已有坠红千片。春意怎生防，怎不怨。被我安排、矮牙床
－｜｜－｜▲　｜｜｜－－▲　－｜｜－－　｜｜▲　｜｜－－　｜－－

斗帐，和娇艳，移在花丛里面。
| |　— —▲　— | — — |▲

请君看，惹清香，假媚暖。爱香爱暖金杯满，问春怎管。大家便、拚做
| —▲　| — —　| ▲　| — | | — —▲　| — |▲　| — |　—

东风，总吹教零乱，犹兀自、输我鸳鸯一半。
— —　— | — —▲　— | |　— | — — |▲

470. 快活年近拍

【题解】《金词》注：黄钟宫；《太和正音谱》：双调。

【句格】双调七十九字，前段八句三仄韵，后段九句四仄韵。上片一、二句，三、四句，五、六句对；下片四、五句，六、七句对。

万俟咏

千秋万岁君，五帝三皇世。观风重令节，与民乐盛际。蕊阙长春，洞天
— — | | —　| | — —▲　— — | | |　| — | |▲　| | — —　| —

不老，花艳蝉辉，十里照春珠翠。
| |　— | — —　| | | — —▲

闹罗绮，遥望太极光，一簇通明里。钧台奏寿曲，蓬山呈妙戏。天上人
| —▲　— | | | —　| | — —▲　— — | | |　— — — |▲　— | —

来，五楼云近，风送歌声，依约睿思新制。
—　| — — |　— | — —　— | | — —▲

471. 过涧歇

【题解】《乐章集》注：中吕调。

【句格】双调八十字，前段八句五仄韵，后段八句三仄韵；上片第二句折腰后与三句对，下片五六句宜对。此调有不同诸格体。

柳永

淮楚。旷望极、千里火云烧空，尽日西郊无雨。厌行旅，数幅轻帆旋落，
⊥▲　| ⊥ ⊥　⊥ | ⊥ — —　| | — — —▲　⊥ ⊥▲　| | — — | |

舣棹兼葭浦。避畏景，两两舟人夜深语。
｜｜——▲　｜｜｜　｜｜——｜—▲

此际争可，便恁奔名竞利去。九衢尘里，衣冠冒炎暑。回首江乡，月观
｜｜—｜　｜｜——⊥｜▲　｜—⊤｜　——｜—▲　⊤｜——　｜｜
风亭，水边石上，幸有散发披襟处。
——　⊥⊤⊥｜　｜⊥⊥｜——▲

472. 瑶阶草

【题解】调见《书舟词》。

【句格】双调八十字，前段八句四仄韵，后段九句六仄韵；上片首二句宜对，下片六、七、八句排对。

程垓

空山子规叫，月破黄昏冷。帘幕风轻，绿暗红又尽。自从别后，粉消香
——｜—｜　｜｜——▲　—｜——　｜｜—｜▲　｜—｜｜　｜——
减，一春成病，那堪昼闲日永。
｜　｜——▲　｜—｜—｜▲

恨难整，起来无语，绿萍破处池光净。闷理残妆，照花独自怜瘦影。睡
｜—▲　｜——　｜—｜｜——▲　｜｜——　｜—｜｜—｜▲　｜
来又怕，饮来越醉，醒来却闷，看谁似我孤另。
—｜｜　｜—｜▲　｜—｜▲　——｜｜—▲

473. 安公子

【题解】唐教坊曲名。《碧鸡漫志》云：据《理道要诀》，唐时《安公子》在太簇角。今已不传，其见于世者，中吕调有《安公子近》，般涉调有《安公子慢》。按，柳永"长波潋滟"词，自注中吕调，"岸收残雨"词，自注般涉调，但蒋孝十调谱，采柳永"长川波潋滟"词，又注正宫。

【句格】双调八十字，前段八句四仄韵，后段七句三仄韵；下片"望处"挈首二句对，"认"挈五、六句对。此调有不同诸格体。

柳永

  长川波潋滟，楚乡淮岸迢递，一霎烟汀雨过，芳草青如染。驱驱携书剑，
  ——｜▲　｜——｜　｜｜——｜　—｜——▲　————▲
当此好天好景，自觉多愁多病，行役心情厌。
—｜｜—｜｜　｜｜———｜　—｜——▲
  望处旷野沉沉，暮云黯黯。行侵夜色，又是急桨投村店。认去程将近，
  ｜｜｜｜——　｜—｜▲　——｜｜　｜｜｜——▲　｜｜——｜
舟子相呼，遥指渔灯一点。
—｜——　—｜—｜—｜▲

474. 应景乐

  【题解】词见《花草粹编》。似与李甲《吊严陵》词互为檃栝。

  【句格】双调八十字，前段八句五仄韵，后段八句四仄韵；"俯"挈五、六句对。

  萧回

  金陵故国，极目长江、浩渺千重隔。山无际，临堋怒涛碛。俯春城苇寂，
  ——｜▲　｜｜——　｜｜—｜▲　——｜　——｜—▲　｜——｜▲
芳昼迤逦，一簇烟村将晚，严光旧台侧。
—｜｜｜　｜｜———｜　——｜—▲
  何处倦游客，对此景、惹起离怀，顿觉旧日意，魂黯愁积。幽恨绵绵，
  —｜—▲　｜｜｜　｜｜——　｜｜｜｜—　—｜—▲　｜｜——
何计消溺。回首洛城东，千里暮云碧。
—｜—▲　—｜｜——　—｜｜—▲

475. 柳初新

  【题解】宋周密《天基圣节乐次》，第十三盏，觱篥起柳初新慢。《乐章集》注：大石调。

  【句格】双调八十一字，前后段各七句五仄韵；上下片三、四句对。此调有不同诸格体。

二、仄韵格

柳永

东郊向晓星杓亚，报帝里、春来也。柳抬烟眼，花匀露脸，渐觉绿娇红
⊥—⊥｜——▲　⊥｜｜　——▲　⊥——｜　——｜｜　｜｜｜——
姹。妆点层台芳榭，运神功、丹青无价。
▲　——｜—⊤▲　｜——　———▲

别有尧阶试罢，新郎君、成行如画。杏园风细，桃花浪暖，竞喜羽迁鳞
｜｜——｜▲　⊤——　⊤——▲　⊥——｜　——｜｜　⊥｜｜—
化。遍九陌、相将游冶，骤香尘、宝鞍骄马。
▲　｜⊥｜　——⊤▲　｜—⊤　⊥——▲

476. 斗百花

【题解】《乐章集》注：正宫。晁补之词，一名《夏州》。

【句格】双调八十一字，前段八句三仄韵，后段七句四仄韵；上片首二句宜对，三、四句对，歇拍句对。此调有不同诸格体。

柳永

煦色韶光明媚，轻霭低笼芳树。池塘浅蘸烟芜，帘幕闲垂风絮。春困厌
⊥｜———｜　⊤｜——⊤▲　—⊤⊥｜—⊤　⊤⊥—⊤—▲　⊤⊥⊤
厌，抛掷斗草工夫，冷落踏春心绪。
▲　⊤　—⊥｜｜——　⊥｜⊥—⊤▲

终日扃朱户，远恨绵绵，淑景迟迟难度。年少傅粉，依前醉眠何处。深
⊤｜——▲　⊥｜——　｜⊥—⊤▲　—｜｜⊥　⊤⊤｜⊤—▲
院无人，黄昏乍拆秋千。空锁满庭花雨。
｜——　——｜｜——　⊤｜⊥⊤—▲

477. 皂罗特髻

【题解】调见宋苏轼词，词中有"髻鬟初合"句，亦赋题也。

【句格】双调八十一字，前段九句四仄韵，后段六句三仄韵；注意上下片"采菱拾翠"及"算""称""正""但""待"等字句运用。

苏轼

采菱拾翠，算似此佳名，阿谁消得。采菱拾翠，称使君知客。千金买、
｜－｜｜　｜｜｜－－　｜－－▲　｜－｜｜　｜｜－－▲　－－｜
采菱拾翠，更罗裙、满把珍珠结。采菱拾翠，正髻鬟初合。
｜－｜｜　｜－－　｜｜－－▲　｜－｜｜　｜｜－－▲

真个采菱拾翠，但深怜轻拍。一双手、采菱拾翠，绣衾下、抱着俱香滑。
－｜｜－｜｜　｜－－－▲　｜－｜　｜－｜｜　｜－｜　｜｜－－▲
采菱拾翠，待到京寻觅。
｜－｜｜　｜｜－－▲

478. 倒垂柳

【题解】唐教坊曲名。

【句格】双调八十一字，前段八句四仄韵，后段八句五仄韵；上片五、六句对，下片三、四句对。此调有不同诸格体。

杨无咎

晓来烟露重，为重阳、增胜致。记一年好处，无似此天气。东篱白衣至，
⊥－－｜｜　｜－－　⊤｜▲　⊥⊥－⊥　－｜｜－▲　⊤－⊥⊤｜
南陌芳筵启。风流曾未远，登临都在眼底。
⊤｜－－▲　－－－｜｜　－－－｜⊥▲

人生如寄，漫把茱萸看子细。击节听高歌，痛饮莫辞醉。乌帽任教，颠
－－－⊤▲　｜｜－－－｜▲　｜｜｜－－　｜｜－▲　－⊥｜⊤
倒风里坠。黄花明日，纵好无情味。
｜－⊥▲　－－－｜　｜｜－－▲

479. 彩凤飞

【题解】一作《彩凤舞》。

【句格】双调八十一字，前段七句三仄韵，后段七句五仄韵；上片一、二句对。

陈亮

人立玉，天如水，特地如何撰，海南沉、烧着欲寒犹暖。算从头，有多
　— | |　　— — |　　| | | — — ▲　　| — —　— | | — — ▲　　| — —　| —
少、厚德阴功，人家上、一一旧时香案。
|　　| | — —　— — |　　| | | | — — ▲

煞经惯，小住吾州才尔，依然欢声满，莫也教、公子王孙眼见。这些儿、
| — ▲　　| | — — |　　— — — ▲　　| | — —　| — — ▲　　| — —

颖脱处，高出书卷。经纶自入手，不了判断。
| | |　— | — ▲　　— — | | |　　| | | ▲

480. 有有令

【题解】调见《惜香乐府》。

【句格】双调八十一字，前段八句四仄韵，后段八句七仄韵。

赵长卿

前山减翠，疏竹度轻风，日移金影碎。还又年华暮，看看是、新春至。
— — | ▲　　— | | — —　| — — ▲　　— | — — |　— — |　— — ▲

那更堪、有个人人，似花似玉，温柔伶俐。
| | —　| | — —　| — | |　— — — ▲

准拟。恩情海似，拚弄上、则人难比。我也诚心一片，你也争些气，大
| ▲　　— — | ▲　— | |　— — — ▲　| | — — | |　| | — — ▲　|

家到底如此。美中更美，厮守定、共伊百岁。
— | | — ▲　　| — | ▲　　| | |　| — | ▲

481. 柳腰轻

【题解】调见《乐章集》，注中吕宫，因词有"英英妙舞腰肢软，章台柳，昭阳燕"句，取以为名。

【句格】双调八十二字，前段八句四仄韵，后段七句四仄韵。上片二、三句，四、五句对，歇拍二句三字逗对；下片三、四句对。

柳永

英英妙舞腰肢软，章台柳，昭阳燕。锦衣冠盖，绮堂筵会，是处千金争
－－｜｜－－▲　－－｜　　－－▲　｜－－｜　｜－－｜　｜｜－－

选。顾香砌、丝管初调，倚轻风、佩环微颤。
▲　｜－｜　－｜－－　｜－－　｜－－▲

乍入霓裳促遍，逞盈盈、渐催檀板。慢垂霞袖，急趋莲步，进退奇容千
｜｜－－｜▲　｜－－　｜－－▲　｜－－｜　｜－－｜　｜｜－－

变。笑何止、倾国倾城，暂回眸、万人肠断。
▲　｜－｜　－｜－－　｜－－　｜－－▲

482. 瓜茉莉

【题解】调见《花草粹编》，《乐章集》不载。

【句格】双调八十二字，前段八句四仄韵，后段八句五仄韵。

柳永

每到秋来，转添甚况味，金风动、冷清清地。残蝉噪晚，甚聒得、人心
｜｜－－　｜－｜｜▲　－－｜　｜－－▲　－－｜｜　｜｜｜　－－

欲碎。更休道、宋玉多悲，石人也、须下泪。
｜▲　｜－｜　｜｜－－　｜－｜　－｜▲

衾寒枕冷，夜迢迢、更无寐，深院静、月明风细。巴巴望晓，怎生捱、
－－｜｜　｜－－　｜－▲　－｜｜　－－｜▲　－－｜｜　｜－－

更迢递。料可儿、只在枕头根底，等人睡，来梦里。
－－▲　｜｜－　｜｜－－▲　｜－｜　－｜▲

483. 蓦山溪

【题解】《翰墨全书》，名《上阳春》；《金词》注：大石调。

【句格】双调八十二字，前后段各九句三仄韵；上下片七、八句对。此调有不同诸格体。

程垓

老来风味，是事都无可。只爱小书舟，剩围着、琅玕几个。呼风约月，
⊥一丁｜ ⊥｜一一▲ ⊥丁｜｜一一 ⊥丁丁⊥ 丁一⊥▲ 丁一⊥｜
随分乐生涯，不羡富，不忧贫，不怕乌蟾堕。
丁｜｜一一 ⊥丁⊥ ⊥丁丁 ⊥｜一一▲

三杯径醉，转觉乾坤大。醉后百篇诗，尽从他、龙吟鹤和。升沉万事，
丁一⊥｜ ⊥｜一一▲ ⊥｜｜一一 ⊥丁丁 丁一⊥▲ 丁一⊥｜
还与本来天，青云上，白云间，一任安排我。
丁｜｜一一 丁丁⊥ ｜一一 ⊥｜一一▲

484. 千秋岁引

【题解】《高丽史·乐志》，名《千秋岁令》；李冠词，名《千秋万岁》。

【句格】双调八十二字，前段八句四仄韵，后段八句五仄韵；上下片首二句，四、五句，六、七句对。此调有不同诸格体。

王安石

别馆寒砧，孤城画角。一派秋声入寥廓。东归燕从海上去，南来雁向沙
⊥｜丁一 一一｜▲ ｜｜一一｜一▲ 一一｜丁⊥｜ 丁一｜｜一
头落。楚台风，庾楼月，宛如昨。
一▲ ⊥丁丁 ⊥丁⊥ ⊥丁▲

无奈被些名利缚。无奈被他情担阁。可惜风流总闲却。当初漫留华表语，
丁｜⊥一一｜▲ 丁｜⊥一一丁▲ ⊥⊥一丁｜一▲ 丁一⊥丁一｜
而今误我秦楼约。梦阑时，酒醒后，思量着。
一一｜｜一一▲ ⊥丁丁 ⊥｜⊥ 一一▲

485. 早梅芳

【题解】一名《早梅芳近》。

【句格】双调八十二字，前后段各九句，五仄韵；上下片首二句，六、七句对。此调有不同诸格体。

周邦彦

缭墙深，丛竹绕。宴席临清沼。微呈纤履，故隐烘帘自嬉笑。粉香妆晕
⊥丁— 丁⊥▲ ⊥|——▲ 丁—丁| ⊥|丁—|—▲ ⊥——|
薄，带紧腰围小。看鸿惊凤耸，满座叹轻妙。
| ⊥|——▲ |——|| ⊥||—▲

酒醒时，会散了。回首城南道。河阴高转，露脚斜飞夜将晓。异乡淹岁
|—— ⊥|▲ |—丁—| ——丁| ⊥|——|—▲ ⊥——|
月，醉眼迷登眺。路迢迢，恨满千里草。
| ⊥|——▲ |—— ⊥⊥—|▲

486. 长寿乐

【题解】《宋史·乐志》：仙吕调；《乐章集》注：平调。

【句格】双调八十三字，前段八句五仄韵，后段七句四仄韵；上片三、四句对，下片"便是"挈五、六句对。此调有不同诸格体。

柳永

尤红殢翠。近日来、陡把狂心牵系。罗绮丛中，笙歌筵上，有个人人可
——||▲ ||—| —|———▲ —|—— ———| ||——|
意。解严妆、巧笑姿姿，别成娇媚。知几度、密约秦楼尽醉。
▲ |—— ||—— |——▲ —|| ||——|▲

仍携手，眷恋香衾绣被。情渐美，算好把、夕雨朝云相继。便是仙禁春
——| ||——|▲ —|▲ ||— |———▲ ||—|—
深，御炉香袅，临轩亲试对。
— |——| ———|▲

487. 迷仙引

【题解】《乐章集》注：双调。

【句格】双调八十三字，前段十句四仄韵，后段七句五仄韵；上片前三句为排对，上下片"常""免"均为领字。此调有不同诸格体。

柳永

才过笄年，初绾云鬟，便学歌舞。席上樽前，王孙随分相许。算等闲、
－｜－－　－｜－－　｜｜－▲　｜｜－－　－－－｜－▲　｜｜－
酬一笑，便千金慵觑。常只恐蕣华，容易偷换，光阴虚度。
－｜｜　｜－－－▲　－｜｜｜－　－｜－｜　－－－▲

已受君恩顾。好与花为主。万里丹霄，何妨携手同归去。永弃却、烟花
｜｜－－▲　｜｜－－▲　｜｜－－　－－－｜－－▲　｜｜｜　－－
伴侣。免教人见妾，朝云暮雨。
｜▲　｜｜－－｜｜　－－｜▲

488. 黄鹤引

【题解】宋方勺《泊宅编》云：先子晚官邓州，一日秋风起，思吴中山水，尝信笔作长短句，序云，阮田曹所制《黄鹤引》，爱其词调清高，寄为一阕，命稚子歌之，以侑樽焉。

【句格】双调八十三字，前后段各八句，六仄韵；下片首二句对。

方资

生逢垂拱。不识干戈免田陇。士林书圃终年，庸非天宠。才粗阘茸。老
－－－▲　｜｜－－｜－▲　｜－－－－　－－－▲　－－｜▲　｜
去支离何用。浩然归，算是黄鹤秋风相送。
｜－－－▲　｜－－　｜｜｜－｜－－▲

尘事塞翁心，浮世庄生梦。漾舟遥指烟波，群山森动。神闲意耸。回首
－｜｜－－　－｜－－▲　｜－－－－　－－－▲　－－｜▲　－｜
利鞿名鞚。此情谁共，问几许、淋浪春瓮。
｜－－▲　｜－－▲　｜｜｜　－－－▲

489. 洞仙歌

【题解】唐教坊曲名。此调有令词，有慢词。令词自八十三字至九十三字，共三十五首。康与之词，名《洞仙歌令》；潘牥词，名《羽仙歌》；袁易词，名《洞仙词》；《宋史·乐志》，名《洞中仙》，注林钟商调，又歇指调；《金

词》注大石调。慢词自一百十八字至一百二十六字，共五首。柳永《乐章集》"嘉景"词注般涉调，"乘兴闲泛兰舟"词注仙吕调，"佳景留心惯"词注中吕调。

【句格】双调八十三字，前段六句三仄韵，后段七句三仄韵。此调有不同诸格体。

苏轼

冰肌玉骨，自清凉无汗。水殿风来暗香满。绣帘开、一点明月窥人，人
⊤－⊥｜　⊥⊤－－▲　⊥｜－－⊥－▲　｜－－　⊥｜⊤－－　⊤
未寝，欹枕钗横鬓乱。
⊥｜　⊤｜⊤－⊥▲

起来携素手，庭户无声，时见疏星渡河汉。试问夜如何、夜已三更，金
⊥⊤－⊥｜　⊤｜－－　⊤｜－－｜－▲　｜⊥⊥⊤⊤　⊥｜－－　⊤
波淡、玉绳低转。但屈指、西风几时来，又不道、流年暗中偷换。
⊤｜　⊥－⊤▲　⊥｜⊥　⊤⊤｜－－　⊥｜｜　－－｜－－▲

附辛弃疾体：双调八十三字，前段六句三仄韵，后段七句三仄韵；此与苏词同，后人俱照此填。

婆娑欲舞，怪青山欢喜。分得清溪半篙水。记平沙鸥鹭、落日渔樵，湘
－－｜｜　｜－－－▲　－｜－－｜－▲　｜－－－　｜｜－－　－
江上，风景依然如此。
－｜　－｜－－－▲

东篱多种菊，待学渊明，酒趣诗情不相似。十里涨春波、一棹归来，只
－－－｜｜　｜｜－－　｜｜－－｜－▲　｜｜｜－－　｜｜－－　｜
做得、五湖范蠡。是则是、一般弄扁舟，争知道、他家有个西子。
｜｜　｜－｜▲　｜｜｜　｜－－－　－－｜　－－｜｜▲

490. 望云涯引

【题解】调见《乐府雅词》。

【句格】双调八十三字，前后段各十句，四仄韵；上下片二、三句对。

李甲

秋空江上，岸花老，蘋洲白。露湿兼葭，溆浦渐增寒色。闲渔唱晚，鹜
　———｜　｜—｜　——▲　｜｜——　｜｜｜——▲　——｜｜　｜

雁惊飞处，映远碛。数点归帆，送天际归客。
｜——｜　｜｜▲　｜｜——　｜—｜—▲

　　凤台人散，漫回首，沉消息。素鲤无凭，楼上暮云凝碧。危楼静倚，时
　　｜——｜　｜｜—　——▲　｜｜——　｜｜｜——▲　——｜｜　—

向西风下，认远笛。宋玉悲怀，未信金樽消得。
｜——｜　｜｜▲　｜｜——　｜｜———▲

491. 泛兰舟

【题解】调见《梅苑》，与前《新荷叶》别名《泛兰舟》平韵词不同。

【句格】双调八十三字，前段八句三仄韵，后段九句四仄韵；上片五、六句对。

无名氏

霜月亭亭时节，野溪开冰汋。故人信付江南，归也仗谁托。寒影低横，
—｜————　｜———▲　｜—｜｜——　—｜｜—▲　—｜——

轻香暗度，疏篱幽院，何在秦楼朱阁。
——｜｜　———｜　—｜————▲

　　称帘幕。携酒共看，新诗乘醉更堪作。雅淡一种天然，如雪缀烟薄。肠
　　｜—▲　—｜｜—　———｜｜—▲　｜｜｜｜——　—｜｜—▲　—

断相逢，手捻嫩枝，追思浑似，那人浅妆梳掠。
｜——　｜｜｜—　———｜　｜—｜——▲

492. 踏歌

【题解】调见《太平樵唱》词，又见《梅苑群贤词》，与唐人小令《踏歌词》不同。

【句格】三段八十三字，前两段各四句四仄韵，后一段六句四仄韵；一、二片歌拍为上一下七结构，三片首二句对、歌拍为上三下四结构。此调有不

同诸格体。

朱敦儒

宴阕。散津亭、鼓吹扁舟发。离愁黯、隐隐阳关彻。更风愁雨细添凄切。
｜▲　｜－－　｜｜－－▲　⊤－⊥　｜｜－－▲　｜－－｜｜－－▲
恨结。叹良朋、雅聚轻离缺，一年几、把酒对花月。便山遥水远分吴越。
｜▲　｜⊤－　⊥｜｜－▲　⊥－｜　｜｜－－▲　｜⊤－⊥　｜－－▲
书倩燕，梦借蝶，重相见、且把归期说。只愁到他时，彼此萍踪别。总
－｜｜　｜｜▲　－－　｜｜－－▲　⊥⊤－－　｜｜－－▲　⊥
难如再会时节。
⊤－｜⊥－▲

493. 秋夜月

【题解】调见《樽前集》，因尹鹗词起结有"三秋佳节"及"夜深、窗透数条斜月"句，取以为名。《乐章集》注：夹钟商。

【句格】双调八十四字，前后段各十句，五仄韵；上下片二、三句，七、八句对。此调有不同诸格体。

尹鹗

三秋佳节。罩晴空，凝碎露，茱萸千结。菊蕊和烟轻捻，酒浮金屑。征
－－－▲　｜－－　－｜｜　⊤－－▲　｜｜－－｜　｜－－▲　⊤
云雨，调丝竹，此时难辍，欢极、一片艳歌声揭。
－⊥　－⊤｜　⊥－⊤▲　⊤⊥　⊥｜｜－－▲
黄昏慵别，炷沉烟，熏绣被，翠帷同歇。醉并鸳鸯双枕，暖偎春雪。语
－－－▲　｜－－　－｜｜　⊥－－▲　｜｜－－－▲　｜－－▲　⊥
丁宁，情委曲，论心正切，夜深、窗透数条斜月。
－⊤　⊥－｜　⊤－⊥▲　⊥⊤－⊤｜｜－－▲

494. 祭天神

【题解】调见柳永《乐章集》，八十四字词注中吕调，八十五字词注歇指调。

【句格】双调八十四字，前段六句四仄韵，后段九句四仄韵；上片第一

句第五句分别为一七、一六结构,下片三、四句对。此调有不同诸格体。

柳永

叹笑歌筵席轻抛弹。背孤城、几舍烟村停画舸。更深钓叟归来,数点残
｜｜——｜——▲　｜——　｜｜———｜▲　——｜｜——　｜｜—
灯火。被连绵宿酒醺醺,愁无那。
—▲　｜——｜｜——　——▲

寂寞拥、重衾卧。又闻得、行客扁舟过。蓬窗近,兰棹急,好梦还惊破。
｜｜｜　——▲　｜—｜　—｜——▲　——｜　—｜｜　｜｜——▲
念生平、单栖踪迹,多感情怀,到此厌厌,向晓披衣坐。
｜——　———｜　—｜——　｜｜——　｜｜——▲

495. 鹤冲天

【题解】调见柳永《乐章集》。"闲窗漏永"词,注大石调;"黄金榜上"词,注正宫。与《喜迁莺》《春光好》别名《鹤冲天》者不同。

【句格】双调八十四字,前段九句五仄韵,后段八句五仄韵。此调有不同诸格体。

柳永

闲窗漏永,月冷霜华堕。悄悄下帘幕,残灯火。再三追往事,离魂乱、
——｜｜　⊥｜——▲　⊥｜｜—⊥　——▲　｜⊤—⊥｜　—⊤｜
愁肠锁。无语沉吟坐。好天好景,未省展眉则个。
——▲　⊤｜——▲　｜—⊥　⊥｜｜—⊥▲

从前早是多成破。何况经岁月,相抛弹。假使重相见,还得似、旧时么。
——｜｜——▲　⊤⊥—｜｜　——▲　｜｜——　—｜｜　——▲
悔恨无计那。迢迢良夜,自家只恁摧挫。
｜｜—⊥▲　⊤——｜　｜⊤｜⊥—▲

496. 少年游慢

【题解】调见张先词,因词有"少年得意时节"句,取以为名,与《少年游令》不同。

【句格】双调八十四字，前后段各九句，五仄韵；上下片三、四句对，第六、七句为二三结构对。

张先

春城三二月。禁柳飘绵未歇。仙籞生香，轻云凝紫，临层阙。歌掌明珠
－－－｜▲　｜｜－－▲　－｜－－　－－－｜　－－▲　－｜－－
滑，酒脸红霞发。华省名高，少年得意时节。
｜　｜－｜－▲　－｜－－　｜－｜｜－▲

画刻三题彻。梯汉同登蟾窟。玉殿初宣，银袍齐脱，生仙骨。花探都门
｜｜－－▲　－｜－－－▲　｜｜－－　－－－｜　－－▲　－｜－－
晓，马跃芳衢阔。宴罢东风，鞭梢一行飞雪。
｜　｜－｜－▲　｜｜－－　－－｜－－▲

497. 兀令

【题解】调见《东山集》。

【句格】双调八十四字，前后段各八句，六仄韵；上片第四第八句、下片第四句均一四结构，注意下片首句结构。

贺铸

盘马楼前风日好。雪消尘扫。楼上宫妆早。认帘箔微开，一面嫣妍笑。
－｜－－－｜▲　｜－－▲　－｜－－▲　｜－｜－－　｜｜－－▲
携手别院重廊，窈窕花房小。任碧罗窗晓。
－｜｜｜－－　｜｜－－▲　｜｜－－▲

间阔时多书问少。镜鸾空老。身寄吴云杳，想辁辘车音，几度青门道。
｜｜－－－｜▲　｜－－▲　－｜－－▲　｜｜｜－－　｜｜－－▲
占得春色年年，随处随人到。恨不如芳草。
｜｜－｜－－　－｜－－▲　｜｜－－▲

498. 踏青游

【题解】调见苏轼词，踏青作也。因词有"踏青游"句，取以为名。

【句格】双调八十四字，前后段各九句，六仄韵；上下片四、五句宜对。

此调有不同诸格体。

苏轼

改火初晴,绿遍禁池芳草。斗锦绣、大城驰道。踏青游,拾翠惜,袜罗
⊥|——　⊥⊥|——▲　||⊥　⊥——▲　|——　⊥⊥|　⊥—
弓小。莲步裊。腰肢佩兰轻妙。行过上林春好。
⊤▲　⊤⊥▲　⊤⊤|—⊤▲　⊤||——▲

今困天涯,何限旧情相恼。念摇落、玉京寒早。任关心,空目断,蓬山
⊤|——　⊤⊥|——▲　|⊤|　⊥—⊤▲　|——　⊥|　——
难到。仙梦杳。良宵又还过了。楼台万家清晓。
—▲　⊤⊥▲　⊤⊤⊥—⊥▲　⊤⊤|⊥—▲

499. 梦玉人引

【题解】此调有平韵、仄韵两体,字句大同小异。

【句格】双调八十四字,前段九句四仄韵,后段八句四仄韵。此调有不同诸格体。

沈会宗

追旧游处,思前事,俨如昔。过尽莺花,横雨暴风初息。杏子枝头,又
⊤⊥—|　⊤⊤⊥　|—▲　⊥|——　⊥⊥⊥⊤—▲　⊥|——　|
自然、别是般天色。好傍垂杨,系画船桥侧。
|—　⊥|⊤—▲　⊥|——　|⊥——▲

小欢幽会,一霎时、光景也堪惜。对酒当歌,故人情分难觅。山远水长,
|——|　⊥⊥⊤　⊤||—▲　|⊥——　|—⊤⊥—▲　⊤|⊥⊤
不成空相忆。这归去重来,又却是、几时来得。
⊥⊤——▲　|—|——　|||　|——▲

附平格:双调八十二字,前段九句四平韵,后段八句四平韵;上片首二句对,下片五、六句宜对。

吕渭老

上危梯望,画阁迥,绣帘垂。曲水飘香,小园莺唤春归。舞袖弓弯,正
　|——|　|||　|—△　||——　|——|—△　||——　|

满城、烟草凄迷。结伴踏青,趁蝴蝶双飞。
｜—　—｜—△　｜｜｜—　　｜—｜—△

赏心欢计,从别后、无意到西池。自检罗囊,要寻红叶留诗。懒约无凭
｜——｜　—｜｜　—｜｜—△　｜｜——　｜——｜—△　｜｜——

据,莺花都不知。怕人问,强开怀、细酌醁醾。
｜　———｜△　｜—｜　｜——　｜｜—△

500. 蕙兰芳引

【题解】调见《清真乐府》,方千里、杨泽民、陈允平俱有和词,杨词一名《蕙兰芳》,无"引"字。

【句格】双调八十四字,前后段各八句,四仄韵;上片第三句第七句、下片第四句均为一四结构,下片首二句对。

周邦彦

寒莹晚空,点青镜、断霞孤鹜。对客馆深扃,霜草未衰更绿。倦游厌旅,
—｜｜—　｜—｜　｜——▲　｜⊥｜——　—｜｜—⊥▲　｜—｜｜

但梦绕、阿娇金屋。想故人别后,尽日空疑风竹。
⊥｜｜　⊥——▲　｜⊥｜｜｜　｜｜————▲

塞北氍毹,江南图障,是处温燠。更花管云笺,犹写寄情旧曲。音尘迢
⊥｜——　⊤——｜　｜｜—▲　｜⊤｜——　⊤｜｜—｜▲　⊤—⊤

递,但劳远目。今夜长、争奈枕单人独。
｜　｜—⊥▲　⊤｜—　—｜｜——▲

501. 倾杯近

【题解】调见袁去华集,与《倾杯令》《倾杯乐》二体不同。

【句格】双调八十四字,前段七句四仄韵,后段八句四仄韵;下片首二句对。

袁去华

邃馆金铺半掩,帘幕参差影。睡起槐阴转午,鸟啼人寂静。残妆褪粉,
｜｜——｜｜　—｜——▲　｜｜——｜｜　｜——｜▲　——｜｜

松鬓欹云慵不整，尽无言、手捼裙带绕花径。
－｜－－－｜▲　｜－－　｜－－｜｜－▲

　　酒醒时，梦回处，旧事何堪省。共载寻春，并坐调筝何时更。心情尽日，
　　｜｜－　｜－｜　｜｜－－▲　｜｜－－　｜｜－－－－▲　－－｜｜
一似杨花飞无定，未黄昏、又先愁夜永。
｜｜－－－－▲　｜－－　｜－－｜▲

502. 清波引

【题解】调见《白石集》，姜夔自度曲。

【句格】双调八十四字，前后段各八句，六仄韵；下片第四句为一四结构。"况有"挈结二句对。此调有不同诸格体。

姜夔

冷云迷浦。倩谁唤、玉妃起舞。岁华如许。野梅弄眉妩。屐齿印苍藓，
⊥－－▲　｜⊤｜　｜－｜▲　｜－－▲　⊥⊤｜－▲　｜｜⊥－｜
渐为寻花来去。自随秋雁南来，望江国、渺何处。
｜｜－－－▲　｜－⊤｜－－　⊥－｜　｜－▲

　　新诗漫与。好风景、长是暗度。故人知否。抱幽恨难语。何时共渔艇，
　　－－｜▲　｜－｜　－｜｜▲　｜－－▲　｜－｜－▲　－⊤⊥－｜
莫负沧浪烟雨。况有清夜啼猿，怨人良苦。
｜｜⊤－－▲　⊥⊥⊤｜－－　｜－⊤▲

503. 簇水

【题解】调见《惜香乐府》。

【句格】双调八十五字，前段七句四仄韵，后段八句五仄韵。

赵长卿

长忆当初，是他见我心先有。一钩才下，便引得、鱼儿开口。好是重门
　－｜－－　｜－｜｜－－▲　｜－－｜　｜｜｜　－－－▲　｜｜－－
深院，寂寞黄昏后。厮觑着、一面儿酒。
－｜　｜｜－－▲　－｜｜　｜｜－▲

试搂就。便把我、得人意处，闵子里、施纤手。云情雨意，似十二巫山
｜一▲　｜｜｜　　一｜　｜｜｜　　一一▲　一一｜｜　｜｜｜一一
旧。更向枕前言约，许我长相守。欢人也、犹自眉头皱。
▲　｜｜｜一一｜　｜｜一一▲　一一｜　一｜一一▲

504. 受恩深

【题解】一作《爱恩深》，《乐章集》注：大石调。

【句格】双调八十六字，前段八句六仄韵，后段八句五仄韵；上片首二句宜对，上下片"拟""免"为领字。

柳永

雅致装庭宇。黄花开淡泞。细香明艳尽天与。助秀色堪餐，向晓自有真
｜｜一一▲　一一一｜▲　｜一一｜｜一▲　｜｜｜一一　｜｜｜｜一
珠露。刚被金钱妒。拟买断秋天，容易独步。
一▲　一｜一一▲　｜｜｜一一　一｜｜▲

粉蝶无情蜂已去。要上金樽，惟有诗人曾许。待宴赏重阳，恁时尽把芳
｜｜一一一｜▲　｜｜一一　一｜一一▲　｜｜｜一一　｜一｜｜一
心吐。陶令轻回顾。免憔悴东篱，冷烟寒雨。
一▲　一｜一一▲　｜一｜一一　｜一一▲

505. 婆罗门令

【题解】调见柳永《乐章集》，原注夹钟商，与《婆罗门引》不同。

【句格】双调八十六字，前段六句三仄韵、一叠韵，后段十句六仄韵；下片六、七句对。

柳永

昨宵里、恁和衣睡。今宵里、又恁和衣睡。小饮归来，初更过、醺醺醉。
｜一｜　｜一一▲　一一｜　｜｜一一▲叠｜｜一一　一一｜　一一▲
中夜后，何事还惊起。
一｜｜　一｜一一▲

霜天冷，风细细。触疏窗、闪闪灯摇曳。空床辗转重追想，云雨梦、任
　——｜　—｜▲　　｜——　｜｜——▲　——｜｜——｜　—｜｜
敲枕难继。寸心万绪，咫尺千里。好景良天，彼此空有相怜意。未有相怜计。
　—｜—▲　　｜—｜｜　｜｜—▲　｜｜——　｜｜｜—｜——▲　｜｜——▲

506. 华胥引

【题解】《列子》：黄帝昼寝而梦，游于华胥，既寤，怡然自得。又二十八年，天下大治，几若华胥国矣。调名取此，词见《清真集》。

【句格】双调八十六字，前段九句四仄韵，后段八句四仄韵；上片首二句对，上片第七句、下片第六句均一四结构。

周邦彦

川原澄映，烟月冥蒙，去舟似叶。岸足沙平，蒲根水冷留雁唼。别有孤
—————｜　⊤｜——　｜—⊥▲　｜——　——｜｜—⊥▲　⊥｜⊤
角吟秋，对晓风鸣轧。红日三竿，醉头扶起还怯。
｜——　｜⊥——▲　⊤｜——　｜—⊤｜—▲

离思相萦，渐看看、鬓丝堪镊。舞衫歌扇，何人轻怜细阅。点检从前恩
⊤｜——　｜⊤⊤　｜——▲　⊥—⊤｜　⊤————▲　⊥｜⊤—⊤
爱，但凤笺盈箧。愁剪灯花，夜来和泪双叠。
｜　｜⊥——▲　⊤——　⊥—⊤｜—▲

507. 劝金船

【题解】张先词序：流杯堂唱和，翰林主人元素自撰腔。苏轼词序：和元素韵，自撰腔命名。按，元素，杨绘元素也。因张先词有"何人窨得金船酒"句，名《劝金船》。

【句格】双调八十八字，前后段各八句，六仄韵。此调有不同诸格体。

苏轼

无情流水多情客。劝我如曾识。杯行到手休辞却。这公道难得。曲水池
——⊤｜——▲　｜｜｜——▲　——｜｜——▲　｜—｜—▲　｜｜—

边，小字更书年月。如对茂林修竹，似永和节。
⊥　｜｜｜－－▲　－｜｜－－｜　｜｜－▲

纤纤素手如霜雪。笑把秋花插。樽前莫怪歌声咽。又还是轻别。此去翱
－－⊥｜－－▲　｜｜－－▲　－－｜｜－－▲　｜－｜－▲　｜｜－

翔，遍赏玉堂金阙。欲问再来何岁，应有华发。
－　｜｜｜－－▲　｜｜｜－－｜　⊤｜－▲

508. 玉人歌

【题解】调见《西樵语丛》。

【句格】双调八十八字，前段九句五仄韵，后段八句五仄韵；上片第八句三字逗后与九句对，下片"算"为领字。

杨炎昶

西风起。又老尽篱花，寒轻香细。漫题红叶，句里意谁会。长天不恨江
－－▲　｜｜｜－－　－－－▲　｜－－｜　｜｜｜－▲　－－｜｜－

南远，苦恨无书寄。最相思、盘橘千枚，脍鲈十尾。
－｜　｜｜－－▲　｜－－　｜－－　｜－｜▲

鸿雁阻归计。算愁满离肠，十分岂止。倦倚栏杆，顾影在天际。凌烟图
－｜｜－▲　｜－｜－－　｜－｜▲　｜｜－－　｜｜｜－▲　－－－

画青山约，总是浮生事。判从今、买取朝醒夕醉。
｜－－｜　｜｜－－▲　｜－－　｜｜－－｜▲

509. 惜红衣

【题解】姜夔自度曲，属无射宫，取词内"红衣半狼藉"句为名。

【句格】双调八十八字，前段十句六仄韵，后段九句六仄韵；上下片首二句对、"说""问"句皆为一四结构。此调有不同诸格体。

姜夔

枕簟邀凉，琴书换日。睡余无力。细洒冰泉，并刀破甘碧。墙头唤酒，
｜｜－－　－－｜▲　｜－－▲　⊥｜－－　－－｜－▲　－－｜｜

谁问讯、城南诗客。岑寂，高树晚蝉，说西风消息。
⊤⊥⊥　－⊤－▲　－▲　｜⊥－　⊥－－－▲

虹梁水陌。鱼浪吹香，红衣半狼藉。维舟试望故国，渺天北。可惜柳边
－－｜▲　⊤｜－－　－－｜－▲　－－⊥｜｜▲　｜－▲　⊥－｜－
沙外，不共美人游历。问甚时同赋，三十六陂秋色。
－｜　⊥｜｜⊥－－▲　｜⊥－－｜　－｜⊥－－▲

510. 鱼游春水

【题解】《复斋漫录》：政和中，一中贵使越州回，得词于古碑，无名无谱，录以进御，命大晟府填腔，因词中语，赐名《鱼游春水》。

【句格】双调八十九字，前后段各八句，五仄韵；上下片五、六句、歇拍二句对。此调有不同诸格体。

无名氏

秦楼东风里。燕子还来寻旧垒。余寒犹峭，红日薄侵罗绮。嫩草方抽碧
－－－⊤▲　⊥｜⊤－－｜▲　⊤－⊤｜　⊤｜⊥－⊤▲　⊥⊥⊥－⊤⊥
玉茵，媚柳轻窣黄金蕊。莺啭上林，鱼游春水。
⊥⊤　⊥｜－⊥－⊤▲　－｜⊤－　⊤－－▲

几曲栏杆遍倚，又是一番新桃李。佳人应怪归迟，梅妆泪洗。凤箫声绝
⊥｜－－▲　⊥｜⊥－－⊤▲　－－⊤｜－－　－－｜▲　｜⊤⊤⊤
沉孤雁，望断清波无双鲤。云山万重，寸心千里。
⊤⊤⊥　⊥｜－－⊤⊤▲　－⊤｜⊤　｜－－▲

511. 卜算子慢

【题解】《乐章集》注：歇指调。

【句格】双调八十九字，前段八句四仄韵，后段八句五仄韵；上片首二句对，下片"念"挈对句、歇拍为一四结构。此调有不同诸格体。

柳永

江枫渐老，汀蕙半凋，满目败红衰翠。楚客登临，正是暮秋天气。引疏
－－｜｜　－｜｜－　｜｜｜－－▲　⊥｜－－　⊥｜｜－－▲　｜－

砧、断续残阳里，对晚景、伤怀念远，新愁旧恨相继。
—｜｜——▲　｜⊥⊥　——｜｜　——｜｜—▲
　　脉脉人千里。念两处风情，万重烟水。雨歇天高，望断翠峰十二。尽无
　　｜｜——▲　｜｜｜——　｜——▲　｜｜——　｜⊥｜—⊥▲　⊥—
言、谁会凭高意。纵写得、离肠万种，奈归鸿难寄。
—⊤｜——▲　｜｜⊥　——｜｜　｜——⊤▲

512. 雪狮儿

【题解】调见《书舟集》。

【句格】双调八十九字，前段九句五仄韵，后段八句七仄韵；上片首二句对。此调有不同诸格体。

程垓

　　断云低晚，轻烟带暝，风惊罗幕。数点梅花，香倚雪窗摇落。红炉对谑，
　　⊥—⊤｜　——｜｜　———▲　｜｜——　⊤｜⊥——▲　——｜▲
正酒面、琼酥初削。云屏暖、不知门外，月寒风恶。
｜｜｜　⊤——▲　⊤⊤｜　⊥—⊤　⊥——▲

　　迤逦慵云半掠。笑盈盈、闲弄宝筝弦索。暖极生春，已向横波先觉。花
　　｜⊥—｜▲　｜——　⊤｜｜—▲　⊥——　｜｜——▲　⊤
娇柳弱。渐倚醉、要人搂着。低告托。早把被香熏却。
—⊥▲　⊥｜｜　———▲　—⊥▲　｜｜⊥——▲

513. 石湖仙

【题解】姜夔自度曲，寿范成大作也。成大号石湖，故以《石湖仙》命调，《白石集》注：越调。

【句格】双调八十九字，前后段各九句，六仄韵；上片"是"为领字，下片五、六句对。

姜夔

　　松江烟浦。是千古三高，游衍佳处。须信石湖仙，似鸱夷、翩然引去。
　　———▲　｜—｜——　—｜—▲　—｜｜——　｜——　——｜▲

浮云安在，我自爱、绿香红妩。容与。看世间、几度今古。
———｜　｜｜｜　｜——▲　—▲　｜｜—　｜｜—▲

　　卢沟旧曾驻马，为黄花、闲吟秀句。见说燕山，也学纶巾敌羽。玉友金
　　——｜—｜｜　｜——　——｜▲　｜｜——　｜｜———▲　｜｜—
蕉，玉人金缕。缓移筝柱。闻好语。明年定在槐府。
—　｜——▲　｜——▲　—｜▲　——｜｜—▲

514. 谢池春慢

【题解】调见《古今词话》，张先玉仙观道中逢谢媚卿作，盖慢词也。与六十六字《谢池春》令词不同。

【句格】双调九十字，前后段各十句，五仄韵；上下片三、四，五、六，七、八句对。

张先

　　缭墙重院，时闻有、流莺到。绣被掩余寒，画阁明新晓。朱槛连空阔，
　　⊥——｜　—⊤｜　——▲　⊥｜——　⊥｜——▲　⊤｜——｜
飞絮无多少。径莎平，池水渺。日长风静，花影闲相照。
—｜——▲　—｜—　—｜▲　—｜——　—｜——▲

　　尘香拂马，逢谢女、城南道。秀艳过施粉，多媚生轻笑。斗色鲜衣薄，
　　——｜｜　—｜｜　——▲　｜｜⊤—⊥　—｜——▲　｜｜——
碾玉双蝉小。欢难偶，春过了。琵琶流怨，都入相思调。
⊥｜——▲　—⊤｜　—｜▲　⊤—⊤｜　—｜——▲

515. 探芳信

【题解】调见《梅溪词》，张炎次周密"西泠春感"韵词，名《西湖春》。

【句格】双调九十字，前段九句五仄韵，后段八句五仄韵；词中"被""也"分别挚领对句，上片第四句、第五句均为一四结构。此调有不同诸格体。

史达祖

　　谢池晓。被酒殢春眠，诗萦芳草。正一阶梅粉，都未有人扫。细禽啼处
　　｜—▲　｜｜⊥——　⊤⊤⊤▲　｜｜—⊤｜　—⊥｜—▲　⊥—⊤

东风软，嫩约关心早。未烧灯、怕有残寒，故园稀到。
──｜ ⊥｜──▲ ｜── ｜｜── ｜──▲

说道试妆了。也为我相思，占他怀抱。静数窗棂，最忺听、鹊声好。半
⊥｜⊥─▲ ｜｜｜ ┬─ ┬┬┬▲ ｜｜── ⊥─｜ ｜─▲

年白玉台边话，屡见银钩小。指芳期，夜月花阴梦老。
─⊥｜──｜ ⊥｜──▲ ｜── ｜｜──｜▲

516. 采莲令

【题解】《宋史·乐志》，曲宴游幸，教坊所奏十八调曲，九曰《双调·采莲》，今柳永《乐章集》有之，亦注双调。《碧鸡漫志》：夹钟商，俗呼双调。

【句格】双调九十一字，前后段各八句，四仄韵。

柳永

月华收，云淡霜天曙。西征客、此时情苦。翠娥执手送临岐，轧轧开朱
｜── ─｜──▲ ──｜ ｜──▲ ｜─｜｜｜── ｜｜──

户。千娇面、盈盈伫立，无言有泪，断肠争忍回顾。
▲ ──｜ ──｜｜ ──｜｜ ｜──｜─▲

一叶兰舟，便恁急桨凌波去。贪行色、岂知离绪。万般方寸，但饮恨、
｜｜── ｜｜｜｜──▲ ──｜ ｜──▲ ｜──｜ ｜｜｜

脉脉同谁语。更回首、重城不见，寒江天外，隐隐两行烟树。
｜｜──▲ ｜─｜ ──｜｜ ───｜ ｜｜｜──▲

517. 红芍药

【题解】蒋孝《九宫谱目》，入南吕调。

【句格】双调九十一字，前后段各八句，五仄韵。

王观

人生百岁，七十稀少。更除十年孩童小。又十年昏老。都来五十载，一
──｜｜ ｜──▲ ｜─────▲ ｜｜──▲ ──｜｜｜ ─

半被、睡魔分了。那二十五载之中，宁无些个烦恼。
｜｜ ｜──▲ ｜｜｜｜｜── ───｜─▲

仔细思量，好追欢及早。遇酒逢花堪笑傲。任玉山倾倒。对景且沉醉，
　｜｜－－　｜－－｜▲　｜｜－－｜▲　｜｜－－▲　｜｜｜｜－｜
人生似、露垂芳草。幸新来、有酒如渑，要结千秋歌笑。
－－｜　｜－－▲　｜－－　｜｜－－　｜｜－－－▲

518. 法曲献仙音

【题解】陈旸《乐书》云：法曲兴于唐，其声始出清商部，比正律差四律，有铙钹钟磬之音，献仙音其一也。又云：圣朝法曲乐器，有琵琶、五弦筝、箜篌、笙笛、觱篥、方响、拍板，其曲所存，不过道调、望瀛、小石、献仙音而已，其余皆不复见矣。《乐章集》注：小石调；姜夔词注：大石调；周密词，名《献仙音》；姜夔词，名《越女镜心》。按，唐张籍酬朱庆余诗，有"越女新妆出镜心"句，姜词调名本此。

【句格】双调九十二字，前段八句四仄韵，后段九句五仄韵；上片首二句，四、五句对，上片第七句为一五结构，下片第八句为一四结构。此调有不同诸格体。

周邦彦

蝉咽凉柯，燕飞尘幕，漏阁签声时度。倦脱纶巾，困便湘竹，桐阴半侵
⊤｜－－　⊥－⊤｜　｜｜⊤－－▲　⊥｜－－　｜｜⊤－　⊤⊤⊤⊥
庭户。向抱影凝情处。时闻打窗雨。
－▲　｜⊥｜－－▲　－－｜－▲

耿无语。叹文园、近来多病，情绪懒、樽酒易成间阻。缥缈玉京人，想依
｜－▲　｜－－　｜－⊤　－｜－｜　－｜｜－－｜▲　⊥｜｜－－　｜⊤
然、京兆眉妩。翠幕深中，对徽容、空在纨素。待花前月下，见了不教归去。
⊤　⊤⊥－▲　⊤｜－－　｜－⊤　⊤⊤⊥⊤▲　｜⊤－｜　｜｜｜⊥－－▲

519. 远朝归

【题解】调见《梅苑》词。

【句格】双调九十二字，前段十句五仄韵，后段九句五仄韵；上片结"任"挈领偶句，"见""念"皆领字。

赵耆孙

金谷先春，见乍开江梅，晶明玉腻。珠帘院落，人静雨疏烟细。横斜带
　－｜－－　｜｜｜－－－　－－｜▲　－－｜｜－　⊤｜｜－－▲　－－｜
月，又别是、一般风味。金樽里。任遗英乱点，残粉低坠。
｜　｜⊥｜　⊥－－▲　－－▲　｜⊤－｜⊥　－｜－▲

惆怅杜陇当年，念水远天长，故人难寄。山城倦眼，无绪更看桃李。当
－｜｜｜－－　｜｜｜－－　｜⊤－▲　－－｜｜　－｜｜－▲　－
时醉魄，算依旧、徘徊花底。斜阳外。漫回首画楼十二。
－｜｜　｜⊤｜　－－－▲　－－▲　｜－⊥｜－⊥▲

520. 露华

【题解】唐李白《清平调》词："春风拂槛露华浓"调名本此。按，此
调有仄韵、平韵两体，周密平韵词，名《露华慢》。

【句格】双调九十二字，前段十句五仄韵，后段九句五仄韵；"笑""似"
句均领字。此调有不同诸格体。

王沂孙

绀葩乍坼。笑烂漫娇红，不是春色。换了素妆，重把青螺轻拂。旧歌共
　⊥－｜▲　｜｜｜－－　｜｜－▲　｜｜⊥－　⊤｜｜－－▲　｜⊤⊥
渡烟江，却占玉奴标格。风霜峭，瑶台种时，付与仙骨。
｜－－　｜｜｜－－▲　－⊤｜　－－｜⊤　｜⊥－▲

闲门昼掩凄恻。似淡月梨花，重化清魄。尚带唾痕香凝，怎忍攀摘。嫩
　⊤－｜｜－▲　｜｜｜－－　⊤｜－▲　｜｜－－－　｜⊥｜－▲　⊥
绿渐暖溪阴，蕨蕨粉云飞出。芳艳冷，刘郎未应认得。
｜｜｜－－　⊥｜｜－－▲　－｜｜　－－｜－｜▲

附平格：双调九十四字，前段十句四平韵，后段九句四平韵；上片"记"
为领字，下片第二句为一四结构。

王沂孙

晚寒伫立，记铅轻黛浅，初认冰魂。碧罗衬玉，犹凝茸唾香痕。净洗妆
　｜－｜｜　｜⊤－｜｜　⊤｜－△　⊥－｜｜　⊤－⊤｜－△　｜｜｜

春颜色，胜小红、临水湔裙。烟渡远，应怜旧曲，换叶移根。
——｜　｜⊥－⊤｜－△　－｜｜　——｜｜　｜｜－△

山中去年人别，怪月悄风轻，闲掩重门。琼肌瘦损，那堪燕子黄昏。几
⊤⊤｜——｜　｜｜｜——　－｜－△　⊤－｜｜　⊥－｜｜－△　⊥

片过溪浮玉，似夜归、深雪前村。芳梦冷，双禽误宿粉痕。
｜｜——｜　｜⊥－　－｜－△　－｜｜　——｜⊥｜△

521. 满江红

【题解】此调有仄韵、平韵两体，仄韵词，宋人填者最多，其体不一，今以柳词为正体，其余各以类列，《乐章集》注仙吕调，高栻此调有不同诸格体。词注南吕调；平韵词，只有姜词一体，宋元人俱如此填。

【句格】双调九十三字，前段八句四仄韵，后段十句五仄韵；上片第三句三字逗后与四句对，五、六句对，下片第五句为一四结构，三、四句，七、八句宜对。

柳永

暮雨初收，长川静、征帆夜落。临岛屿、蓼烟疏淡，苇风萧索。几许渔
⊥｜——　⊤⊤｜　⊤－⊥▲　⊤｜⊥　⊥－⊤｜　⊥——▲　⊥｜⊤

人横短艇，尽将灯火归村落。遣行客、当此念回程，伤漂泊。
——｜｜　⊥－⊤｜——▲　｜⊤｜　⊤｜｜——　——▲

桐江好，烟漠漠。波似染，山如削。绕严陵滩畔，鹭飞鱼跃。游宦区区
－⊤｜　－⊥▲　－⊥｜　——▲　⊥⊤⊤⊤⊥　⊤－－▲　⊤｜⊤

成底事，平生况有云泉约。归去来、一曲仲宣吟，从军乐。
－｜｜　⊤－⊥　——▲　⊤｜⊤　⊥｜｜——　——▲

附平格：双调九十三字，前段八句四平韵，后段十句五平韵；上片五、六句对，下片三、四句对，"遣"为领字，七、八句对。

姜夔

仙姥来时，正一望、千顷翠澜。旌旗与、乱云俱下，依约前山。命驾群
⊤｜——　⊥⊥｜　－⊥－△　⊤－｜　⊥－⊤｜　⊤｜－△　⊥｜－

龙金作轭，相从诸娣玉为冠。向夜深、风定悄无人，闻佩环。
——｜｜　⊤—⊤｜｜　｜—△　｜⊥—　⊤｜｜——　—｜△

神奇处，君试看。奠淮右，阻江南。遣六丁雷电，别守东关。应笑英雄
—⊤｜　⊤—△　⊥⊤｜　｜—△　｜⊥—⊤　⊥｜—△　⊤｜⊤—

无好手，一篙春水走曹瞒。又怎知、人在小红楼，帘影间。
—｜｜　⊥—⊤｜｜—△　｜⊥—　⊤｜——　—｜△

522. 凄凉犯

【题解】白石词注：仙吕调，犯商调，一名《瑞鹤仙影》。其自序曰：合肥巷陌皆种柳，秋风夕起，骚骚然，余客居阖户，时闻马嘶，出城四顾，则荒烟野草，不胜凄黯，乃著此解。琴有《凄凉调》，假以为名。凡曲言犯者，谓以宫犯商、商犯宫之类，如道调宫上字住，双调亦上字住，所住字同，故道调曲中犯双调，或于双调曲中犯道调，其他准此。唐人《乐书》云："犯有正旁偏侧，宫犯宫为正，宫犯商为旁，宫犯角为偏，宫犯羽为侧。"此说非也，十二宫所住字各不同，不容相犯。十二宫特可犯商、角、羽耳。

【句格】双调九十三字，前段九句六仄韵，后段九句四仄韵；上片三、四句对，下片二、三句对，上下片第七句均一六结构。此调有不同诸格体。

姜夔

绿杨巷陌。西风起、边城一片离索。马嘶渐远，人归甚处，戍楼吹角。
⊥—｜▲　——｜　——｜｜—▲　⊥⊤｜⊥　⊤—⊥｜　｜—⊤▲

情怀正恶。更衰草寒烟淡薄。似当时、将军部曲，迤逦度沙漠。
——｜▲　｜⊤—｜▲　｜——　⊤⊤⊥⊥　⊤｜｜—▲

追念西湖上，小舫携歌，晚花行乐。旧游在否，想如今、翠凋红落。漫
⊤｜⊤—｜　⊥｜——　｜——▲　⊥—｜｜　｜——　｜——▲　⊥

写羊裙，等新雁来时系着。怕匆匆、不肯寄与，误后约。
｜——　｜—｜——▲　｜—⊤　⊥⊥⊥⊥　｜｜▲

523. 浣溪沙慢

【题解】调见《片玉集》，亦名《浣溪纱慢》。

【句格】双调九十三字，前段九句五仄韵，后段十句五仄韵；上片六、七句宜对，下片"奈"挈三、四句对。

周邦彦

水竹旧院落，莺引新雏过。嫩英翠幄，红杏交榴火。心事暗卜，叶底寻
｜｜｜｜｜　－｜－－▲　｜－｜｜　－｜－－▲　－｜｜｜　｜｜－
双朵，深夜归青琐。灯尽酒醒时，晓窗明、钗横鬓䰾。
－▲　－｜－－▲　－｜｜－－　｜－－　－｜｜▲

怎生那。被间阻时多，奈愁肠数叠，幽恨万端，好梦还惊破。可怪近来，
｜－▲　｜｜｜－－　｜－－｜｜　－｜｜－　｜｜－－▲　｜｜｜－
传语也无个。莫是嗔人呵。果若是嗔人，却因何、逢人问我。
－｜｜－▲　｜｜－－▲　｜｜｜－－　｜－－　－－｜▲

524. 四犯剪梅花

【题解】调见《龙洲词》，前后段首句不押韵者，名《四犯剪梅花》，押韵者，名《轳辘金井》；卢祖皋词，名《月城春》，又名《锦园春》，一名《三犯锦园春》。

【句格】双调九十三字，前段九句五仄韵，后段十句五仄韵；上片第四句为一四结构，七、八句对，下片"信"挈二、三句对，八、九句对。此调有不同诸格体。

刘过

水殿风凉，赐环归、正是梦熊华旦。叠雪罗轻，称云章题扇。西清侍宴，
｜｜－－　｜｜－　｜｜｜－－▲　｜｜－－　｜－－▲　－－｜▲
望黄伞、日华笼辇。金券三王，玉堂四世，帝恩偏眷。
｜－｜　｜－－▲　－｜－－　｜－｜｜　｜－－▲

临安记、龙飞凤舞，信神明有后，竹梧阴满。笑折花看，裛荷香红浅。
－－｜　－－｜｜　｜－－｜｜　｜－－▲　｜｜－－　｜－－▲
功名岁晚，带河与、砺山长远。麟脯杯行，狨鞯坐稳，内家宣劝。
－－｜▲　｜－｜　｜－－▲　－｜－－　－－｜｜　｜－－▲

525. 雪明鳷鹊夜

【题解】调见《花草粹编》。

【句格】双调九十四字，前段十句四仄韵，后段八句四仄韵；上片第四句"正"掣领偶句、结二句对，下片第二句"有"掣领偶句、第四句为一四三结构、第七句为一四句法。

宋徽宗

望五云多处，探春开阆苑，别就瑶岛。正梅雪韵清，桂月光皎。凤帐龙
｜｜——｜　｜——｜｜　｜｜—▲　｜—｜｜—　｜｜—▲　｜｜—
帘萦嫩风，御座深、翠金间绕。半天中，香泛千花，灯挂百宝。
——｜—　｜｜—｜　｜｜—▲　｜——　—｜——　—｜｜▲

圣时观风重腊，有箫鼓沸空，锦绣匝道。竞呼卢气贯调欢笑。暗里金钱
｜———｜｜　｜—｜—　｜｜｜▲　｜——｜｜——▲　｜｜—
掷下，来侍宴、歌太平睿藻。愿年年此际，迎春不老。
｜｜　—｜｜　—｜—｜▲　｜——｜｜　——｜▲

526. 玉漏迟

【题解】蒋孝《九宫谱目》：黄钟宫。

【句格】双调九十四字，前段十句五仄韵，后段九句五仄韵；下片"更"掣偶句。

宋祁

杏香飘禁苑，须知自昔，皇都春早。燕子来时，绣陌渐熏芳草。蕙圃夭
⊥——｜｜　⊤—⊥　⊤——▲　⊥｜⊤—　⊥｜⊥——▲　⊥｜—
桃过雨，弄碎影、红筛清沼。深院悄。绿杨巷陌，莺声争巧。
—⊥｜　⊥⊥⊥　⊤——▲　—｜▲　⊥⊤⊥⊥　⊤——▲

早是赋得多情，更遇酒临花，镇幸欢笑。数曲栏杆，故国漫劳登眺。汉
⊥｜⊥——　⊥｜⊥——　｜——▲　⊥｜⊤—　⊥｜⊥——▲　⊥
外微云尽处，乱峰锁、一竿斜照。归路杳。东风泪零多少。
｜⊤—⊥　⊥⊤｜　⊥——▲　—｜▲　⊤⊤｜——▲

527. 尾犯

【题解】调见《乐章集》,"夜雨滴空阶"词注正宫,"晴烟羃羃"词注林钟商。秦观词名《碧芙蓉》。

【句格】双调九十四字,前段十句四仄韵,后段八句四仄韵;上片二、三句宜对、第五句为一四结构。此调有不同诸格体。

柳永

夜雨滴空阶,孤馆梦回,情绪萧索。一片闲愁,想丹青难貌。秋渐老、
⊥丨丨——　—丨丨—　—丨—⊥▲　⊥丨——　丨———▲　⊤丁⊥

蛩声正苦,夜将阑、灯花渐落。最无端处,忍把良宵,只恁孤眠却。
——丨丨　丨——　⊤—丨▲　⊥——丨　⊥丨⊤—　⊥丨⊤—▲

佳人应怪我,别后寡信轻诺。记得当时,剪香云为约。甚时向、幽闺深
⊤——丨丨　⊥丨丨丨—▲　⊥丨——　丨———▲　丨⊤丨　———

处,按新词、流霞共酌。再同欢笑,肯把金玉珍珠博。
丨　丨⊤⊤　——丨▲　⊥—⊤丨　丨丨⊤⊥——▲

528. 六幺令

【题解】《碧鸡漫志》:《六幺》一名《绿腰》,一名《乐世》,一名《录要》。或云,此曲拍无过六字者,故曰《六幺》。今《六幺》行于世者,曰黄钟羽,即俗呼般涉调;曰夹钟羽,即俗呼中吕调;曰林钟羽,即俗呼高平调;曰夷则羽,即俗呼仙吕调,皆羽调也。按,今《乐章集》,柳永九十四字词,原注仙吕调,即《碧鸡漫志》所云羽调之一。

【句格】双调九十四字,前后段各九句,五仄韵。此调有不同诸格体。

柳永

澹烟残照,摇曳溪光碧。溪边浅桃深杏,迤逦染春色。昨夜扁舟泊处,
⊥—⊤丨　⊤丨⊤—▲　⊤—⊥⊤—丨　⊤丨⊥—▲　⊥丨——丨丨

枕簟当滩碛。波声渔笛。惊回好梦,梦里欲归怎归得。
⊥丨——▲　⊤——▲　⊤—⊥丨　⊥丨⊥—丨—▲

辗转翻成无寐，因此伤行役。思念多媚多娇，咫尺千里隔。都为深情密
　｜｜－－｜　　⊤｜－－▲　⊤｜⊤｜－－　｜｜－⊥▲　⊤｜－－｜
爱，不忍轻离拆。好天良夕。鸳帏寂静，算得也应暗思忆。
　｜　⊥｜－－▲　⊥－－▲　⊤－－⊥　⊥｜⊥－｜－▲

529. 保寿乐

【题解】周密《天基圣节乐次》：再坐第六盏，觱篥独吹商角调，筵前《保寿乐》。

【句格】双调九十四字，前段十句四仄韵，后段九句五仄韵；上片"念"为领字。

曹勋

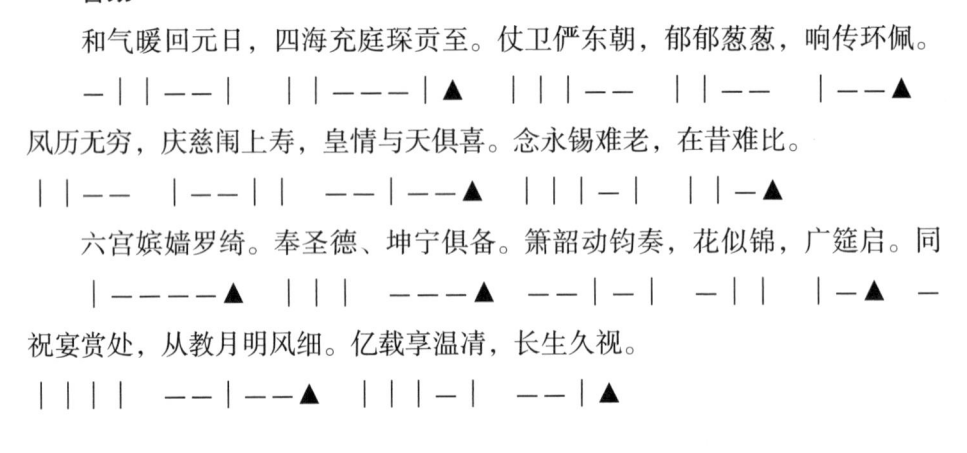

和气暖回元日，四海充庭琛贡至。仗卫俨东朝，郁郁葱葱，响传环佩。
　－｜｜－－｜　　｜｜－－－｜▲　｜｜｜－－　｜｜－－　｜－－▲
凤历无穷，庆慈闱上寿，皇情与天俱喜。念永锡难老，在昔难比。
　｜｜－－　｜－－｜　－－｜－－｜▲　｜｜－｜　｜｜－▲
六宫嫔嫱罗绮。奉圣德、坤宁俱备。箫韶动钧奏，花似锦，广筵启。同
　｜－－－－▲　｜｜｜　－－－▲　－－｜－｜　－｜｜　｜－▲　－
祝宴赏处，从教月明风细。亿载享温清，长生久视。
　｜｜｜｜　－－｜－－▲　｜｜｜－｜　－－｜▲

530. 惜秋华

【题解】吴文英自度曲。

【句格】双调九十四字，前段八句五仄韵，后段九句六仄韵；上片第六句为一六结构，下片二、三句均一四结构。此调有不同诸格体。

吴文英

思渺西风，怅行踪、浪逐南飞高雁。怯上翠微，危楼更堪凭晚。蓬莱对
　｜｜－－　｜－－　｜｜－－－▲　⊥｜｜－　－－｜－－▲　－－
起幽云，澹野色山容愁卷。清浅。瞰沧波、静衔秋痕一线。
｜｜－－　｜⊥｜－－⊤▲　－▲　｜－－　｜⊤－－⊥▲

十载寄吴苑。惯东篱深处,把露黄偷剪。移暮影、照越镜,意销香断。
⊥丨丨一▲　丨⊤⊤⊤⊥　丨丨一一▲　⊤⊥丨　⊥丨丨　丨一一▲
秋娥赋得闲情,倚翠樽、小眉初展。深劝。待明朝、醉巾重岸。
一一丨丨一一　丨丨⊤　⊥一一▲　一▲　丨一一　⊥一⊤▲

531. 古香慢

【题解】吴文英自度曲,原注夷则商,犯无射宫。

【句格】双调九十四字,前段九句四仄韵,后段九句五仄韵;上片首二句对,下片三、四句对。

吴文英

怨蛾坠柳,离佩摇茳,霜讯南浦。漫忆佳人,倚竹袖寒日暮。还问月中
丨一丨丨　一丨一一　一丨一▲　丨丨一一　丨丨丨丨▲　一丨一
游,梦飞过、金凤翠羽。把残云剩水万顷,暗熏冷麝凄苦。
一　丨一丨　一一丨▲　丨一一丨丨丨丨　丨一丨丨一▲

渐浩渺、凌山高处。秋澹无光,残照谁主。露粟侵肌,夜约羽林轻误。
丨丨丨　一一一▲　一丨一一　一丨一▲　丨丨一一　丨丨丨一▲
剪碎惜秋心,更肠断、珠尘薜露。怕重阳,又催近、满城风雨。
丨丨丨一一　丨一丨　一一丨▲　丨一一　丨丨丨　丨一一▲

532. 芙蓉月

【题解】调见《虚斋乐府》,盖咏芙蓉,因词中有"残月澹"句,故名《芙蓉月》。

【句格】双调九十四字,前段九句四仄韵,后段十一句六仄韵;上片七、八句对,下片"记"为领字。

赵以夫

黄叶舞空碧,临水处、照眼红葩齐吐。柔情媚态,伫立西风如诉。遥想
一丨丨一丨　一丨丨　丨丨一一一▲　一一丨丨　丨丨一一一▲　一丨
仙家城阙,十万绿衣童女。云缥缈,玉娉婷,隐隐彩鸾飞舞。
一一一丨　丨丨丨一一▲　一丨丨　丨一一　丨丨丨一一▲

樽前更风度。记天香国色，曾占春暮。依然好在，还伴清霜凉露。一曲
――｜―▲　｜――｜｜　－｜－▲　――｜｜　－｜－――▲　｜｜
栏杆敲遍，悄无语。空相顾。残月澹，酒阑时，满城钟鼓。
―――｜　｜－▲　――｜　－｜｜　｜――　｜――▲

533. 一枝春

【题解】调见杨缵词，其自度曲也。

【句格】双调九十四字，前段八句四仄韵，后段八句五仄韵；下片第六句为一四二结构。此调有不同诸格体。

杨缵

竹爆惊春，竞喧阗、夜起千门箫鼓。流苏帐暖，翠鼎缓腾香雾。停杯未
⊥｜――　｜――　｜｜―――▲　――｜｜　｜｜｜――▲　――｜
举，奈刚要、送年新句。应自有、歌字清圆，未夸上林莺语。
｜　｜－｜　｜――▲　－｜⊥　－｜――　｜⊤｜――▲

从他岁穷日暮。纵闲愁、怎减刘郎风度。屠苏办了，迤逦柳欺梅妒。
―⊤｜－⊥▲　｜――　｜―――▲　――｜｜　⊤｜｜－⊤▲
宫壶未晓，早骄马绣车盈路。还又把、月夜花朝，自今细数。
――｜｜　⊥⊤｜｜――▲　－｜⊥　⊥｜――　｜－｜▲

534. 梅子黄时雨

【题解】调见《山中白云词》。

【句格】双调九十四字，前段十句五仄韵，后段十句七仄韵；上片"爱"挈二、三句，"向"挈四、五句，下片"便""待"句均一四结构。

张炎

流水孤村，爱尘事顿消，来访深隐。向醉里谁扶，满身花影。鸥鹭相看
―｜――　｜――｜｜　――――▲　｜｜｜――　｜―－▲　－｜――
如此瘦，近来不是伤春病。嗟流景。竹外野桥，犹系烟艇。
－｜｜　｜－｜――▲　――▲　｜｜｜－　－｜－▲

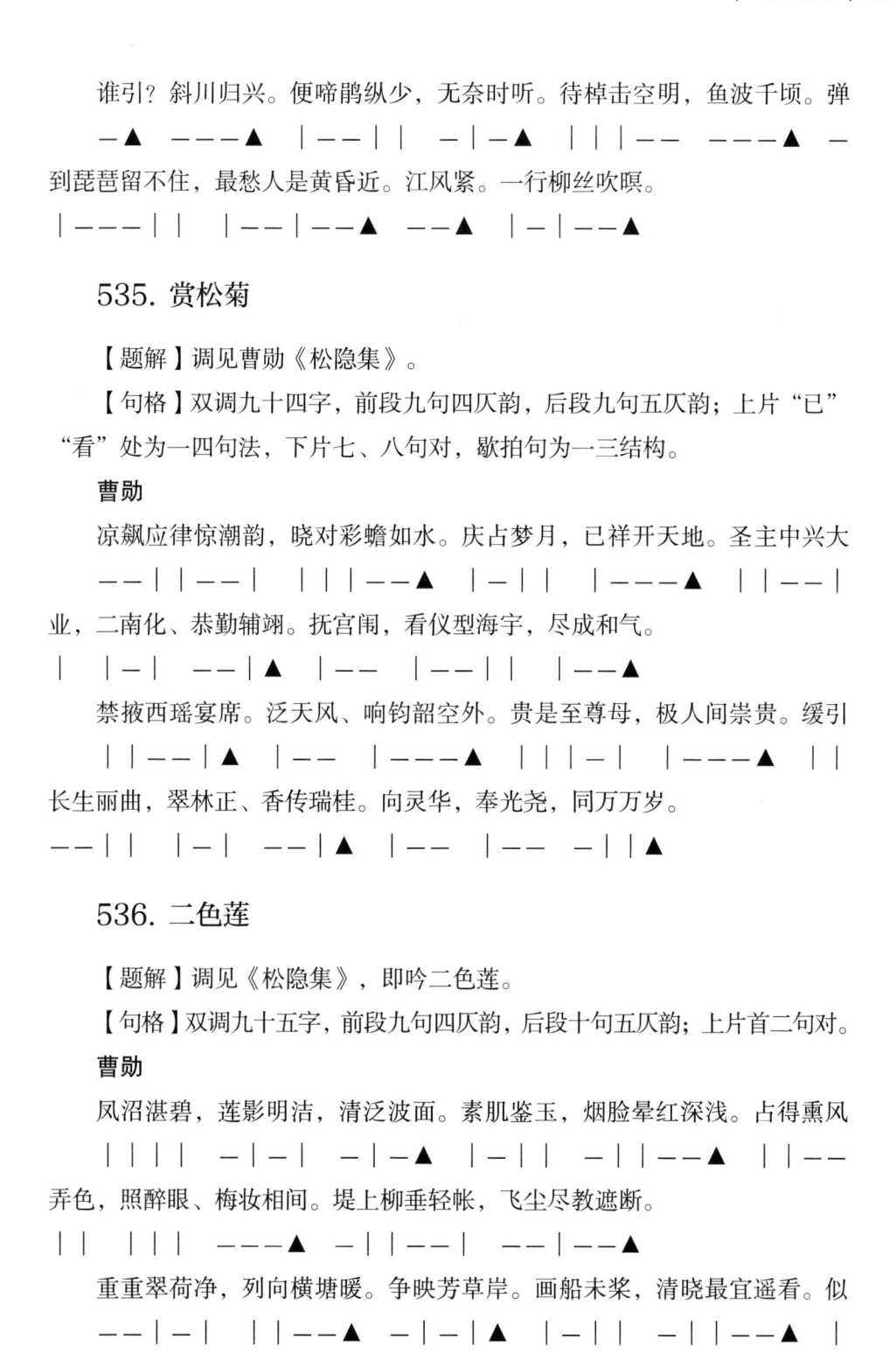

谁引？斜川归兴。便啼鹃纵少，无奈时听。待棹击空明，鱼波千顷。弹
ー▲　ーーー▲　｜ーー｜｜　ー｜ー▲　｜｜｜ーー　ーーー▲　ー
到琵琶留不住，最愁人是黄昏近。江风紧。一行柳丝吹暝。
｜ーーー｜｜　｜ーー｜ーー▲　ーー▲　｜ー｜ーー▲

535. 赏松菊

【题解】调见曹勋《松隐集》。

【句格】双调九十四字，前段九句四仄韵，后段九句五仄韵；上片"已""看"处为一四句法，下片七、八句对，歇拍句为一三结构。

曹勋

凉飙应律惊潮韵，晓对彩蟾如水。庆占梦月，已祥开天地。圣主中兴大
ーー｜｜ーー｜　｜｜｜ーー▲　｜ー｜｜　｜ーーー▲　｜｜ーー｜
业，二南化、恭勤辅翊。抚宫闱，看仪型海宇，尽成和气。
｜　｜ー｜　ーー｜▲　｜ーー　｜ーー｜｜　｜ーー▲

禁掖西瑶宴席。泛天风、响钧韶空外。贵是至尊母，极人间崇贵。缓引
｜｜ーー｜▲　｜ーー　｜ーー｜▲　｜ー｜ーー　｜ーーー▲　｜｜
长生丽曲，翠林正、香传瑞桂。向灵华，奉光尧，同万万岁。
ーー｜｜　｜ー｜　ーー｜▲　｜ーー　｜ーー　ー｜｜▲

536. 二色莲

【题解】调见《松隐集》，即吟二色莲。

【句格】双调九十五字，前段九句四仄韵，后段十句五仄韵；上片首二句对。

曹勋

凤沼湛碧，莲影明洁，清泛波面。素肌鉴玉，烟脸晕红深浅。占得熏风
｜｜｜｜　ー｜ー｜　ー｜ー▲　｜ー｜｜　ー｜｜ーー▲　｜｜ーー
弄色，照醉眼、梅妆相间。堤上柳垂轻帐，飞尘尽教遮断。
｜｜　｜｜｜　ーーー▲　ー｜｜ーーー　ーーー｜ーー▲

重重翠荷净，列向横塘暖。争映芳草岸。画船未桨，清晓最宜遥看。似
ーー｜ー｜　｜｜ーー▲　ー｜ー｜▲　｜ーー｜　ーー｜ー｜ー▲　｜

约鸳鸯并侣，又更与、春锄为伴。频宴赏，香成阵，瑶池任晚。
｜——｜｜　｜｜｜　———▲　—｜｜　——｜　——｜▲

537. 塞孤

【题解】调见《乐章集》，原注般涉调，本名《塞孤》，《词律》编入《塞姑》词后者误。

【句格】双调九十五字，前段十句六仄韵，后段九句六仄韵；上片五、六句对，七、八句折腰对，九句为一三结构，下片首二句对，七、八句折腰对。此调有不同诸格体。

柳永

一声鸡，又报残更歇。秣马巾车催发。草草主人灯下别。山路险，新霜
｜——　｜｜——▲　｜｜———▲　｜｜⊥——｜▲　—｜｜　——
滑。瑶珂响、起栖乌，金灯冷、敲残月。渐西风紧，襟袖凄裂。
▲　——｜　｜——　—｜｜　——▲　｜——　—｜—▲

遥指白玉京，望断黄金阙。远道何时行彻。算得佳人凝恨切。应念念，
—｜｜｜—　｜｜——▲　｜｜———▲　⊥｜———｜▲　—｜｜
归时节。相见了、执柔荑，幽会处、偎香雪。免鸳衾、两恁虚设。
——▲　—｜｜　｜——　—｜｜　——▲　｜——　｜｜—▲

538. 扫地游

【题解】调见《清真词》，因词有"占地持杯，扫花寻路"句，取以为名，又名《扫花游》。

【句格】双调九十五字，前段十一句六仄韵，后段十句七仄韵；上片"正"挈二、三、四句，"听"挈五、六句，"问"挈第十和十一句，下片"任"挈二、三、四句对，"叹"挈五、六句对。此调有不同诸格体。

周邦彦

晓阴翳日，正雾霭烟横，远迷平楚。暗黄万缕。听鸣禽按曲，小腰欲舞。
⊥—｜｜　｜｜｜——　⊥——▲　｜—｜▲　｜——⊥｜　｜—⊥▲

细绕回堤，驻马河桥避雨。信流去。问一叶怨题，今到何处。
｜｜⊤－　｜｜⊤－－▲　｜－▲　｜⊥⊥｜－　⊤⊥－▲

春事能几许。任占地持杯，扫花寻路。泪珠溅俎。叹将愁度日，病伤幽
⊤⊥⊤⊥▲　｜⊥｜－－　⊥⊤⊤▲　⊥－｜▲　｜⊤⊤⊥⊥　｜－－

素。恨入金徽，见说文君更苦。黯凝伫。掩重关、遍城钟鼓。
▲　｜｜－－　⊥｜⊤－⊥▲　⊥－▲　｜－－　｜－⊤▲

539. 徵招

【题解】《宋史·乐志》：政和间，诏以大晟雅乐，施于燕飨，御殿按试，补征、角二调，播之教坊。调名始此。

【句格】双调九十五字，前段九句五仄韵，后段八句五仄韵；下片三、四、八句均一四结构。此调有不同诸格体。

赵以夫

玉壶冻裂琅玕折，骎骎逼人衣袂。暖絮涨空飞，失前山横翠。欲低还又
｜－⊥｜－－　－－｜－－▲　⊥｜｜－－　｜⊤－－▲　⊥－－｜

起。似妆点、满园春意。记忆当时，剡中情味，一溪云水。
▲　｜－｜　⊥－－▲　｜｜－－　｜－－｜　｜－－▲

天际绝人行，高吟处、依稀灞桥邻里。更蔫蔫梅花，落云阶月砌。化工
⊤｜｜－－　－－｜　－－｜－－▲　｜｜｜－－　｜－－⊥▲　⊥－

真解事，强勾引、老来诗思。楚天暮、驿使不来，怅曲栏频倚。
－｜▲　⊥⊤｜　｜－－▲　⊥－｜　｜｜⊥－　｜｜－－▲

540. 双瑞莲

【题解】调见《虚斋乐府》，词咏并头莲，即以为名。

【句格】双调九十五字，前段十句六仄韵，后段九句五仄韵；上片"看"挈二、三句对，下片"想"挈二、三句对。

赵以夫

千机云锦里。看并蒂新房，骈头芳蕊。清标艳态，两两翠裳霞袂。似是
－－－｜▲　｜｜｜－－　－－－▲　－－｜｜　｜｜｜－－▲　｜｜

商量心事，倚绿盖、无言相对。天蘸水。彩舟过处，鸳鸯惊起。
－－－｜　｜｜｜　　－－－▲　－｜▲　｜－｜｜　－－－▲

缥缈漾影摇香，想刘阮风流，双仙姝丽。闲情不断，犹恋人间欢会。莫
｜｜｜｜－－　｜－｜－－　－－－▲　－－｜｜　－｜－－－▲　｜

待西风吹老，荐玉醴、碧筒拚醉。清露底。月照一襟归思。
｜－－－｜　｜｜｜　｜－－▲　－｜▲　｜－｜－－▲

541. 玉京秋

【题解】调见《𬞟洲渔笛谱》。

【句格】双调九十五字，前段十一句六仄韵，后段九句六仄韵；上片四、五、六句对，下片三、四句对。

周密

烟水阔。高林弄残照，晚蜩凄切。画角吹寒，碧砧度韵，银床飘叶。衣
－｜▲　　－－｜－｜　｜－－▲　｜｜－－　｜－｜｜　－－－▲　－

湿桐阴露冷，采凉花、时赋秋雪。叹轻别，一襟幽事，砌蛩能说。
｜－－｜｜　｜－－　－｜－▲　｜－▲　｜－－｜　｜－－▲

客思吟商还怯。怨歌长、琼壶暗缺。翠扇阴疏，红衣香褪，翻成销歇。
｜｜－－－▲　｜－－　－－｜▲　｜｜－－　－－－｜　－－－▲

玉骨西风，恨最恨、闲却新凉时节。楚箫咽。谁倚西楼淡月。
｜｜－－　｜｜｜　－｜－－－▲　｜－▲　－｜－－｜▲

542. 玉女迎春慢

【题解】调见凤林书院元词。

【句格】双调九十五字，前段九句六仄韵，后段九句五仄韵。

彭元逊

才入新年，逢人日、拂拂淡烟无雨。叶底娇禽自语，小啄幽香还吐。东
－｜－－　－－｜　｜｜｜－－▲　｜｜－－｜▲　｜｜－－－▲　－

风辛苦。便怕有、踏青人误。清明寒食，消得渡江，黄翠千缕。
－－▲　｜｜｜　｜－－▲　－－－｜　－｜｜－　－｜－▲

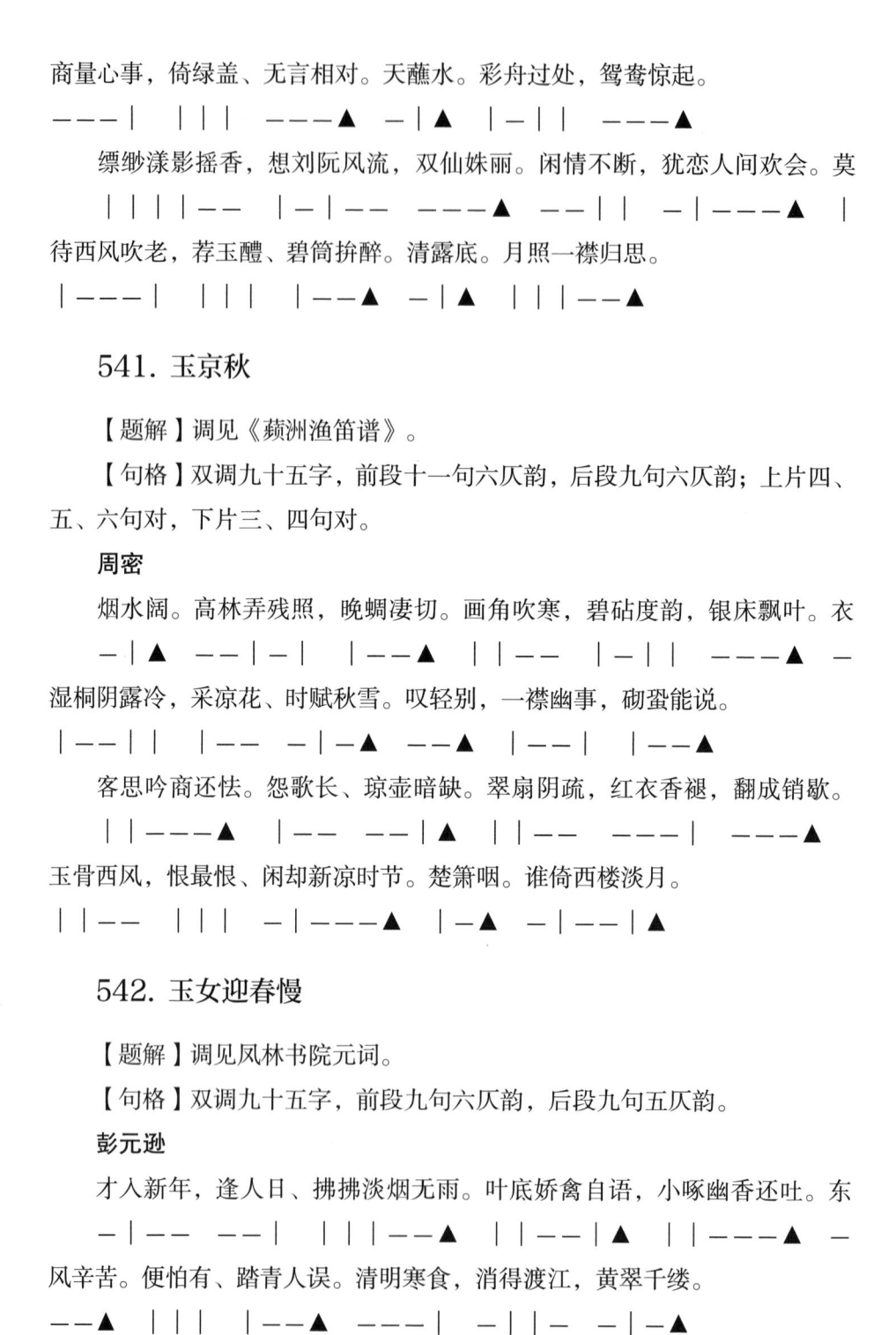

看临小帖宜春，填轻晕湿，碧花生雾。为说钗头袅袅，系着轻盈不住。
——｜｜——　——｜｜　｜｜——▲　｜｜——｜｜　｜｜——｜▲
问郎留否。似昨夜、教成鹦鹉。走马章台，忆得画眉归去。
｜——▲　｜｜｜　——▲　｜｜——　｜｜｜——▲

543. 玉梅香慢

【题解】调见《梅苑》，与《梅香慢》《早梅香》《雪梅香》不同。

【句格】双调九十五字，前段十一句五仄韵，后段八句五仄韵；上片首二句，四、五句对，一、二、三句似与四、五、六句连绵成联。

《梅苑》无名氏

寒色犹高，春力尚怯。微律先催梅坼。晓日轻烘，清风频触，凝散疏林
—｜——　——｜▲　｜｜———▲　｜｜——　———｜　—｜——
残雪。嫩英妒粉，嗟素艳、有蜂蝶。全似人人，向我依然，顿成离缺。
—▲　｜—｜｜　—｜｜　｜—▲　—｜——　｜｜——　｜——▲

徘徊寸肠万结。又因花、暗成凝咽。捻蕊怜香，不禁恨深难绝。若是芳
——｜—｜▲　｜——　｜——▲　｜｜——　｜｜｜——▲　｜｜—
心解语，应共把、此情细细说。泪满栏杆，无言强折。
—｜｜　—｜｜　｜—｜｜▲　｜｜——　——｜▲

544. 金浮图

【题解】调见《樽前集》。

【句格】双调九十六字，前后段各十句，七仄韵；下片第五句为一四三结构。

尹鹗

繁华地。王孙富贵。玳瑁筵开，下朝无事。压红裀、凤舞黄金翅。玉立
——▲　——｜▲　｜｜——　｜——▲　｜——　｜｜——▲　｜｜
纤腰，一片揭天歌吹。满目绮罗珠翠。和风淡荡，偷送沉檀气。
——　｜｜｜——▲　｜｜——　——▲　｜——▲

堪判醉。韶光正媚。折尽牡丹，艳迷人意。纵金张许史应难比。贪恋欢
——▲　——｜▲　｜｜｜—　｜——▲　｜——｜｜——▲　—｜—

娱，不觉金乌西坠。还惜会难别易。金船更劝，勒住花骢辔。
－｜｜－－－▲　－｜｜－｜▲　－－｜｜　｜｜－－▲

545. 阳台路

【题解】《乐章集》注：林钟商。

【句格】双调九十六字，前段九句六仄韵，后段八句四仄韵；上片"坠""挈"二三宜对。

柳永

楚天晚。坠冷枫败叶，疏红零乱。冒征尘、匹马驱驱，愁见水遥山远。
｜－▲　｜｜－｜｜　－－－▲　｜－－　｜｜－－　－｜｜－－▲

追念年时，正恁凤帏、倚香偎暖。嬉游惯，又岂知、前欢云雨分散。
－｜－－　｜｜－－　｜－－▲　－－▲　｜｜－　－－－｜－▲

此际空劳回首，望帝里、难收泪眼。暮烟衰草，算暗锁、路歧无限。今宵又、依前寄宿，甚处苇村山馆。寒灯半夜厌厌，凭何消遣。
｜｜－－－｜　｜｜｜　－－｜▲　｜－－｜　｜｜｜　｜－－▲　－－｜　－－｜｜　｜｜｜－－▲　－－｜｜－－　－－－▲

546. 黄莺儿

【题解】调见《乐章集》，原注正宫，即咏黄莺儿，取以为名。

【句格】双调九十六字，前段十句四仄韵，后段十句五仄韵；上下片二三句、七八句对。此调有不同诸格体。

柳永

园林晴昼谁为主？暖律潜催，幽谷暄和，黄鹂翩翩，乍迁芳树。观露湿缕金衣，叶映如簧语。晓来枝上绵蛮，似把芳心，深意低诉。
⊤－－｜－－▲　⊥｜－－　－｜－－　⊤⊤－－　⊥⊤－▲　－｜｜｜－－　｜｜－－▲　｜－－｜－－　｜｜－－　－｜－▲

无据。乍出暖烟来，又趁游蜂去。恣狂踪迹，两两相呼，终朝雾吟风舞。
－▲　｜｜｜－－　｜｜－－▲　｜－－⊥　｜｜－－　－－⊥⊤－▲

当上苑柳浓时，别馆花深处。此际海燕偏饶，都把韶光与。
⊥│││──　││──▲　│⊥⊥│──　⊤│──▲

547. 天香

【题解】《法苑珠林》云：天童子天香甚香，调名本此。

【句格】双调九十六字，前段十句五仄韵，后段八句六仄韵；上片一、二、三与四、五、六句成连绵对，下片三、四句由"流浪"掣对句；下片歇拍两句对。此调有不同诸格体。

贺铸

烟络横林，山沉远照，逦迤黄昏钟鼓。烛映帘栊，蛩催机杼，共惹清秋
⊤│──　⊤─⊥│　⊤⊥⊤⊤─▲　⊥│──　⊤─⊤│　││⊤─
风露。不眠思妇。齐应和、几声砧杵。惊动天涯倦客，骎骎岁华行暮。
─▲　⊥─⊤▲　⊤⊥│　⊥─⊤▲　⊤│⊤─⊥│　─⊤⊥⊤─▲

当年酒狂自负，谓东君、以春相付。流浪征骖北道，客樯南浦。幽恨无
⊤⊤⊥─⊥▲　│──　⊥⊤─▲　⊤│⊤─⊥│　│──▲　⊤│─
人晤语，赖明月、曾知旧游处。好伴云来，还将梦去。
─│▲　│⊤│　──⊥⊤▲　⊥│──　──│▲

548. 倦寻芳

【题解】王雱词注：中吕宫；潘元质词，名《倦寻芳慢》。

【句格】双调九十六字，前段十一句四仄韵，后段十句五仄韵。此调有不同诸格体。

王雱

露晞向晓，帘幕风轻，小院闲昼。翠径莺来，惊下乱红铺绣。倚危栏，登
│─││　─│──　││─▲　││──　─││──▲　│──　─
高榭，海棠着雨胭脂透。算韶华，又因循过了，清明时候。
─│　│─││▲　│──　│──│　───▲

倦游燕、风光满目，好景良辰，谁共携手。恨被榆钱，买断两眉长斗。
│─│　──││　││──　─│─▲　││──　│││──▲

忆得高阳人散后。落花流水仍依旧。这情怀，对东风，尽成消瘦。
||―――|▲　|――|――▲　|――　|――　|――▲

549. 剑器近

【题解】《宋史·乐志》：教坊奏《剑器》曲，其一属中吕宫，其二属黄钟宫，又有剑器舞队，此云近者，其声调相近也。

【句格】双调九十六字，前段八句八仄韵，后段十二句七仄韵；下片第七句为一四结构。

袁去华

夜来雨。赖倩得、东风吹住。海棠正妖娆处。且留取。悄庭户。试细听、
|―▲　|||　―――▲　|―|――▲　|―▲　|―▲　|||

莺啼燕语。分明共人愁绪。怕春去。
――|▲　――|――▲　|―▲

佳树。翠阴初转午。重帘未卷，乍睡起，寂寞看风絮。偷弹清泪寄烟
―▲　|――|▲　――|　||―　||――▲　―――||―

波，见江头故人，为言憔悴如许。彩笺无数。去却寒暄，到了浑无定据。断
―　||――|　||――|▲　|――▲　|―――　||――|▲　|

肠落日千山暮。
―||――▲

550. 凤鸾双舞

【题解】调见《水云词》。

【句格】双调九十六字，前段十二句四仄韵，后段八句六仄韵；上片四、五句，六、七句对，下片第四句为一四结构。

汪元量

慈元殿，薰风宝鼎，喷香云飘坠。环立翠羽，双歌丽调，舞腰新束，舞
――|　――|　―――▲　―|||　|――　||―　|

缨新缀。金莲步、轻摇凤儿，翩翩作势。便似月里姮娥滴来，人间天上，一
――▲　――|　――|―　――|▲　|||――|―　―――|　|

番游戏。
－－▲

圣人乐意。任乐部、箫韶声沸。众妃欢也，渐调笑微醉。竞捧霞觞，深
｜－｜▲　｜｜｜　－－－▲　｜－－｜　｜－｜－▲　｜｜－－　－
深愿、圣母寿如松桂。迢递。赏更万年千岁。
－｜　｜｜｜－－▲　－▲　｜｜｜－－▲

551. 塞垣春

【题解】调见《片玉词》。

【句格】双调九十六字，前段九句六仄韵，后段八句四仄韵；下片三、四句，歇拍句宜对。此调有不同诸格体。

周邦彦

暮色分平野。傍苇岸、征帆卸。烟村极浦，树藏孤馆，秋景如画。渐别
｜｜－－▲　｜｜｜　－－▲　－－｜｜　｜－－｜　－｜－▲　｜⊥
离气味难禁也。更物象、供潇洒。念多才、浑衰减，一怀幽恨难写。
－｜｜－－▲　｜｜｜　－－▲　｜－－　－－｜　｜－－｜－▲

追念绮窗人，天然自、风韵闲雅。竟夕起相思，漫嗟怨遥夜。又还将、
－｜｜－－　－－｜　－－－｜▲　｜｜｜－－　⊥－－－▲　｜－－
两袖珠泪，沉吟向、寂寥寒灯下。玉骨为多感，瘦来无一把。
⊥｜－｜　－－｜　｜－－－▲　⊥｜｜－｜　｜－－｜▲

552. 早梅香

【题解】调见《梅苑》，因词中有"探得早梅"及"乱飞香雪"句，故名。

【句格】双调九十六字，前段十一句四仄韵，后段十句四仄韵；下片第二句为一六结构、第八句为一三结构。

无名氏

北帝收威，又探得早梅，漏春消息。粉蕊琼苞，拟将胭脂，轻染颜色。
｜｜－－　｜｜｜｜－　｜－－▲　｜｜－－　｜－－－　－｜－▲

素质盈盈，终不许、雪霜欺得。奈化工，偏宜赋与，寿阳妆饰。
｜｜——　—｜｜　｜——▲　｜｜—　——｜｜　｜——▲

独自逞冰姿，比夭桃繁杏殊别。为报山翁，逢此有花，樽前且须攀折。
　｜｜｜——　｜———｜—▲　｜｜——　—｜｜—　——｜——▲

醉赏吟恋，莫辜负、好天风月。恐笛声悲，纷纷便似，乱飞香雪。
｜｜—｜　｜—｜　｜——▲　｜｜——　——｜｜　｜——▲

553. 迷神引

【题解】《乐章集》注：中吕调。

【句格】双调九十七字，前段十一句六仄韵，后段十三句六仄韵；上片第四句为一三结构，五、六句宜对。此调有不同诸格体。

柳永

红板桥头秋光暮。淡月映烟方煦。寒溪蘸碧，绕垂杨路。重分飞，携纤手，泪如雨。波急隋堤远，片帆举。倏忽年华改，向期阻。
⊤｜————▲　｜｜⊥——▲　——｜｜　｜——▲　｜——　——　｜　｜—▲　⊤｜——｜　⊥⊤▲　⊥｜——｜　—｜▲

暗觉春残，渐渐飘花絮。好晚凉天，长孤负。洞房闲掩，小屏空、无心觑。指归云，仙乡杳，在何处。遥夜香衾暖，算谁与。知他深深约，记得否。
｜｜——　｜｜——▲　｜｜——　——▲　｜—⊥｜　｜—⊤　——▲　｜——　——｜　｜—▲　—｜——｜　⊥⊤▲　————｜　｜｜▲

554. 醉蓬莱

【题解】《乐章集》注：林钟商。赵磻老词，有"璧月流光，雪消寒峭"句，名《雪月交光》；韩淲词，有"玉作山前，冰为水际，几多风月"句，名《冰玉风月》。

【句格】双调九十七字，前段十一句四仄韵，后段十二句四仄韵；上片"渐"挈前三句对，六、七句对，歇拍三句对，下片三、四句，歇拍三句对，上片第五句、第八句，下片第六句、第九句皆一四结构。此调有不同诸格体。

柳永

渐亭皋叶下，陇首云飞，素秋新霁。华阙中天，锁葱葱佳气。嫩菊黄深，
⊥丁—⊥　⊥｜——　⊥——▲　丁｜——　｜丁——▲　⊥｜——
拒霜红浅，近宝阶香砌。玉宇无尘，金茎有露，碧天如水。
⊥—丁｜　｜｜⊥——▲　⊥｜——　丁—⊥｜　⊥——▲

正值升平，万几多暇，夜色澄鲜，漏声迢递。南极星中，有老人呈瑞。
⊥｜——　⊥—丁｜　｜⊥——　｜——▲　丁｜——　｜⊥——▲
此际宸游，凤辇何处，度管弦清脆。太液波翻，披香帘卷，月明风细。
⊥｜——　⊥⊥⊥丁｜　｜｜⊥——▲　｜⊥—丁　丁—丁｜　⊥——▲

555. 采明珠

【题解】曹植《洛神赋》："或采明珠"，调名取此。《宋史·乐志》：曲破中吕调，采明珠。

【句格】双调九十七字，前段九句四仄韵，后段十一句七仄韵；下片首二句对。

杜安世

雨乍收、小院尘消，云淡天高露冷。坐看月华生，射玉楼清莹。蟋蟀鸣
｜｜—　｜｜——　——｜▲　｜｜｜——　｜｜—▲　｜｜—
金井。下帘帏、悄悄空阶，败叶坠风，惹动闲愁，千端万绪难整。
—▲　｜——　｜｜——　｜｜｜—　｜｜——　——｜｜—▲

秋夜永。凉天迥。可不念光景。嗟薄命。倏忽少年，忍教孤另。灯闪红
—｜▲　——▲　｜｜—｜▲　—｜▲　｜｜——　｜——▲　—｜—
窗影。步回廊、懒入香闺，暗落泪珠满面，谁人知我，为伊成病。
—▲　｜——　｜｜——　｜｜｜—｜｜　———｜　｜——▲

556. 黄鹂绕碧树

【题解】调见《清真乐府》。

【句格】双调九十七字，前段十句四仄韵，后段八句五仄韵；上片二、三句对，"对"掣五、六句对，下片三、四句隐对，歇拍"争如"掣对句。

周邦彦

双阙笼佳气，寒威日晚，岁华将暮。小院闲庭，对寒梅照雪，淡烟凝素。
－｜――｜　――｜｜　｜――▲　｜｜｜―　｜――｜｜　｜――▲
忍当迅景，动无限、伤春情绪。犹赖是、上苑风光渐好，芳容将煦。
｜―｜｜　｜―｜　―――▲　－｜｜　｜｜――｜　―――▲
草荚兰芽渐吐。且寻芳、更休思虑。这浮世、甚驱驰利禄，奔竞尘土。
｜｜―｜｜▲　｜―｜　｜――▲
纵有魏珠照乘，未买得流年住。争如盛饮流霞，醉偎琼树。
｜｜｜－｜｜　｜｜｜――▲　――｜｜――　｜－－▲

557. 帝台春

【题解】唐教坊曲名，《宋史·乐志》，琵琶曲有《帝台春》，属无射宫。

【句格】双调九十七字，前段十句五仄韵，后段十一句七仄韵；上片歇拍二句对，下片一、二句与三、四句错综对，八、九句对，歇拍二句对。

李甲

芳草碧色。萋萋遍南陌。暖絮乱红，也似知人，春愁无力。忆得盈盈拾
－｜｜▲　――｜－▲　｜｜｜－　｜｜－－　－－－▲　｜｜－－｜
翠侣，共携赏、凤城寒食。到今来，海角逢春，天涯倦客。
｜｜　｜－｜　｜－－▲　｜－－　｜｜－－　－－｜▲
愁旋释。还似织。泪暗拭。又偷滴。漫倚遍危栏，尽黄昏，也只是、暮
－｜▲　－｜▲　｜｜▲　｜－▲　｜｜｜－－　｜－－　｜｜｜　｜
云凝碧。拚则而今已拚了，忘则怎生便忘得。又还问鳞鸿，试重寻消息。
－－▲　－｜－－｜－｜　－｜｜－｜－▲　｜－｜－－　｜－－－▲

558. 暗香

【题解】宋姜夔自度仙吕宫曲，咏梅花作也。张炎以此调咏荷花，更名《红情》。

【句格】双调九十七字，前段九句五仄韵，后段十句七仄韵；上下片"算""叹"皆领字。

姜夔

旧时月色。算几番照我,梅边吹笛。唤起玉人,不管清寒与攀摘。何逊
⊥－▲　｜⊥－｜　⊤－－▲　｜｜⊥－　⊥｜－－｜－▲　⊤｜

而今渐老,都忘却、春风词笔。但怪得、竹外疏花,香冷入瑶席。
⊤－｜｜　⊤⊤⊥　⊤－－▲　｜⊥⊥　⊥｜－－　⊤｜｜－▲

江国。正寂寂,叹寄与路遥,夜雪初积。翠樽易泣,红萼无言耿相忆。
⊤▲　｜⊥▲　｜⊥｜－　⊥⊥－▲　｜－｜▲　－｜⊤－｜－▲

长记曾携手处,千树压、西湖寒碧。又片片、吹尽也,几时见得。
⊤｜－－⊥｜　⊤｜⊥　⊤－－▲　｜⊥⊥　－｜｜　｜－⊥▲

559. 梦芙蓉

【题解】吴文英自度曲,题赵昌所画芙蓉作也,因词有"梦断琼仙"句,故名《梦芙蓉》。

【句格】双调九十七字,前后段各十句,六仄韵;上下片"记""想""怅"为领字。

吴文英

西风摇步绮。记长堤骤过,紫骝十里。断桥南岸,人在晚霞外。锦温花
－－⊥｜▲　｜－－｜｜　｜－｜▲　｜｜－｜　－｜｜－▲　｜－－

共醉。当时曾共秋被。自别霓裳,想红消翠冷,霜枕正慵起。
｜▲　－－－｜－▲　｜｜－－　｜－－｜｜　－｜｜－▲

惨淡西湖柳底。摇荡秋魂,夜月归环佩。画图重展,惊认旧梳洗。去来
｜｜－－｜▲　－｜－－　｜｜－－▲　｜－－｜　－｜｜－▲　｜－

双翡翠。难传眼恨眉意。梦断琼仙,怅云深路杳,城影照流水。
－｜▲　－－｜｜－▲　｜｜－－　｜－－｜｜　－｜｜－▲

560. 西子妆慢

【题解】张炎词序:吴梦窗自制此曲。或加"慢"字。

【句格】双调九十七字,前段十句五仄韵,后段九句六仄韵;上片首二句对,第九句"问"为领字。

吴文英

流水曲尘，艳阳酷酒，画舸游情如雾。笑拈芳草不知名，乍凌波、断桥
⊤｜⊥　　⊥—｜｜　　｜｜⊤—▲　　⊥—⊤｜｜——　｜——　｜—
西堍。垂杨漫舞。总不解、将春系住。燕归来，问彩绳纤手，如今何许。
—▲　　——｜▲　　｜⊥｜　——⊥▲　　｜——　｜⊥——｜　———▲

欢盟误。一箭流光，又趁寒食去。不堪衰鬓着飞花，傍绿阴、冷烟深树。
——▲　｜｜——　｜｜⊥▲　　⊥——｜｜——　｜⊥—　｜——▲
元都秀句。记前度、刘郎曾赋。最伤心，一片孤山细雨。
——｜▲　⊥—｜　——⊤▲　　｜——　⊥｜——｜▲

561. 玉京谣

【题解】吴文英自度曲，自注夷则商，犯无射宫。按，《枕中书》：玉京在大罗天之上。李白诗有"手把芙蓉朝玉京"句。此文英赠陈藏一词，见《随隐漫录》，盖赋京华羁旅之况，故借玉京以为调名。

【句格】双调九十七字，前段十句五仄韵，后段九句五仄韵；上片歇拍两句对，下片六七句三字豆宜对。

吴文英

蝶梦迷清晓，万里无家，岁晚貂裘敝。载取琴书，长安闲看桃李。烂绣
｜｜——｜　｜｜——　｜｜——▲　｜｜——　———｜—▲　｜｜
锦、人海花场，任客燕、飘零谁计。春风里。香泥九陌，文梁孤垒。
｜　—｜——　｜｜｜　———▲　——▲　——｜｜　———▲
微吟怕有诗声，翳镜慵看，但小楼独倚。金屋千娇，从他鸳暖秋被。蕙
——｜｜——　｜｜——　｜｜———▲　————　——————｜▲　｜
帐移、烟雨孤山，待对景、落梅清泚。终不似。江上翠微流水。
｜—　—｜——　｜｜｜　｜——▲　—｜▲　—｜｜——▲

562. 被花恼

【题解】杨缵自度曲，因词中有"被花恼"句，取以为名。

【句格】双调九十七字，前后段各九句，四仄韵；上片四、五句，七、

八句对；下片第六句为一七句法。

杨缵

疏疏宿雨酿轻寒，帘幕静垂清晓。宝鸭微温瑞烟少。檐声不动，春禽对
ーー｜｜｜ーー　ー｜｜ーー▲　｜｜ーー｜ー▲　ーー｜｜　ーー｜
语，梦怯频惊觉。敲珀枕，倚银床，半窗花影明东照。
｜　｜｜ーー▲　ー｜｜　｜ーー　｜ーー｜ーー▲

惆怅夜来风，生怕娇香混瑶草。披衣便起，小径回廊，处处都行到。正
ー｜｜ーー　ー｜ー｜ーー▲　ーー｜｜　｜｜ーー　｜｜ーー▲　｜
千红万紫竞芳妍，又还似、年时被花恼。蓦忽地，省得而今双鬓老。
ーー｜｜｜ーー　｜ー｜　ーー｜ー▲　｜｜｜　｜｜ーーー｜▲

563. 绿盖舞风轻

【题解】调见《蘋洲渔笛谱》，周密咏荷花自度曲也。

【句格】双调九十七字，前段十一句四仄韵，后段十句五仄韵。

周密

玉立照新妆，翠盖亭亭，凌波步秋绮。真色生香，明珰摇淡月，舞袖斜
｜｜｜ーー　｜｜ーー　ーー｜ー▲　ー｜ーー　ー｜ーー｜　｜｜ー
倚。耿耿芳心，奈千缕、晴丝萦系。恨开迟，不嫁东风，颦怨娇蕊。
▲　｜｜ーー　｜ー｜　ーーー▲　｜ーー　｜｜ーー　ー｜ー▲

花底。漫卜幽期，素手采珠房，粉艳初洗。雨湿铅腮，碧云深、暗聚软
ー▲　｜｜ーー　｜ー｜ーー　｜｜ー▲　｜｜ーー　｜ーー　｜｜｜
绡清泪。访藕寻莲，楚江远、相思谁寄。棹歌回，衣露满身花气。
ーー▲　｜｜ーー　｜ー｜　ーーー▲　｜ーー　ー｜｜ーー▲

564. 月边娇

【题解】调见《蘋洲渔笛谱》，周密自度曲。

【句格】双调九十七字，前段十句四仄韵，后段十句五仄韵；上片四、
五句对，下片二、三句，四、五句对，歇拍为一四句法。

周密

酥雨烘晴，早柳盼娇颦，兰芽愁醒。九街月淡，千门夜暖，十里宝光花
－｜－－　｜｜｜－－　－－－▲　｜－｜　－－｜｜　｜｜｜－－
影。步袜尘凝，送艳笑、争夸轻俊。笙箫迎晓，翠暮卷、天香宫粉。
▲　｜｜－－　｜｜｜　－－－▲　－－－｜　｜｜｜　－－－▲

少年韦曲疏狂，絮花踪迹，夜蛾心性。戏丛围锦，灯帘转玉，拚却舞勾
｜－－｜－－　｜－－｜　｜－－▲　｜－－｜　－－｜｜　｜｜｜
歌引。前欢漫省。又辇路、东风吹鬓。醺醺倚醉，任夜深春冷。
－▲　－－｜▲　｜｜｜　－－－▲　－－｜｜　｜｜－－▲

565. 长亭怨慢

【题解】姜夔自度中吕宫曲，或作《长亭怨》，无"慢"字。

【句格】双调九十七字，前后段各九句，五仄韵；下片"算"为领字。此调有不同诸格体。

姜夔

渐吹尽、枝头香絮。是处人家，绿深门户。远浦萦回，暮帆零乱向何处。
｜丅｜　丅－丅▲　⊥｜－丅　丅丅－▲　｜｜－－　⊥－－｜｜－▲
阅人多矣，谁得似、长亭树。树若有情时，不会得、青青如许。
｜－－｜　－｜｜　－－▲　⊥｜｜－－　⊥⊥｜　丅－－▲
日暮。望高城不见，只见乱山无数。韦郎去也，怎忘得、玉环分付。第
⊥▲　｜－－⊥　｜⊥｜－－▲　－丅｜｜　｜丅｜　⊥－－▲　⊥
一是、早早归来，怕红萼、无人为主。算空有并刀，难剪离愁千缕。
⊥⊥　⊥｜－－　｜丅｜　丅－－▲　｜｜－－　丅－－▲

566. 留客住

【题解】唐教坊曲名。《乐章集》注：林钟商。

【句格】双调九十八字，前段九句四仄韵，后段十句五仄韵；下片"念"掣对句。此调有不同诸格体。

柳永

偶登眺。凭小楼、艳阳时节，乍晴天气，是处闲花野草。遥山万叠云散，
　｜－▲　｜｜－　｜－－｜　｜－－｜　｜｜－－｜▲　－－｜｜－｜
涨海千里，潮平波浩渺。烟村院落，是谁家、绿树数声啼鸟。
｜｜－｜　－－－｜▲　－－｜｜　｜－－　｜｜｜－－▲

旅情悄。念远信沉沉，离魂杳杳。对景伤怀，度日无言谁表。惆怅旧欢
　｜－▲　｜｜｜－－　－－｜▲　｜｜－－　｜｜－－－▲　－－｜－
何处，后约难凭，看看春又老。盈盈泪眼，望仙乡、隐隐断霞残照。
－｜　｜｜－－　－－－｜▲　－－｜｜　｜－－　｜｜｜－－▲

567. 昼夜乐

【题解】《乐章集》注：中吕宫。

【句格】双调九十八字，前段八句六仄韵，后段八句五仄韵；上下片歇拍均一四结构。此调有不同诸格体。

柳永

洞房记得初相遇。便只合、长相聚。何期小会幽欢，变作离情别绪。况
｜－｜－－▲　｜⊥⊥　－⊤▲　－－｜｜－－　⊥｜－⊤▲　⊥
值阑珊春色暮，对满目、乱花狂絮。直恐好风光，尽随伊归去。
⊥－⊤｜⊥▲　｜⊥⊥　⊥－⊤▲　⊥｜｜－－　｜⊤⊤－▲

一场寂寞凭谁诉，算前言、总轻负。早知恁地难拚，悔不当初留住。其
⊥｜⊥｜－－▲　｜－－　⊥－▲　⊥－｜｜－－　⊥｜－－⊤▲　⊤
奈风流端正外，更别有、系人心处。一日不思量，也攒眉千度。
｜－⊤－⊥｜▲　｜⊥⊥　｜⊤－▲　⊥｜｜－－　｜－－⊤▲

568. 逍遥乐

【题解】调见黄庭坚《琴趣外篇》，即赋本意。

【句格】双调九十八字，前段十一句六仄韵，后段九句五仄韵；上片第八句折腰后与九句对、"共"挈歇拍句宜对，下片首二句对、"休休"挈结二句对。

黄庭坚

春意渐归芳草。故国佳人，千里信沉音杳。雨润烟光，晚景澄明，极目
－｜｜——▲　｜｜——　－｜｜——▲　｜｜——　｜｜——　｜｜
危栏斜照。梦当年少，对樽前、上客邹枚，小鬟燕赵。共舞雪歌尘，醉里谈笑。
———▲　｜——▲　｜——　｜｜——　｜——▲　｜｜——　｜｜—▲

花色枝枝争好。鬓丝年年渐老。如今遇风景，空瘦损、向谁道。东君幸
—｜｜——▲　｜｜——｜▲　——｜｜—　｜｜｜、｜—▲　——｜
赐与，天幕翠遮红绕。休休，醉乡岐路，华胥蓬岛。
｜｜　－｜｜——▲　——　｜——｜　———▲

569. 忆东坡

【题解】调见《相山居士词》，盖忆东坡作也，即以题为调名。

【句格】双调九十八字，前后段各九句，四仄韵；上片首二句对。

王之道

雪霁柳舒容，日薄梅摇影。新岁换符来天上，初见颁桃梗。试问我酬君
｜｜｜——　｜｜——▲　－｜｜———｜　－｜—－▲　｜｜｜——
唱，何如博塞欢娱，百万呼卢胜。投珠报玉，须放骚人遣春兴。
｜　——｜｜——　｜｜——▲　——｜｜　｜｜——｜—▲

诗成谈笑，写出无穷景。不妨时作颠草，驰骋张芝圣。谁念杜陵野老，
———｜　｜｜——▲　｜——｜—　－｜——▲　－｜｜—｜｜
心同流水西东，与物初无竞。公侯应有种哉，倾否由天命。
———｜——　｜｜——▲　———｜｜—　－｜——▲

570. 粉蝶儿慢

【题解】调见《片玉词》。

【句格】双调九十八字，前段九句四仄韵，后段九句六仄韵；上片首二句对，下片第五句为一四结构。

周邦彦

宿雾藏春，余寒带雨，占得群芳开晚。艳姿初弄秀，倚东风娇懒。隔叶
｜｜——　——｜｜　｜｜———▲　｜——｜｜　｜———▲　｜｜
黄鹂传好音，唤入深丛中探。数枝新，比昨朝、又早红稀香浅。
———｜—　｜｜———▲　｜——　｜｜—　｜———▲

眷恋。重来倚槛，当韶华、未可轻辜双眼。赏心随分乐，有清樽檀板。
｜▲　——｜｜　———　｜｜———▲　｜——｜｜　｜———▲
每岁嬉游能几日，莫使一声歌欠。忍因循、一片花飞，又成春减。
｜｜———｜｜　｜｜｜——▲　｜——　｜｜——　｜——▲

571. 并蒂芙蓉

【题解】《能改斋漫录》：政和癸巳，大晟乐成，蔡京以晁端礼荐，诏乘驿赴阙。端礼至都，会禁中嘉莲生，遂属词以进，名《并蒂芙蓉》。

【句格】双调九十八字，前后段各九句，五仄韵；上片"向"为领字、第五句为一四结构，下片"拥"为领字、第五句为一四结构。

晁端礼

太液波澄，向鉴中照影，芙蓉同蒂。千柄绿荷深，并丹脸争媚。天心眷
｜｜——　｜｜—｜｜　———▲　—｜｜—　｜｜—｜▲　——
临圣日，殿宇分明献嘉瑞。弄香嗅蕊，愿君王、寿与南山齐比。
—｜｜　｜｜——｜—▲　｜—｜▲　｜——　｜｜———▲

池边屡回翠辇，拥群仙醉赏，凭栏凝思。萼绿揽飞琼，共波上游戏。西
——｜—｜｜　｜——｜｜　———▲　｜｜｜——　｜｜—｜▲　—
风又看露下，更结双双新莲子。斗妆竞美。问鸳鸯、向谁留意。
—｜—｜｜　｜｜————▲　｜—｜▲　｜——　｜——▲

572. 黄河清慢

【题解】《铁围山丛谈》云：宣和初，燕乐初成，八音告备，有曲名《黄河清》，音调极韶美，天下无问遐迩大小，皆争唱之。

【句格】双调九十八字，前段八句五仄韵，后段八句四仄韵。

晁端礼

晴景初升风细细。云收天淡如洗。望外凤凰城阙，葱葱佳气。朝罢香烟
－｜－－｜▲　－－－｜▲　｜｜｜－－　－－－▲　－｜－－
满袖，侍臣报、天颜有喜。夜来连得封章，奏大河、彻底清泚。
｜｜　｜－｜　－－｜▲　｜－－｜－－　｜｜－　｜｜－▲

君王寿与天齐，馨香动、上穹频降祥瑞。大晟奏功，六乐初调角徵。合
－－｜｜－－　－－｜　｜－－｜－▲　｜｜｜－　｜｜－｜▲　｜
殿薰风乍转，万花覆、千官尽醉。内家传诏，重开宴、未央宫里。
｜－－｜｜　｜－｜　－－｜▲　｜－－｜　－－｜　｜－－▲

573. 春草碧

【题解】调见《大声集》，自注中管高宫。按，《唐书·礼乐志》，有中管之名，而不详其义，至宋仁宗《乐髓新经》，始云大吕宫为高宫，太簇宫为中管高宫，盖以太簇宫与大吕宫同字谱，故谓之中管也，俗谱以中管高为调名者误。姜夔集有太簇宫《喜迁莺》词，自注：俗呼中管高宫。

【句格】双调九十八字，前段十一句四仄韵，后段十二句五仄韵；上片"看""谁"挈对句，下片"有"领偶句、结二句宜对。

万俟咏

又随芳绪生，看翠连霁空，愁满征路。东风里，谁望断西塞，恨迷南浦。
｜－－｜－　｜｜－｜－　－｜－▲　－－｜　－｜｜－　｜－－▲
天涯地角，意不尽、消沉万古。曾是送别，长亭下，细绿暗烟雨。
－－｜｜　｜｜｜　－－｜▲　－｜｜－　－－｜　｜｜｜－▲

何处。乱红铺绣茵，有醉眠荡子，拾翠游女。王孙远，柳外共残照，断
－｜▲　｜－－｜－　｜｜－｜－　｜｜－▲　－－｜　｜｜｜－｜　｜
云无语。池塘梦生，谢公后、还能继否。独上画楼，春山暝，雁飞去。
－－▲　－－｜－　｜－｜　－－｜▲　｜｜｜－　－－｜　｜－▲

574. 绣停针

【题解】调见放翁词。

【句格】双调九十八字,前段十句五仄韵,后段十句六仄韵。

陆游

叹半纪,跨万里秦吴,顿觉衰谢。回首鸳行,英俊并游,咫尺玉堂金马。
　｜｜｜　　｜｜｜――　｜｜―▲　―｜――　―｜｜―　｜｜｜――▲

气凌嵩华。负壮略、纵横王霸。梦经洛浦梁园,觉来泪流如泻。
｜――▲　｜｜｜　―――▲　｜―｜｜――　｜―｜――▲

山林定去也。却自恐说着,少年时话。静院焚香,闲倚素屏,今古总成
――｜｜▲　｜｜｜｜｜　｜――▲　｜｜――　―｜｜―　―｜｜―

虚假。趁时婚嫁。幸自有、湖边茅舍。燕归应笑,客中又还过社。
―▲　｜――▲　｜｜｜　―――▲　｜――　｜―｜―｜▲

575. 双双燕

【题解】调见《梅溪集》,词咏双燕,即以为名。

【句格】双调九十八字,前段九句五仄韵,后段十句七仄韵。此调有不同诸格体。

史达祖

过春社了,度帘幕中间,去年尘冷。差池欲住,试入旧巢相并。还相雕
　｜―｜｜　｜―｜――　｜―――▲　――｜｜　⊥｜｜――▲　―｜―

梁藻井。又软语、商量不定。飘然快拂花梢,翠尾分开红影。
―｜▲　｜⊥｜　――⊥▲　――｜｜――　｜｜―――▲

芳径。芹泥雨润。爱贴地争飞,竞夸轻俊。红楼归晚,看足柳昏花暝。
―▲　―｜｜▲　｜｜｜――　―――▲　⊤――｜　｜｜――▲

应是栖香正稳。便忘了、天涯芳信。愁损翠黛双蛾,日日画栏独凭。
―｜――｜▲　｜⊤｜　―――▲　―⊥｜｜⊤―　⊥｜｜―⊥▲

576. 孤鸾

【题解】调见朱敦儒《太平樵唱》。

【句格】双调九十八字,前后段各九句,五仄韵;上片"是"挈偶句、歇拍句为一四结构,下片"纵"为领字、第五句和歇拍句均一四结构。此调

有不同诸格体。

朱敦儒

天然标格。是小萼堆红，芳姿凝白。淡泞新妆，浅点寿阳宫额。东君相
⊤——▲　｜⊥——　⊤——▲　｜｜——　｜｜⊥——▲　——｜
留厚意，借年年、与传消息。昨日前村雪里，有一枝先坼。
—｜｜　｜——　｜——▲　⊥｜⊤—⊥　｜｜——▲

念故人、何处水云隔。纵驿使相逢，难寄春色。试问丹青手，是怎生描
｜⊥—　⊤｜⊥—▲　｜⊥——　⊤⊥⊤▲　｜｜——｜　｜⊥—⊤
得。晓来一番雨过，更那堪、数声羌笛。归来和羹未晚，劝行人休摘。
▲　⊥—｜—｜｜　｜——　｜——▲　⊤⊤⊤—⊥　｜⊤——▲

577. 陌上花

【题解】《东坡词话》：钱塘人好唱《陌上花》，缓缓曲，盖吴越王遗事也。调名取此。

【句格】双调九十八字，前后段各八句，四仄韵。

张翥

关山梦里归来，还又岁华催晚。马影鸡声，谙尽倦游荒馆。绿笺密寄多
——｜｜——　—｜｜——▲　｜｜——　—｜｜——▲　｜—｜｜
情事，一看一回肠断。待殷勤、寄与旧游莺燕，水流云散。
——　｜｜｜——▲　｜——　｜｜｜——｜　｜——▲

满罗衫、是酒痕凝处，唾碧啼红相半。只恐梅花，瘦倚夜寒谁暖。不成
｜——　｜｜———　｜｜｜———▲　｜——　｜｜｜———▲　｜—
便没相逢日，重整钗鸾筝雁。但何郎、纵有春风词笔，病怀浑懒。
｜｜——｜　—｜———▲　｜——　｜｜———｜　———▲

578. 福寿千春

【题解】调见《花草粹编》。

【句格】双调九十八字，前段十句五仄韵，后段十一句五仄韵；上片首二句，八、九句对，下片九、十句对，第二句、第八句为一四结构。

卢挚

柳暗三眠，䔛翻七荚。禀昂萧生时叶。信道凤毛池上种，却胜河东鸑鷟。
｜｜——　——｜▲　｜｜｜———▲　｜｜｜｜——｜｜　｜｜——｜▲

笃志典坟经旨，素得欧阳学。妙文章，赴飞黄，姓名即登雁塔。
｜｜｜——　｜｜｜——▲　｜——　｜——　｜—｜—｜▲

要成发轫勋业。便先教济川，整顿舟楫。兆朕于今，须从此超迁，荣膺
｜—｜｜—▲　｜——｜——　｜｜｜—▲　｜｜｜——　｜———▲

异渥。它日趣装事，待还乡欢洽。颂椒觥，祝遐算，寿同龟鹤。
｜▲　—｜｜—｜　｜———▲　｜——　｜—｜　｜——▲

579. 水晶帘

【题解】调见《翰墨全书》。

【句格】双调九十八字，前后段各十句，五仄韵；上片"正"挈四、五句宜对，下片第二句、第四句均一四结构。

无名氏

谁道秋期远。计旬浃、双星相见。雨足西帘，正玉井莲开，几筵初展。
—｜——▲　｜—｜———▲　｜｜——　｜｜｜——　｜——▲

麈尾呼风裌暑净，那更着、纶巾羽扇。殢清歌，不记杯行，任深任浅。
｜｜———｜｜　｜｜｜——｜▲　｜——　｜｜——　｜—｜▲

湖边小池苑。渐苔痕草色，青青如染。辨橘中荷屋，晚方自占。蜗角虚
——｜—▲　｜——｜｜　———▲　｜｜——｜　｜—｜▲　—｜—

名身外事，付骰子、纷纷戏选。喜时平，公道开明，话头正转。
——｜｜　｜—｜　——｜▲　｜——　｜——　｜—｜▲

580. 三部乐

【题解】调见东坡词。按，《唐书·礼乐志》：明皇分乐为二部，堂下立奏，谓之立部伎；堂上坐奏，谓之坐部伎；又酷爱法曲，选坐部伎子弟三百，教于梨园，为法曲部。三部之名，疑出于此。

【句格】双调九十九字，前段十句五仄韵，后段九句六仄韵；上片"待"

挈七八句对，下片"问"为领字。此调有不同诸格体。

苏轼

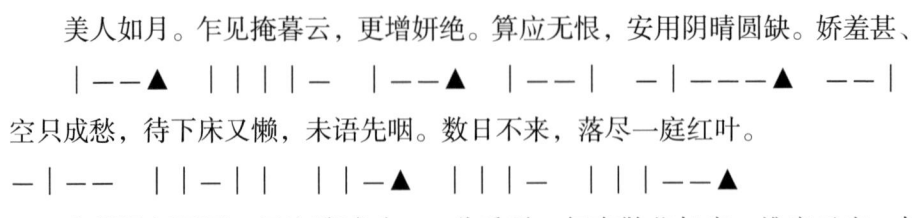

美人如月。乍见掩暮云，更增妍绝。算应无恨，安用阴晴圆缺。娇羞甚、
－｜－▲　｜｜｜｜－　｜－－▲　｜－－｜　－｜－－－▲　－－｜
空只成愁，待下床又懒，未语先咽。数日不来，落尽一庭红叶。
－｜－－　｜｜－｜｜　－｜－▲　｜｜－－　｜｜｜－－▲

今朝猛起置酒，问为谁减动，一分香雪。何事散花却病，维摩无疾。却
－－｜｜｜｜　｜｜－｜｜　｜－－▲　－｜｜－｜｜　－－－▲　｜
低眉、惨然不答。唱金缕、一声怨切。堪折便折。且惜取、少年花发。
－－　｜－｜▲　｜－｜　｜－｜▲　－｜｜▲　｜｜｜　｜－－▲

581. 无闷

【题解】调见《书舟词》，汲古阁本刻《闺怨无闷》者误。

【句格】双调九十九字，前段九句五仄韵，后段十句七仄韵。

程垓

天与多才，不合更与，骤柳怜花情分。甚总为才情，恼人方寸。早是春
－｜－－　｜｜｜｜　｜｜－－▲　｜｜｜－－　－－－▲　｜｜－
残花褪。也不料、一春都成病。自失笑、因甚腰围半减，泪珠频揾。
－－▲　｜｜｜　｜－－－▲　｜｜｜　－｜－－｜｜　｜－－▲

难省。也怨天，也自恨。怎免千般思忖。倩人说与，又却不忍。拚了一
－▲　｜｜－　｜｜▲　｜｜－－－▲　｜－｜｜　｜｜｜▲　－｜｜
生愁闷。又只恐、愁多无人问。到这里、天也怜人，看他稳也不稳。
－－▲　｜｜｜　－－－－▲　｜｜｜　－｜－－　｜｜｜｜▲

582. 月下笛

【题解】调始周邦彦《片玉词》，因词有"凉蟾莹彻"及"静倚官桥吹笛"句，取以为名。

【句格】双调九十九字，前段十句五仄韵，后段十句四仄韵；上片首三句排对、九句"想"挈对句，下片第二句为"听"领字。此调有不同诸格体。

周邦彦

小雨收尘，凉蟾莹彻，水光浮璧。谁知怨抑。静倚官桥吹笛。映宫墙、
｜｜——　——｜｜　｜——▲　——｜▲　｜｜———▲　｜——
风叶乱飞，品高调侧人未识。想开元旧谱，柯亭遗韵，尽传胸臆。
—｜｜　｜—｜｜｜　▲　｜——｜｜　———｜　｜——▲
栏杆空四绕，听折柳徘徊，数声终拍。寒灯陋馆，最感平阳孤客。夜沉
———｜｜　｜｜｜——　｜——▲　｜｜——　｜｜——▲　｜—
沉、雁啼正哀，片云尽卷清漏滴。黯凝魂，但觉龙吟，万窍天籁息。
—　｜—｜　｜—｜｜—｜▲　｜——　｜｜——　｜｜—｜▲

583. 玲珑四犯

【题解】此调创自周邦彦《清真集》，方千里、杨泽民、陈允平俱有和词，姜夔又有自度黄钟商曲，与周词句读迥别，因调名同，故亦类列。

【句格】双调九十九字，前后段各九句，五仄韵。此调有不同诸格体；上下片"是""又"为领字，"叹"句为一六句式。

周邦彦

秾李夭桃，是旧日潘郎，亲试春艳。自别河阳，长负露房烟脸。憔悴鬓
⊤｜——　｜｜｜——　⊤｜—▲　｜｜——　⊤｜｜——▲　⊤｜｜
点吴霜，细念想、梦魂飞乱。叹画栏玉砌都换。才始有缘重见。
｜——　｜｜｜　｜——▲　｜⊥—⊥｜—▲　⊤⊥⊥——▲
夜深偷展香罗荐。暗窗前、醉眠葱蒨。浮花浪蕊都相识，谁更曾抬眼。
｜—⊤｜——▲　｜——　⊤—⊤—▲　⊤—⊤—　｜——▲
休问旧色旧香，但认取、芳心一点。又片时一阵，风雨恶，吹分散。
⊤｜｜⊥⊤　⊥｜⊥　⊤—⊥▲　｜｜—⊥｜　⊤｜⊥　——▲

附别体：双调九十九字，前段十句五仄韵，后段九句六仄韵；上片首二句对、八九句对，下片"有"挈对句、四五句对。

姜夔

叠鼓夜寒，垂灯春浅，匆匆时事如许。倦游欢意少，俯仰悲今古。江淹
｜｜｜—　———｜　———｜—▲　｜——｜｜　｜｜——▲　——

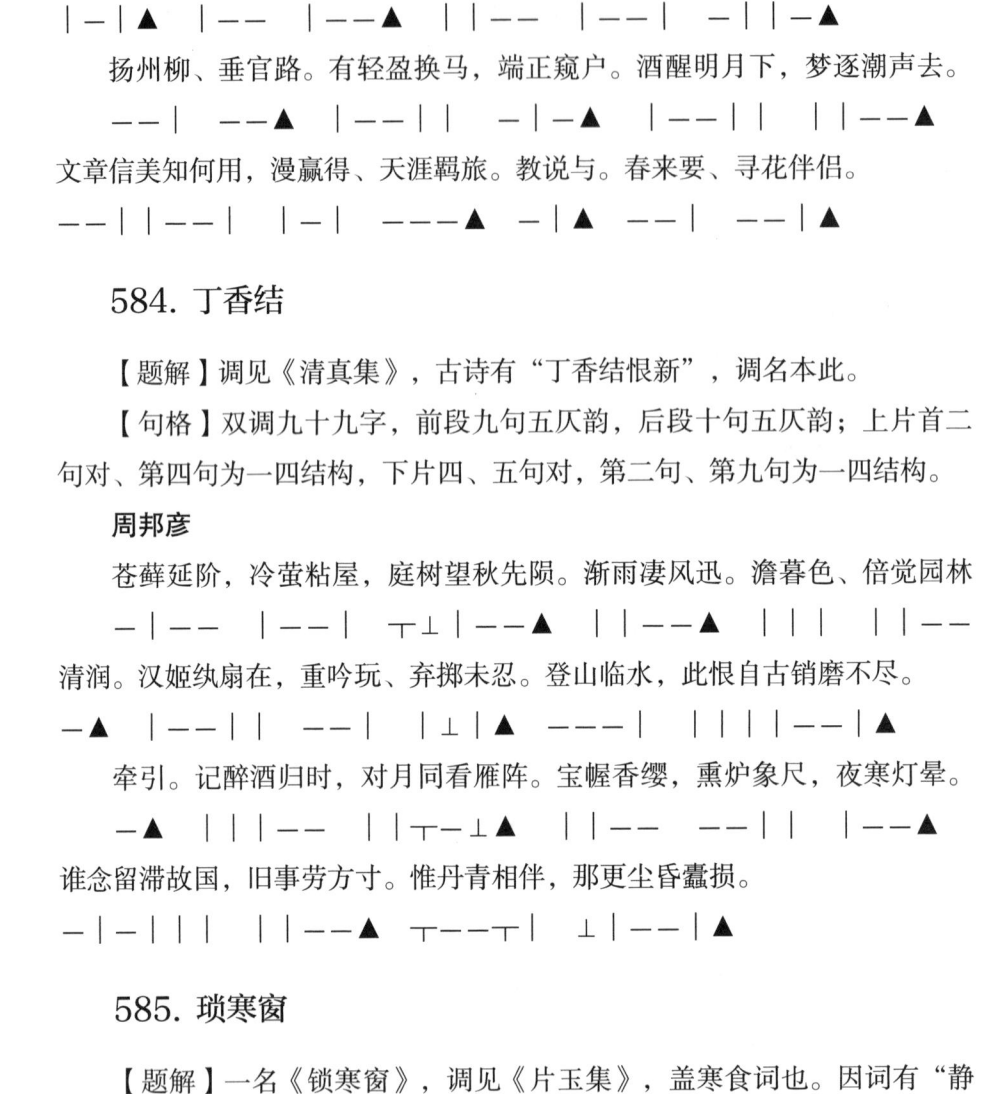

又吟恨赋。记当时、送君南浦。万里乾坤，百年身世，唯有此情苦。
｜－｜▲　｜－－　｜－－▲　｜｜－－　｜－－｜　－｜｜－▲

扬州柳、垂官路。有轻盈换马，端正窥户。酒醒明月下，梦逐潮声去。
－－｜　－－▲　｜－－｜｜　－｜－▲　｜－－｜｜　｜｜－－▲

文章信美知何用，漫赢得、天涯羁旅。教说与。春来要、寻花伴侣。
－－｜｜－－｜　｜－｜　－－－▲　－｜▲　－－｜　－－－▲

584. 丁香结

【题解】调见《清真集》，古诗有"丁香结恨新"，调名本此。

【句格】双调九十九字，前段九句五仄韵，后段十句五仄韵；上片首二句对、第四句为一四结构，下片四、五句对，第二句、第九句为一四结构。

周邦彦

苍藓延阶，冷萤粘屋，庭树望秋先陨。渐雨凄风迅。澹暮色、倍觉园林
－｜－－　｜－－｜　⊤｜⊥－－▲　｜｜－－▲　｜｜｜　｜｜－－

清润。汉姬纨扇在，重吟玩、弃掷未忍。登山临水，此恨自古销磨不尽。
－▲　｜－－｜｜　－－｜　｜⊥｜▲　－－－｜　｜｜｜｜－－▲

牵引。记醉酒归时，对月同看雁阵。宝幄香缨，熏炉象尺，夜寒灯晕。
－▲　｜｜｜－－　｜｜⊤－⊥▲　｜｜－－　－－｜｜　｜－－▲

谁念留滞故国，旧事劳方寸。惟丹青相伴，那更尘昏蠹损。
－｜－｜｜｜　｜｜－－▲　⊤－－⊤　⊥｜－－｜▲

585. 琐寒窗

【题解】一名《锁寒窗》，调见《片玉集》，盖寒食词也。因词有"静锁一庭愁雨"及"故人剪烛西窗雨"句，取以为名。

【句格】双调九十九字，前段十句四仄韵，后段十句六仄韵；上片"似"挈歇拍三句宜对，下片"正"三、四句宜对。此调有不同诸格体。

周邦彦

暗柳啼鸦，单衣伫立，小帘朱户。桐花半亩，静锁一庭愁雨。洒空阶、
｜｜－－　－－｜｜　｜－－▲　－－｜｜　⊥｜⊥－－▲　｜⊤

更阑未休，故人剪烛西窗语。似楚江暝宿，风灯零乱，少年羁旅。
⊤⊤｜⊥⊤　⊥－⊤｜－－▲　｜⊥－⊥｜　⊤－⊤｜　｜－－▲

迟暮。嬉游处。正店舍无烟，禁城百五。旗亭唤酒，付与高阳俦侣。想
－▲　－－▲　｜⊥⊤⊤　｜－⊥▲　－－⊥｜　｜｜⊤－－▲　｜

东园、桃李自春，小唇秀靥今在否。到归时、定有残英，待客携樽俎。
⊤－　⊤｜⊥－　⊥⊤｜｜－⊥▲　｜⊤－　⊥｜－－　｜｜－⊤▲

586. 大有

【题解】调见《片玉集》。

【句格】双调九十九字，前段八句四仄韵，后段十句五仄韵；上片首二句对、歇拍句对。

潘希白

戏马台前，采花篱下，问岁华、还是重九。恰归来、南山翠色依旧。帘
｜｜－－　｜－－｜　｜⊥－　－｜▲　－－　－－｜｜－▲　－

栊昨夜听风雨，都不是、登临时候。一片宋玉情怀，十分卫郎清瘦。
－｜｜⊤｜｜　⊤⊥⊥　⊤－－▲　｜｜｜｜－－　⊥－｜⊤－▲

红萸佩，空对酒。砧杵动微寒，暗欺罗袖。秋色无多，早是败荷衰柳。
－－｜　－｜▲　⊤｜｜－－　｜－⊤▲　－｜－－　｜｜｜－－▲

强整帽檐攲侧，曾经向、天涯搔首。几回忆、故国莼鲈，霜前雁后。
｜｜｜－－｜　－－｜　－－－▲　｜－　｜｜－－　－－｜▲

587. 燕山亭

【题解】"燕"或作"宴"，然与《山亭宴》无涉。《词律》曾词另例。

【句格】双调九十九字，前段十一句五仄韵，后段十句五仄韵；上片首二句，下片"正"领偶句，四、五句对。

曾觌

河汉风清，庭户夜凉，皓月澄秋时候。冰鉴乍开，跨海飞来，光掩满天
⊤｜－－　⊤⊥｜⊤　⊥｜－－▲　－｜｜－　｜｜－－　⊤⊥⊥－

星斗。四卷珠帘，渐移影、宝阶鸳鸯。还又。看岁岁婵娟，向人依旧。
—▲　⊥|——　⊥丅|　⊥——▲　—▲　|⊥⊥丅丅　|—丅▲

朱邸高宴簪缨，正歌吹瑶台，舞翻宫袖。银管竞酬，棣萼相辉，风流古
—⊥丅⊥—丅　|—⊥丅—　⊥——▲　丅|⊥　⊥⊥—丅　丅丅|

来谁有。玉笛横空，更听彻、霓裳三奏。难偶。拚醉倒、参横晓漏。
——▲　⊥|——　⊥||　丅——▲　—▲　—||　——⊥▲

588. 眊龙谣

【题解】调见朱敦儒《樵歌词》，因词有"眊龙啸"句，取以为名。

【句格】双调九十九字，前后段各十句，四仄韵；上片首二句对，六、七句三字逗对，下片首二句对，七、八句三字逗对，上片第五句，下片第五句、第六句均一四结构。此调有不同诸格体。

朱敦儒

肩拍洪崖，手携子晋，梦里暂辞尘宇。高步层霄，俯人间如许。算蜗战、
丅|——　⊥丅|⊥　||⊥—丅▲　—|—　⊥——丅▲　|—⊥

多少功名，问蚁聚、几回今古。度银潢、展尽参旗，桂华淡，月飞去。
丅|——　||⊥　|——▲　|——　⊥|——　⊥—|　|—▲

天风紧，玉楼斜，舞万女霓袖，光摇金缕。明廷燕阕，倚青冥回顾。过
丅—|　|——　|⊥⊥丅　———▲　——||　|———▲　|

瑶池、重惜双成，就楚岫、更邀巫女。转云车、指点虚无，引蓬莱路。
丅丅　丅|——　⊥|⊥　|——▲　⊥|——　⊥|——　|——▲

589. 催雪

【题解】此调始自姜夔，本催雪词也，即以为名。吴文英、王沂孙俱有此调词，与《无闷》调不同，《词律》类列者误。

【句格】双调九十九字，前段十句四仄韵，后段九句六仄韵；上片首二句，八、九句对，"算"为领字。

姜夔

风急还收，云冻未解，海阔无人剪水。算六出工夫，怎教容易。刚被郢
　—｜——　—｜｜⊥　⊥｜｜——▲　｜｜｜——　｜——▲　⊤｜⊥
歌楚舞，镇独向、樽前飘轻细。谢庭诗咏，梁园宴赏，未成欢计。
—｜｜　｜｜｜　————▲　｜—⊤｜　——｜｜　｜——▲

天意。是则是。怎下得控持，柳梢梅蕊。又争奈、看看渐回春意。好趁
—▲　｜⊥▲　｜｜｜⊥—　｜——▲　｜⊤｜　——｜——▲　⊥
东君未觉，便先把、园林都装缀。看是处、玉树琼枝，胜却万红千紫。
——｜｜　｜⊤｜　————▲　⊥｜｜　⊥｜——　｜｜——▲

590. 秋宵吟

【题解】宋姜夔自度越调曲。

【句格】双调九十九字，前段十句六仄韵，后段十句五仄韵；上片首二句，六、七句对，"似"挈对句，下片三、四句，七、八句对。

姜夔

古帘空，坠月皎。坐久西窗人悄。蛩吟苦、渐漏永丁丁，箭壶催晓。引
｜——　｜｜▲　｜｜———▲　——｜　｜｜｜——　｜——▲　｜
凉飔，动翠葆。露脚斜飞云表。因嗟念、似去国情怀，暮帆烟草。
——　｜｜▲　｜｜———▲　——｜　｜｜｜——　｜——▲

带眼消磨，为近日、愁多顿老。卫娘何在，宋玉归来，两地暗萦绕。摇
｜｜——　｜｜｜　——｜▲　｜——｜　｜｜——　｜｜｜——▲　—
落江枫早。嫩约无凭，幽梦又杳。但盈盈、泪洒单衣，今夕何夕恨未了。
｜——▲　｜｜——　—｜｜▲　｜——　｜｜——　—｜—｜｜｜▲

591. 三姝媚

【题解】调见《梅溪集》。

【句格】双调九十九字，前段十一句五仄韵，后段十句五仄韵；上片"望"挈二、三句对，歇拍三句对，下片"记"挈二、三句宜对，上下片"想""遍"均为领字。此调有不同诸格体。

史达祖

烟光摇缥瓦。望晴檐多风，柳花如洒。锦瑟横床，想泪痕尘影，凤弦长
⊤－－｜▲　｜⊤⊤－－　⊥－－▲　｜｜－－　｜⊥－－｜　｜－－
下。倦出犀帷，频梦见、王孙骄马。讳道相思，偷理绡裙，自惊腰衩。
▲　⊥｜⊤－　⊤⊥｜　⊤－－▲　⊥｜－－　⊤｜－－　｜－－▲

惆怅南楼遥夜。记翠箔张灯，枕肩歌罢。又入铜驼，遍旧家门巷，首询
⊤｜－－⊤▲　｜｜｜－－　｜－－▲　⊥｜－－　｜⊥－－｜　｜－
声价。可惜东风，将恨与、闲花俱谢。记取崔徽模样，归来暗写。
－▲　｜｜－－　⊤｜｜　⊤－－▲　⊥｜－－－｜　－－⊥▲

592. 月华清

【题解】调见《空同词》。

【句格】双调九十九字，前段十句五仄韵，后段十句六仄韵；上片首二句对，六、七句三字逗对，九句"见"为领字，下片"正"挈二、三句对，六、七句三字逗对，"怕"挈歇拍句对。

洪瑹

花影摇春，虫声吟暮，九霄云幕初卷。谁驾冰蟾，拥出桂轮天半。素魄
⊤｜－－　－－－｜　｜⊤－⊥－▲　⊤｜－－　｜｜｜－－▲　⊥⊥
映、青琐窗前，皓彩散、画栏杆畔。凝眄。见金波滉漾，分辉鹊殿。
｜　⊤｜－－　⊥｜｜　⊥－⊤▲　⊤▲　｜－－⊥　⊤－⊥▲

况是风柔夜暖。正燕子新来，海棠微绽。不似秋光，只照离人肠断。恨
⊥｜⊤－｜▲　｜｜｜－－　⊥｜－－▲　⊥｜－－　｜⊤－－▲　⊥
无奈、利锁名缰，谁为唤、舞裙歌扇。吟玩。怕铜壶催晓，玉绳低转。
⊤｜　⊥｜－－　⊤｜｜　⊥－⊤▲　⊤▲　｜－－⊤　⊥－⊤▲

593. 飞龙宴

【题解】调见《花草粹编》，注吴七君王姬苏小娘制。

【句格】双调九十九字，前段十句五仄韵，后段十句八仄韵；下片"对"为领字。

宋媛苏氏

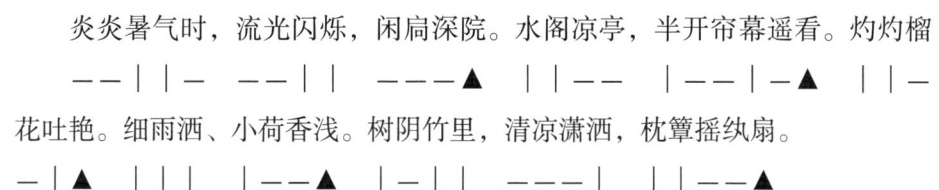

炎炎暑气时，流光闪烁，闲扃深院。水阁凉亭，半开帘幕遥看。灼灼榴
－－｜｜－　－－｜｜　－－－▲　｜｜－－　｜－－｜－▲　｜｜－
花吐艳。细雨洒、小荷香浅。树阴竹里，清凉潇洒，枕簟摇纨扇。
－｜▲　｜｜－　｜－－▲　｜－｜－　－－－－　｜－－｜▲

堪叹。浮世忙如箭。对良辰欢乐，莫辞频劝。遇酒逢歌，恣情遂意迷恋。
－▲　－｜－－▲　｜－－－｜　｜－－▲　｜｜－－　｜－｜｜－▲
须信人生聚散。奈区区、利牵名绊。少年未倦。良天皓月金樽满。
－｜－－｜▲　｜－－　｜－－▲　｜－｜▲　－－｜｜－－▲

594. 御带花

【题解】调见《六一居士词》。

【句格】双调一百字，前段九句四仄韵，后段十句四仄韵；上片"构"挈四、五句对，下片"会"挈二、三句对，"称"为领字。

欧阳修

青春何处风光好，帝里偏爱元夕。万重缯彩，构一屏峰岭，半空金碧。
－－－｜－－｜　｜｜－｜－▲　｜｜－－　｜｜｜－－　｜－－▲
宝檠银釭，耀绛幕、龙腾虎掷。沙堤远、雕轮绣毂，争走五侯宅。
｜｜－－　｜｜｜　－－｜▲　－－｜　－－｜｜　－｜｜－▲

雍雍熙熙作昼，会乐府神姬，海洞仙客。曳香摇翠，称执手行歌，锦街
－－－－｜｜　｜｜｜－－　｜｜－▲　｜－－｜　｜｜｜－－　｜－
天陌。月淡寒轻，渐向晓、漏声寂寂。当年少、狂心未已，不醉怎归得。
－▲　｜｜－－　｜｜｜　｜－｜▲　－－｜　－－｜｜　｜｜｜－▲

595. 定风波慢

【题解】此调有两体，一百字者，柳永词注林钟商，张耒词注商角调，有《梅苑》词可校。

【句格】双调一百字，前段十一句六仄韵，后段十一句七仄韵；上片三、四句对，六、七句对，"恨"挈歇拍句对。此调有不同诸格体。

柳永

自春来、惨绿愁红，芳心是事可可。日上花梢，莺穿柳带，犹压香衾卧。
｜－－、⊥｜－－，－丅－｜⊥丅▲。｜｜－－，－－｜｜，丅｜－－▲。
暖酥销，腻云亸。终日厌厌倦梳裹。无那。恨薄情一去，音书无个。
｜－－，⊥丅▲。丅｜－｜－△▲。｜△。｜⊥丅⊥，－－丅▲。
早知恁般么。悔当初、不把雕鞍锁。向鸡窗，只与鸾笺象管，拘束教吟
｜－｜－▲。｜－－　｜｜－－▲。｜－－，｜｜－－，｜｜－｜－－
和。镇相随，莫抛躲。针线闲拈伴伊坐。和我。免使少年，光阴虚过。
▲。｜－－，⊥丅▲。丅｜－－｜丅△。－△。｜⊥⊥丅，－－－▲。

附张耒体：双调九十九字，前段十一句六仄韵，后段十一句七仄韵。上片三四句对、六七句对、"怕"挈结二句对，下片"甚"为领字、六七句对。

恨行云、特地高寒，牢笼好梦不定。婉晚年华，凄凉客况，泥酒浑成病。
｜－－、｜｜－－，－－｜｜｜▲。｜｜－－，－－｜｜，｜｜－－▲。
画阑深，碧窗静。一树瑶花可怜影。低映。怕明月照见，青禽相并。
｜－－，｜△▲。｜｜－－｜－▲。－｜△。｜－｜｜｜，－－－▲。
素衾正冷。又寒香、枕上熏愁醒。甚银床霜冻，山童未起，谁汲墙阴井。
｜－｜▲。｜－－、｜｜－－▲。｜－－｜｜，－－｜｜，－｜－－▲。
玉箫残，锦书迥。应是多情道薄幸。争肯。等闲孤负，西湖春兴。
｜－－，｜－▲。－｜－－｜▲。－△。｜－－｜，－－－▲。

596. 念奴娇

【题解】《碧鸡漫志》云：大石调，又转入道调宫，又转入高宫大石调。掌故：念奴系唐代著名歌女，玄宗每有游幸，念奴常暗随座右，因以调名。姜夔词注：双调；元高栻词注：大石调，又大吕调。苏轼"赤壁怀古"词，有"大江东去，一樽还酹江月"句，因名《大江东去》，又名《酹江月》，又名《赤壁词》，又名《酹月》；曾觌词，名《壶中天慢》；戴复古词，有"大江西上"句，名《大江西上曲》；姚述尧词，有"太平无事，欢娱时节"句，名《太平欢》；韩淲词，有"年年眉寿，坐对南枝"句，名《寿南枝》，又名《古梅曲》；姜夔词，名《湘月》，自注即《念奴娇》鬲指声；张辑词，有"柳花淮甸春冷"句，

名《淮甸春》；米友仁词，名《白雪词》；张翥词，名《百字令》，又名《百字谣》；丘长春词，名《无俗念》；游文仲词，名《千秋岁》；《翰墨全书》词，名《庆长春》，又名《杏花天》。此调有平韵、仄韵二体，凡句读参差、大同小异者，谱内不予类列。

【句格】双调一百字，前后段各十句，四仄韵；上片"见"为领字。此调有不同诸格体。

苏轼

凭空眺远，见长空万里，云无留迹。桂魄飞来光射处，冷浸一天秋碧。
⊥｜⊥｜　｜⊥－⊥｜　⊥⊥－▲　⊥｜⊥－－｜｜　⊥｜⊥－▲
玉宇琼楼，乘鸾来去，人在清凉国。江山如画，望中烟树历历。
⊥｜－－　⊥－⊥｜　⊥－－▲　⊥－－｜　｜⊥－｜⊥▲
我醉拍手狂歌，举杯邀月，对影成三客。起舞徘徊风露下，今夕不知何
⊥｜⊥｜－－　⊥－⊥｜　⊥｜－－▲　⊥｜⊥－－｜　⊥｜⊥－
夕。便欲乘风，翻然归去，何用骑鹏翼。水晶宫里，一声吹断横笛。
▲　⊥｜－－　⊥－⊥｜　⊥－－｜　⊥－－｜－▲

附平格：双调一百字，前后段各十句，四平韵；上片六七句对，下片六七句对。

陈允平

汉江露冷，是谁将瑶瑟，弹向云中。一曲清泠声渐杳，月高人在珠宫。
⊥－⊥｜　｜－－－　⊥⊥－△　⊥｜－－－｜｜　⊥⊥－｜－△
晕额黄轻，涂腮粉艳，罗带织青葱。天香吹散，佩环犹自丁东。
⊥｜－－　⊥－⊥｜　⊥｜｜－△　⊥｜－－｜　⊥⊥⊥｜－△
回首杜若汀洲，金钿玉镜，何日得相逢。独立飘飘烟浪远，罗袜羞溅春
－⊥⊥｜－－　－－⊥｜　⊥｜｜－△　⊥｜－－－｜｜　⊥｜－｜－
红。渺渺予怀，迢迢良夜，三十六陂风。九嶷何处，断云飞度千峰。
△　⊥｜－－　⊥－⊥｜　⊥｜｜－△　⊥－－｜　｜－⊥｜－△

597. 解语花

【题解】王行词注：林钟羽。

【句格】双调一百字，前段九句六仄韵，后段九句七仄韵；上片首二句对，下片第二句为一四结构。此调有不同诸格体。

秦观

窗涵月影，瓦冷霜华，深院重门悄。画楼雪杪。谁家篴、弄彻梅花新调。
－－｜｜　｜｜－－　－⊥－⊥▲　｜－⊥▲　－－⊥　⊥｜－－▲

寒灯凝照。见锦帐、双鸾飞绕。当此时、倚几沉吟，好景都成恼。
－－－▲　⊥⊥｜　－－－▲　－｜－　｜｜－－　⊥｜－－▲

曾过云山烟岛。对绣襦甲帐，亲逢一笑。人间年少。多情子、惟恨相逢
⊥⊥－⊥－▲　｜⊥－⊥　－－｜▲　－－－▲　－｜｜　－－－｜－

不早。如今见了。却又惹、许多愁抱。算此情、除是青禽，为我殷勤报。
⊥▲　－－｜▲　⊥｜｜　⊥－⊥▲　｜－－　－｜－－　⊥⊥－－▲

598. 绕佛阁

【题解】调见《清真乐府》。

【句格】双调一百字，前段十一句八仄韵，后段九句六仄韵；下片"看""叹"各挈对句。

周邦彦

暗尘四敛。楼观迥出，高映孤馆。清漏将短。厌闻夜久、签声动书幔。
｜－｜▲　－｜｜｜　－｜－▲　－｜－▲　｜－｜｜　－－｜－▲

桂花又满。闲步露草，偏爱幽远。花气清婉。望中迤逦，城阴度河岸。
｜－｜▲　－｜｜｜　－｜－▲　－⊥－▲　⊥－－｜　－－｜－▲

倦客最萧索，醉倚斜阳穿柳线，还似卞堤、虹梁横水面。看浪飐春灯，
｜｜｜－⊥　⊥｜－－－｜▲　－｜｜－　－－－｜▲　｜｜｜－－

舟下如箭。此行重见。叹故友难逢，羁思空乱。两眉愁、向谁舒展。
－⊥－▲　｜－－▲　｜｜｜－－　－｜－▲　｜－－　｜－－▲

599. 腊梅香

【题解】此调有平韵、仄韵二体。仄韵者，有吴、喻两词；平韵者，只《梅苑》无名氏一词。

【句格】双调一百字，前段十一句四仄韵，后段十句四仄韵；上片"看""正"各挈对句、第九句为一三句法，下片"喷"为领字，第八句为一三结构。此调有不同诸格体。

吴师益

锦里阳和，看万木凋时，早梅独秀。珍馆琼楼畔，正绛跗初吐，秾华将
｜｜——　｜｜——　｜－⊥▲　⊤｜——｜　｜｜——｜　⊤——

茂。国艳天葩，真淡泞、雪肌清瘦。似广寒宫，铅华未御，自然妆就。
▲　｜｜——　－｜｜　⊥——▲　｜｜——　——｜｜　｜——▲

凝睇倚朱栏，喷清香暗度，易袭襟袖。好与花为主，宜秉烛、频观泛湘
－｜｜——　｜——⊥　｜⊥－▲　｜｜——　⊤｜⊥　－⊤｜

酎。莫待南枝，随乐府、新声吹后。对赏心人，良辰好景，须信难偶。
▲　｜｜——　－｜｜　———▲　｜⊥－⊤　——｜｜　⊤⊥－▲

附平格：双调一百一字，前后段各十一句，六平韵。

《梅苑》无名氏

爱日初长。正园林，才见万木凋黄。槛外朝来，已见数枝，复欲掩映回
｜｜－△　｜——　－｜｜－△　｜｜——　｜｜｜－　｜｜｜｜－

廊。赐与东皇。付芳信、妆点江乡。想玉楼中，谁家艳质，试学新妆。
△　｜｜－△　｜－｜　－｜－△　｜｜——　——｜｜－　｜｜－△

桃杏苦寻芳。纵成蹊，岂能似恁清香。素艳妖娆，应是尽夜，曾与明月
－｜｜－△　｜——　｜－｜｜－△　｜｜——　－｜｜－　｜－｜

风光。瑞雪浓霜。浑疑是、粉蝶轻狂。待拚吟赏，休听画阁，横笛悲伤。
－△　｜｜－△　——｜　｜｜－△　｜——　——｜｜　－｜－△

600. 大椿

【题解】调见《松隐集》，盖应制寿词也，取庄子大椿句为名。

【句格】双调一百字，前后段各九句，四仄韵；上片首二句对，第五句为一四结构，第九句为一三二结构。下片二、三句对，第五句为一四结构。

曹勋

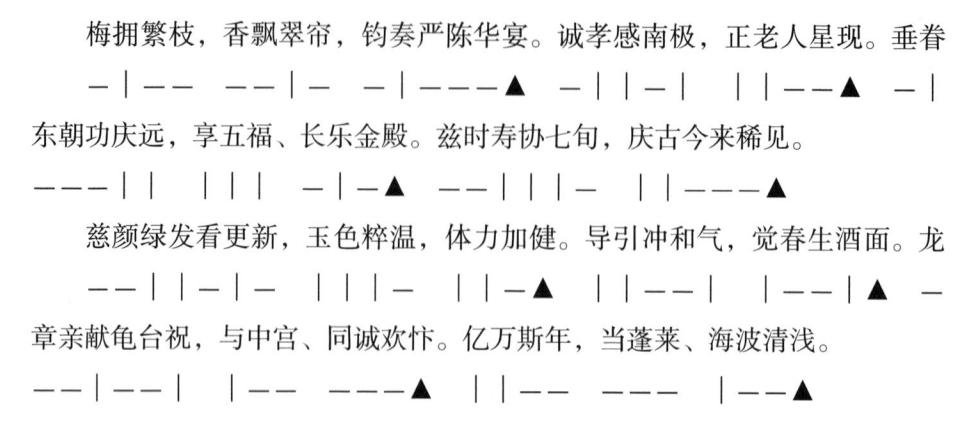

梅拥繁枝，香飘翠帘，钧奏严陈华宴。诚孝感南极，正老人星现。垂眷
－｜－－　－－｜－　－｜－－－▲　－｜｜｜－　｜｜－－▲　－｜
东朝功庆远，享五福、长乐金殿。兹时寿协七句，庆古今来稀见。
－－－｜｜　｜｜｜　－｜－▲　－－｜｜｜－　｜｜－－－▲

慈颜绿发看更新，玉色粹温，体力加健。导引冲和气，觉春生酒面。龙
－－｜｜｜－－　｜｜｜－　｜｜－▲　｜｜－－｜　｜－－｜▲　－
章亲献龟台祝，与中宫、同诚欢忭。亿万斯年，当蓬莱、海波清浅。
－－｜－－｜　｜－－　－－－▲　｜｜－－　－－－　｜－－▲

601. 八音谐

【题解】调见曹勋《松隐集》，自注以八曲声合成，故名。

【句格】双调一百字，前后段各九句，四仄韵；上下片第五句为一四结构，上片歇拍处为三字逗后"正"为领字。

曹勋

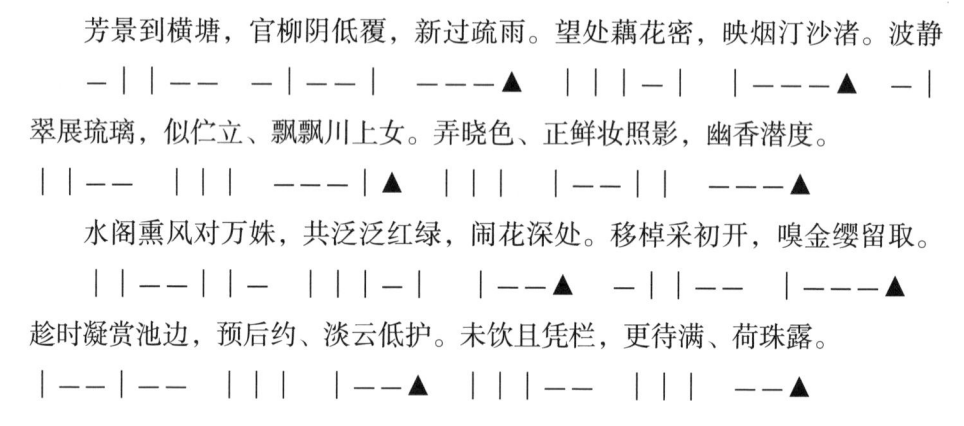

芳景到横塘，官柳阴低覆，新过疏雨。望处藕花密，映烟汀沙渚。波静
－｜｜－－　－｜｜－｜　－－－▲　｜｜｜－｜　｜－－－▲　－｜
翠展琉璃，似伫立、飘飘川上女。弄晓色、正鲜妆照影，幽香潜度。
｜｜－－　｜｜｜　－－－｜▲　｜｜｜　｜－－｜｜　－－－▲

水阁熏风对万姝，共泛泛红绿，闹花深处。移棹采初开，嗅金缨留取。
｜｜－－｜｜－　｜｜｜－｜　｜－－▲　－｜｜－－　｜－－－▲
趁时凝赏池边，预后约、淡云低护。未饮且凭栏，更待满、荷珠露。
｜－－｜－－　｜｜｜　｜－▲　｜｜｜－－　｜｜｜　－－▲

602. 绛都春

【题解】蒋孝《九宫谱目》注：黄钟宫。此调有平韵、仄韵两体，宋词多填仄韵，其用平韵者，惟陈允平一词。

【句格】双调一百字，前段十句六仄韵，后段九句六仄韵。此调有不同诸格体。上片第二句为一四结构。

吴文英

情黏舞线。怅驻马灞桥，天寒人远。旋剪露痕，移得春娇栽琼苑。流莺
⊤－⊥▲　｜⊥⊥⊤　－⊤－▲　⊥｜⊥⊤　⊤⊥－⊤⊤－▲　⊤－
常语烟中怨。恨三月、飞花零乱。艳阳归后，红藏翠掩，小坊幽院。
⊤｜－－▲　｜⊤｜　⊤－－▲　｜－⊤　⊤⊤⊥⊥　｜－⊤▲

谁见。新腔按彻，背灯暗、共倚宝屏葱蒨。绣被梦轻，金屋妆深沉香换。
⊤▲　－－｜｜　｜－｜　⊤｜⊥－▲　⊥｜⊥－　⊤⊥－－⊤▲
梅花重洗春风面。正溪上、参横月转。并禽飞上金沙，瑞香雾暖。
⊤－⊤｜－－▲　｜⊤｜　⊤－⊥▲　⊥⊤⊤｜－－　｜－｜▲

附平格：双调九十八字，前段十句四平韵一协韵，后段九句四平韵一协韵；上片"正"为领字、八九句对，下片"任"挈二三句对。

陈允平

秋千倦倚，正海棠半坼，不耐春寒。㵞雨弄晴，飞梭庭院绣帘闲。梅妆
－－｜｜　｜｜－｜｜　｜｜－△　｜｜｜－　－－－｜｜－△　－－
欲试芳情懒，翠颦愁入眉弯。雾蝉香冷，霞绡泪揾，恨袭湘兰。
｜｜－－▼协　｜－－｜－△　｜－－｜　－－｜｜　｜｜｜－△

悄悄池台步晚，任红薰杏靥，碧沁苔痕。燕子未来，东风无语又黄昏。
｜｜－－｜｜　｜－－｜｜　｜｜－△　｜｜｜－　－－－｜｜－△
琴心不度春云远，断肠难托啼鹃。夜深犹倚，垂杨二十四栏。
－－｜｜－－▼协　｜－－｜－△　｜－－｜　－－｜｜｜△

603. 琵琶仙

【题解】姜夔自度黄钟商曲。

【句格】双调一百字，前段九句四仄韵，后段八句四仄韵；上片七、八句对，下片五、六句宜作三字逗对。

姜夔

双桨来时，有人似、旧曲桃根桃叶。歌扇轻约飞花，蛾眉正奇绝。春渐
－｜－－　｜－｜　｜｜｜－－▲　－｜－｜－－　－－｜－▲　－｜

远、汀洲自绿，更添了、几声啼鴂。十里扬州，三生杜牧，前事休说。
　｜　——｜｜　｜—｜　———▲　｜｜——　——｜　—｜—▲

又还是、宫烛分烟，奈愁里、匆匆换时节。都把一襟芳思，与空阶榆荚。
｜—｜　—｜——　｜—｜　——｜—▲　—｜｜——　｜———▲

千万缕、藏鸦细柳，为玉尊、起舞回雪。想见西出阳关，故人初别。
—｜｜　——｜｜　｜｜—　｜｜—▲　｜｜—｜——　｜——▲

604. 东风第一枝

【题解】蒋孝《九宫谱目》注：大石调。

【句格】双调一百字，前段九句四仄韵，后段八句五仄韵；上片首二句，四、五句对，下片首二句三字逗对，三、四句对。此调有不同诸格体。

史达祖

草脚愁苏，花心梦醒，鞭香拂散牛土。旧歌空忆珠帘，彩笔倦题绣户。
⊥｜——　⊤—⊥｜　⊤—⊥⊥—▲　⊥—⊤｜——　⊥｜⊥⊥—▲

黏鸡贴燕，想立断、东风来处。暗惹起、一掬相思，乱若翠盘红缕。
——⊥｜　⊥⊥｜　⊤——▲　｜｜⊥　｜——　⊥｜｜——▲

今夜觅、梦池秀句。明日动、探花芳绪。寄声沽酒人家，预约俊游伴侣。
⊤⊥⊥　⊥⊤⊥▲　⊤｜⊥　⊥—⊤▲　⊥—⊤——　｜｜⊥—▲

怜它梅柳，乍忍后、天街酥雨。待过了、一月灯期，日日醉扶归去。
⊤—⊤｜　⊥⊥⊥　⊤——▲　｜⊥⊥　⊥⊥——　⊥⊥｜——▲

605. 春夏两相期

【题解】调见《竹山词》。

【句格】双调一百字，前段九句五仄韵，后段十句五仄韵；上片五、六句，七、八句对，下片"料"为领字，六、七句，歇拍三句对。

蒋捷

听深深、谢家庭馆。东风对语双燕。似说朝来，天上婺星光现。金裁花
｜——　——｜▲　——｜｜——▲　｜｜——　——｜｜—▲　———

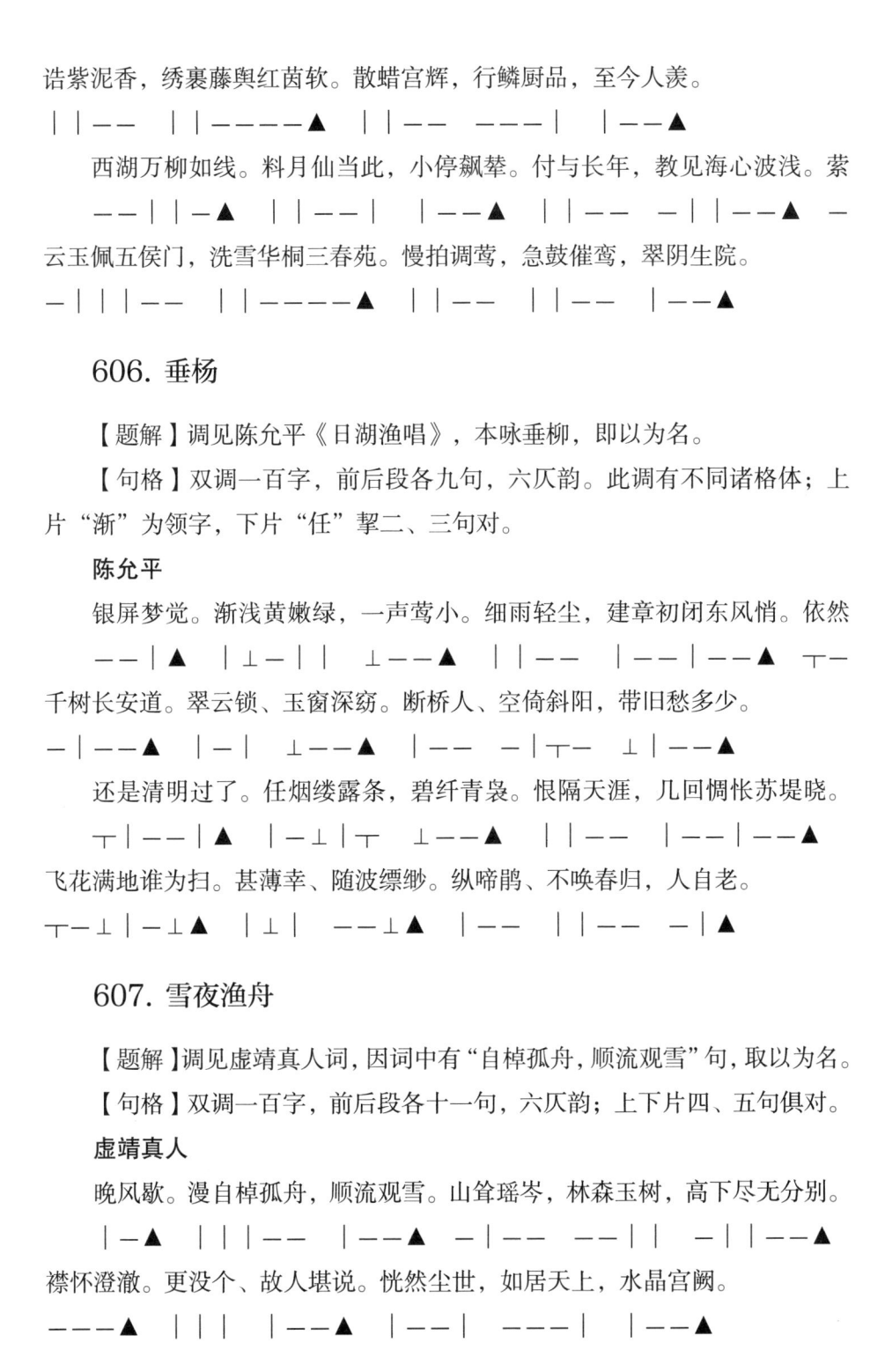

诰紫泥香，绣裹藤舆红茵软。散蜡宫辉，行鳞厨品，至今人羡。
　｜｜——　｜｜————▲　｜｜——｜　｜—— ▲

　　西湖万柳如线。料月仙当此，小停飙辇。付与长年，教见海心波浅。紫云玉佩五侯门，洗雪华桐三春苑。慢拍调莺，急鼓催鸾，翠阴生院。
　　——｜｜——▲　｜｜——｜　｜——▲　｜｜——　—｜｜——▲　—｜｜——　｜｜————▲　｜｜——　｜｜——　——▲

606. 垂杨

【题解】调见陈允平《日湖渔唱》，本咏垂柳，即以为名。

【句格】双调一百字，前后段各九句，六仄韵。此调有不同诸格体；上片"渐"为领字，下片"任"挈二、三句对。

陈允平

银屏梦觉。渐浅黄嫩绿，一声莺小。细雨轻尘，建章初闭东风悄。依然千树长安道。翠云锁、玉窗深窈。断桥人、空倚斜阳，带旧愁多少。
　——｜▲　｜⊥—｜｜　⊥——▲　｜｜——　｜——｜——▲　⊤—｜——▲　｜—｜　⊥——▲　｜——　—｜⊤—　⊥｜——▲

还是清明过了。任烟缕露条，碧纤青袅。恨隔天涯，几回惆怅苏堤晓。飞花满地谁为扫。甚薄幸、随波缥缈。纵啼鹃、不唤春归，人自老。
　⊤｜——▲　｜—⊥｜⊤　⊥——▲　｜｜——　｜——｜——▲　⊤—⊥｜—⊥▲　｜⊥｜　——⊥▲　｜——　｜｜——　—｜▲

607. 雪夜渔舟

【题解】调见虚靖真人词，因词中有"自棹孤舟，顺流观雪"句，取以为名。

【句格】双调一百字，前后段各十一句，六仄韵；上下片四、五句俱对。

虚靖真人

晚风歇。漫自棹孤舟，顺流观雪。山耸瑶岑，林森玉树，高下尽无分别。襟怀澄澈。更没个、故人堪说。恍然尘世，如居天上，水晶宫阙。
　｜—▲　｜｜｜——　｜———▲　—｜——　————　—｜｜——▲　———▲　｜｜｜　｜——▲　｜——｜　———｜　｜——▲

万尘声影绝。莹虚空无外，水天相接。一叶身轻，三花顶聚，永夜不愁
———｜▲　｜———｜　｜——▲　｜｜——　｜｜—｜　｜｜｜—
寒冽。漫怜薄劣。但只解、赴炎趋热。停桡失笑，知心都付，野梅江月。
—▲　｜—｜▲　｜｜｜　｜——▲　——｜｜　———｜　｜｜——▲

608. 惜寒梅

【题解】调见《复雅歌词》，因词有"喜寒梅，却与雪期霜约"句，取以为名。

【句格】双调一百字，前段九句五仄韵，后段十句六仄韵；下片第二句为一四结构。

无名氏

看尽千花，喜寒梅、暗与雪期霜约。雅态香肌，迥有天然澹泊。五侯园
｜｜——　｜——　｜｜｜——▲　｜｜——　｜｜——｜▲　｜—
囿恣游乐。凭栏处、重开绣幕。秦娥妆罢，自远相从，艳过京洛。
｜｜—▲　——｜　——▲　———｜　｜｜——　｜——▲

天涯再见素萼，似凝愁向人，玉容寂寞。江上飘零，怎把芳心付托。那
——｜｜｜▲　｜——｜—　｜——▲　——｜｜　｜｜——｜▲　—
堪风雨夜来恶。便减动、一分瘦削。直须沉醉，尤香殢雪，莫待吹落。
——｜｜—▲　｜｜｜　｜—｜▲　｜——｜　——｜｜　｜｜—▲

609. 惜花春起早慢

【题解】调见《高丽史·乐志》，即赋题本意。

【句格】双调一百字，前段八句四仄韵，后段九句四仄韵；下片第二句为一四句法。

无名氏

向春来，睹园林、绣出满槛鲜萼。流莺海棠枝上弄舌，紫燕飞绕池阁。
｜——　｜——　｜｜｜——▲　——｜｜｜　｜｜｜｜—▲
三眠细柳，垂万条、罗带柔弱。为思量、昨夜去看花，犹自斑驳。
——｜｜　—｜—　—｜—▲　｜——　｜｜｜——　—｜—▲

须拚尽日樽前，当媚景良辰，且恁欢谑。更阑夜深秉烛，对花酌、莫孤
ー—||——　—||——　　||—▲　——|—|　|—|　|—
轻诺。邻鸡唱晓，惊觉来、连忙梳掠。向西园、惜群葩，恐怕狂风吹落。
—▲　——||　—|—　———▲　|——　|——　||————▲

610. 满朝欢

【题解】《乐章集》注：大石调。

【句格】双调一百一字，前段十一句四仄韵，后段十句四仄韵；上片首二句对，"引"挈七、八句对，九、十句对，下片"因念"挈首二句对。此调有不同诸格体。

柳永

花隔铜壶，露晞金掌，都门十二清晓。帝里风光烂漫，偏爱春杪。烟轻
—|——　|——|　——||—▲　||||—　—|—▲　——
昼永，引莺啭上林，鱼游灵沼。巷陌乍晴，香尘染惹，垂杨芳草。
||　|—||—　———▲　|||—　——||　———▲

因念秦楼彩凤，楚馆朝云，往昔曾迷歌笑。别来岁久，偶忆欢盟重到。
—|——||　|||—　||——▲　|—||　———▲
人面桃花，未知何处，但掩朱门悄悄。尽日伫立无言，赢得凄凉怀抱。
—|——　|——|　||——|▲　||||——　—|———▲

611. 桂枝香

【题解】调见《乐府雅词》。张辑词，有"疏帘淡月"句，又名《疏帘淡月》。

【句格】双调一百一字，前后段各十句，五仄韵；上片"正"挈二、三句对，"千里"挈四、五句对，八、九句对，下片"叹"为领字，第七句为一六结构。此调有不同诸格体。

王安石

登临送目。正故国晚秋，天气初肃。千里澄江似练，翠峰如簇。归帆去
⊤—⊥▲　|⊥|—　⊤⊥—▲　⊤|——||　|——▲　⊤—⊥

棹残阳里，背西风、酒旗斜矗。彩舟云淡，星河鹭起，画图难足。
｜－－｜　｜－－　⊥⊤－▲　⊥⊤－｜　⊤－⊥　⊥－－▲

念往昔、繁华竞逐。叹门外楼头，悲恨相续。千古凭高对此，漫嗟荣辱。
｜⊥⊥　－－｜▲　｜⊤｜－⊤　⊤⊥－▲　⊤｜－－⊥　｜－－▲

六朝旧事如流水，但寒烟衰草凝绿。至今商女，时时犹唱，后庭遗曲。
⊥－⊥｜－－｜　｜－－⊤⊥－▲　⊥－⊤｜　⊤－⊤⊥　｜－－▲

612. 剪牡丹

【题解】《宋史·乐志》：女弟子舞队，第四曰佳人剪牡丹队。调名本此。

【句格】双调一百一字，前段十句四仄韵，后段十句七仄韵；上片首二句对、第十句为一四结构，下片第九句为一四结构。此调有不同诸格体。

张先

野绿连空，天青垂水，素色溶漾都净。柔柳摇摇，坠轻絮无影。汀洲日
｜｜－－　－－－｜　｜｜－｜－▲　－｜－－　｜－｜－▲　－－｜

落人归，修巾薄袂，撷香拾翠相竞。如解凌波，泊烟渚春暝。
｜－－　－－｜｜　｜－｜｜－▲　－｜－－　｜－｜－▲

彩绦朱索新整。宿绣屏、画船风定。金凤响双槽，弹出今古幽思谁省。
｜－－｜－▲　｜｜－　｜－－▲　－｜｜－－　－｜－｜－｜－▲

玉盘大小乱珠迸。酒上妆面，花艳媚相并。重听。尽汉妃一曲，江空月静。
｜－｜｜｜－▲　｜｜－｜　－｜｜－▲　－▲　｜｜－｜｜　－－｜▲

613. 马家春慢

【题解】调见《东山乐府》。

【句格】双调一百一字，前段九句四仄韵，后段十句五仄韵；上片首二句对，第五句、第七句为一六结构，下片"纵"为领字，四、五、六句排对，第九句为一四结构。

贺铸

珠箔风轻，绣帘浪卷，乍入人间蓬岛。斗玉栏杆，渐庭馆帘栊春晓。天
－｜－－　｜－｜｜　｜｜－－－▲　｜｜－－　｜－｜－－▲　－

许奇葩贵品，异繁杏夭桃轻巧。命化工倾国风流，与一枝纤妙。
｜——｜｜　｜——｜———▲　｜｜——｜｜　｜｜—▲

樽前五陵年少。纵丹青异格，难仿颜貌。惹露凝烟，困红娇额，微颦低
——｜——▲　｜｜——｜｜　—｜—｜▲　｜｜——　｜——｜　———

笑。须信浓香易歇，更莫惜、醉攀吟绕。待舞蝶游蜂，细把芳心都告。
▲　—｜——｜｜　｜｜｜　｜—一▲　｜｜——　｜｜———▲

614. 梅香慢

【题解】调见《东山乐府》。

【句格】双调一百一字，前段十一句四仄韵，后段十一句五仄韵；上片"映"挈二、三句对，"冠"挈五、六句对，下片"掩""剩"均挈对句，第九句为一三结构。

贺铸

高阁寒轻，映万朵芳梅，乱堆香雪。未待江南信，冠百花先占，一阳佳
—｜——　｜｜｜——　｜——▲　｜｜——｜　｜｜——　｜——

节。剪彩凝酥，无处学、天然奇绝。便寿阳妆，工夫费尽，艳姿终别。
▲　｜｜——　｜｜｜　———▲　｜｜——　——｜｜　｜｜——▲

风里弄轻盈，掩珠英明莹，麝腊飘烈。莫放芳菲歇。剩永宵欢赏，酒酣
—｜｜——　｜———｜　｜｜—▲　｜｜——▲　｜｜——｜　｜—

吟折。倒玉何妨，且听取、樽前新阕。怕篷声长，行云散尽，漫悲风月。
—▲　｜｜——　｜｜｜　———▲　｜｜——　——｜｜　｜——▲

615. 玉烛新

【题解】调始《清真乐府》，《尔雅》云，四时和，谓之玉烛，取以为名。

【句格】双调一百一字，前段九句五仄韵，后段九句六仄韵；下片"问""好"为领字。此调有不同诸格体。

周邦彦

溪源新腊后，见数朵江梅，剪裁初就。晕酥砌玉，芳英嫩、故把春心轻
———｜｜　｜｜｜——　｜——▲　⊥—⊥｜　——｜　｜｜———

漏。前村昨夜，想弄月黄昏时候。孤岸峭、疏影横斜，浓香暗沾襟袖。
▲ 丁一⊥｜ ⊥｜｜――丁▲ 丁｜｜ 丁｜―― ――｜――▲

樽前赋与多才，问岭外风光，故人知否。寿阳漫斗。终不似、照水一枝
――｜｜―― ｜⊥｜―― ｜――▲ ⊥一⊥▲ －⊥｜ ｜｜｜⊥－

清瘦。风娇雨秀，好乱插繁花盈首。须信道、羌笛无情，看看又奏。
－▲ 丁一｜▲ ⊥｜｜―――▲ －｜｜ －｜―― ――｜▲

616. 六花飞

【题解】调见《松隐集》。

【句格】双调一百一字，前后段各十句，四仄韵；上片二、三句对与四、五句扇面对，下片第二、三句与四、五句宜扇面对，第六句为一六结构，第九句为一四结构。

曹勋

寅杓乍正，瑞云开晓，罩紫霄宫殿。圣孝虔恭，率宸庭冠剑。上徽称、
――｜｜ ｜―― ｜｜――▲ ｜｜―― ｜―――▲ ｜――

天明地察，奉玉简，璇曜金辉非常典。仰吾君、亲被衮龙，当槛俯旒冕。
――｜｜ ｜｜｜ ―――――▲ ｜―― ｜―― ｜｜｜―▲

中兴圣天子，舜心温清，示未尝闲燕。礼无前比，出渊衷深念。赞木父
――｜－｜ ｜――｜ ｜｜――▲ ｜―― ｜―――▲ ｜｜｜

金母至乐，万亿载，日月荣光俱欢忭。喜春风罗绮，管弦开寿宴。
－▲ ｜｜｜ ｜｜―――▲ ｜―――｜ ｜――｜▲

617. 清风满桂楼

【题解】调见《松隐集》。

【句格】双调一百一字，前段九句五仄韵，后段九句六仄韵；上片首二句对。

曹勋

凉飙霁雨。万叶吟秋，团团翠深红聚。芳桂月中来，应是染、仙禽顶砂
――｜▲ ｜｜―― ――｜――▲ －｜｜｜－ －｜｜ ――｜－

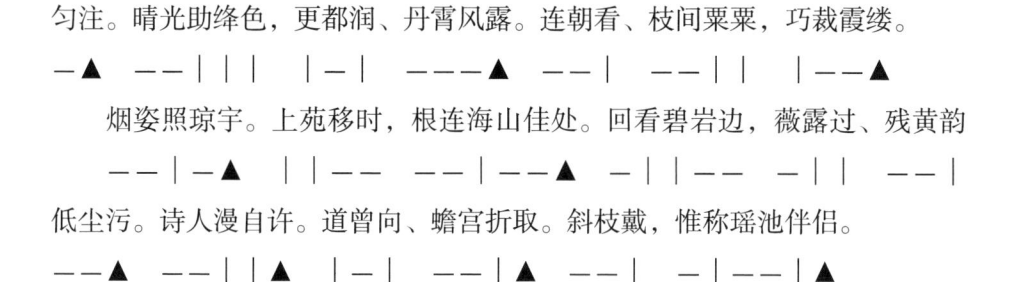

匀注。晴光助绛色，更都润、丹霄风露。连朝看、枝间粟粟，巧裁霞缕。
－▲　——｜｜｜　｜－｜　———▲　——｜　——｜｜　｜——▲

烟姿照琼宇。上苑移时，根连海山佳处。回看碧岩边，薇露过、残黄韵
——｜－▲　｜｜——　——｜——▲　－｜｜——　－｜｜　———｜

低尘污。诗人漫自许。道曾向、蟾宫折取。斜枝戴，惟称瑶池伴侣。
——▲　——｜｜▲　｜－｜　——｜▲　——｜　－｜——｜▲

618. 映山红慢

【题解】调见元绛词，咏牡丹作。

【句格】双调一百一字，前段九句五仄韵，后段八句五仄韵；上片"露"领字，六、七句宜对，下片第七句为一三结构。

元绛

谷雨风前，占淑景、名花独秀。露国色仙姿，品流第一，春工成就。罗
｜｜——　｜｜｜　——｜▲　｜｜｜——　｜－｜｜　———▲　－

帏护日金泥皱。映霞腮动檀痕溜。长记得天上，瑶池阆苑曾有。
－｜｜——▲　｜－——｜－▲　－｜｜｜　——｜｜－▲

千匝绕、红玉栏杆，愁只恐、朝云难久。须款折、绣囊剩戴，细把蜂须
－｜｜　－｜——　——｜　——－▲　——｜　｜｜｜▲　｜｜——

频嗅。佳人再拜抬娇面，敛红巾、捧金杯酒。献千千寿。愿长怹、天香满袖。
－▲　——｜｜——｜　｜——　｜——▲　｜——▲　｜－｜　——｜▲

619. 真珠帘

【题解】调见放翁词。

【句格】双调一百一字，前段九句六仄韵，后段十句七仄韵；上片"漫"挈歇拍句对，下片第五句、第九句皆一四结构。此调有不同诸格体。

陆游

山村水馆参差路。感羁游、正似残春风絮。掠地穿帘，知是竟归何处。
——｜｜——▲　｜——　｜｜———▲　｜｜——　－｜｜——▲

镜里新霜空自悯,问几时、鸾台鳌署。迟暮。漫凭高怀远,书空独语。
||——|| ||— ———▲ —▲ |———| ——|▲

　　自古。儒冠多误。悔当年、早不扁舟归去。醉下白蘋洲,看夕阳鸥鹭。
|▲ ———▲ |—— ||———▲ |||—— ||—▲

菰菜鲈鱼都弃了,只换得、青衫尘土。休顾。早收身江上,一蓑烟雨。
—|———|| |——— ———▲ —▲ |———| |——▲

620. 曲江秋

【题解】韩玉词注:正宫。

【句格】双调一百一字,前段十二句六仄韵,后段十一句六仄韵;上片"换"挈二、三句对,四、五句对,八、九句对,歇拍二句对。此调有不同诸格体。

杨无咎

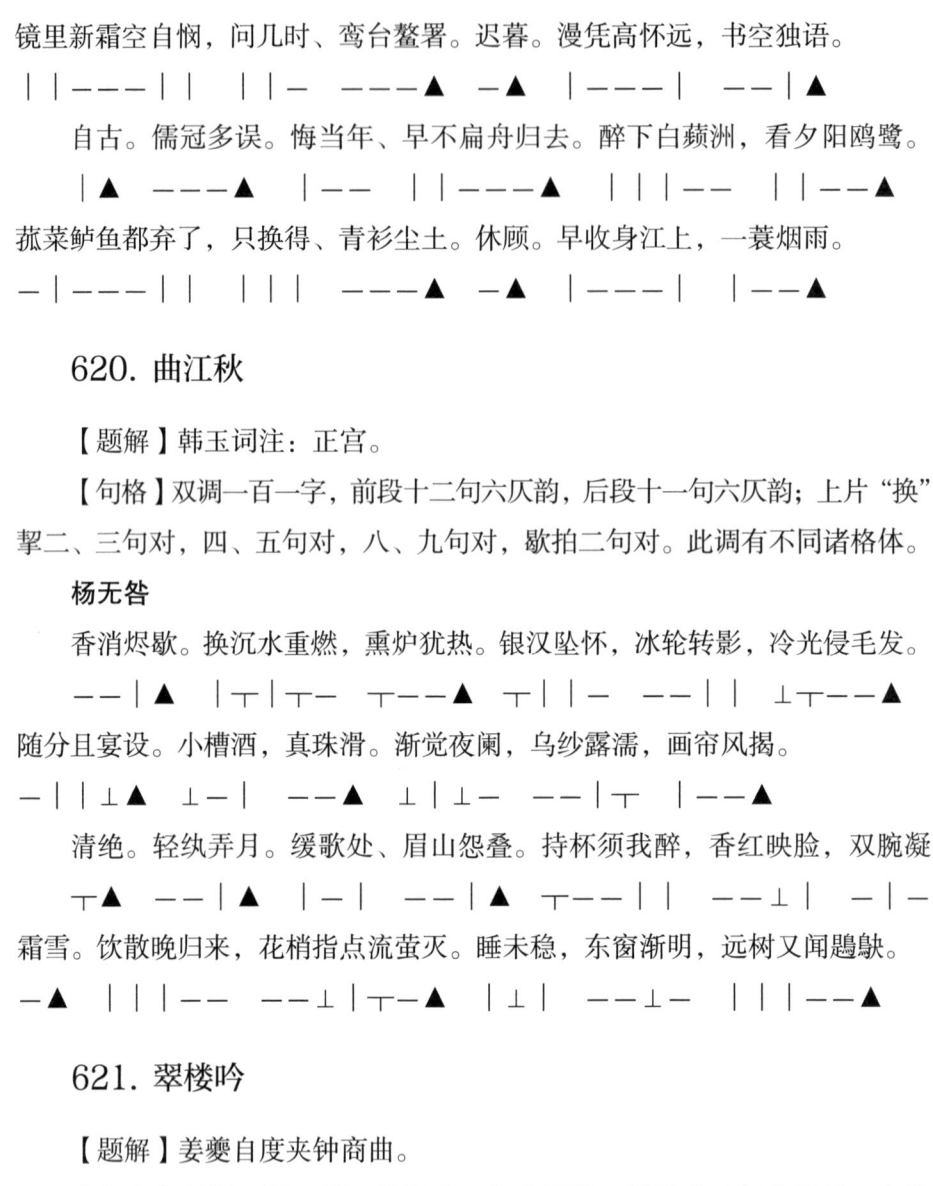

香消烬歇。换沉水重燃,熏炉犹热。银汉坠怀,冰轮转影,冷光侵毛发。
——|▲ |⊤|⊤— ⊤——▲ ⊤||— ——|| ⊥⊤——▲

随分且宴设。小槽酒,真珠滑。渐觉夜阑,乌纱露濡,画帘风揭。
—||⊥▲ ⊥—| ——▲ ⊥|⊥— ——|⊤ |——▲

　　清绝。轻纨弄月。缓歌处、眉山怨叠。持杯须我醉,香红映脸,双腕凝
⊤▲ ——|▲ ⊥—| ——|▲ ——|—| ——|| ——|

霜雪。饮散晚归来,花梢指点流萤灭。睡未稳,东窗渐明,远树又闻鹈鴂。
—▲ |||—— ——|⊤—▲ |⊥| ——⊥— |||——▲

621. 翠楼吟

【题解】姜夔自度夹钟商曲。

【句格】双调一百一字,前段十一句六仄韵,后段十二句七仄韵;上片首二句对、"看"挈七、八句对,歇拍二句对,第五句为一六结构,下片第三句为一四结构,第六句为一六结构,"仗"挈八、九句对。

姜夔

月冷龙沙,尘清虎落,今年汉酺初赐。新翻胡部曲,听毡幕元戎歌吹。
||—— ——|| ——|——▲ ———|| |—|——▲

层楼高峙。看槛曲萦红，檐牙飞翠。人姝丽。粉香吹下，夜寒风细。
－－－▲　｜｜｜－－　－－－▲　－－▲　｜－－｜　｜－－▲

此地。宜有神仙，拥素云黄鹤，与君游戏。玉梯凝望久，叹芳草萋萋千
｜▲　－｜－－　｜｜－－｜　｜－－▲　｜－－｜｜　｜－－－－

里。天涯情味。仗酒祓清愁，花消英气。西山外。晚来还卷，一帘秋霁。
▲　－－－▲　｜｜｜－－　－－－▲　－－▲　｜－－｜　｜－－▲

622. 霓裳中序第一

【题解】唐白居易《霓裳羽衣舞歌》云：散序六奏未动衣，阳台宿云慵不飞。中序擘騞初入拍，秋竹吹裂春冰坼。自注云：散序六遍无拍故不舞，中序始有拍，亦名拍序。宋沈括《笔谈》云，《霓裳曲》凡十二叠，前六叠无拍，至第七叠，方谓之叠遍，自此始有拍而舞。按此知《霓裳曲》十二叠，至七叠中序始舞，故以第七叠为中序第一，盖舞曲之第一遍也。

【句格】双调一百一字，前段十句七仄韵，后段十一句八仄韵；上片"况"领四、五句对，下片五、六句对；上片第七句，下片第三句、第八句均一六结构。此调有不同诸格体。

姜夔

亭皋正望极。乱落红莲归未得。多病怯无气力。况纨扇渐疏，罗衣初索。
－－｜｜▲　｜｜－－｜▲　⊤｜⊥－⊥▲　｜⊤｜⊥－　⊤－－▲

流光过隙。叹杏梁双燕如客。人何在，一帘淡月，仿佛照颜色。
⊤－｜▲　｜｜｜－－－▲　－－｜　⊥－⊥　｜｜｜｜－▲

幽寂。乱蛩吟壁。动庾信清愁似织。沉思年少浪迹，篷里关山，柳下坊
－▲　⊥－⊤▲　｜⊥｜⊤－▲　－－⊤｜　⊥｜⊥－　⊥｜⊥

陌。坠红无信息。漫暗水涓涓溜碧。飘零久，而今何意，醉卧酒垆侧。
▲　｜－－｜▲　⊥｜｜－－▲　－－｜　⊤－－｜　｜｜｜｜－▲

623. 舜韶新

【题解】宋王应麟玉海，正和中曹柔制征调《舜韶新》。

【句格】双调一百一字，前段十句四仄韵，后段十一句四仄韵；上片第

二句"催"、下片第十句"堪"皆为领字。

郭子正

香满西风，催岁晚东篱，黄花争吐。嫩英细蕊，金艳繁妆点，高秋偏富。
－｜－－　－｜｜－－　－－－▲　｜－｜｜　－｜－－｜　－－－▲

寒地花媒少，算自结、多情烟雨。每年年妆面，谢他拒霜相顾。
－｜－－｜　｜｜｜　－－－▲　｜－－｜　｜－｜－－▲

宝马王孙，休笑孤芳，陶令因谁，便思归去。负春何事，此恨惟才子，
｜｜－－　－｜－－　－｜－－　｜－－▲　｜－－｜　｜｜－－｜

登高能赋。千古风流在，占定泛、重阳芳醑。堪吟看醉赏，何须杏园深处。
－－－▲　－｜－－｜　｜｜－　－－－▲　－－｜｜　－－｜－－▲

624. 西平乐

【题解】此调有仄韵、平韵两体。仄韵者，始自柳永，《乐章集》注：小石调；平韵者，始自周邦彦，一名《西平乐慢》。

【句格】双调一百二字，前段八句四仄韵，后段十三句六仄韵；上片三、四、五句排对，下片首二句，三、四句，七、八句对。

柳永

尽日凭高寓目，脉脉春情绪。佳景清明渐近，时节轻寒乍暖，天气才晴
｜｜－－｜｜　⊥｜－－▲　⊤｜－－｜｜　－｜－－｜｜　－｜－－

又雨。烟光澹荡，妆点平芜远树。黯凝伫。
⊥▲　－－｜｜　⊤｜－－⊥▲　｜－▲

台榭好，莺燕语。正是和风丽日，几许繁红嫩绿，雅称嬉游去。奈阻隔、
－⊥｜　－｜▲　⊥｜－－｜｜　⊥｜－－｜｜　｜－－－▲　｜｜｜

寻芳伴侣。秦楼凤吹，楚馆云约，空怅望，在何处。寂寞韶光暗度。可怜向
－－｜▲　－－｜｜　⊥⊤－｜　－｜｜　｜－▲　⊥｜－－｜▲　⊥－｜

晚，村落声声杜宇。
｜　－｜－－｜▲

附平格：双调一百三十七字，前段十二句四平韵，后段十五句三平韵；上片首二句对，下片首二句，十一、十二句对。

周邦彦

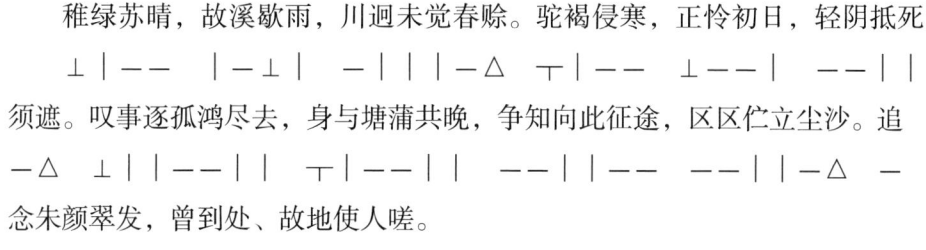

稚绿苏晴，故溪歇雨，川迥未觉春赊。驼褐侵寒，正怜初日，轻阴抵死
⊥｜——　｜—⊥　—｜｜｜—△　⊤——　⊥——｜　——｜｜
须遮。叹事逐孤鸿尽去，身与塘蒲共晚，争知向此征途，区区伫立尘沙。追
—△　⊥｜——｜｜　⊤｜——｜｜　——｜｜——　——｜｜—△　—
念朱颜翠发，曾到处、故地使人嗟。
｜——｜｜　—⊥｜　｜｜｜—△

道连三楚，天低四野，乔木依前，临路攲斜。重慕想、东陵晦迹，彭泽
⊥——｜　——｜｜　—｜——　⊤｜—△　—｜｜　——｜｜　——
归来，左右琴书自乐，松菊相依，何况风流鬓未华。多谢故人，亲驰郑驿，
——　｜｜——｜｜　⊤｜——　—｜——｜｜△　⊤｜｜—　——｜｜
时倒融尊，劝此淹留，共过芳时，翻令倦客思家。
—｜——　｜｜——　｜｜——　——｜｜—△

625. 山亭宴

【题解】调见张先词集，有美堂赠彦猷主人作，盖自度曲也。

【句格】双调一百二字，前后段各八句，五仄韵。

张先

宴亭永昼喧箫鼓。倚青空、画栏红柱。玉莹紫微人，蔼和气、春融日煦。
｜—｜｜——▲　｜——　｜——▲　｜｜｜——　｜—｜　——｜▲
故宫池馆旧楼台，约风月、今宵何处。湖水动鲜衣，竞拾翠、湖边路。
｜——｜｜——　｜—｜　———▲　—｜｜——　｜｜｜　——▲

落花荡漾愁空树。晓山静、数声杜宇。天意送芳菲，正黯淡、疏烟短雨。
｜——｜｜—▲　｜—｜　｜—｜▲　——｜——　｜｜｜　——｜▲
新欢宁似旧欢长，此会散、几时还聚。试为挹飞云，问解寄、相思否？
———｜｜——　｜｜｜　｜——▲　｜｜——　｜｜｜　——▲

626. 望春回

【题解】调见《乐府雅词》。

【句格】双调一百二字,前段十句四仄韵,后段十句五仄韵;上片"射"掣二、三句对,第五句为一四结构,下片"算"掣对句,第七句一七结构。

李甲

霁霞散晓,射水村渐明,渔火方灭。滩露夜潮痕,注冻濑凄咽。征鸿来
｜—｜｜　｜｜—｜—　—｜—▲　—｜｜——　｜｜｜—▲　———
时应有信,见疏柳、更忆伊同折。异乡憔悴,那堪更值,岁穷时节。
——｜｜｜　｜—｜　｜｜——▲　｜—｜｜　｜—｜｜　｜—｜▲

东风暗回暖律。算圻遍江梅,消尽岩雪。唯有这愁肠,恁依旧千结。私
——｜—｜▲　｜｜｜——　—｜—▲　—｜｜——　｜—｜—▲　—
言窃语曾誓约,便眠思梦想无休歇。这些离恨,除非对着,说似明月。
—｜｜—｜｜　｜——｜——▲　｜——｜　——｜｜　｜｜—▲

627. 水龙吟

【题解】姜夔词注:无射商,俗名越调;出于太白诗《宫中行乐词(其三)》"笛奏水龙吟"句。曾觌词,结句有"是丰年瑞"句,名《丰年瑞》;吕渭老词,名《鼓笛慢》;史达祖词,名《龙吟曲》;杨樵云词,因秦观词起句,更名《小楼连苑》;方味道词,结句有"伴庄椿岁"句,名《庄椿岁》。

【句格】双调一百二字,前段十一句四仄韵,后段十一句五仄韵;上片三、四句,七、八句对,"乍"为领字,下片"念"为领字。

苏轼

霜寒烟冷蒹葭老,天外征鸿嘹唳。银河秋晚,长门灯悄,一声初至。应
┬—┬｜——｜　┬｜——▲　┬—┬｜　┬—┬｜　⊥—┬▲　┬
念潇湘,岸遥人静,水多菰米。乍望极平田,徘徊欲下,依前被、风惊起。
｜——　⊥—┬｜　｜—┬▲　｜｜┬┬┬　┬——｜　┬┬｜　——▲

须信衡阳万里。有谁家、锦书遥寄。万重云外,斜行横阵,才疏又缀。
┬｜┬—⊥▲　｜——　⊥—┬▲　┬—┬｜　┬—┬｜　┬—⊥▲
仙掌月明,石头城下,影摇寒水。念征衣未捣,佳人拂杵,有盈盈泪。
┬｜┬｜　｜——｜　｜—▲　｜——｜　——｜｜　——⊥▲

628. 斗百草

【题解】调见《琴趣外篇》。

【句格】双调一百二字，前段十句四仄韵，后段十句五仄韵；上片三、四句，"便"挈七、八句对，下片"追想"挈首二句对，四、五句对。此调有不同诸格体。

晁补之

别日常多，会时常寡天难晓。正喜花开，又愁花谢，春也似人易老。惨
｜｜－－　｜－⊤｜－－▲　｜｜－－　｜－－｜　－｜｜－｜▲　｜
无言、念旧日朱颜，清欢莫笑。便苒苒如云，霏霏似雨，去无音耗。
－－　｜｜｜－－　－－⊥▲　｜｜｜－－　－－｜｜　｜－⊤▲

追想墙头梅下，门里桃边，名利为伊都忘了。血写香笺，泪封罗帕，记
－｜－－⊤｜　－｜－－　｜｜｜－－｜▲　⊥｜－－　｜｜－｜　｜
三日、离肠浪搅。如今事，十二楼空凭谁到。此情悄。拟回船、武陵路杳。
－⊥　－－｜▲　－－｜　⊥｜－－⊤－▲　｜－▲　｜｜－－　｜－｜▲

629. 石州慢

【题解】《宋史·乐志》：越调。贺铸词，有"长亭柳色才黄"句，名《柳色黄》；谢懋词，名《石州引》。

【句格】双调一百二字，前段十句四仄韵，后段十一句五仄韵；上片首三句排对，四、五句对，下片二、三句对。此调有不同诸格体。

贺铸

薄雨催寒，斜照弄晴，春意空阔。长亭柳色才黄，远客一枝先折。烟横
⊥｜－－　－｜｜－　－⊤｜－▲　⊤－⊥｜－－　⊥｜－｜－－▲　－－
水际，映带几点归鸦，东风消尽龙沙雪。还记出关时，恰而今时节。
⊥｜　⊥⊥⊥｜－－　⊤－⊤｜－－▲　⊤｜｜－－　｜－－－▲

将发。画楼芳酒，红泪清歌，顿成轻别。已是经年，杳杳音尘都绝。欲
－▲　｜－⊤｜　⊤⊥⊤⊤　⊥－⊤▲　｜｜－－　⊥｜⊤－－▲　⊥
知方寸，共有几许清愁，芭蕉不展丁香结。枉望断天涯，两厌厌风月。
－⊤｜　⊥⊥⊥｜－－　⊤－⊤｜－－▲　⊥｜｜－－　｜－－－▲

630. 上林春慢

【题解】《宋史·乐志》：中吕宫。

【句格】双调一百二字，前段十一句四仄韵，后段九句五仄韵；上片首二句对，四、五句对，下片三、四句对。此调有不同诸格体。

晁补之

帽落宫花，衣惹御香，凤辇晚来初过。鹤降诏飞，龙衔烛戏，端门万枝
⊥｜－－　－｜｜⊤　｜｜⊥－－▲　｜⊥⊥⊤　－－｜｜　－－｜－
灯火。满城车马，对明月、有谁闲坐。任狂游，更许傍禁街，不扃金锁。
－▲　｜－⊤｜　｜－｜－⊤▲　｜－－　｜⊥⊥｜⊤　⊥－－▲

玉楼人、暗中掷果。珍帘下、笑着春衫袅娜。素蛾绕钗，轻蝉扑鬓，垂
｜－－　｜－｜▲　－－　｜｜｜－▲　｜⊥⊥⊤　－－｜⊥　－
垂柳丝梅朵。夜阑饮散，但赢得、翠翘双弹。醉归来，又重向、晓窗梳裹。
⊤｜－－▲　⊥－｜｜　｜－｜　｜－－▲　｜－－　｜⊤｜　｜－－▲

631. 宴清都

【题解】调始《清真乐府》，程垓词名《四代好》。

【句格】双调一百二字，前段十句五仄韵，后段十句四仄韵；上片四、五句对，下片二、三句，四、五句对。此调有不同诸格体。

周邦彦

地僻无钟鼓。残灯灭，夜长人倦难度。寒吹断梗，风翻暗雪，洒窗填户。
⊥｜－－▲　－⊤｜　⊥－⊤｜－▲　－－｜　⊤⊤｜⊥　⊥－－▲
宾鸿漫说传书，算过尽、千俦万侣。始信得、庾信愁多，江淹恨极须赋。
－－｜｜－－　｜⊥｜　⊤－｜▲　⊥⊥｜　｜－－　⊤－｜｜－▲

凄凉病损文园，徽弦乍拂，音韵先苦。淮山夜月，金城暮草，梦魂飞去。
－－｜｜－－　⊤－⊥　｜⊤▲　⊤－｜　｜⊤⊤　⊤－｜▲
秋霜半入清镜，叹带眼、多移旧处。更久长、不见文君，归时认否。
⊤－⊥｜－⊥　⊥⊥｜　⊤－－▲　｜⊥⊤　⊥｜－－　⊤－｜▲

632. 花犯

【题解】调始《清真乐府》，周密词名《绣鸾凤花犯》。

【句格】双调一百二字，前段十句六仄韵，后段九句四仄韵。此调有不同诸格体。上片"疑"为领字。

周邦彦

粉墙低，梅花照眼，依然旧风味。露痕轻缀。疑净洗铅华，无限佳丽。
｜——　——⊥｜　——｜▲　——｜▲　⊤｜｜　⊤｜－▲

去年胜赏曾孤倚。冰盘同燕喜。更可惜、雪中高树，香篝熏素被。
⊥－｜｜——▲　———｜▲　｜｜｜　⊥－⊤｜　———｜▲

今年对花最匆匆，相逢似有恨，依依愁悴。吟望久，青苔上、旋看飞坠。
——｜⊤－－　——｜｜｜　———▲　－｜｜　——｜　⊥——▲

相将见、脆圆荐酒，人正在、空江烟浪里。但梦想、一枝潇洒，黄昏斜照水。
——｜　｜－｜｜　⊤⊥｜　⊤——｜▲　⊥｜｜　⊥——｜　⊤——｜▲

633. 倒犯

【题解】调始《清真乐府》，一名《吉了犯》。

【句格】双调一百二字，前段九句六仄韵，后段十一句六仄韵；上片首句二字逗后"对"挈偶句，七、八句宜对，下片第九句一四结构。此调有不同诸格体。

周邦彦

霁景、对霜蟾乍升，素烟如扫。千林夜缟。徘徊处、渐移深窈。何人正
｜｜　｜——｜－　｜——▲　——｜▲　——｜　｜——▲　——｜

弄，孤影蹁跹西窗悄。冒露冷貂裘，玉斝邀云表。共寒光、饮清醥。
｜　－｜⊥————▲　｜｜｜——　⊥｜——▲　｜——　｜－▲

淮左旧游，记送行人，归来山路杳。驻马望素魄，印遥碧，金枢小。爱
－｜⊥－　｜｜——　———｜▲　｜｜｜　｜－｜　—⊤▲　｜

秀色、初娟好。念漂浮、绵绵思远道。料异日宵征，必定还相照。奈何人自老。
｜｜　——▲　｜⊤－　—⊤－｜▲　⊥｜｜　⊥｜———▲　｜——｜▲

634. 瑞鹤仙

【题解】元高栻词注：正宫。《夷坚志》云，乾道中，吴兴周权知衢州西安县，一日令术士沈延年，邀紫姑神，赋《鹤鹤仙》牡丹词，有"睹娇红一捻"句，因名《一捻红》。

【句格】双调一百二字，前段十一句七仄韵，后段十一句六仄韵；上片首句为一四结构、"有"为领字，下片五、六句对，第十句一四结构。此调有不同诸格体。

周邦彦

悄郊园带郭。行路永，客去车尘漠漠。斜阳映山落。敛余红，犹恋孤城
｜ーー｜▲　丅⊥⊥　⊥⊥ーⅠ⊥▲　ーー⊥丅▲　⊥ーⅠ丁Ⅰ丅ー
栏角。凌波步弱，过短亭、何用素约。有流莺劝我，重解雕鞍，缓引春酌。
ー▲　丅ーⅠ▲　Ⅰ⊥ー　ーⅠ▲　ⅠⅠⅠ　ー⊥丅ー　Ⅰ⊥ー▲

不记归时早暮，上马谁扶，醒眠朱阁。惊飙动幕。扶残醉，绕红药。叹
⊥ⅠーーⅠ　Ⅰ⊥ー丁　Ⅰ丅ー▲　丁ーⅠ▲　丅丅Ⅰ　⊥ー▲　Ⅰ
西园，已是花深无地，东风何事又恶。任流光过却。犹喜洞天自乐。
ーー　⊥Ⅰーーー　ー丁丁⊥Ⅰ▲　Ⅰーー▲　ー⊥Ⅰー▲

635. 齐天乐

【题解】周密《天基节乐次》乐奏夹钟宫，第一盏，觱篥起《圣寿齐天乐慢》。姜夔词注：黄钟宫，俗名正宫。周邦彦词，有"绿芜凋尽台城路"句，名《台城路》；沈端节词，名《五福降中天》；张辑词，有"如此江山"句，名《如此江山》。

【句格】双调一百二字，前段十句五仄韵，后段十一句五仄韵；上片三四句对、"叹"掣七、八句对，下片四、五句对，"正"掣八、九句对。此调有不同诸格体。

周邦彦

绿芜凋尽台城路，殊乡又逢秋晚。暮雨生寒，鸣蛩劝织，深阁时闻裁剪。
⊥ーⅠーーⅠ　ーⅠーⅠー▲　⊥Ⅰーー　ーーⅠ⊥　Ⅰ⊥ⅠーーⅠ▲

云窗静掩。叹重拂罗裀，顿疏花簟。尚有练囊，露萤清夜照书卷。
⊥─⊥▲　│⊤│──　⊥──▲　⊥│──　⊥─⊤││─▲

　　荆江留滞最久，故人相望处，离思何限。渭水西风，长安乱叶，空忆诗
　　⊤─⊤│⊥│　│──││　⊤⊥─▲　⊥│──　⊤─⊥│　⊤│─
情宛转。凭高望远。正玉液新篘，蟹螯初荐。醉倒山翁，但愁斜照敛。
─⊥▲　⊤─⊥▲　│⊥⊤──　│──▲　⊥│──　│──│▲

636. 氐州第一

【题解】调始《清真乐府》，一名《熙州摘遍》。

【句格】双调一百二字，前段十一句四仄韵，后段九句五仄韵；上片四、五句，九、十句对，下片三、四句对，第五句一四结构。此调有不同诸格体。

周邦彦

波落寒汀，村渡向晚，遥看数点帆小。乱叶翻鸦，惊风破雁，天角孤云
─│──　─⊥││　──││─▲　││──　──⊥│　─│──
缥缈。官柳萧疏，甚尚挂、微微残照。景物关情，川途换目，顿来催老。
⊥▲　─│──　│││　───▲　⊥│──　⊤─⊥│　│──▲

　　渐解狂朋欢意少。奈犹被、思牵情绕。座上琴心，机中锦字，觉最萦
　　││⊤──│▲　⊥⊤│　⊥──▲　││──　──││　│││─
怀抱。也知人、悬望久，蔷薇谢、归来一笑。欲梦高唐，未成眠、霜空已晓。
─▲　│──　⊤││　──│　──│▲　││──　│──　──│▲

637. 花发状元红慢

【题解】宋叶梦得《避暑录话》：刘几在神宗时，与范蜀公重定大乐，洛阳花品曰状元红，为一时之冠。乐工花日新，能为新声，汴妓郜懿以色著，秘监致仕刘伯焘，精音律，熙宁中，几携花日新就郜懿家，赏花欢咏，乃撰此曲，填词以赠之。

【句格】双调一百二字，前后段各十句，五仄韵；上片首二句，下片二、三句对，"与"领四、五句对，第九句为一四结构。

刘几

三春向暮，万卉成阴，有嘉艳方坼。娇姿嫩质。冠群品，共赏倾城倾国。
——｜｜　｜｜——　｜—｜—▲　——｜▲　｜—｜　｜｜———▲

上苑晴昼暄，千素万红尤奇特。绮筵开，会咏歌才子，压倒元白。
｜｜｜——　—｜｜|———▲　｜—|　||——　||——▲

别有芳幽苞小，步障华丝，绮轩油壁。与紫鸳鸯，素蛱蝶。自清旦、往
｜｜———|　｜｜——　|——▲　||——　||▲　|—|

往连夕。巧莺喧翠管，娇燕语雕梁留客。武陵人，念梦后意浓，堪遣情溺。
|—▲　|——||　—||———▲　|——　||——　—|—▲

638. 瑶华

【题解】调见《梦窗词》，一名《瑶华慢》。

【句格】双调一百二字，前段九句五仄韵，后段九句四仄韵；上片首二句宜对，下片"看"为领字。此调有不同诸格体。

周密

朱钿宝玦。天上飞琼，比人间春别。江南江北，曾未见、漫拟梨云梅雪。
——⊥▲　⊤|——　|⊤——▲　——⊤|　⊤||　⊥——▲

淮山春晚，问谁识、芳心高洁。消几番、花落花开，老了玉关豪杰。
——⊤|　|⊤|　———▲　⊤⊥—　—|——　||⊥——▲

金壶剪送琼枝，看一骑红尘，香度瑶阙。韶华正好，应自喜、初识长安
——|⊥——　|—|——　—|—▲　——||　—||　⊤|⊤—

蜂蝶。杜郎老矣，想旧事、花须能说。记少年、一梦扬州，二十四桥明月。
—▲　|—⊥|　|||　———▲　||⊤　⊥|——　||⊥——▲

639. 曲游春

【题解】调见《蘋洲渔笛谱》。

【句格】双调一百二字，前段十句五仄韵，后段十一句七仄韵；上片"恼"为领字，下片"映""怕"分掣两对句。此调有不同诸格体。

周密

禁苑东风外，飓暖丝晴絮，春思如织。燕约莺期，恼芳情偏在，翠深红
⊥｜——｜　｜⊥——｜　—｜—▲　｜｜——　｜⊤—⊤｜　⊥——

隙。漠漠香尘隔。沸十里、乱丝丛笛。看画船、尽入西泠，闲却半湖春色。
▲　｜｜——▲　｜｜｜——▲　｜｜—　｜｜——　—⊥｜⊤—▲

柳陌。新烟凝碧。映帘底宫眉，堤上游勒。轻暝笼烟，怕梨云梦冷，杏
｜▲　——⊤▲　｜⊤｜——　—｜—▲　⊤｜——　⊥——｜｜　⊥

香愁幂。歌管酬寒食。奈蝶怨、良宵岑寂。正恁醉月摇花，怎生去得。
——▲　⊤｜——▲　｜｜｜　⊤—⊤▲　⊥｜⊥｜——　⊥—｜▲

640. 竹马儿

【题解】一名《竹马子》。《乐章集》注：仙吕调。

【句格】双调一百三字，前段十二句四仄韵，后段十句五仄韵；上片"登"挈首二句对，"对"挈四、五句对，"渐觉"挈七、八句对，下片二、三句对。此调有不同诸格体。

柳永

登孤垒荒凉，危亭旷望，静临烟渚。对雌霓挂雨，雄风拂槛，微收烦暑。
——｜——　——｜｜　｜——▲　｜—⊥｜｜　—⊤⊤｜　———▲

渐觉一叶惊秋，残蝉噪晚，素商时序。览景想前欢，指神京，非雾非烟深处。
｜｜｜⊥——　——｜｜　｜——▲　⊥｜——　｜——　———▲

向此成追感，新愁易积，故人难聚。凭高尽日凝伫。赢得销魂无语。极
｜｜——｜　——｜｜　｜——▲　——｜⊥—▲　———▲　｜

目霁霭霏微，暝鸦零乱，萧索江城暮。南楼画角，又逐残阳去。
｜｜｜——　｜——｜　—｜——▲　——｜｜　｜⊥——▲

641. 雨霖铃

【题解】一名《雨霖铃慢》，唐教坊曲名。《明皇杂录》：帝幸蜀，初入斜谷，霖雨弥日，栈道中闻铃声，采其声为《雨霖铃》曲。宋词盖借旧曲名，另倚新声也。调见柳永《乐章集》，属双调。

【句格】双调一百三字，前段十句五仄韵，后段九句五仄韵；上片第八句一四结构。此调有不同诸格体。

柳永

寒蝉凄切。对长亭晚，骤雨初歇。都门帐饮无绪，方留恋处，兰舟催发。
－－⊤▲　｜－－　｜｜－▲　－－⊥⊥⊤　－－｜｜　－－－▲
执手相看泪眼，竟无语凝咽。念去去、千里烟波，暮霭沉沉楚天阔。
｜｜－－⊥｜　｜－⊥－▲　｜｜⊥　－｜－－　｜｜－｜－▲
多情自古伤离别。更那堪、冷落清秋节。今宵酒醒何处，杨柳岸、晓风残月。此去经年，应是良辰，好景虚设。便纵有、千种风情，更与何人说。
⊤－｜｜－－▲　｜－－　－－⊤　－－▲　⊤－｜⊥⊤　⊤－｜　｜－－▲　｜｜－－　－｜－－　｜｜－▲　｜｜｜　⊤－－－　｜｜－－▲

642. 还京乐

【题解】唐教坊曲名。《唐书》：明皇自潞州还京师，制《还京乐》曲。宋词盖借旧曲名，另翻新声也。

【句格】双调一百三字，前后段各十句，五仄韵；上片"正"为领字、第六句一四结构，下片第二句一四结构、第七句三字逗后"应"挈偶句。此调有不同诸格体。

周邦彦

禁烟近，触处浮香秀色相料理。正泥花时候，奈何客里，光阴虚费。望
⊥－｜　⊥｜－－｜｜－▲　｜⊥－⊤　｜⊥－⊤　－－⊥▲　｜
箭波无际。迎风漾日黄云委。任去远，中有万点，相思清泪。
｜－－▲　⊤－｜｜－－▲　｜｜｜　－｜⊥⊥　－－－▲
到长淮底。过当时楼下，殷勤为说，春来羁旅况味。堪嗟误约乖期，向
｜－－▲　｜⊤－－｜　－－｜｜　－⊤⊤⊥▲　－－｜｜－　｜
天涯、自看桃李。想如今、应恨墨盈笺，愁妆照水。怎得青鸾翼，飞归教见
－－　｜－－▲　｜－－　⊤－－　⊤－－｜▲　－－｜　⊤－－｜
憔悴。
－▲

643. 双头莲

【题解】此调一百三字者，见周邦彦《片玉集》；一百字者，见陆游《放翁集》。

【句格】双调一百三字，前段十三句三仄韵，后段十二句五仄韵；上片一、二句对，三、四句对，八、九句对，第十、第十一句对，下片四、五句对，七、八句对。此调有不同诸格体。

周邦彦

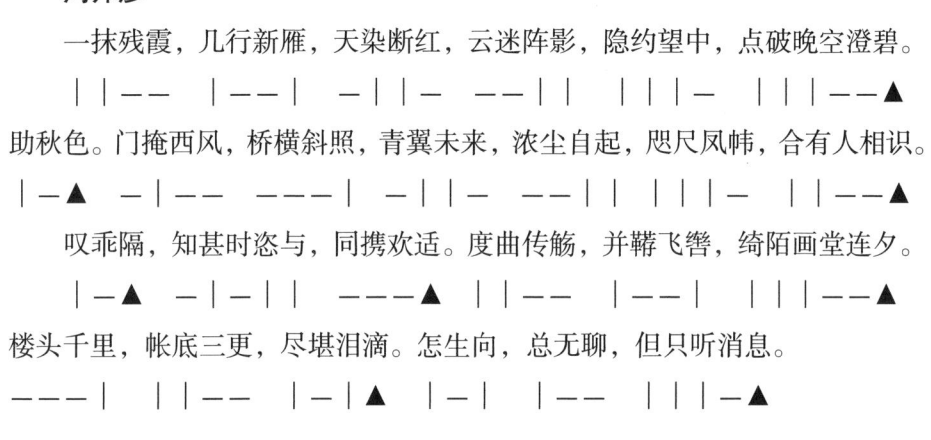

一抹残霞，几行新雁，天染断红，云迷阵影，隐约望中，点破晚空澄碧。
｜｜－－　｜－－｜　－｜｜－　－－｜｜　｜｜｜－　｜｜｜－－▲
助秋色。门掩西风，桥横斜照，青翼未来，浓尘自起，咫尺凤帏，合有人相识。
｜－▲　－｜－－　－－－｜　－｜｜－　－－｜｜　｜｜｜－　｜｜－－▲

叹乖隔，知甚时恁与，同携欢适。度曲传觞，并辔飞辔，绮陌画堂连夕。
｜－▲　－｜－｜｜　－－－▲　｜｜－－　－｜－－　｜｜｜－－▲
楼头千里，帐底三更，尽堪泪滴。怎生向，总无聊，但只听消息。
－－－｜　｜｜｜－－　｜－｜▲　｜－｜　｜－－　｜｜｜－▲

644. 忆瑶姬

【题解】此调有仄韵、平韵两体。仄韵者，始自曹组，一名《别素质》；平韵者，始自万俟咏，一名《别瑶姬慢》。

【句格】双调一百三字，前段九句五仄韵，后段九句六仄韵；上片首二句对，下片"有"挈二、三句对。此调有不同诸格体。

曹组

雨细云轻，花娇玉软，于中好个情性。争奈无缘相见，有分孤另。香笺
｜｜－－　－－｜｜　－－｜｜－▲　－｜－－－｜　｜｜－▲　－－
细写频相问。我一句句儿都听。到如今、不得同欢，伏惟与他耐静。
｜｜－－▲　｜｜｜｜－－▲　｜－－　｜｜－－　｜－｜｜｜▲

此事凭谁执证。有楼前明月，窗外花影。拚了一生烦恼，为伊成病。只
｜｜－－｜▲　｜－－－｜　－｜－▲　－｜｜－－｜　｜－－▲　｜

愁更把风流迢。便因循、误人无定。凭时节、若要眼儿厮觑，除非会圣。
　—｜｜——▲　｜——　｜——▲　｜—｜　｜｜｜——｜　——｜▲

附平格：双调一百五字，前段十一句五平韵，后段十一句四平韵；上片"又"挈偶句，七、八句对，下片"误"挈偶句，七、八句对。

万俟咏

可惜香红。又一番骤雨，几阵狂风。霎时留不住，便夜来和月，飞过帘栊。离愁未了，酒病相仍，便堪此恨中。片片随、流水斜阳去，各自西东。
⊥｜—△　｜⊥—｜｜　｜｜—△　｜——｜｜　｜｜—⊤｜　—｜—△　——｜｜　｜｜——　｜⊤⊥｜△　—｜｜—　⊥｜—△

又还是、九十春光，误双飞戏蝶，并采游蜂。人生能几许，细算来何物，得似情浓。沈腰暗减，潘鬓先秋，寸心不易供。望暮云、千里沉沉障翠峰。
｜⊤｜　｜｜——　｜——｜｜　｜｜—△　———｜｜　｜｜——　⊥｜—△　⊥—｜｜　⊤｜——　｜—⊥｜△　｜｜⊤　—｜——｜｜△

645. 情久长

【题解】调见《圣求词》。

【句格】双调一百三字，前后段各九句，四仄韵；上片三、四，七、八与下片七、八句均三字逗后对句。

吕渭老

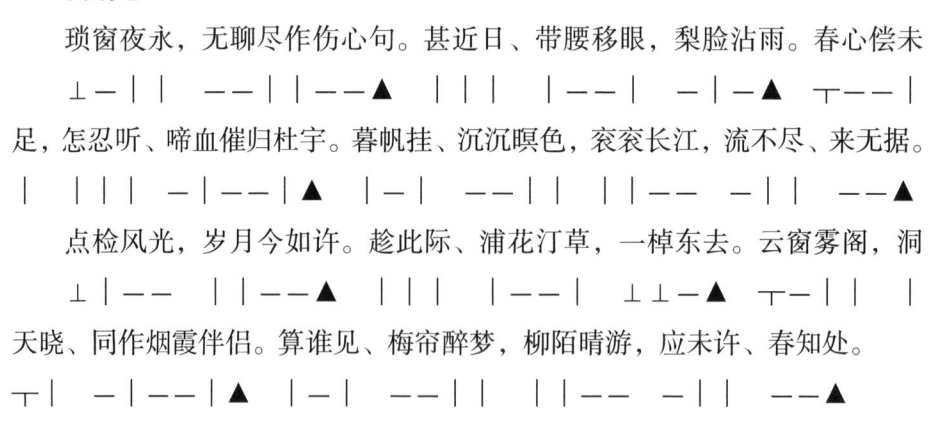

琐窗夜永，无聊尽作伤心句。甚近日、带腰移眼，梨脸沾雨。春心偿未足，怎忍听、啼血催归杜宇。暮帆挂、沉沉暝色，衮衮长江，流不尽、来无据。
⊥｜｜　——｜｜——▲　｜｜｜　｜——　—｜—▲　⊤——｜　｜｜｜　—｜——▲　｜—｜　——｜｜　｜｜——　—｜｜　——▲

点检风光，岁月今如许。趁此际、蒲花汀草，一棹东去。云窗雾阁，洞天晓、同作烟霞伴侣。算谁见、梅帘醉梦，柳陌晴游，应未许、春知处。
⊥｜——　｜｜—▲　｜｜｜　——｜｜　｜⊥—▲　⊤—｜　｜—｜——▲　⊤｜　—｜——｜▲　｜—　——｜｜　｜｜——　—｜｜　——▲

646. 西江月慢

【题解】调见《圣求词》。

【句格】双调一百三字,前段十句四仄韵,后段八句五仄韵;上片四、五句对。此调有不同诸格体。

吕渭老

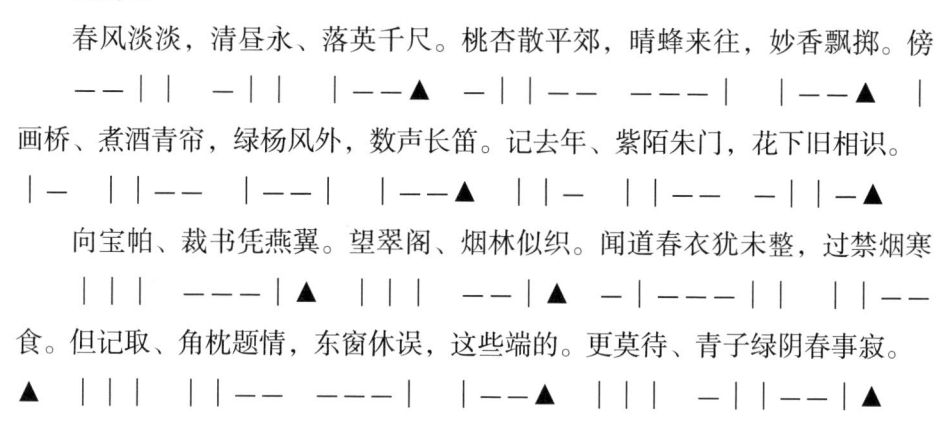

春风淡淡,清昼永、落英千尺。桃杏散平郊,晴蜂来往,妙香飘掷。傍
——｜｜　—｜｜　｜——▲　—｜｜——　———｜　｜——▲　｜
画桥、煮酒青帘,绿杨风外,数声长笛。记去年、紫陌朱门,花下旧相识。
｜—　｜｜——　——｜　｜——▲　｜—　｜｜——　—｜｜—▲

向宝帕、裁书凭燕翼。望翠阁、烟林似织。闻道春衣犹未整,过禁烟寒
｜｜｜　———｜▲　｜｜｜　——｜▲　—｜——｜｜｜　｜｜——
食。但记取、角枕题情,东窗休误,这些端的。更莫待、青子绿阴春事寂。
▲　｜｜｜　｜｜——　———｜　｜——▲　｜｜｜　—｜｜——▲

647. 杏花天慢

【题解】调见《松隐集》。

【句格】双调一百三字,前后段各九句,五仄韵;上片首二句宜对,下片"算"为领字。

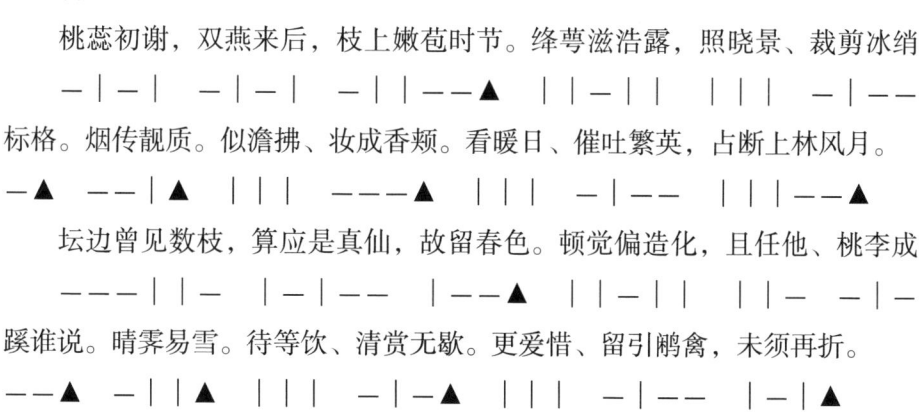

曹勋

桃蕊初谢,双燕来后,枝上嫩苞时节。绛萼滋浩露,照晓景、裁剪冰绡
—｜—｜　—｜——｜　—｜｜——▲　｜｜——｜　｜｜｜　———
标格。烟传靓质。似澹拂、妆成香颊。看暖日、催吐繁英,占断上林风月。
—▲　——｜▲　｜｜｜　———▲　｜｜｜　—｜——　｜｜｜——▲

坛边曾见数枝,算应是真仙,故留春色。顿觉偏造化,且任他、桃李成
———｜｜—　｜—｜——　｜——▲　｜｜——｜　｜｜—　—｜—
蹊谁说。晴霁易雪。待等饮、清赏无歇。更爱惜、留引鹓禽,未须再折。
——▲　—｜｜▲　｜｜｜　—｜—▲　｜｜｜　—｜——　｜—｜▲

648. 探春慢

【题解】或作《探春》，无"慢"字。

【句格】双调一百三字，前后段各十句，四仄韵；上片首二句，四、五句对，下片四、五句对。此调有不同诸格体。

姜夔

衰草愁烟，乱鸦送日，风沙回旋平野。拂雪金鞭，欺寒茸帽，还记章台
⊤｜－－　⊥－⊥｜　－－－｜－▲　⊥｜－－　⊤－⊤｜　⊤｜⊤－
走马。谁念漂零久，漫赢得、幽怀难写。故人青盼相逢，小窗闲共情话。
⊥｜▲　－｜⊤｜⊥　｜⊤｜　⊤－－▲　｜⊤－｜－－　⊥－－｜－▲

长恨离多会少，重访问竹西，珠泪盈把。雁碛沙平，渔汀人散，老去不
⊤｜⊤－⊥｜　⊤｜⊥｜－　－｜－▲　｜｜－－　⊤－⊤｜　⊥｜⊥
堪游冶。无奈苕溪月，又唤我、扁舟东下。甚日归来，梅花零乱春夜。
－－▲　⊤｜⊤－⊥　｜｜⊤｜　⊤－－▲　⊥｜－－　⊤－⊤｜－▲

649. 眉妩

【题解】姜夔词注：一名《百宜娇》。

【句格】双调一百三字，前段十一句五仄韵，后段十一句七仄韵；上片"看"挈一二句对，下片"有"挈三四句对。此调有不同诸格体。

姜夔

看垂杨连苑，杜若吹沙，愁损未归眼。信马青楼去，重帘下，娉婷人妙
｜－－｜　｜｜－－　－｜｜－▲　｜｜－－｜　－－｜　－－－｜
飞燕。翠樽共款。听艳歌、郎意先感。便携手，月地云阶里，爱良夜微暖。
－▲　｜－｜▲　｜－｜　－｜－▲　｜－｜　｜｜－－　｜－｜－▲

无限。风流疏散。有暗藏弓履，偷寄香翰。明日闻津鼓，湘江上，催人
－▲　－－－▲　｜｜－⊤｜　－｜－▲　⊤｜－－　－－｜　－－
还解春缆。乱红万点。怅断魂、烟水遥远。又争似相携，乘一舸、镇长见。
－｜－▲　｜－｜▲　｜｜－　－｜－▲　｜－｜－－　－｜｜　｜－▲

650. 湘江静

【题解】调见《乐府雅词》，一名《潇湘静》。

【句格】双调一百三字，前段十句五仄韵，后段十一句五仄韵；上片三、四句，八、九句对，第五句一四结构，下片首二句宜对，四、五句对，歇拍三句宜排对，第六句为一四结构。此调有不同诸格体。

史达祖

暮草堆青云浸浦。记匆匆、倦篙曾驻。渔榔四起，沙鸥未落，怕愁沾诗
⊤⊥－⊤|⊥▲　|－⊤　|－－▲　－－||　⊤－||　|－－
句。碧袖一声歌，石城怨、西风随去。沧波荡晚，菰蒲弄秋，还重到、断魂处。
▲　⊥||－－　⊥－|　－－－▲　－－||　－－|⊤　－⊤|　|－▲

酒易醒，思正苦。想空山、桂香悬树。三年梦冷，孤吟意短，屡烟钟津
||－　－|▲　|－－　|－－▲　－－||　－－||　|－－
鼓。屐齿厌登临，移橙后、几番凉雨。潘郎渐老，风流顿减，闲居未赋。
▲　⊥||－－　－－|　|－－▲　－－||　－－||　－－|▲

651. 金盏子

【题解】此调有平韵、仄韵两体。仄韵者，见《梅溪词》及《梦窗词》；平韵者，见《高丽史·乐志》。

【句格】双调一百三字，前段十一句四仄韵，后段十一句六仄韵；上片第八句为一四结构。此调有不同诸格体。

吴文英

赏月梧园，恨广寒宫树，晓风摇落。莓砌扫珠尘，空肠断，熏炉烬消残
||－－　||－－|　|－－▲　⊤||－－　－－|　－⊤|－－
萼。殿秋尚有余花，锁烟窗云幄。新雁又，无端送人江上，短亭初泊。
▲　⊥⊤||－－　|－－⊤▲　－⊥|　⊤－|⊤－|　|－－▲

篱角。梦依约。人一笑，惺忪翠袖薄。悠然醉红唤醒，幽丛畔，凄香雾
－▲　|－▲　－⊥|　－⊤|⊤▲　－－|⊤⊤|　⊤－|　－－|

雨漠漠。晚吹乍颤秋声，早屏空金雀。明朝想、犹有数点蜂黄，伴我斟酌。
｜⊥▲　⊥⊥｜｜——　｜丅——▲　——｜　丅｜｜⊥——　⊥⊥丅▲

附平格：双调一百二字，前段十一句四平韵，后段十句五平韵；上片四、五句对，下片五、六句对。

《高丽史·乐志》无名氏

丽日舒长，正葱葱瑞气，遍满神京。九重天上，五云开处，丹楼碧阁峥
｜｜——　｜——｜｜　｜｜—△　｜——｜　｜——｜　——｜｜

嵘。盛宴初开，锦帐绣幕交横。应上元佳节，君臣际会，共乐升平。
△　｜｜——　｜｜｜｜—△　｜｜——｜　——｜｜　｜｜—△

广庭罗绮纷盈。动一部笙歌，尽新声。蓬莱宫殿神仙景，浩荡春光，迤
｜——｜—△　｜｜｜——　｜——　———｜——｜　｜｜——　｜

逦王城。烟收雨歇，天色夜更澄清。又千寻、火树灯山，参差带月鲜明。
—｜△　——｜｜　—｜｜｜—△　｜——　｜｜——　——｜｜—△

652. 龙山会

【题解】《虚斋乐府》注：商调。

【句格】双调一百三字，前段十句六仄韵，后段九句五仄韵。此调有不同诸格体。

赵以夫

九日无风雨。一笑凭高，浩气横秋宇。群峰青可数。寒城小、一水萦回
⊥｜——▲　｜｜——　｜——▲　——｜▲　——｜　⊥｜——

如缕。西北最关情，漫遥指、东徐南楚。黯销魂，斜阳冉冉，雁声悲苦。
—▲　丅｜｜——　｜丅｜　——丅▲　⊥—丅　——｜｜　⊥—丅▲

今朝寒菊依然，重上南楼，草草成欢聚。诗朋休浪赋。旧题处、俯仰已
—丅丅｜——　丅——　｜｜——▲　丅——｜▲　⊥——｜　⊥｜｜

随尘土。莫放酒行疏，清漏短、凉蟾当午。也全胜、白衣未至，独醒凝伫。
——▲　⊥｜｜——　—｜⊥　——丅▲　⊥丅丅　⊥｜｜｜　⊥——▲

653. 春云怨

【题解】调见冯艾子《云月词》，自注：黄钟商。

【句格】双调一百三字，前段十一句五仄韵，后段十句五仄韵；上片第二句一四结构，六、七句，九、十句对，下片"试"挈对句，五、六、七句宜排对，八、九句宜对。

冯艾子

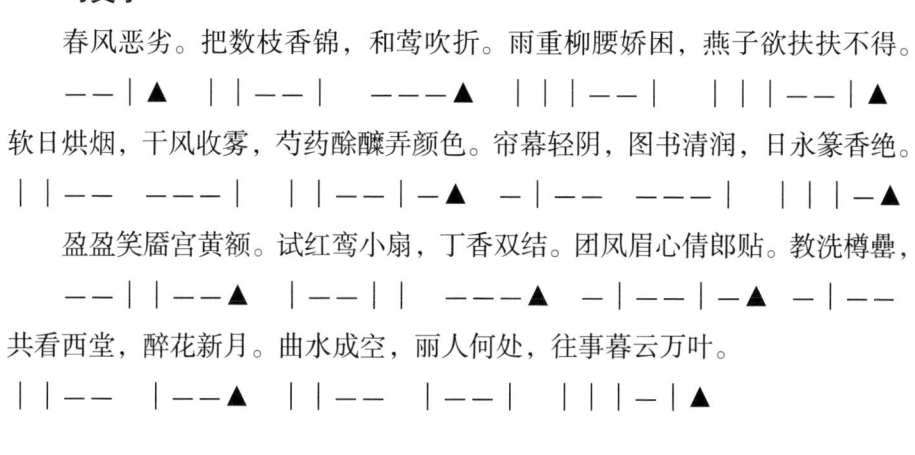

春风恶劣。把数枝香锦，和莺吹折。雨重柳腰娇困，燕子欲扶扶不得。
——｜▲　｜｜——｜　———▲　｜｜｜——｜　｜｜｜——｜▲
软日烘烟，干风收雾，芍药酴醾弄颜色。帘幕轻阴，图书清润，日永篆香绝。
｜｜——　———｜　｜｜———｜▲　—｜——　———｜　｜｜｜—▲

盈盈笑餍宫黄额。试红鸾小扇，丁香双结。团凤眉心倩郎贴。教洗樽罍，
——｜｜——▲　｜——｜｜　———▲　—｜——｜—▲　—｜——
共看西堂，醉花新月。曲水成空，丽人何处，往事暮云万叶。
｜｜——　｜——▲　｜｜——　｜——｜　｜｜｜—｜▲

654. 迎新春

【题解】《宋史·乐志》：双角调；《乐章集》注：大石调。

【句格】双调一百四字，前段八句七仄韵，后段十一句六仄韵。

柳永

嶰管变青律，帝里阳和新布。晴景回轻煦，庆嘉节、当三五。列华灯、
｜｜｜—｜　｜｜——▲　—｜——▲　｜—｜　——▲　｜—
千门万户，遍九陌、罗绮香风微度。十里燃绛树。鳌山耸、喧喧箫鼓。
——｜▲　｜｜｜　—｜———▲　｜｜—｜▲　——｜　———▲

渐天如水，素月当午。香径里，绝缨掷果无数。更阑烛影花阴下，少年
｜——｜　｜｜——▲　—｜｜　｜———▲　｜———｜—｜　｜—
人、往往奇遇。太平时，朝野多欢民康阜。堪随分良聚。对此争忍，独醒归去。
—　｜｜—▲　｜——　——｜———▲　——｜——▲　｜｜——　｜｜—▲

注：下片歇拍三句多本为"随分良聚，堪对此景，争忍独醒归去"。

655. 归朝欢

【题解】《乐章集》注：夹钟商。辛弃疾词，有"菖蒲自照清溪绿"句，名《菖蒲绿》。

【句格】双调一百四字，前后段各九句，六仄韵；上下片三、四句对。此调有不同诸格体。

柳永

别岸扁舟三两只。葭苇萧萧风淅淅。沙汀宿雁破烟飞，溪桥残月和霜白。
⊥丨┬－－丨▲ ┬丨┬－－丨▲ ┬－⊥丨丨 －－ ┬－┬丨－－▲

渐渐分曙色。路遥川远多行役。往来人，只轮双桨，尽是利名客。
⊥⊥－⊥▲ ⊥－┬丨－－▲ ⊥┬┬ ┬－┬丨 ⊥丨－▲

一望乡关烟水隔，转觉归心生羽翼。愁云恨雨两萦牵，新春残腊相催迫。
⊥⊥┬┬－⊥▲ ⊥丨┬－丨▲ ┬－⊥丨丨 －－ ┬－┬丨－－▲

岁华都瞬息。浪萍风梗诚何益。问归期，玉楼深处，有个人相忆。
⊥－－丨▲ ⊥－┬丨－－▲ ⊥┬┬ ┬－┬丨 ⊥丨┬－▲

656. 永遇乐

【题解】周密《天基节乐次》：乐奏夹钟宫，第五盏，觱篥起《永遇乐慢》。此调有平韵、仄韵两体。仄韵者，始自北宋，《乐章集》注：林钟商。晁补之词，名《消息》，自注：越调。平韵者，始自南宋，陈允平创为之。

【句格】双调一百四字，前后段各十一句，四仄韵；上片首二句，四、五句，七、八句对，下片首二句，四、五句对。此调有不同诸格体。

苏轼

明月如霜，好风如水，清景无限。曲港跳鱼，圆荷泻露，寂寞无人见。
┬丨－－ ⊥－┬丨 ┬丨－▲ ⊥丨－－ ┬－⊥丨 ⊥丨－－▲

纭如五鼓，铮然一叶，黯黯梦云惊断。夜茫茫、重寻无处，觉来小园行遍。
⊥⊥－丨 ┬－丨丨 ⊥丨丨－－▲ 丨－－ ┬－－丨 丨－丨丨┬－▲

天涯倦客，山中归路，望断故园心眼。燕子楼空，佳人何在，空锁楼中
┬－⊥丨 ┬┬┬丨 ⊥丨⊥－－▲ ⊥丨－－ ┬－┬丨 ┬－

燕。古今如梦，何曾梦觉，但有旧欢新怨。异时对、黄楼夜景，为余浩叹。
▲　⊥一丅│　丅丅⊥│　⊥│⊥一一▲　⊥一⊥　丅丅⊥│　⊥一│▲

附平格：双调一百四字，前后段各十一句，四平韵；上片首二句对，四、五句对，七、八句对，下片四、五句对，七、八句对。

陈允平

玉腕笼寒，翠阑凭晓，莺调新簧。暗水穿苔，游丝度柳，人静芳昼长。
││一一　│一一│　一一一△　││一一　一一││　一│一│△

云南归雁，楼西飞燕，去来惯认炎凉。王孙远、青青草色，几回望断柔肠。
一一一│　一一一│　│一││一△　一一│　一一││　│一││一△

蔷薇旧约，尊前一笑，等闲孤负年光。斗草庭空，抛梭架冷，帘外风絮香。伤春情绪，惜花时候，日斜尚未成妆。闻嬉笑、谁家女伴，又还采桑。
一一││　一一││　│一一│一△　│一一　一一││　一│一│△　一一一│　│一一│　│一││一△　一一│　│一一│　│一│一△

657. 二郎神

【题解】唐教坊曲名。《乐章集》注：双调。徐伸词，名《转调二郎神》；吴文英词，名《十二郎》。

【句格】双调一百四字，前段八句五仄韵，后段十句五仄韵；下片"愿"为领字。此调有不同诸格体。

柳永

炎光谢。过暮雨、芳尘轻洒。乍露冷风清庭户爽，天如水、玉钩遥挂。
丅一▲　│⊥│　一一一▲　│││丅一一│　丅丅│　⊥一一▲

应是星娥嗟久阻，叙旧约、飙轮欲驾。极目处、微云暗度，耿耿银河高泻。
一│丅一一││　⊥││　丅一│▲　⊥│　一一││　│一│一一▲

闲雅。须知此景，古今无价。运巧思、穿针楼上女，抬粉面、云鬟相亚。
一▲　一丅⊥│　⊥一▲　│⊥　一一一││　丅⊥│　丅一一▲

钿合金钗私语处，算谁在、回廊影下。愿天上人间，占得欢娱，年年今夜。
││一一││　⊥丅│　一一│▲　│一⊥一丅　一一　年年今▲

658. 倾杯乐

【题解】唐教坊曲名。《乐府杂录》云:《倾杯乐》,宣宗喜吹芦管,自制此曲。见《宋史·乐志》者,二十七宫调。柳永《乐章集》注:宫调七。一名《古倾杯》,亦名《倾杯》。

【句格】双调一百四字,前段十句四仄韵,后段十一句五仄韵;上片首二句,四、五句对,下片七、八句对,上片第六句,下片第四句、第六句均一四结构。此调有不同诸格体。

柳永

楼锁轻烟,水横斜照,遥山半隐愁碧。片帆岸远,行客路杳,簇一天寒
⊤｜－－　｜－－｜　－－｜｜－▲　｜⊤｜｜　⊤｜｜｜　｜｜－－
色。楚梅映雪数枝艳,报青春消息。年华梦促,音信断、声远飞鸿南北。
▲　⊥－｜｜⊥－｜　｜⊤－－▲　－－｜｜　－｜｜　⊤｜－－－▲
算伊别来无绪,翠消红减,双带长抛掷。但泪眼沉迷,看朱成碧,惹闲
｜－｜－－｜　｜－－｜　－－－｜▲　｜｜｜－－　｜－－｜　｜－
愁堆积。雨意云心,酒情花态,辜负高阳客。恨难极。和梦也、多时间隔。
－－▲　｜｜－－　⊥－－｜　－｜－－▲　｜－▲　－｜｜　⊤－⊥▲

659. 百宜娇

【题解】调见《圣求词》,与《眉妩》词别名《百宜娇》者不同。

【句格】双调一百四字,前段十句四仄韵,后段十句五仄韵;上片首二句,四、五句对,下片四、五句对,歇拍句为一三结构。

吕渭老

隙月垂筐,乱蛩催织,秋晚嫩凉庭户。燕拂帘旌,鼠窥窗网,寂寂飞萤
｜｜－－　｜－－｜　－｜－－－▲　｜｜－－　｜－－｜　｜｜－－
来去。金铺镇掩,漫记得、花时南浦。约重阳、萸糁菊英,小楼遥夜歌舞。
－▲　－－｜｜　｜｜｜　－－－▲　｜－－　－｜｜－　｜－－｜－▲
银烛暗、佳期细数。帘幕渐西风,午窗秋雨。叶底翻红,水面皱碧,灯
－｜｜　－－｜▲　－｜｜－－　｜－－▲　｜｜－－　｜｜｜－

火裁缝砧杵。登高望极，正雾锁、官槐归路。定须将、宝马钿车，访吹箫侣。
｜ー ー ー ▲　 ー ー ｜ ｜　｜ ｜　ー ー ー ▲　 ｜ ー ー　｜ ｜ ｜ ー　 ー ー ー ▲

660. 月中桂

【题解】调见赵彦端词集。赵孟頫词，平仄韵互押者，名《月中仙》。

【句格】双调一百四字，前段十一句五仄韵，后段十句五仄韵；上片第五句，下片第二句、第五句均一四结构。此调有不同诸格体。

赵彦端

露醑无情，送长歌未终，已醉离别。何如暮雨，酿一襟凉润，来留佳客。
｜｜ー ー　｜ ー ー ｜ ー　｜ ｜ ー ▲　 ー ー ｜ ｜　 ｜ ｜ ー ー ｜　 ー ー ー ▲
好山侵座碧，胜昨夜、疏星淡月。君欲翩然去，人间底许，员峤问帆席。
｜ ー ー ｜ ▲　 ｜ ｜ ｜　ー ー ｜ ▲　 ー ｜ ー ー ｜　 ー ー ｜ ｜　 ー ｜ ｜ ー ▲

诗情病非畴昔。赖亲朋对影，且慰良夕。风流雨散，定几回肠断，能禁头白。为君烦素手，剪碧藕、轻丝细雪。去去江南路，犹应水云秋共色。
ー ー ｜ ー ー ▲　 ｜ ー ー ｜ ｜　｜ ｜ ー ▲　 ー ー ｜ ｜　 ｜ ｜ ー ー ｜　 ー ー ｜ ▲　 ｜ ー ー ｜ ｜　｜ ｜ ｜　ー ー ｜ ▲　 ｜ ｜ ー ー ｜　 ー ー ｜ ー ー ｜ ▲

661. 澡兰香

【题解】调见吴文英《梦窗甲稿》，因词有"午镜澡兰帘幕"句，取以为名。

【句格】双调一百四字，前后段各十句，四仄韵；上片首二句，四、五句对，下片四、五句对。

吴文英

盘丝系腕，巧篆垂簪，玉隐绀纱睡觉。银瓶露井，彩箑云窗，往事少年依约。为当时、曾写榴裙，伤心红绡褪萼。炊黍梦、光阴渐老，汀洲烟蒻。
ー ー ｜ ｜　｜ ｜ ー ー　｜ ｜ ｜ ー ｜ ▲　 ー ー ｜ ｜　｜ ｜ ー ー　｜ ｜ ｜ ー ｜ ▲　 ｜ ー ー　｜ ｜ ー ー　ー ー ー ｜ ▲　 ー ｜ ｜　ー ー ｜ ｜　ー ー ー ▲

莫唱江南古调，怨抑难招，楚江沉魄。熏风燕乳，暗雨梅黄，午镜澡兰
｜ ｜ ー ー ｜ ｜　 ｜ ｜ ー ー　｜ ー ー ▲　 ー ー ｜ ｜　｜ ｜ ー ー　｜ ｜ ｜ ー

帘幕。念秦楼、也拟人归，应剪菖蒲自酌。但怅望、一缕新蟾，随人天角。
－▲　｜－－　｜｜－－　－｜－｜▲　｜｜｜　｜－－　－－－▲

662. 宴琼林

【题解】唐教坊曲名。《宋史·乐志》：双调。

【句格】双调一百四字，前段十句四仄韵，后段十句五仄韵；上片第二句一四句法，六、七句对，下片"见"掣二、三句对。此调有不同诸格体。

黄裳

红紫趁春阑，独万簇琼英，犹未开罢。问谁共、绿幄宴群真，皓雪肌肤
－｜｜－－　｜｜｜－－　－｜－｜▲　｜－⊥　｜｜｜－－　｜｜－－

相亚。华堂路，小桥边，向晴阴一架。为香清、把作寒梅看，喜风来偏惹。
－▲　－－｜　｜－－　｜－－｜▲　｜－－　｜｜－－｜　｜－－－▲

莫笑因缘，见影跨春空，荣称亭榭。助巧笑、晓妆如画。有花钿堪借。
｜｜－－　｜｜｜－－　－－－▲　｜｜｜　｜－－▲　｜－－－▲

新醅泛，寒冰几点，拚今日、醉犹飞斝。翠罗帏中，卧蟾光碎，何须待还舍。
－－｜　－－｜｜　⊥－｜　｜－－▲　｜－－－　｜－－　－－｜－▲

663. 惜余欢

【题解】黄庭坚自度腔，因词有"少延欢洽"句，取以为名。

【句格】双调一百四字，前段十一句四仄韵，后段十一句五仄韵；上片第二句、第五句均一四结构，六、七句宜对，下片"况"掣二、三句对，四、五句皆一四句法。

黄庭坚

四时美景，正年少赏心，频启东阁。芳酒载盈车，喜朋侣簪盍。杯觞交
｜－｜｜　｜－｜｜－　－｜－▲　－｜｜－－　｜－｜－▲　－｜－

飞，劝酬互献，正酣饮、醉主公陈榻。坐来争奈，玉山未颓，兴寻巫峡。
－　｜－｜｜　｜－－　｜｜－－▲　｜－－｜　｜－｜－　｜－－▲

歌阑旋烧绛蜡。况漏转铜壶，烟断香鸭。犹整醉中花，借纤手重插。相
－－｜－｜▲　｜｜｜－－　－｜－▲　－｜｜－－　｜－｜－▲

将扶上，金鞍骠裹，碾春焙、愿少延欢洽。未须归去，重寻艳歌，更留时霎。
－－｜　－－｜｜　｜｜－｜　｜｜｜－－▲　｜－－｜　－－｜－　｜｜－▲

664. 拜星月慢

【题解】一作《拜新月》。唐教坊曲名。《宋史·乐志》：般涉调。

【句格】双调一百四字，前段十句四仄韵，后段八句六仄韵；上片首二句对，第五句及歇拍句均一四结构，七、八句二字逗后对，下片第五句一四结构。此调有不同诸格体。

周邦彦

夜色催更，清尘收露，小曲幽坊月暗。竹槛灯窗，识秋娘庭院。笑相遇，
｜｜－－　丁－丁｜　⊥｜－－｜▲　｜｜－－　｜－－－▲　｜－｜

似觉、琼枝玉树相倚，暖日明霞光烂。水眄兰情，总平生稀见。
｜｜　－－｜｜－｜　｜｜丁－－▲　⊥｜丁－　｜－－－▲

画图中、旧识春风面。谁知道、自到瑶台畔。眷恋雨润云温，苦惊风吹
｜－－　｜｜－－▲　丁－⊥　｜｜－－▲　⊥｜｜⊥－丁　｜－－－

散。念荒寒、寄宿无人馆。重门闭、败壁秋虫叹。争奈向、一缕相思，隔溪
▲　｜－－　｜｜－－▲　－－｜　⊥｜－－▲　丁⊥｜　⊥｜－－　｜－

山不断。
－｜▲

665. 花心动

【题解】金词注：小石调；元词注：双调。曹勋词，名《好心动》；曹冠词，名《桂飘香》；《鸣鹤余音》词，名《上升花》；《高丽史·乐志》，名《花心动慢》。

【句格】双调一百四字，前段十句四仄韵，后段八句五仄韵；上下片二三句对。此调有不同诸格体。

史达祖

风约帘波，锦机寒、难遮海棠烟雨。夜酒未苏，春枕犹敧，曾是误成歌
丁｜－－　｜－－　－－｜－－▲　⊥｜⊥－　丁－－｜　丁｜｜－

舞。半褰薇帐云头散，奈愁味、不随香去。尽沉静，文园更渴，有人知否。
▲　｜—｜—｜　⊥⊤｜　⊥——▲　｜—｜　——｜｜　｜——▲

懒记温柔旧处，偏只怕、临风见他桃树。绣户锁尘，锦瑟空弦，无复画
｜｜——⊥▲　—⊥｜　——｜——▲　⊥｜⊥｜　⊥｜——　⊤｜｜

眉心绪。待拈银管书春恨，被双燕、替人言语。望不尽、垂杨几千万缕。
——▲　⊥—⊤｜——　｜⊥⊤｜　⊥——▲　｜⊥｜　⊤—｜—｜▲

666. 向湖边

【题解】江纬自制曲，因词有"向湖边柳外"之句，取以为名。

【句格】双调一百四字，前段十句四仄韵，后段十句六仄韵；上片首二句对、歇拍句为一四结构，下片第二句、第四句歇拍句均一四结构。

江纬

退处乡关，幽栖林薮，舍宇第须茅盖。翠巘清泉，启轩窗遥对。遇等闲、
｜｜——　⊤——｜　⊥｜⊥—⊤▲　｜｜——　｜———▲　｜⊥⊤

邻里过从，亲朋临顾，草草便成欢会。策杖携壶，向湖边柳外。
—｜——　⊤——｜　⊥｜⊥——▲　⊥｜——　｜⊤—⊥▲

旋买溪鱼，便斫银丝鲙。谁复欲痛饮，如长鲸吞海。共惜醺酣，恐欢娱
｜｜—⊤　｜｜——▲　—⊥｜｜｜　———⊤▲　⊥｜——　｜⊥—

难再。矧清风明月非钱买。休追念、金马玉堂心胆碎。且斗樽前，有阿谁身在。
—▲　｜—⊤⊤｜⊤—▲　⊤—｜　⊤｜⊥——｜▲　⊥｜——　｜⊥——▲

667. 阳春

【题解】一名《阳春曲》。

【句格】双调一百四字，前段九句五仄韵，后段八句五仄韵；上片首二句对。此调有不同诸格体。

杨无咎

蕙风轻，莺语巧，应喜乍离幽谷。飞过北窗前，迎清晓、丽日明透翠帏
｜——　⊥⊥｜　⊤｜——▲　—｜｜——　——｜　——｜｜—｜

縠。篆台芬馥。初睡起、横斜簪玉。因甚自觉腰肢瘦，新来又宽裙幅。
▲　｜－－▲　－｜｜　－－－▲　－｜｜｜－－｜　－－｜－－▲

对青镜无心、忺梳裹，谁问着、余酲带宿。寻思前欢往事，似惊回、好梦
｜－｜－－　－－｜　－｜｜　－－｜▲　－－－－｜｜　｜｜－－　｜｜

难续。花亭遍倚槛曲。厌满眼、争春凡木。尽憔悴、过了清明候，愁红惨绿。
－▲　－－｜｜｜▲　－－－｜　－－－▲　｜－｜　｜｜－－｜　－－｜▲

668. 索酒

【题解】调见《松隐集》，自注四时景物须酒之意。

【句格】双调一百四字，前段十句四仄韵，后段九句四仄韵；上片歇拍宜对，第八句一七结构，下片"正"挈二、三句对，第四句一四结构。

曹勋

乍喜惠风初到，上林红翠，竞开时候。四吹花香扑鼻，露裁烟染，天地
｜｜｜－－｜　｜－－｜　｜－－▲　｜－－－｜｜　｜－－｜　－｜

如绣。渐觉南熏，总冰绡纱扇避烦昼。共游凉亭销暑，细酌轻讴须酒。
－▲　｜｜－－　｜－－｜｜｜▲　｜－－－－｜　｜｜－－－▲

江枫装锦雁横秋，正皓月莹空，翠栏侵斗。况素商霜晓，对径菊、金玉
－－－｜｜－－　｜｜｜｜－　｜－－▲　｜｜－－｜　｜｜｜　－｜

芙蓉争秀。万里同云，散飞霙、炉中焰红兽。便须点水傍边，最宜着西。
－－－▲　｜｜－－　｜－－　－－｜－▲　｜－｜｜－　｜－｜▲

669. 瑞云浓慢

【题解】杨无咎《逃禅集》有七十五字《瑞云浓》，与此不同。

【句格】双调一百四字，前段十句四仄韵，后段十句五仄韵；上下片首二句，四、五句对，下片第七句为一四结构。

陈亮

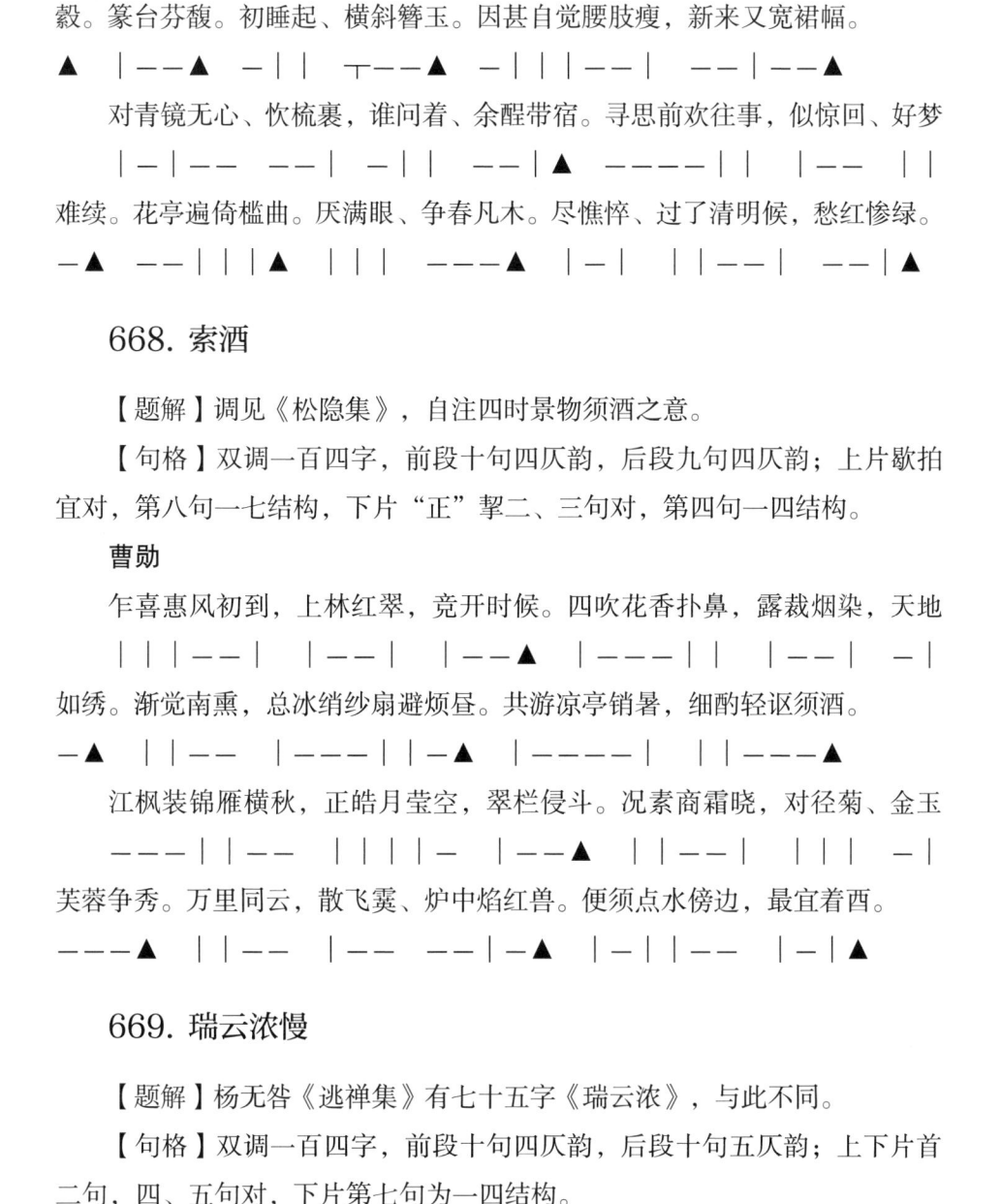

蔗浆酪粉，玉壶冰醑，朝罢更闻宣赐。去天咫尺，下拜再三，幸今有母
｜－｜｜　｜－－｜　－｜｜－－▲　｜－｜｜　｜｜｜－　｜－｜｜

可遗。年年此日，共道是、月入怀中最贵。向暑天、正风云会遇，有甚嘉瑞。
　｜▲　ーー｜｜　｜｜｜　｜ーーー｜▲　｜｜ー　ーー｜｜　｜｜ー▲

　　鹤冲霄，鱼得水。一超便、直入神仙地。植根江表，开拓两河，做得黑头
　　｜ーー　ー｜▲　｜ー｜　｜｜ーー▲　｜ーー｜　ー｜｜ー　｜｜｜ー
公未。骑鲸赤手，问如何、长鞭尺棰。算向来、数王谢风流，只今管是。
ー▲　ーー｜｜　｜ーー　ーー｜▲　｜｜ー　｜ー｜ーー　｜ー｜▲

670. 绮罗香

【题解】调始《梅溪词》。

【句格】双调一百四字，前后段各九句，四仄韵；上片首二句对，上下片六、七句三字逗对。此调有不同诸格体。

史达祖

做冷欺花，将烟困柳，千里偷催春暮。尽日冥迷，愁里欲飞还住。惊粉
⊥｜ーー　ーー｜｜　⊤｜ーーー▲　⊥｜ーー　⊤｜｜ーー▲　⊤⊥
重、蝶宿西园，喜泥润、燕归南浦。最妨他、佳约风流，钿车不到杜陵路。
｜　⊥｜ーー　｜⊤｜　⊥ーー▲　｜⊤⊤　⊤｜ーー　⊥ー⊥｜｜ー▲

　　沉沉江上望极，还被春潮晚急，难寻官渡。隐约遥峰，和泪谢娘眉妩。
　　ーーー｜⊥｜　ー｜ーー｜⊥　⊤⊤ー▲　｜｜ーー　⊤｜｜ー▲
临断岸、新绿生时，是落红、带愁流处。记当日、门掩梨花，剪灯深夜语。
⊤⊥⊥　⊤｜ーー　⊥｜⊤　｜ーー▲　⊥⊤｜　⊤｜ーー　｜ーー｜▲

671. 玉连环

【题解】调见《云月词》，与《一落索》别名《玉连环》不同。

【句格】双调一百四字，前段十一句四仄韵，后段十句四仄韵；上片"叹"挈四、五句对，七、八句对，下片"算"挈三、四句对，六、七句一四结构宜对。

冯艾子

谪仙往矣，问当年、饮中俦侣，于今谁在。叹沉香醉梦，边尘日月，流
　｜ー｜｜　｜ーー　｜ーーー　ーーー▲　｜ーー｜　ーー｜｜　ー

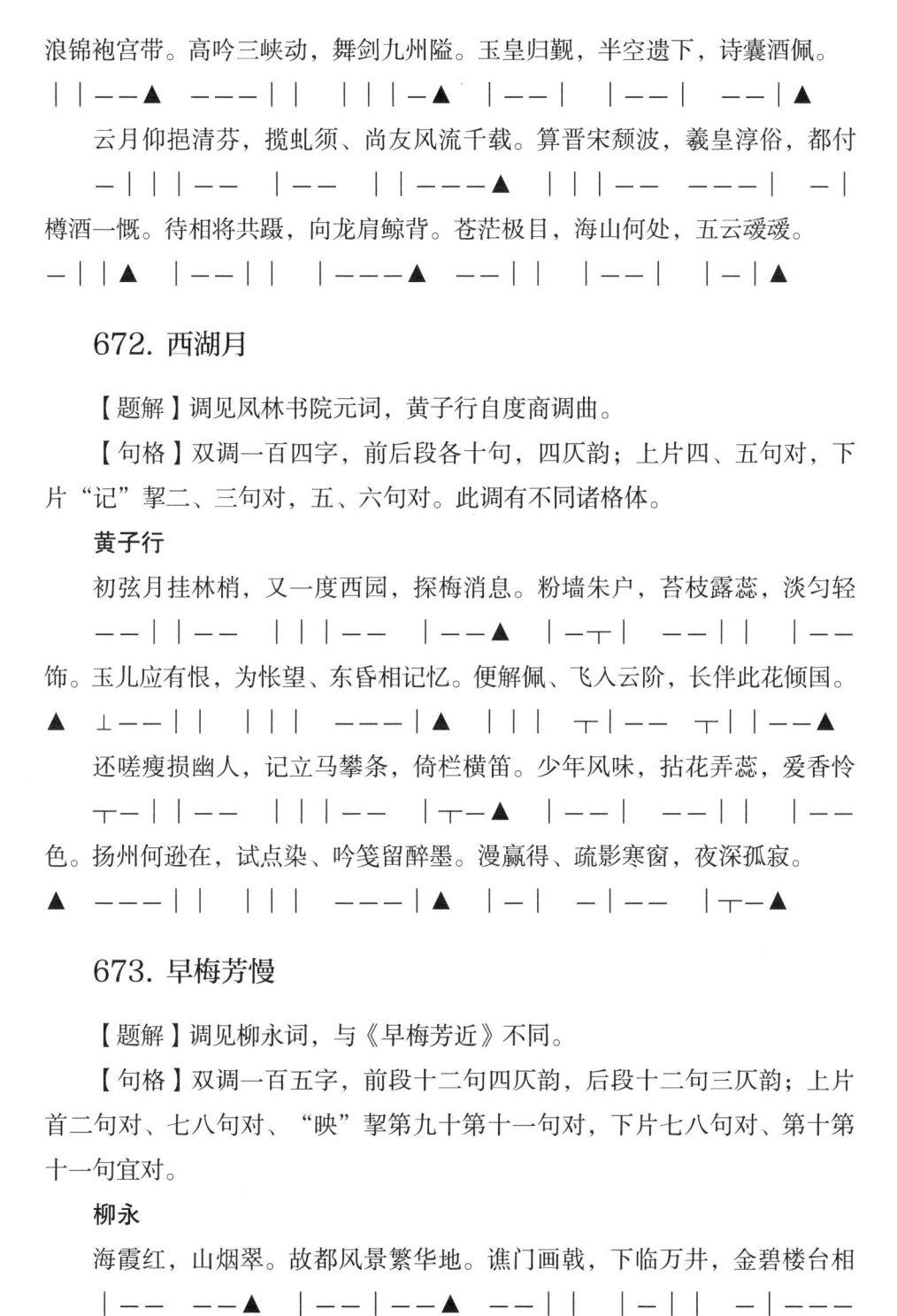

浪锦袍宫带。高吟三峡动，舞剑九州隘。玉皇归觐，半空遗下，诗囊酒佩。
｜｜－－▲　－－－｜｜　｜｜｜－▲　｜－｜　｜－－｜　－－｜▲

　　云月仰挹清芬，揽虬须、尚友风流千载。算晋宋颓波，羲皇淳俗，都付
　　－｜｜｜－－　｜－－　｜｜－－－▲　｜｜｜－－　－－－｜　－｜

樽酒一慨。待相将共蹑，向龙肩鲸背。苍茫极目，海山何处，五云暧暧。
－｜｜▲　｜｜－－｜｜　｜－－－▲　－－｜｜　｜－－｜　｜－｜▲

672. 西湖月

【题解】调见凤林书院元词，黄子行自度商调曲。

【句格】双调一百四字，前后段各十句，四仄韵；上片四、五句对，下片"记"挈二、三句对，五、六句对。此调有不同诸格体。

黄子行

初弦月挂林梢，又一度西园，探梅消息。粉墙朱户，苔枝露蕊，淡匀轻
－－｜｜－－　｜｜｜－－　｜－－▲　｜－⊤｜　－－｜｜　｜－－

饰。玉儿应有恨，为怅望、东昏相记忆。便解佩、飞入云阶，长伴此花倾国。
▲　⊥－－｜｜　｜｜｜　－－－｜▲　｜｜⊤　－⊤｜－－　⊤｜－－

　　还嗟瘦损幽人，记立马攀条，倚栏横笛。少年风味，拈花弄蕊，爱香怜
　　⊤－｜｜－－　｜｜｜－－　｜⊤－▲　｜－－｜　－－｜｜　｜－－

色。扬州何逊在，试点染、吟笺留醉墨。漫赢得、疏影寒窗，夜深孤寂。
▲　－－－｜｜　｜｜｜　－－－｜▲　｜－｜　－｜－－　｜⊤－▲

673. 早梅芳慢

【题解】调见柳永词，与《早梅芳近》不同。

【句格】双调一百五字，前段十二句四仄韵，后段十二句三仄韵；上片首二句对、七八句对、"映"挈第九十第十一句对，下片七八句对、第十第十一句宜对。

柳永

海霞红，山烟翠。故都风景繁华地。谯门画戟，下临万井，金碧楼台相
｜－－　－－▲　｜－－｜－－▲　－－｜｜　｜－｜｜　－｜－－－

倚。芰荷浦溆，杨柳汀洲，映虹桥倒影，兰舟飞棹，游人聚散，一片湖光里。
▲　｜－｜｜　－｜－－　｜－｜｜　－－－｜　－－｜｜　｜｜－－▲

汉元侯，自从破敌征蛮，峻陟枢庭贵。筹帷厌久，盛年昼锦，归来吾乡
｜－－　｜－｜－－　｜｜－－▲　－－｜｜　｜－｜｜　－－－－

我里。黔斋少讼，宴馆多欢，未周星，便死皇家，图任勋贤，又作登庸计。
｜▲　－－｜｜　｜－｜－　｜－－　｜｜－－　－｜－－　｜｜－－▲

674. 尉迟杯

【题解】此调有仄韵、平韵两体。仄韵者，见柳永《乐章集》，注夹钟商；平韵者，见晁补之《琴趣外篇》。

【句格】双调一百五字，前段八句六仄韵，后段九句六仄韵；上片第二句一七结构。此调有不同诸格体。

柳永

宠嘉丽。算九衢红粉皆难比。天然嫩脸修蛾，不假施朱描翠。盈盈秋水。
⊥－▲　｜⊥⊤⊤｜⊤⊤▲　－－｜｜－－　⊥⊤⊤⊤－▲　－－⊤▲

恣雅态、欲语先娇媚。每相逢、月夕花朝，自有怜才深意。
⊥⊥｜　⊥⊥⊤⊤▲　｜－－　｜｜－－　｜⊥－⊤－▲

绸缪凤枕鸳被。深深处、琼枝玉树相倚。困极欢余，芙蓉帐暖，别是恼
－⊤｜｜－▲　－－｜　－－｜⊥－▲　｜｜－－　－－｜｜　⊥｜⊥

人情味。风流事、难逢双美。况已断、香云为盟誓。且相将、尽意平生，未
－⊤▲　－－｜　－－⊤▲　｜⊥｜　⊤⊤⊤⊤▲　｜－－　｜｜－－　｜

肯轻分连理。
⊥⊤⊤－▲

附平格：双调一百六字，前段八句五平韵（据《词律》为六平韵，第三句叶韵），后段九句五平韵。

晁补之

去年时。正愁绝、过却红杏飞。沉吟杏子青时，追悔负好花枝。今年又
｜－△　｜－｜　｜｜－△　－－｜｜－－　－｜｜｜－△　－－｜

春到，傍小栏、日日数花期。花有信、人却无凭，故教芳意迟迟。
－｜　｜｜－　｜｜｜－△　－｜｜　－｜｜　｜－－｜－△

及至待得融怡。未攀条拈蕊，又叹春归。怎得春如天不老，更教花与月
｜｜｜｜－△　｜－－－｜　｜｜－△　｜｜－－－｜｜　｜－－｜

相随。都将命、拚与酬花，似岘山、落日客犹迷。尽归路、拍手拦街，笑人
－△　－－｜　｜｜－－　｜｜－　｜｜｜－△　｜－｜　｜｜－－　｜－

沉醉如泥。
－｜－△

675. 花发沁园春

【题解】此调有仄韵、平韵两体，俱见花庵《绝妙词选》，与《沁园春》不同。

【句格】双调一百五字，前段十句五仄韵，后段十句六仄韵；上片首二句，四、五句对，歇拍"正"挈对句，下片四、五句对。此调有不同诸格体。

刘圻父

换谱伊凉，选歌燕赵，一番乐事重起。花新笑靥，柳软纤腰，齐楚众芳
｜｜－－　｜－－｜　｜－｜－▲　－－｜｜　⊥｜－－　－｜｜－

围里。年年佳会，长是傍、清明天气。正魏紫衣染天香，蜀红妆破春睡。
－▲　－－丁▲　－｜｜　－－－▲　｜｜｜－｜－－　⊥－－｜－▲

一簇猩罗凤翠。遍东园西城，点检芳字。铨斋吏散，画馆人稀，几阕管
｜｜－－｜▲　｜－－－　｜－▲　－－｜｜　｜｜－－　｜

弦清脆。人生适意。流转共、风光游戏。到遇景、取次成欢，怎教良夜休醉。
－－▲　－－｜▲　－｜｜　丁－－▲　｜⊥｜　｜－－　｜－－｜－▲

附平格：双调一百五字，前后段各十句，四平韵；上片四、五句对，下片"纵"挈二、三句对。

王诜

帝里春归，早先妆点，皇家池馆园林。雏莺未迁，燕子乍归，时节戏弄
｜｜－－　｜－－｜　－－－｜－△　－－｜－　｜｜｜－　－｜｜｜

晴阴。琼楼珠阁，恰正在、柳曲花心。翠袖艳、依凭栏杆，惯闻弦管新音。
—△ ———| ||| ||—△ ||| ||—— |—|—△

此际相携宴赏，纵行乐随处，芳树遥岑。桃腮杏脸，嫩英万叶，千枝绿
||—|| |—||| —|—△ ——|| |—|| ——|

浅红深。轻风终日，泛暗香、长满衣襟。洞户醉、归访笙歌，晚来云海沉沉。
|—△ ———| ||— —|—△ ▲ |—— |——|—△

676. 南浦

【题解】唐《教坊记》，有《南浦子》曲，宋词盖借旧曲名，另倚新声也。此调有仄韵、平韵两体，宋人多填仄韵词，其平韵惟鲁词一体。

【句格】双调一百五字，前后段各十句，五仄韵；下片"记"挈二、三句对，上下片第九句均一四结构。此调有不同诸格体。

程垓

金鸭懒熏香，向晚来，春醒一枕无绪。浓绿涨瑶窗，东风外、吹尽乱红
—||—— ||— ——||—▲ —||—— ——| —|||—

飞絮。无言伫立，断肠惟有流莺语。碧云欲暮。空惆怅韶华，一时虚度。
—▲ ——|| ||——|—▲ |—|▲ ——|—— |——▲

追思旧日心情，记题叶西楼，吹花南浦。老去觉欢疏，伤春恨、都付断
——||—— |—|—— ———▲ |||—— ——| —||

云残雨。黄昏院落，问谁犹在凭栏处。可堪杜宇。空只解声声，催他春去。
——▲ ——|| |——|——▲ |—|▲ —||—— ———▲

附平格：双调一百二字，前段九句四平韵，后段八句四平韵。

鲁逸仲

风悲画角，听单于、三弄落谯门。投宿骎骎征骑，飞雪满孤村。酒市渐
——|| |—— —||—△ —|———| —||—△ |||

阑灯火，正敲窗、乱叶舞纷纷。送数声惊雁，乍离烟水，嘹唳度寒云。
——|| ||— ——|—△ ||——| ||—— ——|—△

好在半胧淡月，到如今、无处不销魂。故国梅花归梦，愁损绿罗裙。为
|||—|| |—— —||—△ |————| —||—△ |

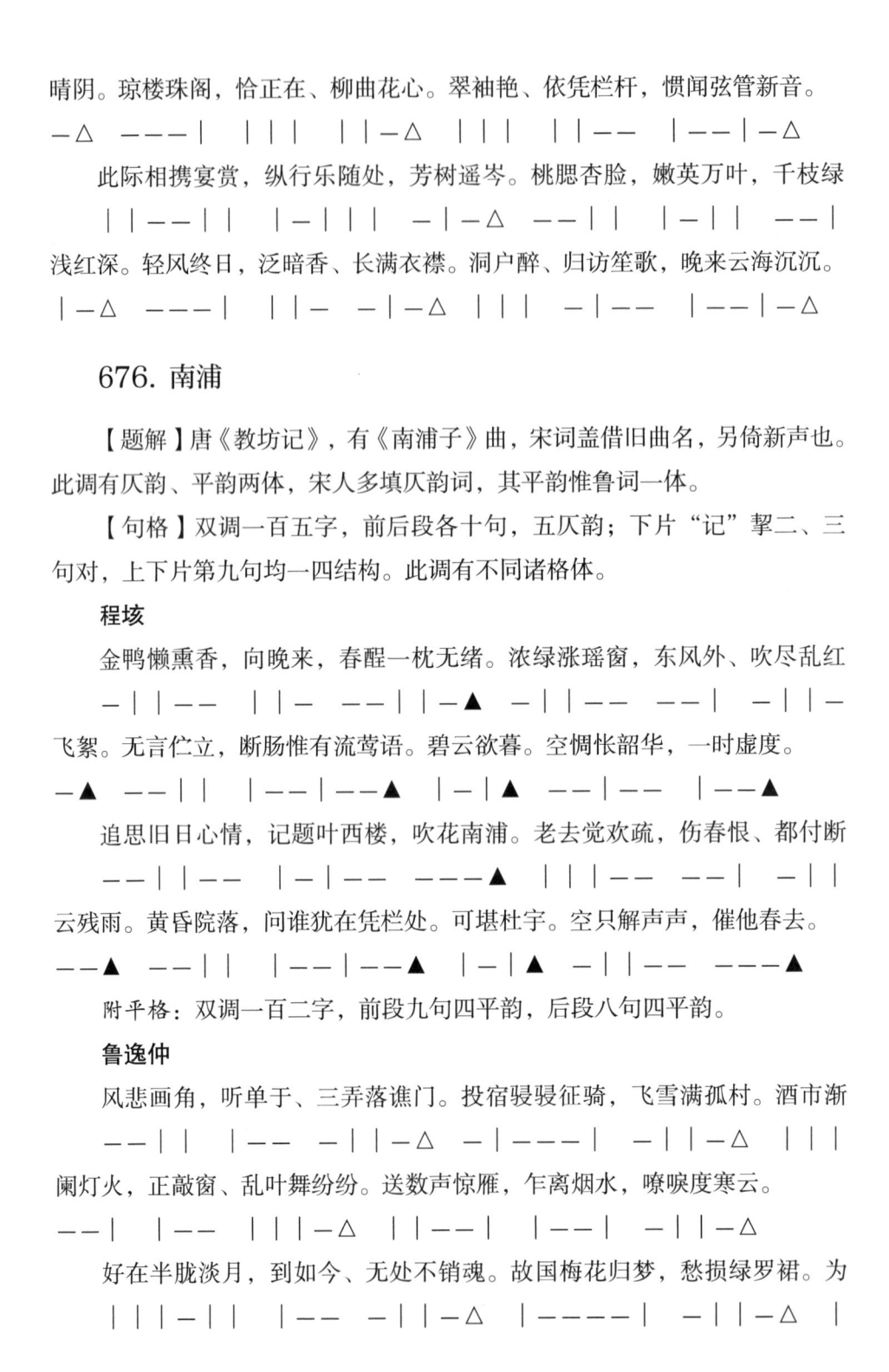

问暗香闲艳，也相思、万点付啼痕。算翠屏应是，两眉余恨倚黄昏。
｜｜—一｜　｜—— 　｜｜｜—△　｜｜——｜　｜——｜｜—△

677. 西河

【题解】《碧鸡漫志》：大石调《西河慢》，声犯正平。张炎词，名《西湖》。

【句格】三段一百五字，前段六句四仄韵，中段七句四仄韵，后段六句四仄韵。此调有不同诸格体。

周邦彦

佳丽地。南朝盛事谁记。山围故国绕清江，髻鬟对起。怒涛寂寞打孤城，
—⊥▲　⊤—⊥｜—▲　⊤—⊥｜｜——　⊥—⊥▲　⊥—⊥｜｜——
风樯遥度天际。
⊤—⊤｜—▲

断崖树，犹倒倚。莫愁艇子曾系。空余旧迹郁苍苍，雾沉半垒。夜深月
⊥⊤⊥　⊤⊥▲　⊥—⊥｜—▲　⊤—⊥｜｜——　｜—｜▲　｜—⊥
过女墙来，伤心东望淮水。
｜｜——　⊤—⊤｜—▲

酒旗戏鼓甚处市。想依稀、王谢邻里。燕子不知何世，入寻常、巷陌人
　｜—｜｜｜▲　⊥—⊤　—⊥—▲　⊥｜⊥｜——▲　｜——　｜｜｜—
家，相对如说兴亡，斜阳里。
—　⊤｜⊤｜——　——▲

678. 梦横塘

【题解】调见《苕溪词》。

【句格】双调一百五字，前段十一句四仄韵，后段十句四仄韵；上片首二句，六、七句对，第九句一四结构，下片"拚"挈二、三句对。

刘一止

浪痕经雨，林影吹寒，晓来无限萧瑟。野色分桥，剪不断、前溪风物。
　｜——｜　—｜——　｜——｜—▲　｜｜——　｜｜｜　———▲

船系朱藤，路迷烟寺，远鸥浮没。听疏钟断鼓，似近还遥，惊心事、伤羁客。
─│── │──│ │──▲ │││── ││── ─││ │──▲
　　新醅旋压鹅黄，拚清愁在眼，酒病萦骨。绣阁娇慵，争解说、短书传忆。
　　──││── ───││ ││─▲ ││── ─││ │──▲
念谁伴、涂妆绾髻，嚼蕊吹花弄秋色。恨对南云，此时凄断，有何人知得。
│─│ ──││ ││──│─▲ ││── ─── │───▲

679. 西吴曲

【题解】调见《龙洲集》。

【句格】双调一百五字，前段八句五仄韵，后段十一句四仄韵；上片第三句、下片第十句均一四结构。

刘过
　　说襄阳、旧事重省。记铜驼巷陌、醉还醒。笑莺花别后，刘郎憔悴萍梗。
　　│── ││─▲ │──││ │─▲ │──││ ───│─▲
倦客天涯，还买个、西风轻艇。便欲访、骑马山翁，问岘首、那时风景。
││── │││ ───▲ │││ ──── │││ │──▲

　　楚王城里，知几度经过，摩挲故宫柳瘦。慢吊景。冷烟衰草凄迷，伤心
　　│──│ │─││── ───│▲ ││▲ ││── ──
兴废，赖有阳春古郢。乾坤谁望，六百里路中原，空老尽英雄，肠断剑锋冷。
─│ ││──│▲ ─── │││── ─││── ─││─▲

680. 秋霁

【题解】一名《春霁》。按，此调始自胡浩然，赋春晴词，即名《春霁》；赋秋晴词，即名《秋霁》。

【句格】双调一百五字，前段十句六仄韵，后段十一句四仄韵；上片第二句为一四结构，四、五句对，下片歇拍句对。此调有不同诸格体。

史达祖
　　江水苍苍，望倦柳愁荷，共感秋色。废阁先凉，古帘空暮，雁程最嫌风
　　⊤│── ││─── ││─▲ ⊥── ⊥─⊤ ⊥│⊤─

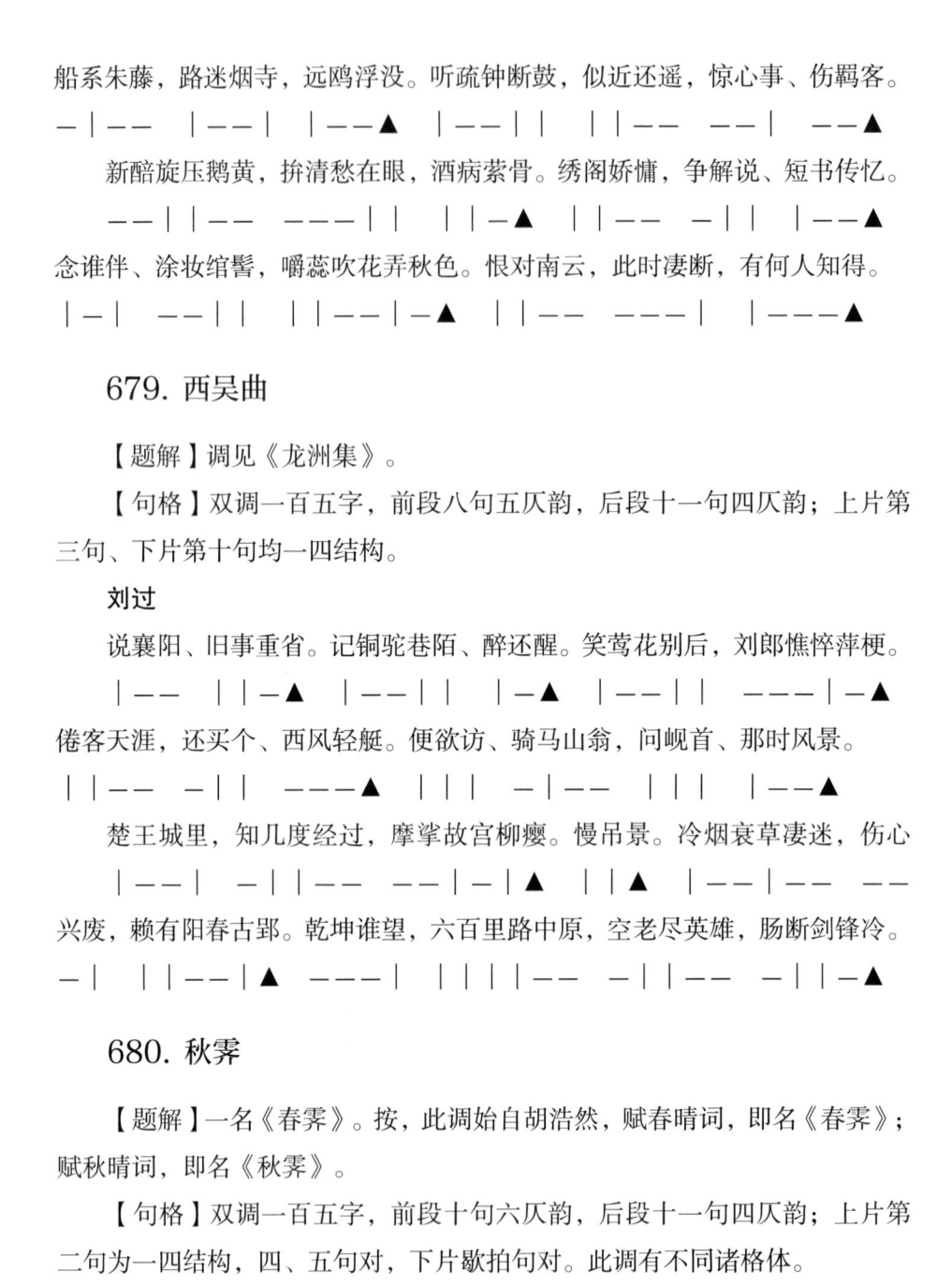

力。故园信息。爱渠入眼南山碧。念上国，谁是、脍鲈江汉未归客。
▲　⊥—｜▲　｜—⊥｜—　——▲　　▲　—｜　｜——｜｜—▲

还又岁晚，瘦骨临风，夜闻秋声，吹动岑寂。露蛩悲、清灯冷屋，翻书
—⊥｜｜　｜｜——　｜⊤——　⊤⊥—▲　｜—⊤　——⊥｜　——

愁上鬓毛白。年少俊游浑断得。但可怜处，无奈苒苒魂惊，采香南浦，剪梅
⊤｜｜—▲　⊤｜｜——｜▲　｜⊥—｜　⊤⊥｜｜——　｜⊤—⊥　｜—

烟驿。
—▲

681. 清风八咏楼

【题解】沈隐侯守东阳，建八咏楼，其地又有双溪之胜，故曰"明月双溪水，清风八咏楼"，调名取此。王行词注林钟商曲。《清风八咏楼》者，南宋词林所制也。

【句格】双调一百五字，前后段各十句，五仄韵；上片"漫""有"为领字，下片"与"为领字。

王行

远兴引游踪，漫遍踏天涯，萋萋芳草。偏爱双溪好。有隐侯旧踪，层楼
｜｜｜——　｜｜｜——　———▲　——▲　｜｜｜｜—　——

云表。碧崖丹嶂，看缥缈、凭栏吟啸。偶佳遇、留捣元霜，岁星旋又周了。
—▲　｜——｜　｜｜｜｜　———▲　｜—｜　—｜——　｜—｜｜—▲

归期谁道无据，几回首兴怀，故林猿鸟。拟待春空杳。与鸳俦鸿侣，共
———｜｜　｜—｜——　｜——▲　｜｜——▲　｜———｜　｜

还池岛。川途迢递，纵南翔、仍诉幽抱。莫轻负、今日相看，但得翠樽同倒。
——▲　———｜　｜—｜｜—▲　｜——｜　｜｜——　｜｜｜—▲

682. 暗香疏影

【题解】张肯自度曲，以《暗香》调前段，《疏影》调后段，合而为一。自注夹钟宫。

【句格】双调一百五字，前段九句五仄韵，后段九句四仄韵；上片"更"

挈二、三句，下片三、四句对。

张肎

冰肌莹洁。更暗香零乱，淡笼晴雪。清瘦轻盈，悄悄嫩寒犹自怯。一枕
——｜▲　｜｜——｜　｜——▲　—｜——　｜｜｜——｜▲　｜｜
罗浮梦醒，闲纵步、风摇琼玦。向记得、此际相逢，临水半痕月。
——｜｜　—｜——　—｜——▲　｜｜——　—｜｜—▲

妖艳不同桃李，凌寒又不与、众芳同歇。古驿人遥，东阁吟残，忍与何
—｜｜——｜　——｜｜—　｜——▲　｜｜——　｜｜——　｜｜—
郎轻别。粉痕轻点宫妆巧，怕叶底、青圆时节。问谁人、黄鹤楼头，玉笛莫
——▲　｜——｜——｜　｜｜｜　———▲　｜——　—｜——　｜｜｜
叫吹彻。
——▲

683. 真珠髻

【题解】调见《梅苑》词。

【句格】双调一百五字，前段十句四仄韵，后段十句五仄韵；上片首二句，四、五句宜对，下片第二句一四句法。

无名氏

重重山外，苒苒流光，又是残冬时节。小园幽径，池边楼畔，翠木嫩条
———｜　｜｜——　｜｜———▲　｜——｜　———｜　｜｜｜—
春别。纤蕊轻苞，粉萼染、猩猩红血。乍几日、好景和风，次第一齐催发。
—▲　—｜——　｜｜｜　———▲　｜｜｜　｜｜——　｜｜——▲

天然香艳殊绝。此双成皎皎，倍增芳洁。去年因遇，东归驿使，赠远忆
———｜—▲　｜——｜｜　｜——｜　｜——｜　——｜｜　｜｜｜
曾攀折。岂谓浮云，终不放、满枝明月。但叹息、时饮金钟，更绕丛丛繁雪。
——▲　｜｜——　—｜｜　｜——▲　｜｜｜　—｜——　｜｜——｜▲

684. 征部乐

【题解】柳永《乐章集》注：夹钟商。

【句格】双调一百六字，前段九句六仄韵，后段十句五仄韵；上片三、四句折腰宜对，下片"况"为领字。

柳永

雅欢幽会，良夜可惜虚抛掷。每追念、狂踪旧迹。长只恁、愁闷朝夕。
｜——｜　—｜｜｜——▲　｜—｜　——｜▲　—｜｜　—｜—▲
凭谁去，花衢觅。细说与、此中端的。道向我、转觉厌厌，梦役魂劳苦相忆。
——｜　——▲　｜｜｜　——｜▲　｜——｜　——｜—　｜｜——｜—▲
须知最有，风前月下，心事始终难得。但愿我、虫虫心下，把人看待，
——｜｜　——｜｜　—｜｜——▲　｜｜｜　———｜　｜——｜
长似初相识。况渐逢春色，便是有、举觞消息。待这回、好好怜伊，更不轻
—｜——▲　｜｜——▲　｜｜｜　｜——▲　｜｜—　｜｜——　｜｜—
离拆。
—▲

685. 解连环

【题解】此调始自柳永，以词有"信早梅、偏占阳和"及"时有香来，望明艳、遥知非雪"句，名《望梅》；后因周邦彦词有"妙手能解连环"句，更名《解连环》；张辑词，有"把千种旧愁，付与杏梁雨燕"句，又名《杏梁燕》。

【句格】双调一百六字，前段十一句五仄韵，后段十句五仄韵；上片"正"挈二、三对句，歇拍"想"挈排句宜对，下片"有"挈二、三对句，"对"挈四、五对句，第九句一四结构。此调有不同诸格体。

柳永

小寒时节。正同云暮惨，劲风朝洌。信早梅、偏占阳和，向日处，凌晨
｜——▲　｜——｜｜　｜——▲　｜｜—　—｜——　｜｜｜　——
数枝争发。时有香来，望明艳、遥知非雪。想玲珑嫩蕊，弄粉素英，旖旎清绝。
｜——▲　—｜——　｜｜｜　———▲　｜——｜　｜｜｜—　｜｜—▲
仙姿更谁并列。有幽光映水，疏影笼月。且大家、留倚栏杆，对绿醑飞
——｜—｜▲　｜——｜｜　—｜—▲　｜｜—　———｜　｜｜｜—

舣，锦笺吟阕。桃李繁华，奈彼此、芬芳俱别。等和羹待用，休把翠条漫折。
　—　｜——▲　—｜——　｜｜｜　———▲　｜——｜｜　—｜—｜▲

686. 内家娇

【题解】《乐章集》注：林钟商。

【句格】双调一百六字，前段十句四仄韵，后段十句七仄韵；上片首二句对，七、八句对，下片第四句一四结构，"奈何"挈五、六句对，七、八句对。

柳永

煦景朝升，烟光昼敛，疏雨夜来新霁。垂杨艳杏，丝软霞轻，绣出芳郊
　｜｜——　——｜｜　—｜——▲　——｜｜　—｜——　｜｜——

明媚。处处踏青斗草，人人偎红倚翠。奈少年、自有新愁旧恨，消遣无计。
—▲　｜｜｜——｜　———｜｜▲　｜——　｜｜——｜｜　——｜▲

帝里。风光当此际。正好恁携佳丽。阻归程迢递。奈何好景难留，旧欢
｜▲　———｜▲　｜｜｜——▲　｜——▲　｜—｜｜——　｜—

频弃。早是伤春情绪，那堪困人天气。但赢得、独立高原，断肠一晌凝睇。
—▲　｜｜———｜　——｜——▲　｜—｜　｜｜——　｜—｜｜——▲

687. 泛清波摘遍

【题解】《宋史·乐志》有林钟商《泛清波》大曲。沈括《笔谈》：凡曲每解有数叠者，裁截用之，谓之摘遍。此盖摘《泛清波》曲之一遍也。

【句格】双调一百六字，前段十一句五仄韵，后段十句六仄韵；上片首二句，七、八句对，下片二、三句，七、八句对。

晏几道

催花雨小，着柳风柔，都似去年时候好。露红烟绿，尽有狂情斗春早。
——｜｜　｜｜——　｜｜｜——｜▲　｜——｜　｜｜——｜—▲

长安道。秋千影里，丝管声中，谁放艳阳轻过了。倦客登临，暗惜光阴恨多少。
——▲　———｜｜　——｜—　——｜——｜▲　｜｜——　｜｜——｜—▲

楚天渺。归思正如乱云，短梦未成芳草。空把吴霜点鬓华，自悲清晓。
｜—▲　—｜｜—｜—　｜｜｜——▲　—｜——｜｜—　｜——▲

帝城杳。双凤旧约渐虚，孤鸿后期难到。且趁朝花夜月，翠樽频倒。
｜－▲　－｜｜｜｜－　－－｜－－▲　｜｜－－｜｜　｜－－▲

688. 望明河

【题解】调见《苕溪集》。

【句格】双调一百六字，前段九句四仄韵，后段九句五仄韵；上片"报"为领字，下片"望"挈二、三句对。

刘一止

华旌耀日，报天上使星，初辞金阙。许国精忠，试此日傅岩、济川舟楫。
－－｜｜　｜－｜｜－　－－－▲　｜｜－－　｜｜｜｜－　｜－－▲

向来鸡林外，况传咏、篇章夸雄绝。问人地、真是唐朝第一，未论勋业。
｜－－－｜　－－｜　－－－－▲　｜｜－　－｜－－｜｜　｜－－▲

鲸波霁云千叠。望仙驭缥缈，神山明灭。万里勤劳，也等是壮年、绣衣
－－｜－－▲　｜－｜｜｜　－－－▲　｜｜－－　｜｜｜｜－　｜－

持节。丈夫功名事，未肯向、樽前伤轻别。看飞棹、归侍宸游，宴赏太平风月。
－▲　｜－－－｜　｜｜｜　－－－－▲　｜－｜　－｜－－　｜｜｜－－▲

689. 楚宫春慢

【题解】调见《宝月词》。

【句格】双调一百六字，前段十句五仄韵，后段九句四仄韵；上片"乍"为领字。此调有不同诸格体。

僧挥

轻盈绛雪。乍团聚同心，千点珠结。画馆绣帏，低舞融融香彻。笑里精
－－｜▲　｜－－－－　－｜－▲　｜｜｜｜　－｜－－－▲　⊥｜－

神放纵，断未许、年华偷歇。信任芳春，都不管、渐渐南熏，别是一家风月。
－｜｜　｜｜－　－－－▲　｜｜－－　⊥｜⊥　⊥｜－－　｜⊥⊥⊤－▲

扁舟去后，回望处、娃宫凄凉凝咽。身似断云，零落深心难说。不与雕
－－｜｜　－｜｜　－⊤－－▲　－｜｜－　－｜－－－▲　｜｜－

栏寸地，忍觑着、漂流离缺。尽日恹恹、总无语，不及高唐，梦里相逢时节。
－｜｜　｜｜｜　－－⊤▲　｜｜－－　｜⊤⊥　⊥｜－－　｜｜－－▲

690. 望湘人

【题解】调见《东山乐府》。

【句格】双调一百七字，前段十一句五仄韵，后段十句六仄韵；上片"厌"挈首二句对，四、五句对，七、八、九句排对，下片二、四、七句均一四结构。

贺铸

厌莺声到枕，花气动帘，醉魂愁梦相半。被惜余熏，带惊剩眼。几许伤
｜－－｜｜　－｜｜－　｜－－｜－▲　｜｜－－　｜－｜▲　｜｜
春春晚。泪竹痕鲜，佩兰香老，湘天浓暖。记小江、风月佳时，屡约非烟游伴。
－－▲　｜｜－－　｜｜－｜　－－－▲　｜－｜、－－－－　｜｜－－－▲

须信鸾弦易断。奈云和再鼓，曲终人远。认罗袜无踪，旧处弄波清浅。
－｜－－｜▲　｜－－｜｜　｜－－▲　｜－｜－－　｜｜｜－－▲
青翰棹，舣白蘋洲畔，尽目临皋飞观。不解寄、一字相思，幸有归来双燕。
－｜｜　｜｜－－▲　｜｜－－－▲　｜｜｜、｜｜－－　｜｜－－－▲

691. 青门饮

【题解】调见《淮海词》。黄裳词，亦名《青门引》，然与《青门引》令词不同。

【句格】双调一百七字，前段十二句四仄韵，后段十一句五仄韵；上片一、二句，五、六句对，下片第二句一四结构，四、五句对。此调有不同诸格体。

秦观

风起云间，雁横天末，严城画角，梅花三奏。塞草西风，冻云笼月，窗
－｜－－　｜－－｜　－－｜｜　⊤－－▲　｜｜－－　｜－－｜　－
外晓寒轻透。人去香犹在，孤衾拥、长闲余绣。恨与宵长，一夜熏炉，添尽
｜｜－－▲　⊤｜－－｜　⊤－⊥　－－－▲　｜⊥－｜　⊥｜⊤⊤　－｜
香兽。
－▲

前事空劳回首。虽梦断春归，相思依旧。湘瑟声沉，庾梅信断，谁念画
⊤｜⊤——▲　—｜｜——　⊤——▲　⊤｜——　｜—⊥｜　⊤｜｜
眉人瘦。一句难忘处，怎忍辜、耳边轻咒。任人攀折，可怜又学，章台杨柳。
——▲　⊥｜——｜　｜⊥—　⊥——▲　｜⊤—⊥　⊥—｜｜　———▲

692. 落梅

【题解】《梅苑》无名氏词，名《落梅慢》。

【句格】双调一百七字，前段十二句四仄韵，后段十句五仄韵；上片第六句一四句法，八、九句宜对，下片三、四句对，第五句一四结构。此调有不同诸格体。

王诜

寿阳妆晚，慵匀素脸，经宵醉痕堪惜。前村雪里，几枝初绽，正冰姿仙
｜——｜　——｜｜　——｜——▲　——｜｜　｜——｜　｜———
格。忍被东风，乱飘满地，残英堆积。可堪江上起离愁，凭谁说寄，肠断未
▲　｜｜——　｜—｜｜　———▲　｜——｜——　——｜｜　—｜｜
归客。
—▲

流恨声传羌笛，感行人、水亭山驿。越溪信阻，仙乡路杳，但风流尘迹。
—｜———▲　｜——　｜——▲　｜—｜｜　——｜｜　｜———▲
香艳浓时，未多吟赏，已成轻掷。愿身长健且凭栏，明年还放春消息。
—｜——　｜——｜　｜——▲　｜——｜｜——　———｜——▲

693. 角招

【题解】调见赵以夫《虚斋集》，自注：姜夔制《角招》《徵招》二曲，余以《角招》赋梅。古乐府有大、小《梅花》，皆角声也。

【句格】双调一百七字，前段十一句八仄韵，后段十二句九仄韵；上片歇拍句为一四结构；此调韵稠密。

赵以夫

晓风薄。苔枝上，剪成万点冰萼。暗香无处着。立马断魂，晴雪篱落。
｜—▲　——｜　｜—｜｜—▲　｜——｜▲　｜｜｜—　—｜—▲
溪横略彴。恨寄驿、音书辽邈。梦绕扬州东阁。风流旧日何郎，想依然林壑。
——｜▲　｜｜｜　———▲　｜｜———▲　——｜｜——　｜———▲
离索。引杯自酌。相看冷淡，一笑人如削。水云寒漠漠。底处群仙，飞
—▲　｜—｜▲　——｜｜　｜｜——▲　｜｜—｜▲　｜｜——　—
来霜鹤。芳姿绰约。正月满、瑶台珠箔。徙倚栏杆寂寞。尽分付、许多愁，
——▲　——｜▲　｜｜｜　———▲　｜｜——｜▲　｜—｜　｜——
城头角。
——▲

694. 一寸金

【题解】调见柳永词。

【句格】双调一百八字，前段十句四仄韵，后段十一句四仄韵；上片第三句三字逗后与四句对，下片首二句对，注意各句读参差状。此调有不同诸格体。

柳永

井络天开，剑岭云横控西夏。地胜异、锦里风光，蚕市繁华，簇簇歌台
｜｜——　｜｜—｜—▲　｜｜｜　｜｜——　——｜｜　｜｜——
舞榭。雅俗多游赏，轻裘俊、靓妆艳冶。当春昼，摸石池边、浣花溪上景如画。
｜▲　｜｜——｜　——｜　｜——▲　——｜　｜｜——　｜——｜｜—▲
梦应三刀，桥名万里，中和政多暇。仗汉节、揽辔澄清，高掩武侯勋业，
｜｜——　——｜｜　——｜—▲　｜｜｜　｜｜——　——｜｜——
文翁风化。台鼎思贤久，方镇静、又还命驾。空遗爱，两蜀山川，异日成佳话。
———▲　—｜——｜　—｜｜　｜——▲　——｜　｜｜——　｜｜——▲

695. 击梧桐

【题解】此调有两体：一百八字者，见《乐章集》，注中吕调；一百十字者，

见《乐府雅词》。

【句格】双调一百八字，前段十句四仄韵，后段九句四仄韵。此调有不同诸格体。

柳永

香靥深深，姿姿媚媚，雅格奇容天与。自识伊来，便好看承，会得妖娆
⊤｜－－　－－｜｜▲　｜｜－－　｜｜－－　｜｜－－
心素。临期再约同欢，定是都把平生相许。又恐恩情、易破难成，未免千般
－▲　－－｜｜－－　｜｜－｜－－－▲　｜｜－－　｜｜－－　｜｜－
思虑。
－▲

近日书来，寒暄而已，苦没切切言语。便认得、听人教当，拟把前言轻
｜｜－－　－－－｜　｜｜｜｜－－▲　｜｜｜　－－｜｜　⊥｜－－
负。见说兰台宋玉，多才多艺善词赋。试与问、朝朝暮暮，行云何处去。
▲　｜｜－－｜｜　－－⊤｜｜－▲　｜⊥｜　－－｜｜　⊤－－｜▲

696. 折红梅

【题解】调见《寿域词》。

【句格】双调一百八字，前段十句五仄韵，后段十句六仄韵；上片"睹"挈一、二、三句，下片"待"为领字、"捻"挈歇拍宜对。此调有不同诸格体。

杜安世

睹南翔征雁，疏林败叶，凋霜零乱。独红梅、自守岁寒，天教最后开绽。
｜－－－｜　－－｜｜　－－－▲　｜－－　｜｜｜－　－－｜｜－▲
盈盈水畔。疏影蘸、横斜清浅。化工似把、深色胭脂，怪姑射冰姿，剩与红间。
－－｜▲　－｜｜　－－－▲　｜－｜｜　－｜－－　｜－｜－－　｜｜－▲
谁人宠眷。待金锁不开，凭栏先看。曾飞落、寿阳粉额，妆成汉宫传遍。
－－｜▲　｜｜－｜　－－－▲　－－｜　｜－｜｜　－－｜－－▲
江南风暖。春信喜、一枝清远。对酒便好、折取奇葩，捻清香重嗅，举杯重劝。
－－－▲　－｜｜　｜－－▲　｜｜｜｜　｜｜－－　｜－－｜｜　｜－－▲

697. 薄幸

【题解】调见《东山乐府》。

【句格】双调一百八字，前段九句五仄韵，后段十句五仄韵；上片"向"挈七、八句对，下片第七句一四结构。此调有不同诸格体。

贺铸

淡妆多态。更的的、频回眄睐。便认得、琴心先许，与绾合欢双带。记
|——▲　|⊥|　——|▲　|⊥|　———|　⊥|⊥—丅▲　|
画堂、风月逢迎，轻颦浅笑娇无奈。向睡鸭炉边，翔鸳屏里，羞把香罗暗解。
⊥—　—|——　——||——▲　|||——　丅—丅|　丅|——丅▲

自过了、收灯后，都不见、踏青挑菜。几回凭双燕，叮咛深意，往来翻
⊥⊥|　——|　—丅||　⊥—|▲　⊥—丅丅|　——丅|　⊥—丅
恨重帘碍。约何时再。正春浓酒暖，人闲昼永无聊赖。恹恹睡起，犹有花梢
|——▲　|——▲　|——⊥　——||——▲　——||　丅|——
日在。
|▲

698. 倚栏人

【题解】调见《松隐集》，曹勋自度曲。

【句格】双调一百八字，前段十一句四仄韵，后段十句五仄韵；上片五、六句，九、十句对。

曹勋

清明池馆，芳菲渐晚，晴香满架笼永昼。翠拥柔条，玉铺繁蕊，袅袅舞
———|　——||　——||—|▲　||——　|——|　|||
低襟袖。秀蓓凝浩露，疑挂六铢衣绉。檀点芳心，体熏清馥，粉容宜捻春
——▲　||—||　—||——▲　—|——　|——|　|——|—
风手。
—▲

肯与芝兰共嗅。洞户花、别是素芳依旧。剪取长梢，青蛟喷雪，挽住晓
｜｜——｜▲　｜｜－　｜｜｜——▲　｜｜——　——｜｜　｜｜｜
云争秀。楼上人未去，常恐风欺雨瘦。红绡收取，举觞犹喜，窨得醺醺酒。
——▲　－｜－｜｜　－｜——｜▲　———｜　｜——　｜｜｜——▲

699. 惜黄花慢

【题解】此调有仄韵、平韵两体。仄韵者，见《逃禅词》；平韵者，见《梦窗词》，与《惜黄花》令词不同。

【句格】双调一百八字，前段十一句六仄韵，后段九句五仄韵；上片"衬"挈二、三句对，四、五句对。此调有不同诸格体。

杨无咎

霁空如水。衬落木坠红，遥山堆翠。独立闲阶，数声笛度风前，几点雁
｜——▲　｜｜｜－　———▲　｜｜——　｜－｜｜——　｜｜⊥
横云际。已凉天气未寒时，问好处、一年谁记。笑声里。摘得半钗，金蕊来至。
——▲　｜－⊤｜｜——　｜⊥——▲　－｜▲　｜｜｜－　－｜－▲

横斜为插乌纱，更揉碎、泛入金樽琼蚁。满酌霞觞，愿教人寿百年，可
——｜｜—　｜⊤｜　｜｜——▲　｜｜——　｜｜－⊤｜⊥－　｜
奈此时情味。牛山何必独沾衣，对佳节、惟应欢醉。看睡起。晓蝶也愁花悴。
｜｜——▲　——⊤｜｜——　｜⊤｜　———▲　－｜▲　｜｜｜——▲

附平格：双调一百八字，前段十二句六平韵，后段十一句六平韵；上片"正"挈三、四句，四、五句对，六、七句对，下片第二句一四结构，四、五句对。

吴文英

送客吴皋。正试霜夜冷，枫落长桥。望天不尽，背城渐杳，离亭黯黯，
｜｜－△　｜｜－｜｜　⊤｜－△　｜－⊥　｜－｜｜　⊤－｜｜
恨水迢迢。翠香零落红衣老，暮愁锁、残柳眉梢。念瘦腰。沈郎旧日，曾系
⊥｜－△　｜－⊤－｜－△　｜－｜　－｜－△　｜－△　｜－｜｜　－｜
兰桡。
－△

仙人凤咽琼箫。怅断魂送远，九辨难招。醉鬟留盼，小窗剪烛，歌云载
ーー｜｜ー△　｜｜ー｜｜　ー｜ー△　｜ーー｜　｜ー｜｜　ーー｜
恨，飞上银霄。素秋不解随尘去，败红趁、一叶寒涛。梦翠翘。怨鸿料过南谯。
｜　⊤｜ー△　｜ー｜｜ーー　｜ー｜　⊥｜ー△　｜｜△　｜ー｜｜ー△

700. 夺锦标

【题解】调见《古山词》。白朴词，名《清溪怨》。

【句格】双调一百八字，前段十句四仄韵，后段十句五仄韵；上片首二句，五、六句对，下片五、六句对，上下片第七句均一四结构。此调有不同诸格体。

张野

凉月横舟，银潢浸练，万里秋容如拭。冉冉鸾骖鹤驭，桥倚高寒，鹊飞
⊤｜ーー　⊤ー⊥｜　｜｜ーーー▲　⊥｜⊤ー⊥｜　ー｜ーー　⊥ー
空碧。问欢情几许，早收拾、新愁重织。恨人间、会少离多，万古千秋今夕。
ー▲　｜ーー⊥｜　｜ー⊥　⊤ーー▲　｜ーー　⊥ー｜　｜｜ーー▲

谁念文园病客。夜色沉沉，独抱一天岑寂。忍记穿针亭榭，金鸭香寒，
⊤｜ーー⊥▲　⊥｜ーー　⊥｜｜ー▲　⊥｜⊤ー⊤｜　⊤｜ーー
玉徽尘积。凭新凉半枕，又依约、行云消息。听窗前、泪雨浪浪，梦里檐声
⊥ーー▲　｜ーー⊥｜　｜ー⊥　ーーー▲　｜ーー　⊥ー⊤ー　｜｜ーー
犹滴。
ー▲

701. 菩萨蛮慢

【题解】调见凤林书院元词，一名《菩萨蛮引》，与《菩萨蛮》令词不同。

【句格】双调一百八字，前后段各十一句，五仄韵；上片"问""对"为领字，"便"掣五、六句对，下片"道""是"为领字、第六句为一四结构。

罗志仁

晓莺催起。问当年秀色，为谁料理。怅别后、屏掩吴山，便楼燕月寒，
｜ーー▲　｜ーー｜｜　｜ー｜▲　｜｜｜　ー｜ーー　｜ー｜｜ー

鬓蝉云委。锦字无凭，付银烛、尽烧千纸。对寒泓静碧，又把去鸿，往恨
｜ーー▲　｜｜ーー　｜ー｜　｜ーー▲　｜ーー｜　｜｜｜ー　｜｜
都洗。
ー▲

　　桃花自贪结子。道东风有意，吹送流水。漫记得当年，心嫁卿卿，是日
　　ーー｜ー｜▲　｜ーー｜　ーｌーー▲　｜ーー｜　ーー｜ー　｜｜
暮天寒，翠袖堪倚。扇月乘鸾，尽梦隔、婵娟千里。倒嗔人、从今不信，画
｜ーー　｜｜ー▲　｜｜ーー　｜｜｜　ーーー▲　｜ーー　ーー｜｜　｜
檐鹊喜。
ー｜▲

702. 杜韦娘

【题解】唐《教坊记》，有杜韦娘曲。刘禹锡诗"春风一曲杜韦娘"是也，宋人借旧曲名，另翻慢词。

【句格】双调一百九字，前段九句四仄韵，后段十句五仄韵；上片"初"挈五、六句对。此调有不同诸格体。

杜安世

　　暮春天气，莺儿燕子忙如织。问嫩叶、枝亚青梅小，乍遍水、新萍圆碧。
　　⊥ーー｜　ーー｜｜ーー▲　｜｜｜　ー｜ーー｜　｜｜｜　ーーー▲
初牡丹谢了，秋千搭起，垂杨暗锁深深陌。暖风轻，尽日闲把、榆钱乱掷。
⊤⊥⊤｜｜　ーー｜｜　ーー｜｜ーー▲　｜ーー　｜｜｜ー　ーー▲
恨寂寂。芳容衰减，顿敲玳枕困无力。为少年、狂荡恩情薄，尚未有、
⊥｜▲　ーーー｜　｜ー｜｜ー▲　｜｜⊤　ー｜ーー｜　｜｜｜
归来消息。想当初凤侣鸳俦，唤作平生，更不轻离拆。倚朱扉，泪眼滴损、
ーーー▲　｜ーー｜｜ーー　｜｜ーー　｜｜ーー▲　｜ーー　｜｜｜｜
红绡数尺。
ーー｜▲

703. 无愁可解

【题解】调见东坡词，自序云：花日新作越调《解愁》，洛阳刘几伯寿，闻而悦之，为作俚语诗，天下传咏，以为几欲达者。龙丘子笑之，此虽免乎愁，犹有所解也者，夫游于自然，而托之于不得已，人乐亦乐，人愁亦愁，彼且乌乎解哉？乃反其词，作《无愁可解》。

【句格】双调一百九字，前后段各十句，六仄韵；上片首二句宜对。此调有不同诸格体。

苏轼

光景百年，看便一世。生来不识愁味。问愁何处来，更开解个甚底。万
⊤｜⊥— —⊥｜▲ ⊤⊤⊤｜—▲ ｜——｜⊤ ｜—⊥｜｜▲ ｜
事从来风过耳。又何用、着在心里。你唤做、展却眉头，便是达者，也则恐未。
｜——⊤｜▲ ｜⊤｜ ｜⊥—▲ ｜⊥｜ ｜｜—— ｜⊥｜｜ ｜⊥⊥▲
此理。本不通言，何曾道、欢游胜如名利。道则浑是错，不道如何即是。
｜▲ ｜—— ——｜ ——｜——▲ ｜⊥⊤｜｜ ｜｜——▲
这里原无我与你。甚唤做、物情之外。若须待醉了，方开解时，问无酒、怎
｜｜——⊥｜▲ ｜｜｜⊥ ｜｜—▲ ｜｜｜｜｜— ——｜｜ ｜｜
生醉。
—▲

704. 江城子慢

【题解】调见吕渭老集。蔡松年词，名《江神子慢》。与《江城子》令词不同。

【句格】双调一百九字，前段九句七仄韵，后段九句六仄韵；下片第二句一四结构、歇拍为六三结构。此调有不同诸格体。

吕渭老

新枝媚斜日。花径霁、晚碧泛红滴。近寒食。蜂蝶乱、点检一城春色。
⊤—｜—▲ —｜｜ ⊥⊥—▲ ｜—▲ —⊥｜ ｜｜｜——▲
倦游客。门外昏鸦啼梦破，春心似、游丝飞远碧。燕子又语斜檐，行云自没
｜—▲ ⊤｜———｜｜ ——｜ ———｜▲ ｜｜｜｜—— ——｜｜

消息。
－▲

当时乌丝夜语，约桃花时候，同醉瑶瑟。甚端的。看看是、榆荚杨花飞
－－－－｜｜　｜－－⊤｜　－｜－▲　｜－▲　－－｜　⊤｜－－－
掷。怎忘得。斜倚红楼回泪眼，天如水、沉沉连翠壁。想伊不整啼妆影帘侧。
▲　｜－▲　－｜－－－｜｜　－－　－－－｜▲　｜－⊥｜－－｜－▲

705. 江南春慢

【题解】吴文英自度曲，注小石调。

【句格】双调一百九字，前段十句五仄韵，后段十一句六仄韵；上片首二句对，第八句三字逗后与九句对，下片"记"为领字。

吴文英

风响牙签，云寒古砚，芳铭犹在棠笏。秋床听雨，妙谢庭、春早吟笔。
－｜－－　－－｜｜　－－－｜－▲　－－｜｜　｜｜－　－｜－▲
城市喧鸣辙。清溪上、小山秀洁。便向此、搜松访石，茸屋营花，红尘远避
－｜－－▲　－－｜　｜－｜▲　｜｜｜　－－｜｜　｜｜－－　－－｜｜
风月。
－▲

瞿塘路，随汉节。记羽扇纶巾，气凌诸葛。青天万里，料漫忆、蓴丝鲈
－－｜　－｜▲　｜｜｜－－　｜－－▲　－－｜｜　｜｜｜　－－－
雪。车马从休歇。荣华梦、醉歌耳热。真个是、天与此翁，芳芷嘉名，纫兰
▲　－｜－－▲　－－｜　｜－｜▲　－｜｜　－｜｜－　－｜－－　－－
佩兮琼玦。
｜－－▲

706. 胃马索

【题解】调见《梅苑》。

【句格】双调一百九字，前段九句四仄韵，后段十一句五仄韵；上片五、六句宜对。

无名氏

晓窗明，庭外寒梅向残月。吴溪庾岭，一枝偷把阳和泄。冰姿素艳，自
|－－　－|－－|－▲　－－||　|－－|－－▲　－－||　|
然天赋，品格真香殊常别。奈北人、不识南枝，唤作腊前杏先发。
－－|　||－－－－▲　|－|－　－－|－－　－－|－|－▲

奇绝。照溪临水，素禽飞下，玉羽琼芳斗清洁。懊恨春来何晚，伤心邻
－▲　|－－|　|－－|　||－－|－▲　||－－－|　－－－
妇争先折。多情立马，待得黄昏，疏影斜斜微酸结。恨马融、一声羌笛起处，
|－－▲　－－||　||－－　|－－－▲　||－　|－－|||
纷纷落如雪。
－－|－▲

707. 八宝妆

【题解】仇远词，名《八宝玉交枝》，与《新雁过妆楼》别名《八宝妆》者不同。

【句格】双调一百十字，前段十句四仄韵，后段九句五仄韵；下片"问"为领字。此调有不同诸格体。

李甲

门掩黄昏，画堂人寂，暮雨乍收残暑。帘卷疏星庭户悄，隐隐严城钟鼓。
－|－－　|－－|　||－－▲　－|－－－||　||－－▲
空阶烟暝，半开斜月朦胧，银河澄淡风凄楚。还是凤楼人远，桃源无路。
－－－|　|⊤－|－－　－－－|－－▲　－||－－|　－－－▲
惆怅夜久星繁，碧云望断，玉箫声在何处。念谁伴、茜裙翠袖，共携手、
⊤⊥||⊤－　|－||　⊥－－|－▲　|－|　⊥－⊥　||－
瑶台归去。对修竹、森森院宇。曲屏香暖凝沉炷。问对酒当歌，情怀记得刘
－－－▲　|－|　－－|▲　|－－|－－▲　|||－－　－－||－
郎否。
－▲

708. 疏影

【题解】姜夔自度仙吕宫曲。张炎词，咏荷叶，易名《绿意》；彭远逊词，有"遗佩环浮沉澧浦"句，名《解佩环》。

【句格】双调一百十字，前段十句五仄韵，后段十句四仄韵；上片"有"为领字。此调有不同诸格体。

姜夔

苔枝缀玉。有翠禽小小，枝上同宿。客里相逢，篱角黄昏，无言自倚修
⊤－｜▲　｜⊥－｜｜　⊤⊥－▲　⊥｜－－　⊤｜－－　⊤⊤｜⊥
竹。昭君不惯龙沙远，但暗忆、江南江北。想佩环、月夜归来，化作此花幽独。
▲　⊤－⊥｜－－｜　｜⊥⊥　⊤－⊤▲　｜⊥－　⊤｜－－　⊥｜⊥－－▲

犹记深宫旧事，那人正睡里，飞近蛾绿。莫似春风，不管盈盈，早与安
－｜－－｜｜　｜⊤⊥｜｜　－｜－▲　｜｜－－　⊥｜－－　⊥｜⊤
排金屋。还教一片随波去，又却怨、玉龙哀曲。等恁时、重觅幽香，已入小
－⊤▲　⊤－⊥｜－－｜　｜⊥⊥　⊥－－▲　｜⊥⊤　⊤｜－－　⊥｜｜
窗横幅。
－－▲

709. 慢卷䌷

【题解】柳永《乐章集》注：夹钟商。

【句格】双调一百十一字，前段十三句四仄韵，后段十一句五仄韵；上片首二句对，第四句、第十句均一四结构，下片第九句一四结构。此调有不同诸格体。

柳永

闲窗烛暗，孤帏夜永，敲枕难成寐。细屈指寻思，旧事前欢，都来未尽，
⊤⊤⊤⊥　－－｜｜　⊤｜－－▲　｜⊤｜－－　｜｜－－　⊤⊤｜⊥
平生深意。到得如今，万般追悔，空只添憔悴。对好景良宵，皱着眉儿，成
－－⊤▲　｜｜－－　｜－－｜　⊤｜－－▲　｜｜｜－－　｜｜－－　－

甚滋味。
｜－▲

红茵翠被。当时事、一一堪垂泪。怎生得依前，似恁偎香倚暖，抱着日
－－｜▲ －－｜ ⊥｜－－▲ ｜⊤｜－－ ｜｜－－句 ｜｜｜
高犹睡。算得伊家，也应随分，烦恼心儿里。又争似从前，澹澹相看，免恁
－－▲ ｜｜⊤－ －－｜ －⊤｜－－▲ ｜⊤｜－－ ｜｜－－ ⊥｜
萦系。
－▲

710. 选冠子

【题解】一名《选官子》。曹勋词，名《转调选冠子》；鲁逸仲词，名《惜余春慢》；侯寘词，名《苏武慢》，一名《仄韵过秦楼》。

【句格】双调一百十一字，前段十二句四仄韵，后段十一句四仄韵；上片首二句，四、五句对，八、九句对，"叹"挈歇拍三句，下片首句三字逗后于第二句对，四、五句，八、九句对。此调有不同诸格体。

周邦彦
水浴清蟾，叶喧凉吹，巷陌雨声初断。闲依露井，笑扑流萤，惹破画罗
⊥｜－－ ⊥－⊤｜ ⊥｜⊥－－▲ －－｜｜ ⊥｜－－ ⊥｜｜－
轻扇。人静夜久凭栏，愁不归眠，立残更箭。叹年华一瞬，人今千里，梦沉
－▲ －｜⊥⊥⊤－ －⊤｜－－ ⊥－⊤▲ ｜⊤－⊥｜ ⊤⊤－｜ ｜－
书远。
－▲

空见说、鬓怯琼梳，容销金镜，渐懒趁时匀染。梅风地溽，虹雨苔滋，
⊤⊥⊥ ⊥｜－－ ⊤－⊤｜ ⊥｜⊥－－▲ －－｜｜ ⊤｜－－
一架舞红都变。谁信无聊为伊，才减江淹，情伤荀倩。但明河影下，还看疏
⊥｜⊥－－▲ ⊤｜－－ ｜⊤｜－－ ⊤－⊤▲ ｜－－⊥｜ －｜⊤
星几点。
－⊥▲

711. 霜叶飞

【题解】调见《片玉集》，因词有"素娥青女斗婵娟"句，更名《斗婵娟》。

【句格】双调一百十一字，前段十句六仄韵，后段十句五仄韵；上片第五句、第八句，下片第五句均一四结构。此调有不同诸格体。

周邦彦

露迷衰草。疏星挂，凉蟾低下林表。素娥青女斗婵娟，正倍添凄悄。渐
⊥ — — ▲　— — |　— — — | — ▲　| — ⊤ | | — —　⊥ | — — ▲　|
飒飒、丹枫撼晓。横天云浪鱼鳞小。见皓月相看，又透入、清辉半晌，特地
⊥ |　— — | ▲　⊤ — — | — — ▲　| | | — —　| | | 、— — | |　⊥ |
留照。
— ▲

迢递望极关山，波穿千里，度日如岁难到。凤楼今夜听西风，奈五更愁
⊤ | | — —　⊤ — — |　| ⊥ ⊥ — ▲　| — ⊤ | | — —　| | — —
抱。想玉匣哀弦闭了。无心重理相思调。念故人、牵离恨，屏掩孤鸾，泪流
▲　| | | — — | ▲　— — ⊤ | — — ▲　| | ⊤ 、— — |　⊤ | — —　| —
多少。
— ▲

712. 玉山枕

【题解】柳永《乐章集》注：仙吕调。

【句格】双调一百十三字，前后段各十一句，五仄韵；上片四、五句对，歇拍句一四结构，下片三、四句对。

柳永

骤雨新霁。荡原野、清如洗。断霞散彩，残阳倒影，天外云峰，数朵相
| | — ▲　| — |　— — ▲　| — | |　— — | |　— — — —　| | —
倚。露荷烟芰满池塘，见次第、几番红翠。当是时、河朔飞觞，避炎蒸，想
▲　| — — | | — —　| | |　| — — ▲　— | —、— | — —　| — —　|

风流堪继。
―――▲

晚来高树清风起。动帘幕、生秋气。画楼昼寂，兰堂夜静，舞艳歌姝，
｜――｜――▲　｜―　――▲　｜―｜｜　――｜｜　｜｜――
渐任罗绮。讼闲时泰足风情，便争奈、雅歌都废。省教成、几阕新歌，尽新
｜｜―▲　｜――｜｜――　｜―　｜――▲　｜――　｜｜――　｜―
声，好樽前重理。
―　｜―――▲

713. 期夜月

【题解】《花草粹编》原注：乐部中，惟杖鼓鲜有能工之者，京师官妓杨素娥最工，刘浚酷爱之，作《期夜月》词，素娥以此名动京师。

【句格】双调一百十三字，前段十三句八仄韵，后段十二句六仄韵；上片三、四句对，第九句为一四结构，第十、第十一句对。

刘浚

金钩花绶系双月。腰肢软低折。揎皓腕，萦绣结。轻盈宛转，妙若凤鸾
―――｜｜―▲　――｜｜―▲　―｜｜　――▲　――｜｜　｜｜｜―
飞越。无别。香檀急扣转清切。翻纤手飘瞥。催画鼓，追脆管，锵洋雅奏，
―▲　―▲　――｜｜｜―▲　――｜―｜▲　―｜｜　―｜｜　――｜｜
尚与众音为节。
｜｜｜――▲

当时妙选舞袖，慧性雅质，名为殊绝。满座倾心注目，不甚堪回雪。纤
――｜｜｜｜　｜｜｜｜　―――▲　｜｜――｜｜　｜｜――▲　―
怯。逡巡一曲霓裳彻。汗透鲛绡湿。教人与，傅香粉，媚容秀发，宛降蕊珠
▲　――｜｜――▲　｜｜――▲　――｜　｜―｜　｜｜｜―　｜｜｜―
宫阙。
―▲

714. 轮台子

【题解】柳永《乐章集》注：中吕调。

【句格】双调一百十四字，前段八句四仄韵，后段十一句六仄韵；上下片第七句均一四结构，下片"叹"挈五、六句对。此调有不同诸格体。

柳永

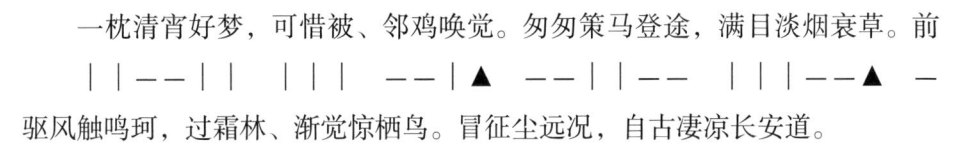

一枕清宵好梦，可惜被、邻鸡唤觉。匆匆策马登途，满目淡烟衰草。前
｜｜——｜｜　｜｜｜　——｜▲　——｜｜——　｜｜｜——▲　—
驱风触鸣珂，过霜林、渐觉惊栖鸟。冒征尘远况，自古凄凉长安道。
——｜——　｜——　｜｜——▲　｜——｜｜　｜｜————▲

行行又历孤村，楚天阔、望中未晓。念劳生、惜芳年壮岁，离多欢少。
——｜｜——　｜——　｜——▲　｜——　｜——｜｜　——-——▲
叹断梗难停，暮云渐杳。但黯黯销魂，寸肠凭谁表？恁驱驰、何时是了。又
｜｜｜——　｜—｜▲　｜｜｜——　｜———▲　｜——　——｜▲　｜
争似、却返瑶京，重买千金笑。
—｜　｜｜——　—｜——▲

715. 丹凤引

【题解】调见《清真乐府》。

【句格】双调一百十四字，前段十二句四仄韵，后段十一句五仄韵；上片二、三句，八、九句对。此调有不同诸格体。

周邦彦

迤逦春光无赖，翠藻翻池，黄蜂游阁。朝来风暴，飞絮乱投帘幕。生憎
⊤｜———｜　｜｜——　———▲　——⊤｜　—｜｜——▲　——
暮景，倚墙临岸，杏靥夭斜，榆钱轻薄。昼永惟思傍枕，睡起无聊，残照犹
｜｜　⊥——｜　｜｜——　———▲　｜｜——｜｜　｜｜——　—｜—
在庭角。
｜—▲

况是别离气味，坐来便觉心绪恶。痛引浇愁酒，奈愁浓如酒，无计销铄。
丨丨⊥一⊥　丨一丨丨一丨▲　⊥丨一一丨　丨一一丁丨　丁⊥一▲
那堪昏暝，簌簌半檐花落。弄粉调朱柔素手，问何时重握。此时此意，长怕
一一一丨　⊥⊥丨一一▲　丨丨丁一一丨丨　丨一一一▲　丨一丨丨　一丨
人道着。
一丨▲

716. 瑶台月

【题解】调见《梅苑》。《鸣鹤余香》无名氏词，名《瑶池月》。

【句格】双调一百十四字，前段十三句六仄韵，后段十二句七仄韵；上片八、九句对，下片"遇"为领字，七、八句对。此调有不同诸格体。

无名氏

岩风凛冽，万木冻，园林萧静如洗。寒梅占早，争先暗吐香蕊。逞素
一一⊥丨　⊥⊥丨　一一一丨一▲　一一丨丁　丁丁⊥丨一▲　⊥⊥
容、探暖欺寒，偏妆点、亭台佳致。通一气，超群卉。值腊后，雪清丽。开
丁　⊥⊥丨丨　丁丁丨　一一丁▲　丁⊥丨　一一▲　⊥⊥丨　⊥丁一
筵共赏，南枝宴会。
一丨丨　一一丨▲

好折赠、东君驿使。把陇头信息远寄。遇诗朋酒侣，樽前吟缀。且优
丨⊥丨　丁丁⊥▲　丨丁⊥丨丨一▲　⊥丁丁丨　丁一一▲　丨丁
游、对景欢娱，更莫厌、陶陶沉醉。羌管怨，琼花坠。结子用，调鼎饵。将
丁　⊥⊥一一　丨一一　一一一▲　丁⊥丨　一一▲　丨⊥丨　丁⊥丨　一
军止渴，思得此味。
一丨丨　一⊥⊥▲

717. 宣清

【题解】柳永《乐章集》注：林钟宫。

【句格】双调一百十五字，前段十一句四仄韵，后段十二句五仄韵；上片首二句对，四、五句三字逗对，六、七句对，下片"念""命"各挈对句，

第十一句为一四结构。

柳永

残月朦胧，小宴阑珊，归来轻寒凛凛。背银釭、孤馆乍眠，拥重衾、醉
－｜－－　｜｜－－　－－－－｜▲　｜－－　－｜｜－　｜－－　｜
魂犹噤。永漏频传，前欢已去，离愁一枕。暗寻思，旧追游，神京风物如锦。
－－▲　｜｜－－　－－｜｜　－－｜▲　｜－－　｜－－　－－－｜－▲

念掷果朋侪，绝缨宴会，当时曾痛饮。命舞燕翩翩，歌珠贯串，向玳筵
　｜｜｜－－　｜－｜｜　－－－｜▲　｜｜－－　－－｜｜　｜｜
前，尽是神仙流品。至更阑、疏狂转甚。更相将、凤帏鸳寝。玉钗横处，任
－　｜｜－－－▲　｜－－　－｜▲　｜－－　－－▲　｜－－｜　｜
散尽高阳，这欢娱、甚时重恁。
｜｜－－　｜－－　｜－－▲

718. 八归

【题解】此调有仄韵、平韵两体。仄调者，见《白石词》，姜夔自度平钟商曲。平韵者，见《竹屋痴语》，高观国自度曲。

【句格】双调一百十五字，前段十句四仄韵，后段十一句四仄韵；上片首二句对，"还见"挈五、六句对，下片四、五句对，第七句为一四结构。此调有不同诸格体。

姜夔

芳莲坠粉，疏桐吹绿，庭院暗雨乍歇。无端抱影销魂处，还见筱墙萤暗，
－－｜｜　－－－｜　－｜｜｜⊥▲　－－｜｜－－｜　－｜｜｜－－
藓阶蛩切。送客重寻西去路，问水面琵琶谁拨。最可惜、一片江山，总付与
－－⊤▲　｜｜－⊤－｜｜　｜－－－－－▲　｜｜｜　⊥－－　｜｜｜
啼鴂。
－▲

长恨相从未款，而今何事，又对西风离别。渚寒烟淡，棹移人远，飘渺
－｜－－｜｜　－－－｜　｜｜－－－▲　｜－－｜　｜－－｜　｜｜

行舟如叶。想文君望久，倚竹愁生步罗袜。归来后、翠樽双饮，下了珠帘，
－－－▲　｜－－｜｜　｜｜－－｜－▲　－－｜　｜－－｜　｜｜－－
玲珑闲看月。
－－－｜▲

附平格：双调一百十三字，前段十句五平韵，后段十一句五平韵；上片首二句对、结句为一四句式，下片二、三句，五、六句宜对。

高观国

楚峰翠冷，吴波烟远，吹袂万里西风。关河迥隔新愁外，遥怜倦客音尘，
｜－｜｜　－－－｜　－｜｜｜－△　－－｜｜－－｜　－－｜｜－－
未见征鸿。雨帽风巾归梦杳，想吟思、吹入飞蓬。料恨满、幽苑离宫。正愁
｜｜－△　｜｜－－－｜｜　｜－｜　－｜－△　｜｜｜　－｜－△　｜－
黯文通。
｜－△

秋浓。新霜初试，重阳催近，醉红偷染江枫。瘦筇相伴，旧游回首，吹
－△　－－－｜　－－－｜　｜－｜－△　｜－－｜　｜－－｜　－
帽知与谁同。想荚囊酒盏，暂时冷落菊花丛。两凝伫、壮怀无奈，立尽微云
｜－｜－△　｜－－｜｜　｜－｜｜｜－△　｜－｜　｜－－｜　｜｜－－
斜照中。
－｜△

719. 摸鱼儿

【题解】一名《摸鱼子》，唐教坊曲名。晁补之词，有"买陂塘，旋栽杨柳"句，更名《买陂塘》，又名《陂塘柳》，或名《迈陂塘》；辛弃疾赋怪石词，名《山鬼谣》；李冶赋并蒂荷词，有"请君试听双蕖怨"句，名《双蕖怨》。

【句格】双调一百十六字，前段十句六仄韵，后段十一句七仄韵；上片"任"挈八、九句对，下片第九句一四结构。此调有不同诸格体。

晁补之

买陂塘、旋栽杨柳，依稀淮岸湘浦。东皋雨足轻痕涨，沙嘴鹭来鸥聚。
｜－－　⊥－－｜　⊤－⊤｜－▲　⊤－⊥｜－－｜　⊤｜⊥－－▲

堪爱处。最好是、一川夜月光流渚。无人自舞。任翠幕张天，柔茵藉地，酒
⊥—｜▲　⊥｜｜　⊥—⊥｜——▲　⊤—⊥▲　｜⊥｜——　⊤—⊥｜　⊥
尽未能去。
｜⊥—▲

　　青绫被，休忆金闺故步。儒冠曾把身误。弓刀千骑成何事，荒了邵平瓜
　　——｜　⊤｜——▲　⊤—⊤｜—▲　⊤—⊤｜——｜　⊤｜⊥——
圃。君试觑。满青镜、星星鬓影今如许。功名浪语。便做得班超，封侯万里，
▲　—｜▲　⊥⊤｜　⊤—⊤｜——▲　⊤—⊥▲　⊥⊥｜——　⊤—⊥｜
归计恐迟暮。
⊤｜｜—▲

720. 贺新郎

【题解】叶梦得词，有"唱金缕"句，名《金缕歌》，又名《金缕曲》，又名《金缕词》；苏轼词，有"乳燕飞华屋"句，名《乳燕飞》，有"晚凉新浴"句，名《贺新凉》，有"风敲竹"句，名《风敲竹》；张辑词，有"把貂裘换酒长安市"句，名《貂裘换酒》。

【句格】双调一百十六字，前后段各十句，六仄韵。此调有不同诸格体。

叶梦得

　　睡起流莺语。掩苍苔、房栊向晓，乱红无数。吹尽残花无人问，惟有垂
　　⊤｜——▲　｜——　⊤—⊥｜　⊥——▲　—｜————｜　⊤｜⊤
杨自舞。渐暖霭、初回轻暑。宝扇重寻明月影，暗尘侵、上有乘鸾女。惊旧
—⊥▲　⊥⊥｜　⊤—⊤▲　⊥｜⊤——｜　｜⊤—　⊥｜——⊤　｜｜
恨。镇如许。
▲　⊥—▲

　　江南梦断蘅江渚。浪黏天、蒲萄涨绿，半空烟雨。无限楼前沧波意，谁
　　⊤—⊥｜——▲　｜⊤⊤　⊤⊤⊥｜　⊥——▲　—｜————｜　⊤
采蘋花寄取。但怅望、兰舟容与。万里云帆何时到，送孤鸿、目断千山阻。
⊥——⊥▲　｜⊥｜　⊤—⊤▲　⊥｜⊤——｜　｜⊤—　⊥｜——▲

谁为我，唱金缕。
⊤ | |　　⊥ — ▲

721. 子夜歌

【题解】调见凤林书院元词，与《菩萨蛮令》词别名《子夜歌》者不同。

【句格】双调一百十七字，前段十句四仄韵，后段十二句五仄韵；上片五、六句对，下片三、四句对。

彭元逊

视春衫、箧中半在，浥浥酒痕花露。恨桃李、如风过尽，梦里故人如雾。
| — —　　| — | |　　| | | — — ▲　　| — |　　— — | |　　| | | — — ▲
临颍美人，秦川公子，晚共何人语。对人家、花柳池台，回首故园，咫尺未
— | | —　　— — —　　| | | — — ▲　　| — —　　— | — —　　— | | —　　| | |
成归去。
— — ▲

昨宵听、危弦急管，酒醒不知何处。漂泊情多，哀迟感易，无限堪怜许。
| — |　　— — | |　　| | | — — ▲　　— | — —　　— — | |　　— | — — ▲
似樽前眼底，红颜消几寒暑。年少风流，未谙春事，追与东风赋。待他年、
| — — | |　　— — — | — ▲　　— | — —　　— | — |　　— | — — ▲　　| — —
君老巴山，共君听雨。
— | — —　　| — — ▲

722. 吊严陵

【题解】调见《乐府雅词》，李甲作，因词有"严光钓址空遗迹"及"离觞吊古寓目"句，取以为名。又，结句有"回首暮云千古碧"句，名《暮云碧》。

【句格】双调一百十九字，前段十四句七仄韵，后段十句六仄韵；上片首二句，六、七句对，"正"挈十二句、十三句对，下片四、五句对，七、八句宜对。

李甲

蕙兰香泛，孤屿潮平，惊鸥散雪。迤逦点破，澄江秋色。暝霭向敛，疏
｜－－｜　－｜－－　－－｜▲　－｜｜｜　－－－▲　｜｜｜｜　－
雨乍收，染出蓝峰千尺。渔舍孤烟锁寒碛。画鹢翠帆旋解，轻舣晴霞岸侧。
｜｜－　｜｜－－－▲　－｜－－｜－▲　｜｜｜－｜｜　－｜－｜▲
正念往悲酸，怀乡惨切。何处引羌笛。
｜｜｜－－　－－｜▲　－｜｜－▲

追惜。当时富春佳地，严光钓址空遗迹。华星沉后，扁舟泛去，潇洒闲
－▲　－－｜－－　－－｜｜－－▲　－－－｜　－－｜｜　－｜－
名图籍。离舫吊古寓目。意断魂消泪滴。渐洞天晓，回首暮云千古碧。
－－▲　－－｜｜▲　｜｜－｜▲　｜｜－｜　－｜｜－－｜▲

723. 金明池

【题解】调见《淮海词》，赋东京金明池，即以调为题也。李弥逊词名《昆明池》，僧挥词名《夏云峰》。

【句格】双调一百二十字，前段十句四仄韵，后段十一句五仄韵；上片首二句对，"更"挈八、九句对，下片四、五句三字逗对，"念""纵"各挈偶句。此调有不同诸格体。

秦观

琼苑金池，青门紫陌，似雪杨花满路。云日淡、天低昼永，过三点两点
⊤｜－－　－－⊥｜　｜｜－－⊥▲　⊤⊥⊥　－－｜｜　⊤－｜⊥⊥
细雨。好花枝、半出墙头，似怅望、芳草王孙何处。更水绕人家，桥当门巷，
⊥▲　｜－－　｜｜－－　⊥｜｜　⊤－－－▲　｜⊥｜－－　⊤－－｜
燕燕莺莺飞舞。
｜｜－－－▲

怎得东君长为主。把绿鬓朱颜，一时留住。佳人唱、金衣莫惜，才子倒、
｜｜－－－⊤▲　｜｜｜－－　⊤－－▲　－－｜　－－｜▲　⊤⊥
玉山休诉。况春来、倍觉伤心，念故国情多，新年愁苦。纵宝马嘶风，红尘
⊥－－▲　⊥－⊤　｜｜－－　｜｜－－　⊤－－▲　｜｜｜－－　⊤

拂面，也只寻芳归去。
⊥｜　｜｜⊤——▲

724. 笛家

【题解】一名《笛家弄慢》，柳永《乐章集》注：仙吕宫。

【句格】双调一百二十一字，前段十四句四仄韵，后段十四句五仄韵；上片首二句，五、六句，七、八句，九、十句宜对，十二、十三句对，下片三、四、五、六句扇面对，七句二字逗后与八句对。此调有不同诸格体。

柳永

花发西园，草熏南陌，韶光明媚，乍晴轻暖清明后。水嬉舟动，禊饮筵
—｜——　｜⊤—｜　———｜　｜——｜——▲　｜⊤—｜　｜｜—
开，银塘似染，金堤如绣。是处王孙，几多游妓，往往携纤手。遣离人，对
—　⊤—｜｜　———▲　｜｜——　｜——｜　｜｜——▲　｜——　｜
嘉景，触目尽成感旧。
—｜　｜｜｜—｜▲

别久。帝城当日，兰堂夜烛，百万呼卢，画阁春风，十千沽酒。未省、
｜▲　｜⊤—｜　——｜｜　｜｜——　｜｜——　⊥——▲　｜｜
宴处能忘弦管，醉里不寻花柳。岂知秦楼，玉箫声断，前事难重偶。空遗恨，
｜｜———｜　｜｜⊥——▲　⊥⊤——　｜——｜　⊤｜——▲　——｜
望仙乡，一晌泪沾襟袖。
｜——　｜｜｜——▲

725. 秋思耗

【题解】调见《梦窗词》，吴文英自度腔，因词有"偏称画屏秋色"句，更名《画屏秋色》。

【句格】双调一百二十三字，前段十一句六仄韵，后段十二句九仄韵；上片三、四句对，"待"挈八、九句对，下片第八句、第十句均一四结构。

吴文英

堆枕香鬟侧。骤夜声、偏称画屏秋色。风碎串珠，润侵歌板，愁压眉窄。
—｜——▲　｜｜｜—　—｜｜——▲　—｜｜｜　｜——｜　—｜—▲

动罗箧清商、寸心低诉叙怨抑。映梦窗、零乱碧。待涨绿春深，落花香泛，
｜—｜——　｜——｜｜｜▲　｜｜—　—｜▲　｜｜｜——　｜——｜

料有断红流处，暗题相忆。
｜｜｜——｜　｜——▲

欢夕。檐花细滴。送故人、粉黛重饰。漏侵琼瑟。丁东敲断，弄晴月白。
—▲　——｜▲　｜｜—　｜｜—▲　｜——▲　———｜　｜—｜▲

悄一曲霓裳未终，催去骖凤翼。叹谢客、犹未识。漫瘦却东阳，灯前无梦到
｜｜｜——｜—　—｜—｜▲　｜—｜　——｜▲　｜｜｜——　———｜｜

得。路隔重云雁北。
▲　｜｜——｜▲

726. 白苎

【题解】《古乐府》有《白苎》曲，宋人盖借旧曲名，别倚新声也。王灼《颐年堂集》云：白苎词，传者至少，其正宫一阕，世以为紫姑神作，今从《花草粹编》为柳永词。

【句格】双调一百二十五字，前段十二句七仄韵，后段十五句六仄韵；上片首二句对、第九句为一六结构，下片二、三句对，"任"挈偶句，十二、十三句对。此调有不同诸格体。

柳永

绣帘垂，画堂悄，寒风淅沥。遥天万里，黯淡同云幂幂。渐纷纷、六花
｜——　｜—｜　——｜▲　——｜｜　｜｜——｜▲　｜——　｜—

零乱散空碧。姑射。宴瑶池，把瑼玉零珠抛掷。林峦望中，高下琼瑶一色。
—｜｜—▲　—▲　｜——　｜｜———▲　——⊥⊤　—｜——｜▲

严子陵、钓台归路迷踪迹。
—｜—　｜——｜——▲

追惜。燕然画角，宝峤珊瑚，是时丞相，虚作银城换得。当此际偏宜，
⊤⊥▲　⊤⊤⊥⊥　｜⊥—⊤　｜⊥—｜　—｜——　⊤｜｜——
访袁安宅。醺醺醉了，任金钗舞困，玉壶频侧。又是东君，暗遣花神，先报
｜——▲　——｜｜　｜｜—｜　｜——▲　｜｜——　｜｜——　—｜
南国。昨夜江梅，漏泄春消息。
—▲　｜｜——　｜｜——▲

727. 十二时慢

【题解】宋鼓吹四曲之一。《花草粹编》无"慢"字。此词有仄韵、平韵两体。

【句格】三段一百三十字，前段十一句五仄韵，中段八句三仄韵，后段八句四仄韵；上片六、七句对。此调有不同诸格体。

柳永

晚晴初，淡烟笼月，风透蟾光如洗。觉翠帐、凉生秋思。渐入微寒天气。
｜——　｜——｜　—｜——⊤▲　｜｜｜　——⊤▲　｜｜——⊤▲
败叶敲窗，西风满院，睡不成还起。更漏咽、滴破忧心，万感并生，都在离
⊥｜——　——⊥｜　｜——▲　⊤｜｜　⊥｜——　｜｜⊥—　—｜⊤
人愁耳。
——▲

天怎知，当时一句，做得十分萦系。夜永有时，分明枕上，觑着孜孜地。
—｜—　——⊥｜　｜｜｜—▲　⊥｜｜—　⊤—⊥｜　⊥｜——▲
烛暗时酒醒，元来又是梦里。
｜｜—｜｜　⊤—⊥｜｜▲

睡觉来，披衣独坐，万种无悰情意。怎得伊来，重谐连理。再整余香被。
｜⊥—　⊤—⊥｜　⊥｜——▲　｜｜——　⊤——▲　｜｜——▲
祝告天发愿，从今永无抛弃。
｜⊥｜｜｜　——｜——▲

附平格：双调一百二十五字，前段十四句十一平韵，后段十四句九平韵；上片四、五句对，九、十句对，下片"庆"为领字，四、五句对，九、十句对。

《宋史·乐志》无名氏

圣明代，海县澄清。惠化洽寰瀛。时康岁足，治定武成。遐迩贺升平。
｜－｜　｜｜－△　｜｜｜－△　｜｜｜｜　｜｜｜△　－｜｜－△

嘉坛上、昭事神灵。荐明诚。报本禅云亭。俎豆列牺牲。宸心蠲洁，明德荐
－－｜　－｜－△　｜－△　｜｜｜－△　｜｜｜｜－△　－－－｜　－｜｜

惟馨。纪鸿名。千载播天声。
－△　｜－△　－｜｜－△

燔柴毕，云驭回仙仗，庆銮辂还京。八神扈跸，四隩来庭。嘉气覆重城。
－－｜　－｜－－｜　｜－｜－△　｜－｜｜　｜｜－△　｜｜－－△

殊常礼、旷古难行。遇文明。仁恩苏品汇，沛泽被簪缨。祥符锡祚，武库永
－－｜　｜｜－△　｜－△　－－－｜｜　｜｜｜－△　－－｜｜　｜｜｜

销兵。育群生。景运保千龄。
－△　｜－△　｜｜｜－△

728. 兰陵王

【题解】唐教坊曲名。《碧鸡漫志》《北齐史》及《隋唐嘉话》，称齐文襄之长子长恭封兰陵王，与周师战，尝着假面对敌。击周师金墉城下，勇冠三军，武士共歌谣之，曰《兰陵王入阵曲》。今越调《兰陵王》，凡三段、二十四拍，或曰遗声也。此曲声犯正宫，管色用大凡字，大一字、勾字，故亦名《大犯》。

【句格】三段一百三十一字，前段十句六仄韵，中段八句五仄韵，后段九句六仄韵；中片"拟"挈五、六句对，下片"但"挈三、四句对，第六句一四结构。此调有不同诸格体。

秦观

雨初歇。帘卷一钩淡月。望河汉，几点疏星，冉冉纤云度林樾。此景清
　｜－▲　－｜｜－｜▲　｜－｜　｜｜－－　｜｜－－｜－▲　｜｜－

更绝。谁念温柔蕴结。孤灯暗，独步华堂，蟋蟀莎阶弄时节。
｜▲　－｜－－｜▲　－－｜　｜｜－－　｜｜－－｜－▲

沉思恨难说。忆花底相逢，亲赠罗缬。春鸿秋雁轻离别。拟寻个锦鳞，
——｜—▲　——｜——　　—｜—▲　｜—｜｜—
寄将尺素，又恐烟波路隔越。歌残唾壶缺。
｜—｜｜　｜———｜｜▲　——｜—▲
凄咽。意空切。但醉损琼卮，望断瑶阙。御沟曾记流红叶。待何日重见，
—▲　｜—▲　｜｜｜——　｜｜—▲　｜——｜—▲　｜———｜
霓裳听彻。彩楼天远，夜夜襟袖染啼血。
——｜▲　｜——｜　｜｜——｜—▲

729. 大酺

【题解】调见《清真乐府》。按，唐教坊曲有《大酺乐》《羯鼓录》亦有太簇商《大酺乐》。宋词盖借旧曲名，自制新声也。

【句格】双调一百三十三字，前段十五句五仄韵，后段十一句七仄韵；上片"洗"掣五、六句对，七、八句对，"听"掣十一、十二句对，"奈"掣十三、十四句对，下片第三句三字逗后与第四句对。此调有不同诸格体。

周邦彦

对宿烟收，春禽静，飞雨时鸣高屋。墙头青玉旆，洗铅霜都尽，嫩梢相
｜｜——　——｜　｜—⊤——▲　——｜｜｜　｜⊤—⊤｜　⊥——
触。润逼琴丝，寒侵枕障，虫网吹粘帘竹。邮亭无人处，听檐声不断，困眠
▲　⊥—　——⊥｜　⊤｜⊤——　—⊤—⊤｜　｜—⊤⊥⊥　—
初熟。奈愁极频惊，梦轻难记，自怜幽独。
—▲　｜⊤｜——　⊥—⊤｜　｜——▲

行人归意速。最先念、流潦妨车毂。怎奈向、兰成憔悴，卫玠清羸，等
⊤⊤⊤｜▲　｜—｜　⊤⊤—▲　｜⊥　——⊤　｜⊥——　｜
闲时、易伤心目。未怪平阳客，双泪落、笛中哀曲。况萧索、青芜国。红糁
——　｜——▲　｜｜—⊤　⊤⊤⊥⊥　⊥——▲　｜⊤　——▲　—⊥
铺地，门外荆桃如菽。夜游共谁秉烛。
⊤｜　⊤｜———▲　｜⊤⊥⊤｜▲

730. 破阵乐

【题解】唐教坊曲名。《宋史·乐志》：正宫。柳永《乐章集》注：林钟商。

【句格】双调一百三十三字，前段十四句五仄韵，后段十六句五仄韵；上片首二句对，第九句三字逗后宜与十句对，下片二、三句对，四、五句对，十二、十三句对。此调有不同诸格体。

柳永

露花倒影，烟芜蘸碧，灵沼波暖。金柳摇风树树，系彩舫龙舟遥岸。千
｜－｜｜　－－｜｜　－｜－▲　｜｜－－｜｜　｜｜⊥－⊤－▲　－
步虹桥，参差雁齿，直趋水殿。绕金堤、曼衍鱼龙戏，簇春娇罗绮，喧天丝
｜－－　－－｜｜　⊥－｜▲　｜－－、｜－－｜　｜－－｜　－－－
管。霁色荣光，望中似睹，蓬莱清浅。
▲　｜｜－－　｜－｜｜　－－－▲

时见。凤辇宸游，鸾舸禊饮，临翠水，开镐宴。两两轻舠飞画楫，竞夺
－▲　｜｜－－　－－｜｜　－｜｜　－｜▲　｜｜－－｜｜　｜｜
锦标霞烂。声欢娱，歌鱼藻，徘徊宛转。别有盈盈游女，各委明珠，争收翠
｜－－▲　⊤－－　－－｜　－－｜▲　｜｜－－－｜　｜｜－－　－－｜
羽，相将归去，渐觉云海沉沉，洞天日晚。
｜　－－－｜　｜｜－｜｜　｜－｜▲

731. 瑞龙吟

【题解】黄升云：此调前两段，双拽头，属正平调，后一段犯大石调，"归骑晚"以下，属正平调。

【句格】三段一百三十三字，前两段各六句、三仄韵，后一段十七句九仄韵；上片"还是"挈对句。此调有不同诸格体。

周邦彦

章台路。还是褪粉梅梢，试花桃树。愔愔坊陌人家，定巢燕子，归来旧处。
－－▲　－｜｜｜－－　｜－⊤▲　－－⊤｜－　⊥－｜｜　－－｜▲

黯凝伫。因念个人痴小，乍窥门户。侵晨浅约宫黄，障风映袖，盈盈笑语。
｜—▲　⊤｜｜——｜　｜—⊤▲　——⊥｜——　⊥—⊥｜　——｜▲

前度刘郎重到，访邻寻里，同时歌舞。唯有旧家秋娘，声价如故。吟笺
—｜————｜　｜—⊤▲　⊤——▲　⊤｜｜⊤——　—｜—▲　—⊤

赋笔，犹记燕台句。知谁伴、名园露饮，东城闲步。事与孤鸿去。探春尽是，
⊥｜　—｜——▲　——｜　——⊥｜　——⊤▲　｜——▲　｜—｜｜

伤离意绪。官柳低金缕。归骑晚，纤纤池塘飞雨。断肠院落，一帘风絮。
——｜▲　⊤—｜—▲　—｜⊥　——⊤——▲　——｜｜　⊥—⊤▲

732. 浪淘沙慢

【题解】柳永《乐章集》注：歇指调。

【句格】双调一百三十三字，前段九句四仄韵，后段十六句五仄韵；上片第六句、下片第九句均一七结构，下片第十三句一四结构。此调有不同诸格体。

柳永

梦觉、透窗风一线，寒灯吹息。那堪酒醒，又闻空阶，夜雨频滴。嗟因
｜｜　｜——｜｜　———▲　———｜　————　｜—▲　——

循久作天涯客。负佳人、几许盟言，更忍把、从前欢会，陡顿翻成忧戚。
—｜｜——▲　———｜　｜｜——｜　———｜　———｜　———▲

愁极。再三追思，洞房深处，几度饮散歌阑，香暖鸳鸯被，岂暂时疏散，
—▲　｜———　｜——｜　｜｜｜——　—｜——｜　｜｜——

费伊心力。殢雨尤云，有万般千种相怜惜。到如今、天长漏永，无端自家疏
｜——▲　｜———　｜——｜———▲　———　——｜｜　——｜——

隔。知何时、却拥秦云态，愿低帏昵枕，轻轻细说与，江乡夜夜，数寒更思忆。
▲　———　｜｜——｜　｜——｜｜　———｜｜　——｜｜　｜———▲

733. 歌头

【题解】相传隋炀帝凿汴河时自制《水调歌》，唐人演为大曲，"歌头"即指全曲之首章。又，截大曲多遍之开头部分，倚声填词，亦谓"歌头"。

调见《尊前集》：以歌计数，谓之歌遍；歌遍之第一遍，谓之歌头。

【句格】双调一百三十六字，前段十四句八仄韵，后段十九句五仄韵；上片十一、十二句对，下片二、三句，第十、第十一句，十七、十八句宜对。

后唐庄宗（李存勖）

赏芳春、暖风飘箔。莺啼绿树，轻烟笼晚阁。杏桃红，开繁萼。灵和殿、
｜ーー　｜ーー▲　ーー｜｜　ーーー｜▲　｜ーー　ーー▲　ーー｜
禁柳千行，斜金丝络。夏云多、奇峰如削。纨扇动微凉，轻绡薄。梅雨霁，
｜｜ーー　ーーー▲　｜ーー｜　ーー一▲　ー｜｜ーー　ー｜▲　ー｜｜
火云烁。临水槛、永日逃烦暑，泛觥酌。
｜ー▲　ー｜｜　｜｜ーー｜　｜ー▲

露华浓，冷高梧，凋万叶。一霎晚风，蝉声新雨歇。暗惜此光阴，如流
｜ーー　｜ーー　ー｜▲　｜｜｜ー　ーーー｜▲　｜｜｜ーー　ーー
水，东篱菊残时，叹萧索。繁阴积，岁时暮，景难留，不觉朱颜失却。好容
｜　ーーー｜ー　｜ー▲　ーー｜　｜ー｜　｜ーー　｜｜ーー｜▲　｜ー
光，旦旦须呼宾友，西园长宵，宴云谣，歌皓齿，且行乐。
ー　｜｜ーーー｜　ーーーー　｜ーー　ー｜｜　｜ー▲

734. 玉女摇仙佩

【题解】柳永《乐章集》注：正宫。

【句格】双调一百三十九字，前段十四句六仄韵，后段十三句七仄韵；上片四、五句对，第八句为一四结构，下片"须信"挈首二句对。此调有不同诸格体。

柳永

飞琼伴侣，偶别珠宫，未返神仙行缀。取次梳妆，寻常言语，有得几多
ーー｜｜　｜｜ーー　｜｜ーーー▲　｜｜ーー　ーー一｜　｜｜｜⊥ー
姝丽。拟把名花比。恐旁人笑我，谈何容易。细思算、奇葩艳卉，惟是深红
ー▲　｜｜ーー▲　｜ーー｜一　ーーーー▲　｜ー⊥　ー｜｜｜　ー｜ーー
浅白。争如这多情，占得人间，千娇百媚。
｜▲　ーー｜ーー　｜｜ーー　ーー｜▲

须信画堂绣阁，皓月清风，忍把光阴轻弃。自古及今，佳人才子，少得
　—｜——｜｜　｜｜——　｜｜——⊤▲　⊥｜⊥—　———｜　｜｜
当年双美。且恁相偎倚。未消得、怜我多才多艺。但愿取、兰心蕙性，枕前
———▲　｜｜——▲　⊥—｜　⊤｜———▲　｜｜｜　—⊤｜｜　⊥—
言下，表余深意。为盟誓，今生断不辜鸳被。
⊤｜　｜——▲　——▲　——｜｜——▲

735. 六丑

【题解】调见《清真乐府》。

【句格】双调一百四十字，前段十四句八仄韵，后段十三句九仄韵；上片第十、第十一句对，第一句、第八句、第十三句均一四结构，下片第二句一四结构，"似"挈六、七句对。此调有不同诸格体。

周邦彦

正单衣试酒，恨客里、光阴虚掷。愿春暂留，春归如过翼。一去无迹。
　｜——｜｜　｜｜｜　——⊤▲　｜—｜⊤　———｜▲　｜｜—▲
为问家何在，夜来风雨，葬楚宫倾国。钗钿堕处遗香泽。乱点桃蹊，轻翻柳
　｜｜——｜　⊥—⊤｜　｜——▲　——｜｜——▲　｜｜——　——⊥
陌。多情更谁追惜。但蜂媒蝶使，时叩窗隔。
▲　——｜——▲　｜——｜｜　⊤｜—▲
　　东园岑寂。渐朦胧暗碧。静绕珍丛底，成叹息。长条故惹行客。似牵衣
　　——⊤▲　｜——｜▲　｜——｜　—▲　⊤—｜｜—▲　｜——
待话，别情无极。残英小、强簪巾帻。终不似、一朵钗头颤袅，向人欹侧。
⊥｜　｜——▲　——｜　⊥——▲　—｜｜　｜——｜　——▲
漂流处、莫趁潮汐。恐断鸿、尚有相思字，何由见得。
——｜　⊥｜—▲　｜｜⊤　｜｜——｜　⊤—｜▲

736. 玉抱肚

【题解】调见《逃禅词》。

【句格】双调一百四十一字，前段九句六仄韵，后段十五句九仄韵；上

片首二句对、第五句一四结构，下片四、五句三字逗对。

杨无咎

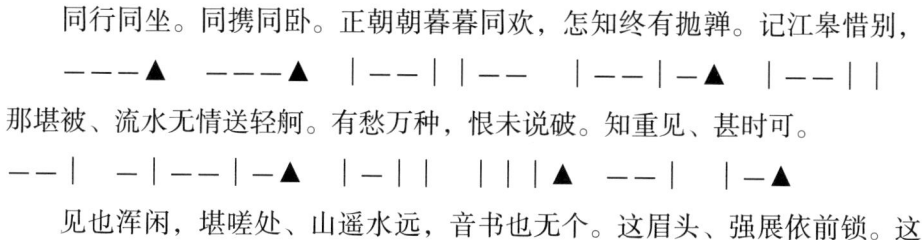

同行同坐。同携同卧。正朝朝暮暮同欢，怎知终有抛弹。记江皋惜别，
｜－－▲　－－－▲　｜－－｜｜－－　｜－－｜－▲　｜－－｜｜
那堪被、流水无情送轻舸。有愁万种，恨未说破。知重见、甚时可。
－－｜　－｜｜－－▲　｜－｜　｜－｜｜▲　－－｜　｜－▲
见也浑闲，堪嗟处、山遥水远，音书也无个。这眉头、强展依前锁。这
｜｜－－　－－｜　－－｜｜　－－｜－▲　｜－－　｜｜－前▲　｜
泪珠、强拭依前堕。我平生、不识相思，为伊烦恼忒大。你还知么？你知后、
｜－　｜｜－－▲　｜－－　｜｜－－　｜－－｜▲　｜－－▲　｜－｜
我也甘心受摧挫。又只恐你，背盟誓、如风过。共别人、忘着我。把扬澜左
｜｜－－｜－▲　｜｜｜｜　｜－｜　－－｜　｜｜－　－｜▲　｜－－｜
蠡、都卷尽，也杀不得、这心头火。
｜　－｜｜　｜｜｜｜　｜－－▲

737. 夜半乐

【题解】唐教坊曲名。柳永《乐章集》注：中吕调。盖借旧曲名，另倚新声也。《碧鸡漫志》：唐史，明皇自潞州还京师，夜半举兵诛韦后，制《夜半乐》《还京乐》二曲。今黄钟宫有《三台夜半乐》，中吕调有慢、有近拍、有序。

【句格】三段一百四十四字，前段十句五仄韵，中段九句四仄韵，后段七句五仄韵；上片六、七句对，中片二、三句对，五、六句对，下片二、三句对。此调有不同诸格体。

柳永

冻云黯淡天气，扁舟一叶，乘兴离江渚。渡万壑千岩，越溪深处。怒涛
｜－｜｜－｜　－－｜｜　－｜－－▲　｜｜｜－－　｜－－▲　｜－
渐息，樵风乍起。更闻商旅相呼，片帆高举。泛画鹢、翩翩过南浦。
｜｜　－－｜▲　｜－－｜－－　｜－－｜　｜｜｜　－－｜－▲
望中酒旆闪闪，一簇烟村，数行霜树。残日下、渔人鸣榔归去。败荷零
｜－｜｜｜｜　｜｜－－　｜－－▲　－｜｜　－－－－－▲　｜－－

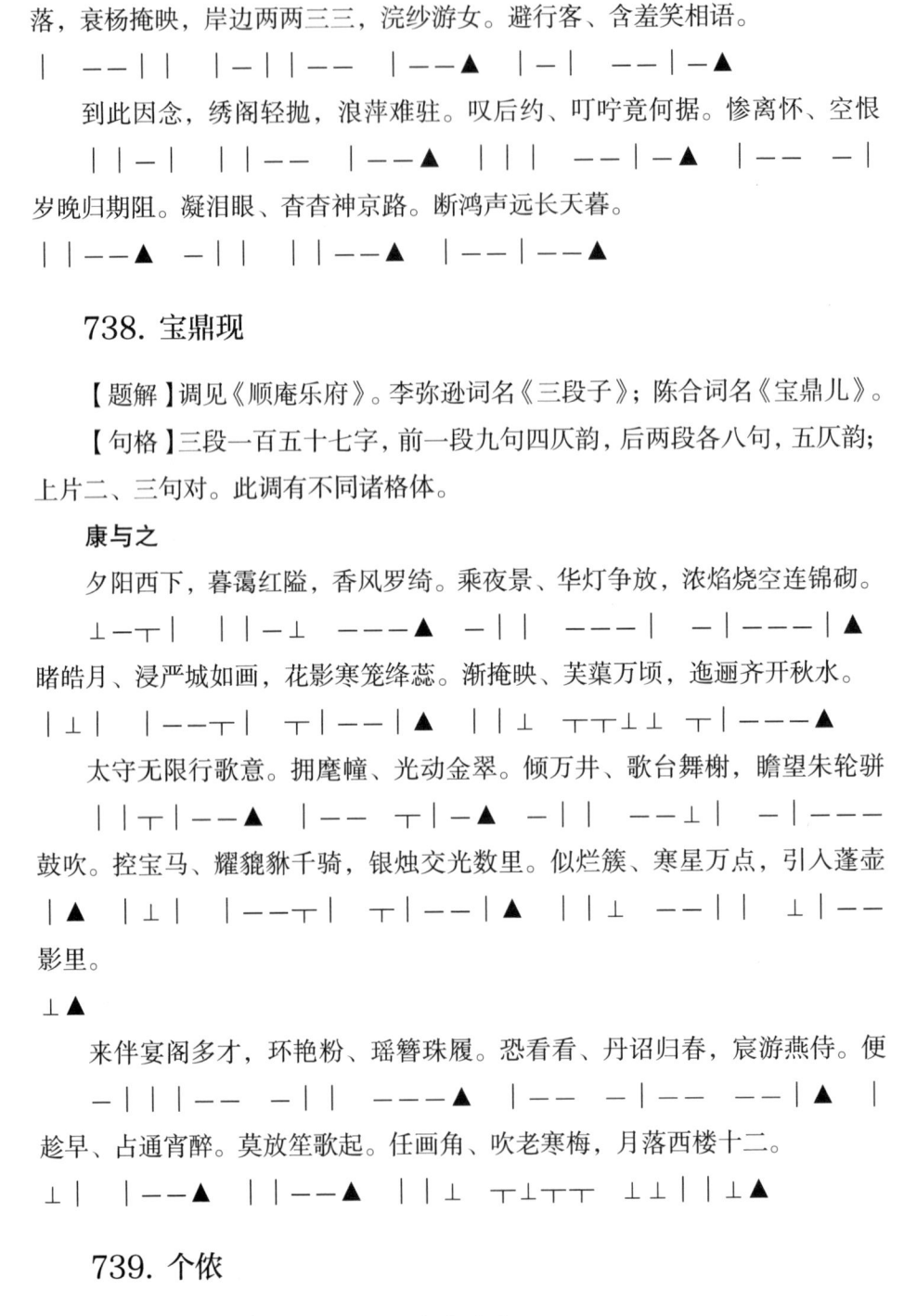

落，衰杨掩映，岸边两两三三，浣纱游女。避行客、含羞笑相语。
｜ ——｜｜ ｜——｜ ｜——▲ ｜—｜ ——｜—▲

到此因念，绣阁轻抛，浪萍难驻。叹后约、叮咛竟何据。惨离怀、空恨
｜｜—｜ ｜｜—— ｜——▲ ｜｜｜ ——｜—▲ ｜—— ｜

岁晚归期阻。凝泪眼、杳杳神京路。断鸿声远长天暮。
｜｜——▲ —｜｜ ｜——▲ ｜——｜——▲

738. 宝鼎现

【题解】调见《顺庵乐府》。李弥逊词名《三段子》；陈合词名《宝鼎儿》。

【句格】三段一百五十七字，前一段九句四仄韵，后两段各八句，五仄韵；上片二、三句对。此调有不同诸格体。

康与之

夕阳西下，暮霭红隘，香风罗绮。乘夜景、华灯争放，浓焰烧空连锦砌。
⊥—⊤｜ ｜｜—⊥ ——▲ —｜｜ ———｜ —｜———▲

睹皓月、浸严城如画，花影寒笼绛蕊。渐掩映、芙蕖万顷，迤逦齐开秋水。
｜⊥｜ ｜——⊤｜ ⊤｜——▲ ｜｜⊥ ⊤⊤｜⊤｜ ⊤｜———▲

太守无限行歌意。拥麾幢、光动金翠。倾万井、歌台舞榭，瞻望朱轮骈
｜｜—⊤——▲ ｜—— ｜—▲ ｜｜— ——｜⊥ ——｜—⊥

鼓吹。控宝马、耀貔貅千骑，银烛交光数里。似烂簇、寒星万点，引入蓬壶
｜▲ ｜⊥｜ ｜——⊤ ⊤——｜▲ ｜｜⊥ ——｜｜ ⊥｜——

影里。
⊥▲

来伴宴阁多才，环艳粉、瑶簪珠履。恐看看、丹诏归春，宸游燕侍。便
—｜｜——｜ —｜｜ ———▲ ｜—— —｜—— ——｜▲ ｜

趁早、占通宵醉。莫放笙歌起。任画角、吹老寒梅，月落西楼十二。
⊥｜ ｜——▲ ｜｜——▲ ｜｜⊥ ⊤⊤⊤ ⊥｜｜⊥▲

739. 个侬

【题解】调见廖莹中词，即用起句为名。

【句格】双调一百五十九字，前段十六句六仄韵，后段十六句八仄韵；上片首句一四结构，三、四句对，六、七句对，"似"挈八、九句对，"休问"挈歇拍对，下片三、四句对，六、七句对，"任"挈八、九句对。

廖莹中

恨个侬无赖，卖娇眼、春心偷掷。沙软芳堤，苔平苍径，却印下、几弓纤
｜｜ーー｜　ーー｜・ーーー▲　ー｜ーー　ーーー｜　｜｜｜・｜｜ーー
迹。花不知名，香才闻气，似月下筌簌，蒋山倾国。半解罗襟，蕙熏微度，镇
▲　ー｜ーー　ーーー｜　｜｜｜ーー　｜ーー▲　｜｜ーー　｜ーー｜　｜
宿粉、栖香双蝶。语态眠情，感多时、轻留细阅。休问望宋墙高，窥韩路隔。
｜｜・ーーー▲　｜｜ーー　｜ーー・ーーー▲　ー｜｜ーー　ーー｜▲

寻寻觅觅。又暮雨、遥峰凝碧。花径横烟，竹扉映月。尽一刻、千金堪
ーー｜▲　｜｜｜・ーーー▲　ーー｜ー　｜ー｜▲　｜｜｜・ーー｜
值。卸袜熏笼，藏灯衣桁，任裹臂金斜，搔头玉滑。更怪檀郎，恶怜深惜。几
▲　｜｜ーー　ーーー｜　｜｜｜ーー　ーー｜▲　｜｜ーー　｜ーー▲　｜
颤衮、周旋倾侧。碾玉香钩，甚无端、凤珠微脱。多少怕晓听钟，琼钗暗擘。
｜｜・ーーー▲　｜｜ーー　｜ーー・｜ーー▲　ー｜｜ーー　ーー｜▲

740. 三台

【题解】见唐《教坊记》。《唐音统签》云：唐曲有《三台》，急三台、宫中三台、上皇三台、怨陵三台、突厥三台。《三台》为大曲，冯鉴《续事始》曰：汉蔡邕三日之间，周历三台，乐府以邕晓音律，为制此曲。《刘禹锡嘉话录》曰：邺中有曹公铜雀、金虎、冰井三台，北齐高洋毁之，更筑金凤、圣应、崇光三台，宫人拍手呼上台送酒，因名其曲为《三台》。李氏《资暇录》曰：三台，三十拍促曲名，昔邺中有三台，石季龙常为宴游之所，而造此曲以促饮。《乐苑》云：唐《三台》，羽调曲。

【句格】三台三段一百七十一字，前一段九句五仄韵，后两段各八句，五仄韵；上、中、下片首二句宜对并冠领字，唯三字逗句法宜慎。

万俟咏

见梨花初带夜月，海棠半含朝雨。内苑春、不禁过青门，御沟涨、潜通
　|－－｜｜｜　　|－|－－▲　｜｜－　｜｜｜－－　｜－|　　－－
南浦。东风静、细柳垂金缕。望凤阙、非烟非雾。好时代、朝野多欢，遍九
－▲　－－｜　｜｜－－▲　｜｜｜　－－－▲　｜－|　－|－－　｜｜
陌、太平箫鼓。
|　|－－▲

乍莺儿百啭断续，燕子飞来飞去。近绿水、台榭映秋千，斗草聚、双双
　|－－|｜｜－－　|｜－－－▲　｜｜｜　－|｜－－　｜｜｜　－－
游女。饧香更、酒冷踏青路。曾暗识、夭桃朱户。向晚骤、宝马雕鞍，醉襟
－▲　－－|　｜｜｜－▲　－|｜　－－－▲　｜｜｜　｜｜－－　|－
惹、乱花飞絮。
|　|－－▲

正轻寒轻暖漏永，半阴半晴云暮。禁火天、已是试新妆，岁华到、三分
　|－－－|｜　|－|－－▲　｜｜－　｜｜｜－－　｜－|　－－
佳处。清明看、汉宫传蜡炬。散翠烟、飞入槐府。敛兵卫、闾阖门开，住传
－▲　－－|　｜｜－▲　｜｜－　－|－▲　｜｜－　－－－－　|－
宣、又还休务。
－　|－－▲

741. 胜州令

【题解】调见《花草粹编》。

【句格】四段二百十五字，第一段十一句七仄韵，第二段十一句六仄韵，第三段十句五仄韵，第四段九句四仄韵；第二段第七句及每段歇拍句均一四结构。

郑意娘

杏花正喷火。朦朦微雨，晓来初过。梦回听、乳莺调舌，紫燕竞穿帘幕。
　|－|｜▲　－－－|　|－－▲　|－|　|－－|　｜｜｜－－▲

垂杨阴里，粉墙影出秋千索。对媚景，赢得双眉锁。翠鬟信任弹。谁更忺
－－－｜　｜｜－｜｜－－▲　｜｜｜　－｜－－▲　｜－｜｜▲　－｜－
梳掠。
－▲

追思向日，共个人、同携手，略无暂时抛躲。到今似、海角天涯，无由
－－｜｜　｜｜－　－－｜　｜－｜－▲　｜－｜　｜｜－－　－－
得见则个。番思往事上心，向他谁行诉。郄会旧欢，泪滴真珠颗。意中人未
｜｜｜▲　－－｜｜｜－　｜｜－－▲　｜｜｜－　｜｜－－▲　｜－－｜
睹。觉凤帏冷落。
▲　｜｜－｜▲

都是俺喋错。被他闲言伏语啜做。到此近、四五千里，为水远山遥阔。
－｜｜－▲　｜｜－－｜｜▲　｜｜｜　｜｜－｜　｜｜｜－－▲
当初曾言，尽老更不重婚，却甚镇日，共人同欢乐。傅粉在那里，肯念人
－－－－　｜｜｜｜－－　｜｜｜｜　｜－－－▲　｜｜｜｜｜　｜｜－
寂寞。
｜▲

终待把、云笺细写，把衷肠、尽总说破。问伊怎下得，怜新弃旧，顿乖
－｜｜　－－｜｜　｜－－　｜｜▲　｜－｜｜｜　－－｜｜　｜－
盟约。可怜命掩黄泉，细寻思，都为他一个。你忔煞亏我。
－▲　｜－｜｜－－　｜－－　－｜－▲　｜｜｜－▲

注：原调郑意娘词上去入[四部、九部、十六部、十八部]三声杂用，紊乱无序，且无例可佐，故今以入声贯之为宜。

742. 莺啼序

【题解】一名《丰乐楼》，见《梦窗乙稿》。

【句格】四段二百四十字，第一段八句四仄韵，第二段十句四仄韵，第三段十四句四仄韵，第四段十四句五仄韵；第一段第二句、第七句均一四结构，第二段第三句一四结构，六、七句宜三字逗对，第三段首二句对，八、九句对，第四段第三句一四结构，六、七句对，歇拍二句对。此调有不同诸格体。

吴文英

残寒正欺病酒，掩沉香绣户。燕来晚、飞入西城，似说春事迟暮。画船
　──｜─｜｜　｜──⊥▲　⊥丁｜　丁｜──　｜⊥丁｜─▲　⊥丁
载、清明过却，晴烟冉冉吴宫树。念羁情游荡，随风化为轻絮。
｜　──｜｜　──｜｜──▲　｜丁─丁　丁─⊥丁─▲

十载西湖，傍柳系马，趁娇尘软露。溯红渐、招入仙溪，锦儿偷寄幽素。
　⊥｜──　⊥｜⊥｜　丨丁─⊥▲　⊥丁｜　丁｜──　⊥──⊥丁▲

倚银屏、春宽梦窄，断红湿、歌纨金缕。暝堤空，轻把斜阳，总还鸥鹭。
｜──　丁─｜｜　⊥丁｜　丁──▲　｜丁─　丁｜丁─　⊥──▲

幽兰旋老，杜若还生，水乡尚寄旅。别后访、六桥无信，事往花萎，瘗
─丁─⊥　｜丁─丨　⊥丁─丁▲　｜丁丁　｜丁──　｜丁丁丁　｜
玉埋香，几番风雨。长波妒盼，遥山羞黛，渔灯分影春江宿，记当时、短楫
｜──　｜丁丁▲　丁─⊥　──丁　丁─丁──　｜丁─　⊥｜
桃根渡。青楼仿佛，临分败壁题诗，泪墨惨澹尘土。
丁─▲　──｜｜　丁丁⊥｜──　⊥｜⊥｜─▲

危亭望极，草色天涯，叹鬓侵半苎。暗点检、离痕欢唾，尚染鲛绡，亸
　丁亭⊥｜　｜⊥──　─丁─▲　｜⊥　丁─丁▲　｜｜──　⊥
凤迷归，破鸾慵舞。殷勤待写，书中长恨，蓝霞辽海沉过雁，漫相思、弹入
｜─丁　⊥丁丁▲　──｜｜　───　丁─丁｜丁｜　｜──　丁｜
哀筝柱。伤心千里江南，怨曲重招，断魂在否。
──▲　丁─丁｜──　⊥｜──　｜─⊥▲

三、平仄韵转换格

743. 荷叶杯

【题解】唐教坊曲名。此词有单调、双调。单调者有温庭筠、顾敻二体，双调者只韦庄一体。俱见《花间集》。

【句格】单调二十三字，六句四仄韵、两平韵。此调有不同诸格体。此调三换韵，以平韵为主，两仄韵即间于平韵之内。

温庭筠

一点露珠凝冷。波影。满池塘。绿茎红艳两相乱。肠断。水风凉。

｜｜｜——▲　—▲　｜—△　｜——｜｜—▲　—▲　｜—△

附双调：双调五十字，前后段各五句两仄韵、三平韵。

韦庄

记得那年花下。深夜。初识谢娘时。水堂西面画帘垂。携手暗相期。

｜｜⊥——▲　—▲　—｜｜—△　⊥——｜｜—△　⊤｜｜—△

惆怅晓莺残月。换仄韵相别。彼此隔音尘。换平韵如今俱是异乡人。相见更无因。

⊤｜｜——▲　　—▲　⊤｜｜—△　　⊤——｜｜—△　—｜｜—△

744. 南乡子

【题解】唐教坊曲名，《金奁集》入"黄钟宫"。此词有单调、双调。单调者始自欧阳炯词，冯延巳、李珣俱本此添字。双调者始自冯延巳词。

【句格】单调二十七字，五句两平韵、三仄韵。此调有不同诸格体。

欧阳炯

画舸停桡。槿花篱外竹横桥。水上游人沙上女。回顾。笑指芭蕉林里住。
｜｜－△　⊥⊤⊤⊥｜⊤△　⊥｜⊤－－⊥▲　－▲　⊥｜⊤－⊤｜▲

附双调：双调五十六字，前后段各五句四平韵。

冯延巳

细雨湿流光。芳草年年与恨长。回首凤楼无限事，茫茫。鸾镜鸳衾两
｜｜｜－△　－｜－－｜｜△　－｜｜－－｜｜　－△　－｜－－｜

断肠。
｜△

魂梦任悠扬。睡起杨花满绣床。薄幸不来门半掩，斜阳。负你残春泪
－｜｜－△　｜｜－－｜｜△　｜｜｜－－｜｜　－△　｜｜－－｜

几行。
｜△

745. 蕃女怨

【题解】唐温庭筠二词，俱咏蕃女之怨，故词中有"雁门沙碛"诸语。

【句格】单调三十一字，七句四仄韵、两平韵，结换二平韵；二、三句对。

温庭筠

万枝香雪开已遍。细雨双燕。钿蝉筝，金雀扇。画梁相见。雁门消息不
｜－－｜－｜▲　⊥｜－▲　｜－－　－｜▲　⊥－－▲　｜－－｜

归来。又飞回。
－△　｜－△

746. 定西番

【题解】唐教坊曲名，《金奁集》入"高平调"。

【句格】双调三十五字，前段四句一仄韵、两平韵，后段四句两仄韵、两平韵；上片二、三、四句排对。此调有不同诸格体。

温庭筠

汉使昔年离别。攀弱柳,折寒梅。上高台。

｜｜｜ーー▲　ー｜｜　｜ー△　｜ー△

千里玉关春雪。雁来人不来。羌笛一声愁绝。月徘徊。

ー｜｜ーー▲　｜ーー｜△　ー｜｜ーー▲　｜ー△

747. 相见欢

【题解】唐教坊曲。又名《乌夜啼》《秋夜月》《上西楼》《西楼子》《忆真妃》《月上瓜州》。

【句格】双调三十六字,上片三句三平韵,下片四句两仄韵三平韵;下片前二句对。此调有不同诸格体。

薛昭蕴

罗襦绣袂香红。画堂中。细草平沙蕃马、小屏风。

⊤ー⊥｜ー△　｜ー△　⊥｜⊤ー⊤　｜ー△

卷罗幕。凭妆阁。思无穷。暮雨轻烟魂断、隔帘栊。

⊥⊤▲　⊤⊤▲　｜ー△　⊥｜⊤ー⊤　｜ー△

748. 风光好

【题解】调见《本事曲》,陶谷作。

【句格】双调三十六字,前段四句四平韵,后段四句两仄韵、两平韵;上片首二句对。

欧良

柳阴阴。水沉沉。风约双凫立不禁。碧波心。

｜ー△　｜ー△　⊤｜ーー｜｜△　｜ー△

孤村桥断人迷路。舟横渡。旋买村醪浅浅斟。更微吟。

ーー⊤｜ーー▲　ーー▲　⊥｜ーー｜｜△　｜ー△

749. 上行杯

【题解】唐教坊曲名,《金奁集》入"歇指调"。

【句格】单调三十八字，九句两平韵、五仄韵；五、六句对。此调有不同诸格体。

孙光宪

草草离亭鞍马，从远道、此地分襟。燕宋秦吴千万里。无辞一醉。野棠
｜｜－－－　　－｜｜　　｜｜－△　　｜－－－｜　　－－｜▲　　｜－
开，江草湿。伫立。沾泣。征骑骎骎。
－　－｜▲换｜▲　－△　－｜－△

750. 感恩多

【题解】唐教坊曲名。

【句格】双调三十九字，前段四句两仄韵、两平韵，后段五句两平韵、一叠韵；上片首二句对。此调有不同诸格体。

牛峤

两条红粉泪。多少香闺意。强攀桃李枝。敛愁眉。
｜－－｜▲　－｜－－▲　｜－－｜△　｜－△

陌上莺啼蝶舞，柳花飞。柳花飞。愿得郎心，忆家还早归。
｜｜－－｜｜　｜－△　｜－△叠｜｜－－　｜－－｜△

751. 添声杨柳枝

【题解】按《碧鸡漫志》云，黄钟商有《杨柳枝》曲，仍是七言四句诗，与刘、白及五代诸子所制并同，但每句下各添三字一句，乃唐时和声，如《竹枝》《渔父》，今皆有和声也。旧词多侧字起头，第三句亦复侧字起，声度差稳耳。今名《添声杨柳枝》，欧阳修词名《贺圣朝影》，贺铸词名《太平时》。《宋史·乐志》：《太平时》，小石调。唐词换头句押仄韵，宋词换头句即押平韵。

【句格】双调四十字，前段四句四平韵，后段四句两仄韵、两平韵。此调有不同诸格体。

顾敻

秋夜香闺思寂寥。漏迢迢。鸳帏罗幌麝香销。烛光摇。
⊤｜－－｜｜△　｜－△　⊤⊤－⊥｜⊤△　｜－△

正忆王郎游荡去。无寻处。更闻帘外雨潇潇。滴芭蕉。
⊥|⊥——|▲　—⊤▲　⊥—⊤||—△　|—△

752. 女冠子

【题解】唐教坊曲名。小令始于温庭筠，长调始于柳永。《乐章集》"淡烟飘薄"词，注仙吕调；"断烟残雨"词，注大石调；元高栻词，注黄钟宫。柳永词，一名《女冠子慢》。

【句格】双调四十一字，前段五句两仄韵、两平韵，后段四句两平韵；上片四、五句对，下片首二句对。此调有不同诸格体。

温庭筠

含娇含笑。宿翠残红窈窕。鬓如蝉。寒玉簪秋水，轻纱卷碧烟。
⊤⊤⊤▲　⊥⊥⊤—⊥▲　|—△　⊤|——|　——||△

雪肌鸾镜里，琪树凤楼前。寄语青娥伴，早求仙。
⊥——||　⊤||—△　⊥⊥—⊤|　|—△

附柳永调：双调一百十一字，前段十句六仄韵，后段十一句四仄韵；上片第七句为一四一结构，下片"正"挈首二句对、第九句为一四结构。

淡烟飘薄。莺花谢、清和院落。树阴密、翠叶成幄。麦秋霁景，夏云忽
|——▲　——|　——|▲　|—|　||—▲　|—||　|—|

变奇峰、倚寥廓。波暖银塘，涨新萍绿鱼跃。想端忧多暇，陈王是日，嫩苔
|——　|—▲　—|——　|——|▲　|———　——||　|—

生阁。
—▲

正铄石天高，流金昼永，楚榭光风转蕙，披襟处、波翻翠幕。以文会友，
|||——　——||　||——|　——|　——|▲　|—||

沉李浮瓜忍轻诺。别馆清闲，避炎蒸、岂须河朔。但尊前随分，雅歌艳舞，
—|—|—|▲　||——　||—　|——▲　|———　|—||

尽成欢乐。
|——▲

注：此词"麦秋"以下二十三字，《词律》不分句读，今照《啸余谱》

点定，只"夏云忽变奇峰"须作微读，"波暖银塘"十字，须上四下六分句，稍为妥适耳。至"端忧多暇"，本谢庄《月赋》中语，乃改"端忧"为"忧端"；后段"光风转蕙"，本宋玉《招魂》中语，乃改"转蕙"为"转恶"，而以"恶"字为叶韵，俱《啸余》之误。

753. 中兴乐

【题解】见《花间集》。牛希济词有"泪湿罗衣"句，名《湿罗衣》。

【句格】双调四十一字，前段五句三平韵、两仄韵，后段五句四仄韵、一平韵。此调有不同诸格体。

毛文锡

豆蔻花繁烟艳深。丁香软结同心。翠鬟女。相与。共淘金。
｜｜－－－｜△　－－｜｜－△　｜－▲　－▲　｜－△

红蕉叶里猩猩语。鸳鸯浦。镜中鸾舞。丝雨。隔荔枝阴。
－－｜｜－－▲　－－▲　｜－－▲　－▲　｜｜－△

754. 纱窗恨

【题解】唐教坊曲名。毛文锡词，有"月照纱窗，恨依依"句，取以为名。

【句格】双调四十一字，前段四句两仄韵、两平韵，后段四句两平韵。此调有不同诸格体。

毛文锡

新春燕子还来至。一双飞。垒巢泥湿时时坠。涴人衣。
－－｜｜－－▲　｜－△　｜－⊤｜－－▲　｜－△

后园里、看百花发，香风拂、绣户金扉。月照纱窗，恨依依。
｜－｜　｜⊥－｜　⊤⊤⊥　⊥｜－△　｜｜－－　｜－△

755. 恋情深

【题解】唐教坊曲名。

【句格】双调四十二字，前段四句两仄韵、两平韵，后段四句三平韵。上片第二句"醉红楼月"作上一下一、中二字相连句法，填此调慎从之。此调有不同诸格体。

毛文锡

滴滴铜壶寒漏夜。醉红楼月。宴余香殿会鸳衾。荡春心。
｜｜－－－｜▲　｜－－▲　⊥－⊤｜｜－△　｜－△

真珠帘下晓光侵。莺语隔琼林。宝帐欲开慵起，恋情深。
⊤－－｜｜－△　⊤｜｜－△　｜｜｜－－｜　｜－△

756. 柳含烟

【题解】唐教坊曲名。《花间集》毛文锡词有"河桥柳，占芳春。映水含烟拂露"句，取为调名。

【句格】双调四十五字，前段五句三平韵，后段四句两仄韵、两平韵。

毛文锡

河桥柳，占芳春。映水含烟拂露，几回攀折赠行人。暗伤神。
⊤－｜　｜－△　⊥｜⊤－⊤｜　⊥－⊤｜｜－△　｜－△

乐府吹为横笛曲。能使离肠断续。不如移植在金门。近天恩。
｜｜⊤－－｜▲　⊤｜⊤－⊥▲　⊥－⊤｜｜－△　｜－△

757. 清平乐

【题解】《宋史·乐志》：属大石调。《乐章集注》：越调。《碧鸡漫志》云：欧阳炯称李白有应制《清平乐》四首，此其一也，在越调，又有黄钟宫、黄钟商两音。《花庵词选》名《清平乐令》。张辑词有"忆着故山萝月"句，名《忆萝月》。张翥词有"明朝来醉东风"句，名《醉东风》。

【句格】双调四十六字，前段四句四仄韵，后段四句三平韵。此调有不同诸格体。

李白

禁闱清夜。月探金窗罅。玉帐鸳鸯喷兰麝。时落银灯香炧。
⊥⊤⊤▲　⊥｜－－▲　⊥｜⊤－－⊤▲　⊤｜⊤－⊤▲

女伴莫话孤眠。六宫罗绮三千。一笑皆生百媚，宸游教在谁边。
⊥｜⊥｜－△　⊥⊤⊤｜－△　⊥｜⊤－⊥｜　⊤⊤⊤｜－△

758. 河渎神

【题解】唐教坊曲名。《花庵词选》云：唐词多缘题所赋，《河渎神》之咏祠庙，亦其一也。

【句格】双调四十九字，前段四句四平韵，后段四句四仄韵。此调有不同诸格体。

温庭筠

河上望丛祠。庙前春雨来时。楚山无限鸟飞迟。兰棹空伤别离。
⊤｜｜－△　⊥⊤－⊥⊤△　⊥－⊤｜｜－△　⊤⊥⊤⊤⊥△

何处杜鹃啼不歇。艳红开尽如血。蝉鬓美人愁绝。百花芳草佳节。
⊤⊥⊥⊤⊥▲　⊥⊤－⊥⊤▲　⊤｜⊥－⊤▲　⊥－－｜－▲

759. 思越人

【题解】调见《花间集》。按，孙光宪词"馆娃宫外春深"，又"魂消目断西子"，张泌词"越波堤下长桥"，俱咏西子事，故名《思越人》，与《鹧鸪天》词别名《思越人》者不同。

【句格】双调五十一字，前段五句两平韵，后段四句四仄韵；上片一、二句对。

孙光宪

古台平，芳草远，馆娃宫外春深。翠黛空留千载恨，教人何处相寻。
｜－－　－｜｜　⊥－⊤｜－△　⊥｜⊤－－｜｜　⊤－⊤｜－△

绮罗无复当时事。露花点滴香泪。惆怅遥天横渌水。鸳鸯对对飞起。
⊥－⊤｜－－▲　⊥｜⊥｜－▲　⊤｜⊤－⊥▲　⊤－⊥｜－▲

760. 河传

【题解】宋王灼《碧鸡漫志》云：《河传》唐曲，今存者二。其一属南吕宫，前段仄韵，后段平韵；其一属无射宫，即《怨王孙》曲；外又有越调、仙吕调两曲。按，《河传》之名，始于隋代，其词则创自温庭筠。《花间集》所载唐词，句读韵协，颇极参差，然约计不过三体。有前后段两仄两平四换韵者，如温庭筠"湖上"词以下十五首是也,内韦庄词名《怨王孙》,宋人多宗之,欧阳修词注越调,张先词有"海宇。称庆。与天同"句,更名《庆同天》,李清照词有"人静皎月初斜。浸梨花"句,更名《月照梨花》;有前段仄韵。后段仄韵、平韵者,如孙光宪"风飐"词以下五首是也,宋词无填此调者;有前后段皆仄韵者,如张泌"渺莽"词以下七首是也,宋词亦宗之,《乐章集》注仙吕调,徐昌图词有"秋光满目"句,更名《秋光满目》。历来旧谱,大都挨字类列,其体莫辨,阅者茫然。

【句格】双调五十五字,前段七句两仄韵、五平韵,后段七句三仄韵、四平韵。此调有不同诸格体。

温庭筠

湖上。闲望。雨萧萧。烟浦花桥路遥。谢娘翠蛾愁不销。终朝。梦魂迷
⊤▲　—▲　｜—△　⊤｜⊤⊤⊥△　⊥⊤⊥⊤⊥△　⊤△　⊥——

晚潮。
｜△

荡子天涯归棹远。春已晚。莺语空肠断。若耶溪。溪水西。柳堤。不闻
⊥⊥⊤⊤⊤⊥▲换⊤⊥▲　⊤｜⊤—▲　｜—△换⊤⊥△　⊥△　｜—

郎马嘶。
—｜△

761. 芳草渡

【题解】此调有两体。令词始自欧阳修,有张先词可校;慢词始自周邦彦,有陈允平词可校。

【句格】双调五十五字,前段八句四平韵,后段八句五仄韵、两平韵;上片前四句两两对仗,下片一、二,四、五,六、七各对。此调有不同诸格体。

欧阳修

梧桐落,蓼花秋。烟初冷,雨才收。萧条风物正堪愁。人去后,多少恨,
——｜　｜—△　——｜　｜—△　———｜｜—△　—｜｜　—｜｜

在心头。
｜—△

燕鸿远。羌笛怨。渺渺澄波一片。山如黛，月如钩。笙歌散。魂梦断。
－－▲　－｜▲　｜｜－－｜▲　－－｜　｜－△　－－▲　－｜▲
倚高楼。
｜｜－△

762. 清江曲

【题解】此宋苏庠泛舟清江作也，体近古诗，因《花草粹编》采入，今仍之。
【句格】双调五十六字，前段四句三平韵，后段四句三仄韵。

苏庠

属玉双飞水满塘。菰蒲深处浴鸳鸯。白蘋满棹归来晚，秋着芦花一岸霜。
｜｜－－｜｜△　－－－｜｜－△　｜－｜｜－－｜　－｜－－｜｜△
扁舟系岸依林樾。萧萧两鬓吹华发。万事不理醉复醒，长占烟波弄明月。
－－｜｜－－▲　－－｜｜－－▲　｜｜｜｜｜｜－　－｜－－｜｜▲

763. 玉堂春

【题解】调见《珠玉集》。
【句格】双调六十一字，前段七句两仄韵、两平韵，后段五句两平韵。

晏殊

斗城池馆。二月春风烟暖。绣户珠帘，日影初长。玉辔金鞍，缭绕沙堤
｜－－▲　⊥｜⊤－－▲　｜｜－－　｜｜－△　｜｜－－　｜｜－－
路，几处行人映绿杨。
｜　｜｜－－｜｜△
小槛朱栏回倚，千花浓露香。脆管清弦，欲奏新翻曲，依约林间坐夕阳。
｜｜⊤－－｜　－－－｜△　｜｜－－　｜｜－－｜　⊤｜－－｜｜△

764. 最高楼

【题解】见之《梅苑》。又名《醉高春》。此调押平声韵，或押仄声韵，但宋、金、元词，押平韵者居多，其中有前段起句三字、第三句五字者，有前段起句三字、第三句六字者，有前段起句四字、第三句六字者，辛词于后段第一、

二句，俱间押仄韵，此为定格。

【句格】双调八十一字，前段八句四平韵，后段八句两仄韵、三平韵；上、下片四、五句宜对。此调有不同诸格体。

辛弃疾

花知否？花一似何郎。又似沈东阳。瘦棱棱地天然白，冷清清地许多香。
⊥丁丨 丁丨丨 －△ ⊥丨丨 －△ ⊥－－丨－－丨 ⊥－－丨丨－△
笑东君，还又向，北枝忙。
丨－－ －丨⊥ 丨－△

着一阵、霎时间底雪。更一个、缺些儿底月。山下路、水边墙。风流怕
⊥⊥丨 ⊥－－丨 ▲ 丨⊥丨 ⊥－－丨 ▲ 丁⊥丨 丨－△ －－丨
有人知处，影儿守定竹旁厢。且饶他，桃李趁，少年场。
丨－－丨 ⊥丨⊥丨丨－△ 丨－－ －丨丨 丨－△

附程垓体：双调八十三字，前段八句四平韵，后段八句两仄韵、三平韵；上片四、五句对，结三句对，下片首二句三字逗对，四、五句宜对。

旧时心事，说著两眉羞。长记得、凭肩游。缃裙罗袜桃花岸，薄衫轻扇
丨－－丨 丨丨丨－△ －丨丨 丨－△ －－－丨－－丨 丨－－丨
杏花楼。几番行，几番醉，几番留。
丨－△ 丨－－ 丨－丨 丨－△

也谁料、春风吹已断。又谁料、朝云飞亦散。天易老、恨难酬前平韵蜂
丨－丨 －－－丨 ▲ 丨－丨 －－－丨 ▲ －丨丨 丨－△ －
儿不解知人苦，燕儿不解说人愁。旧情怀，销不尽，几时休。
－丨丨丨－丨丨 丨－丨丨丨－△ 丨－－ －丨丨 丨－△

附《醉高春》：双调七十八字，前段九句四平韵，后段八句四平韵；上片二、三句，四、五句皆对。

柳富

人间最苦，最苦是分离。伊爱我，我怜伊。青草岸头人独立，画船东去
－－丨丨 丨丨丨－△ －丨丨 丨－△ －丨丨－－丨丨 丨－－丨
橹声迟。楚天低，回望处，两依依。
丨－△ 丨－－ －丨丨 丨－△

后会也知俱有愿，未知何日是佳期。心下事、乱如丝。好天良夜还虚过，
｜｜｜——｜｜　｜——｜｜—△　—｜｜　｜—△　｜——｜——｜
辜负我、两心知。愿伊家，衷肠在，一双飞。
—｜｜　｜—△　｜——　——｜　｜—△

注：此词见《青琐高议》，前段字句与程词同，惟后段起句减三字、押平韵，第五句减一字、作六字折腰句法异。《情史》云：东都柳富，别王幼玉作，名《醉高春》。

四、平仄韵互协格（同部韵互协）

765. 庆宣和

【题解】张可久《小山乐府》，自注双调。按《唐书·礼乐志》，双调乃夹钟之商声也。

【句格】单调二十二字，五句三平韵、两协韵，协韵系重复句。此元人小令，亦名《叶儿乐府》，即元曲所自始也。

张可久

云影天光乍有无。老树扶疏。万柄高荷小西湖。听雨。听雨。
－｜－－｜｜△　｜｜－△　｜｜－－｜－△　｜▼协｜▼协

766. 梧叶儿

【题解】《太平乐府》注：商调。《唐书·礼乐志》：商调，乃夷则之商声也。

【句格】单调二十六字，七句四平韵、一协韵；首二句对，四、五句对。此调有不同诸格体。

吴西逸

韶华过，春色休。红瘦绿阴稠。花凝恨，柳带愁。泛兰舟。明日寻芳
－－｜　－｜△　⊤｜｜－△　－－｜　⊤｜△　｜－△　－｜－－

载酒。
｜▼协

注：此调在元人为小令，其实则曲也。但其词未至俚鄙，故录之以备。

767. 寿阳曲

【题解】《太平乐府》注：双调；一名《落梅风》。

【句格】单调二十七字，五句一平韵、三协韵。此调有不同诸格体。

张可久
东风景，西子湖。湿冥冥、柳烟花雾。黄莺乱啼蝴蝶舞。几秋千、打将
ーー｜　丅｜△　｜ーー　｜ーー▼协ーー　｜ーー　｜▼协⊥丅丅　｜ー
春去。
ー▼协

注：例为元人小令，平仄韵互协者，其可平可仄悉参他词。

768. 天净沙

【题解】此元人小令，《太平乐府》注：越调。无名氏词有"塞上清秋早寒"
句，又名《塞上秋》。

【句格】单调二十八字，五句四平韵、一协韵；首二句对。此调有不同
诸格体。

乔吉
一从鞍马西东。几番衾枕朦胧。薄幸虽来梦中。争如无梦。那时真个
ー丅丅｜ー△　｜ーー｜ー△　｜｜ーー｜△　丅ー丅▼协｜ーー
相逢。
ー△

769. 干荷叶

【题解】此元人小令，元刘秉忠自度曲。属南吕宫，取起名三字为调名。
【句格】单调二十九字，七句四平韵、两协韵。此调有不同诸格体。

刘秉忠
干荷叶，色苍苍。老柄风摇荡。减清香。越添黄。都因昨夜一番霜。寂
ーー｜　｜ー△　｜｜ーー▼协｜ー△　｜ー△　ーー｜｜｜ー△　｜
寞秋江上。
｜ーー▼协

770. 喜春来

【题解】此元人小令，《太平乐府》注：中吕宫。《太和正音谱》注：正宫。一名《阳春曲》。

【句格】单调二十九字，五句一协韵、四平韵；首二句对。此调有不同诸格体。

张雨

江梅的的依茅舍。石濑溅溅漱玉沙。瓦瓯蓬底送年华。问暮鸦。何处阿
⊥—⊥｜——▼协 ⊥｜——｜｜△ ⊥—⊤｜｜—△ ⊥｜△ ⊤｜｜
戎家。
—△

771. 金字经

【题解】此元人小令，《太平乐府》注：南吕宫。《元史·乐志》说法舞队，有《金字经》曲，一名《阅金经》。

【句格】单调三十一字，七句五平韵、一协韵；首二句对。此调有不同诸格体。

张可久

水冷溪鱼贵，酒香霜蟹肥。环绿亭深掩翠微。梅。落花浮玉杯。山翁醉。
⊥｜—⊤｜ ｜｜——｜△ —｜——⊥｜△ △ ｜—⊤｜△ ——▼协
笑随明月归。
｜——｜△

772. 平湖乐

【题解】《太平乐府》注：越调。金词名《平湖乐》，取王恽词"人在平湖醉"句也。元词名《小桃红》，取无名氏词"宜插小桃红"句也；亦名《采莲词》，取《太平乐府》"采莲湖上采莲娇"句也。

【句格】双调四十二字，前段四句两平韵、两协韵，后段四句一协韵、一平韵。此调有不同诸格体。

王恽

安仁双鬓已惊秋。更堪眉头皱。一笑相逢且开口。玉为舟。
⊤——｜｜—△　⊥｜——▼协⊥｜——｜—▼协｜—△

新词淡似鹅黄酒。醉扶归路，竹西歌吹，人道是扬州。
⊤—⊥｜——▼协⊥—⊤｜　⊥—⊤｜　⊤｜｜—△

注：此金人小令，犹遵古韵，以本部平、上、去三声协者。若元词此调，则依《中原音韵》平、上、去、入四声，别部北音，无不协矣。词与曲之分，正于此辨之。

773. 殿前欢

【题解】《太平乐府》注：双调。一名《凤将雏》。

【句格】双调四十二字，前段四句三平韵、一协韵，后段五句两平韵、两协韵。此调有不同诸格体。

张可久

水晶宫。四围添上玉屏风。姮娥碎剪银河冻。攒尽春红。
｜—△　⊥—⊤｜｜—△　⊤—⊥｜—⊤▼协⊤｜—△

梅花纸帐中。香浮动。一片梨云梦。晓来诗句，尽出渔翁。
——｜｜△　——▼协⊥｜——▼协⊥—⊤｜　⊥｜—△

注：朱子有云，古乐府，只是诗中间添却许多泛声，后人怕失了那泛声，逐一声添个实字，遂成长短句，今曲子便是。按朱子所云，为诗之变而为词也。若词变而为曲，则又就长短句之泛声，添上实字。如元人之过曲，有与词同一调名而字句不同者，盖以虚声多，而音节异也，其流为衬字之杂，即一调中亦多寡不一。如《殿前欢》《水仙子》，衬字不拘，知音者可以类推。

774. 水仙子

【题解】唐教坊曲名。《太平乐府》注：双调。

【句格】双调四十二字，前后段各四句，三平韵、一协韵；上片首二句宜对。此调有不同诸格体。

张可久

天边白雁写寒云。镜里青鸾瘦玉人。秋风昨夜愁成阵。思君不见君。
⊤－⊥｜｜－△　⊥｜－－｜｜△　⊤－⊥｜－－▼协　⊤－⊥｜△
缓歌独自开樽。灯挑尽。酒半醺。如此黄昏。
⊥－⊥｜－△　－－▼协　｜｜△　⊤｜｜－△

775. 西江月

【题解】唐教坊曲名。《乐章集》注：中吕宫，又名《江月令》。此调始于南唐欧阳炯，前后段两起句，俱协仄韵，因填者绝少，故以柳词为正体。

【句格】双调五十字，前后段各四句，两平韵、一协韵。上下片首二句对。此调有不同诸格体。

柳永

凤额绣帘高卷，兽镮朱户频摇。两竿红日上花梢。春睡恹恹难觉。
⊥｜⊥－⊤｜　⊥－⊤｜－△　⊥－⊤｜｜－△　⊤｜⊤－⊤▼协
好梦枉随飞絮，闲愁浓胜香醪。不成雨暮与云朝。又是韶光过了。
⊥｜⊥－⊤｜　⊤－⊤｜－△　⊥－⊥｜｜－△　⊥｜⊤－⊥▼协

776. 醉高歌

【题解】元姚燧自度曲。《太平乐府》注：中吕宫。

【句格】双调五十字，前后段各四句，一平韵、三协韵；上下片首二句宜对。

姚燧

十年燕月歌声。几点吴霜鬓影。西风吹起鲈鱼兴。已在桑榆暮景。
｜－－｜－△　｜｜－－｜▼协　－－－｜－－▼协　｜｜－－｜▼协
荣枯枕上三更。傀儡场中四并。人生幻化如泡影。几个临危自省。
－－｜｜－△　｜｜－－｜▼协　－－｜｜－－▼协　｜｜－－｜▼协

777. 折桂令

【题解】《中原音韵》注：双调。一名《秋风第一枝》，又名《天香引》，又名《蟾宫曲》。元人小令，不拘衬字者，莫过此词。

【句格】双调五十三字,前段六句三平韵,后段五句一协韵、三平韵;上片二、三句对,四、五、六句排对,下片首二句宜对。此调有不同诸格体。

倪瓒

片轻帆、水远山长。鸿雁将来,菊蕊初黄。碧海鲸鲵,兰苕翡翠,风露
｜－－　⊥｜┬△　┬｜－－　⊥｜－△　⊥－－－　－－｜｜　┬｜

鸳鸯。
－△

问音信、何人谛当。想情怀、旧日风光。杨柳池塘。随处凋零,无限
⊥┬｜　－－｜▼协　｜－－　｜｜－△　┬｜－△　┬｜－－　┬｜

思量。
－△

778. 少年心

【题解】调见山谷词。有两体,一名《添字少年心》。两结"嗔"字、"人"字,是以十一真协十三问,盖以真、文通用,故震、问亦可通用也。惟"幸"字为庚韵之上声,在二十三梗部,又因古韵真部间通庚青故也,但用韵毕竟太杂,填此调者,不若只用本部三声协为妥。按,黄集又有《添字少年心》词,亦平仄韵互协,但前段起句"心里人人,暂不见,霎时难过",后段起句"见说那厮,如此自大",此词多七字,因词俚不录。

【句格】双调六十字,前后段各五句三仄韵、一协韵。

黄庭坚

对景惹起愁闷。染相思、病成方寸。是阿谁先有意,阿谁薄幸。斗顿恁、
｜｜｜｜－▲　｜－－　｜－－▲　｜－－｜｜　｜－｜▲　｜｜｜

少喜多嗔。
｜｜－▽协

合下休传音问。你有我、我无你分。似合欢核桃,真堪人恨。心儿里、
｜｜｜－－▲　｜｜｜　｜－｜▲　｜｜－－｜　－－－▲　－－｜

有两个人人。
｜｜｜－▽协

779. 撼庭竹

【题解】此调有平韵、仄韵两体。

【句格】双调七十二字，前段六句五平韵，后段六句四平韵、一协韵。此调有不同诸格体。

黄庭坚

鸣咽南楼吹落梅。闻鸦树惊飞。梦中相见不多时。隔城今夜也应知。坐
— ｜ — — — ｜ △　— — ｜ — △　｜ — — ｜ ｜ — △　｜ — — ｜ ｜ — △　｜
久水空碧，山月影沉西。
｜ ｜ — ｜　— ｜ ｜ — △

买个宅儿住着伊。刚不肯相随。如今果被天嗔你。永落鸡群被鸡欺。空
｜ ｜ ｜ — ｜ ｜ △　— ｜ ｜ — △　— — ｜ ｜ — — ▼协　｜ ｜ — — ｜ — △　—
恁恶怜惜，风日损花枝。
｜ ｜ — ｜　— ｜ ｜ — △

注：此词后段"如今却被天嗔你"句，即前段"梦中相见不多时"句，例应押平韵，此词用"你"字，亦是三声协韵。按，词既押平声韵，其句中平仄，即与仄声韵词不同，《词律》强为参校，终属无据，其所注可平可仄，不必从。

附仄格：双调七十二字，前段六句五仄韵，后段六句四仄韵。

王诜

绰略青梅弄春色。真艳态堪惜。经年费尽东君力。有情先到探春客。无
｜ ｜ — — ｜ — ▲　— ｜ ｜ — ▲　— — ｜ ｜ — — ▲　｜ — — ｜ ｜ — ▲　—
语泣寒香，时暗度瑶席。
｜ ｜ — —　— ｜ ｜ — ▲

月下风前空怅望，思携手同摘。画栏倚遍无消息。佳辰乐事再难得。还
｜ ｜ — — — ｜ ｜　— — ｜ — ▲　｜ — ｜ ｜ — — ▲　— — ｜ ｜ ｜ — ▲　—
是夕阳天，空暮云凝碧。
｜ ｜ — —　— ｜ — — ▲

780. 四园竹

【题解】调见《片玉集》。

【句格】双调七十七字，前段八句三平韵、一协韵，后段八句四平韵、一协韵；上片三、四句对。此调有不同诸格体。

周邦彦

浮云护月，未放满朱扉。鼠摇暗壁，萤度破窗，偷入书帏。秋意浓，闲
－－｜｜　｜｜｜－△　｜－⊥｜　－｜｜－　－｜－△　｜－　⊤

伫立、庭柯影里。好风襟袖先知。
｜｜　－－｜▼协　｜－－｜－△

夜何其。江南路绕重山，心知漫与前期。奈向灯前堕泪，肠断萧娘，旧
｜－△　－－⊥｜－－　－－｜｜－△　｜｜－－｜｜　－｜－－　｜

日书辞。犹在纸。雁信绝、清宵梦又稀。
｜－△　－｜▼协　｜｜｜　－－｜｜△

781. 薄媚摘遍

【题解】沈括《梦溪笔谈》：所谓大遍者，凡数十解，每解有数叠，裁截用之，则谓之摘遍。按，《薄媚》大曲凡十遍，此盖摘其入破之一遍也。

【句格】双调九十二字，前段十一句三仄韵、一协韵，后段十句四仄韵、一协韵；上片首二句，四、五句对，下片三、四句对。

赵以夫

桂香消，梧影瘦，黄菊迷深院。倚西风，看落日，长江东去如练。先生
｜－－　－｜｜　－｜－－▲　｜－－　－｜｜　－－－｜－▲　－－

底事，有赋飘然，刚道为田园。独醒何为，持杯自劝未能免。
｜｜　｜｜－－　－｜｜－▽协　｜｜－－　－－｜｜｜－▲

休把茱萸吟玩。但管年年健。千古事，几凭栏。吾生九十强半。欢娱终
－｜－－－▲　｜｜－－▲　－｜｜　｜－－　－－｜｜－▲　－－－

日，贵富何时，一笑醉乡宽。倒载归来，回廊月又满。
｜　｜｜－－　｜｜－▽协　｜｜－－　－－｜｜▲

四、平仄韵互协格（同部韵互协） | 411

782. 高平探芳新

【题解】调见《梦窗词》，吴文英自度高平调曲。

【句格】双调九十三字，前段十二句一协韵四仄韵，后段十二句五仄韵；上片"正"为领字，六、七句和八、九句分别对，下片"便"挈二、三句对。

吴文英

九街头。正软尘酥润，雪销残溜。禊赏祇园，花艳云阴笼昼。层梯峭，
｜—▽协　｜｜——｜　｜——▲　｜｜——　—｜———▲　——｜

空麝散，拥凌波，萦翠袖。叹年端，连环转，烂漫游人如绣。
—｜｜　｜——　—｜▲　｜——　——｜　｜｜———▲

肠断回廊伫久。便写意溅波，传愁魇岫。渐没飘红，空惹闲情春瘦。椒
—｜—｜｜▲　｜｜｜——　——｜▲　｜——　——｜———▲　—

杯香，干醉醒，怕西窗，人散后。暮寒深，迟回处，自攀庭柳。
——　—｜｜　｜——　—｜▲　｜——　——｜　｜—▲

783. 小圣乐

【题解】金元好问自度曲，《太平乐府》《太和正音谱》，俱注双调；蒋孝《九宫谱目》，入小石调。因词中前结有"骤雨过，打遍新荷"句，更名《骤雨打新荷》。

【句格】双调九十五字，前段十句三平韵、一协韵，后段十句四平韵；上片第九句一四结构，下片第二句一四结构。

元好问

绿叶阴浓，遍池亭水阁，偏趁凉多。海榴初绽，朵朵蹙红罗。乳燕雏莺
｜｜——　｜——｜｜　—｜—△　｜——｜　｜｜｜—△　｜｜——

弄语，对高柳、鸣蝉相和。骤雨过，似琼珠乱撒，打遍新荷。
｜｜　｜—｜　———▼协　｜｜　｜——｜　｜｜—△

人生百年有几，念良辰美景，休放虚过。穷贫前定，何用苦奔波。命友
——｜—｜｜　｜——｜｜　—｜—△　｜——｜　—｜｜—△　｜｜

邀宾宴赏，饮芳醑、浅斟低歌。且酩酊，从教二轮，来往如梭。
——｜｜　｜—｜　｜——△　｜｜｜　——｜—　—｜—△

784. 熙州慢

【题解】《唐书·礼乐志》：天宝乐曲，皆以边地名，若伊州、甘州、凉州之类。按，宋改镇洮军为熙州，本秦、汉时陇西郡，亦边地也。调名《熙州》，义或取此。

【句格】双调九十六字，前段十句三仄韵、一协韵，后段八句六仄韵；上片"倚"挈，四、五句宜对，歇拍两句对。

张先

武林乡、占第一湖山，咏画争巧。鹫石飞来，倚翠楼烟霭，清猿啼晓。
｜——　｜｜｜——　｜｜—▲　｜｜——　｜｜—｜　——▲

况值禁垣师师，惠政流入歌谣。朝暮万景，寒潮弄月，乱峰回照。
｜｜｜——｜　｜｜—｜—▽协—　｜｜｜　——｜｜　｜——▲

天使寻春不早。并行乐、免有花愁花笑。持酒更听，红儿肉声长调。潇
—｜——｜▲　｜—｜　｜——｜——▲　—｜｜｜　——｜——▲　—

湘故人未归，但目送、游云孤鸟。际天杪。离情尽寄芳草。
｜—｜—　｜｜｜　———▲　｜—▲　——｜｜—▲

785. 甘露滴乔松

【题解】调见《翰墨全书》。

【句格】双调九十六字，前段十句四仄韵一协韵，后段九句四仄韵一协韵；上片"喜"为领字，"尽道"挈三、四句对，歇拍二句对，下片"把"为领字。

无名氏

沙堤路近，喜五年相遇，朱颜依旧。尽道名世半千，公望三九。是今日、
——｜｜　｜｜——｜　———▲　｜｜｜—｜—　—｜—▲　｜—｜

富民侯。早生聚、考堂户口。谁欤兼致，文章燕许，歌辞苏柳。
｜—▽协｜—　｜—｜▲　———｜　———｜　——▲

更饶万卷图书，把藤笈芸编，遍题青镂。一经传得，旧事韦平先后。试
　｜－｜｜－－　｜－－－｜　－－｜　｜｜｜－－▲　｜
衮衮、数英游。问好事、如今能否。曲车正满，自酌太和春酒。
｜｜　｜－▽协｜｜｜　－－｜▲　｜－｜｜　｜｜｜－－▲

786. 渡江云

【题解】周密词，名《三犯渡江云》。此调宋、元人俱如此填。惟陈允平有全押平韵、全押仄韵二体。

【句格】双调一百字，前段十句四平韵，后段九句一协韵四平韵；下片二、三句对，第四句三声协乃一定之格，第五句三字逗后与第六句对。

周邦彦

晴岚低楚甸，暖回雁翼，阵势起平沙。骤惊春在眼，借问何时，委屈到
⊤－－｜｜　⊥－⊥｜　⊥｜｜－△　｜⊤－⊥　⊥｜－－　⊥｜｜
山家。涂香晕色，盛粉饰、争作妍华。千万丝、陌头杨柳，渐渐可藏鸦。
－△　－－⊥｜　⊥｜⊥　⊤｜－△　⊤｜⊤　⊥－⊤｜　⊥｜｜－△

堪嗟。清江东注，画舸西流，指长安日下。愁宴阑、风翻旗尾，潮溅乌
－△　⊤－⊤｜　｜｜－－　｜⊤－⊥▼协⊤⊤　－－⊤｜　⊤｜｜
纱。今宵正对初弦月，傍水驿、深舣蒹葭。沉恨处、时时自剔灯花。
△　⊤－⊥｜－－｜　⊥｜⊥　⊤｜－△　－｜｜　⊤－⊥｜－△

附平韵体：双调一百字，前段十句四平韵，后段九句五平韵；上片"正"为领字、第六句为一四结构，下片二、三句对。

陈允平

桐花寒食近，青门紫陌，不禁绿杨烟。正长眉仙客，来向人间，听鹤语
－－－｜｜　－｜｜｜　｜｜｜－△　｜－－－｜　－｜－－　｜｜｜
溪泉。清和天气，为栽培、种玉心田。莺昼长、一尊芳酒，容与看芝山。
－△　－－－｜　｜｜－－　｜｜－△　－｜－　｜－－｜　－｜｜－△

庭闲。东风榆荚，夜雨苔痕，满地欲流钱。爱墙阴、成蹊桃李，春自无
－△　－－－｜　｜｜－－　｜｜｜－△　｜－－　－－－｜　－｜－

言。殷勤晓鹊凭檐喜，丹凤下、红药阶前。兰砌绕、香飘舞袖斑斓。
△ ——||——| —|| —|—△ —|| ||—△

附仄韵体：双调一百字，前段十句四仄韵，后段九句五仄韵；下片二、三句对，第四句一四结构，第五句三字逗后与第六句对。

陈允平

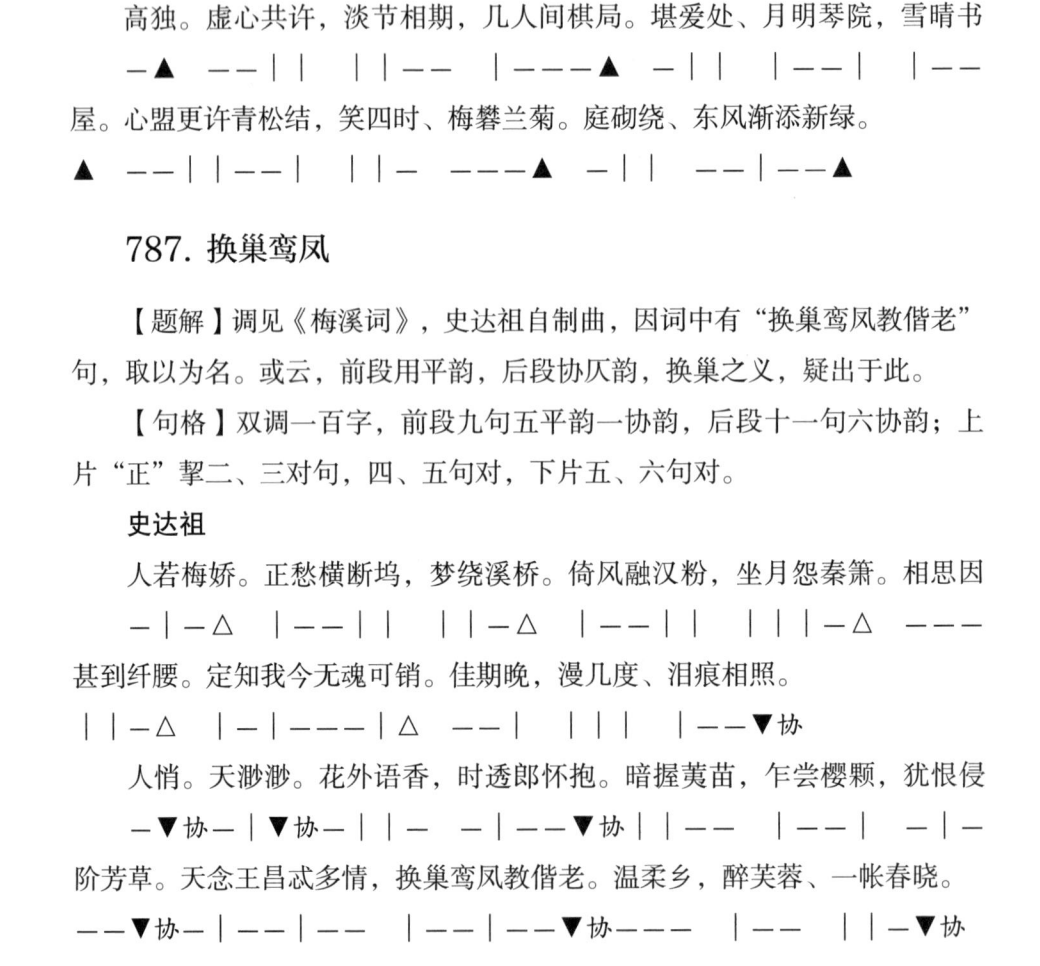

风流三径远，此君澹泊，谁与伴清足。岁寒人自得，傍石锄云，闲里种
———|| |——| —||—▲ —||| ||—| —|
苍玉。琅玕翠立，爱细雨疏烟初沐。春昼长、秋风不断，洗红尘凡俗。
—▲ ——|| |||——▲ —|— ——|| |———▲

高独。虚心共许，淡节相期，几人间棋局。堪爱处、月明琴院，雪晴书
—▲ ——|| ——— |——▲ —|| —|—| ||—
屋。心盟更许青松结，笑四时、梅礜兰菊。庭砌绕、东风渐添新绿。
▲ ——||——| ||—— ——▲ —|| ——|—△▲

787. 换巢鸾凤

【题解】调见《梅溪词》，史达祖自制曲，因词中有"换巢鸾凤教偕老"句，取以为名。或云，前段用平韵，后段协仄韵，换巢之义，疑出于此。

【句格】双调一百字，前段九句五平韵一协韵，后段十一句六协韵；上片"正"挈二、三对句，四、五句对，下片五、六句对。

史达祖

人若梅娇。正愁横断坞，梦绕溪桥。倚风融汉粉，坐月怨秦箫。相思因
—|—△ |——| ||—△ |——|—△ ———
甚到纤腰。定知我今无魂可销。佳期晚，漫几度、泪痕相照。
||—△ |—|——|△ ——| ||| |——▼协

人悄。天渺渺。花外语香，时透郎怀抱。暗握荑苗，乍尝樱颗，犹恨侵
—▼协 —▼协 —|—— ——▼协 ||—— ||—— —|—
阶芳草。天念王昌忒多情，换巢鸾凤教偕老。温柔乡，醉芙蓉、一帐春晓。
——▼协 —||——||— ——▼协 ——|—— ||—▼协

788. 采绿吟

【题解】宋周密自度曲，取词中起句二字为调名。

【句格】双调一百字，前段十句三平韵一协韵，后段九句一协韵三平韵；上片三、四、五句排对，下片第四句是一四结构。

周密

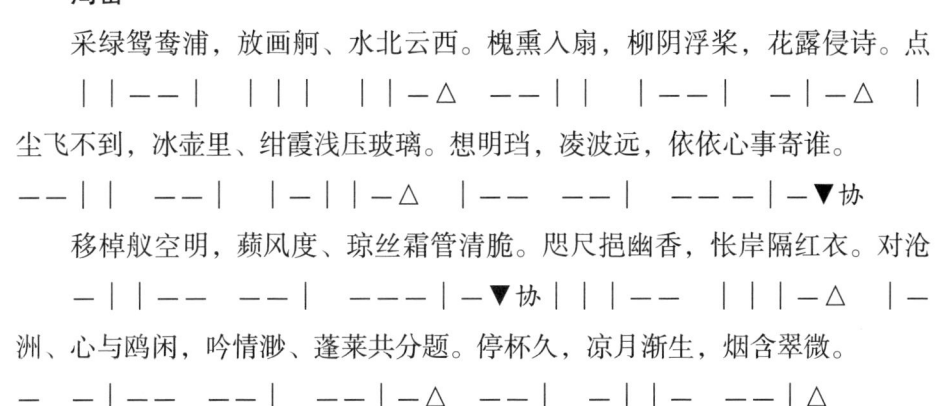

采绿鸳鸯浦，放画舸、水北云西。槐熏入扇，柳阴浮桨，花露侵诗。点
｜｜——｜　｜｜｜　｜｜——△　——｜｜　｜——｜　—｜—△　｜
尘飞不到，冰壶里、绀霞浅压玻璃。想明珰，凌波远，依依心事寄谁。
——｜｜　——｜　｜—｜｜—△　｜——　——｜　———｜—▼协

移棹舣空明，蘋风度、琼丝霜管清脆。咫尺挹幽香，怅岸隔红衣。对沧
—｜｜——　——｜　———｜—▼协　｜｜｜——　｜｜｜—△　｜—
洲、心与鸥闲，吟情渺、蓬莱共分题。停杯久，凉月渐生，烟含翠微。
—　—｜——　——｜　——｜—△　——｜　｜｜｜—　——｜△

789. 长寿仙

【题解】调见《松雪集》。

【句格】双调一百字，前段十句四平韵两协韵，后段九句三平韵三协韵；上片第二句、第五句均一四结构，"喜"挈歇拍句对，下片"应"挈二、三句对。

赵孟頫

瑞日当天。对绛阙蓬莱，非雾非烟。翠光飞禁苑，正淑景芳妍。彩仗和
｜｜—△　｜｜｜——　—｜—△　｜——｜　｜｜｜—△　｜｜—
风细转。御香飘满黄金殿。万国会朝，喜千官拜舞，亿兆同欢。
—｜▼协　｜——｜——▼协　｜｜｜—　｜——｜｜　｜｜—△

福祉如山如川。应玉渚流虹，璇枢飞电。八音奏舜韶，庆玉烛调元。岁
｜｜———△　｜｜｜——　———▼协　｜—｜｜　｜｜｜—△　｜
岁龙与凤辇。九重春醉蟠桃宴。天下太平，祝吾皇、寿与天地齐年。
｜——｜▼协　｜——｜——▼协—｜｜—　｜——　｜｜—｜—△

790. 曲玉管

【题解】唐教坊曲名。《乐章集》注：大石调。

【句格】双调一百五字，前段十二句两协韵四平韵，后段十句三平韵；上片首二句对，七、八句对，下片第六句一四结构。

柳永

陇首云飞，江边日晚，烟波满目凭栏久。一望关河萧索，千里清秋。忍
｜｜——　——｜｜　——｜｜——▼协　｜｜———｜　—｜—△

凝眸。杳杳神京，盈盈仙子，别来锦字终难偶。断雁无凭，冉冉飞下汀洲。
—△　｜｜——　———｜　｜—｜｜——▼协　｜｜——　｜｜—｜—△

思悠悠。
｜—△

暗想当初，有多少、幽欢佳会，岂知聚散难期，翻成雨恨云愁。阻追游。
｜｜——　｜—｜　———｜　｜—｜｜——　——｜｜—△　｜—△

悔登山临水，惹起平生心事，一场销黯，永日无言，却下层楼。
｜———｜　｜｜———｜　｜—｜—　｜｜——　｜｜—△

791. 大圣乐

【题解】《宋史·乐志》：道调宫。此调有平韵、仄韵两体。平韵者，见《顺斋乐府》；仄韵者，见《蘋洲渔笛谱》。

【句格】双调一百十字，前段十一句一协韵三平韵，后段十一句四平韵；上片首二句对，歇拍"动"挈第十、第十一句宜对，下片四、五句对，六、七句对，第四句、第十句均一四结构。此调有不同诸格体。

康与之

千朵奇峰，半轩微雨，晓来初过。渐燕子、引教雏飞，菡萏暗熏芳草，
—｜——　｜——｜　｜——▼协｜｜｜　｜｜——　｜｜——｜

池面凉多。浅斟琼卮浮绿蚁，展湘簟、双纹生细波。轻纨举，动团圝素月，
—｜—△　｜———｜｜　｜——　———｜△　——｜　｜——｜

仙桂婆娑。
－｜－△

临风对月恣乐，便好把、千金邀艳娥。幸太平无事，击壤鼓腹，携酒高
——｜｜｜｜　｜⊥｜　———｜△　｜｜——｜　｜⊥｜｜　－｜－
歌。富贵安居，功名天赋，争奈皆由时命喎。休眉锁，问朱颜去了，还更
△　｜｜——　———｜　⊤｜｜———｜△　——｜　｜——｜｜　－｜
来么。
－△

附仄格：双调一百十字，前段十一句五仄韵，后段九句六仄韵；上片首二句对、"对"为领字，下片"任"挈偶句。

张炎

隐市山林，傍家池馆，顿成佳趣。是几番、临水看云，就树揽香，诗满
｜｜——　｜——｜　｜——▲　｜｜—　｜——　｜｜
栏杆横处。翠径小车行花影，听一片、春声人笑语。深亭宇。对清昼渐长，
———▲　｜｜｜———｜　｜｜｜　———｜▲　——▲　｜－｜｜－
闲教鹦鹉。
－｜－▲

芳情缓寻细数。爱碧草如烟花自雨。任燕来莺去，香凝翠暖，歌酒清时
——｜－｜▲　｜｜｜———｜▲　｜｜——　——｜｜　－｜——
钟鼓。二十四帘冰壶里，有谁在、箫台犹醉舞。吹笙侣。倚高寒、半天风露。
—▲　｜｜｜———｜　｜—｜　———｜▲　——▲　｜——　｜——▲

792. 六州歌头

【题解】程大昌《演繁录》：《六州歌头》，本鼓吹曲也，近世好事者倚其声为吊古词，音调悲壮，又以古兴亡事实文之。闻其歌，使人慷慨，良不与艳词同科，诚可喜也。

【句格】双调一百四十三字，前段十九句八平韵、八协韵，后段二十句八平韵、十协韵；上片三、四句对，五、六句对，八、九句对，第十六句为一四结构，下片"似"挈首四句扇面对，五、六句对，七、八句对，第十、

第十一句对，第十二、第十三句对，"恨"掣歇拍三句，上下片对偶排比较多，为词审慎。此调有不同诸格体。

贺铸

少年侠气，交结五都雄。肝胆洞。毛发耸。立谈中。死生同。一诺千金
｜－｜｜　－｜｜　－△　－－▼协－｜▼协｜－△　｜－△　｜｜－－
重。推翘勇。矜豪纵。轻盖拥。联飞鞚。斗城东。轰饮酒垆，春色浮寒瓮。
▼协－－▼协－－▼协－｜▼协－－▼协｜－△　｜｜－－▼协
吸海垂虹。闲呼鹰嗾犬，白羽摘雕弓。狡穴俄空。乐匆匆。
｜｜－△　｜－－｜｜　｜｜｜－△　｜｜－△　｜－△

似黄粱梦。辞丹凤。明月共。漾孤篷。官冗从。怀倥偬。落尘笼，簿书
｜－－▼协－－▼协－｜▼协｜－△　｜▼协｜▼协｜－－　｜－
丛。鹖弁如云众。共鹿用。忽奇功。笳鼓动。渔阳弄。思悲翁。不请长缨。
△　｜｜－－▼协－｜▼协｜－△　－｜▼协－－▼协｜－△　｜｜－△
系取天骄种。剑吼西风。恨登山临水，手寄七弦桐。目送归鸿。
｜｜－－▼协｜｜－△　｜－－－　｜｜｜－△　｜｜－△

793. 解红慢

【题解】调见《鸣鹤余音》，此元词也。

【句格】双调一百六十字，前段十七句八仄韵、一协韵，后段十八句五仄韵、四协韵；上片第八句为一四结构，第十二、第十三句对，"似"掣歇拍句对，下片第十二、第十三、第十四句排对，歇拍"伴"为领字。

无名氏

杖藜徐步。过小桥，逍遥游南浦。韶华暗改，俄然又翠密红疏。东郊雨
｜－－▲　｜｜－　－－－▲　－－｜｜　－－｜｜｜－▽协－－
霁，何处绵蛮黄鹂语。见云山掩映，烟溪外，斜阳暮。晚凉趁，竹风清，荷
｜　－｜－－－－▲　｜－－｜－　－｜｜　－－▲　｜－｜　｜－－　－
香度。这闲里、光阴向谁诉。尘寰百岁能几许。似浮沤出没，迷者难悟。
－▲　｜－｜　－－｜－▲　－－｜｜－｜▲　｜－－｜｜　｜－｜▲

归去来，恐田园荒芜。东篱畔，坦荡笑傲琴书。青松影里，茅檐下，保
｜－｜　｜－－－▽协－－｜　｜｜｜－－▽协｜｜　｜－－｜　｜
养残躯。一任世间，物态翻腾催今古。争如我、懒散生涯，贫与素。兴时歌，
｜－▽协｜｜｜－　｜｜－－－－▲　－－｜　｜｜－－　－｜▲　｜－－
困时眠，狂时舞。把万事、纷纷总不顾。从他人笑真愚鲁。伴清风皓月，幽
｜－－　－－▲　｜－｜　－－｜－▲　－－－｜－－▲　｜－－｜｜　－
隐蓬壶。
｜－▽协

794. 穆护砂

【题解】唐人张佑，有五言绝句一首，题曰《穆护砂》，调名本此。盖因旧曲名，另倚新声也。

【句格】双调一百六十九字，前段十五句七仄韵、一协韵，后段十四句六仄韵、两协韵；上片第三句为一四结构，七、八、九句宜三字逗排对，第十、第十一句对，"比"为领字，下片"想"为领字，八、九句三字逗对。

宋裵

底事兰心苦。便凄然、泣下如雨。倚金台独立，揾香无主，断肠封家相
｜｜－－▲　｜－－　｜｜－▲　｜－－｜｜　－｜－－　｜｜－－－
妒。乱扑簌、骊珠愁有许。向午夜、铜盘倾注。便不是、红冰缀颊，也湿透、
▲　｜｜｜　－－－｜▲　｜｜｜　－－－▲　｜｜｜　－－｜｜　｜｜｜
仙人烟树。罗绮筵中，海棠花下，淫淫常怕凤脂枯。比洛阳年少，江州司马，
－－－▲　－｜－－　｜－－｜　－－－｜｜－▽协｜｜－－　－－－｜
多少定谁似。
－｜｜－▲

照破别离心绪。学人生、有情酸楚。想洞房佳会，而今寥落，谁能暗收
｜｜｜－▲　｜－－　｜｜－▲　｜｜－－｜　－－｜｜　－－｜－
玉箸。算只有、金钗曾巧补。轻拭了、粉痕如故。愁思减、舞腰纤细，清血
｜▲　｜｜｜　－－－▲　－｜｜　｜－－▲　－｜｜　｜－－｜　－｜

尽、媚脸敷腴。又恐娇羞，绛纱笼却，绿窗伴我捡诗书。更休教、邻壁偷窥，
｜　｜｜｜－▽协｜｜　－－　　｜－－｜　　｜｜｜｜－▽协｜－－　－｜－－
幽兰啼晓露。
－－－｜▲

795. 哨遍

【题解】苏轼集注：般涉调。或作《稍遍》。

【句格】双调二百三字，前段十七句五仄韵、四协韵，后段二十句七仄韵、五协韵；上片首二句对，第六句为一六结构，"嗟"挈第十、第十一句对，第十三、十四句宜对，第十五、十六句对，下片"步"挈对句，第十二句一七结构。此调有不同诸格体。

苏轼

为米折腰，因酒弃家，口体交相累。归去来，谁不遣君归。觉从前皆非
⊥｜｜－　－｜｜－　｜｜－－▲　⊤｜⊤　⊤｜｜－▽协　｜⊤－⊤⊤
今是。露未晞。征夫指予归路，门前笑语喧童稚。嗟旧菊都荒，新松暗老，
⊤▲　｜⊥▽协⊤－　｜－－　　⊤－⊥　－－▲　－｜｜－－　　－－｜｜
吾年今已如此。但小窗容膝闭柴扉。策杖看孤云暮鸿飞。云出无心，鸟倦知
⊤－⊤｜⊤▲　⊥⊥⊤｜｜｜－▽协　｜｜⊤⊤－⊤▽协⊤　－－　　⊥⊥⊤
还，本非有意。
⊤　｜－⊥▲

噫！归去来兮。我今忘我兼忘世。亲戚无浪语，琴书中有真味。步翠麓
▽协⊤｜⊤▽协⊥⊤⊤｜－▲　⊤　｜－｜　　⊤⊤｜－▲　｜｜
崎岖，泛溪窈窕，涓涓暗谷流春水。观草木欣荣，幽人自感，吾生行且休矣。
⊤－　⊥⊤⊥｜　⊤－｜｜－－▲　⊤｜｜－－　　⊤｜｜－　⊤⊤｜⊤－▲
念寓形宇内复几时。不自觉皇皇欲何之。委吾心、去留谁计。神仙知在何处，
｜⊥－⊥｜｜⊥▽协⊥｜⊤－－｜－▽协⊤⊤　｜⊤－▲　－－｜｜－⊥
富贵非吾愿，但知临水登山啸咏，自引壶觞自醉。此生天命更何疑。且乘流、
⊥｜－⊥｜　｜－⊤｜｜－－⊥　　｜⊥－⊤｜▲　⊥⊤｜｜－▽协　⊤

遇坎还止。
⊥⊥⊤▲

796. 戚氏

【题解】柳永《乐章集》注：中吕调。丘处机词名《梦游仙》。

【句格】三段二百十二字，前段十五句九平韵，中段十二句六平韵，后段十六句六平韵、两协韵；前段第十、第十一句对，"正"挈十三、十四句对，中段第四句三字逗后与第五句对，后段第五句为一七结构，"别来"挈六、七句对，歇拍两句对。此调有不同诸格体。

柳永

晚秋天。一霎微雨洒庭轩。槛菊萧疏，井梧零乱惹残烟。凄然。望江关。
｜—△　⊥⊥—｜｜—△　｜｜——　｜—⊤｜｜—△　—△　｜—△
飞云黯淡夕阳间。当时宋玉悲感，向此临水与登山。远道迢递，行人凄楚，
——⊥｜｜—△　——｜｜—｜　｜⊥—｜｜—△　⊥⊥—｜　——⊤｜
倦听陇水潺湲。正蝉鸣败叶，蛩响衰草，相应声喧。
｜—⊥｜—△　｜——｜｜　—⊥⊤｜　⊤⊤｜—△

孤馆度日如年。风露渐变，悄悄至更阑。长天静、绛河清浅，皓月婵娟。
—｜｜｜—△　—⊥｜｜　｜｜｜—△　——｜　｜—⊤｜　｜｜｜—△
思绵绵。夜永对景，那堪屈指，暗想从前。未名未禄，绮陌红楼，往往经岁
｜—△　｜｜｜｜　——｜｜　｜｜—△　｜—｜｜　｜｜——　⊥｜⊤｜
迁延。
—△

帝里风光好，当年少日，暮宴朝欢。况有狂朋怪侣，遇当歌对酒竟留连。
｜｜——｜　⊤—｜｜　｜｜—△　｜｜——｜｜　｜——｜｜｜—△
别来迅景如梭，旧游似梦，烟水程何限。念利名、憔悴长萦绊。追往事、空
——｜｜——　｜—｜｜　—⊤——▼协　｜｜—　⊤｜——▼协⊤｜⊥　—
惨愁颜。漏箭移、稍觉轻寒。听鸣咽、画角数声残。对闲窗畔，停灯向晓，抱影
｜—△　｜｜⊤　⊥｜—△　｜⊤⊥　｜｜｜—△　｜——｜　——｜｜
无眠。
—△

五、平仄韵错协格

797. 古调笑

【题解】《乐苑》：商调曲。一名《宫中调笑》。白居易诗《打嫌调笑易》，自注：调笑，抛打曲名也。戴叔伦词，名《转应曲》；冯延巳词，名《三台令》；与宋词《调笑令》不同。

【句格】凡三换头，起用叠句，第六、七句，即倒叠第五句末二字转以应之。单调三十二字，八句四仄韵、两平韵、两叠韵。

王建

蝴蝶。蝴蝶。飞上金枝玉叶。君前对舞春风。百叶桃花树红。红树。红
—▲　—▲叠⊥⊥⊥⊥—⊥▲　⊥⊥⊥⊥⊥△　⊥⊥⊥⊥｜△　—▲换—

树。燕语莺啼日暮。
▲叠⊥⊥⊥—⊥▲

798. 诉衷情

【题解】唐教坊曲名。毛文锡词，有"桃花流水漾纵横"句，又名《桃花水》。按，《花间集》此调有两体，单调者，或间入一仄韵，或间入两仄韵，《花间集》此体第九句，类用叠字。其第八句，柳字可平，第十句，辽字可仄。双调者，全押平韵。

【句格】单调三十三字，十一句五仄韵、六平韵。此调有不同诸格体。

温庭筠

莺语。花舞。春昼午。雨霏微。金带枕。宫锦。凤凰帷。柳弱莺交飞。
—▲　—▲　—｜▲　｜—△　—｜▲换—▲　｜—△　⊥｜｜—△

依依。辽阳音信稀。梦中归。
—△　丅——｜△　　｜—△

　　附双调：四十五字，前段二十四字三平韵，后段二十一字三平韵。
欧阳修
清晨帘幕卷轻霜。呵手试梅妆。都缘自有离恨，故画作、远山长。
———｜｜—△　—｜｜—△　——｜｜—｜　｜｜｜　｜—△
思往事，惜流芳。易成伤。拟歌先敛，欲笑还颦，最断人肠。
—｜｜　｜—△　｜—△　｜——｜　｜｜——　｜｜—△

799. 西溪子

【题解】唐教坊曲名。
【句格】单调三十三字，八句四仄韵、一叠韵、两平韵，与间协者不同。其第四、五句用叠韵，或非定格。此调有不同诸格体。
牛峤
捍拨双盘金凤。蝉鬓玉钗摇动。画堂前，人不语。弦解语。弹到昭君怨
｜｜———▲　—｜｜——▲　｜——　—｜▲换—｜▲叠—｜——｜
处。翠娥愁。不抬头。
▲　｜—△　｜—△

800. 酒泉子

【题解】唐教坊曲名，《金奁集》入"高平调"。
【句格】双调四十字，前段五句两平韵、两仄韵，后段五句三仄韵、一平韵；上片三、四句对，下片歇拍三句对。此调有不同诸格体。
温庭筠
花映柳条。闲向绿萍池上。凭栏杆，窥细浪。雨潇潇。
丅｜⊥△　丅｜⊥—丅▲　⊥丅—　—⊥▲　丅—△
近来音信两疏索。洞房空寂寞。掩银屏，垂翠箔。度春宵。
⊥—丅｜⊥—▲换⊥丅—⊥▲　⊥丅—　丅⊥▲　｜—△

801. 醉公子

【题解】唐教坊曲名。薛昭蕴、顾夐词，俱四换韵，一名《四换头》。此调有两体，四十字者，昉自唐人；一百六字者，昉自宋人。

【句格】双调四十字，前后段各四句，两仄韵、两平韵。此调有不同诸格体。

顾夐

河汉秋云澹。红藕香侵栏。枕倚小山屏。金铺向晚扃。

⊤⊥一⊤▲　⊤⊥一⊤▲　⊥｜｜一△　⊤一⊥｜△

睡起横波慢。独坐情何限。衰柳数声蝉。魂销似去年。

⊥⊥一⊤▲换⊥⊥一⊤▲　⊤｜｜一△换一一⊥｜△

附别体：双调一百六字，前段十二句六仄韵，后段十句六仄韵；上片"念"挈偶句，下片三、四句对，第七句三字逗与八句对。

史达祖

神仙无膏泽。琼裾珠佩，卷下尘陌。秀骨依依，误向山中，得与相识。
一一一一▲　一一一｜　｜｜一▲　｜｜一一　｜｜一一　｜｜一▲

溪岸侧。倚高情、自锁烟翠，时点空碧。念香襟沾恨，酥手剪愁，今后梦魂隔。
一｜▲　｜一一　｜｜一｜　一｜一▲　｜一一一｜　一｜｜一　一｜｜一▲

相思暗惊清吟客。想玉照堂前、树三百。雁翅霜轻，凤羽寒深，谁护春
一一｜一一一▲　｜｜｜一一　｜一▲　｜｜一一　｜｜一一　一｜一

色。诗鬓白。总多因、水村携酒，烟墅留屐。更时常、明月同来，与花为表德。
▲　一｜▲　｜一一　｜｜一｜　一｜一▲　｜一一　一｜一一　｜一一｜▲

802. 昭君怨

【题解】朱敦儒词咏洛妃，名《洛妃怨》；侯寘词名《宴西园》。

【句格】双调四十字，前后段各四句，两仄韵、两平韵，前后段相同。此调有不同诸格体。

万俟咏

春到南楼雪尽。惊动灯期花信。小雨一番寒。倚栏杆。

⊤｜⊤一⊥▲　⊤｜⊤一⊤▲　⊥｜｜一△　｜一△

莫把栏杆频倚。一望几重烟水。何处是京华。暮云遮。
⊥｜┬一┬▲换⊥｜⊥一┬▲　┬｜｜一△　｜一△

803. 醉垂鞭

【题解】词见张先集。凡三用韵，两仄韵即间押于平韵之内，以平韵为主，亦花间体也。

【句格】双调四十二字，前后段各五句，三平韵、两仄韵。

张先

醉面滟金鱼。吴娃唱。吴潮上。玉殿白麻书。待君归后除。
⊥｜｜一△　一一▲　一一▲　⊥｜｜一△　⊥一┬｜△

勾留风月好。平湖晓。翠峰孤。此景出关无。西州空画图。
┬一一｜▲换一一▲　｜一△　｜｜一△　一一一｜△

804. 菩萨蛮

【题解】唐教坊曲名。《宋史·乐志》：女弟子舞队名。《樽前集》注：中吕宫。《宋史·乐志》亦中吕宫。《正音谱》注：正宫。唐苏鄂《杜阳杂编》云：大中初，女蛮国入贡，危髻金冠，璎珞被体，号菩萨蛮队，当时倡优遂制《菩萨蛮》曲，文士亦往往声其词。孙光宪《北梦琐言》云：唐宣宗爱唱《菩萨蛮》词，令狐绹命温庭筠新撰进之。《碧鸡漫志》云：今《花间集》温词十四首是也。按，温词有"小山重叠金明灭"句，名《重叠金》。南唐李煜词名《子夜歌》，一名《菩萨鬘》。韩淲词有"新声休写花间意"句，名《花间意》；又有"风前觅得梅花句"，名《梅花句》；有"山城望断花溪碧"句，名《花溪碧》；有"晚云烘日南枝北"句，名《晚云烘日》。

【句格】双调四十四字，前后段各四句，两仄韵、两平韵，为词调中之最古者，即以五七言组成；通篇两句一韵，凡四易韵，两平两仄。此调有不同诸格体。

李白

平林漠漠烟如织。寒山一带伤心碧。暝色入高楼。有人楼上愁。
┬一⊥｜一一▲　┬一⊥｜一一▲　⊥｜｜一△　⊥一┬｜△

玉阶空伫立。宿鸟归飞急。何处是归程。长亭更短亭。
⊥——｜▲　⊥｜⊤—▲　⊤｜｜—△换⊤—⊤｜△

805. 减字木兰花

【题解】《乐章集》注：仙吕调。《梅苑》李子正词，名《减兰》；徐介轩词，名《木兰香》；《高丽史·乐志》，名《天下乐令》。欧阳炯词有"今年却忆去年春，同在木兰花下醉"之句，因以"木兰花"为调名。顾此称"减字"者，在词调中固有此法，所谓"偷声"，所谓"减字"，俱于原有腔调有所减省也。《木兰花》本有五十二、五十四、五十五、五十六四体，本调只四十四字，以示较原调字数为减，故曰《减字木兰花》或简称曰《减兰》。有以本调为吕岩所作者，特词人假托神仙以炫奇耳。

【句格】双调四十四字，前后段各四句，两仄韵、两平韵。

欧阳修

歌檀敛袂。缭绕雕梁尘暗起。柔润清圆。百琲明珠一线穿。
⊤—⊥▲　⊤｜⊤——｜▲　⊤｜—△　⊥｜——⊥｜△

樱唇玉齿。天上仙音心下事。留住行云。满座迷魂酒半醺。
⊤—⊥▲　⊤｜⊤——｜▲　⊤｜—△　⊥｜——⊥｜△

806. 更漏子

【题解】此调有两体，四十六字者始于温庭筠，唐宋词最多。《樽前集》注：大石调。又属商调。一百四字者，止杜安世词，无别首可录。

【句格】双调四十六字，前段六句两仄韵、两平韵，后段六句三仄韵、两平韵；上片首二句，四、五句对，下片四、五句对。此调有不同诸格体。

温庭筠

玉炉香，红烛泪。偏照画堂秋思。眉翠薄，鬓云残。夜长衾枕寒。
⊥⊤—　⊤⊥▲　⊤｜⊥——▲　⊤⊥｜　｜—△　⊥—⊤｜△

梧桐树。三更雨。不道离情正苦。一叶叶，一声声。空阶滴到明。
—⊤▲换⊤⊤▲　⊥｜⊤—▲　⊥⊥｜　｜—△换⊤—⊥｜△

附别体：双调一百四字，前后段各十句，五平韵；上下片"算""望"

为领字。

杜安世

遥远途程。算万水千山，路入神京。暖日春郊、绿柳红杏，香迳舞燕流
－｜－△　｜｜｜－－　｜｜｜－△　｜｜｜－－　｜｜｜－｜　－｜－
莺。客馆悄悄闲庭，堪惹旧恨深。有多少驰驱，蓦岭涉水，枉废身心。
△　｜｜｜｜｜－－　－｜｜｜△　｜｜｜－－　｜｜｜｜　｜｜－△

思想厚利高名。漫惹得忧烦，枉度浮生。幸有青松、白云深洞，清闲且
－｜｜｜－△　｜｜｜｜－－　｜｜－△　｜｜－－　｜－－｜　－－｜
乐升平。长是宦游羁思，别离泪满襟。望江乡踪迹，旧游题书，尚自分明。
｜－△　－｜｜－－｜　｜－｜｜△　｜－－－｜　｜－－－　｜｜｜－△

807. 巫山一段云

【题解】唐教坊曲名。《乐章集》注：双调。

【句格】双调四十六字，前段四句三平韵，后段四句两仄韵、两平韵；上片首二句宜对。

唐昭宗（李晔）

蝶舞梨园雪，莺啼柳带烟。小池残日艳阳天。芉萝山又山。
⊤｜－－｜　－－⊥｜△　⊥－－｜｜－△　⊥⊤⊤｜⊥△

青鸟不来愁绝。忍看鸳鸯双结。春风一等少年心。闲情恨不禁。
⊤｜⊥－⊤▲　⊥｜⊤－⊤▲　⊤－⊥｜｜－△换⊤⊤｜⊥△

808. 喜迁莺

【题解】此调有小令、长调两体。小令起于唐人，《太和正音谱》注：黄钟宫。因韦庄词有"鹤冲天"句，更名《鹤冲天》；和凝词有"飞上万年枝"句，名《万年枝》；冯延巳词有"拂面春风长好"句，名《春光好》；宋夏竦词名《喜迁莺令》；晏几首词名《燕归来》；李德载词有"残腊里、早梅芳"句，名《早梅芳》。长调起于宋人，《梅溪集》注：黄钟宫。《白石集》注：太簇宫，俗名中管高宫。江汉词一名《烘春桃李》。

【句格】双调四十七字，前段五句四平韵，后段五句两仄韵、两平韵；

上下片首二句对。此调有不同诸格体。

韦庄

街鼓动，禁城开。天上探人回。凤衔金榜出云来。平地一声雷。
⊤⊥｜　｜－△　⊤｜｜－△　⊥－⊤｜｜－△　－｜｜－△

莺已迁，龙已化。一夜满城车马。家家楼上簇神仙。争看鹤冲天。
⊤⊥－　－⊥▲　⊥｜⊥－⊤▲　⊤－⊤｜｜－△换⊤⊥｜⊤△

附别体：双调一百三字，前后段各十一句，五仄韵；上片"看""认"为领字，四、五句对，下片四、五句对。

康与之

秋寒初劲。看云路雁来，碧天如镜。湘浦烟深，衡阳沙绕，风外几行斜
⊤－⊤▲　｜⊤⊥⊤　⊥⊤⊤▲　⊤｜－－　⊤⊤⊤⊥　⊤｜⊥－－

阵。回首塞门何处，故国关河重省。汉使老，认上林欲下，徘徊清影。
▲　⊤⊥⊥⊤⊤｜　⊥｜－⊤▲　⊥⊥｜　｜⊥⊤⊥｜　⊤⊤⊤▲

江南烟水暝。声过小楼，烛暗金猊冷。送目鸣琴，裁诗挑锦，此恨此情
－⊤－▲　⊤⊥⊤⊤　⊥⊥－－▲　⊥｜⊤－　⊤⊤⊤⊥　⊥｜⊥⊤

无尽。梦想洞庭飞下，散入云涛千顷。过尽也，奈杜陵人远，玉关无信。
⊤▲　⊥⊥⊥⊤⊤｜　⊥｜⊤－⊤▲　⊥⊥｜　｜⊥⊤⊥｜　⊥⊤⊤▲

809. 忆余杭

【题解】见《湘山野录》，潘阆自度曲，因忆西湖诸胜，故名《忆余杭》。《词律》编入《酒泉子》者误。

【句格】双调四十八字，前段四句两平韵，后段四句两仄韵、两平韵。此调有不同诸格体。

潘阆

长忆西湖，尽日凭栏楼上望，三三两两钓鱼舟。岛屿正清秋。
－｜－－　⊥｜－－－｜｜　⊤－⊥｜｜－△　⊥｜｜－△

笛声依约芦花里。白鸟数行惊起。别来闲想整鱼竿。思入水云寒。
｜－－｜－－▲　｜｜｜－－▲　｜－⊤｜｜－△换⊥｜｜－△

810. 偷声木兰花

【题解】此调亦本于《木兰花令》，前后段第三句，减去三字，另偷平声，故云偷声。若《减字木兰花》，前后段起句四字，则又从此调减去三字耳。

【句格】双调五十字，前后段各四句，两仄韵、两平韵。

冯延巳

落梅着雨消残粉。云重烟深寒食近。罗幕遮香。柳外秋千出画墙。
⊥—⊥｜——▲　⊤｜———｜▲　⊤｜—△　｜｜——｜｜△

春山颠倒钗横凤。飞絮入帘春睡重。梦里佳期。只许庭花与月知。
——⊤｜——▲换⊤｜⊥——｜▲　⊥｜—△换⊥｜⊤—⊥｜△

811. 梦仙郎

【题解】调见张先词集。

【句格】双调五十二字，前后段各五句，三仄韵、两平韵。

张先

江东苏小。夭斜窈窕。都不胜、彩鸾娇妙。春艳上新妆。肌肉过人香。
———▲　——｜▲　—｜｜　｜——▲　—｜｜—△　—｜｜—△

佳树阴阴池院。华灯绣幔。花月好、岂能长见。离聚此生缘。何计问高天。
—｜———▲换——｜▲　—｜｜　｜——▲　—｜｜—△换—｜｜—△

812. 定风波

【题解】唐教坊曲名。李珣词名《定风流》，张先词名《定风波令》。

【句格】双调六十二字，前段五句三平韵、两仄韵，后段六句四仄韵、两平韵；上片首二句对。此调有不同诸格体。

欧阳炯

暖日闲窗映碧纱。小池春水浸明霞。数树海棠红欲尽。争忍。玉闺深掩
⊥｜｜——⊥｜△　⊥—⊤｜｜—△　⊥｜⊥——｜▲　⊤▲　⊥—⊤｜

过年华。
｜—△

独凭绣床方寸乱。肠断。泪珠穿破脸边花。邻舍女郎相借问。音信。教
⊥｜⊥—｜▲换⊤▲　⊥—⊤｜｜—△　⊤｜⊥—｜▲换⊤▲　⊤
人羞道未还家。
—⊤｜｜—△

813. 虞美人

【题解】唐教坊曲名。《碧鸡漫志》云：《虞美人》旧曲三，其一属中吕调，其一属中吕宫，近世又转入黄钟宫。元高栻词注：南吕调。《乐府雅词》名《虞美人令》；周紫芝词，有"只恐怕寒，难近玉壶冰"句，名《玉壶冰》；张炎词赋柳儿，因名《忆柳曲》；王行词，取李煜"恰似一江春水向东流"句，名《一江春水》。

【句格】双调五十六字，前后段各四句，两仄韵、两平韵。此调有不同诸格体。

李煜

风回小院庭芜绿。柳眼春相续。凭栏半日独无言。依旧竹声新月、似
⊤—⊥｜——▲　⊥｜——▲　⊤—⊥｜｜—△　⊤｜⊥—⊤｜　｜
当年。
—△

笙歌未散樽罍在。池面冰初解。烛明香暗画栏深。满鬓清霜残雪、思
⊤—｜｜——▲换⊤——▲　｜——｜｜—△换⊥｜⊤—⊤｜　｜
难禁。
—△

附别体：双调五十八字，前后段各五句，两仄韵、三平韵。

毛文锡

宝檀金缕鸳鸯枕。绶带盘宫锦。夕阳低映小窗明。南园绿树语莺莺。梦
⊥—⊤｜——▲　⊥｜——▲　⊥—⊤｜｜—△　⊤—⊥｜｜—△　｜
难成。
—△

玉炉香暖频添注。满地飘轻絮。珠帘不卷度沉烟。庭前闲立画秋千。艳
⊥一丁｜――▲　　⊥｜――▲　　丁一⊥｜｜－△　　丁一丁｜｜－△　｜
阳天。
一△

814. 楼上曲

【题解】调见《芦川词》，因词中有"楼外、楼中"二句，故名。
【句格】双调五十六字，前后段各四句，两仄韵、两平韵。

张元幹
楼外夕阳明远水。楼中人倚东风里。何事有情怨别离。低鬟背立君应知。
一｜⊥――｜▲　　――丁｜――▲　　－｜⊥－｜｜△　　――｜｜――△
东望云山君去路。断肠迢迢尽愁处。明朝不忍见云山。从今休傍曲栏杆。
丁｜－－－｜▲换丁⊥一丁⊥－▲　　丁－⊥｜｜－△换－－－｜｜－△

815. 梅花引

【题解】此调有两体。五十七字者，《中原音韵》注：越调，高宪词，有"须信在家贫也乐"句，因名《贫也乐》，又名《将进酒》。一百十四字者，即五十七字体再加一叠，贺铸词句《小梅花》。
【句格】双调五十七字，前段七句三仄韵、三平韵，后段六句两仄韵、两平韵、一叠韵；下片叠韵句宜对。此调有不同诸格体。

贺铸
城下路。凄风露。今人犁田古人墓。岸头沙。带蒹葭。漫漫昔时，流水
一⊥▲　　丁丁▲　　丁丁丁丁⊥丁▲　　⊥－△　　⊥丁△　　｜⊥丁　－⊥
今人家。
丁丁△
　　黄埃赤日长安道。倦客无浆马无草。开函关。闭函关。千古如何，不见
　　丁丁一⊥⊥丁丁▲换⊥一丁⊥丁▲　　丁－△换｜－△叠－丁丁　⊥⊥
一人闲。
｜丁△

附别体：双调一百十四字，前后段各十三句，五仄韵、六平韵；上片首二句对，四、五句错踪对，下片第十、第十一句对。

贺铸

缚虎手。悬河口。车如鸡栖马如狗。白纶巾。扑黄尘。不知我辈，可是
⊥⊥▲　—⊥▲　⊥—⊥⊥⊥—▲　|—△　|—△　⊥⊥|　⊥⊥
蓬蒿人。衰兰送客咸阳道。天若有情天亦老。作雷颠。不论钱。谁问旗亭，
⊥—△　⊥—⊥|——▲换⊥|⊥—⊥⊥▲　⊥—△　|—△　—⊥⊥⊥
美酒斗十千。
⊥|⊥⊥△

酌大斗。更为寿。青鬓常青古无有。笑嫣然。舞翩翩。当垆秦女，十五
⊥⊥▲换⊥⊥▲　⊥⊥⊥⊥⊥—▲　⊥—△换|—△　⊥⊥⊥|　⊥⊥
语如弦。遗音能记秋风曲。事去千年犹恨促。揽流光。系扶桑。争奈愁来，
⊥—△　⊥—⊥|—⊥▲换⊥|⊥⊥⊥—▲　⊥—△换|—△　—⊥⊥⊥
一日却为长。
⊥||—△

816. 甘露歌

【题解】见《乐府雅词》，一名《古祝英台》。

【句格】三段七十二字，每段各四句，两平韵、两仄韵。

王安石

折得一枝香在手。人间应未有。疑是经春雪未消。今日是何朝。
|||——|▲　———|▲　—|——||△　—||—△
尽日含毫难比兴。都无色可并。万里晴天何处来。真是屑琼瑰。
||———|▲换——||▲　||———|△换—||—△
天寒日暮山谷里。的砾愁成水。池上渐多枝上稀。唯有故人知。
——||—|▲换||——▲　—|——|—△换—||—△

817. 离别难

【题解】唐教坊曲名。按，段安节《乐府杂录》：天后朝，有士人妻，

配入掖庭，善吹觱篥，乃撰此曲。盖五言八句诗也，白居易集亦有七言绝句诗。薛词见《花间集》，乃借旧曲名，另倚新声者，因词有"罗帏乍别情难"句，取以为名。宋柳永词，则又与薛词不同，《乐章集》注中吕调。

【句格】双调八十七字，前段九句四平韵、四仄韵，后段十句四平韵、六仄韵；上片七、八句对，下片首二句对，八、九句对。此调有不同诸格体。

薛昭蕴

宝马晓鞴雕鞍。罗帏乍别情难。那堪春景媚。送君千万里。半妆珠翠落，
｜｜｜｜－△　－－｜｜－△　｜－－｜▲　｜－－｜▲　｜－－｜｜
露华寒。红蜡烛。青丝曲。偏能勾引泪栏杆。
｜－△　－｜▲换－－▲　－－－｜｜－△

良夜促。香尘绿。魂欲迷。檀眉半敛愁低。未别心先咽。欲语情难说。
－｜▲　－－▲　｜－△换－－｜｜－△　｜｜－－▲换｜｜－－▲
出芳草、路东西。摇袖立。春风急。樱花杨柳雨凄凄。
｜－｜　｜－△　－｜▲换－－▲　－－－｜｜－△

正文 817 调，附格 93 调，总计 910 谱。
2010 年 3 月 21 日编就
2023 年 8 月 19 日定稿

附录一

唐之大小曲名，见《教坊记》；宋之大小曲名，见《宋史·乐志》。如《竹枝》《柳枝》《浪淘沙》等调，皆唐之小曲，以上817阕是也。而《清平调》《水调》《凉州》《伊州》等，皆唐之大曲，多至十余遍，尽数全载，附录于此。至宋之大曲，传者甚少，仅得《薄媚》一调。《调笑令》《九张机》亦为附载。至于元人套数乐府，虽与词同源却异流，此为词谱，故不采列。

一、调笑令（十首）

毛滂

窃以绿云之音，不羞春燕；结风之袖，若翮秋鸿。勿谓花月之无情，长寄绮罗之遗恨。试为调笑，戏追风流。少延重客之余欢，聊发清樽之雅兴。

（一）崔徽

珠树阴中翡翠儿，莫论生小被鸡欺。鹳鹊楼高荡春思，秋瓶盼碧双琉璃。御酥写肌花作骨，燕钗横玉云堆发。使梁年少断肠人，凌波袜冷重城月。城月。冷罗袜。郎睡不知鸾帐揭。香凄翠被灯明灭。

－▲　｜－▲　－｜｜－－｜▲　－－｜｜－－▲

花困钗横时节。河桥杨柳催行色。愁黛有人描得。

－｜－－－▲　－－－｜－－▲　－｜｜－－▲

（二）泰娘

隼旗佩马昌门西，泰娘绀幰为追随。河桥春风弄鬖影，桃花髻暖黄蜂飞。绣茵锦荐承回雪，水犀梳斜抱明月。铜驼梦断江水长，云中月堕寒香歇。香歇。袂红颭。记立河桥花自折。隼旗绀幰城西阙。

－▲　｜－▲　｜｜－－－｜▲　｜－｜｜－－▲

教妾惊鸿回雪。铜驼春梦空愁绝。云破碧江流月。
—｜———▲　———｜——▲　—｜｜——▲

（三）盼盼

武宁节度客最贤，后车摘藻争春妍。曲眉丰颊亦能赋，惠中秀外谁取怜。花娇叶困春相逼，燕子楼头作寒食。月明空照合欢床，霓裳罢舞犹无力。无力。倚瑶瑟。罢舞霓裳今几日。楼空雨小春寒逼。
—▲　｜—▲　｜｜———｜▲　——｜｜——▲

钿晕罗衫烟色。帘前归燕看人立。却趁落花飞入。
—｜———▲　———｜——▲　｜｜｜——▲

（四）美人赋

临邛重客蜀相如，被服容冶人闲都。上宫烟娥笑迎客，绣屏六曲红氍毹。霰珠穿帘洞房晚，歌倚瑶琴半羞懒。天寒日暮可奈何，挂客冠缨玉钗冷。钗冷。鬓云晚。罗袖拂人花气暖。风流公子来应远。
—▲　｜—▲　—｜｜——｜▲　———｜——▲

半倚瑶琴羞懒。云寒日暮天微霰。无处不堪肠断。
｜｜———▲　——｜｜——▲　—｜｜——▲

（五）灼灼

寒云夜卷霜倒飞，一声水调凝秋悲。锦靴玉带舞回雪，丞相筵前看柘枝。河东词客今何地，密寄软绡三尺泪。锦城春色隔瞿塘，故华灼灼今憔悴。憔悴。何郎地。密寄软绡三尺泪。传心语眼郎应记。
—▲　——▲　｜｜｜——｜▲　——｜｜——▲

翠袖犹芳仙桂。愿郎学做蝴蝶子。去去来来花里。
｜｜———▲　｜—｜｜—｜▲　｜｜｜——▲

（六）莺莺

春风户外花萧萧，绿窗绣屏阿母娇。白玉郎君恃恩力，樽前心醉双翠翘。西厢月冷蒙花雾，落霞零乱墙东树。此夜灵犀已暗通，玉环寄恨人何处。何处。长安路。不记墙东花拂树。瑶琴理罢霓裳谱。
—▲　——▲　｜｜｜——｜▲　——｜｜——▲

依旧月窗风户。薄情年少如飞絮。梦逐玉环西去。
－｜｜——▲　｜——｜——▲　｜｜｜——▲

（七）苔子

白蘋溪边张水嬉，红莲上客心在谁。丹山鸾雏杂鸥鹭，暮云晚浪相逶迤。十年东风未应老，斗量明珠结里媪。花房着子青春深，朱轮来时但芳草。芳草。恨春老。自是寻春来不早。落花风起红多少。
－▲　｜－▲　｜｜———｜▲　｜——｜——▲

记得一枝春小。绿阴青子空相恼。此恨平生怀抱。
｜｜｜——▲　｜——｜——▲　｜｜｜———▲

（八）张好好

半天高阁倚晴江，使君燕客罗纨香。一声离凤破凝碧，洞房十三春未央。沙暖鸳鸯堤下上，烟轻杨柳丝飘荡。佩瑶弃置洛城东，风流云散空相望。相望。楚江上。萦水缭云闻妙唱。龙沙醉眼看花浪。
－▲　｜－▲　－｜———｜▲　——｜｜——▲

正要风将月傍。云车瑶佩成惆怅。衰柳白须相向。
｜｜——｜▲　———｜——▲　－｜｜｜——▲

（九）破子

酒美。从酒贵。濯锦江边花满地。鹡鸰换得文君醉。
｜▲　－｜▲　｜｜———｜▲　｜－｜｜——▲

暖和一团春意。怕将醒眼看浮世。不换云芽雪水。
｜｜｜——▲　｜－｜｜——▲　｜｜——｜▲

又

花好。怕花老。暖日和风将养到。东君须愿长年少。
－▲　｜－▲　｜｜———｜▲　———｜——▲

图不看花草草。西园一点红犹小。早被蜂儿知道。
－｜——｜▲　——｜｜——▲　｜｜｜———▲

（十）遣队

歌长渐落杏梁尘，舞罢香风卷绣裀。更拟绿云弄清切，樽前恐有断肠人。

又一体（八首）

一名调笑集句。《乐府雅词》注：宣和中，自九重传出。

无名氏

盖闻行乐须及良辰，钟情正在吾辈。飞觞举白，目断巫山之暮云；缀玉联珠，韵胜池塘之春草。集古人之妙句，助今日之余欢。

珠流璧合暗连文，月入千江体不分。此曲只应天上有，歌声岂合世间闻。

（一）巫山

巫山高高十二峰，云想衣裳花想容。欲往从之不惮远，丹峰碧嶂深重重。楼阁玲珑五云起，美人娟娟隔秋水。江天一望楚天长，满怀明月人千里。千里。楚江水。明月楼高愁独倚。井梧宫殿生秋意。

— ▲　｜— ▲　— ｜— — —｜▲　｜— —｜— — ▲

望断巫山十二。雪肌花貌参差是。朱阁五云仙子。

｜｜— —｜▲　｜— —｜— — ▲　— ｜｜— — ▲

（二）桃源

渔舟容易入春山，别有天地非人间。玉颜亭亭花下立，鬓乱钗横特地寒。留君不住君须去，不知此地归何处。春来遍是桃花水，流水落花空相误。相误。桃源路。万里沧沧烟水暮。留君不住君须去。

— ▲　— —▲　｜｜— — —｜▲　— —｜— — ▲

秋月春风闲度。桃花零乱如红雨。人面不知何处。

— ｜— — —▲　— — —｜— — ▲　— ｜｜— — ▲

（三）洛浦

艳阳灼灼河洛神，态浓意远淑且真。入眼平生未曾有，缓步佯羞行玉尘。凌波不过横塘路，风吹仙袂飘飘举。来如春梦不多时，夭非花艳轻非雾。非雾。花无语。还似朝云何处去。凌波不过横塘路。

— ▲　— —▲　— ｜— — —｜▲　— —｜｜— — ▲

燕燕莺莺飞舞。风吹仙袂飘飘举。拟倩游丝惹住。

｜｜— — —▲　— — —｜— — ▲　｜｜— —｜▲

（四）明妃

明妃初出汉宫时，青春绣服正相宜。无端又被东风误，故着寻常淡薄衣。

上马即知无返日，寒山一带伤心碧。人生憔悴生理难，好在毡城莫相忆。相忆。无消息。目断遥天云自白。寒山一带伤心碧。
—▲ ——▲ ｜｜———｜▲ ——｜｜——▲

风土萧疏胡国。长安不见浮云隔。纵使君来争得。
—｜———▲ ——｜｜——▲ ｜｜———▲

（五）班女

九重春色醉仙桃，春娇满眼睡红绡。同辇随君侍君侧，云鬟花冠金步摇。一霎秋风惊画扇，庭院苍苔红叶遍。蕊珠宫里旧承恩，回首何时复来见。来见。蕊宫殿。记得随班迎凤辇。余花落尽苍苔院。
—▲ ｜—▲ ｜｜———｜▲ ——｜｜——▲

斜掩金铺一片。千金买笑无方便。和泪盈盈娇眼。
—｜——｜▲ ——｜——▲ —｜———▲

（六）文君

锦城丝管日纷纷，金钗半醉坐添春。相如正应居客右，当轩下马入锦裀。斜倚绿窗鸳鉴女，琴弹秋思明心素。心有灵犀一点通，感君绸缪逐君去。君去。逐鸳侣。斜倚绿窗鸳鉴女。琴弹秋思明心素。
—▲ ｜—▲ —｜｜——｜▲ ———｜——▲

一寸还成千缕。锦城春色知何许。那似远山眉妩。
｜｜———▲ ｜——｜——▲ ｜｜｜———▲

（七）吴娘

素枝琼树一枝春，丹青难写是精神。偷啼自搵残妆粉，不忍重看旧写真。佩玉鸣鸾罢歌舞，锦瑟华年谁与度。暮雨潇潇郎不归，含情欲说独无处。无处。难轻诉。锦瑟华年谁与度。黄昏更下潇潇雨。
—｜ ——▲ ｜———｜▲ ——｜｜——▲

况是青春将暮。花虽无语莺能语。来道曾逢郎否。
｜｜———▲ —｜—｜——▲ —｜———▲

（八）琵琶

十三学得琵琶成，翡翠帘开云母屏。暮去朝来颜色故，夜半月高弦索鸣。江水江花岂终极，上下花间声转急。此恨绵绵无绝期，江州司马青衫湿。

衫湿。情何极。上下花间声转急。满船明月芦花白。

－▲　－－▲　｜｜－－－｜▲　｜－－｜－－▲

秋水长天一色。芳年未老时难得。目断远空凝碧。

－｜－－｜▲　－－｜｜－－▲　｜｜｜－－▲

又一体（十二首）

一名《调笑转踏》。

郑仅

良辰易失，信四者之难并；佳客相逢，实一时之盛事。用陈妙曲上助清欢，女伴相将调笑入队。

秦楼有女字罗敷，二十未满十五余。金环约腕携笼去，攀枝摘叶城南隅。使君春思如飞絮，五马徘徊芳草路。东风吹鬓不可亲，日晚蚕饥欲归去。归去。携笼女。南陌采桑三月暮。使君春思如飞絮。

－▲　－－▲　－｜－－－｜▲　｜－－｜－－▲

五马徘徊频驻。蚕饥日晚空留顾。笑指秦楼归去。

｜｜－－－▲　－－｜｜－－▲　｜｜｜－－▲

石城女子名莫愁，家住石城西渡头。拾翠每寻芳草路，采莲时过绿蘋洲。五陵豪客青楼上，醉倒金壶待清唱。风高江阔白浪飞，急催艇子操双桨。双桨。小舟荡。唤取莫愁迎叠浪。五陵豪客青楼上。

－▲　｜－▲　｜｜｜－－｜▲　｜－－｜－－▲

不道风高江广。千金难买倾城样。那听绕梁清唱。

｜｜－－－▲　－－－｜－－▲　｜｜｜－－▲

绣户朱帘翠幕张，主人置酒宴华堂。相如年少多才调，消得文君暗断肠。断肠初认琴心跳，幺弦暗写相思调。从来万曲不关心，此度伤心何草草。草草。最年少。绣户银屏人窈窕。瑶琴暗写相思调。

｜▲　｜－▲　｜｜｜－－－｜▲　－－｜｜－－▲

一曲关心多少。临邛客舍成都道。苦恨相逢不早。

｜｜－－－▲　－－｜｜－－▲　｜｜｜－－｜▲

溶溶流水武陵溪，洞里春长日月迟。红英满地无人扫，此度刘郎去后迷。行行渐入清流浅，香风引到神仙馆。琼浆一饮觉身轻，玉砌云房瑞烟暖。

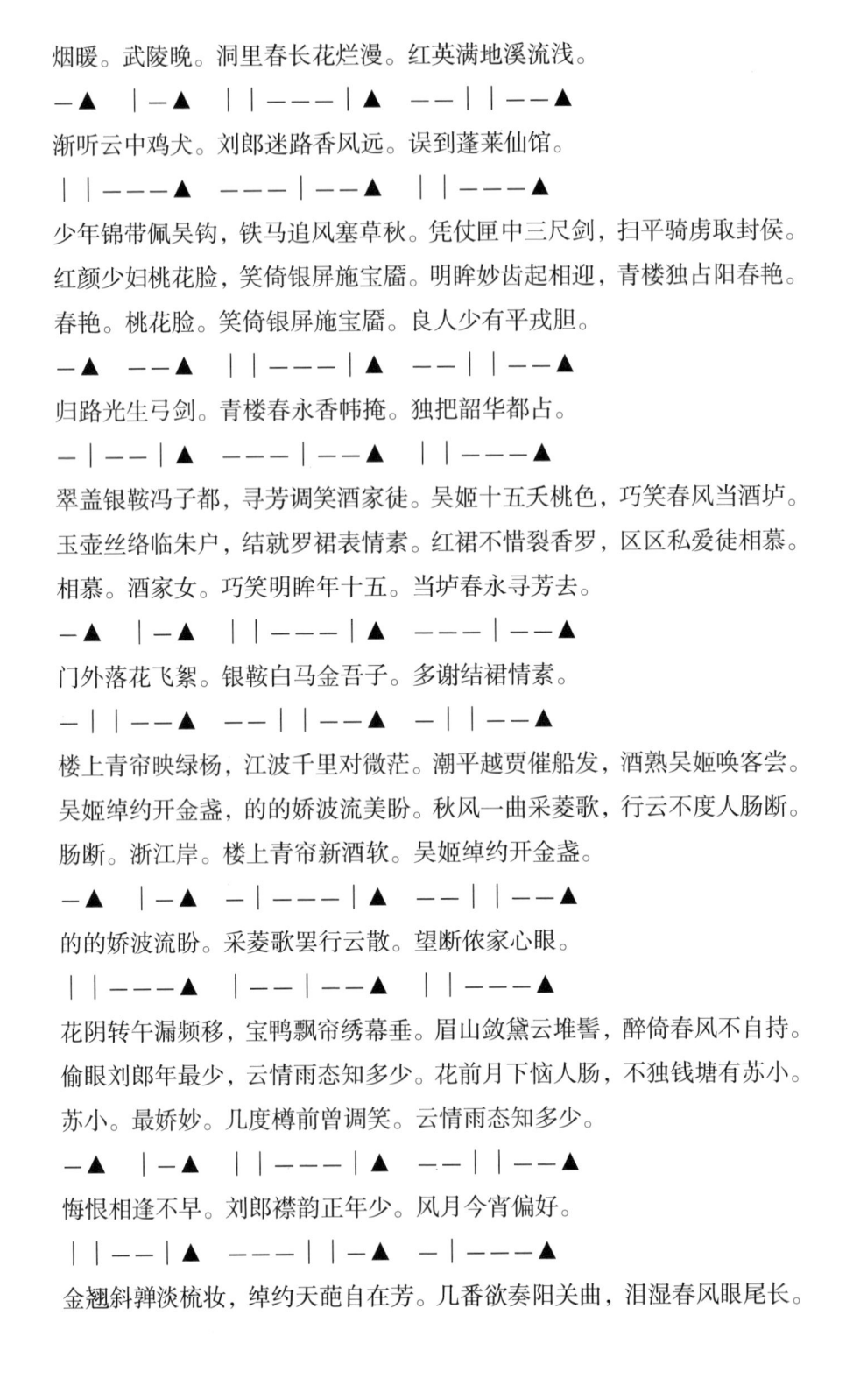

烟暖。武陵晚。洞里春长花烂漫。红英满地溪流浅。
—▲　｜—▲　｜｜———▲　——｜｜——▲
渐听云中鸡犬。刘郎迷路香风远。误到蓬莱仙馆。
｜｜———▲　———｜——▲　｜｜———▲

少年锦带佩吴钩，铁马追风塞草秋。凭仗匣中三尺剑，扫平骑虏取封侯。
红颜少妇桃花脸，笑倚银屏施宝靥。明眸妙齿起相迎，青楼独占阳春艳。
春艳。桃花脸。笑倚银屏施宝靥。良人少有平戎胆。
—▲　——▲　｜｜———｜▲　——｜｜——▲
归路光生弓剑。青楼春永香帏掩。独把韶华都占。
—｜——｜▲　———｜——▲　｜｜———▲

翠盖银鞍冯子都，寻芳调笑酒家徒。吴姬十五夭桃色，巧笑春风当酒垆。
玉壶丝络临朱户，结就罗裙表情素。红裙不惜裂香罗，区区私爱徒相慕。
相慕。酒家女。巧笑明眸年十五。当垆春永寻芳去。
—▲　｜—▲　｜｜———｜▲　———｜——▲
门外落花飞絮。银鞍白马金吾子。多谢结裙情素。
—｜｜——▲　——｜｜——▲　—｜｜｜——▲

楼上青帘映绿杨，江波千里对微茫。潮平越贾催船发，酒熟吴姬唤客尝。
吴姬绰约开金盏，的的娇波流美盼。秋风一曲采菱歌，行云不度人肠断。
肠断。浙江岸。楼上青帘新酒软。吴姬绰约开金盏。
—▲　｜—▲　—｜———｜▲　——｜｜——▲
的的娇波流盼。采菱歌罢行云散。望断侬家心眼。
｜｜———▲　｜——｜——▲　｜｜｜———▲

花阴转午漏频移，宝鸭飘帘绣幕垂。眉山敛黛云堆髻，醉倚春风不自持。
偷眼刘郎年最少，云情雨态知多少。花前月下恼人肠，不独钱塘有苏小。
苏小。最娇妙。几度樽前曾调笑。云情雨态知多少。
—▲　｜—▲　｜｜———｜▲　——｜｜——▲
悔恨相逢不早。刘郎襟韵正年少。风月今宵偏好。
｜｜——｜▲　———｜——▲　——｜———▲

金翘斜彈淡梳妆，绰约天葩自在芳。几番欲奏阳关曲，泪湿春风眼尾长。

落花飞絮青门道，浓愁不散连芳草。骖鸾乘鹤上蓬莱，应笑行云空梦悄。
梦悄。翠屏晓。帐里熏炉残蜡照。赏心乐事能多少。

｜｜▲　｜－▲　｜｜－－－｜▲　｜－｜｜－－▲

忍听阳关声调。明朝门外长安道。怅望王孙芳草。

｜｜－－－▲　－－－｜－－▲　｜｜｜－－－▲

绰约妍姿号太真，肌肤冰雪怯轻尘。霞衣乍举红摇影，按出霓裳曲最新。
舞斜钗弹乌云发，一点春心幽恨切。蓬莱虽说浪风轻，翻恨明皇此时节。
时节。白云阙。洞里春情百和爇。兰心底事多悲切。

－▲　｜－▲　｜｜－－｜▲　－－｜｜－－▲

消尽一团冰雪。明皇恩爱云山绝。谁道蓬莱安悦。

－｜｜－－▲　－－－｜－－▲　｜｜－－－▲

江上新晴暮霭飞，碧芦红蓼夕阳微。富贵不牵渔父目，尘劳难染钓人衣。
白鸟孤飞烟柳杪，采莲越女清歌妙。腕呈金钏棹鸣榔，惊起鸳鸯归调笑。
调笑。楚江渺。粉面修眉花斗好。擎荷折柳争相调。

｜▲　｜－▲　｜｜｜－－－｜▲　－－｜｜－－▲

惊起鸳鸯多少。渔歌齐唱催残照。一叶归舟轻小。

－｜－－－▲　－－－｜－－▲　｜｜－－－▲

千里潮平小渡边，帘歌白纻絮飞天。苏苏不怕梅风软，空遣春心着意怜。
燕钗玉股横青发，怨托琵琶恨难说。拟将幽恨诉新愁，新愁未尽丝声切。
声切。恨难说。千里潮平春浪阔。梅风不解相思结。

－▲　｜－▲　－｜－－－｜▲　－－｜｜－－▲

忍送落花飞雪。多才一去芳音绝。更对珠帘新月。

｜｜｜－－▲　－－｜｜－－▲　｜｜｜－－－▲

放队

新词宛转递相传，振袖倾鬟风露前。月落乌啼云雨散，游童陌上拾花钿。

二、九张机（十一首）

《乐府雅词》无名氏《醉留客》者，乐府之旧名；《九张机》者，才子之新调。凭戛玉之清歌，写掷梭之春怨。章章寄恨，句句言情。恭对华筵，敢呈口号。

一掷梭心一缕丝,连连织就九张机。从来巧思知多少,苦恨春风久不归。
一张机。织梭光景去如飞。兰芳夜永愁无寐。呕呕轧轧,织成春恨,留
　|—△　|——||—△　——||——▼协——||　|——|　—
着侍郎归。
||—△

两张机。月明人静漏声稀。千丝万缕相萦系。织成一段,回文锦字,将
　|—△　|——||—△　——||——▼协——||　|——|　—
去寄呈伊。
||—△

三张机。中心有朵耍花儿。娇红嫩绿春明媚。君须早折,一枝浓艳,莫
　|—△　|——||—△　——||——▼协——||　|——|　—
待过芳菲。
||—△

四张机。鸳鸯织就欲双飞。可怜未老头先白。春波碧草,晓寒深处,相
　|—△　|——||—△　——||——▼协——||　|——|　—
对浴红衣。
||—△

五张机。芳心密与巧心期。合欢树上枝连理。双头花下,两同心处,一
　|—△　|——||—△　——||——▼协——||　|——|　—
对化生儿。
||—△

六张机。雕花铺锦半离披。兰芳别有留春计。炉添小篆,日长一线,相
　|—△　|——||—△　——||——▼协——||　|——|　—
对绣工迟。
||—△

七张机。春蚕吐尽一生丝。莫教容易裁罗绮。无端剪破,仙鸾彩凤,分
　|—△　|——||—△　——||——▼协——||　|——|　—
作两般衣。
||—△

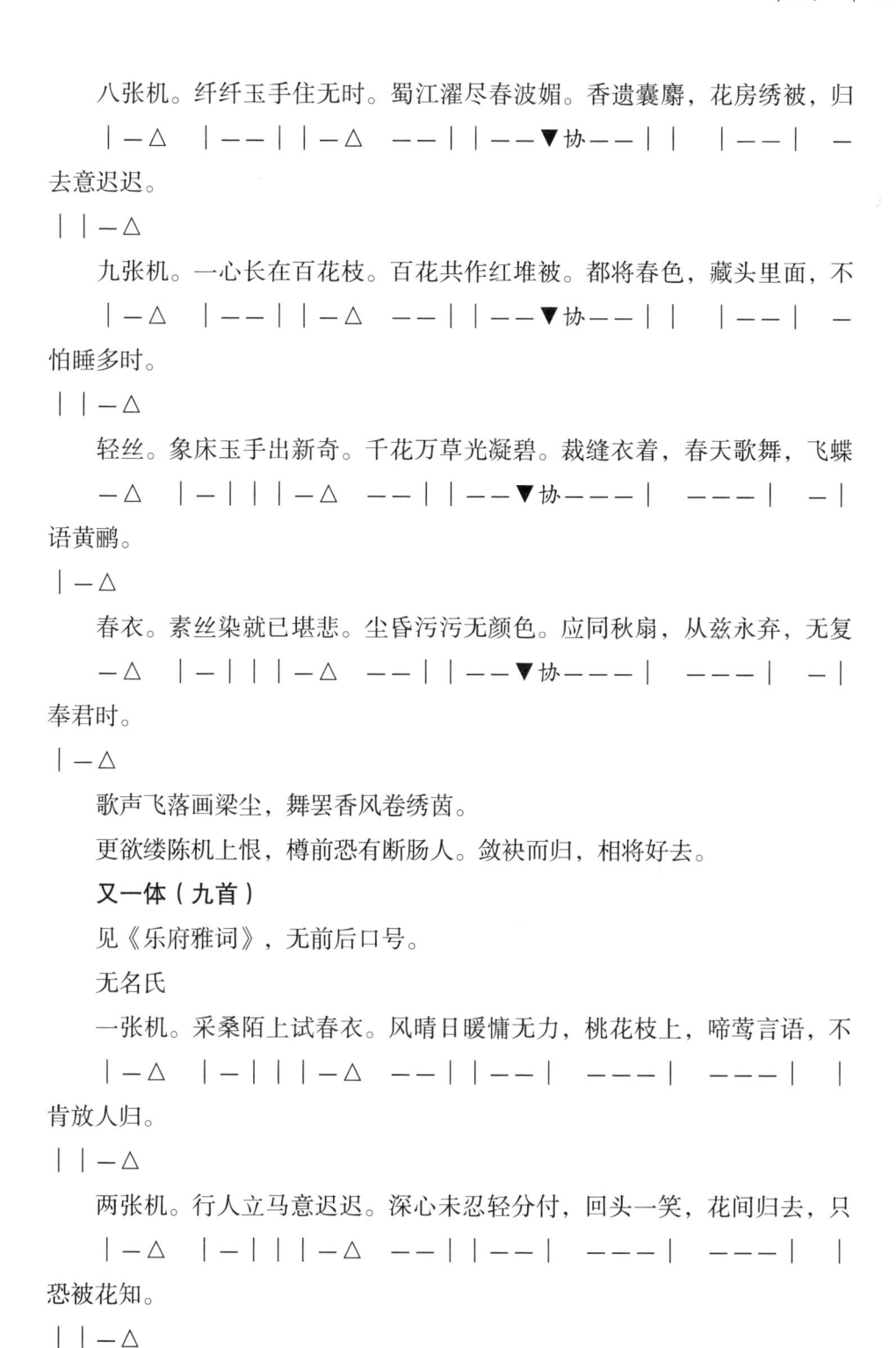

八张机。纤纤玉手住无时。蜀江濯尽春波媚。香遗囊麝，花房绣被，归
　|—△　　|——||—△　　——||——▼协——|　　|——|　—
去意迟迟。
||—△

九张机。一心长在百花枝。百花共作红堆被。都将春色，藏头里面，不
　|—△　　|——||—△　　——||——▼协——|　　|——|　—
怕睡多时。
||—△

轻丝。象床玉手出新奇。千花万草光凝碧。裁缝衣着，春天歌舞，飞蝶
—△　　|—|||—△　　——||——▼协———|　———|　—|
语黄鹂。
|—△

春衣。素丝染就已堪悲。尘昏污污无颜色。应同秋扇，从兹永弃，无复
—△　　|—|||—△　　——||——▼协———|　———|　—|
奉君时。
|—△

歌声飞落画梁尘，舞罢香风卷绣茵。
更欲缕陈机上恨，樽前恐有断肠人。敛袂而归，相将好去。

又一体（九首）

见《乐府雅词》，无前后口号。

无名氏

一张机。采桑陌上试春衣。风晴日暖慵无力，桃花枝上，啼莺言语，不
　|—△　　|—|||—△　　——||——|　———|　———|　|
肯放人归。
||—△

两张机。行人立马意迟迟。深心未忍轻分付，回头一笑，花间归去，只
　|—△　　|—|||—△　　——||——|　———|　———|　|
恐被花知。
||—△

三张机。吴蚕已老燕雏飞。东风宴罢长洲苑,轻绡催趁,馆娃宫女,要
　　｜－△　｜－｜｜｜－△　－－｜｜－－｜　－－－｜　－－－｜　｜
换舞时衣。
｜｜－△

　　四张机。咿哑声里暗颦眉。回梭织朵垂莲子,盘花易绾,愁心难整,脉
　　｜－△　｜－｜｜｜－△　－－｜｜－－｜　－－－｜　－－－｜　｜
脉乱如丝。
｜｜－△

　　五张机。横纹织就沈郎诗。中心一句无人会,不言愁恨,不言憔悴,只
　　｜－△　｜－｜｜｜－△　－－｜｜－－｜　－－－｜　－－－｜　｜
恁寄相思。
｜｜－△

　　六张机。行行都是耍花儿。花间更有双蝴蝶,停梭一晌,闲窗影里,独
　　｜－△　｜－｜｜｜－△　－－｜｜－－｜　－－－｜　－－－｜　｜
自看多时。
｜｜－△

　　七张机。鸳鸯织就又迟疑。只恐被人轻裁剪,分飞两处,一场离恨,何
　　｜－△　｜－｜｜｜－△　－－｜｜－－｜　－－－｜　－－－｜　｜
计再相随。
｜｜－△

　　八张机。回纹知是阿谁诗。织成一片凄凉意,行行读遍,厌厌无语,不
　　｜－△　｜－｜｜｜－△　－－｜｜－－｜　－－－｜　－－－｜　｜
忍更寻思。
｜｜－△

　　九张机。双花双叶又双枝。薄情自古多离别,从头到底,将心萦系,穿
　　｜－△　｜－｜｜｜－△　－－｜｜－－｜　－－－｜　－－－｜　｜
过一条丝。
｜｜－△

三、梅花曲（三首）

此据王安石《与微之同赋梅花得香字三首》度曲。

刘几（1008—1088），字伯寿，号玉华庵主（《风月堂诗话》），洛阳人。仁宗朝进士，通判邠州，知宁州。英宗时为秦凤总管。神宗时以秘书监致仕，隐居嵩山玉华峰下。哲宗元祐三年卒，年八十一。

汉宫娇额半涂黄，粉色凌寒透薄妆。好借月魂来映烛，恐随春梦去飞扬。
风亭把盏酬孤艳，雪径回舆认暗香。不为调羹应结子，直须留此占年芳。
汉宫中侍女，娇额半涂黄。盈盈粉色凌时，寒玉体，先透薄妆。
｜——｜｜　—｜｜—△　——｜｜——　—｜｜　—｜△
好借月魂来，娉婷画烛旁。惟恐随，阳春好梦去，所思飞扬。
｜｜｜——　——｜｜△　—｜—　——｜｜｜　｜｜—△
宜向风亭把盏，酬孤艳，醉永夕何妨。雪径蕊，真凝密，降回舆，认暗香。
—｜——｜｜　——｜｜　｜｜—△　｜｜｜　——｜　｜——　｜｜△
不为藉我作和羹，肯放结子花狂。向上林，留此占年芳。
｜｜｜｜｜——　｜｜｜｜—△　｜｜—　—｜｜—△

又

结子非贪鼎鼐尝，偶先红杏占年芳。从教腊雪埋藏得，却怕春风漏泄香。
不御铅华知国色，只裁云缕想仙妆。少陵为尔牵诗兴，可是无心赋海棠。
结子非贪，有香不俗，宜当鼎鼐尝。偶先红紫，度韵华、玉笛占年芳。
｜｜——　｜—｜｜　——｜｜△　｜——｜　｜｜—　｜｜｜—△
众花杂色满上林，未能教，腊雪埋藏。却怕春风漏泄，一一尽天香。
｜—｜｜｜—　｜——　｜｜—△　｜｜——｜｜　｜｜—△
不须更御铅黄。知国色禀自，天真殊常。只裁云缕，奈芳滑，玉体想仙妆。
｜—｜｜—△　｜｜｜｜｜　———△　｜｜——　｜—｜　｜｜｜—△
少陵为尔东阁，美艳激诗肠。当已阴未雨春光，无心赋海棠。
｜—｜｜—｜　｜｜｜—△　—｜—｜｜——　——｜｜△

又

浅浅池塘短短墙，年年为尔惜流芳。向人自有无言意，倾国天教抵死香。

须裛黄金危欲堕，带团红烛巧能妆。婵娟一种如冰雪，依倚春风笑野棠。
浅浅池塘，深深庭院，复出短短垣墙。年年为尔，若九真巡会，宝惜流芳。
　｜｜——　———｜　｜｜｜｜　—△　——｜｜　｜｜——　｜｜｜—△
向人自有，绵渺无言，深意深藏。倾国倾城，天教与，抵死芳香。
　｜—｜｜　———　—｜—△　—｜｜—　———｜　｜｜—△
裛须金色，轻危欲压，绰约冠中央。带团红烛，兰肌粉艳巧能妆。
　｜——｜　——｜｜　｜｜｜—△　｜——｜　——｜｜｜—△
婵娟一种风流，如雪如冰衣霓裳。永日依倚，春风笑野棠。
　——｜｜——　—｜——｜—△　｜——｜　——｜｜△

四、薄媚

唐教坊大曲名。《乐府雅府》注：道宫。

董颖

入破第一

窣湘裙，摇汉佩。步步香风起。敛双娥，论时事。兰心巧会君意。
　｜——　—｜▼协　｜｜——▼协　——　｜—▼协　——｜｜—▼协
殊珍异宝，犹自朝臣未与。妾何人、被此隆恩，虽令效死。奉严旨。
　——｜｜　—｜——▼协｜——　｜｜——　——｜▼协　｜—▼协
隐约龙姿欣悦，重把甘言说，辞俊雅，质娉婷，天教汝、众美兼备。
　｜｜————　—｜——｜　—｜｜　｜——　——｜　｜｜——
闻吴重色，凭汝和亲，应为靖边陲。将别金门，俄挥粉泪。靓妆洗。
　——｜｜　—｜——　——｜—△　—｜——　——｜▼协　｜—▼协

第二虚催

飞云驶。香车故国难回睇。芳心渐摇，迤逦吴都繁丽。
——▼协——　｜｜——▼协——　｜——　—｜————▼协
忠臣子，预知道，为邦崇谏言先启。愿勿容其至。周亡褒姒。商倾妲己。
　——｜　｜—｜　｜——▼协｜｜——▼协————▼协——｜▼协
吴王却嫌胥逆耳。才经眼、便深恩爱，东风暗绽娇蕊。彩鸾翻妒伊，
　——｜——　▼协——｜　｜——　——｜｜—▼协　——｜△

得取次、于飞共戏。金屋看承，他宫尽废。
｜｜｜　——｜▼协—｜——　　——｜▼协

第三衮遍
华宴夕，灯摇醉。粉菡萏，笼蟾桂。扬翠袖，含风舞，轻妙处，惊鸿态。
—｜｜　——▼协｜｜｜　——▼协—｜｜　——｜　—｜｜　——▼协

分明是。瑶台琼榭，阆苑蓬壶，景尽移此地。花绕仙步，莺随管吹。
——▼协———｜　｜｜——　｜｜—｜▼协—｜—｜　——｜▼协

宝帐暖留春，百和馥郁融鸳被。银漏永，楚云浓，三竿日、犹褪霞衣。
｜｜｜——　｜｜｜｜——▼协—｜｜　｜——　——｜　—｜—△

宿醒轻涴，嗅宫花，双带系。合同心时。波下比目，深怜到底。
｜——｜　｜——　｜｜▼协｜——△　—｜｜｜　——｜▼协

第四催拍
耳盈丝竹，眼摇珠翠。迷乐事。宫闱内。争知。渐国势陵夷。
｜——｜　｜——▼协—｜▼协——▼协—△　｜｜｜—△

奸臣献佞，转恣奢淫，天谴岁屡饥。从此万姓离心解体。
——｜｜　｜｜——　——｜｜△　—｜｜——｜▼协

越遣使。阴窥虚实，蚤夜营边备。兵未动，子胥存。虽堪伐，尚畏忠义。
｜｜▼协———｜　｜｜——▼协—｜｜　｜——　——｜　｜——▼协

斯人既戮，又且严兵卷土，赴黄池观衅，种蠡方云可矣。
——｜｜　｜｜——｜｜　｜———｜　｜｜——｜▼协

第五衮遍
机有神，征鼙一鼓，万里襟喉地。庭喋血，诛留守，怜屈服，敛兵还，
—｜—　——｜｜　｜｜——▼协—｜｜　——｜　—｜｜　｜——

危如此。当除祸本，重结人心，争奈竟荒迷。战骨方埋，灵旗又指。
——▼协——｜｜　—｜——　—｜｜—△　｜｜——　——｜▼协

势连败，柔荑携泣，不忍相抛弃。身在兮、心先死。宵奔兮、兵已前围。
｜—｜　———｜　｜｜——▼协—｜——　——▼协———　—｜—△

谋穷计尽，唳鹤啼猿，闻处分外悲，丹穴纵近，谁容再归？
——｜｜　｜｜——　—｜｜｜—　—｜｜｜　——｜△

第六歇拍
哀诚屡吐，甬东分赐。垂暮日，置荒隅，心知愧。宝锷红委。
——｜｜　｜——▼协—｜｜　｜——　——▼协｜｜—▼协
鸾存凤去，辜负恩怜，情不似虞姬。尚望论功，荣还故里。
——｜｜　—｜——　—｜｜—△　｜｜｜—　——｜▼协
降令日，吴亡赦汝，越与吴何异。吴正怨，越方疑，从公论便去妖类。
｜｜｜　——｜｜　｜｜——▼协—｜｜　｜——　——｜｜｜—▼协
娥眉宛转，竟殒鲛绡，香骨委尘泥。渺渺姑苏，荒芜鹿戏。
——｜｜　｜｜——　—｜｜—△　｜｜——　——｜▼协

第七煞衮
王公子。青春更才美。风流慕连理。耶溪一日，悠悠回首凝思。
——▼协——｜—▼协｜｜—▼协——｜｜　———｜—△
云鬟烟鬓，玉佩霞裙，依约露妍姿。送目惊喜。俄迁玉趾。
———｜　｜｜——　—｜｜—△　｜｜—▼协——｜▼协
同仙骑。洞府归去，帘栊窈窕戏鱼水。正一点犀通，遽别恨何已。
——▼协｜｜—　———｜｜—▼协｜｜｜——　｜｜—▼协
媚魄千载，教人属意。况当时，金殿里。
｜｜—｜　——｜▼协｜—△　—｜▼协

排遍第八
怒潮卷雪，巍岫布云，越襟吴带如斯。有客经游，月伴风随。直盛世。
｜—｜｜　—｜—｜　｜｜｜—△　｜｜——　｜｜—△　｜｜▼协
观此江山美。合放怀、何事却兴悲。不为回头，旧谷天涯。
—｜——▼协｜｜—　—｜｜—△　｜｜——　｜｜—△
为想前君事。越王嫁祸献西施。吴即中深机。阖庐死。有遗誓。勾
｜｜——▼协　｜—｜｜—△　—｜｜—△　｜—▼协——▼协—
践心诛夷。
｜——△
吴未干戈出境，仓卒越兵，投怒夫差。鼎沸鲸鲵。越遭勍敌，可怜无计
—｜——｜｜　—｜｜—　—｜—△　｜｜—△　｜——｜　｜——｜

脱重围。
｜－△

归路茫然，城郭丘墟，飘泊稽山里。旅魂暗逐战尘飞。天日惨无辉。
－｜－－　－｜－－　　－｜－－▼协｜－｜｜｜－△　－｜｜－△

排遍第九
自念平生，英气凌云，凛然万里宣威。那知此际。熊虎涂穷，来伴麋鹿早栖。
｜｜－－　－｜－－　｜－｜｜－△　｜－｜▼协－｜－－　－｜－｜－△

既甘臣妾犹不许，何为计。争若都燔宝器。尽诛吾妻子。
｜－－｜－｜｜　－－▼协｜－｜－▼协｜－－－▼协

径将死战决雄雌。天意恐怜之。偶闻太宰，正擅权、贪赂市恩私。
｜－｜｜｜－△　－｜｜－△　｜－｜｜　｜｜－　－｜｜－△

因将宝玩献诚，虽脱霜戈，石室囚系。忧嗟又经时。恨不如巢燕自由归。
－－｜｜－　－｜－－　｜｜－▼协－－｜－△　｜｜－－｜｜－△

残月朦胧，寒雨萧萧，有血都成泪。备尝险厄返邦畿。冤愤刻肝脾。
－｜－－　－｜－－　｜｜－－▼协｜｜｜｜－△　－｜｜－△

五、清平调辞（三首）

《碧鸡漫志》云：清平调辞，乃于清调、平调制词也。《松窗杂记》云：每遍将换，明皇自倚玉笛和之。

李白

云想衣裳花想容。春风拂槛露华浓。若非群玉山头见，会向瑶台月下逢。
－｜－－－｜△　－－｜｜｜－△　｜－－｜－－｜　－｜－－｜｜△

一枝红艳露凝香。云雨巫山枉断肠。借问汉宫谁得似，可怜飞燕倚新妆。
｜－－｜｜－△　－｜－－｜｜－　｜｜｜－－｜｜　｜－－｜｜－△

名花倾国两相欢。常得君王带笑看。解释春风无限恨，沉香亭北倚栏杆。
－－－｜｜－△　－｜－－｜｜△　｜｜－－－｜｜　－－－｜｜－△

六、水调歌（十一首）

《乐府诗集》云：商调曲也。《理道要诀》：南吕商，时号《水调》。《碧鸡漫志》：水调多遍，似是大曲。按，唐曲凡十一叠，前五叠为歌，后六叠为入破。其歌第五叠五言，调声最为怨切，故白居易诗云：五言一遍最殷勤，调少情多似有因。不会当时翻曲意，此声肠断为何人。盖指此也。

无名氏

第一

平沙落日大荒西。陇上明星高复低。孤山几处看烽火，壮士连营候鼓鼙。
－－｜｜｜－△　｜｜－－－｜△　－－｜｜－－｜　｜｜－－｜｜△

第二

猛将关西意气多。能骑骏马弄琱戈。金鞍宝铰精神出，笛倚新翻水调歌。
｜｜－－｜｜△　－－｜｜｜－△　－－｜｜－－｜　｜｜－－｜｜△

第三

王孙别上绿朱轮。不羡名公乐此身。户外碧潭春洗马，楼前红烛夜迎人。
－－｜｜｜－△　｜｜－－｜｜△　｜｜｜－－｜｜　－－－｜｜－△

第四

陇头一段气长秋。举目萧条总是愁。只为征人多下泪，年年添作断肠流。
｜－｜｜｜－△　｜｜－－｜｜△　｜｜－－－｜｜　－－－｜｜－△

第五

交带仍分影，同心巧结香。不应须换彩，意欲媚浓妆。
－｜－－｜　－－｜｜△　｜－－｜｜　｜｜｜－△

《碧鸡漫志》曲遍声繁，名入破。

入破第一

白草河边一雁飞。黄龙关里挂戎衣。为受明王恩宠渥，从事经年不复归。
｜｜－－｜｜△　－－－｜｜－△　｜｜－－－｜｜　－｜－－｜－△

第二

满城丝管日纷纷。半入江风半入云。此曲只应天上有，人间能得几回闻。
｜－－｜｜－△　｜｜－－｜｜△　｜｜｜－－｜｜　－－－｜｜－△

第三

昨夜遥欢出建章。今朝缀赏度昭阳。传声莫闭黄金屋，为报先开白玉堂。

｜｜——｜｜△　——｜｜｜－△　——｜｜｜——｜　｜｜——｜｜△

第四

日晚笳声咽戍楼。陇云漫漫水东流。行人万里向西去，满目关山空恨愁。

｜｜——｜｜△　｜｜——｜｜△　——｜｜｜——｜　｜｜———｜△

第五

十年一遇圣明朝。愿对君王舞细腰。乍可当熊任生死，谁能伴凤上云霄。

｜—｜｜｜－△　｜｜——｜｜△　｜｜——｜—｜　——｜｜｜－△

第六

闺烛无人影，罗屏有梦魂。近来音耗绝，终日望君门。

—｜——｜　——｜｜△　｜——｜｜　—｜｜－△

七、凉州歌（五首）

《碧鸡漫志》：《凉州》见于世者，凡七宫曲，黄钟宫、道调宫、无射宫、中吕宫、南吕宫、仙吕宫、高宫。

无名氏

第一

汉家宫里柳如丝。上苑桃花连碧池。圣寿已传千岁酒，天文更赏百僚诗。

｜——｜｜－△　｜｜———｜△　｜｜｜——｜｜　——｜｜｜－△

第二

朔风吹叶雁门秋。万里烟尘昏戍楼。征马长思青海北，胡笳夜听陇山头。

｜——｜｜－△　｜｜———｜△　—｜———｜｜　——｜｜｜－△

第三

开箧泪沾濡。见君前日书。夜台空寂寞，犹是子云居。

—｜｜－△　｜——｜△　｜——｜｜　—｜｜－△

排遍第一

三秋陌上早霜飞。羽猎平田浅草齐。锦背苍鹰初出按，五花骢马喂来肥。

——｜｜｜－△　｜｜——｜｜△　｜｜———｜｜　｜——｜｜－△

第二

鸳鸯殿里笙歌起，翡翠楼前出舞人。唤上紫薇三五夕，圣明方寿一千春。
——||——|　||——||△　|||——||　|——||-△

八、伊州歌（十首）

《碧鸡漫志》：《伊州》见于世者，凡七商曲，大石调、高大石调、双调、小石调、歇指调、林钟调、越调。

无名氏

第一

秋风明月独离居。荡子从戎十载余。征人去日殷勤嘱，归雁来时数寄书。
———||-△　||——||△　——||——|　-|——||△

第二

彤闱晓辟万鞍回。玉露春游薄晚开。渭北清光摇草树，州南嘉景入楼台。
——|||-△　||——||△　||———||　———||-△

第三

闻道黄花戍，频年不解兵。可怜闺里月，偏照汉家营。
-|——|　——||△　|——||　-||-△

第四

千里东归客，无心忆旧游。挂帆游白水，高枕到青州。
-|——|　——||△　|——||　-||-△

第五

桂殿江乌对，雕屏海燕重。只应多醉酒，醉罢乐高钟。
||——|　——||△　|——||　|||-△

入破第一

千门今夜晓初晴。万里天河彻帝京。璨璨繁星驾秋色，棱棱霜气韵钟声。
———||-△　|||——△　||——|——|　———||-△

第二

长安二月柳依依。西出流沙路渐微。阏氏山上春光少，相府庭边驿使稀。
——||-△　-|——||△　———|——|　||——||△

第三

三秋大漠冷溪山。八月严霜变草颜。卷斾风行宵渡碛，衔枚电扫晓夜还。

— — | | | — △　　| | — — | | △　　| | — — — | |　　— — | | | — △

第四

行乐三阳草，芳菲二月春。闺中红粉态，陌上看花人。

— | — — |　　— — | | △　　— — — | |　　| | | — △

第五

君住孤山下，烟深夜径长。辕门渡绿水，游苑绕垂杨。

— | — — |　　— — | | △　　— — | | |　　— | | — △

九、陆州歌（七首）

无名氏

第一

分野中峰变，阴晴众壑殊。欲投人处宿，隔浦问樵夫。

— | — — |　　— — | | △　　| — — | |　　| | | — △

第二

共得烟霞径，东归山水游。萧萧望林夜，寂寂坐中秋。

| | — — |　　— — — | △　　— — | — |　　| | | — △

第三

香气传空满，妆花映薄红。歌声天仗外，舞态御楼中。

— | — — |　　— — | | △　　— — — | |　　| | | — △

排遍第一

树发花如锦，莺啼柳若丝。更逢欢宴地，愁见别离时。

| | — — |　　— — | | △　　| — — | |　　— | | — △

第二

明月照秋叶，西风响夜砧。强言徒自乱，往事不堪寻。

— | | — |　　— — | | △　　| — — | |　　| | | — △

第三

坐对银釭晚，停留玉箸痕。君门常不见，无处谢前恩。

｜｜——｜　——｜｜△　———｜｜　—｜｜—△

第四

曙月当窗满，征人出塞游。画楼终日闭，清管为谁调。

｜｜——｜　——｜｜△　｜——｜｜　—｜｜—△

附录二：《词林正韵》

《词林正韵》为清嘉庆年间江苏吴县人戈载所撰。戈氏家学，尤擅倚声之业。他弃官不做，以词学终老，所撰《词林正韵》为世所重，清中叶以后词家奉为圭臬。此书从道光元年至光绪十七年五次刊印。新中国成立后上海古籍出版社1981年出过影印本，2004年其出版的《中华韵典》载有除序言和凡例（说明）外的全部分韵部分。据王力先生论证，在某些词人的笔下，第六部早已与第十一部、第十三部相通，第七部早已与第十四部相通。

第一部

平声：一东二冬通用

【一东】东同童僮铜桐峒筒瞳中[中间]衷忠盅虫冲终忡崇嵩[崧]菘戎绒弓躬宫穹融雄熊穷冯风枫疯丰充隆窿空公功工攻蒙濛朦蓊笼胧栊聋珑砻泷蓬篷洪荭红虹鸿丛翁嗡匆葱聪骢通棕烘硿

【二冬】冬咚彤农侬宗淙锺钟龙茏舂松淞冲容榕蓉溶庸佣慵封胸凶匈汹雍邕痈浓脓重[重复]从[服从]逢缝峰锋丰蜂烽葑纵[纵横]踪茸蛩邛筇跫供[供给]蚣喁

仄声：上声一董二肿，去声一送二宋通用

【一董】董懂动孔总笼[东韵同]拢桶捅蓊蠓汞

【二肿】肿种[种子]踵宠垅[陇]拥冗重[轻重]冢捧勇甬踊涌俑蛹恐拱竦悚耸巩丛奉

【一送】送梦凤洞众瓮贡弄冻痛栋恸仲中[击中]粽讽空[空缺]控哄[欺骗]赣

【二宋】宋用颂诵统纵[放纵]讼种[种植]综俸供[供设，名词]从[仆从]

缝[隙也]重[再也]共

第二部

平声：三江七阳通用

【三江】江缸窗邦降[降伏]双泷庞撞豇扛杠腔梆桩幢虹[冬韵同]

【七阳】阳扬杨洋羊徉佯芳妨方坊防肪房亡忘望[漾韵同]忙茫芒妆庄装奘香乡湘厢箱镶芗相[相互]襄骧光昌堂唐糖棠塘章张王常长[长短]裳凉粮量[衡量]梁粱良霜藏[收藏]肠场尝偿床央鸯秧殃郎廊狼榔跟浪[沧浪]浆将[持也送也]疆僵姜缰舫娘黄皇遑惶徨煌仓苍舱沧伤殇商帮汤创[创伤]疮强[刚强]墙樯嫱蔷康慷[养韵同]囊狂糠冈刚钢纲匡筐荒慌行[行列]杭航桁翔详祥庠桑彰璋漳獐猖倡凰邙臧赃昂丧[丧葬]圊羌枪锵抢[突也]蜣跄篁簧璜潢攘瓤亢吭[漾养韵并同]旁傍[侧也]孀骦当[应当]裆铛铛泱炀蝗隍伉肓汪鞅滂螂沧[漾韵同]緗琅颃伥螳

仄声：上声三讲二十二养，去声三绛二十三漾通用

【三讲】讲港项棒蚌耩

【二十二养】养痒象像橡仰朗桨奖蒋敞氅厂枉往颡强[勉强]惘两曩丈杖仗[漾韵同]响掌党想鲞榜爽广享向鲞幌莽纺长[长幼]网荡上[上升]壤赏仿罔谠倘魍魉谎漭漭嗓盎恍脏[肮脏]吭沆慷襁镪抢肮犷逛礃

【三绛】绛降[升降]巷撞[江韵同]戆

【二十三漾】漾上[上下]望[阳韵同]相[卿相]将[将帅]状帐唱让浪[波浪]酿圹壮放向忘仗[养韵同]畅量[数量]葬匠障瘴谤尚涨饷样藏[库藏]舫访唝嶂当[适当]抗桁妄怆宕怅创酱况亮傍[依傍]丧[丧失]恙谅胀鬯脏[内脏]吭砀伉圹纩桄挡旺炕亢[高亢]阆防

第三部

平声：四支五微八齐十灰（半）通用

【四支】支枝肢移簃为[施为]垂吹陂碑奇宜仪皮儿离施知驰池规危夷师姿迟龟眉悲之芝时诗棋旗辞词期祠基疑姬丝司葵医帷思滋持随痴维厄麾犛弥慈遗肌脂雌披嬉尸狸炊湄篱兹差[参差]疲茨卑亏蕤骑[跨马]歧岐谁斯澌私

窥熙欺疵赀羁彝髭颐资縻饥衰锥姨夔衹涯[佳、麻韵同]伊追缁萁箕治[治国]尼而推[灰韵同]匙陲魑锤缡璃骊嬴陂黑縻藦脾芪畸牺羲敧漪猗崎崖萎筛狮狻鸥绥虽粢瓷椎饴嫠痍惟唯机耆迡岜丕毗枇貔楣霉韬虫嗤媸颸坻苼鲥鹚笞漓怡贻禧噫其琪祺麒嶷螭杝鹂累跀琵嵋

【五微】微薇晖辉徽挥韦围帏违闱霏菲[芳菲]妃飞非扉肥威祈畿机几[微也、如见几]讥玑稀希衣[衣服]依归饥[支韵同]矶欷诽绯睎葳巍沂圻顽颀

【八齐】齐黎犁梨妻[夫妻]萋凄堤低题提蹄啼鸡稽兮倪霓西栖犀嘶撕梯鼙赍迷泥溪蹊圭闺携畦嵇跻奚脐醯黳蠡醍鹈奎批砒睽荑筂藜猊鲵羝

【十灰（半）】灰恢魁隈回徊槐[佳韵同]梅枚玫媒煤雷颓崔催摧堆陪杯醅嵬推[支韵同]诙裴培盔偎煨瑰苤追胚徘坯桅傀儡[贿韵同]莓

仄声：上声四纸五尾八荠十贿（半），去声四寘五未八霁九泰（半）十一队（半）通用

【四纸】纸只咫是靡彼毁委诡髓累技绮觜此泚蕊徙尔弭婢佁弛豕紫旨指视美否[否泰]痞咒几姊比水轨止徵市喜已纪跪妓蚁鄙辈子仔梓矢雉死履垒癸趾址以已似耜祀史驶耳使[使令]里理李起杞圮跱士仕俟始齿矣耻麂枳峙鲤迩氏玺巳[辰巳]滓苡倚匕迤逦旖旎舣妣秕芷拟你企诔揣楾揣豸祉恃

【五尾】尾苇鬼岂卉几[几多]伟斐菲[菲薄]匪篚娓悱榧膹炜虺玮虮

【八荠】荠礼体米启陛洗邸底抵弟坻柢涕悌济[水名]澧醴诋眯娣棨递昵睨蠡

【十贿（半）】贿悔罪馁每块汇[汇合]猥璀磊蕾傀儡腿蓓

【四寘】寘置事地意志思[名词]泪吏赐自字义利器位戏至次累[连累]伪寺瑞智记异致备肆翠骑[车骑，名词]使[使者]试类弃饵媚鼻易[容易]綮坠醉议翅避笥帜炽悴莳谊帅厕寄睡忌贰萃穗二臂嗣吹[鼓吹，名词]遂恣四骥季刺驷寐魅积[积蓄]被懿觊冀愧匮恚馈蒉篑柜暨庇骴莉腻秘比[近也]鸷毖啻示嗜饲伺遗[馈遗]薏祟值惴毗罾企渍臂跛挚燧隧悴尿稚雉莅悸肄泌识[记也]侍跂为[因为]

【五未】未味气贵费沸尉畏慰蔚魏纬胃汇[字汇]谓渭卉[尾韵同]讳毅既衣[着衣，动词]蜚溉[队韵同]翡诽

【八霁】霁制计势世丽岁济[渡也]第艺惠慧币弟滞际涕[荠韵同]厉契[契

约] 潋弊毙帝蔽髻锐戾裔袂系祭卫隶闭逝缀罽替细桂税婿例誓筮蕙诣砺励瘵噬继脆睿毳曳蒂睇妻[以女妻人]递逮蓟蚋薜荔咦捩粝泥[拘泥]媲嬖彗睥睨剂噎谛缔剃屉悌俪锲贳掣羿棣螮薙娣说[游说]赘憩鳜巇呓谜挤

【九泰（半）】会旆最贝沛霈绘脍荟狈侩桧蜕酹外兑

【十一队（半）】队内辈佩退碎背秽对废悔海晦昧配妹喙溃吠肺耒块硙刈悖焙淬敦[盘敦]

第四部

平声：六鱼七虞通用

【六鱼】鱼渔初书舒居裾琚车[麻韵同]渠蕖余予[我也]誉[动词]舆胥狙锄疏蔬梳虚嘘墟徐猪闾庐驴诸储除滁蛛如畲淤好苴菹沮徂齟茹榈於袪蘧疽蛆醵纾樗躇[药韵同]欤据[拮据]

【七虞】虞愚娱隅无芜巫于衢臞瞿氍儒濡须需朱珠株诛硃铢蛛殊俞瑜榆愉逾渝窬谀腴区躯驱岖趋扶符凫芙雏敷麸夫肤纡输枢厨俱驹模谟摹蒲逋胡湖瑚乎壶狐弧孤辜姑觚菰徒途涂荼图屠奴吾梧吴租卢鲈炉芦颅垆蚨孥帑苏酥乌污[污秽]枯粗都荼休姝禹拘嵎蹰桴俘臾萸吁滹瓠糊醐呼沽酤泸舻轳鸬驽匍葡铺[铺盖]菟诬呜迂盂竽跗毋孺酴鸪骷刳蛄晡蒲葫呱蝴劬疽猢郛乎箍

仄声：上声六语七麌，去声六御七遇通用

【六语】语[语言]圉圄吕侣旅杼伫与[给予]予[赐予]渚煮暑鼠汝茹[食也]黍杵处[居住、处理]贮女许拒炬距所楚础阻龃沮叙绪屿墅巨去[除也]苣举讵溆浒钜醑咀诅苎抒楮

【七麌】麌雨宇舞府鼓虎古股贾[商贾]估土吐圃庾户树[种植，动词]煦诩弩辅组乳弩补鲁橹睹腐数[动词]簿竖普侮斧聚午伍釜缕部柱矩武五苦取抚浦主杜坞祖愈堵扈父甫禹羽怒[遇韵同]腑拊俯罟赌卤姥鹉拄莽[养韵同]栩寠脯妩庑否[是否]麈褛簍偻酤牡谱怙肚踽虏弩诂薯牯羖祜沪雇怍缶母某亩蛊琥

【六御】御处[处所]去虑誉[名词]署据驭曙助絮著[显著]箸豫恕与[参与]遽疏[书疏]庶预语[告也]踞倨蓣淤锯觑狙[鱼韵同]翥薯

【七遇】遇路辂赂露鹭树[树木]度[制度]渡赋布步固素具务雾鹜数[数量]

怒[麌韵同]附兔故顾句墓慕暮募注住注驻炷祚裕误悟寤戍库护屦诉妒惧趣娶铸绔傅付谕喻妪芋捕哺互孺寓赴冱吐[麌韵同]污[动词]恶[憎恶]晤煦酤讣仆[偃仆]赙驸婺锢蛀飓怖铺[店铺]塑愫蠹溯镀璐雇瓠迕妇负阜副富[宥韵同]醋措

第五部

平声：九佳（半）十灰（半）通用

【九佳（半）】佳街鞋牌柴钗差[差使]崖涯[支麻韵同]偕阶皆谐骸排乖怀淮豺侪埋霾斋槐[灰韵同]睚崽楷秸揩挨俳歪

【十灰（半）】开哀埃台苔抬该才材财裁栽哉来莱灾猜孩徕骀胎唉垓挨皑呆鳃

仄声：上声九蟹十贿（半），去声九泰（半）十卦（半）十一队（半）通用

【九蟹】蟹解洒楷[佳韵同]拐矮摆买骇

【十贿（半）】海改采彩在宰醢铠恺待殆怠乃载[岁也]凯闿倍蓓迨亥

【九泰（半）】泰太带外盖大[个韵同]濑赖籁蔡害蔼艾丐奈柰汰癞霭

【十卦（半）】懈廨邂隘卖派债怪诫戒界介芥械蒯拜快迈败稗晒瀣湃寨疥届鬴蒉债聩聩块獃

【十一队（半）】塞[边塞]爱代载[载运]态菜碍戴贷黛概岱溉慨耐在[所在]酾玳再袋逮埭赉赛忾暧欬嗳昧

第六部

平声：十一真十二文十三元（半）通用

【十一真】真因茵辛新薪晨辰臣人仁神亲申身宾滨槟缤邻鳞麟珍瞋尘陈春津秦频蘋颦滨银垠筼巾囷民岷泯[轸韵同]珉贫莼淳醇纯唇伦轮沦抡匀旬巡驯钧均榛遵循甄宸纶椿鹑磷辚磷呻伸绅寅姻荀询峋氤恂嫔玢皴娠闽纫湮肫逡菌臻黝

【十二文】文闻纹蚊云分[分离]氛纷芬焚坟群裙君军勤斤筋勋薰曛醺芸耘芹欣氲荤汶汾殷贲纭昕熏

【十三元（半）】魂浑温孙门尊[樽]存敦墩炖暾蹲豚村屯囤[囤积]盆奔论[动词]昏痕根恩吞荪扪裈昆鲲坤仑婚阍髡馄噀猻饨臀跟瘟飧

仄声：上声十一轸十二吻十三阮（半），去声十二震十三问十四愿（半）通用

【十一轸】轸敏允引尹尽忍准隼笋盾[阮韵同]闵悯菌[真韵同]蚓牝殒紧蠢陨哂诊疹赈肾蜃朕黾泯窘吮缜

【十二吻】吻粉蕴愤隐谨近忿扻刎愠槿瑾恽韫

【十三阮（半）】混棍阃悃捆衮滚鲧稳本畚笨损忖囤遁很沌恳垦龈

【十二震】震信印进润阵镇刃顺慎鬓晋骏闰峻衅振俊舜赈吝烬讯仞迅汛趁衬仅觐蔺浚赈[轸韵同]龀认殡摈缙躏廑谆瞬轫浚殉馑

【十三问】问闻[名誉]运晕韵训粪忿[吻韵同]酝郡分[名分]紊愠近[动词]扻[吻韵同]拚奋郓捃靳

【十四愿（半）】论[名词]恨寸困顿遁[阮韵同]钝闷逊嫩溷诨巽褪喷[元韵同]艮搵

第七部

平声：十三元（半）十四寒十五删一先通用

【十三元（半）】元原源沅鼋园袁猿垣烦蕃樊喧萱暄冤言轩藩媛援辕番繁翻幡璠鸳鹓蜿湲爰掀燔圈谖

【十四寒】寒韩翰[翰韵同]丹单安鞍难[艰难]餐檀坛滩弹残干肝竿阑栏澜兰看[翰韵同]刊丸完桓纨端湍酸团攒官观[观看]鸾銮峦冠[衣冠]欢宽盘蟠漫[大水貌]叹[翰韵同]邯郸摊玕拦珊狻犴杆跚姗殚箪瘢谰獾倌棺剜潘拚[问韵同]槃般蹒瘢磐瞒谩馒鳗钻拵邗汗[可汗]

【十五删】删潺关弯湾还环鬟寰班斑蛮颜奸攀顽山闲艰间[中间]悭患[谏韵同]孱潺擐圜菅般[寒韵同]颁鬘疝讪斓娴鹇鳏殷[赤黑色]纶[纶巾]闩拴

【一先】先前千阡笺天坚肩贤弦烟燕[地名]莲怜连田填巅髫宣年颠牵妍研[研究]眠渊涓捐娟边编悬泉迁仙鲜[新鲜]钱煎然延筵毡旃蝉缠廛联篇偏绵全镌穿川缘鸢旋船涎鞭专圆员乾[乾坤]虔悛权拳椽传焉嫣鞯褰搴铅舷趼鹃筌痊诠悛澶婵躔颠燃涟琏便[安也]翩骈癫阗钿霰韵同]沿蜒胭芊鯿胼滇

佃畋咽湮狷蠲蔫骞膻扇棉拴荃籼砖挛偂欢璇卷 [曲也] 扁 [扁舟] 单 [单于] 溅 [溅溅] 犍

仄声：上声十三阮（半）十四旱十五潸十六铣，去声十四愿（半）十五翰十六谏十七霰通用

【十三阮（半）】阮远 [远近] 晚苑返反饭 [动词] 偃蹇琬沅宛畹菀婉绻巘挽堰

【十四旱】旱暖管琯满短馆 [翰韵同] 缓盥 [翰韵同] 碗懒伞伴卵散 [散布] 伴诞罕瀚 [浣] 断 [断绝] 侃算 [动词] 款但坦袒纂缎拌懑谰莞

【十五潸】潸眼简版板阪盏产限绾柬拣撰馔赧皖汕铲羼栈

【十六铣】铣善 [善恶] 遣 [遣送] 浅典转 [霰韵同] 衍犬选冕辇免展茧辨篆勉剪卷显饯 [霰韵同] 践喘藓软蹇 [阮韵同] 演兖件腆跣缅缱鲜 [少也] 殄扁匾蚬岘畎燹隽鍵变泫癣阐颤膳鳝舛娩辗邅 [先韵同] 裔辩捻

【十四愿（半）】愿怨万饭 [名词] 献健建宪劝蔓券远 [动词] 饭键贩畈曼挽 [挽联] 瑗媛圈 [猪圈]

【十五翰】翰 [寒韵同] 瀚岸汉难 [灾难] 断 [决断] 乱叹 [寒韵同] 观 [楼观] 干 [树干，干练] 散 [解散] 旦算 [名词] 玩烂贯半案按炭汗赞漫 [寒韵同。又副词，独用] 冠 [冠军] 灌爨窜幔粲灿璨换焕唤涣悍弹 [名词] 惮段看 [寒韵同] 判叛绊鹳伴畔锻腕惋馆旰捍疸但罐盥婠缎缦侃蒜钻谰

【十六谏】谏雁患涧间 [间隔] 宦晏慢盼篆栈 [潸韵同] 惯串绽幻瓣苋办谩讪 [删韵同] 铲绾孱篡袒扮

【十七霰】霰殿面县变箭战扇煽膳传 [传记] 见砚院练链燕宴贱馔荐绢彦掾便 [便利] 眷倦羡奠遍恋啭眩钏倩卞汴片禅 [封禅] 谴溅饯善 [动词] 转 [以力转动] 卷 [书卷] 甸电咽茜单念 [念书] 晛淀靛佃钿 [先韵同] 镟漩栋缮现狷炫绚绽线煎颤擅缘 [衣饰] 撰唁谚媛忭弁援研 [磨研]

第八部

平声：二萧三肴四豪通用

【二萧】萧箫挑貂刁凋雕迢条髫调 [调和] 蜩枭浇聊辽寥撩寮僚尧宵消霄绡销超朝潮嚣骄娇蕉焦椒饶硝烧 [焚烧] 遥徭摇谣瑶韶昭招镳瓢苗猫腰桥乔娆

妖飘逍潇鸮骁桃鹩鹨缭獠嘹夭[夭夭]幺邀要[要求]姚樵谯憔标飚嫖漂[漂浮]飘佻髫苕岧嶕峣跷侥了[明了]魈峣描钊轺桡铫鹞翘枵侨窑礁

【三肴】肴巢交郊茅嘲钞包胶苞梢姣庖炮坳敲胞抛蛟崤鵁鞘抄蠢咆哮凹淆教[使也]跑鞘捎爻咬铙茭炮[炮制]泡鲛刨抓

【四豪】豪劳毫操[操持]氂绦刀萄猱褒桃糟旄袍挠[巧韵同]蒿涛皋号[号呼]陶鳌曹遭羔糕高搔毛艘滔骚韬缫膏牢醪逃濠壕饕洮淘叨嗥篙熬遨翱嗷臊嗥尻麈螯獒 𢢀 耗漕嘈槽掏唠涝捞痨耄

仄声：上声十七筱十八巧十九皓，去声十八啸十九效二十号通用

【十七筱】筱小表鸟了[未了，了得]晓少[多少]扰绕绍杪沼眇矫皎杳窈窕褭挑[挑拨]掉[啸韵同]肇缥缈渺森茑赵兆缴缭[萧韵同]夭[夭折]悄皛侥蓼娆硗剿晁藐秒殍了[了望]

【十八巧】巧饱卯狡爪鲍挠[豪韵同]搅拗咬炒吵佼姣[肴韵同]昂茆獠[萧韵同]

【十九皓】皓宝藻早枣老好[好丑]道稻造[造作]脑恼岛倒[跌到]祷[号韵同]捣抱讨考燥扫[号韵同]嫂保鸨稿草昊浩镐杲缟槁堡皂璪媪燠袄懊葆褓茇澡套涝蚤栲栳

【十八啸】啸笑照庙窍妙诏召邵要[重要]曜耀调[音调]钓吊叫眺少[老少]诮料疗潦掉[筱韵同]峤徼跳噭漂镣廖尿肖鞘悄[筱韵同]峭哨俏醮燎[筱韵同]鹩鹞轿骠票铫[萧韵同]

【十九效】效教[教训]貌校孝闹豹罩棹觉[寤也]较窖爆炮[枪炮]泡[肴韵同]刨[肴韵同]稍钞[肴韵同]拗敲[肴韵同]淖

【二十号】号[号令]帽报导操[操行]盗噪灶奥告[告诉]诰到蹈傲暴[强暴]好[爱好]劳[慰劳]躁造[造就]冒悼倒[颠倒]燥犒靠懊瑁燠[皓韵同]耄糙套[皓韵同]纛[沃韵同]潦耗

第九部

平声：五歌[独用]

【五歌】歌多罗河戈阿和[和平]波科柯陀娥蛾鹅萝荷[荷花]何过[经过]磨[琢磨]螺禾珂襄婆坡呵哥轲沱鼍拖驼跎佗[他]颇[偏颇]峨俄摩么婆莎迦

疴苛蹉嵯驮箩锣哪挪锅诃窠蝌髁倭涡窝讹陂鄱皤魔梭唆骡挼靴瘸搓哦瘥酡

仄声：上声二十哿

去声二十一个通用

【二十哿】哿火舸弹舵我拖娜荷 [负荷] 可左果裹朵锁琐堕惰妥坐 [坐立] 裸跛颇 [稍也] 夥颗祸椰婀逻卵那坷爹 [麻韵同] 簸叵垛哆硪么 [歌韵同] 峨 [歌韵同]

【二十一个】个贺佐大 [泰韵同] 饿过 [歌韵同。又过失，独用] 座和 [唱和] 挫课唾播破卧货簸轲 [轗轲] 驮髁 [歌韵同] 磋作做刹磨 [磨磐] 懦糯缚锉挼些 [楚些]

第十部

平声：九佳（半）六麻通用

【九佳（半）】佳涯 [支麻韵同] 娲蜗蛙娃哇

【六麻】麻花霞家茶华沙车 [鱼韵同] 牙蛇瓜斜邪芽嘉瑕纱鸦遮叉奢涯 [支佳韵同] 巴耶嗟遐加笳赊楂差 [差错] 蟆骅虾葭袈裟砂衙呀琶耙芭杷笆疤爬葩些 [少也] 畬鲨查楂渣爹挝咤拿椰珈跏枷迦痂茄桠丫哑划哗夸胯抓洼呱

仄声：上声二十一马，去声十卦（半）二十二祃通用

【二十一马】马下 [上下] 者野雅瓦寡社写泻夏 [华夏] 也把厦惹冶贾 [姓贾] 假 [真假] 且玛姐舍喏赭洒椴剐打耍那

【十卦（半）】卦挂画 [图画]

【二十二祃】祃驾夜下 [降也] 谢榭骂夏 [春夏] 霸暇灞嫁赦藉 [凭藉] 假 [休假] 蔗化舍 [庐舍] 价射骂稼架诈亚麝怕借卸帕坝靶鹧贳炙嗄乍咤诧侘罅吓娅哑讶迓华 [姓华] 桦话胯 [遇韵同] 跨衩柘

第十一部

平声：八庚九青十蒸通用

【八庚】庚更 [更改] 羹盲横 [纵横] 觥彭亨英烹平枰京惊荆明盟鸣荣莹兵兄卿生甥笙牲擎鲸迎行 [行走] 衡耕萌甍宏闳茎罂莺樱泓橙争峥清情晴精睛菁晶旌盈楹瀛嬴赢营婴缨贞成盛 [盛受] 城诚呈程醒声征正 [正月] 轻名令 [使

令]并[并州]倾萦琼峥嵘撑粳坑铿撄鹦黥蘅澎膨棚浜枰苹钲伧檠嘤轰铮狰宁狞瞪绷怦璎砰䖟侦桯蛏茎赪茕䞋黌膛荜

【九青】青经泾形陉亭庭廷霆蜓停丁仃馨星腥醒[醉醒]惺俜灵龄玲铃伶零听[径韵同]冥溟铭瓶屏萍荧萤肩坰蜻硎苓瓴翎娉婷宁暝瞑螟猩钉疔厅町泠栐囹羚蛉咛型邢

【十蒸】蒸烝承丞惩澄陵凌绫菱冰膺鹰应[应当]蝇绳升缯凭乘[驾乘，动词]胜[胜任]兴[兴起]仍兢矜征[征求]称[称赞]登灯僧憎增曾罾层能朋鹏肱薨腾藤恒罾崩滕誊崚嶒姮塍冯症簦薹凝[径韵同]棱楞

仄声：上声二十三梗二十四迥，去声二十四敬二十五径通用

【二十三梗】梗影景井岭领境警请饼永骋逞颖颍顷整静省幸颈郢猛丙炳杏秉耿矿冷靖哽绠荇艋黾皿儆悻婧阱狰[庚韵同]靓惺打瘿并[合并]犷眚憬鲠

【二十四迥】迥炯茗挺艇梃醒[青韵同]酩酊并[并行，并且]等鼎顶肯拯謦到溟

【二十四敬】敬命正[正直]令[命令]证性政镜盛[茂盛]行[学行]圣咏姓庆映病柄劲竞靓净竟孟诤更[更加]并[梗韵同]聘硬炳泳迸横[蛮横]摒阱檠迎郑獍

【二十五径】径定听胜[胜败]罄磬应[答应]赠乘[名词]佞邓证秤称[相称]莹[庚韵同]孕兴[兴趣]剩凭[蒸韵同]迳甑宁胫暝[夜也]钉[动词]订饤锭謦泞瞠蹭蹬亘[亘古]镫[鞍镫]滢凳磴泾

第十二部

平声：十一尤[独用]

【十一尤】尤邮优忧流旒留骝榴刘由油游猷悠攸牛修羞秋周州洲舟酬雠柔俦畴稠丘邱抽瘳遒收鸠搜驺愁休囚求裘仇浮谋牟眸侔矛侯喉猴讴鸥楼陬偷头投钩沟幽啾楸蚯踌绸惆勾娄琉疣犹邹兜呦咻貅球蜉蝣辀帱阄瘤硫浏庥湫泅酋瓯啁飕鍪篌抠篝㝅骰偻沤[水泡，名词]蝼髅搂欧彪掊虬揉蹂抔不[与有韵"否"通]瓵缪[绸缪]

仄声：上声二十五有，去声二十六宥通用

【二十五有】有酒首口母[麌韵同]妇[麌韵同]後柳友斗狗久负[麌韵同]厚手叟守否[麌韵同]右受牖偶走阜[麌韵同]九后咎薮吼帚垢舅纽藕朽臼肘韭亩[麌韵同]剖诱牡[麌韵同]缶酉苟丑糗扣叩某莠寿绶玖授踩[尤韵同]揉[尤韵同]溲纣钮扭呕殴纠耦掊瓿拇姆擞绺抖陡蚪篓黝赳取[麌韵同]

【二十六宥】宥候就售[尤韵同]寿[有韵同]秀绣宿·星宿·奏兽漏富[遇韵同]陋狩昼寇茂旧胄宙袖岫柚覆复[又也]救厩臭佑右囿豆馅窦瘦漱咒究疚谬皱觏嗅遘溜镂逗透骤又侑幼读[句读]墺仆副[遇韵同]锈鹜绉咮灸箒酎诟蔻僦构扣购彀戊懋贸袤啾凑鼬瓯泅[动词]

第十三部

平声：十二侵[独用]

【十二侵】侵寻浔临林霖针箴斟沈心琴禽擒衾钦吟今襟[衿]金音阴岑簪[覃韵同]壬任[负荷]歆森禁[力所胜任]祲喑琛涔骎参[参差]忱淋妊掺参[人参]椹郴芩檎琳蟫愔喑黔嶔沉

仄声：上声二十六寝，去声二十七沁通用

【二十六寝】寝饮[饮食]锦品枕[枕衾]审甚[沁韵同]廪衽稔凛懔沈[姓氏]朕荏婶沈[沈阳]葚禀噤谂怎恁饪罱

【二十七沁】沁饮[使饮]禁[禁令]任[信任]荫浸僭谶枕[动词]噤甚[寝韵同]鸩赁喑渗窨妊

第十四部

平声：十三覃十四盐十五咸通用

【十三覃】覃潭参[参考]骖南楠男谙庵含涵函[包函]岚蚕探贪耽眈龛堪谈甘三酣柑惭蓝担簪[侵韵同]谭昙坛娑戡颔痰篮襤蚶憨泔聃邯蟫[侵韵同]

【十四盐】盐檐廉帘嫌严占[占卜]髯谦佥纤签瞻蟾炎添兼缣沾尖潜阎镰黏淹钳甜恬拈砭詹蒹歼黔钤金舰崦渐鹣腌襜阉

【十五咸】咸函[书函]缄岩馋衔帆衫杉监[监察]凡馋芟搀喃嵌搀巉巉芟

仄声：上声二十七感二十八琰二十九豏，去声二十八勘二十九艳三十陷通用

【二十七感】感觉揽胆澹[淡，勘韵同]唅坎惨敢颔[覃韵同]撼毯糁湛菡萏罱槷喊嵌[咸韵同]橄榄

【二十八琰】琰俭焰敛[艳韵同]险检脸染掩点簟贬冉苒陕谄俨闪剡忝[艳韵同]琰奄歉芡崭埝渐[盐韵同]罨捡弇崦玷黅

【二十九豏】豏槛范减舰犯湛巉[咸韵同]斩黯范

【二十八勘】勘暗滥唅担憾暂三[再三]绀憨澹[咸韵同]瞰淡缆

【二十九艳】艳剑念验埝赡店占[占据]敛[聚敛]厌焰[琰韵同]垫欠僭酽潋滟俺砭坫

【三十陷】陷鉴泛梵忏赚蘸嵌站馅

第十五部

入声：一屋二沃通用

【一屋】屋木竹目服福禄谷熟肉族鹿漉腹菊陆轴逐宿[住宿]牧伏夙读[读书]犊渎牍椟黩縠复[恢复]粥肃碌骟鬻育六缩哭幅斛戮仆畜蓄叔淑倏独卜馥沐速祝麓辘镞蹙筑穆睦秃縠覆辐瀑郁[忧郁，郁郁葱葱]舳掬踘蹴跼洑袱鹏鸽髑槲扑匐簌蔟煜复[复杂]蝠蝮孰埻橐竺曝鞠嗾谡篼国[职韵同]副

【二沃】沃俗玉足曲粟烛属录辱狱绿毒局欲束鹄蜀促触续浴酷躅褥旭欲笃督赎渌纛碡北[职韵同]瞩嘱勖溽缛梏

第十六部

入声：三觉十药通用

【三觉】觉[知觉]角桷榷岳乐[音乐]捉朔数[频数]卓啄琢剥驳雹璞朴壳确浊擢濯幄握学醒齷椠搦镯喔邈犖

【十药】药薄恶[善恶]作乐[哀乐]落阁鹤爵弱约脚雀幕洛壑索郭错跃若酌托削铎凿箔鹊诺萼度[测度]橐钥龠瀹着著虐掠获[收获]泊搏霍嚼勺谑廓绰霩镬莫箬缚貉各略骆寞膜鄂博昨柝格拓铄铄烁灼疟蒻箬芍蹯却嚄瞛攫醵踱魄酪络烙珞膊粕簿柞漠摸酢怍涸郝垩谔鳄噩锷颚缴扩檘陌[陌韵同]

第十七部

入声：四质十一陌十二锡十三职十四缉通用

【四质】质日笔出室实疾术一乙壹吉秩率律逸佚失漆栗毕恤密蜜桔溢瑟膝匹述黜弼跸七叱卒[终也]虱悉戌嫉帅[动词]蒺侄踬怵蟋筚篥必泌荜秩栉唧帙溧谧昵轶聿诘耋垤捽苶鬐鹬窒苾

【十一陌】陌石客白泽伯迹宅席策册碧籍[典籍]格役帛戟壁驿麦额柏魄积[积聚]脉夕液尺隙逆画[动词]百辟赤易[变易]革脊翮屐获[猎获]适索厄隔益窄核舄掷责坼惜癖僻掖腋释译峄择摘弈奕迫疫昔赫瘠谪亦硕貊跖鹡碛踖只炙[动词]蹠斥岁鬲舶珀吓磔拆喀蚱胙剧檗擘栅啧帻箦扼划蜴霹帼蝈刺崿汐藉螫蓦摭襞虩哑[笑声]绎射[音亦]

【十二锡】锡壁历枥击绩勚笛敌滴镝檄激寂觌溺觅狄荻幂戚鶂涤的吃沥雳霹惕剔砾翟籴俶析晰淅蜥劈甓嫡轹枥阋䄖踢迪晳裼邀蜺閴汨[汨罗江]

【十三职】职国德食[饮食]蚀色力翼墨殛息熄直值得北黑侧贼饰刻则塞[闭塞]式轼域螣殖植敕亟棘惑弋默织匿慝亿忆臆薏特勒肋幅仄昃稷识[知识]逼克即唧[质韵同]弋拭陟恻测翊淢啬穑鲫抑或匐[屋韵同]

【十四缉】缉辑戢立集邑急入泣湿习给十拾袭及级涩楫[叶韵同]粒汁蛰执笠隰汲吸絷挹浥悒岌熠茸什苙廿揖煜[屋韵同]歙笈[叶韵同]圾褶翕

第十八部

入声：五物六月七曷八黠九屑十六叶通用

【五物】物佛拂屈郁[馥郁，郁郁乎文哉]乞掘[月韵同]吃[口吃]讫绂弗勿迄不怫绋沸莩倔黻崛尉蔚契屹熨[未韵同]绂

【六月】月骨发阙越谒没伐罚卒[士卒]竭窟笏钺歇突忽袜曰阀筏鹘[黠韵同]厥[物韵同]蹶蕨殁橛掘[物韵同]核蝎勃渤悖[队韵同]孛揭[屑韵同]碣粤樾鳜脖饽鹁捽[质韵同]猝惚兀讷[呐]羯凸咄[曷韵同]趷

【七曷】曷达末阔钵脱夺褐割沫拔[挺拔]葛阏渴拨豁括抹遏挞跋泼秣掇[屑韵同]聒獭[黠韵同]剌喝磕蘖瘌袜活鸹斡怛钹捋

【八黠】黠拔[拔擢]八察杀刹轧戛瞎刮刷滑辖铩猾捌叭札扎帕苴鹖搳

萨捺

【九屑】屑节雪绝列烈结穴说血舌洁别缺裂热决铁灭折拙切悦辙诀泄锲咽[呜咽]轶噎彻澈哲鳖设啮劣玦截窃孽浙孑桔颉拮撷揭褐[曷韵同]缬碣[月韵同]挈抉袤薛拽[曳]爇冽瞥迭跌阅饕劂垤捏页阕觖谲鴂撇蟞篾楔挞辍啜缀撤继杰桀涅霓蜺[齐、锡韵同]批[齐韵同]

【十六叶】叶帖贴牒接猎妾蝶叠箧惬涉鬣捷颊楫[缉韵同]聂摄慑镊蹑协侠荚挟铗浃睫厌餍蹀躞燮摺辄婕谍堞翣歃喋碟鲽捻晔蹴笈[缉韵同]

第十九部

入声：十五合十七洽通用

【十五合】合塔答纳榻阁杂腊匝阖蛤衲沓鸽踏拓拉盍塌呷盒卅搭褡飒磕榼遢蹋蜡溘邋趿

【十七洽】洽狭峡法甲业邺匣压鸭乏怯劫胁插锸押狎夹恰蛱硖掐劄袷眨胛呷歃闸翣[叶韵同]

附录三：《中华新韵》

【麻花韵 a：平声】啊扒巴疤笆粑叉杈差瓜呱哈花哗加茄枷痂笳袈嘉佳家夸妈趴葩杉沙莎鲨纱砂裟他她它凹哇洼娃蛙娲虾呀鸦哑桠楂喳渣茶查搽蛤华骅划麻拿蟆钯爬琶娃霞遐瑕暇牙芽蚜崖涯衙八捌擦嚓插搭褡发夹铗嘎刮括鸹垃拉抹掐杀煞刷塌踏挖瞎鸭压押扎匝拔达鞑察茬答瘩乏伐阀筏罚嘎滑猾夹荚颊拉匣侠峡狭辖杂砸札扎轧闸铡

【麻花韵 a：上声】把靶叉打剐寡哈贾假卡咯垮喇俩马吗码哪卡洒傻耍瓦哑雅咋法砝甲钾撒塔獭眨

【麻花韵 a：去声】坝爸耙罢霸岔诧差姹大尬挂褂化划华画话桦卦价驾架假嫁挎跨骂那娜怕下夏厦暇亚讶娅咤炸榨刹发砝刺腊蜡辣呐纳钠洽恰萨飒煞拓挞榻蹋袜吓轧压栅

【波歌韵 e，-e：平声】波播菠搓磋哆锅过涡坡莎嗦颇娑涡窝蜗阿哥歌戈呵科柯苛颗罗萝逻锣螺摹模馍磨蘑魔挪娜婆驮驼舵鸵蛾娥俄峨鹅哦讹和禾何河荷钵剥戳摄掇郭豁扑泊泼拨说缩托脱拙捉桌作鸽割搁喝磕伯驳帛泊柏勃铂舶脖博渤搏箔魄膊薄夺度佛国活茁卓浊酌着凿啄琢缴勺昨阁葛蛤颌合涸盒貉壳

【波歌韵 e，-e：上声】簸朵垛果裹火伙裸颇所锁妥我左佐坷可舸抹索葛撮渴

【波歌韵 e，-e：去声】薄播措挫堕剁舵惰跺过货祸和磨懦破些唾卧坐座柞做饿个贺荷课错绰或获惑霍豁扩括阔廓落洛骆络烙砾末没沫陌冒脉莫寞墨默诺迫珀粕魄若勺烁硕数芍拓沃作恶鄂遏各喝鹤郝乐

【儿韵 er：平声】儿而

【儿韵 er：上声】尔耳饵迩珥

【儿韵 er：去声】二贰佴

【街斜韵 ie：平声】车奢遮爹阶皆街些靴耶蛇斜邪谐携爷茄伽瘸憋鳖跌疙节结接秸捏瞥切缺帖楔歇削薛噎曰约别德得迭谍喋牒叠碟革格隔阁核劫杰洁桔捷截决诀抉角珏觉绝倔掘爵壳咳舌叶协胁挟穴学则责择咋泽折哲蛰辙

【街斜韵 ie：上声】蟹瘪扯惡姐解咧且惹舍写也冶野者蹶咧撒血雪铁帖

【街斜韵 ie：去声】社舍射赦界介届戒诫芥疥借卸藉解械谢榭曳夜这拓蔗鹧策册测侧厕彻掣澈拆厄扼恶赫吓偪客刻克可勒肋热色瑟塞涩设涉摄慑特仄浙偪列劣冽烈裂略掠灭蔑聂涅啮镊孽虐疟切妾怯窃却雀确榷泄泻屑亵蝶契血咽曳液业页叶月乐岳钥说阅悦跃越粤狱侧

【衣期韵 i：平声】衣低堤几讥玑肌鸡姬基期犄畸箕眯批坯披砒沏妻栖凄期梯蹊欺西希兮稀熙牺犀曦伊铱医依漪厘狸离梨犁鹂璃黎弥迷眯谜糜靡尼泥倪霓皮啤琵脾齐祈其奇歧脐畦崎骑棋提啼题蹄仪夷宜贻沂胰姨蛇移遗颐彝逼滴圾积击缉激劈霹七柒戚缉漆剔踢夕吸汐昔析矽息悉惜晰锡熄膝壹揖鼻狄迪的敌涤笛嫡翟及吉汲级极即亟革急疾棘集辑瘠藉籍给脊习席袭媳檄

【衣期韵 i：上声】比彼鄙抵底砥几己挤礼李里鲤理米靡拟你否痞岂企启起体洗铣喜已以尾矣蚁椅笔给脊匹癖劈乞乙

【衣期韵 i：去声】币闭庇泌毖陛毙敝婢蓖秘蔽脾痹弊避臂比费地弟第帝蒂缔递计记伎纪技系忌际妓季剂济既继祭悌寄蓟霁暨冀厉吏丽励利例隶荔俐粒泥腻屁媲气弃妻契砌器剃屉涕替嚏戏系细亿义艺忆艾议衣异易诣谊翌裔意臆毅必毕辟碧壁的迹寂绩稷力历立沥枥栗砾觅密蜜幂匿溺辟僻譬迄讫泣惕隙一壹屹亦抑邑佚役译逆易伲驿绎弈奕逸益溢乙

【支思韵 -i：平声】痴差疵趾尸师诗虱狮施司丝私思斯撕嘶之知支氏芝吱枝肢脂蜘仔吱孜咨姿兹资淄弛驰迟持匙词辞慈磁雌时吃失虱湿只汁织拾十石实识食蚀执直侄值职植殖掷

【支思韵 -i：上声】齿侈耻此史矢豕始驶屎死止址只咫旨指酯纸趾子仔籽姊紫梓滓尺

【支思韵 -i：去声】炽翅次伺刺赐士氏示世仕市式似事势侍试视柿拭是恃嗜誓噬巳四寺似饲驷食肆嗣思至志识帜制治峙致痔智滞置稚自字渍恣斥饬赤拭饰适室释质柽挚秩掷窒炙日

【姑苏韵 u：平声】乌初粗都夫肤孵估姑咕孤菇辜箍乎呼糊枯铺书抒枢姝殊梳舒输疏蔬苏酥乌邬污呜巫诬恶朱诛珠株诸猪蛛租除厨锄滁橱蹰扶俘浮符涪芙狐弧胡和壶葫瑚蝴湖卢芦庐泸炉颅模奴莛菩脯蒲如茹儒图荼徒途涂屠无毋芜吾吴捂梧出督忽哭窟仆扑朴叔淑凸突秃屋毒独读渎椟犊牍弗佛拂氟伏服福辐璞孰赎塾熟俗竹术逐烛足卒族

【姑苏韵 u：上声】补捕哺堡处础储楚褚肚堵睹赌父甫抚斧府釜辅脯腑腐古股贾蛊鼓虎唬苦鲁虏掳卤母牡亩姆姥努埔圃普谱汝乳暑黍署鼠数薯曙土吐午五武侮捂舞主拄煮褚诅阻组祖卜笃谷骨朴辱属蜀嘱瞩

【姑苏韵 u：去声】布怖步埔部埠簿处醋杜肚妒度渡父讣付负妇附咐阜赴服副赋傅富缚固故顾雇户护沪互库裤路赂露暮幕募墓慕怒铺树竖恕塑庶数墅漱素愫诉溯兔吐务悟误晤雾恶坞戊助住贮杼注驻柱著蛀铸不蠹触搐促簇卒复腹覆梏酷六陆录鹿绿碌禄麓戮木目沫牧睦穆瀑曝入褥术束述夙肃速宿粟缩物勿筑祝

【居趋韵 v：平声】车且拘居驹俱疽据琚裾区岖驱祛蛆躯趋吁须虚嘘墟胥婿需迂淤誉驴渠徐于予余盂鱼禺竽俞娱渔隅逾渝愉瑜榆虞愚舆屈掬鞠局伺桔菊曲

【居趋韵 v：上声】柜咀沮矩举吕侣铝旅屡缕履女取娶龋许与予屿宇羽雨禹语曲

【居趋韵 v：去声】巨句拒具炬沮俱据距惧锯踞虑滤女趣去序叙酗绪絮婿与玉驭芋吁雨语预喻御寓裕愈豫遇誉

【居趋韵 v：入声】剧律绿率旭畜蓄恤续玉郁育狱浴域欲峪

【开怀韵 ai，uai：平声】开哎哀埃唉猜钗差揣呆该赅乖揩腮鳃筛衰摔苔台胎歪灾哉栽斋挨皑癌才财材裁柴豺还孩骸徊怀淮槐来莱埋排徘牌台邰苔抬拍摘拆百宅翟

【开怀韵 ai，uai：上声】矮蔼摆采彩睬踩揣逮歹傣改海凯慨楷买乃奶氖甩摔裁宰崽白柏伯

【开怀韵 ai，uai：去声】艾爱隘碍暧败拜稗采莱蔡踹大代带殆贷待怠袋逮戴丐芥钙盖概怪亥骇害坏悔块快侩筷睐赖迈卖奈耐派湃塞赛晒帅率太汰态泰外再在载债寨拽麦脉

【飞灰韵 ei，uei：平声】微杯卑背悲碑衰崔催摧吹炊堆飞妃非啡扉归圭龟规闺硅傀鲑灰挥恢晖辉亏岿窥胚尿虽推危委威巍追锥椎垂椎锤肥回徊蛔奎隗葵魁累雷擂镭玫枚眉梅媒煤霉糜陪培赔裴绥隋随遂谁颓韦为违围桅唯惟维

【飞灰韵 ei，uei：上声】匪菲诽斐给轨鬼癸悔毁傀垒磊美镁每馁蕊水髓腿伟纬尾委萎嘴北

【飞灰韵 ei，uei：去声】贝狈备背被辈悖倍焙惫淬悴瘁粹翠脆对兑队肺费废吠柜刽贵桂跪会惠秽诲晦慧卉汇讳贿烩绘荟馈溃愧泪类累擂妹昧寐魅媚内沛佩配锐瑞睡税说悦岁祟遂碎隧穗退蜕褪未味胃谓畏喂尉蔚慰卫位魏坠缀赘最罪醉

【高标韵 ao，iao：平声】凹熬包苞胞褒标彪膘操抄钞超剿刀叨刁雕叼碉凋高皋羔膏篙糕交浇娇骄椒焦蕉教礁捞撩猫抛泡剽漂飘悄锹敲骚捎烧梢稍叨涛涤掏滔挑肖消宵萧硝销潇霄夭幺妖要腰邀遭糟招昭着朝豪敖熬翱嗷曹槽巢朝嘲潮号毫嚎劳牢捞聊辽疗撩僚潦毛矛茅髦苗描咆炮袍跑乔侨桥翘憔瞧娆饶挠韶逃桃陶萄淘条调消尧侥姚窑谣瑶遥约剥削

【高标韵 ao，iao：上声】袄饱宝保堡表草吵炒导岛捣倒蹈搞镐好佼狡饺绞铰矫搅剿缴考拷烤老佬姥潦了卯铆秒渺藐舀恼脑鸟跑漂巧悄扰扫嫂少讨挑小晓杳咬早枣蚤澡藻爪找沼邈

【高标韵 ao，iao：去声】坳傲奥鹜懊报刨抱豹鲍暴曝爆到悼倒盗道稻吊钓调掉告号好耗浩皓叫觉校轿较教窖醮靠涝料撂廖茂冒贸帽貌妙庙缪闹淖尿溺泡炮票俵漂俏峭窍翘橇绕扫少邵绍哨稍套眺跳孝哮肖笑效校啸要耀皂灶造噪燥躁召兆赵照罩

【谋求韵 ou，iou：平声】抽丢都兜勾沟构钩纠鸠究赳阄揪抠溜搂妞区讴欧殴鸥丘邱秋收馊偷修休羞优忧悠幽舟州诌周洲邹侏畴筹踌惆绸稠仇愁侯喉猴流留榴骝刘浏瘤琉硫遛娄楼牟眸谋缪牛囚仇求虬泅酋逑球裘柔揉头投尤犹由邮油游粥妯

【谋求韵 ou，iou：上声】丑扭瞅斗抖陡否苟狗吼九久玖韭灸酒口柳搂篓某纽钮扭偶呕藕手首守叟擞朽宿友有酉黝帚肘走

【谋求韵 ou，iou：去声】臭凑豆逗痘读斗垢构购勾诟够逅后候厚臼舅就疚旧咎救厩叩扣寇蔻溜陋漏露谬缪拗沤受授寿狩售透秀绣锈袖嗅宿又右幼有

诱釉咒宙绉胄昼皱骤奏揍兽肉轴六

【寒山韵 an, uan：平声】安氨庵谙鞍扳班颁斑般搬参骖餐搀川穿丹担单耽郸端帆番藩干甘杆肝柑竿尴关观纶官冠矜棺酣憨欢刊看勘龛堪宽番潘攀三叁山杉删衫姗珊栅扇煽拴栓酸坍贪摊滩湍弯湾豌占沾毡粘瞻专砖钻寒残蚕惭馋谗禅缠蝉传船椽凡矾烦蕃樊繁汗邯含函晗涵韩还环桓兰岚拦栏婪阑蓝谰澜褴篮峦孪蛮谩馒瞒男南难楠胖般盘磐然燃坛昙谈弹潭痰团咱丸完玩顽

【寒山韵 an, uan：上声】俺坂板版惨产谄铲阐舛喘胆掸短反返杆秆赶敢感橄馆管罕缓坎侃砍槛款览揽榄懒卵满暖冉染阮软伞散闪陕掺坦祖毯宛挽婉晚惋婉结碗攒斩盏展崭辗转纂

【寒山韵 an, uan：去声】岸按案暗办半扮伴拌绊瓣灿掺忏颤串窜篡石担但诞淡惮弹蛋段断缎锻犯饭范贩泛干赣惯观罐汉扦汗旱捍焊翰撼憾悍焊幻换宦涣唤浇患焕痪夥看瞰烂滥曼谩蔓慢漫乱难判盼叛畔散汕扇善禅缮擅膳赡蒜算涮叹炭探碳万腕暂赞攒占栈战站绽湛颤蘸传钻转赚撰篆攥

【先天韵 ian, van：平声】先边砭编鞭参癫滇颠巅尖奸歼坚间肩艰监兼渐溅缄煎捐涓娟鹃拈蔫扁偏篇千仟扦迁钎牵铅谦签天添仙纤掀锨鲜轩宣喧咽殷焉阉奄淹燕鸳冤渊佥连怜帘莲涟联廉镰眠绵棉年便骈前虔钱钳乾潜黔权全诠泉拳痊田佃恬甜填闲贤弦咸涎衔舷嫌玄悬旋延蜒严言妍岩炎沿铅研檐筵盐颜元圆员垣袁原圆援缘猿源辕

【先天韵 ian, van：上声】贬扁匾典点碘拣茧柬俭检捡减剪简研碱蹇卷敛脸免勉娩冕涴缅捻碾撵浅遣谴犬腆舔显险铣鲜选癣奄俨衍掩眼演远

【先天韵 ian, van：去声】卞变便遍辨辩辫电佃甸店垫淀惦殿奠靛见件间饯建荐健贱剑涧监舰渐谏践鉴键槛箭卷倦隽绢圈眷练炼恋链面廿念片骗欠堑嵌歉劝券县现宪限线陷馅羡献腺绚眩旋渲厌砚咽彦艳唁宴验谚堰雁焰燕苑怨院愿

【人文韵 en, in, uen, un：平声】奔宾彬斌滨濒参琛嗔春椿村吨墩敦蹲恩分芬吩纷氛根跟昏荤婚巾斤今金津衿筋禁襟军均龟君钧坤昆抡拎闷喷拼钦侵亲衾森申伸身呻参绅莘娠深孙吞温瘟心芯辛忻欣锌新薪馨勋熏因阴荫音姻殷晕贞针侦珍帧真砧斟甄臻谆尊遵樽臣尘辰沉陈忱晨谌纯唇淳醇存蹲坟焚痕浑混魂邻林临淋琳郴霖鳞仑伦论抡沦纶轮门们民您盆贫频嫔颦芹秦琴勤禽

裙群人壬仁任神屯豚文纹闻蚊旬寻巡询循吟垠淫寅云匀荟耘

【人文韵 en，in，uen，un：上声】本粉辊滚很狠仅尽紧锦谨肯垦恳啃捆凛皿抿闽悯敏品寝忍损笋沈审婶吮吻紊稳尹引饮蚓殷隐瘾允陨怎诊枕疹准

【人文韵 en，in，uen，un：去声】奔笨摈殡鬓衬称赴趁寸囤钝吨盾顿遁分份奋忿粪亘棍恨诨混仅妗尽进近劲晋烬浸靳禁俊菌郡峻浚骏竣困吝赁淋闷嫩论喷聘沁亲刃认任纫韧妊润闰肾甚渗慎顺舜瞬问信衅训汛迅讯驯逊殉浚印饮孕运晕酝韵蕴圳阵振震镇

【江阳韵 ang，iang，uang：平声】肮邦帮仓苍沧舱昌倡猖创疮窗当方坊芳冈岗扛刚杠肛纲钢缸光夯荒慌江将姜浆僵疆康慷糠匡筐乓枪羌腔锵嚷丧桑伤汤商墒双霜螳汤汪望乡相香厢湘箱央殃秧赃脏张章彰妆庄桩装昂藏长场肠尝常偿裳床防坊妨肪房行吭杭航皇黄凰惶煌蝗磺簧扛狂郎狼琅榔廊良凉梁量粮芒忙氓茫娘庞旁膀磅螃强蔷墙瓢唐堂棠塘搪糖膛螳亡王详降翔扬阳羊杨佯疡洋

【江阳韵 ang，iang，uang：上声】绑榜膀厂场敞闯挡党仿访纺岗港广犷恍晃谎幌讲奖浆蒋朗两俩莽抢强壤嚷嗓赏爽倘淌躺网枉往享响想仰养氧痒长涨掌

【江阳韵 ang，iang，uang：去声】蚌棒傍谤镑磅畅唱创当荡挡档放扛巷晃匠降虹将酱亢伉抗炕旷况矿框眶浪亮谅辆量晾胖呛让丧上尚烫趟王妄忘望向项巷相象像橡样漾脏葬藏丈仗杖帐账涨障瘴壮状撞幢

【庚青韵 eng，ing，ueng：平声】庚井崩绷冰兵屏称灯登蹬丁盯钉丰风封枫疯峰烽锋蜂更庚耕亨哼精茎惊京经睛泾荆旌晶粳鲸坑吭铿拎抨砰烹乒青轻氢倾卿扔升生声牲甥厅汀听翁嗡兴猩惺腥醒应英婴樱缨鹰曾增憎正争征怔挣狰睁蒸层曾成丞呈诚承乘盛程惩澄橙冯逢缝恒横棱伶灵玲令瓴铃凌陵聆菱羚棱零龄岷萌蒙盟名鸣明铭冥铭螟能宁拧狞柠凝朋澎彭棚蓬硼鹏篷平冯评坪苹凭屏瓶萍情晴擎仍绳疼腾誊藤廷亭庭停刑行形邢型迎荧盈萤莹营萦楹蝇赢瀛

【庚青韵 eng，ing，ueng：上声】绷丙秉柄饼炳屏逞骋等顶鼎讽埂耿梗井阱颈景警冷令岭领猛锰捧顷请省挺铤醒省影颖拯整

【庚青韵 eng，ing，ueng：去声】泵绷蚌蹦并病邓凳澄蹬瞪订钉定锭凤

奉俸缝更横劲径净痉竞竟敬靖静净境镜另令楞孟梦命宁泞碰庆圣胜乘盛剩瓮兴杏幸性姓应映硬综赠正证郑怔净挣政症

【东钟韵 ong，iong：平声】东冲充匆从囪葱聪冬工弓公功攻供宫恭躬龚轰哄烘空松通凶兄匈汹胸佣痈拥庸雍臃中忠终钟盅衷宗综棕踪鬃虫重崇从丛弘红宏虹洪鸿龙笼聋笼隆窿农浓脓穷荣琼戎茸荣绒容蓉溶融同彤侗桐铜童瞳雄熊

【东钟韵 ong，iong：上声】宠董懂巩汞拱哄炯孔恐陇垄拢笼冗怂耸统捅桶筒永咏泳勇涌恿蛹踊肿种冢总

【东钟韵 ong，iong：去声】冲动冻侗栋洞共贡供讧哄空控弄讼宋送诵颂痛通用佣中众种重纵粽

（中华诗词学会 2005 年 5 月颁布）